再生缘
之孟丽君传奇

Appreciation 著

人民交通出版社股份有限公司
北　京

图书在版编目(CIP)数据

再生缘之孟丽君传奇 / Appreciation著. —北京：人民交通出版社股份有限公司, 2020.4
ISBN 978-7-114-16338-8

Ⅰ.①再… Ⅱ.①A… Ⅲ.①长篇小说—中国—当代 Ⅳ.①I247.5

中国版本图书馆CIP数据核字（2020）第027947号

Zaishengyuan zhi Meng Lijun Chuanqi
书　　名：再生缘之孟丽君传奇
著　作　者：Appreciation
监　　制：邵江
策　　划：李梦霁
责任编辑：李梦霁
特约编辑：刘楚馨　陈力维　苗苗
营　　销：吴迪　赵闻恺　廖宏欢
责任校对：孙国靖　魏佳宁
责任印制：刘高彤
出　　版：人民交通出版社股份有限公司
地　　址：（100011）北京市朝阳区安定门外外馆斜街3号
网　　址：http://www.ccpress.com.cn
销售电话：（010）59636983
总　经　销：北京有容书邦文化传媒有限公司
经　　销：各地新华书店
印　　刷：中国电影出版社印刷厂
开　　本：787×1092　1/16
印　　张：35.75
字　　数：580千
版　　次：2020年4月　第1版
印　　次：2020年4月　第1次印刷
书　　号：ISBN 978-7-114-16338-8
定　　价：79.80元

（有印刷、装订质量问题的图书由本公司负责调换）

目 录

第一章 / 1
第二章 / 29
第三章 / 51
第四章 / 75
第五章 / 98
第六章 / 121
第七章 / 141
第八章 / 160
第九章 / 183
第十章 / 206
第十一章 / 229
第十二章 / 252

第十三章 / 276

第十四章 / 301

第十五章 / 325

第十六章 / 351

第十七章 / 375

第十八章 / 399

第十九章 / 423

第廿章 / 447

第廿一章 / 472

第廿二章 / 497

第廿三章 / 522

第廿四章 / 545

第一章

秋日时节,春城昆明依旧温暖宜人、鲜花似锦。

城西一家小茶馆里茶客正多。本城人有喝茶的习惯,闲暇时到茶馆泡上一壶茶,可以静心品茗,也可三五人聚在一处,一边喝茶一边聊天,度过一段愉快的时光。而这闲聊,往往是消息和流言散布最快的渠道。

眼下这家茶馆里已聚集了十几个茶客,店小桌少,每张桌上都有两三个人,正自吵吵嚷嚷地议论着什么。小二东奔西跑忙得不可开交,掌柜的坐在柜台后噼里啪啦拨着算盘珠算账,端的是一派热闹非凡的景象。阳光映照之下,正门上书有"祥福居"三个大字的匾额亮堂堂的,显出一片勃勃生机。唯有北角一张桌子,想是由于背对阳光,十分昏暗,是以茶馆里客人虽多,却仍然空着。

两个少年一前一后步入祥福居。前头的少年十四五岁,书生装扮,身材修长灵俊,眉目十分清秀,一袭白衫,纤尘不染,在微风之中下摆轻轻扬起,分外灵俊飘逸。只可惜面色焦黄,满脸病态,一副颓唐疲靡的模样,令人不由深为惋惜。后头的少年书僮装扮,身着青衣,年纪更小,圆圆的脸庞,眼神颇为灵动。

小二见有客人来了,赶忙迎上前去,赔笑道:"爷来啦!里头请!"白衫少年进来四下一扫，径直走到北角那张空桌子前坐下，青衣僮儿跟着坐了。

才一坐下，便听得一个声音大声嚷嚷道："我赌不出三个月，那李延亭便会丢盔弃甲，乖乖儿地竖起白旗投降归顺。你们可有人敢与我赌上一把？"声音又粗又重，将旁人的说话声都盖住了。白衫少年听到"李延亭"三个字，不由抬头向那人望去，目光如炬，炯炯有神，竟无半分病态。他见说话的乃是一个四十余岁的魁梧大汉，衣着破旧，不过一介市井中人，方才低下头去。众人各自闲聊，却没人理会那大汉。

小二跟到桌前，笑问道："两位小爷喝点什么？小店有上好的龙井、毛尖、茉莉花香。"白衫少年轻声道："来一壶茉莉花香罢。"声音虽低，但清脆娇嫩，悦耳动听。众茶客不由一齐住口，回转头来，掌柜的也从算盘账本上抬起眼神，一时茶馆中一片寂静。待见到说话的只是一个颓唐少年，才只十四五岁年纪，声音尖嫩原不足为奇，又各自回过头去，喧闹声复又充满这小小的茶馆。

那魁梧大汉见无人接腔，越发提高了嗓门，吆喝道："谁敢与我赌一把？一赌五，赢一赔五！"过得半响，旁边桌子上一个花白胡子的老者才慢条斯理地道："张大个，你省省吧，谁来与你赌！莫说一赌五，便是一赌八、一赌十，也没人赌的。你当谁不知道，那姓李的必败无疑。"

这么一说，众茶客七嘴八舌地议论开了。另一人嘿嘿一笑，说道："张大个，我来和你赌。不过，我赌那李延亭败，一赌十，你可敢赌？这现成的便宜谁不会捡？"众人哄笑，均道："是啊，明知赢不了，傻子才赌。张大个只当人人都是傻子呢。"张大个羞得满脸通红，一时语塞，说不出话来，扔了两个小钱在桌上，拔腿就走。众人笑得更欢了。

小二端上一壶茉莉花香茶，摆到两个少年桌上，陪着众人笑了几声，拾起张大个扔下的铜板，又去招呼其他客人。

另一张桌上一个客商模样的人，见此情景甚是惊奇，待众人笑得缓了，插口问道："诸位怎知那李延亭定会败北？在下这几日风闻朝廷军队节节败退，叛军业已占领了大半个贵州呢！"花白胡子瞅了他一眼，道："敢情你不是本地人？"那客商竖起大拇指，笑道："老哥真是好眼力。在下从四川来，做的是药材生意，路过贵地，要入西藏。虽不是本地人，每年里也要来昆明三两回，还请诸家兄弟爷们多多关照！"说着站起身打了一个罗圈揖。只见他约莫四十岁年纪，一张四方脸，身材颇为魁梧。

众人一一回礼，客套了几句。花白胡子脸色这才缓和下来，道："好说，好说。外地人难怪不知。"四川客商坐回原位，道："还请老哥见告。"花白胡子甚是得意，拈须道："我说一个人的名讳，老弟便知了。"四川客商道："哦，不知是谁？老哥请讲。"花白胡子故意卖了一个关子，不答反问道："出了这家祥福居茶馆，向西折北而行，不到一盏茶工夫，就能见到一座深宅大院，你可知住的是何等人物？"那四川客商常来昆明，只想了一想，便会意道："老哥是说那位身居云南总督高位的孟兰谷孟大人？"提到"孟兰谷"的名讳，茶馆中又是一片寂静。掌柜的抬头看了这两人一眼，又埋头继续算账。白衫少年脸色微微一变，随即又复若无其事，端起茶碗轻呷一口。

花白胡子拍手道："正是。在我们云南，有谁不知总督孟大人的赫赫威名。'儒衣神将'这四个字岂是叫着玩儿的？想那李延亭在两广起兵造反，朝廷军队节节败退、无可奈何，那是他们自己没本事。眼下军情紧急，叛军业已攻入贵州，云贵两省邻接，想来朝廷不久便会遣派孟大人出兵平叛……"

只听"当"的一声，众人眼光一齐朝声响处望去，原来那青衣僮儿一时失手，将一只青瓷茶碗掉落在地，砸得粉碎。他脸上微微一红，起身抱拳道："小可一时失手，打搅各位雅兴，还请莫怪。"声音也甚尖锐，语气颇不自然，但众人听他说话彬彬有礼，心中不由暗生好感。

花白胡子不以为意，续道："……到那时，区区李逆算得甚么。别说三个月，依我看，不出一个月，定能将李氏父子三人一并生擒了！"说罢哈哈大笑。四川客商道："原来如此。痛快，痛快！可惜这里是茶馆，否则定当与老哥痛饮三碗烈酒。"花白胡子道："你我以茶代酒，喝上三盏，亦是美事。"四川客商笑道："正是。"

旁边一人笑道："在下凑个热闹，也喝三盏，两位不介意吧？"花白胡子笑道："最好，最好！"另一人道："我也同饮三盏。"一时众人均斟了三盏茶。花白胡子道："咱们都以茶代酒饮上三盏，祝愿孟大人早日出兵，早日凯旋！"众人连饮三盏，哈哈大笑不已。白衫少年亦暗暗举起茶碗，将碗中香茶一饮而尽。掌柜的抬起头，道："这几位爷们今日的茶钱免收，算是小老儿请客。"众人听罢，齐声道："多谢。"

四川客商放下手中茶碗，说道："实不相瞒，在下在四川时，确实还不曾听闻这位孟大人如此骁勇善战。不过，在下倒听说了另一件有关这位孟大人的传闻。"几个人齐声问道："甚么？"四川客商笑道："听说孟大人有一个爱若性命的掌上明珠，生得沉鱼落雁、闭月羞花，有倾国倾城之貌、国色天香之颜，可有此事？"众人笑道："这事儿倒流传得广。"听到这里，青衣僮儿怒容满面，便待发作。白衫少年使了个眼色，他只得暗自忍耐。

花白胡子道："传闻都这么说来着，只是除了贴身之人，谁也没见过小姐究竟什么模样，更不知到底如何美法。"一人道："据闻小姐不仅貌美如花，而且琴棋书画无一不通、诗词歌赋无一不晓。"另一人道："听说小姐还精通岐黄之术呢，孟大人故世夫人家祖上三代都是江南神医。"又一人道："小姐还会骑马舞剑，调兵遣将也不在话下。"有人道："这昆明城中，也不知有多少豪富子弟前去登门求亲，媒婆快将孟府的门槛踩断了，可是这位孟家小姐心比天高，从来没把这些人瞧在眼里。大伙儿都说，这位孟家小姐日后定是要做皇后娘娘的……"

众人七嘴八舌议论纷纷，白衫少年面上亦微现怒容，一拂衣袖，正要起身离去，忽见掌柜的收起算盘和账本，走到桌前，向那四川客商问道："客官方才说要去西藏？"四川客商道："正是。我们今日在此歇息一夜，明日一早动身。"掌柜的道："是。客官明日还是动身回转的好，这西藏可千万去不得。"四川客商一惊，问道："为何去不得？"白衫少年便暂不起身。掌柜的又说道："由滇入藏，必经青龙镇，否则要多绕三天三夜，还都是峭峰险岭，客官的大车未必上得了。"

四川客商尚未说话，旁边一人急问道："经过青龙镇便又怎地？"掌柜的道："青龙镇日前闹起瘟疫，镇上人人沾染，已经病死很多人。"那人一呆，喝道："胡说八道！我便是青龙镇人，怎地没生瘟疫、没病死？"掌柜的道："听说这场瘟疫来得迅猛异常，也不过几天前才起，转眼便已蔓延全镇。客官出来几日了？怕是你出来后才起的瘟疫吧？"

那人屈指一算，喃喃道："初五、初六、初……十二、十三，我来昆明看望妹子，今日已是第九天。难道……难道……掌柜的，你怎么知……知道？"话语微微颤抖，心下已然信了几分。掌柜的道："青龙镇盛产鲜果，每年秋季，小老儿都要派伙计去采购果品。两名伙计昨日回来，说青龙镇外张贴公告，说镇上瘟疫横行，外人切莫入镇，否则后果自负。他二人犹豫半晌，还是硬着头皮进到镇里，才走几步，便觉得不对劲。青龙镇上家家掩门，户户闭窗，一派死气沉沉的景象。他二人再大着胆子走了几步，只见街中心倒着一个黑乎乎的物事，定睛一瞧，直吓得魂飞胆丧，原来竟是……是……"众人齐问道："是甚么？"掌柜的颤声道："是……是一具死尸。"

座中人人脸色大变，那人更是面如土色，叫道："娘，娘！"突然狂奔而出，如癫如狂。掌柜的叫道："喂，喂，去不得！"那人早已奔远了。旁边一人叹道："阮二是个大孝子，这次来昆明看他妹子，已几次三番嚷着要走，他妹子苦苦挽留，才勉强多住了几日。现下听说青龙镇闹瘟疫，他老娘还在镇上呢，便是杀了他，也要回去的。唉！"说着不住摇头，显然是说这人性命怕是保不住了。

掌柜的正待回座，四川客商心中关切，问道："掌柜的，依你这么说，这青龙镇几百口人，老老小小，便都没救了？"掌柜的道："这个小老儿不敢妄言。只是那两个伙计昨日回转之后，便生了一场热病，上吐下泻，不得安生。小老儿今早刚请了'和安堂'袁大夫出诊医治。袁大夫言道，他二人不过吸入些许瘴气，并未沾染疫物，病上几日，待余毒清去，便会好转，于性命无碍。但这种瘟疫十分怪异，他从医四十余年，生平未见，要说治本，怕是无能为力……"说着叹了口气，回转座中。

花白胡子道："'和安堂'袁大夫是昆明城中最高明的大夫，若他也无能为力，只怕……唉！"也叹了口气。青衣僮儿嘴角边露出一丝微微的笑容，斜眼向白衫少年瞧去。白衫少年心中暗自盘算，脸上却不动声色，手中不住把玩那只青瓷茶碗。一时众人无话。

忽然街上传来一阵喧闹声，有好事的茶客探头看出去，见一队人马喧嚣而过，当先一人骑了一匹高头大马，衣着光鲜。有人认出道："咦，这不是城东林员外家的公子么？听说才从京城回来，他叔父可是朝廷的翰林大老爷呢。"马后跟着一顶轿子，后面是十几个家丁，挑了十几对大红礼盒。众人正自揣测间，有人叫道："哎呀，轿子里坐的是大脚沈媒婆，她方才揭开轿帷，我瞧得清清楚楚。他们定是上孟大人府上提亲去的。"青衣僮儿闻言脸色骤变，轻声道："咱们走罢？"白衫少年微微摇头，泰然自若，似乎不想就此离去。

茶馆里又议论开了，有人道："大脚沈媒婆是昆明城里第一大红媒，经她撮合的人家数也数不清。这老婆子好事，就喜欢瞧见人家团团圆圆，虽然贪些小财,心地倒还不坏,可比张媒婆、刘媒婆要强。"有人接口道:"可她忒也不识好歹了。就拿孟府来说,她提了十几次亲,给人家回绝了十几次,就连人家小姐生得甚么模样也没见着,竟还好意思再上门去。"又一人道:"这你老兄可不知道了。"先前那人道:"倒要请教。"那人甚是得意,说道:"沈媒婆上次回来就立了重誓,说是再不踏进孟府一步,丢不起这张老脸。可是啊,这一回说媒的是林家少爷,他们家家财万贯,就只这么一个独生儿子,那也罢了。紧要的是这位林公子有一个好叔父,这位翰林老爷和孟总督是至交好友,听说……"那人压低了声音道:"……从前在京里为孟总督说过好话,救过他性命呢!"众人都是"哦"的一声,那人接着道:"所以啊,旁人也就罢了,这位林公子来求亲,孟总督就肯了也说不定呢!"

白衫少年手中一直在把玩那只青瓷茶碗,这时忽然放下茶碗,从袖里取出一块碎银放在桌上,道:"小二,方才离去的那位阮二,还没付茶钱吧?一并算在我账上。"小二迎上前去,笑问道:"小爷认识他?"白衫少年道:"不认识。"随后大步而出,青衣僮儿紧跟在后。

两个少年出了祥福居,青衣僮儿轻声责备道:"公子,你倒还坐得住,可把我急坏了。"白衫少年道:"别急,此刻回府正好赶上。"两人一路向西折北而行,一盏茶工夫不到,前面已隐约可见一栋雕梁画栋的大宅,正是云南总督孟士元的府邸。

青衣僮儿忽然"呀"的一声,叫道:"公子,你瞧,他们正在府门口呢。"白衫少年瞧了一眼,道:"说了别急来着,我料定福伯必会拦阻他们一阵。你不知道,爹爹前日下令,再不许媒人踏进堂院半步。"青衣僮儿闻言嗔道:"原来如此,难怪公子不着急呢。既是这样,咱们还回府做甚?好容易才出来一遭。"白衫少年道:"我原是不想就此回府的。但听那些人说,这人身份不同寻常,可能是京中大胡子伯伯的侄儿。宁可信其有,不可信其无。咱们私自出府,可别让爹爹知道。"两人一面小声说话,一面快步向北行去,绕过大门,避开后门,来到后院小侧门处。白衫少年见四周人迹正少,从怀中取出钥匙开了锁,"吱呀——"一声,门缓缓打开。两个少年闪身而入,又是"吱呀——"一声,门关上了,仿佛什么也不曾发生过。

却说这边提亲的一行人热热闹闹到了孟府正门之外。这位林公子林修贤跳下马,早有从人向门房递上拜帖。轿子落下,沈媒婆大步走出。

云南总督孟府的门房是位五十来岁的老家人,名唤孟福。他接过帖子,瞧了林修贤一眼,又瞪了沈媒婆一眼,冷冷地道:"公子若是前来拜会我家老爷,小人自当将帖子传进去。倘是上门求亲,嘿嘿,还是及早打道回府的好。"林修贤不料才入门房就碰了个钉子,瞧这老家人年纪虽大,却无半点龙钟之态,目光炯炯,气势逼人,竟不似寻常下人模样,便自留神,和颜悦色道:"烦劳老伯通禀一声,见是不见,且由贵府孟大人决断,如何?"

孟福是孟府四十几年的老家人,早在孟士元未出世时就在孟府,年轻时随主人南征北战、出生入死,亦是一位赫赫有名的将领,论军功可提升做参将。他不愿为官,甘愿留在孟府做一名下人。可孟府上上下下从未拿他当下人看待,自小姐以下人人尊称他"福伯",就连孟总督也要敬他一声"老哥"。他自打回到孟府便一直在做门房,十余年里形形色色的人见得多了,一眼就能瞧出他们的居心图谋。这一行人自是上门提亲来的,不仅请了媒婆、扛着礼盒,还来了一位年轻的公子。不过这位公子温文守礼,人品倒也不差。他脸色稍稍缓和了些,拱了拱手,说道:"并非小人有意不肯通禀,实是我家老爷前日传下话来,再不许媒婆踏进堂院半步。小人只是依命而行,公子勿怪。"

林修贤暗暗称奇,心道一个看门家人便有如此气度谈吐,孟府主人自是可想而知。正待说话,已见沈媒婆上前一步,满脸堆欢道:"福大爷见笑了。我沈婆子自打上次从贵府出来,原本就没打算再踏进府上的门。只是谁让咱们这做媒婆的心肠热、见不得门当户对的一双璧人儿配不成好姻缘呢!老婆子丢脸便再丢上这一回。这位林家公子生得相貌堂堂、一表人才。他叔叔是朝廷的翰林大老爷,说来和孟老爷还是至交。父亲做过一任湖州知府,如今告老在家,家财万贯,就只这么一个独生儿子。林公子熟读诗书,十五岁上就中了秀才,去年更高中举人,来年春闱还要进京考状元,将来前途不可限量呢!我一思量,似林公子这等打着灯笼也找不着的人才,这昆明城中除了贵府千金之外,便再也找不出第二个能般配得上的。所以才自告奋勇,厚着老脸又上贵府来啦。福大爷,我可是一片好心哪!"她不愧是昆明城中第一大红媒,言语之中同时捧了两家人,一番话说来倒也娓娓动听。

孟福知沈媒婆虽贪钱财,倒确是一个心热口快的良善人,昆明城里经她撮合成就了不少美满姻缘,所以也不薄她脸面,待她好容易住了口,才道:"沈婆子，我劝你多放些心思在旁人身上，我家小姐的终身大事，就用不着你瞎热心了。"他转向林修贤，又拱手道："公子还是请回罢。"

林修贤听他语气坚决，似无通融，心知若不说出叔父的名讳，今日决计进不得孟府。当下微微一笑，说道："小可此行，原不止为提亲一事。小可前几日方从京城回转昆明，家叔命小可务必亲手将一件信物交呈孟大人。家叔现供职翰林院，与贵府孟大人是十几年的老交情了。"他一面说一面留意孟福的神情。见他脸色惊疑不定，将自己细细打量了一番，方问道："请教令叔的名讳是？"

林修贤微微一笑，缓缓说道："家叔上'瑞'下'海'，表字兆雪。"孟福脸上立时现出恭谨之色，躬身道："原来是林老爷的侄儿。先前不知是公子大驾，小人多有得罪，还请勿怪。我家老爷时时记挂令叔，得知公子光临，必定欢喜得很。小人这就去将拜帖呈与老爷，烦请稍候。"林修贤甚是得意，笑道："有劳了。"孟福自进去府内。

沈媒婆及随从众人俱是大喜，心想提亲之事自是十拿九稳了。

不一会，府门大开，八名家人分列红漆大门两侧，孟福快步走出，对林修贤拱手笑道："老爷有请公子书房一叙。其余诸位及沈媒婆，且请到前厅用茶。"沈媒婆愕然道："我也去前厅么？"孟福道："老爷确是如此吩咐。"转向林修贤道："公子请随小人来。"林修贤略一思忖，向沈媒婆道："我一人去便是，你且随他们去罢。"沈媒婆嘟囔道："那可不成！让我老婆子怎生向员外、夫人交代？"林修贤沉下脸来，"哼"了一声，道："员外、夫人面前我自有交代。"

当下孟福引着林修贤穿过前厅，过了一道垂花门，绕过长廊，来到一间精舍之前。林修贤见一路之上风景清幽雅静，亭台楼阁错落有致，一花一木无不独具匠心，观之令人心旷神怡，不由暗暗称奇。他生性狂傲，自恃才高，素来瞧不起习武之人，只因叔父临行前曾谆谆告诫，切不可在孟总督面前自傲自大，务须极尽礼数。他见叔父神色郑重，且言语之中对这位孟总督甚是推崇，心下不免将信将疑。此刻见到园中布置，知非胸中大有沟壑之人断不能为此，遂将一番狂傲的心思又收敛了几分。

只见精舍之中一位青衫书生面墙而立，正瞧着墙上挂的一幅书法。虽未见他面容如何，倜傥飘逸之态已尽入眼帘，且自有一股凛然的气势。林修贤大吃一惊："难道他便是孟总督？怎会做书生装扮？"他自两年前父亲辞去湖州知府时起，便前去投奔叔父，一直住在京城，直到数日前才来到昆明。况且他是富家子弟，素来不与市井中人相交，自然从没听说过"儒衣神将"的赫赫威名，也就不曾料想孟总督竟会是儒生装扮。

孟福引林修贤进入精舍，向那青衫书生躬身道："老爷，林公子到了。"

林修贤心道："他果然就是云南总督孟士元孟大人。"正要上前见礼，却听那青衫书生笑吟道："'白首为功名，旧山松竹老，阻归程。欲将心思付瑶琴，知音少，弦断有谁听？'好词，好词！当年兆雪兄将这幅书法相赠之时，我尚年少，浑不解其中深意。如今读懂了，头发也白啦。林贤侄，兆雪兄可安好？"说着缓缓转过身子。

林修贤只觉两道如电一般锋锐无比的目光射将过来，心头一凛，不敢与其目光相接，低头恭恭敬敬地回道："托大人福，家叔一切安好。只近来头痛的老毛病又犯了，夜间歇息不好，吃药也不见好转。"孟士元皱眉道："又是头痛？我这里倒有一剂治头痛的偏方，改日托人捎去才好。"随即道："贤侄请坐。"自己便先坐了。林修贤告谢坐下，心道叔父的病症，连京中太医的药方尚不管用，一剂偏方如何能治得好。自是他与叔父交谊深厚，心中关切才有如此一说。

这时丫鬟端上茶来，林修贤端起茶碗，趁机向孟士元望去，才瞧清他的相貌，不由又是一惊，暗道一声惭愧。只见他才只三十七八岁年纪，儒雅俊逸之极，一头乌发并无半点斑白。若非一双眼睛炯炯有神，目光如炬，哪里像是叱咤沙场的武将模样，分明是一位潇洒俊美的中年文士。林修贤平日里自负是个美男子，此刻这位孟总督虽年长自己二十岁，相形之下竟也自叹弗如，暗忖："我去年在京城见到寿王爷之孙梅昭如时，曾戏称他为天下第一美男子。不想较之这位孟大人，竟然不分轩轾，看来这'第一'二字，还是用错了。"又想："他今日尚有如此风采，二十年前更不必说了。有父若此，其女……"脸上不由一红。

孟士元自不知他心中所想，轻呷一口茶，问道："贤侄几时去京城的，又是几时回的？令尊告老回转昆明已有数年，我竟不知他原来就是兆雪兄的兄长，否则早当登门拜访才是，当真失礼之极。"林修贤道："自前年家父辞去湖州知府之位回转昆明，小侄便去京城投奔叔父，直至数日前方才到家。家父先前也不知家叔与大人如此交好，否则岂有不早来拜访之理？"

孟士元听他谈吐不俗，颇为高兴，问道："我适才听家人说，你现已中举，来年还待入京参加春闱会试，可有此事？"林修贤面上微露喜色，口中却自谦道："大人见笑了。小侄区区一介举子，怎及得上大人这般文治武功、文武兼修之奇才？此番回转昆明，家叔曾嘱咐小侄好生用功温书，以备后年春闱。小侄虽鲁钝，也当勉力一试。"

孟士元点头道："贤侄在京数年，想必拜会了不少高人名士。京城之中的人文风物，自然非我这边狭小城可比。"林修贤一脸景仰之色，说道："京城乃是当今皇上所居之处，自然文章鼎盛、高士云集。小侄有幸曾得蒙这一科状元公吴吉善吴大才子点拨。吴大才子才高八斗、学富五车，一席话语令小侄茅塞顿开，胜读十年诗书。"孟士元眉头微皱，说道："吴应兆的才名，我倒也曾有所耳闻。只是此刻社稷正值多事之秋，南方战事不断，叛军自两广起兵，节节进犯，业已占领了大半个贵州，前些日子攻陷贵阳，安顺告急。当今之世，文治只怕不及武功！"说到这里，怔怔地望着墙角出神。

林修贤虽知两广总督李延亭谋反，但依他一介书生所想，朝廷圣明，平叛当是轻而易举之事。何况素闻李延亭残忍好戮，不得民心，所谓"得道多助、失道寡助"，岂有不败之理？他自然从未想过战场上兵戎相见、血肉横飞的惨烈情景，更不知道兵力、粮草、布阵、用计等在战场中的作用。此刻听闻叛军已经攻占了大半个贵州，不由大吃一惊。见孟士元怔然不语，也不敢出声打扰他的思绪。

孟士元半晌才回过神来，问道："兵部侍郎皇甫敬将军，贤侄可曾拜会？"林修贤道："皇甫伯父是家叔的至交好友，小侄岂有不拜见之理？大人也识得皇甫侍郎么？"孟士元脸上微显诧色，道："我与皇甫大哥是金兰兄弟、生死之交，你叔父不曾告诉你么？"林修贤摇头道："小侄不知。"

孟士元转念一想："十余年前的往事，告诉孩子做甚？"问道："皇甫大哥身子还硬朗罢？他儿子少华该有十五岁了，你可曾见过？"林修贤道："皇甫伯父身子好得很，他的公子我虽不曾见过，但曾听叔父称赞于他，说他小小年纪，武艺精湛，又熟读兵书，日后必是一员不可多得的将才。"孟士元喜道："好，好！"见林修贤欲言又止，便问道："贤侄，你想说甚么只管说就是。我和你叔父乃是莫逆之交，大家都不是外人，但说无妨。"

林修贤脸上又是微微一红，犹豫再三，终于鼓足勇气，说道："家叔还时常赞道，大人有位掌上明珠，冰雪聪慧、貌美多才，是世间难得的奇女子……"见孟士元眼中精光一闪，一颗心吓得突突直跳，慌忙住口，后悔自己说话太过鲁莽。正自忐忑间，孟士元霍然站起，一张俊脸笼上了厚厚的冰霜，厉声道："我倒忘了，你先前是求亲来着！这可是你叔父的意思？"

林修贤见他神色严厉，话语中竟不留丝毫情面，心底发慌，赶忙起身，哪里胆敢有半句谎话，只得据实答道："家叔并不……不知……不知此……事。"说罢又悔又怕，心想倘若倚仗着叔父的名号，就推说是他的意思，孟总督瞧在叔父的面子上，或许还能宽宥几分。现下自己担了这过失，瞧他这副勃然大怒的模样，不知将要如何责罚自己，心中委实害怕之极。先前林员外夫妇闻听兄弟与孟士元有旧，便合计着抬出林瑞海的名号上门求亲，但孟士元几句厉声严词，林修贤一时惊惧之下，哪里还顾得上说谎？此刻话已出口，再也无法更改。

不料孟士元的脸色竟慢慢缓和下来，喃喃自语道："他并不知情，那也罢了。"神情转和，坐下道："贤侄受惊了，请坐。"林修贤举起袖子拭去额头冷汗，坐回原位，犹自不明白孟总督为何蓦地发怒，又为何骤然消怒，见他神色回复平和之态，心下稍安。

孟士元道："三年前兆雪兄回乡祭祖，在此间小住了数日，和君儿谈天说地，倒聊得颇为投机。我女儿容貌才情虽也不俗，可当不起你叔父这般夸赞。"林修贤不敢接口，听他又道："君儿还不到一十五岁，我膝下就只这一个女儿，平日里娇宠惯了，也不舍得她就此成婚出嫁。"林修贤听得明白，这话自是婉言拒婚了，心头一阵惆怅，半响才道："是，小侄明白了。"从怀中取出一个小小的锦囊，说道："小侄临行时，家叔再三嘱咐，要将此物当面亲手交呈大人。家叔言道，这是十六年前一桩事情的信物，他是此事的证人……"说着双手呈上。

孟士元惊道："甚么？"语音竟微微发颤。丫鬟将锦囊捧上，孟士元颤抖着手打开，取出一柄晶莹剔透、小巧玲珑的碧玉如意来。林修贤吃了一惊，这锦囊他虽一直贴身携带，却不敢私自打开，自然不知其中究竟有何物。孟士元却毫不惊奇，似已早知道会是此物，瞧着它出了一阵子神，喃喃道："不错，是它，是它！十六年了，终于来啦！"声音中又是欢喜又是凄凉。林修贤见他一直气定神闲，就连发怒时亦不失风度，此刻见了这小小一柄碧玉如意，竟有些神不守舍的模样，不由好生奇怪，却不敢发问。

　　过了良久，孟士元长吁一口气，问道："兆雪兄将此物托你之时，可还说了些甚么？"林修贤摇头道："家叔只是嘱咐我千万将此物贴身保存好，当面交给大人，仅此而已。对于这件事情，小侄可是半点头脑也摸不着。"孟士元微微颔首，轻声道："如此甚好。"转头对侍立身后的丫鬟道："赭石，请小姐来'正气轩'，就说有贵客来访。"

　　林修贤又惊又喜，心道："孟大人口中的'贵客'，说的是我么？"他本来已不敢奢望能见上孟府小姐，不想竟终能得见。

　　孟士元看他一眼，道："小女顽劣异常，我拿她也没法子。她八岁上亲娘就故去了，自此我便一味纵着她，如今想要管束，却也不能了。待会如有不周冒犯之处，贤侄多担待些。"林修贤忙道："哪里，只恐小侄不懂礼数，唐突冒犯了小姐。"只见孟士元手里紧紧握住那柄如意，心神不宁，竟似压根儿没听见自己说话。

　　门外传来一阵细碎的脚步声，林修贤心头"咯噔"一跳，手心也捏出了汗。

　　门帘掀处，林修贤眼前陡然一亮，险些惊呼出声，一个俏生生的绝色少女姗姗走进。只见她身着一件鹅黄色衣衫，明眸皓齿，身形婀娜，姣美妩媚，容色照人。林修贤一生之中从未见过这般美貌的女子，心下赞道："果然名不虚传！孟家小姐当真是一个千娇百媚的美人儿。"他自知不能多看，却舍不得就此收回目光。

　　在他目光直视之下，那少女有些羞涩了，低着头上前向孟士元行过礼，轻声道："老爷，小姐正在后花园练剑，说换过衣衫就来，还请贵客稍候。"说到"贵客"二字，向林修贤瞥了一眼。孟士元点点头，道："烦劳贤侄稍候。"那少女回过话，就垂手立在孟士元身后。

　　林修贤不禁又羞又愧，然而更多的却是惊诧。他素来自认眼光颇高，不想竟把人家丫鬟当成小姐，日后传扬出去，岂不让人笑掉了大牙？他又向那少女望了一眼，犹自不敢相信这天仙一般容颜的少女竟只是个丫鬟身份。一时间，脑中众念纷纭："听她口气，明明不是孟府小姐，可瞧她衣衫装饰、神采气度，怎会只是个丫鬟身份？莫非她就是小姐自己，却故意装扮成丫鬟的模样来戏弄于我？难道孟家小姐并无十分美貌，真正国色天香的只是这个丫鬟？又难道小姐自己还要更加美貌？但……世间岂能有这般的人物？"

正自揣测间，门外又响起轻盈的脚步声，林修贤屏住呼吸，眼睛一眨也不敢眨。门帘掀处，一道白色身影飘然而入，盈盈的眼波在他身上只略略一转，便径直来到孟士元身前。一个轻柔的声音响起："爹爹，我来得晚了，你的贵客见怪了没？"林修贤一直凝望着这道身影，却始终没能瞧清她的容貌。自从她进了这间精舍，舍中便洋溢着生机和活力。

孟士元瞧着这爱若性命的掌上明珠，脸上满是慈意，握着她的手来到林修贤身前，道："君儿，为父给你引见一位世兄。他名叫林修贤，表字重德，是大前年从京里来的那位林伯父的侄儿，前几日才从京城回转昆明。"又向林修贤道："这是小女丽君，小字君玉。"

林修贤这时才终于瞧清那小姐孟丽君的容貌，胸口宛如被一柄大锤重重击了一记。他平素能言善辩，此刻却一个字也说不出来，只勉强拱了拱手。反倒是那小姐孟丽君竟也学着他的样子抱拳为礼，微笑道："林世兄好。大胡子伯伯好么？"林修贤一呆，道："甚么？"终于吐出两个字。

孟士元叱道："君儿，别没大没小的。"嘴角边却也不由地露出一丝笑意，解释道："那年兆雪兄在此间小住时，君儿便称他作大胡子伯伯，他倒不以为意。"林修贤想起叔父颌下一大撮半灰半白的胡子，不由好笑，随即想起还没答复小姐的问话，忙道："家……家叔身子安好……只是头痛的老毛……毛病又犯……犯……"心中紧张，连话也说得磕磕巴巴。

孟士元道："十六年前，我在京城和兆雪兄初识之时，他正犯头痛。那时先室为他开了一剂药方，据说服后颇有成效。君儿，你在你娘从前的药囊里找一找，倘若还能找到这服药方，便着人带去京城罢。"提及故世的妻子，孟士元不由黯然神伤，手心更紧紧握住那柄碧玉如意。孟丽君知爹爹待娘亲情深一片，娘亲虽故去了七年，他始终不能忘情，此刻提起，心中必定难受，忙拉他坐下，道："今日怕是不得空闲了。明日我细细地找。若找到，便着人送到林世兄府上。"

林修贤这才明白先前孟士元话中含意，不禁为自己最初的想法感到惭愧，连忙道谢。

孟丽君见自从提及娘亲之后，爹爹便神情黯然、郁郁不乐，急欲转换话头，一瞥眼间，见他手中紧紧握住一柄碧玉如意，当下笑道："爹爹，这柄玉如意是大胡子伯伯送你的么？你给了女儿罢？"果然孟士元精神一振，见林修贤正要说话，忙使眼色止住他，说道："这是你皇甫伯父托林贤侄送给我的礼物，你若喜欢就给了你。这物事甚是名贵，你可要好生收起来，别弄丢了。"

林修贤暗觉奇怪，心想："这柄如意分明是叔父遣我送来的，孟总督为甚么要说是皇甫伯父的礼物？难道它真是皇甫伯父之物么？"只是乍见孟丽君，惊若天人，一双目光、全副心思都在她身上，哪里还顾得上细思其中缘由。

孟丽君从孟士元手中接过如意，但觉触手之处一片温润，通体碧绿，竟没半点瑕疵，便知是上好碧玉雕成，价值连城。于是向先前进来那娇俏少女招手道："雪妹，你来看。"

那娇俏少女名唤苏映雪，是孟丽君乳母窦蓉娘之女。窦蓉娘本是孟丽君母亲郦明珠的贴身侍女，自幼随她一同长大，份属主仆，情谊实同姐妹一般。郦明珠和孟士元成婚后，将窦蓉娘嫁给城东一个姓苏的小商人。那商人忠厚老实，家境还算殷实，夫妻二人感情甚好。不料新婚不过数年，丈夫外出经商，竟突发疾病，客死他乡。其时窦蓉娘已怀有五个月的身孕，独自一人，备受族人欺凌。孟士元仗义执言，为她讨还公道，又派人将她丈夫的灵柩运回安葬。孟氏夫妇怜她孤苦，依旧接回府中。苏映雪生于腊月二十，只小孟丽君两天，只因出生那日大雪纷飞、遍地洁白，孟士元替她取名作"映雪"。

苏映雪自出生起就同孟丽君在一处，因相貌温婉端丽，兼又性情柔顺，甚得孟氏夫妇欢心，几次欲收为义女，但窦蓉娘恪守主仆之份，执意不从，只得作罢。然而全府上下，人人都拿她当二小姐看待。孟丽君更待她有如亲生姐妹。两人起居饮食、衣衫装饰全无分别，私下里总以姐妹相称，只在窦蓉娘面前才略显疏远。

窦蓉娘自回归孟府，先是作孟丽君的乳娘，其后总管全府内务，自孟丽君母亲郦明珠故世之后，更相当于孟府的半个女主人。她对孟氏一家忠心耿耿、任劳任怨，待孟丽君更胜过自己的亲生女儿。

苏映雪接过玉如意，赞道："果然是一件稀罕的珍物。"孟丽君笑道："你且替我收着罢。"这柄碧玉如意虽然珍稀，她素来并不喜好这些玩物，却也不放在心上，适才故意提及，原是为了转移爹爹的忧思。

孟士元见自女儿进厅之后，林修贤的目光便一直在她身上，神情恍惚、言语结结巴巴，更无半分儒雅潇洒之态，心中不悦，暗想："我见他是兆雪兄的侄儿，对他另眼相看，再者今日碧玉如意终于来了，原是大喜之事，这才破例让君儿出来相见。不想此人竟如此不堪，终是碌碌之辈，枉费我如此抬举。"当下向林修贤道："有劳贤侄万里迢迢送来此物，改日我当登门拜谢。回去见了令尊，就说我公务繁忙，未能及早拜访，还请他见谅。"

林修贤一脸惶恐，连道："不敢，不敢。"见孟士元端起茶碗，当是送客之意，心中不舍，却又无可奈何，只得告谢出来。临了还偷眼向孟丽君望去，见她正和苏映雪低声说话，正眼也不瞧自己一眼，浑似毫不在意。长叹一声，跟着前头引路家人郁郁而出。

孟丽君见林修贤已去得远了，上前倚在孟士元身旁，娇嗔道："爹爹，这人一双眼睛忒贼溜溜的！你巴巴地叫女儿出来见甚么'贵客'，说的便是他么？难道就只因他是大胡子伯伯的侄儿么？"孟士元握住女儿的手，心道："如意之事，得选个合适的时机单独告诉君儿，此刻还是不说的好。"同时口中叹道："我原看他知书达理，人品还算不错，又是你林伯父的侄儿，你们是世兄妹，见见面也好。谁料此人竟……唉，也罢！君儿，你早起又在后花园里练剑了？女孩儿家，会些针线女红便好了，舞刀弄剑地做甚么？"

孟丽君抿嘴笑道："不过瞎玩儿罢了，谁又舞刀弄剑的了？爹爹既是武将出身，女儿多少也该会一些儿功夫才是，要不岂非堕了爹爹的名头？"孟士元笑道："依你这么说，倒好似我的名头全靠你撑着了？"孟丽君学着林修贤方才的模样，诚惶诚恐地连声道："不敢，不敢。"苏映雪"噗哧"一声笑了出来。孟丽君跟着笑道："不是女儿夸口，我若穿了男装，只怕比爹爹更像'儒衣神将'呢！"孟士元也哈哈大笑，随即正色道："玩笑归玩笑，你可千万别穿了男装私自溜出府去。给我知道，定不饶过！"语气神色甚是严厉。

苏映雪听了这话，脸色大变，目光不由朝孟丽君望去。幸好她站在二人身后，孟士元瞧不见她神色目光，否则定会起疑。孟丽君也心下一惊，神情却是泰然自若，笑嘻嘻地道："女儿怎敢私自溜出府去？爹爹，你别这么凶巴巴的，女儿犯了甚么过错，你要责罚我？"说着小嘴微微嘟起，倒似受了极大的委屈一般。

孟士元忙道："我不过叮嘱一句罢了。你也知道，眼下外面仗打得厉害，到处乱得紧。昆明城此刻虽还没置身战事，但云贵相接，说不准哪一日便打过来了。好女儿，爹爹担心你，一时说话急了些，也是有的。你想，爹爹怎舍得责罚你？"说着轻拍她手背。孟丽君和苏映雪相视一笑。

孟丽君心头暗忖："听爹爹口风，应该还不知道我和兰儿出府之事。他素日里从不许我踏出家门半步，那件事情虽关系重大，只怕我纵然苦苦求肯，他亦定不会答允。但如私自出去，不是一时半会便能回转的，终究还是瞒不住，那便如何是好？"她一面暗自盘算，一面口中问道："爹爹，依你看，朝廷甚么时候能平定此次叛乱？"

孟士元摇了摇头，面色甚是凝重。孟丽君惊道："难道朝廷便没了胜望么？"孟士元喟然道："自然不是。但决计不会如有些人料想之中的那般容易。李延亭那厮早在十数年前就有反意。只是那时当今皇上虽然刚登基不久，但有太师辅国，朝政清明、上下归心，老贼也知事无可成，竟一直隐忍到如今。现下他已经准备了十几年，此番蓄势而发，实力不容小觑。而朝廷一直无甚防备，此消彼长之下……唉！"说罢长叹一声。

孟丽君问道："女儿有一事不明。听爹爹适才话中之意，那李延亭似乎对太师甚为忌惮。如今太师依然在朝，声名威望较之十年前只高不低，何以此刻李延亭竟胆敢起兵作乱呢？"孟士元看了女儿一眼，柔声道："君儿，这些朝政大事是男人们的事情，你小小年纪，又是个女孩儿，问这些做甚么？"孟丽君笑道："从小起爹爹就甚么都肯教我，我知爹爹没有儿子，一直拿我当作儿子一般看待。"孟士元叹道："但你毕竟只是一个女孩儿，日后……日后终归是要成亲嫁人的。你懂得越多，只怕夫家会越不喜欢呢！"

孟丽君吃了一惊，奇道："那又是为甚么？君子曰：'学不可以已'，圣人云：'学无止境'。爹爹不是一直勉励我博学多思，不懂就问么？怎么懂得越多，还有人会越不喜欢呢？"孟士元无言以对，心道："明珠遗言，不让我教君儿所谓夫妇伦常之礼，也不让她看《烈女传》《女诫》之类的书，不知对她日后究竟是好是坏？"

苏映雪插口道："君姐，娘常对我说'女子无才便是德'，就是这个道理了。"孟丽君秀眉微蹙，道："'女子无才便是德'？为甚么'女子无才便是德'？这话荒唐！我怎从来没听蓉姨说起过？"苏映雪道："娘从不当你面说这些话。娘说，这个世界原是男人们的世界，女人不过是陪衬，须以贞静贤淑为要，次则针线女红，这才是身为女子的本分。娘说，我们都是碌碌平庸之人，自然要遵从先贤教诲。但小姐你和我们不同，你的才情原是老天爷额外赐下的，倘若不加以施展，就白白辜负了老天爷的这番心血。"孟丽君想了想，道："不对。上天造就男女不同，几时说过女子就比男子低一等？再说，谁的才情不是上天所赐，难道就该白白辜负了不成？"苏映雪从不与她争辩，微微一笑，便即住口。

孟丽君倚在孟士元怀里，撒娇道："爹爹，你就跟我说了罢。"孟士元瞧女儿娇憨的模样甚是可喜，心中暗忖："十五年都是这样过来了，我妄想在一朝之内，扭转君儿的脾性，那原是不可能之事。好在还有一段时间，可以慢慢来。其实君儿天性淳善，聪慧过人，又何必要强自压抑她的本性呢？如她此刻这般活泼机灵、天真无邪，着实令人疼爱，想来不致会因此而令人不喜罢？或许是我多虑了。"当下细细解说道："如今朝中情形，已和十几年前大不相同了。那时皇上年幼，还没亲政，朝政大事都由太师全权做主。太师为人耿介刚正，对朝廷忠心耿耿、鞠躬尽瘁，使得朝政清明、上下一心，李延亭自然无隙可乘。但如今……"

孟丽君抢着说道："如今皇上自己亲政了，却是一个昏君，亲小人、远贤臣，致使太师大权旁落，朝政大权都落在了国丈手中。这位国丈大人不学无术，只会结党营私、排除异己，将朝廷上下弄得一团糟，才使得李延亭有机可乘。是也不是？"孟士元脸色大变，露出不可置信的神情，手指着孟丽君，半晌才骇然道："这话……这话如何说得？你……你又怎……怎会知道这些？"

孟丽君早料到自己这番话一说，爹爹必会大惊失色，也必然会有此一问，笑道："有时候爹爹在前厅或是书房里待客，女儿闲来无事，便藏在帘幕后面听一会儿。听得多了，自然就知道了。"孟士元脸色又是一变，待要斥责，孟丽君已抢先一步笑道："爹爹只管放心，女儿就算知道了这些，自然明白事关重大，决计不会在人前瞎说的。至于藏在帘幕后面，自女儿七岁时起爹爹就知道了，也不曾为此责骂过女儿，我只当不妨事呢。"

听她这么一说，孟士元登时想起八年前发生的一桩事情来，那时孟丽君才只七岁。

那一天是孟士元三十岁生日，总督府宾客满堂，好不热闹。宾客们送来的各色礼物都摆在堂上。其间最为显眼的是一座珍珠琉璃塔，上下九层，手工精巧，价值不菲。

酒过三巡，席间一个布衣书生站起身道："久闻孟总督'儒衣神将'大名，在下偶然得了一个对子，想请孟总督屈尊赐教，也好让大伙儿都见识见识，知道大人并非徒有虚名。"孟士元并不认识此人，一听便知乃是存心挑衅，想来不忿自己一介武将竟能博得"儒衣神将"的名头。他于诗文书画都颇为精通，对对子却非所长，对方自是蓄意而来的，事先已经打听好了自己的弱项。但当此情形已无可推脱，只得硬着头皮道："兄台请赐上联。"

那书生指着礼物中的琉璃塔道："上联是：'宝塔尖尖，九层四面八方'。"这琉璃塔乃是那日贺寿的礼物，可见此联确是依情依景而出。唯其如此，这下联便十分难求，也须得依情依景方可。那书生原是看定景物中并无可对之物，这才以此上联故意刁难。

厅上人才济济，一众宾客低声议论，目光四下寻找，但眼前实在并无可对之物，倘若对出此间所无的物事，纵然对仗工整，终究差了一层意思。孟士元思忖良久，终无可对，正待开口认输，却听一个小女孩的声音道："这有甚么难对？我爹爹不愿同你一般见识，待我来对。"众人只见从帘幕后转出一个眉目如画、清丽秀美的小女孩儿，才七八岁，正是孟丽君。她不能见客，便悄悄躲在帘幕后面瞧热闹，这时见有人挑衅，不由自告奋勇站了出来。

那书生先是一惊，随即见是一个不到十岁的小姑娘，无论如何也不相信她能对出下联，抢在孟士元出声喝止之前，便大声道："好，你来对。若是对不出，抑或对不工整，那便怎样？"孟丽君傲然道："我既然站出来，便是代我爹爹应对。若是对不出，抑或对不工整，那便是我爹爹徒有虚名。但我若对上了，你可服气？"那书生笑道："倘若小姐小小年纪，便能对出我的对子，孟总督自然家学渊博、无人可及，在下岂敢再不服气？"语气之中却满是嘲色。

孟丽君道："好。"伸出小手，冲着那书生轻轻摇了摇。众人俱大感不解，还有人本就不信她能对出，只当是摆手认输。却见那书生脸色大变，露出一股绝不相信的神情，慢慢又转为心悦诚服之态，上前向孟士元深深一揖，道："在下今日始知天外有天、人外有人，大人请恕在下先前狂妄无礼。"书生转身便走。孟士元忙道："兄台且慢。宴席方酣，何不留下多喝几杯？"那人原想自己搅扰了孟府的寿宴，不好意思留下，但听孟士元开口挽留，语出挚诚，终于留下。回头再看孟丽君时，早已经退入内室。

席间便有人问起孟家小姐适才的下联，那书生道："小姐玉手轻摇，下联便是'玉手摇摇，五指三长两短'。"众人都称妙极。那人又道："对联却倒罢了，也算不得十分工整。只是小姐年纪虽小，心思委实敏捷之极。说来惭愧，在下出上联时，便已在厅内细细察看过，绝无可对之物。然而小姐玉手轻摇，登时便造出了一件可对的物事。我等俗人只知满厅里找，小姐却能跳出这一层束缚，想到自己来造。这其中的差别，可谓天差地远！"

经过这件事后，孟丽君的才名便在昆明城里流传开了。此后数年，愈来愈盛，加上孟丽君略大了几岁，容貌越发清丽无双，引来了络绎不绝的求亲之人。

那书生此后与孟士元甚是交好。他姓何名替，字更之，原是饱读诗书的举子。一年后进京会试，中了二甲，先入翰林院，两年后外放兰州任督台，官场上并不如意，此后便杳无音信了。

孟士元想起这件往事，责备的话语再也说不出口。见女儿言辞上处处抢占先机，自己已然不是对手，心下暗忖道："君儿眼下还不到十五岁，就能有这份机智和聪慧，实在难得。只可惜造化弄人，将她错生做女儿身。倘若她是一个男儿，只怕真能轰轰烈烈地做出一番大事业呢。"想到这里，脸上登时露出惋惜的神情，半响才道："君儿，从前的事情，爹爹也不来责备你，只是下不为例。今后你若是再想知道些甚么，只管问我，可别再藏在帘幕后偷听了。"孟丽君笑道："好爹爹，女儿再也不敢了。其实也没甚么，只不过心里好奇罢了。你将前因后果都告诉了我，好不好？"

孟士元道："这十数年来我一直待在西南，于京城中的情形知之甚少，许多事情也是道听途说来的，并不一定可靠。你想知道，我便都说给你听罢。"他端起茶碗，喝了一口茶，慢慢说道："太师姓梁讳鉴，表字如镜，乃是当今太后的胞兄、皇上的亲母舅。他祖父爵封晋国公，是本朝的开国大功臣。太师是三朝元老，早在先帝在位时，便倚为肱股重臣。十六年前先皇驾崩，当今皇上才不过十岁年纪，先帝遗命太师辅国，总理朝政。那时天下官员纷纷入京奔丧，我和你皇甫伯父也都去了京城。我总算有幸，与太师有过数面之缘，如今虽已过去了十数年，却依然不能忘怀。太师为人刚正耿直，不怒自威，令人一见之下便肃然起敬。"说到这里，脸上满是景仰之色。

孟士元顿了顿，又道："更有一件事情令人好生敬重。太师已故夫人姓景，据闻与太师夫妻和睦，恩爱非常。夫人膝下只育有一女，并无男丁，有人便规劝太师纳妾，以传子嗣，太师却执意不肯，那也就罢了。不料景氏夫人命薄，三十几许上便故去了。那还是二十年前先帝在世之时，先帝体恤太师，颁旨将华阳郡主许配给他为续弦。不料太师待夫人情深义重，竟然抗旨不从，也是他性情耿介，惹得先帝龙颜震怒，将其连降三级，欲逼得他回心转意。然而太师竟不以为意，言道纵然丢官弃爵也断不能从旨。先帝无奈，只得撤回圣命。太师一人之下、万人之上，位极人臣，富贵无伦，却能守义不移，二十年如一日，当真可敬可叹。"

孟丽君和苏映雪都听得入神。孟丽君拍手赞道："这位梁太师当真是个有情有义的大丈夫。那景氏夫人想来必是一个奇女子，方能得太师如此相待。不过，爹爹比之太师，却也丝毫不差。"孟士元想起亡妻，默然不语。

孟丽君忙岔开话题，问道："梁太师如今有多大年纪了？"孟士元想了一想，道："十六年前我拜见太师时，他约莫四五十岁，如今该有六十多了罢？对了，四年前皇上颁旨传告天下，庆贺太师六十岁寿辰，那么他今年该当有六十四岁了。"

孟丽君又问："就是那年进京，爹爹结识了大胡子伯伯，是不是？皇甫伯父也是那次之后，就一直留在京城里，是不是？"孟士元点头道："不错。那时我和你皇甫伯父不过是总兵之位，皇甫大哥武艺精湛、膂力过人，端的是一员虎将。也是他时来运转，竟结识了当时的兵部侍郎呼延宏老将军。那呼延老将军对皇甫大哥甚为赏识，作主将他调入兵部。这十六年里，万里迢迢的，我们哥俩虽有音信往来，却再没见过面。如今你爹爹我不过是小小一个云南总督，皇甫大哥却早已升作兵部侍郎了。"说着长叹一口气，话语中颇含英雄没落之感。

孟丽君心知爹爹素来对行军作战之能甚为自负，况"儒衣神将"的声名非同小可，十数年前当真是战功赫赫、威名远扬。但近年来他只闲居在家，无丝毫用武之地。然而这些年却并非没有战事，只是朝廷从不征召于他。他虽韬略满腹，终归无法施展。既无军功，总督之职一任便是十年，再也升不上去。

就如此番两广总督李延亭起兵作乱，贵州、四川、江浙一带的兵力尽数上前御敌，朝廷却无旨意调他前往，便好似压根儿没有这么一个人一般，怎令他不心生英雄没落之感？

孟士元只片刻间便控制住情绪，接着道："八年前，皇上一十八岁，娶了一位刘皇后，便是如今那国丈刘捷之女。皇上大婚后便开始亲政，太师退还朝政大权。也是太师年岁渐高、精力衰退，又想着既是皇上亲政，他不便多加干涉。我朝自开国以来，一向外戚权重。如此一来，却被那刘捷乘虚而入，一面用声色犬马迷惑皇上，一面遣心腹之人占据朝廷要职，渐渐掌握了朝政大权。几年之后，等到太师发觉时，刘捷羽翼已丰，在朝中占有隐隐可与太师分庭抗礼之势。而最要紧的便是，皇上对他言听计从、宠幸无比……"孟丽君"哼"了一声，不屑道："这小皇上可委实糊涂得很呢。"

孟士元急道："君儿，不可说出这种目无君上的言语！倘被人听见，告了出去，只这一句话便是满门抄斩的死罪！"孟丽君骇然道："有这般严重吗？"孟士元叹道："你一个小女孩儿，哪里知道官场的险恶！宦海沉浮风波起，有多少忠臣义士都屈死于一时的言语不察！所谓'伴君如伴虎'，便是如此。"孟丽君一凛，不再说话。

孟士元续道："刘捷此人阴险狡诈、刁滑无比，偏又不学无术。自他把持朝政大权后，起用之人均是吹须拍马、阿谀逢迎之辈，正直有才之士遭到排挤、不得重用，异己之人更被他借机铲除。短短数年之间，朝廷上下已是乌烟瘴气、朝纲不振。皇上被刘捷一手掌控，如蒙在鼓里，万事不闻。太师年岁渐高，一人之力，力不从心。老丞相寿王爷虽挂名丞相，向来不问朝政。如此便只得任由刘捷骄纵跋扈……"孟丽君插口问道："寿王爷是谁？"孟士元道："他是先皇的叔父、当今皇上的叔公，官拜丞相数十年，若论资历，朝中再无人能及得过他。早在先帝在位时他便已不问朝政，如今少说也有八十多岁了，等闲难得上朝一次。"瞥眼见孟丽君欲言又止，问道："你想说甚么？"

孟丽君道："依女儿所想，这位寿王爷既已不问朝政，就该让出这百官之首的丞相之位呀。"孟士元道："依理原该如此。但官场之上，'理'字常常大不过一个'情'字。有多少事情，都是碍于人情而悖于天理。你还小，哪里懂得这些！"孟丽君站直身子，大声道："我才不要懂呢！倘若天下人人都不懂这些，也就不会有这许多徇情枉理的事情发生了。世上万事本应上合天理、下应民心，除此之外，私情种种，都该一概革除！"

孟士元见她神情激动，俏脸涨得通红，目光中泛出迫人的光彩，虽然年尚稚幼，一席话说得正气凛然、豪气干云。有一瞬间，竟恍惚觉得身旁的女儿似变了一个人，令自己好生陌生，又颇觉敬畏。

他定一定神，正待说话，见一个十三四岁的青衣少女进来回道："苏夫人已经备好餐饭，请老爷、小姐后厅用饭。"她圆圆的脸蛋，容色秀丽，两只大眼睛甚是灵动。

孟士元站起身子，看了看女儿，笑道："以后有空再慢慢聊吧。"回顾苏映雪一眼，叮嘱道："雪儿，你将这柄如意拿给你娘看过，再替君儿好生收起来。"苏映雪应道："是。"孟丽君这时已稳住心神，想起自己方才的言语，不由微觉羞赧，幸喜爹爹并未多言。

当下众人一齐来到后厅，一个三十多岁的美妇人迎上前来，向孟士元问道："老爷，怎么不留下林公子在府里用饭？"此人正是苏映雪的母亲窦蓉娘。孟士元摇头不语。

苏映雪手捧如意上前道："娘，你瞧！"窦蓉娘一见如意，全身一震，脸色陡变，抢在手中细细察看，颤声道："这……这如意……这是……"孟士元接口道："这是皇甫大哥托林家侄儿带给我的礼物，我已经转送给君儿了。"一面说，一面暗使眼色。窦蓉娘立时明白他的心意，轻吁一口气，强自按捺住激动的心神，见孟丽君投来疑问的目光，忙随口解释道："噢，是我看花眼了。乍眼一瞧，我还道……我还道是先夫遗下给我们娘儿俩的那柄如意呢！"苏映雪不安地叫了声："娘！"

窦蓉娘道："我没事儿。"将如意还至苏映雪手中，叮嘱道："这可是件贵重的物事，你替小姐好生收着。"苏映雪道："女儿知道，这就收起来。"说罢转身去了。窦蓉娘拉着孟丽君的手，笑道："小姐，今儿我吩咐厨房做了你最爱吃的汽锅鸡和荷叶粉蒸肉。"

孟丽君被窦蓉娘拉着手走到席上，一时脑中闪过数个疑窦。她曾见过窦蓉娘亡夫遗下的如意，和眼前这柄大不相同。这柄如意晶莹剔透、温润光滑，是世间罕有的珍宝，任谁一见之下也不会看错，所谓看花眼云云，定是推脱之辞。"蓉姨必是知道些甚么，却和爹爹一道隐瞒于我。到底这柄如意是甚么物事？为甚么见了它，蓉姨竟会脸色大变，爹爹也变得颇为古怪？它真的是皇甫伯父送给爹爹的礼物么？"

孟丽君心中虽有许多疑问，却没开口询问。第一，爹爹和蓉姨二人，是世上待她最好、她最亲近的两个人，纵然有事隐瞒，必定事出有因；第二，蓉姨既推说将这柄如意错看成亡夫的遗物，若出言询问，必会触及她和雪妹的伤痛；第三，自己近几日正有机密大事要做，无暇分心去想这些问题，不如等了结了那桩大事之后，再来全心考虑此事。

窦蓉娘拉着孟丽君的手走到席间，待孟士元在主位坐下，将孟丽君送至他右侧坐了，自己则坐在孟丽君右侧。苏映雪收好如意回来，在下座相陪。席上菜肴十分丰盛，桌上摆着五副碗筷，地下设了五个座位，想是窦蓉娘以为孟士元必会留林修贤用饭。

窦蓉娘吩咐道："撤下一副碗筷。"先前那青衣少女便上前来取。孟丽君笑道："何必麻烦呢！蓉姨，就让兰儿坐下陪我们一道吃好了。"那青衣少女名唤荣兰，是孟丽君的贴身丫鬟，闻言报道："婢子不敢。"一面说，眼光一面向窦蓉娘望去。窦蓉娘看了孟丽君一眼，说道："兰儿，既是小姐要你相陪，你便坐下罢。"

众人都是一惊，他们知窦蓉娘素来最讲尊卑位次，从来不能容忍越位僭礼之事，而孟氏父女反倒不甚计较。尤其孟丽君，待荣兰也如同姐妹一般，让她坐下一道用饭，心知爹爹必不会拦阻，蓉姨开始一定不允，自己好言求恳几句，说不定就允了。不料她竟如此爽快地答允下来，孟丽君又是欢喜，又觉反常。

孟士元却明白窦蓉娘心意，暗叹一口气，心道："自明珠故世后，蓉娘便如君儿的亲生母亲一般，难怪她不舍得，此刻对君儿这样百依百顺。其实，我又何尝舍得呢！"

荣兰大喜，仍不敢就座。孟丽君提醒道："还不快谢过苏夫人。"荣兰忙道："是。谢谢老爷、小姐，谢谢苏夫人！婢子告座。"随后她将椅子挪到下座，侧着身子坐了半个座位。

席间窦蓉娘不住给孟丽君拣菜，孟丽君见她眼角隐隐有泪光闪现，却竭力作出一副欢喜的模样，不由好生奇怪，强压下寻根问底的念头，暗道："此刻不宜节外生枝，左右不过数日工夫。事有轻重缓急，那是关系数百条人命的大事，待我将那件大事办妥，回来再细细询问蓉姨，定要弄个水落石出。"

饭后,孟丽君携苏、荣二人回到自己的闺房"幽芳阁",吩咐石青、藤黄两个丫鬟在外间侍候,不经传唤不必进来。因孟氏父女皆酷爱丹青,给府上的大丫鬟起名也别出心裁,均以颜料为名。至于苏映雪和荣兰二人,孟丽君待她们有如亲生姐妹一般,并未改名。

一进闺房,苏映雪立时嗔道:"小姐,今日好险!你若再晚回片刻,就连换衣衫的时间也不够了,定会给老爷发觉。今后你别再私自出府了,好不好?每回我都提心吊胆、战战兢兢的,既害怕你们在外面遇到危险,又担心老爷或娘突然有事找你。"说着用手轻拍胸口。孟丽君安慰道:"雪妹你放心,我和兰儿出去三回了,不是一点事儿也没有吗?就只这次爹爹唤我见客,你瞧,我就及时赶回来了,可见老天爷也在帮着咱们呢!"

苏映雪满脸忧色,迟疑道:"可是……听今天老爷口风,他会不会已经知道你们出府的事儿了?"孟丽君笑道:"爹爹他才不知道呢!他若知道,早就闹翻天了,怎会给我轻轻一语就带过去了,你说是不是?"苏映雪想了想,点头道:"不错。"

荣兰插口道:"依我说,能出去玩儿一遭,回来就算被老爷责骂,我也心甘情愿。映雪姐,你可不知道外边有多好玩儿!"苏映雪不以为然道:"不就在府外围墙处转转么,能有甚么好玩儿的?"荣兰道:"上两回我们只在附近转,是没见着甚么有趣的事儿。今天我和小姐打定主意,一路往东南去,竟碰上了一个大集市,人山人海,热闹得不得了!里面卖各式各色稀奇古怪的玩意儿,我看得眼睛都花了,还有好些东西连名字也叫不上……"

苏映雪奇道:"府里甚么没有?外面还能有甚么好东西?我可不信。"荣兰打开橱柜,拿出一个用竹片编的小盒子,擎在手中,说道:"瞧!这个就是我今天买的,好不好看?你猜它是做甚么用的?"

苏映雪接过细看,虽只是一个竹编小盒,四壁雕刻了山石花草,上面还有盖儿,手工精巧,更有一股自然清新的味儿,令人爱不释手。她知荣兰既这么问,自己必定猜不着,便问:"做甚么用的?"荣兰笑道:"说来怪脏的,他们说是用来装一种虫子……"苏映雪"啊"的一声尖叫,险些将竹盒抛在地下。荣兰忙接过来,笑道:"我才不管他们拿它做甚么用呢,我只爱这竹盒清新奇巧。"

孟丽君道:"那种虫子,学名促织,也叫蟋蟀,小名蛐蛐儿,长甚么模样,我也没见过。书上说,有些富家子弟不学无术,成日里斗蛐蛐儿。又说碰上皇帝也喜欢这个,官府就拿它当供品,害得好些百姓人家家破人亡。"说到"家破人亡"四个字,心绪发散开去:"此刻贵州、两广一带兵火连天,已不知有多少无辜百姓家破人亡了。"想起适才和爹爹议论天下大事,孟丽君不由怔怔地出神。

苏、荣二人自不知她心中所想。荣兰继续讲述此番出府的见闻,苏映雪听得甚是有趣,又是好奇,又是羡慕,一时又觉还是留在府里平平静静的好。

荣兰两岁时随祖母逃难到昆明,一路乞食,祖孙二人相依为命。风雪之夜,祖母饥寒交迫冻死路旁,至死仍紧紧将小孩儿捂在怀中。正巧孟福经过,救下荣兰一命。孟士元夫妇见她一个小女孩儿,孤苦伶仃、无依无靠,便收留在府中给孟丽君、苏映雪做伴儿。三人自幼养在深宅大院之中。苏、荣二人因与孟丽君情分不同,虽名为丫鬟,衣衫装饰、起居用度却超过了一般人家的小姐。府上下人如云,锦衣玉食,十几年来除却偶尔乘轿去庙里礼佛进香,三人平素里压根儿不出大门,市井中事更是一概不知,连蛐蛐儿也没见过,自然不足为奇。

孟丽君惊才绝艳、聪慧无比,兼之孟氏夫妇将她自小当作男儿一般养大,悉心调教,花费了无穷心血精力,因此眼下虽还不到十五岁年纪,竟琴棋书画无所不精、诗词歌赋无所不能,又天生一股豪迈英气,为寻常男子所不及。其母郦明珠祖上三代俱是江南名医,外祖父郦有道人称"医仙",有活死人、肉白骨之术。孟丽君自懂事起就随母亲学习岐黄之术,八岁上母亲故去,此后便依书自学不辍,医术之精,当世罕有匹敌。她又爱读兵书,一部《孙子兵法》烂熟于心,闲时与父亲议论兵法策略,虽是纸上谈兵,但想法之新异,计谋之诡奇,时常令孟士元大为惊叹。

一日间她看书看得倦了,在后花园里小憩,听到围墙外的人声,心道:"古人说'读万卷书莫如行万里路',我读书破万卷,却连府门都没踏出过一步。我也曾向爹爹撒娇乞求过,爹爹甚么都肯依我,唯有这件事,说甚么也不允。非但如此,每听我这么说,他都要大发雷霆,数日不息。看来我这一辈子,怕是要困在这小小的总督府了。"又听了一阵子,忽然脑中冒出一个念头:"不如趁着爹爹不提防,我悄悄地溜出府去,见识见识外面的天地。只消不被爹爹和蓉姨发觉,那便甚么事儿也没有。就算被发觉了,不过责骂一顿,那也值得。"这念头一旦产生,便似有无可抗拒的魔力一般,再也挥之不去。她当即回房和苏、荣二人商议。荣兰活泼好动,一听之下拍手叫好,嚷着也要去。苏映雪沉稳持重,竭力劝阻。无奈小姐主意已定,再无更改。

当下孟丽君换上爹爹年轻时的衣衫,用头巾束住秀发。荣兰则换上府里小厮的青衣。对镜一览,荣兰的模样倒还罢了,可孟丽君的容貌太过俊美出尘,苏映雪连道"不妥"。孟丽君早思及于此,打开母亲遗下的药囊,取出一丸"易姿丹",和水化开,涂抹在面颊、颈部和手背等裸露在外的肌肤上,掩去白皙娇嫩的肤色。片刻之间,一个丰神如玉的俊美少年变作了一个黄瘦体弱的病书生。苏映雪原本担心不已,待见到"易姿丹"功效非凡,孟丽君易容改装后相貌丝毫不引人注目,才略略放下心来。

窦蓉娘本是孟府的总管,苏映雪更是掌管了全府上下的钥匙,因此孟丽君想要出府,实在容易不过。后院小侧门早已荒废不用,平时从来无人注意,距"幽芳阁"又近,只需将石青、藤黄两个丫鬟借故打发开即可。

孟丽君和荣兰从小侧门悄悄溜出府外,前两次不敢走远,只沿着总督府的围墙绕了一周。一路之上,见到甚么都觉新鲜有趣,荣兰不住问东问西,孟丽君左顾右盼。两人不敢耽搁太久,半个时辰后依旧从原处溜回府里。孟丽君用清水洗去脸上、手上的药物,二人换回女装。苏映雪在孟士元和窦蓉娘跟前为她们掩护,竟一点事儿也没有。

经过了前两次的尝试,孟丽君胆子渐大。她见中秋将近,昨日夏巡抚、邺总兵、松副将等几家都遣人送来节礼,便料定蓉姨今日必不得空闲,不仅要张罗过节,还要打发人送上回礼。爹爹更不消说,每日上午总在书房里读书会客,正是自己出府的良机。于是更易了容貌,和荣兰二人一大早就改装溜出府外。此番孟丽君打定主意要走远些,多见识些人文风物。二人一路向东南行去,正如荣兰所言,竟碰上一个大集市,见识了许多从未见过的物事。二人逛了半晌,有些口渴了,便上"祥福居"喝茶,不料见到林修贤、沈媒婆一行提亲的队伍。孟丽君知爹爹已经下令,不许媒婆再踏进堂院,便也不以为意。但后来听人说起,林公子有个叔父在朝中做翰林,是爹爹的至交好友,不是林瑞海还能有谁?她知倘若这位林公子当真是林瑞海的侄儿,爹爹必会见他,说不定还会破例让自己出来相见,因此不敢耽误,和荣兰二人立时回府。果然,尚未盥洗换衣完毕,孟士元便令赭石来叫。孟丽君忙令苏映雪先来回话,谎称自己早起练剑，换过衣衫就来。如此这般，才算没露出破绽。

孟丽君愣了一会神，忽向苏映雪道："雪妹，你将那柄碧玉如意取来，我再瞧瞧。"苏映雪闻言拿钥匙开了暗柜，取出一个紫檀木小匣子，又从身边取出一把小钥匙，打开木匣，里面赫然正是今日新得的那柄碧玉如意。孟丽君将它擎在手中，翻来覆去细看良久，除了是用上等美玉精雕细琢而成、价值不菲之外，实无甚奇特之处。依旧交还苏映雪，放入匣中，上了锁，放回暗柜。苏映雪将钥匙贴身收好，转身问道："小姐，这如意究竟怎么了？"

孟丽君摇头道："没甚么。"暗忖："这柄如意之中必有隐情，只不过我瞧不出罢了，爹爹和蓉姨多半都知道。等我回来再细细询问他们，定要问个水落石出，现下先暂且不去理会。"又想："我此番出府之事，可要告诉雪妹？嗯，还是瞒着她的好。此番出去，多则五日，少则三日，无论如何瞒不过爹爹和蓉姨，他们必会四处找寻。我若将行踪告诉雪妹，爹爹定然知晓。找着我也就罢了，万一那件大事功亏一篑，岂不枉送了数百人性命？"

孟丽君心意既决，便欲先行遣开苏映雪，好和荣兰商议，笑道："今日早上，我和兰儿经过后花园时，瞧见那株'玉楼春'已经开花了……"苏映雪大喜，道："当真？我得瞧瞧去。"说着便起身向外走。那株"玉楼春"是苏映雪最心爱的一品菊花，她浇水松土、勤加呵护，乍一听说开花了，自然甚么也不顾，要赶去欣赏。孟丽君道："你顺便摘些旁的花儿回来插瓶罢。"苏映雪回头道："知道了。"又问："兰儿，你去不去？"荣兰笑道："我早上已经看过了，你快去罢。"苏映雪匆匆去了。

孟丽君见四周再无旁人，俯身在荣兰耳边轻轻说了几句话，荣兰脸色蓦地大变，骇然道："小姐，你要想清楚了。这样子，可再也瞒不过老爷和苏夫人了，回来时怎么办？"孟丽君低声道："人命关天，顾不得这许多了，到时候再说。兰儿，你敢不敢随我去？"荣兰毫不犹豫地道："我自然要随小姐去。我若不去，只小姐一个人，那怎么成？"孟丽君点头道："好。这件事情，可对谁也不能说起。我特地把雪妹遣开，便是为此。咱们分头准备，我收拾药囊，你去预备其他物品：男装女装各带一套，二十两银子，都要散碎的。"荣兰答应着去了。

孟丽君从橱柜中取出药囊，检查一番，想了想，将每样丸药各取出一半，银针全套都拿出来，另找一块布包住，打了一个小小的包袱，再将药囊合上，依旧放回原处。她已经想到,自己和荣兰两人一齐失踪,爹爹定会先在府里寻找失物。倘若发觉药囊不见了,略一打听,很容易便能猜出自己的去处。至于药囊里究竟有几味药、每味药量各有多少,就只自己一人知道。只消留下药囊,他们便难以猜到自己出府所为何事。

　　孟丽君又打开梳妆台的抽屉,取出一柄五寸长的短剑,拔出剑锋,剑身宛如一泓秋水。此剑名"凌霜",是她十三岁生日时孟士元送的礼物,比一般匕首略长,削铁如泥,锋利无比,端的是一柄防身利器。

　　过不多时,荣兰回转来,手里拿着大大的一个包袱,低声道:"都备妥了。"孟丽君接过包袱,检查一番,将先前的小包袱和"凌霜"短剑都包在里面,重新系好,藏在梳妆台下的柜子里,嘱咐道:"今夜四更,咱们易容改装,依旧从侧门出去。"见荣兰脸色不安,神情惴惴,又笑着安慰道:"别怕,只当是出去玩一遭。咱们这次是去做善事,救人性命,菩萨一定会护佑咱们平安无险。"口中虽如此说,想到第一次出远门,心中一阵紧张,又一阵兴奋,恨不得夜幕早些降临。

第二章

"梆梆"的更漏声在寂静的黑夜里响了四声,已是四更时分。约莫过了一炷香的工夫,两条人影从云南总督孟府的侧门里溜出,淡淡的月色下,依稀可见一个黄瘦的白衫少年和一个单弱的青衣僮儿,正是易容改装的孟丽君和僮儿装扮的荣兰二人。

二人毫不停留,沿日间行经之路向东南而去。孟丽君一面走,一面低声道:"咱们先去白天到的集市。我听人说,像昨日那样的大集市每七日一次,小集市则每日都有。日间我曾见几辆马车候在一旁待人雇用,咱们就在那儿等着,见有车夫赶车来,便坐上径直前去青龙镇,你说可好?"荣兰道:"小……不,公子怎么说便怎么好。"孟丽君叮嘱道:"咱们既然出来了,这称呼上可千万不能出错,以免泄露了身份。"荣兰应道:"是。"

原来孟丽君日间在祥福居喝茶时,听人说起青龙镇瘟疫横行,数百人垂死挣扎。她医术既高,心地又善良无比,登时动了恻隐之心。但自己是豪门千金、大家闺秀,平素爹爹连大门也不让踏出一步,如何肯答允自己出府为镇民医治瘟疫。迫不得已,她只好易容改装,瞒着众人私自出府。虽知必将引发一场轩然大波,甚至此后再无自由之身,但与数百条人命相较,委实顾不得这许多了。

孟丽君道："此番不同往日，咱们得想个化名，在人前也好称呼。"想了一想，道："有了！我便随母姓郦，用字作名字，就叫郦君玉。"荣兰道："郦君玉，郦公子！这名字好听得很呢。"孟丽君又道："'荣兰'二字，一听就知是女孩家的名儿。你是我的僮儿，姓不用改，就改名叫'荣清'罢。今后我唤你作'清儿'，好不好？"荣兰笑道："左右不过几日工夫，叫什么都好。"

二人一面低声说话，一面沿日间经过之路向东南行去。约莫一盏茶工夫，已来到白天喝茶的小茶馆"祥福居"。二人并不停留，继续向东而行，穿过一条街道，便是那集市的所在。

其时四更已过、五更不到，夜色尚浓。幸好将近中秋，夜空悬着近满的月亮，月光洒将下来，地上树影斑驳。一阵风吹过，树叶沙沙作响。

孟丽君牵着荣兰的手在一块大石头上坐下，问道："清儿，你冷不冷？心里害怕吗？"荣兰心中着实有些害怕，却大声道："我不冷，也不怕！"孟丽君点头道："好！就该这样。"隔了半晌，忽道："你知道么？昨天我听爹爹议论朝中大事，说如今奸佞当道、朝纲不振。忽然一下子，不知怎地，我的心里竟似烧起了一把火，感觉这副千斤重担好像压在我身上一般……"荣兰惊道："可是你是个……是个……"虽然明知四下无人，还是环顾了一周，这才压低声音道："……你是个女孩儿家啊，怎能……怎能……"

孟丽君微微一笑，道："是啊，连我自己也吓了一跳呢，怎会生出这样的念头，当真奇怪得很。别说我是个女孩儿，就算真是须眉男儿，天下间能人辈出，我又算得甚么？至多尽我一分心力罢了。"荣兰轻轻推她一把，道："公子，你别胡思乱想了。朝廷大事，干咱们甚么事儿？咱们能把眼前这桩事情圆满完成，那就功德无量了。"

孟丽君听她这么一说，也就将先前的一副心思放下，说道："清儿，你觉得咱们这样是否太过冒险了呢？倘若我医不好青龙镇镇民的瘟疫，那便该如何是好？倘若……"本想说"倘若连我们也沾染疫病，无药可医，那又该如何是好？"转念一想，还没出"师"便说出这样的丧气话，未免动摇"军心"，便即住口不说。

荣兰笑道："那怎么会？公子医术如神，一定会药到病除！去年邻街周大婶病得只剩一口气，昆明城中所有大夫都说没救了，预备后事要紧。老爷命人接她入府,公子你银针一下,便药到病除,只三四日工夫,竟和没病人一般。她后来悄悄儿跟我说,她出门去时,那些大夫们一个个直惊得目瞪口呆,半天回过神来才问是谁医好她的。老爷曾叮嘱她不让对外人说,她就胡乱说是圣女娘娘显灵,赐下仙药。公子,你猜怎么着?那些大夫们竟信以为真了,还说若非仙药灵丹,人力原是无能为力的。你说好笑不好笑!"

孟丽君微微一笑,道:"这银针渡穴之法,原是我娘亲祖上的不传之秘。寻常大夫只会针灸,只怕连听也没听过这法子。娘亲没来得及教我,是我从她遗下的医书中自行学会的,眼下才只六分火候而已。那时的火候更浅,不过冒险一试,侥幸成功罢了。"荣兰道:"不管怎么说,总归是将一个快死的人给医活了……"

孟丽君轻"嘘"了一声,道:"我听见马蹄声,或许有马车来了,咱们瞧瞧去。"说着站起身子。荣兰跟着站起,将包袱背在身后。

"哒哒哒"马蹄声越来越响,一辆青幔马车缓缓驶来。孟丽君嘱咐道:"说话小心了,语调压低些。"

马车停住,一个四十岁左右的大汉从车上跳下,穿着粗布衣服,手中拿着一条长长的马鞭。孟丽君沉声道:"这位大叔,我们要雇车。"那大汉走过来,道:"小人钱忠,公子直呼小人名字就是。公子贵姓?要去哪里?"孟丽君道:"我姓郦,这是我的书僮。这里去青龙镇,最快多久能到?"那钱忠似乎并不知青龙镇闹瘟疫之事,答道:"依小人经验,此刻出发,最快也要傍晚时分才能到。郦公子要去青龙镇么?"

孟丽君道:"正是。不知一日车钱多少?"钱忠道:"五百文。"孟丽君自不在意车钱多少,日间曾询问过其他车夫,知道雇车一日,车钱正是五百文。她在意的是,这钱忠并未因只有他一辆马车而借机提高车价,可见其忠厚本性。当下说道:"好,钱大叔你尽量驶快些,到得早了,我有重谢。"钱忠喜道:"谢过公子。请二位上车。"

孟丽君和荣兰登上马车,放下帘帷。钱忠跳上车,手中长鞭临空一甩,吆喝一声"驾!"那马车径向西驶去。

三日之后,夕阳如血。

一辆青幔马车驶向云南总督府,"吁——"的一声,缓缓停在孟府红漆大门前。车夫跳下车,向车内恭恭敬敬地道:"郦公子,总督府到了。"

一个青衣僮儿先跳下车来,将车帷掀起,扶出一个黄瘦的白衫少年。正是自青龙镇回转昆明的孟丽君和荣兰主仆二人。

下了马车,孟丽君将这一行所剩的二十几两银子都送给车夫钱忠。钱忠又是欢喜又是惶恐,连道:"这怎么是好?"推辞不过,只得收下,感激万分,谢道:"公子日后有用得着小人的地方,水里火里,小人绝不皱一皱眉。"又千恩万谢地去了。

孟丽君看着府外的红漆大门,吩咐荣兰道:"咱们就从正门进府罢。"荣兰心头怦怦直跳,暗忖:"此番回府必有一场轩然大波。老爷平素和颜悦色,待下人们极好,但发起怒时便只眼角一瞥,也令人胆战心惊。虽说老爷一向最疼小姐,从来舍不得责骂,但今次私自出府,非比寻常,只怕小姐也难逃责罚,我便更不用说了。"竟踌躇着不敢上前。孟丽君知她心思,微微一笑,道:"你不用怕,万事有我。便是爹爹要责罚,也只罚我一人。"荣兰瞧见她的笑容,勇气大增,说道:"不,小姐只管对老爷说,一切都是奴婢的错,只盼老爷能饶过小姐。"孟丽君道:"你放心,我自有主意。你快去敲门。"荣兰上前握住门环,扣了几响。

过了好一会儿,才有人缓缓开了大门。荣兰见是家人孟和,不由微觉奇怪,福伯向来看守大门,怎地不见。虽略有疑惑,却也未放在心上,低声道:"和叔,我是荣兰,小姐回府了。"孟和大惊,将荣兰上下打量一番,犹疑道:"你当真是兰姑娘?小姐……小姐回府了么?"话语又悲又喜。

孟丽君听他语气悲凉看他神情凄惨,顿觉不妥,上前道:"我在这里。阿和,怎么了,发生甚么事情?福伯呢?"孟和"扑通"一声跪倒在地,眼泪直流,哭道:"小姐……你可算回来了!老爷……老爷……"孟丽君大惊,急问道:"爹爹他怎么了?"孟和哭道:"朝廷传旨……老爷昨日已经出发去……去讨伐叛军了!"孟丽君心头大震,忙又问道:"朝廷几时下的圣旨?"孟和答道:"就是中秋当日。"

孟丽君强自按捺住颤动的心弦,暗忖:"那日在'祥福居'我曾听人议论,说朝廷很快便会派遣爹爹出兵平叛。我后来曾借机探听过爹爹口风,他似乎一点都不知道此事,我便只当是市井流言,并不在意,怎料圣旨竟然在第三天便当真降临了。"孟丽君知再问他也问不出甚么,说道:"我知道了。你先起来，待我去问苏夫人。"说罢携了荣兰进府。

小姐回府之事已有其他家人禀告窦蓉娘母女知晓，两人赶忙迎了出来。窦蓉娘早从苏映雪口中得知小姐易容改装之事，是以一见便知是她二人。孟丽君见短短三日间，她们母女二人都憔悴了不少，自是因自己离府和爹爹出征两件大事交叠的缘故，心中不由微感歉疚。

窦蓉娘早已泪水盈眶，拉住孟丽君的手，泣道："小姐你好心狠，一字不说就离府而去，到底做什么去了？老爷偏又有圣旨调去征讨叛军，昨日一早便已离开了昆明城。"见荣兰立在一旁，指着她骂道："定是你这小蹄子使坏，唆使小姐出府！"苏映雪两眼哭得红肿，只低声叫道："小姐，你可算回来了。"

孟丽君携了窦蓉娘的手，一面进了幽芳阁一面说道："蓉姨，雪妹，不关兰儿的事，是我定要出去的。让你们担忧了，我心里当真过意不去，但我既已平安回府，也就没甚么了。这些天我们积了一项大功德，我慢慢再告诉你们。蓉姨，你先说说府里的事，爹爹他怎么就突然给调去平叛了？圣旨上怎么说的？爹爹他临行可说了些甚么？"

苏映雪令藤黄端来一盆温水，替孟丽君洗去脸上、手上的易容药物，又换过身上衣衫。荣兰也自去换衣。

窦蓉娘定了定神，拭去眼泪，慢慢说道："小姐出府那日早间，石青急匆匆地来回我说小姐和兰儿都不见了，只留下一封信。我逼问雪儿，这才知道小姐竟已私自改装出府过三回了。我急忙禀告老爷，老爷很是生气，看过信后，便令我们寻找府里可失了甚么物事，才知小姐只带走了几件衣衫、防身短剑及四十两银子。雪儿说起你们前一日出府曾去了一个集市，老爷便命人去查，可依旧没小姐的行踪。我和雪儿心急如焚，老爷却反过来安慰我们说：'君儿这孩子年纪虽小，一向甚有主见。她此番出府能不留丝毫形迹，可见安排周密。信上说有紧要大事，恐我不允她出府，这才私自离去，三五日间便回。咱们既找不到她，不妨且等上三五日。'

"话虽如此，可老爷就只有小姐这么一个女儿，爱若性命，怎能不忧心焦虑。他亲自领着家人在昆明城里细察暗访，却哪里找得到小姐。

"十五这日是中秋佳节，府里却没半点过节的气氛。中午老爷只吃了小半碗饭，便又待出去。怎料突然之间便来了一队军士，我听得为首的将军说道，他们是京城里的御林军，奉了皇命前来宣旨的。事起实然，老爷十分吃惊，府里已有许多年不曾接过圣旨了。我听那圣旨里说道，急调老爷率领所统兵马，赶往贵州平定叛乱，严令在一个对时之内必须启程。还有别的一些话，我也听不懂。

"老爷接旨之后，便忙得不可开交，点拨兵马，收拾衣物，再也无闲暇过问小姐之事。府里的家丁，便由福大哥统领，都跟随老爷一同出发，只留下阿和、阿平几个看家。老爷在夫人的灵堂里守了一夜，次日清晨临出发之时，交给我一封书信，说道：'我怕是等不到见君儿一面了。这里有一封信，你务必亲手交给她。'老爷说这话时，脸上满是担忧之色。一夜之间，他仿佛苍老了十岁。小姐，我知老爷绝非贪生怕战之人，他……他全是在为你担心啊！"说着又流下泪来，从怀中取出一封信，双手递给孟丽君。

孟丽君接过书信，双手不由微微颤抖，抽出信纸，见那信上写道：

字付丽君吾女：

汝自幼胆大任性、顽劣不堪，为父念汝母早逝，不忍严加管束。不料汝变本加厉，恣意妄为，竟私自改装，携仆出府，数日不归，全不念为父平素谆谆教诲，令为父甚感失望。

圣旨骤临，草草出兵。十六年前为父与元城侯刘国丈结下深仇。十年来，彼大权在握，压制于我，此番竟有旨意命我平叛，实属意料之外。然好男儿生于天地之间，便当报效国家，马革裹尸亦在所不惜。为父一介武夫，行军作战素为我所能，十年来只恨不能为朝廷所用，岂有惧战而踯躅不前之理？

为父出征之后，汝即孟府之主，当约束仆众，料理家务，再不可行改装之举。日后倘为父身遭不测，汝当遣散家仆，以碧玉如意为信，投奔京城皇甫侍郎，以求收留。皇甫侍郎但有所言，便如父命，汝当唯命是从，不可任性抗令。切记，切记。

伴于汝母灵前汝之画像，为父随身携带，只盼天涯海角，睹物思人。

中秋佳节，团圆之时，为父与汝母生死殊途，与汝天各一方。对月长叹，泪湿沾巾。呜呼！不亦痛哉！

父中秋夜对月泣别手书

读罢此信，孟丽君顿觉天旋地转，扶着椅背好容易坐下，已是泪流满面。她虽聪慧绝顶，毕竟年纪尚幼，先前不显悲痛，固是性情沉稳使然，却更以为爹爹纵然被派遣去平定叛乱，以他的能耐，得胜归来是迟早之事，父女总还有相见之时。但此刻读过信后，见信中竟隐隐包含诀别之意，再想起蓉姨方才转述的话语："我怕是等不到见君儿一面了……"分明爹爹心中早就明白，这是一场打不赢的仗，是刘国丈的刻意陷害，这一别只怕便是永诀了。而诀别之际，父女却不得一见，这是何等的悲哀！

孟丽君这一落泪，窦蓉娘、苏映雪、荣兰及一众丫鬟仆妇，个个泪水盈眶、泣不成声，幽芳阁内只听得一片哭声。孟丽君立时醒悟："爹爹这一走，我便是全府的主人。当此情形，我纵然悲痛万分、哭泣不止，也只能徒增悲伤，毕竟于事无补，反添众人不安。爹爹既将这一副担子交付于我，我当能令他失望？我当镇定心神，安抚众人，商议日后的打算才是。"

当下孟丽君强忍悲伤，止住泪水，命苏映雪收好书信。出了幽芳阁，来到碧松堂，令窦蓉娘传令召集合府家人仆妇，吩咐约束众人，小心行止，其余一切与平日并无分别。孟府家丁大都随军去了，只余下五人，孟丽君令四人分做两班，轮换看守前后大门，余下一个最机灵的家人名唤孟平，命他即刻动身前去贵州，打探平叛军情。

在老爷离去的这两日里，孟府便如同少了主心骨一般，人人都如热锅上的蚂蚁，惶惶不堪。虽然平日里窦蓉娘母女总管全府，但一来她二人毕竟也只是下人身份，二来心神早乱，自顾尚且不暇，又哪里顾得上他人。孟丽君这一回来，众人心中立觉踏实了，依照小姐的吩咐，各就各位，恢复如常。

窦蓉娘见孟丽君将一切安排得井井有条，暗暗点头，心道："事起突然，我心中早已是一团乱麻，又是担心又是惶恐，也不知流了多少眼泪，府里更是一团乱。小姐与老爷父女连心，想必更为关切，但她年纪虽小，却处乱不惊，态度沉稳，有条不紊，当真是主事之人的模样。我这一副重担也总算可以卸下了。"

待到将一切料理完毕，夕阳落山，已是掌灯时分。窦蓉娘上前道："小姐，你外出好几日，必定累了，快些用过晚饭休息罢。"孟丽君摇头道："我不累。蓉姨、雪妹、兰儿，你们随我来，我有话问。"

回到幽芳阁，退去其他人等，孟丽君取出爹爹书信，又从头细看一遍，忍住心头酸楚，细细推敲，暗忖："难怪近十年来朝廷从不征召爹爹，以致他未有军功，总督一职便再也升迁不上，原来从前他和刘国丈曾结下深仇大恨。刘捷小人当权，嫉贤妒能，容不得爹爹。只不知他是如何与刘国丈结下仇怨的？我从前怎地从未听他提起？"便向窦蓉娘询问，窦蓉娘摇头答道不知。孟丽君又想："爹爹信中提到十六年前，想必是他和皇甫伯父入京奔先帝葬的那次，也不知那时究竟发生了甚么事情？"

再读下去，见信上提及碧玉如意，数日前的疑问重被勾起，孟丽君便令苏映雪取出如意，向窦蓉娘问道："蓉姨，这柄碧玉如意究竟有甚么古怪？你且实话对我说来。我早就知道，你那日所言必非实情。"窦蓉娘微微一怔，随即叹道："我原知瞒不过小姐。这柄如意本是夫人的陪嫁，是夫人生前最珍爱的一件饰物。我那日不说，原是怕惹得老爷、小姐伤心。"孟丽君一惊："是我娘亲的陪嫁？难怪爹爹见了它便心神恍惚。"又问道："那你知道它为何会在皇甫伯父手中？此番差人送来又是所为何事吗？"

窦蓉娘道："这柄如意原是太夫人传给夫人的陪嫁，夫人一直视若珍宝，时刻不离。但自我后来回转府里时，就再没见过。我也曾问过夫人，夫人却总是微微叹气，不作回答。依我揣测，应当便是十六年前老爷和夫人去了京城之后，这柄如意就此不见了。至于为何会在皇甫老爷手中，我却不知。"孟丽君奇道："十六年前我娘亲也同爹爹一道去了京城么？"窦蓉娘道："我当时不在府里，后来曾听老爷提起，老爷、夫人以及皇甫老爷、夫人原是一道前往京城的。皇甫老爷、夫人就是从那以后便一直留在京中了。"孟丽君点点头，蓉姨话语与爹爹那日所言一致，这柄如意想来确是娘亲之物，却在十六年前，不知为了甚么缘故，留给了皇甫伯父，而十六年后，更不知为了甚么缘故，皇甫伯父又托人将如意还回孟府。

想到这里，孟丽君将信中那几句话再读一遍："日后倘若为父身遭不测，汝当遣散家仆，以碧玉如意为信，投奔京城皇甫侍郎，以求收留。皇甫侍郎但有所言，便如父命，汝当唯命是从，不可任性抗令。切记，切记。"心中又是一阵酸痛，忍悲忖道："爹爹与皇甫伯父义结金兰，是生死之交，他要我日后以碧玉如意为信物，投奔皇甫伯父，这……这分明就是托孤之意。爹爹他此去只怕……只怕是……他要我不可违抗皇甫伯父之言，自是因我自幼便大胆娇纵，恐他日寄人篱下之时依旧如此，才特地叮嘱于我。爹爹，你的这番良苦用意，女儿又怎会不知。"

思及于此，更是肝肠寸断，孟丽君恨不得跟在爹爹身边，与他共赴沙场：

"上天为甚么要生就我女儿之身？虽然我素来不信女子便比男子低上一等，但时时处处，女儿家总有一大堆规矩束缚。女子不能抛头露面，更不用说上阵杀敌了。但前朝也曾有花木兰女扮男装、策勋赐赏的典故，我纵不及，却也自幼熟读兵书，平日里和爹爹议论兵法，也常得他夸赞，如若女扮男装，未尝不是另一个花木兰！"一时心念纷纭，又看了一眼手中书信，终于打消念头："爹爹信中嘱我再不可行改装之举，想是为此缘故。我自小及大得他千万宠爱，此番私自出府，致使父女不得一见，已令爹爹伤痛万分。他只我这一点骨血，全心全意为了护我周全，我又怎能违他叮嘱、令他放心不下？何况我虽熟读兵书，毕竟没有半点实战经验，终不过纸上谈兵，于沙场之上，未必能对爹爹有所助益，反徒增他忧心。眼下我所能做的，便只有依从他嘱咐，日后再见机而动罢了。"

孟丽君这里思绪万千，窦蓉娘母女及荣兰见她神情时而伤痛、时而坚毅，却一语不发，心中好生担心，又不敢打搅她的思绪。过了半晌，见她终于收起书信，抬起头来，三人方略略放心。苏映雪小心问道："小姐，你也乏了，我吩咐传饭，可好？"孟丽君点点头，窦蓉娘母女自去张罗。

饭后，孟丽君向苏映雪要来碧玉如意，说道："我去后堂坐一会儿，你们不必跟来。"出了幽芳阁，穿过后花园，来到父亲在府内为亡母郦明珠所设灵堂。这后堂位于总督府最北处，清幽寂静，人迹少至，寻常下人亦不得入内。孟丽君点燃灵前两盏琉璃灯，见灵堂正中娘亲的画像及左侧爹爹的画像俱在，而右侧原本挂着自己画像之处却是一片空白。爹爹携走自己的画像，自是为了睹物思人。至于娘亲的画像，爹爹每日晚间定然在后堂里待上一个时辰，娘亲的音容笑貌，早已经深深铭刻在他的脑海之中，有没有画像原是一样。

总督府中这一座灵堂，是孟士元自爱妻亡故之后所建。正中供奉的郦明珠画像，乃孟士元亲笔绘成。孟士元人称"儒衣神将"，"神将"之称固然名不虚传，而"儒衣"二字也绝非仅仅因他喜着儒衫，更是由于他于诗文书画上造诣非凡的缘故。他最善丹青，不论工笔重彩或是水墨山水，俱称得上一绝。就连府中的大丫鬟，也一色以颜料命名，由此可见一斑。这幅亡妻画像是他心之所寄、情之所托，历时三月方成。孟士元将之悬于灵堂正中，又恐孤零零一幅画像过于寂寥凄冷，便画了自己与女儿的画像，分别挂在两侧陪伴。孟丽君自小便从父学得丹青妙笔，自十岁以后，每年生日便对镜自画小像一幅，挂在娘亲画像一旁。而换下的画像，便焚毁祭拜，以慰娘亲在天之灵。

孟丽君将碧玉如意供在灵前，点了三炷香，跪在娘亲的画像之前，心底默默祷告："娘亲，您的在天英灵，一定要保佑爹爹逢凶化吉、遇难成祥，平平安安地回来。"拜了几拜，上前将香插在炉中。回来复又跪下，对着画像说道："娘亲，君儿此番私自出府，致使临别父女不得一见，令爹爹伤心失望、黯然而去，君儿心中也是万分难过，但却并不后悔。即使当初便知有今日，我还是会选择这么做的。娘亲传下的医术果然神妙非凡，君儿在青龙镇上救了三百多人的性命。所谓医家有割股之心，娘亲英灵必能谅解宽宥于我，但爹爹却未必。君儿当日之所以留信出走，也是为此。"

目光转向左侧爹爹的画像，那是七年前所绘，一直不曾更新，说道："爹爹，君儿自小得你无尽宠爱，平日任性顽皮之时，你总一笑而过，从不责罚。此番违抗父命、私自出府，虽有不得已的缘由，却毕竟违背了爹爹教诲，令爹爹伤心失望了。君儿从今日起便谨遵爹爹嘱咐，足不出户，再不行改装之举，只盼爹爹早日平安归来。"拜了几拜，站起身子，又道："这柄碧玉如意，据说是娘亲生前至爱之物，君儿便将它留在这里陪伴娘亲。"

一时舍不得就此离去，索性坐在地下的蒲团上，望着爹爹、娘亲的画像怔怔地出神。她这日从青龙镇坐马车回转昆明，一路颠簸劳顿，回府后心情大悲大落，又须劳神安抚一众家人，虽素日练剑习武，身子不似别府千金小姐一般羸弱，到此时也已疲惫不堪，过多时便倚壁昏昏睡去。睡梦之中，忽而自己在青龙镇里为镇民们医治疾疫；忽而回转总督府里，眼见爹爹在后堂挥毫写信，神情悲痛，自己高声唤他，他却充耳不闻；蓦地娘亲从天而降，从自己手中夺过碧玉如意，用力砸在地下，如意顿时化为齑粉……孟丽君从梦中一惊醒来，见如意好端端地供在灵前。原来是有人在堂外拍门，高声唤道："小姐，小姐！"却是苏映雪的声音。孟丽君打开门，外面正是窦蓉娘母女。她二人见孟丽君久去不回，甚是担心，便来迎接。孟丽君忆起先前梦境，脑中忽然闪过一念："或许娘亲其实并不想要回这碧玉如意。"于是她从供桌上取回如意，举步走出后堂。此时已是繁星满天，到了午夜时分。

次日清晨，孟丽君如平日一般，早起先到后花园里练剑。她身为武将之后，自小便跟从父亲习练武艺，各式兵器之中最喜长剑，一套"随风舞柳"剑法已然颇有火候。然而女孩儿家,气力终归不如男子,功夫到底如何,她倒并不在意,只当是强健体魄。至于兵法,她自小便深感兴趣。爹爹曾经嘲笑她道:"女孩儿家学甚么兵法,又上不得战场,难道将来要出奇制胜、约束丈夫不成?"她却不以为意,自知是心之所好,说甚么也放不下。爹爹见她喜欢,心底也是高兴的,便将古往今来的战例,加上他自己的亲身经历,细细说与她听,并一一剖析。不料她实是兵法奇才,不但举一反三,更能自出机杼,发前人所未想,抒一己之独见,令爹爹大为惊叹。

舞过一阵剑之后,孟丽君回到幽芳阁。才至窗前,便听得阁内传来低低的吟诵声,于是停住脚步,听了一会,原来是苏映雪正在吟诵元稹的三首《遣悲怀》:

谢公最小偏怜女,自嫁黔娄百事乖。顾我无衣搜荩箧,泥他沽酒拔金钗。
野蔬充膳甘长藿,落叶添薪仰古槐。今日俸钱过十万,与君营奠复营斋。

昔日戏言身后事,今朝都到眼前来。衣裳已施行看尽,针线犹存未忍开。
尚想旧情怜婢仆,也曾因梦送钱财。诚知此恨人人有,贫贱夫妻百事哀。

闲坐悲君亦自悲,百年都是几多时。邓攸无子寻知命,潘岳悼亡犹费词。
同穴窅冥何所望,他生缘会更难期。惟将终夜长开眼,报答平生未展眉。

诵罢又是细细一声长叹。孟丽君不觉好笑,掀帘进去,说道:"雪妹读诗呢,可当真好兴致。"苏映雪见她进来,忙放下书,接过她手中长剑,挂好,又倒了一杯茶递过来,方才说道:"不过闲来没事,翻了翻《唐诗三百首》,倒让小姐笑话了。不过这三首《遣悲怀》,写得可当真情真意切,令人好生感动。"孟丽君喝过茶,说道:"我素日里叫你多读几本书,你总推说女儿家识得几个字就成,不用学甚么诗词文赋,今日倒读起唐诗来。不过你毕竟诗读得少,才会喜欢这样的东西。"

苏映雪奇道:"难道这诗竟不好么?小姐,你快给我讲讲罢。"孟丽君说这话原是为了引起她多读诗文的兴致,当下不紧不慢地说道:"若说诗句本身,倒也罢了。元稹与白居易齐名,号称'元白',这点子才气总是有的。单从字面上看,倒好似这元微之如何眷顾旧情一般。只是雪妹你可知道,当初那韦氏才死不久,元稹便新娶了继室,便在韦氏之前,也还有崔莺莺等一干人等,可见其风流本性。你想,这么一个人,便纵然偶尔思念一下从前的亡妻,又能有几分真情实意呢?依我看来,他写这几首诗,只怕并不是为了单纯悼念亡妻,一来不过是卖弄才学,二来呢,倒是为了刻意表现出他的这一番'思念'之情,说到底为的是营造他自己'重情重义'的名声。"略停了停,又道:"雪妹你再想,若你是他的妻子韦氏,你是宁愿生前夫婿对你体贴爱护呢,还是宁可死后他为你'营奠复营斋',再假惺惺地悼亡几句呢?这韦氏原是官宦人家的女儿,甚么没见过?未必稀罕这'营奠''营斋'的虚荣。说甚么'惟将终夜长开眼,报答平生未展眉',依我说倒不如反问他一句:'何须终夜长开眼,若得平生曾展眉!'"

苏映雪张大嘴怔怔地听着,在心底念了几遍"何须终夜长开眼,若得平生曾展眉",又想了半晌,才道:"小姐说得有理。若是我日后成了婚,自然希望生前夫妻恩爱和睦。人死以后的事情,谁又说得清楚。"

孟丽君听她这么说,反倒有些好笑,待要取笑几句,又素知她脸皮子薄,经不起玩笑。于是轻咳一声,正色道:"雪妹,将'汉阳'取来,焚香,我要弹琴。"苏映雪话一出口便知不妥,脸上早飞起两朵红云,连耳根也羞得通红,不敢抬头,生怕小姐取笑,听到吩咐便如同大赦一般,忙点上熏香,又从墙上取下七弦琴来。

那七弦琴名"汉阳",乃是孟氏父女亲手所制,以上好梧桐木为面、辛木作底、千里马尾为弦,用鹿角霜磨粉调入大漆,反复十数次方才漆成。其音刚劲雄浑,虽非极品,比不上府中收藏的另几具名琴,因是亲手所制,孟丽君最为喜欢。

琴音响起,却是一首金戈铁马一般的《关山月》:"明月出天山,苍茫云海间。长风几万里,吹度玉门关。汉下白登道,胡窥青海湾。由来征战地,不见有人还。戍客望边色,思归多苦颜。高楼当此夜,叹息未应闲。"声为变徵之音,慷慨激昂,铿锵有力。那《关山月》一曲本来甚短,但孟丽君早发觉其起句与结句音律大半相同,只最后数音略有差别。只消稍加改动,便可使曲调首尾相连,较之原曲,胜在周而复始、声声不息、回环不止。她一面弹奏,一颗心却飞到万里之外,将一首短曲翻来覆去弹了数十遍,胸中一股激荡之意才略略平和,才止住乐声。

抬眼见荣兰立在跟前,面带急色,便问道:"怎么了?"荣兰已来了一会儿,不敢打搅她的琴音,于是立在跟前等候,听她发问,忙回道:"前几日那位城东林公子又来了。和叔对他说我们老爷出征,府上女眷不便待客。林公子却说,他遣人打探得我家老爷的消息,特来通禀小姐。苏夫人不敢做主,请小姐拿个主意,见是不见。"

孟丽君精神一振,说道:"见,当然见。吩咐下去,将林公子引入正气轩,好生招待,我随后就到。"荣兰依令去了。

孟丽君想起一事,取出药囊。那日去青龙镇前检查药囊之时,她便瞧见了那服治疗头痛的偏方,后来却一直没想起来,今日正好抄录一份,交了给林公子。

苏映雪一面服侍孟丽君换过衣衫,一面犹疑道:"小姐,我有一句话,不知当说不当说。"孟丽君道:"我知你要说甚么。你放心,我是何等样人,那林公子倘若心存不轨,我自然瞧得出,倒要他来去不得。"苏映雪叹道:"正是这话。那日我瞧这林公子一双眼睛都在小姐身上,只怕到如今还未回魂呢。他与我家原无甚瓜葛,何以老爷出征才不过两日,便立时探得消息,特地赶上门来禀告小姐?若只是讨好小姐,那也罢了,倘有歹意,却不可不防。小姐心中自然早有主意,我不过白说一句。"当下随孟丽君一同来到正气轩。

却说林修贤自那日从孟府回转之后,一颗心便似不在己身,当真是茶饭不思,翻来覆去地便只念着那一道倩影。林员外夫妇只这一子,见他如此,心疼不已,便待厚起老脸,亲自上门再次提亲,偏他又死活不许。只得遣了心腹家人,日夜候在孟府门外打探情形。谁料才过两日,便听得孟总督接了圣旨,前往贵州平定叛军。林修贤心念一动,当即令人紧跟其后,随时将消息传来。他倒并无他意,只盼能借此机会,再得见那天人一般的孟小姐一面。

这里宾主一会面,孟丽君吩咐丫鬟奉上好茶,开口问道:"听下人说林世兄探得我爹爹消息,小女子这里多谢费心了。请问林世兄,家父现在哪里?前方军情如何?"林修贤见她一双明如秋水的眼波向自己瞧来,心旌便是一颤,不敢与她的目光相接,只觉呼吸也困难了,好容易才答道:"据……据在下家人探得消息,孟总督及麾下三万军马已到文州,正在赶往安顺的途中。听说……五万叛军包围安顺已近十天,孟总督想必是去解安顺之围的。"暗暗埋怨自己无用,原本一心奢望着能再见孟小姐一面,到头来她望着自己,自己反倒不敢抬头看她了。

孟丽君听他这几句话说得含糊，立时便知他所知原也有限。不过爹爹才走两日，他一介书生，平素两耳不闻窗外事，仓促之间能探得这些已然不易。便不再问前方之事，说道："世兄适才提及三万军马，家父久未上阵，我知他手头只有两万平日操练的兵马，却不知另外一万从何而来？"林修贤早已打听得一清二楚，忙道："小姐可知卫焕卫总兵其人？他原本镇守边陲重镇镇南关，这一万军马正是他的部属。听说朝廷的旨意，便是敕令孟大人为平叛主帅、卫总兵为副将，将两处兵马合为一支。"

孟丽君自然早听说过卫焕之名，知他向与父亲交好，其人能征善战，素有威名，有他为副，可以略略放心了。她便站起身子，对林修贤敛衽一礼。林修贤大惊，想要伸手去扶，却又不敢，一时手足无措，急道："小姐有话只管吩咐，在下无有不从。何须……何须行此大礼，让在下如何受得起！"

孟丽君正色道："丽君这是谢过林世兄亲临报讯之情。但此话若有失礼之处，还请见谅。世兄知道，家父领军平叛在外，现今府里就只我一个女子及一众下人。男女有别，论理今日本不该延请林世兄入内说话，但丽君心忧父亲，只得事急从权。然此事可一而不可再，否则于你我两家的清名有碍。再者林世兄身份尊贵，丽君何敢劳动大驾。若日后再有家父消息，可否烦请遣一家人，将消息传与门房孟和，丽君感激不尽。"

听得这话，林修贤立时涨红了脸。他如何不知自己此时登门于礼不妥，说得好听些，是急人之难、雪中送炭，说得难听些，便有携恩以胁、落井下石之嫌。虽然自己并无歹意，但若说完全出于一片善意，不图任何回报，那也未必，自知多少暗存了一份私心。此事日后难免落人口舌，自己的名声倒也罢了，然若玷污了孟小姐的清名令誉，那便百死莫赎其罪了。见孟小姐神情凛然，一番话说得不卑不亢、端方有礼，于重要之处轻轻一点，便令人悚然而止，仰慕之心愈胜，更增了几分敬佩，暗道："孟小姐果然是神仙一般的人物。她既肯纡尊降贵接见于我，又待之以礼，那是瞧得起我，我自当报答。我一介凡夫俗子，爹爹本欲亲自登门提亲，我却自知配她不上，不敢存此奢望。但凡能为她尽得一份心力，我自然欢喜无限。"当下回了一礼，说道："小姐所言极是，在下一切从命。"

孟丽君从衣袖里取出方才抄录好的药方，说道："这是依家父吩咐抄送给林世兄的药方,这几日家中事忙,未能遣人送至府上。"苏映雪从她手中接过药方,递给林修贤。林修贤连忙称谢,接过药方,想到这是孟小姐亲手所写、亲自赠送,心中一甜,折好后郑重放入怀中。虽然不舍,也知该当告辞,又想不知此生是否还有机会再见一面,不由再向她痴痴地望上一眼,心底暗叹一声,终于告辞离去。

孟丽君见那林修贤临去一瞥,眼光杂合着仰慕、尊重、不舍、遗憾等种种神情,不由微微一动。想起自上次起就萦绕心头的一个问题,等林修贤走得远了,才向随侍一旁的窦蓉娘问道:"蓉姨,这林公子一直偷偷瞧着我,待我看他时,他又不看我了。难道我脸上有花么?还是外头的人都是这样的?"窦蓉娘微微一笑,心道:"小姐虽然绝顶聪明,毕竟年纪还小,不懂男女之情。"却岔开话头说道:"何止是有花呢。二十年前夫人是'江南第一美人',国色无双。如今小姐的容貌更胜夫人当年,若说是'天下第一美人'也不为过。天下间的男子,见了小姐,只怕都是这般模样。"

孟丽君听得将信将疑。她虽知自己容貌甚美,但向来并不放在心上。加上从不出门,素日所见的人也有限,闺房"幽芳阁"里只有一众丫鬟仆妇,青年小厮只能候在二门以外,等闲也见不得一面。而出外的这几日,又是易容改装之后,自然不曾见过有人对她这般神魂颠倒,更不觉得自己的美貌有何值得赞叹仰慕之处。听了窦蓉娘的话语,秀眉微蹙,道:"都是因为这副皮囊么?岂不闻'沧海桑田、红颜白发'的道理?佛家云:'色即是空,空即是色。'不论再如何倾国倾城的绝色,终有容颜黯淡之日。以貌识人,以色侍人,断无长久之理。"窦蓉娘心道:"话虽如此,可天下间又有几人能看得破呢?年轻女孩儿,谁不希望自己生得美貌些?只有小姐,生就如花似玉般的容颜,偏偏毫不在意。"心里想着,却是闭口不言。

孟丽君原也只是随口一问,忆起林修贤方才的话语,虽然语焉不详,到底聊胜于无。想起爹爹的书房里挂了一张地图,此次叛乱一起,他便积极打探军情,在地图上作出相应标记,若不曾随军带走,倒可过去瞧瞧。她便嘱咐窦蓉娘几句,自己一人来到书房。

才进书房,便瞧见墙上挂了一张巨大的地图,将整整一面墙壁占去。那是爹爹十数年来四处游历得来的心血,绘有云南、贵州、四川三省的详细地形。想是因为地图太大,携带不便,才没能随军带走。地图上以红线标明朝廷军队，蓝线标明叛军，看右下角小字注释，乃是五日前的兵力部署。孟丽君自小就和爹爹一起画图布阵，读这一张地图自然不在话下。见那地图标示，叛军八月初三攻陷贵阳，初八日包围安顺，距今正是十日。安顺城内守军只有数千人，力抗五万叛军，能守住十日，已然不易。

孟丽君细看地图，推测两军行止，慢慢地心中断言道："不对，爹爹绝不是去解安顺之围。他经过文州，看似去解安顺之围，实则意图反攻贵阳。此举甚是冒险，然而一旦成功，进可攻、退可守，更令围攻安顺的叛军腹背受敌。这是围魏救赵之计。妙则妙矣，只是太过冒险，若被敌人识破，那就麻烦了。但爹爹是何等样人，他既兵行此着，想必料定敌方将领不能识破此计，应是有惊无险。"再要往后推测，图上资料不全，却是无从下手。

果然如她所料，三日之后，差去打探消息的孟平飞鸽传书：孟总督于前一日收复贵阳，安顺之围自然解去。经此一捷，朝廷军队士气大增，更遏制住了叛军节节进逼的局势。

转眼过去两个月，已到腊月十八，正是孟丽君的生日。往年这日，总督府总是热闹非常。孟士元一早便会预备下各色礼物，并招来昆明城里有名的杂耍戏班子。孟丽君戴上纱帽遮住容颜，坐在竹帘之后观赏。这年孟丽君十五岁，正是及笄之年，本该加倍热闹，但她早就吩咐下去，不令声张。

这日午后，后堂之内，荣兰铺纸磨墨，摆上一面铜镜。孟丽君对镜自览一会，便吩咐荣兰移开铜镜，提笔蘸墨，在宣纸上挥毫急洒。不过一盏茶工夫，笔墨淋漓，已画就一幅水墨仕女图。荣兰见她题了下款日期，又搁下笔，知已画完，不由奇道："去年小姐的自画像可是花了整整一个下午才画好的，这幅像却画得好快。"孟丽君道："去年那幅是工笔画，要勾线、打底、染色，一笔一笔地细细勾画，讲究形神俱似，繁复着呢。我那幅一个下午画就，还算简单。你瞧那墙上供奉着我娘的那幅画像，爹爹足足画了三个月才成。至于这幅画么，用的是水墨画法，讲究一鼓作气、一气呵成，重在神韵，只消神似便好。"荣兰笑道："那便是说画得不像喽？日后若有人拿着这幅画像来找人，那是一定找不到的。"孟丽君莞尔道："又来胡说了，谁会拿这幅像找我？"

正说话间，忽见窦蓉娘满脸喜色走进，苏映雪紧随其后，手里捧着一只锦盒。窦蓉娘说道："小姐，老爷派人送来书信，以及给小姐的生日贺礼。"孟丽君大喜，从她手里接过书信，见有洋洋洒洒三页纸，便一目十行地看了起来。近来战事渐紧，交通不便，孟平已于一个月前回转昆明，说起一路上死里逃生的经历，到如今还惊魂未定，说甚么也不敢再去探听消息了。至于林家那边，更不用说。因此，孟丽君对前方近况一无所知，正自焦急间，不想竟盼来了爹爹的书信。

窦蓉娘见孟丽君看过信后神情喜悦，知非坏事，略略放了心，仍然问道："小姐，老爷信上怎么说？"孟丽君道："爹爹说，前段时日战事紧张，敌我双方各有损伤。爹爹率军驻守贵阳，打退了叛军数次进攻。如今寒冬腊月，双方都暂且休兵，待到来年开春再战。只是叛军势大，朝廷军队仍在防守……"忽然醒悟过来，和窦蓉娘母女说起这些，她们也听不懂，她们关心的只是爹爹安危，转口说道："爹爹一切安好。他说，十年不曾上战场了，如今沙场点兵。运筹帷幄，反倒觉得比在家时还自在快活些呢。"

窦蓉娘闻言微笑道："是啊，老爷在战场之上如天神一般威武神俊的模样，我这一辈子也不会忘记。"孟丽君奇道："蓉姨，你竟然见过爹爹在战场之上的模样？"窦蓉娘叹道："何止是见过，当年夫人和我的性命都是老爷从战场上救下来的。"孟丽君一惊，道："竟有这事？爹爹在家时，他不主动说，我便也不问，总担心提起往事，徒惹他伤心。现下爹爹横竖不在家，蓉姨，你便说了给我听罢。"

窦蓉娘忆起往事，神情恍惚，半晌才缓缓道来。

原来二十年前，郦明珠携侍女窦蓉娘等人自家乡临川府来到云南，乃是因为一段无奈家事。她家祖上三代都是江南名医，父亲郦有道人称"医仙"，医术可谓是江南无双，三代经营，置下了一份不小的家业。郦明珠生母早亡，只有一位庶出的兄长，自幼娇生惯养，十几岁上便游手好闲、不务正业，于医道上更无半点天分。郦有道因此不喜儿子，偏爱女儿，将一身医术尽数传给了女儿，更有意让她在自己身后接手医馆。哪料过世不久，二娘母子为了霸占家业，便欲把郦明珠许配给自己娘家子侄。郦明珠坚决不允，于是带了贴身侍女及几个忠心家人逃了出来。因其医术高妙，兼又容颜绝丽，在江南一带颇有声望，二娘不敢追究，得了郦府家产，也就心满意足了。郦明珠不愿与二娘作对，加上离家之后，求亲及企图生事之人络绎不绝，不胜其烦，便想离得远远的。因云南地处偏僻，又盛产各种草药，更有几味珍稀药材为别处所无，于是领着家人，一路辗转来到云南，定居在与苗族混居、盛产草药的文山镇。

谁料来到云南才只半年，便赶上苗人反抗。郦明珠立时便落在了苗兵手里。苗汉之间的矛盾由来已久。汉人统治之时，仗势抬高卖出日用品价格，压低收购草药的价钱，更征以种种苛捐杂税，令苗人不堪重负，稍有机会便起而反抗。

苗人世居山林，全族上下，不论老幼，俱懂草药、通医理，对医道高明之人十分尊重敬佩。郦明珠因此幸免于难，只被苗人首领软禁起来，以家人性命胁迫她传授医术。虽然苗人以客礼相待，衣食无忧，但遭人胁迫，行动受限，担惊受怕，其中的滋味自不好受。

朝廷不久便派出平叛大军，为首的将领正是孟士元及皇甫敬二人。那时皇甫敬二十出头，孟士元只有十九岁，俱已升至参将，可谓青春年少，春风得意。苗兵人多势众，终不过一群乌合之众，进退之间毫无章法，只会蛮力厮杀。朝廷军队人数虽少，但操练娴熟，攻防有度。皇甫敬、孟士元更是身先士卒、冲杀在前，战场形势自是一边倒，苗兵很快败退下去。

这场反叛，表面看来似乎苗人不堪汉人欺压，自发而起，实则有人暗中挑拨所致。那人见兵败如山，索性横下心来，将营中所有俘虏的汉人都集中在阵前，用他们的血肉之躯来抵挡朝廷军队的第一拨进攻，打击朝廷军队的士气。郦明珠、窦蓉娘等人也被驱赶到其中。

孟士元见此情形，心生一计，让皇甫敬引少量兵马虚张声势，令苗人以为要正面进攻，自己却率主力迂回至苗军后方，出其不意冲杀而出，遂大败苗兵，生擒了苗人首领。苗人四下溃散，斗志全失，不多久便交出幕后主使之人，上表归降，再一次臣服于朝廷。这一战为孟士元赢得了赫赫威名。他身着儒衫，于千军万马中谈笑用兵，指挥若定，更兼相貌儒雅俊美，"儒衣神将"的威名不胫而走。

听窦蓉娘说到这里，荣兰"噗哧"一笑，看着墙上老爷和夫人的画像，说道："余下的我们都知道了：一个是儒雅俊美、威名赫赫的将军，一个是美貌绝伦、医术高妙的小姐。这将军还救了那小姐的性命，接下来自然是那小姐以身相许，嫁给了这将军，从此夫唱妇随，幸福美满了………"说到这里，眼睛溜溜一转，看了孟丽君一眼，接着道："……过得几年，便生了一个美得不得了的小小姐了，你们说是不是？"说罢自己先笑了。苏映雪抿嘴直笑，孟丽君笑道："这个兰儿，竟然打趣起我来了。"

窦蓉娘撑不住，也笑了。半晌止住笑，才道："兰丫头这一张嘴最是伶俐，两句话便说完了几年的事。只是主子们的事情，论理我们下人不该拿来说口的，今日是小姐问起，我才说了，玩笑两句便也罢了，日后可再不许了。"苏映雪、荣兰忙应道："是。"她们知窦蓉娘素来严厉，今日开怀一笑，那是少有的事，怕也是因为得了老爷平安的消息，心中高兴的缘故。

孟丽君道："我还记得年初曾在帘幕后听得爹爹和夏巡抚议论，说十余年前奏请朝廷减轻对边境苗人的赋税，并严厉惩治欺压苗人、从中牟取暴利的奸商，兴建集市，鼓励正当交易。如今已见成效，苗汉两族和睦，便同兄弟手足一般。"窦蓉娘叹道："我虽不懂这些，但街头巷尾，人人都在夸赞老爷这些年来的功绩，可见公道自在人心。"孟丽君想起那日在"祥福居"，听那些平民百姓们提起云南孟总督的名号时，话语中尊敬仰慕之意的确发自内心，自己听了都不禁为爹爹颇感自豪。可见他虽然仕途不得意，被困于这小小的一省之中，不得大展宏图，但对于这一方的百姓来说，未尝不是一件幸事。

苏映雪见她默然，忙将手中锦盒捧上，说道："这是老爷差人和书信一道送来的贺礼，我们只顾听娘说故事，都把它给忘了。小姐，快打开看看，今年是你及笄之年，老爷定是精心准备了不同寻常的礼物。"

孟丽君心道："爹爹平安，那便是最好的贺礼，有一封报平安的书信便足够了，何用再送我礼物？"见苏映雪及荣兰俱是一脸期待的模样，不便拂她们心意，接过锦盒，打了开来。

打开锦盒，苏、荣二人都是"咦"的一声，齐齐转向孟丽君，问道："小姐，这是甚么？"孟丽君见那锦盒里面之物呈浅褐色，竟是一大把草状植物的根茎，闻上去有浅浅的刺鼻之气，不由一怔，道："这是'无忧草'，爹爹怎会巴巴地送我这个？他却从哪里得来这么多的'无忧草'？"荣兰奇道："甚么是'无忧草'？有甚么用处？"

孟丽君苦笑道："娘亲的医书里有个偏方，配的是一种用来美容的药物，据说可以消除皮肤瑕疵，并保养滋润肌肤，令其洁白娇嫩，'无忧草'正是其中最为难得的一味药材。爹爹他不懂医道，怎会知道这个药方？"苏、荣二人俱是眼前一亮，喜色满面。苏映雪生性矜持，还不说甚么，荣兰已欢呼一声，急道："小姐，既有这样的好方子，现在药材齐全了，你可要快些调配。"孟丽君点点头，心中仍在思索爹爹此举有何用意，却没瞧见窦蓉娘脸上一闪而过的异色。

孟丽君将锦盒盖上，依旧交还苏映雪收好，问窦蓉娘道："送信之人是谁？"窦蓉娘回道："是孟仁。他说老爷交代，书信交给小姐后，住一晚便即赶回。"孟丽君颔首道："他既已从军，便当如此。快命他下去歇息，等用过晚饭再来见我。蓉姨，你给爹爹赶制的寒衣，还有我前些日子配好的'冻疮膏'，都让他一并带过去。"窦蓉娘应道："是。"

晚饭之后，孟丽君招来孟仁，细细询问。虽然爹爹的书信上已将这两月来的战况大体相告，毕竟语焉不详。孟仁是护卫亲兵，战场之上护卫主帅安全、传递号令，对军情不可谓不熟。孟士元之所以令他回来送信，也是为此。孟丽君写下一封回信，命他带回。窦蓉娘将要带去的物件打好包裹，一并交给他。孟仁次日一早动身回营不提。

孟丽君回到后堂。自爹爹走后，她便代替爹爹，每日晚间必在亡母灵前待上一个时辰，陪伴娘亲。见到案上下午画好的水墨自画像墨迹已干，便命荣兰搬过椅子，亲手将其挂在墙上娘亲画像的右侧。她挂好画像，正待从椅子上下来时，眼角不经意间一瞥，发觉左边娘亲画像一侧露出一条缝隙，透过缝隙瞧去，墙壁后面似乎藏了甚么物事，不由吃了一惊，暗忖："记得去年我挂画像时，还未见到这条缝隙。莫非爹爹走之前曾取下过娘亲的画像，后来挂回去时却一时大意，没有摆正？不知道后面究竟藏了甚么物事？"

当下小心翼翼地取下娘亲画像，见后面的墙壁陷下去一块，放的竟是几本书册，便将之全数拿出，又小心翼翼地将画像挂回。她心中委实好奇，不知爹爹背着自己藏起这几本书，究竟有甚么秘密。从椅上下来，借着灯光看去，见那几本书的书名分别是《烈女传》《女则》《女诫》和《女论语》。

打开最上面一本《烈女传》，见有字有画，似乎是在说故事。粗略一翻，共有七卷，分别是：卷一母仪传，卷二贤明传，卷三仁智传，卷四贞顺传，卷五节义传，卷六辩通传，卷七孽嬖传。翻开卷一母仪卷，第一篇讲的是帝舜的两个妃子娥皇、女英的故事，接下去姜嫄、简狄、涂山氏等的故事都是早就知道的，心道："若只是这些旧事，爹爹不必藏起书来，不让我看。"于是随手向后一翻，从中间一页读起，是卷四贞顺卷里楚昭贞姜的故事。才读了几行，便哈了一声，再读数行，又是哼的一声。

原来那故事说的是：有一日楚昭王出游，将夫人留在渐台，后来楚王听说江水上涨，命人去接她。去的人忘了带令符，那夫人便不肯走，结果被水淹死了。孟丽君心道："这夫人委实迂腐。楚王命人去接她，纵然没有令符，也是王命，不遵王命，是为不忠。抗命淹死和遵令而得以不死，分不清孰轻孰重，将自己的性命视如草芥，是为不智。其人淹死后，楚王必然迁怒于使者及随侍之人，牵连无辜，是为不义。似这等不忠不义不智之人，还赞作'守义死节，不为苟生'，表彰她贞节，令天下之人仿效，实在可笑可叹。试想若天下人人都学得如她一般迂腐持节，洪水来时无令不行，只怕天下人早就死光了。"

又随手一翻，见是卷五节义卷里鲁秋洁妇的故事，说的是鲁国秋胡子成亲五日后就去陈国出仕，五年后回家，路上见一美貌桑妇，上前调戏却被拒绝，回到家后，发现那桑妇竟是自己的妻子，惭愧不已。妻子耻夫不孝无义，遂投河而死。孟丽君暗想："那秋胡子的确不该，就算要死，也该他去死。这妇人并没做错甚么，为何要投河自尽？若说丈夫不孝无义，妻子觉得羞耻，也当出言规劝，不至于死啊。再说，为甚么丈夫犯了过错，到头来却要妻子一力承担？"

再看下去，越看越心惊。一个故事说有一家失火，妇人的儿子和侄儿都被困于大火之中，妇人想救侄儿，却只救出了儿子。为了不背负不义的名声，她想要将自己的儿子再投入火中，却又不忍，于是自己投火死了。另一个故事说妇人的丈夫有个仇人，为了复仇抓住了妇人的父亲，要她帮助自己。妇人告诉仇人，丈夫晚上在楼上东边睡，然后自己晚上睡在楼上东面，于是仇家晚上来时，将妇人杀了。种种怪事，简直匪夷所思，骇人听闻。略略一算，少说有一半的故事都是以妇人身死告终。孟丽君心下哂道："这本书到底在教人做甚么？难道便是要天下妇人都学得'贞顺节义'、动辄轻言生死么？人生于世，贪生畏死固然不该，可是视性命如草芥，为了丝毫不值当的小事就轻忽生命，却更是不该。"

翻至最后一页，忽然几个熟悉的小字跃入眼帘："昔日圣人箴，今朝荒唐言。"与医书上的字迹相合，正是娘亲的笔迹。孟丽君不由微微一怔，暗想："这些都是娘亲的旧书么？原来她也认为这都是'荒唐言'。"

于是弃了这本书，再翻另外几本，都是关于如何规范女子的言行举止、思想念头：主张女子要软弱卑下，依附服从于男子；主张丈夫可以再娶，妻子不可再嫁；教育女子走路不可回头，说话不可高声，坐不可动膝，站不可摆裙；要求女子讲求妇德、妇言、妇容、妇工，须得未嫁从父、既嫁从夫、夫死从子……

孟丽君越看越气，将书"啪"地摔在地下，怒道："我道爹爹为甚么将这几本书藏起，依我说，烧了更好。看这些书，简直是污了我的眼。"荣兰从未见她如此大怒过，心下惴惴，上前待捡起书来，听孟丽君喝道："别动，小心脏了手。"荣兰不敢捡，眼角一瞥，瞧见最上面一本书名是《烈女传》，立时明白了。孟府所有家人仆妇早经嘱咐，《烈女传》一类寻常闺阁女儿家常看的书册，切切不可在小姐面前提起。孟士元夫妇将孟丽君自小当男儿一般养大，在她心目中，原没有男尊女卑的观念，陡然间读到这几本集数千年男尊女卑之大成的书，难怪大怒。

孟丽君回到幽芳阁，躺在牙床上，慢慢平息了怒气，思绪飘散开去："从前我读论语时，见到'唯女子与小人为难养也'的话，便不服气。孔夫子也有母亲、妻子，就算周游列国，亦不能一个一个见过天下间所有女子，却为何要一句话贬低了世上所有女子？今日看的这几本书，《烈女传》刘向是男子，其余曹大家、长孙皇后和宋若华可都是女子。男子看不起女子、想要女子臣服也就罢了。为何连女子自己也看不起女子，也要女子臣服于男子？所谓'人必自侮，然后人侮之'，正是这话。那日雪妹曾说：'女子无才便是德'。爹爹说我一个女孩儿，日后总归要成亲嫁人，懂得越多，只怕夫家会越不喜欢。我当日还不解其中之意，现下想来，世上确有这等样人。'四德'里头一条便是'妇德'。哼，这个所谓的'德'字，便是要求女子一味屈顺服从于男子。怪道'无才便是德'，无才即无知，无知则寡思，自然肯屈己从人。这不过是愚民之策罢了。"

一时心念回转自身，又忖道："爹爹娘亲将我自小当作男儿一般养大，只要我想学的，便甚么都肯教我。我以前从未想过，若非如此，只怕一般的闺阁女儿家，哪里能够学得那么多……"思绪繁杂，许多从未想过的问题纷至沓来，在牙床上翻来覆去，辗转不宁，直至四更天，才昏昏入睡。

第三章

冬去春来，又是一年阳春三月，花红柳绿，春色宜人。

三月初三，相传是王母娘娘寿诞之日。传说这一天，王母娘娘会在昆仑山瑶池仙境举办蟠桃盛会，广邀各路神仙前往赴宴。各处道观这日均会举办盛大道场，善男信女供奉花果，焚香许愿，虔诚叩拜，据说颇为灵验。民间各地这时也会自发举办庙会，庙会上熙熙攘攘，车水马龙，热闹非常。

这日清晨，一骑黑马风驰电掣地驰过昆明城。在城北总督府大门前，马上骑士"吁——"的一声，用力勒住马。那马神骏异常，低嘶一声，人立而起。骑士翻身下马。他约莫四十岁年纪，衣服上血迹斑斑，左臂右腿上两处伤口，虽然略做包扎，但马上颠簸，伤口早破，鲜血不断渗出，一滴滴地滴在地下。他下马落地时，右腿登时一软，摔倒在地，随即艰难爬起，拖着右腿，蹒跚着敲开总督府大门。

孟和开门，见此情形，不由一怔，还未开口，那人附到他耳边说了一句话，随即支撑不住，晕了过去。孟和忙将他抱进府内，又牵过黑马，关上大门，只余下门外一众百姓犹自议论纷纷。

窦蓉娘听得消息出来看时，认得那人姓傅名归人，乃是当年皇甫敬贴身四名家将之一。她忙问孟和，孟和答道："小人听见敲门声去开时，他便是这副模样。他在小人耳边说了一句：'京城皇甫府家将求见孟小姐，有十万火急消息禀报。'便晕了过去。"窦蓉娘知道事关重大，一面叫孟和将傅归人扶入厢房，一面吩咐丫鬟去请小姐。

孟丽君听丫鬟说完，吩咐荣兰捧上药囊，戴上苏映雪准备的纱帽，来到厢房。她这几个月来一直忧心忡忡，自生日之后，爹爹便再无书信传来。一个月前，下人禀告说昆明城里涌入大批贵州难民。听他们说贵阳城破，朝廷军队吃了败仗，贵州全省已然落入叛军手中。如今兵部尚书呼延宏老将军亲领十万大军，驻守在云贵川三省交界处，要与叛军决一死战。但问起云南孟总督的下落，却没一人说得清楚。有人说孟大人在贵阳城破之日，已然为国捐躯了；有人说孟大人中了圈套，给叛军俘虏了；还有人说孟大人早料到贵阳城守不住，摆下空城计，早已脱身出来，与呼延老将军合兵一处了……孟丽君心中焦急。她知爹爹手中兵少，能将贵阳城坚守住四个月，已然极为不易，否则朝廷哪来时间集结十万大军。但爹爹究竟是生是死，是否被俘，却无从可知。如今京城皇甫府家将求见，而皇甫伯父又是兵部侍郎，消息自然灵通，想必是探得了爹爹下落。

孟丽君瞧见榻上昏迷不醒的傅归人，不由秀眉微蹙。她一眼便瞧出，傅归人负了极严重的外伤，伤口只是草草包裹一下，连血都未能止住，随后一路颠簸，外伤未好，又添内伤。若是常人，失了这许多血，早就坚持不住了，但他武人出身，身体健硕，硬是一路强撑下来。等到了孟府，心里一宽，便再也撑不住晕过去了。

孟丽君写下方子，吩咐人立时去配药煎了端来，又道："倒一大碗水来，加一勺盐。"随后取出银针，在傅归人左臂右腿处各下一针，以缓血行，又在他风池、人中、眉冲三穴各下一针。片刻，傅归人醒了过来。孟丽君道："先别说话，你失血太多，把这一碗盐水喝了再说。"傅归人失血过多，早已口渴难耐，依言喝过水，四下一望，见一众丫鬟仆妇如众星拱月般围着一位头戴纱帽的小姐，正是方才说话之人，哑声问道："你可是孟府小姐？"孟丽君颔首道："正是。"傅归人道："小将是京城皇甫侍郎府家将傅归人，请小姐屏退杂人。"

孟丽君令众人退下，只留下窦蓉娘一人。傅归人十数年前见过窦蓉娘，认得她是孟夫人的贴身侍女，便不再说话，从怀里掏出一个油纸包，打开层层油纸，取出一封书信，信封上写着"孟小姐亲启"五个大字。窦蓉娘接过，递给孟丽君。孟丽君拆开信，飞速读道："敬呈丽君小姐妆次：孟叔父平叛失利，兵败被擒……"孟丽君脑中"嗡"的一声，这些日子虽也曾隐约想过爹爹只怕凶多吉少，但未得确切消息，总存有侥幸之心，万事总想朝着好的方向去想。她定一定神，继续看下去："……现贵州巡抚彭如泽上表朝廷，诬陷叔父私通反贼，叛国投敌。圣上龙心震怒，严旨御林军即刻启程，前往昆明抄拿孟氏满门，提解上京。投书人傅归人乃我父子心腹家将，望小姐接书后速随来人一同上京，免遭囹圄之祸。皇甫少华亲笔。"

孟丽君宛如晴天一个霹雳，双手颤抖，将书信再看一遍，顿觉天旋地转，难以相信天下竟有此事：爹爹忠义为国，血战半载，不幸兵败被擒，如今生死未卜，朝廷居然听信谗言，不辨忠奸是非，竟要抄拿忠臣满门。窦蓉娘见她看过信后娇躯微颤，却不说话，急忙问道："信上怎么说？"孟丽君强忍悲痛，将信上所言一一告知。窦蓉娘又惊又悲，早已滚下两行热泪，泣道："老爷被擒了？！这……这……"又骂道："那天杀的贵州巡抚，我家老爷与你往日有何仇怨，竟敢谎奏朝廷、陷害忠良！"

傅归人见她看罢书信，说道："小将临行前，我家少爷不放心，只因消息来得迟，朝廷的钦差已先我两日出发了，怕我追赶不及，将他脚程最快的大宛良马'追月'给我代步。小将这一路上马不停蹄，紧赶慢赶，终于三日前在四川奉节城郊追上了钦差一行人。却不想其中有一人本是国丈府家人，认得小将，于是恶斗一场，小将受了点伤，逃了出来，日夜兼程，赶到昆明。只怕他们因此有所警觉，这两日定会加紧赶路，说不定明日便到。请小姐即刻收拾随身衣物，今日便起程出发，否则只怕来不及了。"

孟丽君和窦蓉娘都是一惊，想不到这么快就要动身。窦蓉娘知道事关重大，止住泣声，望向孟丽君，等她示下。孟丽君微一思忖，断然道："好，我这就走。"傅归人大喜，先前还生怕孟小姐不知情形严重，兀自死守礼法，不肯轻易离府，还预备大段言辞劝说，不想孟小姐虽是女流，但快人快语，一言而决，再不用自己多费口舌。

孟丽君吩咐窦蓉娘道："传令映雪、荣兰，收拾衣物细软，所有沉重物件一概留下。命阿和去备两辆马车，候在府外。蓉姨你再将府内所有家人仆妇的卖身文契都找出来，散还给他们，每人再发二十两银子，让他们即刻离开昆明城，走得越远越好，免受牵连。"窦蓉娘正待出去，孟丽君又道："问问刚才的药煎好没有？让阿平进来给傅将军上药包扎。"

傅归人忙道："小将的伤不碍事，不敢劳动小姐费心。"孟丽君正色道："将军这话就见外了。你千里奔波，传递消息，身上的伤便是为我孟府所负，上药包扎那是分内之事。"傅归人便不再言，窦蓉娘依令匆匆去了。

孟丽君又道："丽君如今是戴罪之身，倘若离家出逃，朝廷必会怀疑有人走漏风声。将军适才言道，你在来路上被国丈府家人认出，不知此事是否会牵连皇甫伯父一家？"傅归人一惊。他向来性子率直，还不曾想到这一关节，闻言悚然道："哎呀！这可如何是好？"孟丽君道："好在将军与他们相遇在奉节城郊，回京后只消捏个理由，便可搪塞过去。只是，将军千万不可在昆明久留，万一被人发现，日后定难脱身，必要累及皇甫伯父。如此一来，丽君便百死不能赎其罪了。我已吩咐下人备车，将军换好药后便请乘车先行一步，丽君随后便到。"

傅归人心底暗赞孟小姐心思周密，片刻之间便将诸事安排得有条不紊，却不禁犹疑道："那怎么行？小将临行前，老爷少爷千叮万嘱，命我一定要将小姐平平安安地接回京城。留小姐一人在后，无人照顾，那可万万不成！"孟丽君道："我乳娘母女与我亲如一家，定要同行的。另有一贴身丫鬟，无父无母、无家可归，也是要一起走的。"傅归人道："四个女流，没个男人保护，让小将如何放心？"只听一个声音插话道："小人愿意留下护送小姐。"原来是孟平端药进来，正好听见他们说话。

孟平将药碗放下，向孟丽君躬身道："老爷当日离府前就曾暗中吩咐过小人，日后如有凶险，命小人一路小心护送小姐，去京城投奔皇甫老爷。"孟丽君心头升起一片暖意，暗道："爹爹原来早就料到今日之事。"随即一酸："爹爹既已料到今日之事，那便是早就预料到他自己会身遭不测。他……他率军出征，这是明知不可为而为之啊。"

既然有人随行照顾，傅归人自无异议。当下与孟丽君约好，在川滇交界的汤郎镇会合，随即顺长江而下。孟丽君吩咐孟平将药端给傅归人，又替他上药包扎好伤口，随即送他出城。

出了厢房，孟丽君将告急书信收在袖内，取下纱帽，听见府内一片鸡飞狗跳的嘈杂声音，间或夹杂几句哭泣之声，回想起往日的宁静生活，不觉怅然。自己此番离家出逃，朝廷定会张贴告示，画图缉拿。从今往后，自己便再不是总督府内锦衣玉食的千金小姐了，而成了路边街旁人人议论的朝廷钦犯。便纵然一路平安地到了京城皇甫府，也不过是寄人篱下的一个可怜人，还要日日提心吊胆地过日子。但如若不逃，钦差一到，阖家满门都要拿下，装入囚车，一路解送京城。似这等羞辱，自己如何受得？绝无束手就擒的道理。若是别的闺阁小姐，这时或者一死了之，要博一个节烈的名声。但爹爹本是蒙冤不白，遭人陷害，自己岂能如那些无知女子，一味寻死？只盼过了今日，徐图将来，总要想方设法，还爹爹一个清白之身。

孟丽君忽然心念一动，立时有了一个主意，再一细思，确然可行。又记起后堂里爹爹、娘亲的画像，心道："娘亲的画像，岂能容他人亵渎？便是爹爹的画像，也不能落在那些人手里。但我又无法将画像随身带走，不如索性毁了，日后再依记忆重新画过便是。"想着来到后堂，将墙上娘亲、爹爹的画像取下，放在炭盆里点燃烧了。又取下自己的那幅水墨仕女图，也待焚毁，忽然心念一动，忆起去年画这幅图时，兰儿曾经戏言说画得不像，日后若有人依图找人，那是一定找不到的。自己那时还斥她胡说，不想竟成谶言。提笔蘸墨，在图上随手改了两笔，原本空灵清隽的神韵立时全失。当日作画时只重神韵，形体本就不像，如今神韵一失，任谁也不会相信自己便是画中之人。她将画像放入炭盆，小心烧去边角一片，故意留下提了下款日期的另一角。又将画像横在炭盆灰烬之上，造出一副想要烧毁画像，却于匆忙之中未曾烧完的假象。

孟丽君来到碧松堂，里面早已乱作一团。众人见小姐到来，都止住悲声，静候小姐吩咐。窦蓉娘拭泪道："小姐，现下府里一共还有三十七名家人，卖身文契都已发还。其中阿平是要一路护送小姐的，我和雪儿自然也要跟着小姐。其余人等也有愿意离开的，也有愿意跟着小姐的，还请小姐示下。"孟丽君转头问荣兰道："兰儿，你呢？"荣兰上前两步，跪在地下流泪道："婢子情愿一生一世跟随小姐，求小姐不要赶走婢子。"孟丽君扶她起身，她却不肯，只一味磕头。孟丽君叹道："你若跟着我，一路风餐露宿，辛苦万分，也就罢了，还要顶着朝廷钦犯的罪名。这些你可都想过了，再不后悔？"荣兰道："小姐待婢子恩重如山，婢子无怨无悔。"孟丽君道："好。我原本便要带你走的，起来罢。"荣兰再磕一个头，这才起身。

荣兰才一起身，便有石青、藤黄、赭石等七八个丫鬟及孟和等人跪倒在地，齐声道："奴婢等都情愿跟随小姐。"孟氏一家素来宽待下人，下人们感恩戴德，大都不愿于此危难之刻离去。孟丽君道："你们的心意我领了。我们四个女子，一路已够显眼了。你们几个都是有亲可投的，便四散了各自投亲去罢。你们都知道，老爷是受了朝廷冤屈的，但这不白之冤终有昭雪之日，到那时，我便打开孟府大门，再召你们回来！"众人听了这话，一面流泪一面叩头，从窦蓉娘手里接过银子，终于一一散去了。

孟平送傅归人出城后回转，孟丽君令他守在府门外，一有动静，立时进来禀报。她将窦蓉娘母女及荣兰召到幽芳阁，问道："衣物细软可都收拾好了？那柄碧玉如意是个信物，可要好生收起。"苏映雪指着床上三个大包袱说道："都收好了，碧玉如意娘贴身带着。但那些古玩字画，都不带走么？"孟丽君道："性命要紧，银钱够我们几个从昆明到京城的花销就行了。"窦蓉娘暗暗摇头，心道："小姐金枝玉叶之身，不知世道艰难。这一路进京，万里迢迢，不多备些银子怎成？就算日后在皇甫老爷府上安顿下来，哪一项开销不得花银子？好在这些珠宝细软，变卖折合了，将就也够我们几人半世所需。"

孟丽君踱了两步，说道："我有一个主意，觉得可行，你们看如何？我们一行五人，就只孟平一个男人，多有不便。四个女子，也忒招人注意了。我和兰儿曾经女扮男装过。我只消用'易姿丹'掩去肤色容貌，便丝毫不引人注目。不如我们二人就扮作男子，我算是蓉姨的外甥，兰儿是我的书僮，一家子进京投亲去。怎样？"

苏映雪和荣兰自无异议，窦蓉娘却道："我们自然一路雇车船上京，小姐怎好抛头露面，不如让雪儿扮作男子好了。"孟丽君心头一热，知道窦蓉娘事事为自己考虑，却摇头道："蓉姨你自然知道，雪妹温柔腼腆，和人说句话也会脸红，如何扮得像男子？再说，我和兰儿都不曾裹小脚，便是在外面走动，也无妨碍。雪妹自幼裹了小脚，走两步路脚也会痛，扮作男子，那怎么成？我如今已是朝廷的钦命要犯，再不是从前的千金小姐了，事有轻重缓急，便是抛头露面也顾不得这许多了。"

孟丽君知道此番非比寻常，若被揭穿只怕性命堪忧。她精通医术，自然明白男女体态有别，便取来白布，紧紧束住前胸，缠宽腰围，垫高双肩，用温水化开"易姿丹"，敷在头颈、手背上，又取过一小块面团，用余水染成焦黄的肤色，粘在喉头假充喉结。孟丽君不曾穿过耳洞，倒无此虑，只用面团末粘在荣兰的耳孔处。主仆二人打扮完毕，换上男装，对镜一看，再无半点破绽。

孟丽君命窦蓉娘母女也换上普通下人的衣衫，又令荣兰收拾出几套男装。她取出药囊，另打一个包袱，将"凌霜"短剑放在怀里，以备防身之用。随后向窦蓉娘等说道："我和傅将军约在川滇之交的汤郎镇会合，再顺长江东下。路上万一走散，便到汤郎镇会合。"看时辰已是未时，想起尚未用午饭，先前忙碌，还不觉得，现下方觉腹中饥饿。府中下人已经走光，窦蓉娘从厨房里找来些糕饼点心充饥，又给孟平送去一份，将余下的包起，以备路上食用。

站在红漆大门前，孟丽君回头望向门上匾额"总督府"三个镏金大字，回想起十五年来在此度过的欢乐时光，心中暗暗许下重誓："孟丽君有生之年，定要昭雪爹爹冤屈，光明正大地回到这里！"

窦蓉娘虚掩上大门，四人登上马车，放下车帘。孟平坐在前面车夫的位子上，长鞭一甩，驾车向北门驶去。

坐上马车，行了一阵，孟丽君忽然想起一事，急问道："我方才换下的衣衫呢？"众人不解其意，苏映雪道："和其他衣衫一起收在包袱里了，小姐现在就要吗？"孟丽君吁一口气道："还好，还好。我把那封告急书信顺手收在了衣袖里。这封信可万万留不得，一早就该烧了，偏却忘了。"又嘱咐道："如今出门在外，说话千万小心了，称呼上更不能错，'小姐'二字再也休提。我化名郦君玉，表字明堂，兰儿改作荣清，蓉姨和雪妹就不必改名字了，孟平便改作郦平，可都记清楚了？"众人都道记下。

再行一阵，马车便慢慢缓下来，耳听得外面声音渐渐喧闹起来。孟丽君揭开车帘一角，向外望去。只见街上好生热闹，捏泥人的、卖风车的、杂耍的、卖冰糖葫芦的、看热闹的，人来人往，熙熙攘攘。窦蓉娘记起今日正是三月初三，昆明城一年一度大庙会的日子。马车正缓慢行间，忽听前面有人高声叫道："驾车的那个便是孟府家人孟平，我认得的。车里定是朝廷钦犯，可不要放走了！"

孟丽君一惊，眼见前面十数骑人马冲将过来，连忙放下车帘。她先前也曾考虑过是否要给孟平易容，但听傅归人说钦差明日才到，便以为不妨事，想不到钦差竟来得如此迅速。只怕也是因为傅归人露了行踪，钦差才会昼夜兼程赶来。

孟平听得叫喊，急待掉转车头，但街上人多，急切之间转不过来。孟丽君断然道："我们下车。"当先跳下马车，见那十数骑人马也为街上人众所阻，一时靠不过来。马上之人挥鞭乱抽，撞倒好些摊位，更伤了不少百姓，街头立时大乱，人群四散而逃，越发阻住他们前进。那些人在马上大呼小喝，只是前进不得，却也无可奈何。孟丽君见状，拉着窦蓉娘和苏映雪，背上包袱行李，随着人流一路向东，荣兰紧跟在后。

窦蓉娘和苏映雪裹了小脚，才走出几里路，便脚步蹒跚，直累得气喘吁吁，只得坐在一株垂柳下休息。忆起方才之险，脸色都有些发白，若不是小姐当机立断，恐怕四人已然落入人手。孟丽君回头望去，不见孟平，知他被人认出，定是为了不连累自己等人，另走了一条路，以引开追兵，这时怕是凶多吉少了，心底不由一寒。想到才出家门便遇上追兵，此去京城千里迢迢，不知要有多少凶险在等着自己。

正出神间，听得一个声音欢然道："郦公子，好教小人又遇见了你。"孟丽君抬头一看，原来是那日载自己和荣兰去青龙镇的车夫钱忠。见他从车上跳下，脸上神情欢喜异常。窦蓉娘不认得他，心生戒备，站起身来，走到孟丽君身旁。

孟丽君瞧见钱忠的马车，眼睛一亮，暗忖："钦差既已到了昆明，只怕半日之内便要全城戒严，搜查钦犯。无论如何，我们要赶在这半日之内出了城去。钦差从北门来，北门想是不能走了。东门守卫这时多半还不知此事。"便道："钱大叔，我们一家子有急事要出东门，你可否载我们一程？"钱忠道："郦公子说哪里话。公子用得着小人，小人高兴还来不及。只是……"看了几人一眼，为难道："……小人的马车窄小，一车只能载得下两个人……"

孟丽君略一盘算，回头道："姨妈、表妹，你们带着行李包袱先出城去，我和清儿随后就到。"窦蓉娘急道："那怎么成？还是你们先走。"孟丽君使个眼色，说道："我自有安排，你们先走。"语气已颇为严厉。窦蓉娘不敢违拗，和苏映雪拿了包袱，坐上马车。那马车委实窄小，坐了两个人后，便放不下这许多行李，于是挑出最轻的一个包袱，命荣兰依旧背在肩上。钱忠向车内笑道："姨奶奶放心，小人送姨奶奶和小姐出了东门，便立时回来接郦公子。"苏映雪揭开车帘，露出一张芙蓉俏脸，轻声道："表……表哥，我和娘在东门外等你，你们可要快些来。"

孟丽君点头道："好，你们也要小心。"钱忠驾车去了。

孟丽君见马车离去，便同荣兰沿大路继续向东而行。走出几里路，便见钱忠的马车原路返回。二人上了车，钱忠掉转车头，驾车驶向东门。得知窦蓉娘母女一路无阻地出城去了，孟丽君总算略略安下心来。

才近东门，孟丽君听钱忠"咦"的一声，便问道："怎么了？"钱忠道："城门口有军士把守，要一个一个验看了才放出城。这可当真奇怪了，我方才出城去时还不见呢，怎么这一会工夫便戒严了？"孟丽君和荣兰对视一眼，荣兰满脸忧色。孟丽君虽已料到，毕竟心中还有些惴惴，脸上却若无其事，伸手握住荣兰的手，在她耳边轻声道："放心，不会有事的。"

到了东门，孟、荣二人被饬令下车，见城门口站了百来名士兵，将出城人众依男女分作两列。男子一列，只检查了随身物件便放出城去。女子一列，却苛严得多。尤其是年少女子，一一被拦阻下来，领去给一个军官模样的人细细验看。孟丽君暗道："好在我料及于此，已让蓉姨和雪妹先行出城去了。否则她二人虽改了装束，但一看便不像寻常百姓，一定出不了城。我和兰儿虽也不像，但改装之后，任谁也不会怀疑我便是那孟府小姐，要混出城去应该不难。"

二人跟在钱忠的马车旁，站在男子一列。守门军士打开包袱，见是几套衣衫和一个药囊，又开了药囊，见里面只放了些瓶瓶罐罐的丸药和几本医书，便不在意，随口问了几句，便放她们出了城。

坐上马车，赶到城外新凤桥。孟、荣二人下了车，却四下里瞧不见窦蓉娘母女。荣兰喊了几声，也不见有人应答。钱忠挠头奇道："姨奶奶和表小姐就是在这里下的车，她们说站在桥头等候公子。"孟丽君心头微微一惊，暗想："蓉姨和雪妹决计不会故意不等我们，难道说不但城内戒严，城外也派了士兵四下搜查不成？那可就糟了！"向周围百姓打听，总算从桥头摆茶摊的中年妇人口中得知，有两个女子带着好几个包袱，立在桥头张望半日，后来乘了一辆马车向北去了。又打听是否有军队经过，果然不久之前，确有一队士兵从城里出来，过桥向东而去。

孟丽君谢过那妇人，心道："蓉姨和雪妹定是迫不得已，才雇车北去了。我先时说过，路上万一走散，便到汤郎镇会合，她们想是先去了。"便和钱忠商议，要他再送自己二人去汤郎镇。钱忠十分爽快，立时答应了，又道："夜间赶路极不方便，再说公子想也饿了乏了。要是没有妥当去处，小人有一表姐，就住在前面新凤村里，公子可以住上一晚。明日一早，我便送二位去汤郎镇。"

孟丽君抬头一看，夕阳西下，已是掌灯时分，自己也确实有些累了，再看荣兰，背着包袱赶了这许久路，早就疲累了，只一直强忍不说，便道："如此甚好，多谢钱大叔。"钱忠笑道："甚么谢不谢的。郦公子你是药王菩萨转世托生，上次又送了小人许多银两，让还了老娘死时欠下的旧债。小人是个粗人，虽不会说话，却也知道感恩图报的道理，公子有话只管吩咐小人就是。"

于是钱忠赶车载着二人来到他表姐家。那是一个乡村人家，家境原不富裕，但极是好客，见来了客人，连忙杀鸡备酒招待，菜虽不多，却颇有山村野意。饭后钱忠提起表姐有风湿的毛病，服了好些药也不见效。孟丽君搭脉一诊，旋即开了一副方子。那农家夫妇早听钱忠说起郦公子医术如神，得了方子如获至宝，小心收好，次日便去药铺抓药不提。

那农家夫妇给二人腾出一间房，在硬木板上垫了厚厚的稻草，又找出最好的铺盖铺上。然而莫说孟丽君，便是荣兰，也从未睡过这样简陋的床铺。孟丽君躺在床上，耳听荣兰翻个身，不一会便呼吸均匀、沉沉睡去，想是她一路辛苦，疲累得很。自己却是辗转难眠，回想起这一日内发生的种种事情，终于流下泪来。她自日间接到书信得知噩耗时起，便一直都在强自忍耐，到此刻夜深人静之时，再也忍受不住，眼泪扑簌簌往下流。既悲哀爹爹兵败被擒、生死未卜，更悲愤朝廷听信谗言、抄拿忠良满门，又悲痛自己无计可施、只能千里迢迢投亲避祸。

她流了一阵子眼泪，心中反倒好受些了，侧过身子，只觉身下硬木铺板硌得后背生疼，枕头、棉被隐隐散发一股汗气，直冲入鼻，难以忍受。她十五年来锦衣玉食，何曾受过这等苦楚？越是如此，反而越发坚强。她拭去泪水，心下自语道："孟丽君啊孟丽君，你如今再不是千金小姐了，有吃有住便当知足，若还如往日一般娇生惯养，怎能到得了京城、为爹爹申冤报仇？你平素自负才高，如今罹难之中方见真才实学。若就如此上京，寻求依附于皇甫伯父，寄人篱下，仰人鼻息，将申冤报仇之望寄托于他人，那又算得了甚么？"又想："明年便是三年一度的大比之期，我也曾读过万卷诗书，不敢夸说'学富五车、才高八斗'，也算得上心怀锦绣，三场考试自不在话下。倘若请皇甫伯父协助捐监入试，一旦春闱得中，从此跻身官场，便可伺机禀奏朝廷，为爹爹昭雪冤屈。若说女扮男装入场应试乃是死罪，眼下我已是朝廷钦犯，身上已有了一重死罪，便再加上一重，又有何妨？日后纵然揭穿，只消昭雪了爹爹的冤屈，那也值了。再者朝廷或许怜我孝心一片，不予怪罪，也未可知。"想到这里，已打定了主意，心神渐宁，也不觉得身下床板有多硬、气味难闻了，翻过身子，慢慢睡着。

次日天还未亮，二人便即起身。荣兰"咦"的一声，孟丽君知脸上"易姿丹"昨夜给泪水洗去，定是露出了本来面貌，忙又重新易好容貌。那农家妇人送来早餐，又为她们准备了一路上的干粮。钱忠套上马车。孟丽君感激那农妇盛情，只是身无长物，贵重值钱的首饰细软都在窦蓉娘母女随身的包袱里，于是取下衣衫上所戴玉佩，权作谢礼。那农家夫妇无论如何不肯收，只道有了昨日开的风湿方子，便已感激不尽了。孟丽君只好收回玉佩，和荣兰登上马车。

钱忠心知郦公子着急赶到汤郎镇，一路上挥鞭疾驰，中午时也只在路边茶摊略做停留，吃过干粮，喝一碗茶，复又匆匆上路。他常走这条路，对地形极熟，知道些生僻捷径，下午申时便赶到了汤郎镇。孟丽君谢过钱忠，他也只憨憨一笑，道："郦公子下次再有事情，尽管吩咐小人。"

这汤郎镇原是一个渔村，只因临了江，货运客运多了，渐渐热闹起来，成了一个小镇，镇中居民三个里倒有两个是做水上生意的。孟丽君和荣兰走进镇里最大的一家茶馆，想要打听窦蓉娘母女及傅归人的消息。才进茶馆，就听见一帮茶客聚在一处闲聊，其中一人故作神秘道："我上午才从武定城赶回，可了不得，出大事情了。"便有人问道："出了甚么大事？"那人压低声音道："咱们云南的孟总督投降了叛军，当今万岁爷龙颜大怒，传下圣旨要查抄了孟府，将满门男女都提了去京城，投入大牢……"有人听到这里便"嘘"声道："……我知你要说甚么，是不是说钦差到了孟府，却发现偌大的总督府里已经空无一人，孟小姐早就逃了？那已不是新闻，就连咱们镇上，今日晌午也张贴了榜文，要缉拿那孟小姐呢。"

孟丽君听到这里，心头一紧，却听先前那人道："我要说的可不是这个，这个自然不是新闻。"说了这一句话，便慢悠悠地端起茶碗喝茶。旁人被他勾得好奇，不住恳求，他方才开口，依旧神神秘秘道："我才从武定城赶回，出城的时候可着实给唬了一跳。那武定城北门口，你们猜挂着甚么？竟挂了一个人头。"旁边茶客都是一声惊呼。孟丽君隐隐猜到甚么，手指不由微微颤抖。那人甚是得意，续道："旁边也贴有榜文，说那人便是奸细，给总督府通风报信，走漏了风声。好在天理昭彰，钦差随从逮到此人，此人拒捕不从，被当场格杀了……"荣兰脸色苍白,直望着孟丽君。孟丽君手指紧紧握拳,心中悲道:"我要傅将军先走,原是一片好意,唯恐累及皇甫伯父,不想竟是害了他。"见小二上前来问要喝点甚么,孟丽君哪里还有心思喝茶,带着荣兰匆匆起身离去。

一路来到江边,孟丽君虽然心中悲愤傅归人之死,却明白逝者已矣的道理。眼下当务之急便是找到窦蓉娘母女,顺利到达京城。只有保住自己有用之身,方能谈得上将来为逝者报仇,否则这条性命就只能这么白白地失去了。

二人沿江而行,一面走一面四下张望,寻找窦蓉娘和苏映雪的身影。走了几个码头,也没寻到。夕阳的倒影映在江面,红彤彤的一片,见前面又是一个码头,走上前去打听。一个船夫见二人衣饰华贵,想是有钱人,便假意道:"小人见了这般模样的两个人,上了前面那条船。"说着指着江中一条离岸不久的乌篷船。孟丽君大喜,因寻人心切,一时也没留意那船夫目光游离,乃是虚言哄骗,说道:"你快划船过去。若追上那船,我有重谢。"船夫心下窃喜,引二人上船,着力划去。

划出数里水路,才追上那条乌篷船,舱中人走出来,孟丽君大失所望,那两人只是寻常村妇,却哪里是窦蓉娘母女?心知上了船夫的当,瞪他一眼,说道:"送我们上岸去。"那船夫本是胆大包天之人,吃她一瞪眼,不知怎地心中竟有些害怕,定一定神,才道:"请相公把船钱先付了。"孟丽君不欲和他纠缠,伸手待去掏钱时,方记起身上竟无半分银子。自己从来不缺钱使,身上自然习惯不带银子,值钱的物事又都放在窦蓉娘的包袱里了,身边就只一块玉佩,却如何能充当船资?略略犹豫间,那船夫见不对头,敢情这两个主儿衣饰华贵,兜里却没银子,骂一声晦气,嘴里便絮絮叨叨地不干不净起来。

孟丽君心头微怒,暗道:"倒要给你点颜色瞧瞧。"便待解下玉佩,却见荣兰伸手在那船夫眼前一晃,道:"这可够你的船钱了罢?"手里拿着一只银质耳环,正是她改装前从耳上摘下的。当时匆忙间没来得及放进包袱里,谁料这时竟派上了用场。那船夫见耳环上镶嵌了一颗小指头盖大小的珍珠,知其贵重,更别说只这银耳环本身就有几钱银子,足以充抵船钱了。登时眉开眼笑,换过一副嘴脸,正要去接,孟丽君已先他一步拿在手里,说道:"你先送我们上岸去。天下间再没这个道理,船还在江里便要船钱,莫非是打劫的不成?"那船夫讪笑道:"相公说笑了。"

于是那船夫撑船靠岸,孟丽君使个眼色,荣兰领悟,先行下了船。孟丽君走到船边,微微一笑,道:"你可接好了。"将耳环隔空掷去。她精于医道,认穴极准,正中那船夫右手腕"内关"穴。船夫手臂一麻,如何接得住。她早算准角度,耳环在船舷上一弹,便落入了江中。船夫顾不得右手发麻,探头出去看时,哪里还有耳环的影子。耳听孟丽君的声音道:"是你自己没接住,可怨不得我。"抬头看时,二人已走得远了,手臂渐渐由酸麻转为疼痛,几乎连桨也拿不住,低声咒骂几句,也只好自认倒霉,却不悔思是他自己恶意图财在先,方得来此报。

经由此事,孟丽君知晓了银钱的用处,素日在家时不觉得,如今出门在外处处要花钱。太阳落山,天色已晚,仍不见窦蓉娘母女。她和荣兰身边都没带银子,除了玉佩和另一只耳环外,也没其他值钱物事。倘若今晚还找不到窦蓉娘母女,又不认识旁人,难不成要露宿街头?记起在书中曾读过,有一类店铺叫作当铺,可将物件兑换作银两,以解燃眉之急。于是和荣兰商量,先找一家当铺,将玉佩和耳环当了。

沿路回到汤郎镇,远远地便看见一面旗子上写着大大的一个"当"字,走了进去。朝奉也不抬眼,张口便道:"死当活当?"孟丽君哪里懂这些,待问清楚了,暗忖玉佩乃是寻常饰物,可有可无,本来就不值甚么钱,耳环已不成对,留也无用,不如死当,多换得几两银子。取出玉佩和耳环,递了过去。朝奉看见玉佩,眼睛一亮,随即又复若无其事,却未逃过孟丽君的眼睛,心下便有数了。

朝奉将玉佩、耳环放在一边,淡淡地道:"玉佩成色一般,不值几个钱。耳环上这珠子便罢了,可惜只有一只,不成对便不值钱。我算你玉佩十两,耳环三两,死当多加二两,一共十五两,一口不二价。"孟丽君根本不知玉佩、耳环值得多少银子,但显而易见朝奉所说并非实在价钱,当下更不答话,拿了玉佩、耳环转身便走。朝奉大急,急步从里间出来,伸手拦住她道:"公子慢走。"孟丽君脸上神色丝毫不变,说道:"你说的价钱我不当,你又说是一口不二价,却还拦着我做甚么?"

那朝奉先前瞧孟丽君的年纪模样、衣衫装束,以为是不通世事的羊牯,刻意将价钱压低。却不想孟丽君虽不通世事,但看人极准,瞧见他先前眼色,便料定他有意于这笔生意，竟不上当。朝奉尴尬一笑，说道："老朽怕是一时看走了眼，公子请容老朽再看一眼。"拿了玉佩，又装模作样地看了一遍，出价三十两。孟丽君道："一口不二价，四十两。"朝奉听她语气坚决，神情淡然，可当可不当的模样，心想总归还能赚上十几二十两银子，也不算少，就应允了。

孟丽君将四十两纹银包起，从当铺走出。荣兰悄声道："公子你好厉害，两句话便多了二十五两银子，我还担心那朝奉不肯收呢。"孟丽君微微一笑，说道："其实我估计还能当得更多，不过咱们毕竟是去当东西的，总要让当铺也赚点钱才是。"

天色这时已昏暗下来，汤郎镇上只有一家客栈，二人要了一间上房。一时小二送来饭食，荣兰便打听可有如此如此相貌装束的两个女子前来投栈。小二答道不曾见过。孟丽君便闷闷不乐，心中担忧窦蓉娘母女是否安好，为何此刻还没到汤郎镇。想起傅归人的惨遇，着实悲伤，只恐窦蓉娘母女也遭了毒手。

荣兰端过饭菜，见那菜蔬一荤一素，做得极其粗糙，哪里咽得下口。孟丽君本就心情不佳，全无胃口，只动了两筷，便推碗不吃。荣兰知她中午也只胡乱吃了几口干粮，这一整日奔波劳累，不吃东西怎成？便待端碗出去，换过上好的小菜。孟丽君拦住她，说道："我们的银子有限，又不知何时才能找到蓉姨，得省着花才是。住一日客栈上房要一两银子，只这一顿饭食也要二钱银子，可别浪费了。"荣兰听得昔日金尊玉贵的小姐如今满口银子银子，不由好笑，心中却酸楚得很，嘴角一弯，眼眶里已满是泪水，强忍着不让流下，拉住孟丽君衣角，泫然道："可委屈小姐了。"

孟丽君淡然道："说甚么委屈不委屈的。如今咱们既然出门在外，便再也莫想以往种种，更别和往常的日子相比了。我若连这一点苦也受不了，还谈甚么将来？离府那日晚上，我便已经想过了这一路之上将会遭遇的种种艰辛。这条路是我自己所选，便是比今日再苦上十倍百倍，我也不惧，更不委屈！"说到这里，目光中泛出迫人的光彩。荣兰呆呆地望着小姐，哪里知道她这一番话语，不仅是为此刻一时有感，更为她的将来做出了一番极好的诠释。

孟丽君复又拿起筷子，端碗道："你也吃罢。"二人用过晚饭，荣兰将碗筷收拾下去。店小二送上茶水。荣兰见那茶杯上垢迹斑斑，眉头一皱，见孟丽君正打开包袱查看，没有留意自己，便悄悄出去将两个茶杯洗得干净，重新倒上茶水，端了上来。又吩咐小二预备热水，小心端上来。然后紧紧掩了门，说道："小姐，累了一日，洗漱一下罢。"

孟丽君抬起头，奔走了一日，虽素日习武，身子不弱，到这时也委实累了。当下用温水清洗头颈，将易容药物洗去，登时露出一张面如冠玉、色似瑞雪的容颜，当真丰神如玉、俊雅绝伦。孟丽君自己尚不觉得，荣兰从前未及留意她不易容时的男儿装扮，这时忍不住赞道："小姐这副模样，当真好一个翩翩浊世佳公子呢！"孟丽君嗔道："你又来胡说了。你倒数数看，只这一会子，你叫了几声'小姐'了？我早说过，既已改了男装，今后再不许唤我'小姐'，便是没人处也不许。只防你叫顺了口，哪一日一不留意便叫错了。"荣兰吐吐舌头，笑道："难道你扮一辈子男人不成？日后总有一日要改回女装的，到那时我也叫你'公子'不成？"

孟丽君也不再多言，知道自己的话语无论如何荣兰定会放在心上，当下取出"易姿丹"。荣兰诧异道："晚上也要易容么？"孟丽君道："情势不同，小心为上。"片刻之间，丰神俊朗的浊世佳公子又变回那个黄瘦书生。荣兰另打一盆水，洗漱完毕。吹了灯，二人躺在床上，疲累了一日，不多时便睡着了。

次日二人一早出门，依旧在汤郎镇里四下寻找。沿江一带多了许多士兵，一只船一只船地搜查，见到年轻女子，更不放过，要一一验看。更有士兵手脚不规矩，趁机揩油的，一时江边一片杂乱。

经过小镇路口时，见路边有一凉亭，亭前立一石碑，碑前有不少人驻足，似在观看上面张贴的一纸文书。孟丽君前一日在茶馆里听见议论，猜到多半便是通缉榜文了。自忖自己容貌已大不相同，便是识得自己的人也未必一下子认得出，更何况那榜文上未必张贴了真容。于是大胆走上前去，见那石碑上贴的果然是悬赏缉拿自己的榜文，言道送拿官府赏银二百两，通风报信也有五十两赏银，若有隐匿不报、私藏钦犯的，杖责一百，发配边疆。旁边贴了自己的小像，依稀可见，正是离府那日随手改过后放在炭盆里烧去一半的水墨仕女图，心中又是悲伤又是好笑。悲的是自己当真成了朝廷要犯，不得不易容改装，沦落天涯。笑的是这副水墨画原就不像，经由朝廷画师依模仿样地画到皇榜上，再走几分神，纵然不易容改装，任谁也不会怀疑到自己。见榜文上只通缉自己一人，并无窦蓉娘和苏映雪的画像，心下稍安。

听得旁边有人道:"都说昆明孟总督府的小姐美若天仙,这么一瞧倒也名不虚传。"荣兰"噗哧"一声,笑出声来。好在她隔得远,声音又低,那人并没听见。有人便风言风语地道:"这么一个美人儿,便离了家,又能走得多远?只怕就在这附近了。若是谁找着了,倒不如别贪图这二百两银子的赏钱,自己藏了拿来做老婆好了。"众人一阵哄笑。

孟丽君听这些人口齿轻浮,言语不堪,虽以自己钦犯之身,成为街头巷尾众口闲言碎语的话题,早在意料之中,原是无可奈何之事,但见那人一副"女子能做得甚么"的不屑神气,脸色不由一沉,心道:"世人都瞧不起女子,以为女子只配待在家里,做不出甚么大事。我却不信,偏要让世人都瞧瞧,女子究竟能做些甚么。"更坚定了要考取功名的念头。听这些人风言风语实在难听,自己虽不便阻止,到底不堪入耳,便待离开,忽听一人呵斥道:"你们都胡说些甚么呢。朝廷的榜文,岂容你们胡言乱语?倘若当真找不到钦犯,你们几个便都有嫌疑!"旁人小声道:"潘秀才来了,我们快走。"随后便都散了去。

一时榜文前只剩潘秀才及孟丽君主仆二人。那潘秀才四十几岁模样,一袭长衫,站在榜文前,喃喃自语几句,又长叹一口气。孟丽君耳尖,听他说的是:"若说孟总督会投降叛军,我潘秀成无论如何也不相信。可是这朝廷的榜文……唉!"立时对他生了几分好感,暗想公道自在人心,相信爹爹清白的人只怕也有不少。见潘秀成走过来,对着自己微微一揖道:"这位小哥好生面生,是从外地来的么?"于是回礼道:"小可姓郦,从昆明来,要上京城投奔亲戚,赶考功名,路过贵地。"潘秀成"哦"的一声,将她上下打量一番。孟丽君不欲多言,说道:"告辞。"转身离去。

汤郎镇原是边陲小镇,不多时二人便在镇里转了一圈,依旧不见窦蓉娘和苏映雪的影踪。回客栈的路上,迎面竟又遇见那潘秀成。潘秀成开口问道:"我看二位行色匆匆,往来好几次,莫非有甚么急事?不知学生能否帮得上忙?"他自小读书,屡试不中,连秀才也未考取。三十岁上终于弃文经商,却颇有建树,成为本镇的富户。却终究不死心,四十岁时重又捡起书本,和十几岁的童子一同去考秀才,考了六年方才考上。于是人人都称他作"潘秀才",倒是嘲讽的含意居多。他到不以为意,反而颇为欢喜。他自知这辈子不是读书的材料,却非常敬重读书人,见孟丽君书生装扮,又道是上京赶考的,便有意结交，主动提供帮助。

孟丽君喜道："如此便多谢了。"将事情一说，请他帮忙寻找窦蓉娘母女。潘秀成当即应道："这个好办，包在学生身上。"当下详细询问了二人的年龄相貌、衣衫装束，又道："郦公子请先回客栈，待学生有了消息，自当前往客栈拜访。"孟丽君喜出望外，道了谢，先行回到客栈。

下午潘秀成找来客栈，说道："确有这么两个人，昨天下午就坐船走了。"孟丽君一惊，忙问几时走的。原来竟是在自己二人被那船夫诓骗上船后，窦蓉娘母女恰巧赶到，想是打听得自己刚走，便立时雇船去追，却不想自己半道又折了回来，难怪等了两日也等不到。想到这里，孟丽君顾不得责怪那贪财误事的船夫，又谢过潘秀成相助之情。潘秀成呵呵笑道："举手之劳，何足挂齿，何足挂齿。只盼郦公子来年大魁天下之时，莫要忘了学生。"孟丽君含笑点头，命荣兰去柜台结了账，收拾好包袱，告辞出去。

来到江边，雇舟东去。船夫道："小人这船只到重庆，便要回转。"孟丽君暗忖到了重庆再行换船，亦无不可，便应允了。

一路上荣兰不住催促船夫，紧赶慢赶，每超过一条船，就不住朝里面张望，却始终不见窦蓉娘母女。晚上停靠了码头，船夫就歇在船上。二人乃是女儿身，自不便留在船上和船夫一道，便上岸自去投栈。几日之间，银子花得如流水一般。孟丽君见沿江一路上都张贴了通缉自己的榜文，岸上不时有士兵走过搜查，好在自己二人易容改装了，无人怀疑，却越发担心起窦蓉娘母女的安危了。她们沿途一路打听，总无消息。荣兰只得安慰道："就算表小姐从不出门、不通世事，姨太太总是懂的，不会有事的。天下这么大，长江这么长，却到哪里寻她们去？倒不如索性去了京城，到了亲戚家，自然会见到她们。更何况她们身上有银子，也不会像公子这般受尽委屈。"孟丽君一时也无他法，又担心打听勤了，徒引人注目，反倒不好。

十九日后到了重庆，船夫得了船钱，便原路返回了。孟丽君一看包袱里只剩了十余两银子，雇船也走不了多远，倒不如先行安顿下来，想办法赚些银子再走。

投了一家客栈，本打算要间中房或者下房，也好省些开销，可才一进门，迎面便是一股恶臭。房间里空气污浊，家具破旧，墙角桌面上竟然生了好些霉菌，实在难以忍受。她本是大家小姐，寻常客栈里就算是最好的上房，在她眼里亦不过如此，更何况这些残破旧房。心道："所谓'开源节流'，自然是'开源'为主'节流'为辅。我们现在已然足够节省了，若再省下去，只怕于身子不好。我既已打算去赚钱，以我之才，岂有赚不到钱之理？些许小钱，还是不必省了。"依旧换回一间上房。

休息片刻，暗忖："若说赚钱，自然以行医最好。"吩咐荣兰买来文房四宝，又扯了一段素色布料，做成一面小旗子，提笔书上大大的一个"医"字，下面再书四个小字："天下无疾"。令小二拿去挂在客栈门口。自己提了药囊，在客栈正堂一张桌子前坐下，也不出声招徕，打开药囊，取出一本医书，自顾自看了起来。

小二瞅她半晌，心中好奇，上前搭话道："客官敢情是懂医术，要招人来看病么？"孟丽君抬头看他一眼，说道："正是。难道你这客栈不许么？"小二连忙道："不是，不是。客官付了银子来住小店，要张桌子打甚么紧。再说若有人来看病，也显得小店昌盛热闹、生意兴隆。只是……"孟丽君道："你要说甚么只管说。"小二道："只是客官怕还不知，本地有家大药铺，远近闻名，名唤'荣安堂'。里面请了三位坐堂大夫，医术都非常高明，大伙儿有病都去那里瞧。只怕……只怕……"言下之意显然是说"只怕没人会来找你医病"。

孟丽君微微一笑，说道："是么？只怕他们也有医不好的病症罢？"小二听她口气极大，竟似压根儿不将"荣安堂"的大夫放在眼里，瞧她不过十五六岁年纪，无论如何也不相信她的医术竟会胜过那些行了三四十年医的大夫。摇一摇头，便待走开，却听孟丽君说道："等等。你方才所说那'荣安堂'，大夫瞧一次病要多少银子？"小二想了想，答道："寻常小病是三钱银子，重病另算，少说也要一两银子，这还不包括抓药的钱。"孟丽君道："劳你驾到门口，若有人问起，你便说我只治疑难重症，不医寻常小病，一概只收五钱银子。若是家境实在贫困的，还可以免了诊费。"荣兰取出一块碎银，放在小二手里。她们出来这十几日，对世情冷暖已有体会，也知道了这以往不屑的"阿堵物"在世人心目之中的无尽魅力。

小二接过银子，欢欢喜喜地去了门口，卖力宣扬，引来不少看热闹的人。见孟丽君才只十几岁年纪，又是一脸焦黄的病态，都暗自摇头，哪里肯信她医术高明？有人还忍不住出言嘲讽。整个下午，竟无一人进来求医。孟丽君也不在意，一页一页翻看医书。等到天色将晚，方才收拾药囊回到房间。

次日上午，孟丽君依旧坐在桌前翻读医书，一个多时辰过去，仍然无人前来。孟丽君还是不愠不躁，怡然自若。

晌午之后，客栈门外忽然传来一阵嘈杂，中间夹着撕心裂肺的哭声。小二出去片刻，回来叹道："隔壁徐寡妇的女儿投水了，人倒是救了回来，却已经没气了。徐寡妇辛辛苦苦十八年，眼看着苦日子熬到头，女儿就要嫁给城南周大户做偏房，聘礼前两日都抬来了，这下子可要人财两空了。"一面说一面摇头。孟丽君听见这话，站起身来，出门来到隔壁，荣兰紧紧跟随。

徐家院子里这时已围了一圈路人，叹息之声不断。一个四十多岁的中年妇人扑在地下年轻女子身上，号啕大哭，连道："桃儿，娘对不住你……"年轻女子身上全湿，脸色青紫，腹部胀大。孟丽君分开围观众人，在那女子身体前蹲下，伸手去探她鼻息，果然已无气息。

中年妇人认得她是隔壁客栈里昨日新挂牌诊病的大夫，见她举动，心头不由生出一线希望，止了哭泣，呆呆地望着她。孟丽君说了声"得罪"，翻开地下女子的眼皮观看，又飞快把过两手脉搏，说道："还有救。"这三个字不啻从天而降的仙音纶语，妇人嘴唇哆嗦，不知说甚么才好，跪在地下连连磕头。孟丽君也来不及理会她，取出随身银针，在年轻女子颈上两处和人中穴上各插一针。片刻，那女子嘴唇微微一动，围观众人一片哗然。

孟丽君忆起自己的"男子"身份，不便援手，向那妇人道："你用手挤她腹部，将水挤出。"妇人依言而行，却不得法，生怕耽搁了女儿的性命，急道："请恩公放手施为，不必顾忌。"孟丽君徐徐挤压，一松一放。那女子口里吐出水来，慢慢睁开眼睛。妇人喜极而泣，搂着女儿不放。

孟丽君双手沾了那女子衣上水珠，"易姿丹"的功效渐失，手上肌肤转白，好在众人注意力都在那对母女身上，无人留意。孟丽君遂将双手拢在袖中，说道："你给她换件衣衫，熬碗姜汤驱寒。等会到我客栈来，我给你开副方子。"妇人千恩万谢，感激万分。围观众人齐口称赞孟丽君医术高超，当真妙手回春，竟将一个气息全无之人救得活转，纷纷赶回家，要自己的亲戚朋友前来诊病。当场也有一两人患有宿疾，见她如此医术，如得了宝一般，拥着她回到客栈，便掏出银子请求诊治。

孟丽君道："诸位稍等片刻，容我回屋换件衣衫。"她回房换过衣衫，取出"易姿丹"，因这丸药重要无比，一直随身携带。打开小瓶，倒出丸药时，才蓦地一惊，发觉已用了一多半，所剩不足二十粒。这药原是郦明珠当年采集数十种珍贵药材调制焙炼而成，一共只炼了五十粒，传到孟丽君手中，还有约莫四十粒。这段日子用得频繁，一不留意便不剩多少了。这些药材当日府中都有，可那时怎会想起调配这个，到现在要用时，手头却没有药材。其中有几味药材颇为罕见，也不知这里买不买得到？

一时不及细思，不敢浪费丸药，只剖了小半粒，化水敷在手上，匆匆出来。这时客栈大堂里已挤满了人，适才一事传得飞快，人人都知重庆城里来了一位年纪轻轻的神医，专治疑难重症，只收五钱银子诊费。

小二帮忙，将病人依照先来后到的次序排好，一个一个地上前医治。孟丽君望闻问切，或用银针，或开方子，忙了两个时辰。荣兰看天色已晚，见孟丽君也微有疲意，便扯了扯她衣袖，高声道："今日到此为止，余下各位请明日再来。"有人等了一个下午，不免出声抱怨。孟丽君心念一动，一人发一张纸条，上面按顺序写有号码，说道："明日以条为凭，在下优先诊治诸位。"众人满意而去。

用过一顿颇为丰盛的晚饭，回到房里。荣兰细数一个下午赚得的银两，共有九两五钱。另外还有两人，因为衣衫褴褛、面有菜色，孟丽君便没有收他们的诊费。荣兰笑道："公子真行，只半日便赚了这许多银子。"孟丽君道："等攒齐一百两银子，咱们便雇船东去。"

过了一会，小二敲门道："郦神医，徐寡妇来道谢了。"荣兰打开门，徐寡妇走进来，福了一礼，口上说道："恩公大恩大德，未亡人永世感激。"孟丽君将写好的一张方子递给她，说道："你女儿可好些了？依方服药十日，便当无碍了。"徐寡妇谢道："待小女起得床了，定要过来给恩公磕头。"孟丽君摇头道："所谓'救人一命，胜造七级浮屠'，何况医家有割股之心，那也算不得甚么。只是我有几句话，盼你能听。"徐寡妇忙道："恩公有话请尽管吩咐。"

孟丽君环望一周，见无旁人，才道："我今日将你女儿救活，倘若你还执意要将她许给那周大户做偏房，只怕我救得一次救不得第二次。我观你言行谈吐，也并非贪财刁顽之人，其中莫非有甚么隐衷？我决无意打探，只劝你一句话：所谓'强扭的瓜不甜'，若你女儿已有了心上人，你倒是情愿放手，还是情愿要一具尸首？"徐寡妇全身一震，眼前这年轻人句句话语说到心底，对发生的事情仿佛比自己还清楚一般，细思半晌，终于说道："恩公说的是，小妇人委实糊涂。先夫当年虽为寒门，却也是读书之人。那人的父亲与先夫乃是仇人，先夫便是气他不过才一病死了的。不想……不想他们终是冤孽……"孟丽君道："那也是多年前的事了，再说父辈的仇恨便一定要累及下一代么？"略顿一顿，又道："那方子里有安胎的药，让你女儿好生静养罢。"

徐寡妇谢道："有劳恩公费心了。"取出一锭元宝，足有十两，说道："救命之恩，无以为报，请恩公收下些许银两，以表小妇人寸心。"双手捧着走过去，恭恭敬敬地放在桌上。孟丽君摇头道："你将银子拿回去。我定下规矩，此处治病一概只收五钱银子诊费。你留下五钱银子，余下的钱拿去买些补品，替你女儿补一补身子。"徐寡妇还待多言，给孟丽君清清冷冷的目光一扫，便咽了回去，不敢违拗，只得收回大锭元宝，另掏出五钱银子，送到荣兰手上，再福了一礼，告辞离去。

次日清晨，天色刚亮，便有人慕名前来求医。孟丽君见拥挤在客栈大堂颇有不便，于是另租一间上房，专作看病之用。见有手持昨日所发纸条号码的，便优先诊治，一个上午医了十数人。她用过午饭，略做休息，继续医治。

下午轮到一个三十来岁衣衫褴褛的男子时，还不等孟丽君开口，那人便道："我家中贫苦，郦神医大慈大悲，不知能否免了诊费？"孟丽君淡淡地道："若你家中委实贫苦，自然可免诊费。你先说说有何病症。"那人面上一喜，说道："我左边腹部时常疼痛，每年春天尤其疼得厉害，用手按时似乎有个肿块。求了好些大夫，都说没见过这等怪症。"孟丽君抬头细看他脸上气色，又令他伸出舌头看了舌苔，分别把过左右手脉，问道："一日之中，何时最为疼痛？"那人想了想，答道："下午和晚上最痛。"孟丽君似笑非笑看他一眼，说道："这病好治，待我先给你施过银针。"

荣兰捧上针盒，孟丽君取出两根针，认准穴位，插入他头颈穴中。过得一会，拔出针道："你先出去走一阵，吹一吹风，发散过后再回客栈找我。"那人莫名其妙，但想听神医的话总不会错，依言出去。孟丽君见他出门，轻声对小二说了几句话。小二点头，悄悄跟在那人后面出去。

过了一炷香工夫，那人回转客栈，孟丽君先不理他，将手头一个病人处理完毕，见小二也回来了，方道："吐过了么？"那人一脸惊疑，答道："吐过了，果然痛得好些了。"孟丽君望向小二。小二怒道："他吐的都是大鱼大肉，分明是有钱人，却找来这身破烂衣服，还要赖郦神医这五钱银子的诊费！"那人脸色大变，一时尴尬无比。

旁边众人闻言，都不由纷纷出言指责他，说道："郦大夫医术如神，他免去贫苦人家的诊费，原是一片菩萨心肠。五钱银子医治宿疾，已是便宜得很了。不想世上竟有你这等无耻小人，明明有钱，却偏要假装穷人，只为赖掉这区区诊费，当真不知廉耻。"众口一词，将那人骂得面红耳赤、羞愧不已。他见宿疾有望根治，哪里舍得走，向孟丽君软语央求道："郦神医，小人知错了。小人情愿补上十倍诊费，只求神医将我病痛治好。"

孟丽君正色道："区区几钱银子算得甚么？只是你须知'诚信'二字，以诚待人、以信为本，方为处世之道。若只为蝇头小利便丢失'诚信'，可谓买椟还珠、得不偿失。我不收你诊费，却也不再为你医治。我给你指一条明路，你找旁的大夫治去。"那人听她不肯医治，大为失望，却也知道咎由自取，不敢怨天尤人，又听她肯指明路，忙道："求郦神医指点。"

孟丽君道："你的病根在肠胃上，源于平日暴饮暴食，肠胃消化不及。冬日寒冷时尚可勉强抑止，待到春暖之时便发作了。我方才施过银针，令你将腹中积食吐得干干净净，这病已治好一大半。你这三日之内只喝稀粥，不可再进饮食，日后找个寻常大夫，讨服消食去积的方子，将养得一年半载，便当无事。"那人方知只这一吐，病已治好大半。见郦神医明明早就看出自己图谋赖钱，却依然肯为自己治病，胸襟之广博，着实令人钦佩。他先前口里说道"知错了"，内心之中实则不以为然，此时听了这番话语，感于神医的所作所为，终于心悦诚服，道过谢，又道："郦神医的教诲，小人谨记在心，日后再不胡言骗人了。"孟丽君点点头，着手处理下一个病人。

到了第三日，上门求症的病人略略少了些。只因孟丽君专治疑难重症，不医寻常病痛，又治得飞快，重庆城内身患重病怪症的病人已看得差不多了。周围地方的病人，或者还没得到消息，或者正在赶来的路上，这日下午竟只有三位病人。孟丽君一一治过，待都离去后，告诉小二自己休诊半日，携了荣兰出去赏玩重庆城的风物。走在街上，一路可见这几日医好的病人及其亲眷，见到她时都热情地向她打招呼，邀她到家里小坐奉茶。孟丽君一一推辞。走到城门口，又瞧见通缉自己的告示画像，一路看过十几次，到这时已无甚感觉了，微微一笑，经过城门。

二人直到天色将暗时才回到客栈。小二道："隔壁徐寡妇送来酒菜，已放在郦神医房间里了。"进房一看，菜用砂锅盛放，打开盖子，犹自冒着热气，正是云南名菜过桥米线和气锅鸡。另有其他一些当地特色小菜，家常风味，比之客栈大厨的手艺自然精细得多。原来徐寡妇见她不收银子，十分过意不去，打听到她是云南人氏，特地做了云南菜送来，又送来一坛子酒。孟丽君和荣兰都不喝酒，便将酒坛拿开，见到家乡名菜，心中不由感慨。

用过晚饭，孟丽君吩咐荣兰道："你给人家把碗筷送回去，道一声谢，顺便瞧瞧人家姑娘怎么样了。"荣兰依言去了，回来时笑道："徐家姑娘气色已好多了。徐寡妇允了她和李家公子的婚事，还说等她身子好些，就要办喜事了。公子真是功德无量，这可是两条性命啊。"孟丽君闻言也甚高兴，心道如此结果自是最好。

次日上午，又来了不少病人，大都是从偏远地方闻讯赶来的，穷苦人家占了近一小半。孟丽君知他们赶来不易，一概免了诊费。晌午过后，见买的纸张快用完了，便吩咐荣兰出去再买。

等了一顿饭工夫，直到将剩余纸张全数用完，还不见荣兰回来，便知定是出了事情。正有人自告奋勇要上街去找时，荣兰回到客栈，只见她脸色苍白，下半身衣衫尽湿，双手拢在袖中。好在这时天气尚凉，衣裤穿得多，又是下半身还显不出女儿家体态。孟丽君一惊，忙问："怎么了？"荣兰受了委屈，强自忍着泪水，将情形说了一遍。原来她出去买纸，回来时经过那"荣安堂"药铺，铺里伙计故意泼出一盆污水，她躲避不及，下半身给淋得湿透，新买的纸张散落一地，找人评理却被抢白。那伙计言语不堪，实在难听之极，她何曾受过这等委屈羞辱，又气又急，偏又说他们不过，只得郁郁回来。

孟丽君一听这话，立时明白了：想是药铺伙计不忿自己得了"神医"的名头，坏了他们的生意，便将气撒在荣兰身上，不由微微动怒，心道："听说这家药铺在重庆城也有些年月了，却仍有这许多疑难重症的病人，想来或者药铺大夫无法医治，或者诊金太贵。开药铺的治不好病，却不许旁人医治，天下岂有这样的道理？医德若此，焉能造福这一方百姓？我言明不医寻常病症，原也是为不抢他们生意。再说他们便是对我不忿，也当冲着我来，却去为难我的僮儿，这又算甚么？他们实是欺人太甚，若不反击，恐怕日后各种花招更会层出不穷,只当我是任凭别人欺压之人呢!"

旁边众人早就对她二人感恩戴德,敬佩万分,听见荣兰因此受了委屈,一个个都义愤填膺、愤怒不已。便有人当即摩拳擦掌,要去"荣安堂"找那伙计算账,为她讨回公道。

孟丽君心下已有盘算,当即制止住众人,向荣兰道:"清儿,你先回房去换件衣衫,盖上厚被捂一捂,发一发汗,我一会过去给你把把脉。天气寒凉,莫要冻出风寒才好。"荣兰全身发冷,嘴唇冻得青紫,一路强撑回来,这时只觉头晕眼昏,知道身上不好,遂依言进去。

孟丽君转身向众人说道:"诸位好意在下心领了。这是在下私事,我自会处理,定要让那药铺还回一个公道,还请大家不必插手。"众人见她一副气定神闲的模样,仿佛胸有成竹,不禁将信将疑,不知郦神医将用甚么手段对付那"荣安堂"药铺,不由议论纷纷。

另有人出去买了纸来交予孟丽君。孟丽君坐回椅中,一面继续诊病,一面倾听众人议论。到下午申时初,病人尽数医完,也对那"荣安堂"药铺有了一个大体的了解。原来这"荣安堂"药铺的东家姓季,本是当地一个有名的大善人,长年斋僧布粥,对这一方百姓极好,人人提起,都竖起拇指夸一声"好"。只可惜近来他长年在外地做药材生意,等闲不回重庆城,不大管药铺琐事,将"荣安堂"交由他的侄儿季大掌柜打理,不免渐渐流于平常。堂里请了三个坐堂大夫,分别是田大夫、林大夫和司马大夫。医术见识上以田大夫最为高明。司马大夫是季大掌柜的小舅子,托足了关系才当上坐堂大夫云云。

孟丽君回到房间,给荣兰诊过脉,一摸她额头,滚烫发热,已是沾染了风寒。软语安慰几句,心知她这场病源于受了羞辱,以致气结于内,不得发散,身上着凉倒是小事。所谓"心病还须心药医",当下问明那药铺伙计的样貌身量,说道:"你且好生将养着,且看我去为你出这一口气。"说完提笔写了两服方子,待墨迹干了,收在袖里,出门去了。"郦神医要去'荣安堂'讨还公道"的话语很快就在重庆城里传开。见她出门向"荣安堂"方向行去,便有好事者悄悄地跟在后面看热闹。孟丽君如何不知,她正要将此事闹得沸沸扬扬,也好给"荣安堂"一个教训。

第四章

来到"荣安堂"前,孟丽君抬眼望去,见果然是好大一家药铺。走进去,左边一间是诊堂,三个大夫桌前都排了好些等候医治的病人。右面一间是药房,只抓药的伙计就有七八个之多,盛药的屉子直堆了一人多高。还待再看时,一人已迎上前来,拱手道:"郦神医光临敝号,不知有何贵干?"

孟丽君见那人五十岁左右,颌下尺许来长的胡须,刚从诊堂的一张桌子后起身出来,而那张桌子前所排的病人也最多,便知他定是田大夫。料到必是有人将自己要来讨公道的话传给"荣安堂",是以他们才会一副如临大敌的模样,派出最老成、医术也最为高明的田大夫来应付。她听说田大夫医术高明、为人良善,深得百姓爱戴,便不想为难于他,回了一礼,说道:"田大夫相迎,如何敢当?小子末学后进,怎敢妄称'神医'。晚辈来到重庆城,还没来得及拜会前辈,实在失礼了。"

那人正是田大夫,闻言一怔,没想到她当众口出狂言,此刻却态度谦和有礼,忙回道:"哪里,哪里。老夫痴长了几十岁,论到医术,却是远远不及神医。"孟丽君微微一笑,说道:"田大夫忒谦了。在下拜访贵号,只因小僮今日偶感风寒,身体不适,特来抓一服药。这许多病人都在排队等候,在下可不敢耽误了田大夫的时间。"说着向他诊桌一指,做了个"请便"的手势,自己站到药房前排队等候。

田大夫本无应变之才，见她似乎不像上门闹事，便不知如何应对。站了一会，见她浑若无事，连头也不回，不由微觉尴尬，加上自己确有病人等候，也不好耽搁时间，于是朝大掌柜季尚成望了一眼，示意"你自己接着罢，我可帮不了你"，便回到自己诊桌。

孟丽君站在排队抓药的人群里环望一周，立时找到荣兰口中的那个伙计。见他二十岁出头，右颊一颗黑痣，尖脸薄唇，神情倨傲，似是一众伙计的头儿，不停地指使众人做这做那。从孟丽君进到药房之后，那伙计便时不时瞟过一眼，若是迎上孟丽君的目光，便赶忙避开，过得一会，又忍不住侧转头去瞧柜台后面的人。孟丽君登时心底有数，猜到柜台后面那人才是这次事件的主使之人，想必便是那位季大掌柜了。

轮到孟丽君抓药，她从衣袖里取出药方，却不递出，问道："你们东家呢？我要见他。"面前那伙计道："我们东家今天早上才从外地赶回，这会子正忙着招待贵客，你有事找我们大掌柜也是一样。"说着向柜台一指。孟丽君心中一笑，正要如此，朝着柜台拱手道："大掌柜有请了。"季尚成本不愿亲自出面，早交代了田大夫及伙计领班孙广添应付，不想这位郦大夫在外间好言好语，进了药房便径直找上自己，看来不出面是不成了。他勉强站起来，问道："小相公有何吩咐？"孟丽君将手上的方子在他眼前一晃，说道："我要抓药。只不知你这药铺里有没有我要抓的药呢？"

季尚成早听人说她医术如神，有起死回生的手段，几日工夫就治愈了好些"荣安堂"里屡治不愈的顽疾宿症。正是因此不忿，他才命心腹孙广添使的奸计，将一口恶气撒在孟丽君僮儿身上。此刻药铺里几十双眼睛盯着看，门外还有不少人等着瞧热闹，季尚成又明知她上门来找茬，也只得打叠起十二分的精神，小心谨慎地应付。虽然听孟丽君在外间和田大夫说起要抓医治风寒的药，却哪里肯信？再者前日有人拿了她的药方前来抓药，其中有一味药，别说自己，就连从医三十多年的田大夫也闻所未闻。这时自不敢把话说满，想了一想，才道："可否让我先看看方子？"

孟丽君冷笑一声，嘲道："怎么？'荣安堂'好歹是重庆城里最大的药铺，大掌柜竟然如此没有信心么？"将方子递过。季尚成见上面只是甘草、白术、五味子等几味常用药，正是治疗风寒的寻常方子，不由一怔。再看一遍，还是最最平常的风寒药方，不由大怒，心道："千防万防，还是着了道儿。他拿一张普通风寒的方子来抓药，我却还担惊受怕，不敢一口应承，传扬出去岂不令人笑话？原来此人虚张声势，打的竟是这个主意。"当下"哼"了一声，说道："我道郦'神医'医术高妙，开的方子如何与众不同呢！若是这几味药，便是要一二十斤，我这'荣安堂'药铺也拿得出。"说到"神医"二字，加重了语气，满是嘲讽之意。

孟丽君摇头道："你说大话，我可不信。莫说一二十斤，你倒每样拿出半斤给我瞧瞧。"季尚成话一出口便有些后悔，再听她如此说，更是一阵犹疑，生怕其中有诈。拿着药方翻来覆去看了几遍，却着实瞧不出破绽，只得硬撑道："药我们自然有，不知你付不付得起药钱？"孟丽君道："要多少银子？"这几味药甚为普通，都很便宜，众目睽睽之下，季尚成不敢漫天要价，迟疑道："总要七八两银子罢。"

孟丽君微微一笑，取出一锭元宝，放在柜台上，说道："这里是纹银十两，总该够了罢。"季尚成看她面上笑容，心头"咯噔"一下，隐隐觉得不妥，却委实不知哪里出了错。叫过孙广添，只因他素来心思细密，又是自己的亲信，将方子递给他，低声嘱咐几句。孙广添正是与荣兰口角的那个伙计，接过药方，又细细看过一遍，也瞧不出有甚么问题。他是伙计领班，平日不动手抓药，此刻大掌柜亲手将药方交来，事关"荣安堂"名声，哪里敢不亲自动手。当下爬上楼梯，将方子上列的药材一一取来，各称了半斤，拿纸一样一样分开包好。

旁边看热闹的人瞧他一上一下，忙活半响，都不禁议论纷纷，各自揣测郦神医此举有何用意。"荣安堂"自季尚成接管之后，药价、诊费便不住上涨。从前得了急病若一时拿不出钱来，还容许暂时赊欠，日后再慢慢归还。如今就是少了一文钱也别想抓到药。百姓们对此抱怨颇多。孙广添口齿尖酸刻薄，又时常仗势欺人，口碑极差，众人巴不得看他出丑。

孙广添将六大包药堆在柜台上，说道："郦大夫你清点一下罢。嘿嘿，这许多药，你的那个僮儿若不结结实实地病上一阵子，岂不是太过浪费了？"旁人听他如此咒人，均不由眉头微皱。就连药铺其他伙计听了也都颇为不快，暗道："孙广添这一张嘴也忒阴毒了些。到药铺来看病抓药的人，谁不盼着病痛早日好转？他总是这么随口咒骂，终归得罪人，迟早要将客人都赶跑。"

孟丽君只当没听见，说道："还是你自己对着药方先清点一遍罢。"孙广添拿起药方，登时惊呼一声，颤声道："怎么……怎么还有……一页？"季尚成大惊，抢过药方，不由目瞪口呆。果然在方才那张药方之下竟还有一页纸，翻开第二页，饶是三月里寒凉的天气，也禁不住令他冷汗直冒。那第二页上虽只列了五样药材，其中就有三样他连名字都从未听过。而余下的两样虫草粉和雪莲花都是珍贵无比的药材，别说半斤，就是半两，也远不止二十两银子。要知但凡商家，最最讲求的便是一个"信"字，所谓童叟无欺，价钱一旦出口，就算黄金当作瓦砾卖了，也只能自咽苦果，自认倒霉，除非买方大度，答允从中通融周旋，否则绝无更改之理。店铺若是折了本钱，日后还可重集资金东山再起，可一旦失了信誉，便立时声名扫地，就算他日重整旗鼓，也再无人肯来光顾。

旁观众人见此情形，俱吃了一惊，几十双眼睛都瞧得清楚，郦神医自将药方递给季尚成之后，就再没碰过那张纸。季、孙二人检查了数遍，均没瞧见那第二页纸，怎么才一会工夫，竟多了一页药方，难道郦神医会变戏法不成？眼见季大掌柜读了那页药方，连冷汗都下来了，想是药材贵重，未必拿得出，不禁心中称快。

季尚成顾不得擦汗，匆匆吩咐旁边伙计几句话。那人急忙向里间走去，想是作不得主，去请东家了。孟丽君冷眼旁观，并不说话。

这时药房里人声鼎沸，越来越多的人涌来看热闹。诊堂里三个大夫早就惊动了，拿了药方互相商量。田大夫总算见多识广，识得其中一味紫菀，铺中却无此药，另有两味药却闻所未闻。便是虫草粉和雪莲花这两味药，俱是名贵药材。雪莲花也还罢了，因缘凑巧恰好就有。可那虫草粉，铺里通共只有二三两，却哪里拿得出半斤？

季尚成和孙广添二人又急又气，将孟丽君恨之入骨，却又无可奈何，只得软语央求田大夫出面，替他们好言几句。田大夫原就看不惯季尚成的为人做派，加上自季尚成小舅子司马大夫挂牌行医以来，他便备受排挤压制。若非医术高超，又有一批固定病人就诊，怕早已被排挤出药铺了。他早听说新来的郦神医医术既高，医德又佳，想来不会故意为难"荣安堂"，只是给人欺负到头上了，这才设法反击而已，未必会当真要这些药。何况这么一闹，必要惊动东家，正好借此机会让东家知道，药铺已给大掌柜糟蹋成甚么样子了。他打定主意，便一味推脱，也不肯替他们说话。司马大夫与季尚成本是一荣俱荣、一损俱损，这时少不得要站出来求情。还未张口，孟丽君冷冷扫过一眼道："不必说了。等你们东家出来，我自会和他说话。"司马大夫话语被噎在嘴边，只得讪讪地退回去。

过了一会，听得有人高声道："东家来了。"从里间走出一人，四十来岁年纪，四方脸，高大身材。孟丽君一见这人，便觉眼熟，却一时想不起在哪里见过。那人走出来，几位大夫都拱手道："东家。"一众百姓也纷纷叫道："季大善人。"那人一一还礼，于众人之中一眼望见孟丽君，脸上登时现出一副又惊又喜的神情，抢步近前，深深施了一礼，说道："恩公一向可好？青龙镇一别，在下好生想念。"此言一出，四下震惊。季尚成和孙广添二人对视一眼，脸色苍白如纸。

孟丽君听到"青龙镇"三个字，立时记起，原来此人就是去年自己和荣兰出府游玩时，在"祥福居"茶馆所见的那个四川客商。他贪图路近，又自忖通晓医术，不听劝阻，执意领着车队取道瘟疫蔓延的青龙镇。若非自己及时救治镇民，消除疫源，他们一行人早已丧命。依稀记得此人姓季，原来他就是这"荣安堂"药铺的东家季大善人。

那季大善人名唤季顺行，先前听了伙计的一面之词，还道有人故意来药铺滋事捣乱，不想出来一见，竟是曾经救过自己性命的郦恩公，如何肯信他会恶意闹事，料想其中必有缘故。当下将那报信的伙计斥责一通，另命一人叙述前后经过。众目睽睽之下，岂容说谎？再者郦神医摆明了是东家的救命恩人，伙计哪敢得罪于她？当下一五一十、原原本本地将前因后果说了一遍。中间不住有人插口补充，渐渐七嘴八舌将季尚成这些年的诸般劣迹说了一通，司马大夫、孙广添以及其他几个伙计也被众人一一声讨。事实俱在，他们口齿再伶俐也无法抵赖，一个个脸色通红，神情尴尬，直恨不得有一条地缝钻进去。

季顺行越听越惊，他白手起家，创办下"荣安堂"药铺，十年辛苦经营，终于在重庆城内博得了不小的名头。方圆百里之内，提起"荣安堂"和季大善人，人人拍手夸赞。只因近几年生意渐渐稳定，他思虑进取，才将药铺交由侄儿季尚成打理，自己着手开辟一条由川入藏的药材路线，将各色药材从四川经由云南运入西藏贩卖。西藏地高苦寒，缺乏寻常药物，而其地特产藏羚皮、牦牛角、雪莲花、人参果等俱是珍稀药材，价值不菲，在当地却甚是便宜，一趟来回，便可谋获巨利。他奔波在外，往往好几个月方才回转一遭，停不数日又匆匆离去。万万想不到只短短一两年间，辛苦创办的"荣安堂"就被侄儿糟蹋得恶名在外，十年心血几乎全毁。更何况若非出了这等大事，自己只怕到此刻还给蒙在鼓里，不知要被欺瞒到几时？又是痛心又是恼怒，他狠狠地瞪了侄儿一眼，当众宣布从即日起自己重新接管药铺，药价、诊费恢复如旧，司马大夫撤下诊桌，不再行医，季尚成、孙广添等若要继续留在药铺，便须挨家挨户向所有得罪过的人一一道歉，便从郦神医的僮儿开始。众人一片欢呼，季尚成等人垂头丧气。

季顺行转身向孟丽君拱手道："在下的性命都是恩公所救，就算没有今天的事情，只需恩公一句话，便是将整间药铺双手奉上，季某也无二话，更何况生意人当以信誉为先。倘若恩公当真需要这些药材，季某纵然倾家荡产，也当设法每样弄到半斤。"孟丽君见他将一干事宜处理得甚为得体，含笑道："哪里真要半斤？我不过跟贵号开一个玩笑罢了。季前辈可否帮忙，设法每样药材弄到一两左右，我急着配药。"那方子上列的药材正是调配"易姿丹"所需的最珍贵紧要的几味药，他手头"易姿丹"所剩不多，自当早做打算。

季顺行看过药方，眉头紧皱。他这几年因做药材生意四处奔走，于草药上所知的已远远超过了一般大夫。但方子上所列的五种药材，仍有一味"公孙叶"不曾听说过，微一迟疑，说道："恩公放心，在下一定设法弄到。恩公这几日住在哪里？季某忝为地主，自当一尽地主之谊。"得知她暂住客栈，便执意要她搬到自己府上小住。孟丽君亦觉住在客栈终究不便，住在季府也好就近配药，知他一片好意，为的是答谢自己救命之恩，便不推辞，只道："小僮今日正感了风寒，不宜走动。等他服了药，明日若病得好些了，我们再来贵府叨扰。"季顺行便不再强求，回头向季、孙二人叱道："都是你们害的。还不另包了药，送郦神医回客栈，向荣小哥好生赔了不是。"二人唯唯诺诺地答应着。

回到客栈，早有人得了消息，告诉荣兰。等到季、孙二人灰溜溜地走进来，向她作揖赔礼，众人登时哄笑一堂。荣兰抿嘴一笑，心中郁结早消，病已好了一半，再喝过药一发汗，便已无碍。

有人问起那方子如何会变出第二页，孟丽君微微一笑，说道："那本来就是两页药方，我在中间糊了一层药物，使两张纸粘在一起。那药物极易随风而发，时间一长，就无效了。我算准时间，两页药方到时便自然分开了。"众人尽皆叹服，直道神医之名果然不虚。

次日早起，替荣兰诊过脉象，已然大为好转。当下收拾好衣物行李，将两间上房都退了。掌柜、小二恭恭敬敬送将出来。只因她"神医"之名远播，连带客栈也远近闻名，生意大好，掌柜自然心存感激。

才一出门，孟丽君便发觉情形有异。大街小巷上竟多了不少难民，一个个面黄肌瘦，倚坐在街头墙角，似带云南口音。心中一惊，暗忖："前些日子疲于奔逃寻人，这几日又忙于治病，一直未曾打探前方战况。瞧这情形，怕是战事有变。"一打听，原来只这二十几日工夫，云南全境已然尽皆落入叛军手中。百姓们早听说叛军残忍无比，往往稍不如意便大肆屠戮平民，于是拖家带口出来逃难。孟丽君心中一阵惊疑，离家前已然知晓大体战况，依情理估计，叛军若想有所作为，便当力求攻入四川。川渝一带为天府之国，素来富庶，且地处要冲，进可攻退可守，日后借机更可图谋问鼎中原。至于云南一省，地处偏远，况且早已兵力枯竭，随时可下，倒可不急于一时。如今叛军舍大图小，看似占了一省，实则弃大局于不顾，可谓先机尽失，想不到竟然短视若此。知道这些人都是寻常百姓，所知有限，再问也问不出甚么。

来到"荣安堂"，见药铺前竖了两口巨大的铁锅，四五个伙计生火布粥，数百难民排队上前，逐一领取稀粥。季顺行和一个灰袍老者并肩站在药铺门口台阶上，驻足观看，俱是一脸忧色。那灰袍老者年近半百，形貌清癯，长髯齐胸。季顺行见到孟丽君和荣兰，迎上前道："恩公来了。荣小哥身子可大好了？"

孟丽君施礼道："已大好了。季前辈仁义慷慨，果然不负'大善人'之名。"季顺行道："惭愧，惭愧。在下忝为医道中人，若连这点子悲天悯人的胸怀都没有，还谈甚么'医者父母心'？却哪里及得上恩公妙手仙术、谈笑间救治数百人性命的义举？"回头向身后老者道："若山兄，这位便是小弟屡次提及曾救我性命的郦恩公。他年纪虽小，医术着实高妙之极。"又向孟丽君介绍道："这位姓康，名信仁，表字若山，是湖广武昌府咸宁县人氏。他可谓当代的陶朱公，富甲一方，做的是药材、珠宝、古董生意，在江南一带甚有名气。他是佛门信徒，今日的粥场，只这一处是我所设下，东南西北四门处另有粥场，都是康兄的功劳，可谓万家生佛之举。"

康信仁拱手道："久仰神医大名，如雷贯耳，今日得见，当真幸会。"孟丽君还礼道："长者美言，实不敢当。小可久处偏僻之地，从未去过江南，实不曾听闻康公大名，自是小可孤陋寡闻，却不敢欺言'久仰'。但先生今日义举，定让日后川渝一带，听见'康若山'三个字，人人都竖起拇指赞一声'好'，道一声'久仰'。"康信仁一怔，随即笑道："郦神医好口才！借神医吉言，老夫自当在这粥场上格外用心才是！"众人一阵大笑。

季顺行将几人延入内室，自有下人从荣兰手中接过行李，送入客房。落座之后，丫鬟送上茶水。康信仁道："神医医术高妙，偏生也姓郦，令老朽不禁想起四十年前那位人称'医仙'的郦有道郦前辈，不知你与他可是同族？"孟丽君听他提起外祖父，心中一阵唏嘘。她从未见过外祖父，医囊里却有不少他当年行医时留下的药方笔记，想来也是个极和蔼慈祥的老人。这时自然不敢承认，只得道："小可也曾听闻'医仙'大名，但我与他老人家虽是同姓，却非同族。"

康信仁"哦"了一声，叹道："只可惜郦家三代单传，却出了一个不肖之子，不但不通医术，更不务正业、游手好闲，将好好一份家业尽数败光。可怜三四代的经营，竟禁不住十年挥霍。"季顺行接口道："倒是听说'医仙'还留有一个女儿，将其父的医术学了个七八分。只可惜终究是女子，继承不得家业，二十多年前听说被庶母兄弟赶出家门，此后便不知去向。倘若'医仙'的一身盖世医术就此失传，实在也忒可惜了。"

二人感慨一阵，季顺行方道："昨日那几味药，不瞒恩公说，在下的药铺里如今只拿得出虫草粉和雪莲花这两味。恩公定然知道，余下的紫菀、神仙子和公孙叶这三味药，产地都在云南。本来川滇相邻，道路也不远，可如今叛军业已占领云南全省，与朝廷军队隔江对峙，兵荒马乱的，如何去得？"孟丽君听他言下之意，仿佛是说拿不出这三味药，但见他气定神闲，并无丝毫惭愧歉疚的模样，又从昨日言行可知他极重信誉，一转眼瞥见康信仁面带微笑，立时了然，脱口道："莫非康公的药铺里储有这三味药么？"

此言一出，康信仁、季顺行二人都是一惊，暗赞："这少年人好快的反应。"康信仁点头道："不错。老夫明日便要启程从水路回转武昌府，不知郦神医打算去往何方？如今天下不太平，南方战乱，长江沿途又颇多水寇强盗。你们只有主仆二人，只怕路上不安全。倘若顺路，不妨大家一道走，顺路去我武昌府的药铺里取药。"孟丽君喜道："如此甚好。我正要进京赶考，原就打算先顺长江而东，再雇车北上。"二人又是一惊，这才发觉她一袭儒衫，本就是个少年书生，只因先前一味想着他医术高明，却没思及于此。转念一想，读书人精通医术亦属正常，便不复惊疑。

康信仁奇道："难道郦神医小小年纪，便已是举人了么？"孟丽君答道："非也。小可打算先入京城，再捐监进场。说来惭愧，小可身上盘缠无几，就连路费也不够，更别说捐监的花费了，所以才贸然在贵地挂牌行医，要赚些银两。"季顺行笑道："恩公医术如神，要赚些许小钱还不容易么？应该说是这一方百姓有福才是。"

康信仁犹疑道："若说捐监，自是在家乡本地为宜，也好准备秋闱。却不知郦神医仙乡何处？"孟丽君道："小可乃是云南人氏，如今家乡业已落入叛军之手。"康信仁点点头，目光越过庭院，望向街道上的难民，叹道："这一场大战，虽说守住了四川，遏制住叛军北进，却将云南全境都丢失了，只能勉强说是平局。"孟丽君听他话语，似乎所知甚详，正愁无处得知战事详情，精神大振，问道："不知这场大战究竟战况如何？康公可否详细说来听听？"

康信仁本是生意人中的翘楚，所谓"商场如战场"，于兵法上也颇有心得，加上生意遍布江南，战事一起，所经之处生意必然受损，是以对前方军情甚为关心，专门遣了人去打探消息。这时听她问起，只当是关心家乡，便将所知战况详细说给她听。

原来两个月前，朝廷兵部尚书呼延宏老将军亲率十五万大军，镇守在云贵川交界处，与三十万叛军对峙。朝廷军队人数较少，还要分兵把守云贵之交的威平城及川贵之交的古岚城。呼延老将军将十万兵马屯于古岚，威平城内只余五万人。不想十数日前，叛军佯攻古岚、实攻威平，集结兵力，竟然一举攻克，此后再无阻碍，一路长驱直入，于七八日间便迅速占领了云南全省。然而威平之战叛军毕竟伤亡不小，又要分兵占领云南，一时无力进攻，只得屯兵于长江之畔，欲借长江天险与朝廷军队对峙。朝廷军队也折损了数万人，又碍于长江天险，一时无法反攻，只得与叛军暂且隔江相望。

孟丽君暗忖："呼延老将军定是和我一般想法，料想叛军定会先攻四川，所以才屯重兵于古岚。不想叛军不思进取，反攻威平，大出意料之外，方才丢失云南全境。然而叛军若攻古岚，十万大军守城，短期内未必攻得下来。若久攻不克，腹背夹击之下，亦不免大败。叛军此举，倒不失为保守战法。不过从此往后，便只得转攻为守了。这一战，看似朝廷败了一场，失了一省，然则于大局上来说，朝廷的胜算反倒多了两成。但奇怪的是，纵观开战以来的战局，叛军骁勇无畏，一路遇城攻城，逢野作战，何曾有过半点退缩？此番竟采用这等保守战法，恐怕其中必有蹊跷。"思来虑去，却想不出有何蹊跷，暂且放过不提。

闲聊一会当前局势，孟丽君将心中所想说出，康信仁却不同意，认为朝廷军队死伤了数万人，更丢了云南一省，说是平局都颇为勉强，如何反说朝廷的胜算还多了两成？孟丽君微微一笑，也不驳他。

这时已到中午，下人摆上饭菜。席间季顺行随口问道："恩公说是云南人氏，却如何不带丝毫云南口音？"孟丽君自己本不觉得，闻言微微一怔，方道："家母乃江南人氏，我自小便不带云南口音。"康信仁笑道："难怪老夫一见神医，便不知怎地觉得亲近，原来竟是因为口音相近的缘故。不知神医家中还有些甚么人？都还留在云南么？"

孟丽君对此早已想好一番说辞，叹道："在下父母早亡，与姨母、表妹相依为命。"接着又将一家人欲往京城投奔亲戚、赶考功名，却于路途不幸失散之事一一说来，自然不提沿路如何躲避追兵搜捕。季顺行点头道："原来如此。恩公莫要担心，令宝眷只要是沿长江水路而行，必定经过重庆，我这就命人去沿江各个码头打听，虽不敢夸说一定寻得到，却也当有几成把握。"孟丽君道过谢，将窦蓉娘母女的相貌年龄描述一番。失散了二十几日，对于能够顺利找到她二人，孟丽君已然不抱太大希望，但季顺行自是一番好意，无论如何，总也聊胜于无。

下午孟丽君坐在诊堂里司马大夫空出的桌子前，继续替人治病。田大夫和林大夫向她请教一些疑难重诊的疗法，孟丽君也不藏私，细细教给他们。但银针渡穴的针法乃是郦家不传之秘，自不便外传，何况仓促之间也难以教会。田大夫问起昨日药方上神仙子和公孙叶两味药，孟丽君随手在纸上画下，解释道："公孙叶叶形细长，宛如云梯，只因相传云梯乃鲁班所创，鲁班一名公输盘，又作公孙盘，是以此药取名为公孙叶。药性阴凉忌水，煎时须用白酒。至于神仙子，乃神仙树之果，生于峭壁之巅，得日月精华，功可养颜防老。这两味药俱产于云南文山，被当地苗人当作圣药，产量本就甚少，外传的就更少了。你们不曾听闻，却也不奇。"田、林二人听她娓娓道来，说得生动形象，只觉大增见识。

休息一夜，次日便待坐船前往武昌府。重庆府的百姓听说郦神医要走，扶老携幼地将其送至码头。季顺行托上一百两纹银，孟丽君不肯收，见他真心实意，几番坚持，便道："将这些银子使在你设的粥场上罢，就当是在下的一份心意，也算是我为家乡的父老们出一分力。"季顺行无奈，只得收回，又道会继续打探她失散亲眷的下落，若有消息，便命人带信到武昌府。

一路坐船顺着长江向东而行，七八日内经过三峡，沿途风光雄险秀奇，壮丽无比。时而两岸断崖壁立，如同刀削斧砍一般，山高峡窄，仰视碧空，天云一线，水深流急，浪涛汹涌，令人惊心动魄；时而沿岸青山连绵，奇峰突兀，怪石嶙峋，群峰如屏，峡谷曲折，幽深秀丽；时而险峰夹江，悬崖横空，银瀑飞泻，水势湍急，峡中套峡，滩内有滩……种种景致不一而足。

孟丽君闲来无事，便站在甲板上欣赏这如诗如画一般的三峡风光，暗忖："所谓'读万卷书不若行万里路'，此话果然不虚。眼前奇景，又岂是文字所能描绘得出的？想我往日足不出户，纵然读遍千万诗书，却哪里想象得出天下间还有这般雄伟壮阔的奇景？"同时又替荣兰惋惜：她身子孱弱，禁不住风浪颠簸，从前小舟无波还好，如今经过三峡，风浪大作，便头晕腹涩，呕吐不已，只得每日服用止吐安神之药，躺在床上休息，却错过了这一路的无限风光。

忽然灵机一动，从舱里取了文房四宝，顷刻间画就一幅泼墨山水图，笔墨纵横，畅快淋漓。才搁下笔，就听一人拍手赞道："好画，好画！三峡之雄险风光，竟让你寥寥数笔便画了出来。君玉你究竟还有多少本事，要令老夫一次又一次地惊叹呢！"正是康信仁从舱里走出，在她身旁驻足观看。

孟丽君微笑道："哪里。只因清儿晕船，身子不适，错过了这一路的奇景，我才想到要画一幅画儿，留给她日后细看。不过信手涂鸦罢了，倒让先生笑话了。"康信仁道："你在甲板上站了两个时辰，船上风大露重，要小心身子才是。不如进舱来陪老夫下棋罢。"孟丽君不由莞尔，道一声"稍待"，收了笔墨，将画卷放到房间里晾着。

原来这七八日里，一老一小二人当真一见如故，十分投缘，再不"神医""康公"的称呼。康信仁性好围棋，嗜棋如命，饭可以不吃，棋却不可不下。一日在房里解一盘"珍珑"棋局，久解不出，午饭、晚饭都不肯吃，随行管家康全担心忧虑，却又无可奈何，只得请出船上客人前去劝解。孟丽君三下两下解了棋局，令康信仁大为惊叹，从此只要一得空闲，便要同她下几盘棋。两人下棋，孟丽君下得极快，康信仁下得极慢，输赢只在五五之数。但若是论到破解"珍珑"一类棋局，康信仁就远远不及了。往往孟丽君一盏茶工夫就能破解的棋局，他要思来虑去地想上数日。

又过了几日，出了三峡，江面渐渐开阔，孟丽君却微微犯愁起来：这十几日里，江面湿气极大，露深雾重，浪头还不时打到船上，"易姿丹"用得比起预计之中快了许多，如今只余下了最后的两粒。

孟丽君端来盥洗用水，对着水面微一沉吟，便已拿定主意：还有好几日才到武昌，两粒丹药无论如何都不够用。算来出逃至今已有一个多月，此地距离昆明也有千里之遥，倒不如这几日里寻个机会，索性恢复了本来面貌。伸手洗漱了，又涂上药物。

孟丽君替荣兰端来煎好的药，看她喝下，见她脸上整个儿瘦了一圈，原本活泼好动的一个人儿变得病恹恹的，心中怜惜，说道："清儿，可辛苦你了。"荣兰勉强一笑，低声道："我整日躺在床上享清福，哪里辛苦了？倒要公子你时时服侍我吃饭喝药，我心里过意不去。"孟丽君在她鼻子上轻轻一点，说道："往日都是你服侍我，偶尔我服侍你一下，也是应该的。你要是过意不去，就赶紧好起来，免得坏了'神医'……嘻嘻……'神医'僮儿的鼎鼎大名。"荣兰"噗哧"一笑，道："我有甚么鼎鼎大名？不过这晕船的名儿，只怕这里上下都知道了罢。"随即说道："公子你别担心，我没事儿。第一日吐得确实厉害，自从第二日服了你开的药后就不再吐了。只是胃口不好，吃得少而已，那也勉强不得。"

这时门外传来又急又重的敲门声，丫鬟的声音在外头叫道："郦公子，郦公子！"孟丽君心道："康老爷子的脾性真是越来越急了，一大清早便命人来叫我去下棋。"应了一声，替荣兰把被子掖好，柔声道："药里加了宁神的药物，你好好歇息，过几日便到武昌府了。"

走出舱来，便立觉不对，那丫鬟面色如土，喘一口气，急道："老爷昏过去了，管家请公子快去瞧瞧。"孟丽君一惊，快步来到康信仁的舱房。

管家康全见他进来，喜道："郦神医快来看看我家老爷罢。"孟丽君走到床前，见康信仁和衣躺在床上，双目紧闭、牙关紧咬，脸色苍白如纸，竟似晕厥症状。微一搭脉，更确然无疑，知他是因为悲痛过度、气血翻腾而昏倒，并无大碍。当即取出银针，在他"人中""印堂"两穴处各下一针。片刻，康信仁苏醒过来，眼里流下两行泪水，低声叫道："孩儿……"

　　孟丽君察言观色，这些日子相处下来，康信仁虽是生意人，但慷慨重义、率真执着，而又不失赤子之心，令她颇为敬重。见他这副模样，想是受了极大的刺激，却不知所为何事，竟令这老人双目垂泪？也不便问，又下了几针，令他情绪略略平和，提笔开出一服药方，命人去后舱煎药。船上本就载满了各式药材，这区区几味常用药自然不在话下。

　　孟丽君给管家使个眼色。康全领会，跟着她走出舱房外。孟丽君低声问道："究竟出了甚么事？"康全叹道："今天一早，咸宁家中有人赶到，带来消息，说我家少爷……五日前……坠崖……亡……亡故了……"语音哽咽。

　　孟丽君一震，不由"啊"的一声，心头一阵酸楚。她虽从未见过康信仁之子，这些日子里却时常听他提起，知其名唤祖望，今年十九岁，已中秀才，预备参加今科秋闱乡试。老爷子每次提起儿子，脸上满是笑容，有一次还曾说过，要自己留在武昌，与祖望一同乡试，明春再一同进京会试。如今他老年丧子，白发人送黑发人，焉能不伤痛万分？失去亲人的痛苦，孟丽君自然深有体会，一时触动心弦，不禁红了眼圈。

　　康全用衣袖抹了抹眼泪，续道："老爷只有这么一个儿子，就指着他光宗耀祖。少爷也向来争气。没想到……没想到……唉！老爷听了消息，急痛攻心，一口气上不来就晕倒了。幸好郦神医在此，总算救了我家老爷的性命。"说着连连作揖道谢。

　　孟丽君道："这是医者分内之事，不必言谢。"看他吞吞吐吐、欲言又止的模样，心中起疑，问道："莫非还有甚么坏消息么？"康全道："郦神医料事如神。老爷还没听完便晕倒了。带信之人后来还说，我家夫人因为少爷伤心，也卧病不起。姑太太和姑老爷两个人又要料理少爷后事，又要照顾夫人，忙不过来，请老爷速速回府。可老爷现在这个样子，怎么好告诉他夫人也病了？更不知加快船速是否对他身子有碍？"

　　孟丽君想了想，说道："你去吩咐加快行船。康老爷子身子素来强健，该当无碍。我再进去瞧瞧。"

走进房间，恰巧丫鬟端进药来，孟丽君小心侍奉，康信仁服过药，情绪渐安，叹道："本想你和我儿祖望年纪相若，又都是读书人，相处一定投契，或许还可以结为异姓兄弟，不想……唉！都是祖望福泽浅薄，老夫痴人说梦。"说着又流下泪来。孟丽君软语劝慰几句，药力渐渐发作，康信仁慢慢睡着。

次日康信仁身子好转，用过午饭后走出舱来，见孟丽君负手立于船头，昂首远眺，若有所思，背影清灵轩然，宛若遗世独立，不禁暗想："若只看他背影，君玉真可当得上'玉树临风'这四个字。只可惜面色焦黄，有如病人。他自己已是世上少有的良医，若是有病自然会医，想来并非病症，实在可惜。"

康信仁走到她身边，孟丽君听见脚步声，回头问道："先生身子可大好了？"康信仁点头道："有劳你了。老夫见你适才面江而立，若有所思，不知在想些甚么？"孟丽君望着脚下汹涌的江水，缓缓说道："我在想，眼前这滔滔江水之中，究竟流有多少前方战士的鲜血！如今两军隔江对峙，想来不日便有一场大战，将士们的鲜血只怕要将这长江水染得如血一般鲜红。不论朝廷军队还是叛军，人人都有父母高堂，有道是：'可怜天下父母心'！数万人血肉横飞，战死沙场，他们的父母亲人又将如何伤心悲痛！"

康信仁侧头望去，但见她容色平和如常，双目之中却满是怜惜悲悯之意，江风拂面，脸上竟似笼罩了一层淡淡的圣光。这样悲天悯人的神情目光，他只在佛堂里大慈大悲的观世音菩萨神像上见过，一时竟呆住了，不知说甚么才好。

孟丽君并未察觉，自言自语地接着说道"圣人云'武者，止戈也。'又曰'兵者凶器，圣人不得已而用之。'依我看来，以武止武，毕竟落入了下乘。倘若朝廷昔日能够防患于未然，料敌机先，早做准备，这一仗未必非打不可，或许可以避免生灵涂炭的惨剧。"顿了一顿，又道："当日在青龙镇里，我只救得了数百条人命，可见不论医术再如何高明，终其一生也不过救得了几百几千条性命。战事一起，动辄数万人死伤，因战之故颠沛流离、无家可归的人更是不计其数，哪里一一救得过来？"

康信仁这时早已回过神来。他身经丧子之痛，推己及人，自然知道失去亲人的痛苦。听孟丽君说到医术只能救得百千人性命，于战争无益，也无异议，问道:"那依你之见,该当如何拯救天下万千苍生?"孟丽君眼中精光一闪,如电一般朝他射来,朗声道:"当今朝廷昏聩,奸臣当道,若非如此,怎会集倾国兵力,尚胜不过区区边狭之地?我当跻身官场,掌握朝廷大权,尽早结束战争,颁布仁政。这正是我此行上京的目的。"

康信仁身子微一颤抖,随即赞道:"好!君玉你有此鸿鹄之志,他日定然鹏程万里、前途不可限量!"接着低声说道:"你的这些话语,你我二人私下说说无妨,切切不可轻易对外人言语,那可是大不敬之罪!老夫知道你信我为人,瞧得起我,才肯对我直言,不过嘱咐一句。"

孟丽君心头一热,点头应允,知道方才一时情绪过激,将心里话尽数说出,未免言语有失检点。记得从前和爹爹议论朝政时,有一次也是如此,爹爹的话语至今犹在耳旁:"你一个小女孩儿,哪里知道官场险恶、宦海沉浮之风波。有多少忠臣义士,都屈死于一时的言语不察!所谓'伴君如伴虎',便是如此。"

康信仁看着孟丽君,想如此少年,如此才华,加上如此雄心壮志,着实可敬可佩。脑中飞快闪过一念,这个念头他早数日就有了,一直不曾说出来,这时终于定下心意,说道:"君玉,你随我来,老夫有话问你。"

走进舱里,康信仁转过身子,肃然道:"君玉,你我这十数日相处下来,甚是投缘。老夫知你也是爽快的堂堂男儿,只问你一句话:老夫知你父母双亡,欲认你作螟蛉义子,你可愿意?"

孟丽君一惊,脑中心念电转。回忆起这十数日里,康老爷子不仅对自己的才华赞赏不已,听说自己父母早亡,更是如同亲人一般照顾有加,令人大为感动。自打离家之后,自己主仆二人一路颠沛流离,没有一日过得轻松舒坦,便是睡梦之中心底也不曾真正踏实过。唯有这一段时日,才总算略略安心。对于康信仁,不知如何,她乍一见面便心生亲近,相处之后愈觉投契,更有一种如父如兄的情感,十分信得过,若非如此,先前也不可能将心里话直言说出。若论恩结父子,原是再好不过。孟丽君想到这里,又觉这是一个恢复本来面貌的绝好机会,答道:"在下自然愿意。只是有一事隐瞒:这副容貌并非我原本面目。既然恩结父子,自当用本来面貌拜见义父。"

见他一脸惊疑之色,知他将信将疑,说道:"请义父命人端来一盆清水。"康信仁吩咐下去,丫鬟端上清水。孟丽君低头洗去头颈上的易容药物,片刻之后抬起头来。康信仁看后只觉心头一震，瞠目结舌说不出话来。旁边那丫鬟也看得目瞪口呆。

孟丽君轻声唤道："义父，义父！"康信仁方回过神来，赞道："昔人言：不识子都之美者，无目也。古有潘安、宋玉这等美男子，时人皆道美于绝色女子，老夫从来不信，只当是溢美之词。今日见了孩儿你这副相貌，方知原来世上当真有如此美男子。只是不知你为何要更易容貌？倘有隐衷不便说出，老夫也不勉强。"

孟丽君料到他必有此一问，自然不能告以实情，心底早已编好一套话语，答道："孩儿自幼生就这副相貌，三岁时一位高僧替我看相，言道男生女貌，是为不祥，十六岁前务须遮掩本来面貌，否则必然一生孤苦，劫难重重。十六岁上将遇贵人，从此遇难成祥，再无避忌。现在想来，高僧口中的'贵人'，必是义父无疑。"

她信口诌来，一番话说得天衣无缝。康信仁本就信佛，闻言岂有不信之理，口宣佛号道："阿弥陀佛，原来如此。"向丫鬟道："去将船上所有下人都叫到船头，老夫有话吩咐。"丫鬟领命出去。

康信仁望着那盆由澄清转为暗黄色的水，心中好奇，问道："孩儿你用的是甚么药物，竟然如此神奇，可掩盖本来肤色，令人全然瞧不出破绽？"孟丽君微一犹豫，答道："义父定然记得那第二页药方，实不相瞒，上面的几味药物正是用以调配这服易容丹药。此药名唤'易姿丹'……"康信仁失声道："甚么！易姿丹？！"孟丽君奇道："怎么？义父听说过'易姿丹'之名么？"

康信仁自知失言，支吾几句，岔开话头，说道："此事以后再说。孩儿，且随为父到船头，让下人们都来见过他们的少爷。"拉着她的手便走到船头。孟丽君心生疑窦："义父明明知道'易姿丹'之名，却不肯说，似有难言之隐。先前他看我容貌，眼中除了惊叹诧异之外，还闪过一丝莫名的亲切和熟悉之色。我的容貌肖似娘亲，莫非义父从前认得我娘亲么？"

来到船头，除两个掌舵的水手不能擅离之外，所有下人们已都到齐。这艘大船素来用于装载药材货物，长年往返于长江之上，船身极大，坚固无比，单只水手就有十数人之众，加上服侍的家人，共有二十多人。康信仁站在船头，将认孟丽君为螟蛉义子以及他原本更易了容貌之事当众说来。这十几日里，孟丽君轻描淡写地治愈了船上好几人的宿疾顽症，众人对他既感激又敬佩，听说老爷将他认作义子，俱皆欢喜。见他换过一副俊美如玉一般的容貌，不再是从前那副面黄病弱的模样，又都见识过她的手段，不感奇怪，反觉理所应当。人人都想："哎呀！我怎地就没想到？郦神医医术通神，甚么样的病症治不好，怎么可能自己反是一副病恹恹的样子？原先的模样自然不会是他的本来面貌了。"众人一一上前见礼，恭声叫道："郦少爷。"

康信仁唤过一名二十岁左右的小厮，吩咐道："魏能，你乘昨日来的快舟即刻原道返回咸宁。回去跟夫人说，送来的书信老夫看过了。祖望这孩子福泽浅薄，老夫命中无亲子，乃是天意，无可奈何，要夫人节哀顺变罢。"说到这里神情黯然，又道："老夫已经加快船行，少则三日，多则五日，便可回府。你将这里的事情告诉姑老爷、姑太太，命人赶紧收拾好轩竹厅，备给郦少爷住。"魏能答应着去了。

回到舱里，孟丽君扶康信仁坐下，回身跪倒，说道："还没正式拜见义父，君玉疏忽。"向他磕了三个头。康信仁点头道："好，好！好孩儿。"展眉一笑，扶他起来，说道："老夫只当大家都忘了，你也省得磕头，老夫也乐得装作混忘了，偏你还记得。既磕了这三个头，老夫自然不能白受，少不得要送孩儿一份见面礼。"从旁边棋桌上取过日常所用的棋盘棋子，道："你义父嗜棋如命，别的拿不出手，见你也是好棋之人，这副棋具便送了给你罢。"

孟丽君和他下了十几日棋，自然知道这副棋具乃他心爱之物。用白玉作白子，墨玉作黑子，棋盘更是一大块碧玉雕成，质地虽然不如从前所见碧玉如意一般晶莹剔透，却也是难得一见的上等美玉，更何况体积如此巨大，玉质均匀，可说得上是无价之宝、贵重无比。她素来不好这些珍物，便待推辞，又知康信仁脾性率直，言出如山，遂道："多谢义父厚爱。距离武昌府还有好几日水程，你我父子自然还要手谈几局。孩儿房里僮儿病了，自不方便，不如这棋盘棋子还是放在义父房里，改日对弈倒也便宜。"康信仁棋瘾大发，说道："莫待改日，今日时辰还早，来来来，你我先下三局。"

长江水流湍急，船上风帆扬起，全速前行，三日之后便已抵达武昌府。康信仁留管家康全及船上水手等人在码头卸下药材货物，送入各处药铺珠宝行里，自己带着孟丽君、荣兰及一众丫鬟家人先行回转咸宁家中。

早有家人抢先一步回府报了信，康信仁妹婿吴道庵迎了出来。他原是个饱学秀才，只因家道中落，与老仆相依为命，艰难度日，也是因缘巧合，与康信仁之妹康氏一见倾心，遂私订终身。康信仁得知后不但不怪罪，反将他招赘入府，供他吃穿用度，读书赴考。吴道庵心中感激，发誓要考取功名，以谢岳家。无奈天资不高，才力有限，几科乡试都名落孙山。康信仁也不苛求，依旧和颜悦色以对。吴道庵心里越发过意不去，见自己终日虚费钱粮，却无所建树，便有言约道：四十岁之前必要求取功名，否则终身不复功名之想，就在康府安安分分做一个账房管事。康信仁家大业大，原不在乎多一人口粮，见他执意如此，便也依了他。如今吴道庵三十有八，今科乡试是他四十岁前的最后一次机会，整日里只埋头于书房读书，等闲从不出门。但此番侄儿亡故，舅兄又出门在外，这等大事，只得出面打理，费尽心力，十几日下来叫苦不迭，听说康信仁回府，急忙迎出门外。

康信仁替二人介绍了。吴道庵先前听魏能报信，早知舅兄认了一位路上结识的神医做义子，还听说这位神医相貌俊逸非常。这等话语他听过便罢，从不往心里去，这时乍一见到孟丽君，还是大吃一惊，心底不由赞道："这人相貌果然出众，真可称得上'珠圆玉润'四个字。若非是这一身的轩然英气，几乎让人误以为是女子装扮而成。舅兄果然眼力不凡，如此人品，自是大富大贵之相。"与孟丽君拱手相见过。

走进门，康信仁问起夫人孙氏的近况，得知只是由于伤痛过度而卧病不起，延医诊治后已然无碍，才放下心来。

走进内堂，丫鬟仆妇拥着两个中年妇人迎上来。孟丽君见左边一人年纪略长，当是康信仁之妻孙氏，右面一人自是其妹康氏。二人见了孟丽君，也是一惊。康信仁与家人说了几句话，回头向孟丽君道："孩儿，过来拜见你母亲及姑母。"孟丽君正待上前跪倒见礼，孙氏已抢先说道："且慢。"上前拉住她手细看一会。孟丽君见她脸上颇有不悦之色，眼神也颇为挑剔傲慢，便丝毫不惧，直视回去。

孙氏看了一会，松开她手，说道："老爷，想是妾身眼睛花了。妾身怎地竟会觉得，她像是个穿了男装的女子呢。"

孟丽君心中一阵惊惧，脸色却丝毫不变。这一个多月的逃亡生活，街头巷尾人人都对云南总督孟府小姐抗旨出逃一事议论纷纷，她须得装作一个毫无干系的外人来听说这一切与她自身密切相关之事,早已练得不动声色、神情自如。

她还未开言,康信仁已然沉下脸来叱道:"休得胡说!他是读书人,正预备赶考功名,不过生得文秀些罢了,你怎敢说他是女子装扮!"知道夫人伤痛亲子亡逝,对自己立时相认义子之事颇为不满,才会胡言乱语,口不择言。康信仁记起孟丽君日前所说"男生女貌,是为不祥"的话语,生怕她就此嗔怒,忙解释道:"你义母大病初愈,一时口没遮拦,孩儿你不要见怪。"

吴道庵也道:"嫂嫂果然眼花了。这孩子乍一眼看确有几分像是女子,但女子怎能有他这一身豪迈英气?"孙氏见丈夫发怒,又听说孟丽君预备赶考功名,自然不是女子,少不得赔礼道:"妾身老眼昏花,不辨雌雄,公子还请莫怪。"孟丽君微微一笑,朗声道:"好说。在下自知男生女相,原怪不得夫人看走眼。"

这么一闹,康信仁不便再令孟丽君行礼拜见。听夫人一口一个"公子",连带孟丽君也只好称她作"夫人",知道这是心结,性急不得。吩咐下人拿了行李,吴道庵领着孟丽君前去轩竹厅安顿。

等孟丽君去得远了,孙氏道:"老爷,妾身还是怀疑她是个女子。我瞧她秀眉樱唇,一双手洁白光润、欺霜赛雪,试想天下间怎会有如此粉妆玉琢的男子?"康信仁笑道:"妇道人家果然见识短浅。你只不过瞧见他的容貌,便道定是女子,又怎知古时多有这等绝美男子,为女子所不及。相貌终究只是皮相。你且听我说他所作所为,便再不疑心。女子断不能有他这等才华气度,胸襟抱负。"当下将一路见闻一一说来,再将孟丽君那日所言幼时得高僧看相,说道男生女相,是为不祥,十六岁上将遇贵人的话语转述一遍,又道:"老夫一见这孩子,便觉得亲近喜欢,想来也是与他有缘。当日我乍闻噩耗,昏厥过去,若非他及时救治,只怕老命休矣,再也见不到你们了。"

孙氏亦是信佛之人,这才消了疑虑,不再多心,却道:"既然老爷是他命中的贵人,他又救了老爷性命,认他作义子,也无不可,妾身无话可说。只是可怜望儿福薄早夭,康氏就只他这一脉香烟,老爷何不令那郦君玉改姓为康,也好继我康氏香火?"提及死去的孩子,不由流下泪来。康信仁安慰几句,说道:"夫人你有所不知,君玉这孩子天分极高、学识出众。原本他相貌平庸之时,我便觉其气质高洁华贵,出类拔萃,绝非常人。恢复原貌后再一看,更是天下无双的倜傥少年。老夫这一双眼,珠玉尚且识得,如何识不出这等人才?此子日后定然不是池中之物,你我岂可掩其本来真姓?他便不改姓康,有朝一日飞黄腾达,难道竟会亏待我康氏一门不成?老夫命中无子,康氏香烟便是就此而绝,也是天意,强求不得。"

孙氏听他这么一说,心中越发悲痛,本就大病初愈,不由咳嗽连连。康信仁忙吩咐丫鬟扶了夫人进内室休息。

康氏一直不曾开口,这时使个眼色,下人们会意退下,房内只余他兄妹二人。康氏轻声说道:"你不肯令那孩子改为康姓,也就罢了,何苦再说那一通大话来欺瞒嫂嫂?事到如今,你还不打算将实情告诉她么?"康信仁看她一眼,叹道:"你我两家原是世交,你也知道,我少年时做下了无数荒唐事。那年来咸宁游玩时偶尔结识了她,原也不过逢场作戏。只是后来得知她一个人带大孩子,于贫困之中依旧对我不弃不离,心中委实感激,才发誓要一辈子好好待她。我本来预备在今年乡试之前将真相言明,也好让祖望认祖归宗,改回姓郦,他日便可光耀我郦家的门楣。至于我自己,却实在不配姓郦。但如今……唉!祖望竟也坠崖……这都是我当年的报应,命中无子也是应该的。我就算将实情告诉她又能如何?徒引她伤心而已,还是不说的好。"

康氏点头道:"说的也是。"顿了一顿,道:"那孩子本就姓郦,可不是巧得很么?不知你可曾留意,他生得像谁?"康信仁脸上闪过一丝异色,神情激动,却极力自持,道:"你也觉得像么?那日他现出本来相貌,我便一惊,偏巧也姓郦。听他所用的易容药物叫作'易姿丹',后来我借故查看过他的药囊,确是爹爹的旧物,那就更加不会错了。我自打第一眼见到这孩子起,心中便生出一股说不出的亲近之意,到底是血浓于水,方会如此。"

康氏道:"只有一件事,他若是明珠姐姐的儿子,却如何会随母姓郦?"康信仁道:"我也不知。但我既能更名换姓,妹妹她或许也更改了姓名,又或许妹夫同样姓郦,也未可知。"康氏道:"既如此,你可询问了他父母的情形?"康信仁道:"自然问了,他说父母双亡。我又问他医术师从何人,他说是祖上所传。再不会有错了,我那可怜的妹妹……"说到这里,语音哽咽,再说不下去。

康氏惊道:"那怎么会?明珠姐姐医术通神,学得了郦伯父七八成的医术,怎么会年纪轻轻的,便……便……"也说不下去了。康信仁眼中泪光闪烁，竭力克制，说道："我记得当年大娘便是三十岁上呕血不止而亡故的，任凭爹爹再高明的医术，依然无力回天。妹妹小时便身子孱弱，我曾听爹爹私下说过，这病代代遗传，传女不传子，或迟或早总要发作的。一旦发作起来，时时呕血，半年之内便香消玉殒，无药可医。"

康氏一怔，眼角慢慢流下泪来，半晌才拭泪道："好在君玉是个男儿，日后倒无此顾虑，也是一幸。"抬头问道："你打算将这段往事告诉孩子，让他认你这亲娘舅么？"康信仁摇头道："自跳崖之时起，郦明玥便已经死了。此人罪大恶极，哪里配做人兄长、娘舅！"康氏见他说这话时咬牙切齿，知他自十几年前挥霍尽家产，走投无路、跳崖不死之后便心性大变，对往昔所作所为大感愧疚，从此洗心革面、重新做人。但提起从前之事，依旧不能忘怀，劝解亦是无益。岔开话题说道："祖望的灵堂设在前厅，你去瞧瞧罢。我回房里看看嫂嫂，劝她节哀。"

康信仁呆呆地出了一会神儿，这才举步来到前厅。抬头见厅内白幔围绕，心头有如刀割，定一定神，方走了进去，里面已有一人，白衣白冠，正在灵前焚香拜祭，不由一怔。那人微微侧过脸来，正是孟丽君，一袭白衣，更衬得面如冠玉，纤尘不染。康信仁心底升起一股暖意，说道："君玉你路上舟车劳顿，不回房歇着，怎么到这里来了？"孟丽君回头看他一眼，说道："孩儿既已认了义父，祖望兄长便是我的义兄，孩儿前来拜祭，自然是应该的。"对着灵牌拜了几拜，上前将香插在灵前香炉里。

康信仁见堂上只有灵牌，没有画像，想起一事，心中一动，向孟丽君道："那日老夫见孩儿你随手几笔，便画就一幅泼墨山水图，不知你可还擅长人物丹青？"孟丽君一听便知他意，想来康祖望是坠崖而亡，尸首或者不曾找到，或者找到了却已经面容毁损，画不成遗像，也是一件憾事，答道："孩儿略通书画，若是义父详加描述，应该可以画出义兄的遗像。"

康信仁见她只一句话便猜知自己心意，果然聪慧无比，喜道："好！你随我来。"带孟丽君来到书房，房里四壁都是书橱，摆满了各式书籍，桌上笔砚，都是祖望的旧物，康信仁看得心酸，侧过头去。伺候笔墨的丫鬟上来见过礼，铺纸磨墨。康信仁道："这个书斋是从前祖望读书的地方，有一万三千多卷的藏书，日后都是孩儿你的了。"当下细细叙述儿子康祖望的形貌特征、身材气质，孟丽君一笔一笔细细画来，直画了一个多时辰，才搁下笔。康信仁一观之下，眼中立时蒙上一层雾气。等笔墨干了，命丫鬟小心拿去给夫人观看。

过不多时，孙氏和康氏二人来到书斋。孙氏亲自捧了画像，见到康信仁，哭道："妾身只道老爷根本不在意望儿这孩子，才会说甚么'命中无子，乃是天意'的话语。如今方知老爷与妾身一般疼爱孩子，只是疼在心底，口上不说罢了。原是妾身错怪老爷了。"康信仁轻拍她后背，以示安慰。原来孙氏自儿子死后，夜夜梦见他血肉模糊、五官不清的尸首，没有一幅像样的遗像，已成为她心头一件极大的憾事。如今得了这幅画像，将儿子的形态样貌描画得惟妙惟肖，总算安宁下来，也有了心神寄托。

孙氏收住泪，上前向孟丽君福了一礼，谢道："多谢你妙手神笔，不曾见过我孩儿的面貌，竟还能画得这般肖似。老爷眼光果然不凡，玉儿你如此人才，日后定然前程远大。妾身早先言语冒犯，这厢赔礼了。"孟丽君听她改口唤自己作"玉儿"，已是承认之意，连道"不敢"，扶她坐下，自己恭恭敬敬拜了下去，口称"义母"。

孙氏受了他礼，从腕上褪下一个镯子，放在他手里，说道："这是义母给你的见面礼，日后玉儿你娶了媳妇，便给你媳妇罢。只是玉儿你如此人品，妾身说句玩笑话，只怕不好找媳妇呢。"孟丽君知她打趣，脸上不由微微一红，宛若明珠生晕，俦丽绝伦。

康信仁兄妹二人见此情形，甚是欢喜，暗道如此解开心结，自然最好。康氏笑道："小孩儿家听说要娶媳妇，脸都羞红了，果然面嫩得紧。"孙氏道："玉儿本就年轻面嫩，妹妹莫要取笑他。"果然一旦将孟丽君认作义子，便立时回护有加。

康氏方止了笑，向孟丽君正色道："你莫瞧轻了这个玉镯，它可是我嫂嫂的宝贝。这是当年哥哥与嫂嫂的定情之物，也是经历了一番起伏波折才最终姻缘美满的，甚是吉利。我听说你与姨母、表妹相依为命，不幸路上离散，着急得不得了，想来也是自小青梅竹马，感情深厚。这个玉镯定会庇佑你们早日重逢，喜结良缘。"孟丽君听她这一番话语，便知她们胡乱揣测，乱点鸳鸯谱，竟以为雪妹与自己两情相投，不由哭笑不得。她先前恳请季顺行帮忙寻人，沿途之上也不停打听窦蓉娘母女消息，看在康府丫鬟下人眼中，自然当作郦少爷对其表妹情意深重。是以才一回府，两位夫人便已得知，孙氏也是因此才会将玉镯送给她作为见面礼。当此情形，孟丽君无从辩解，亦觉无须辩解，让她们误会也好，遂道："多谢义母。承姑母吉言，君玉感激不尽。"

众人回到轩竹厅，孙氏此时心情不同先前，对孟丽君嘘寒问暖，关怀备至，添了许多有用的物事，又叫来两名成衣匠，为他量制新衣。

到了晚间，一家人团坐一席，下人送上酒菜。孟丽君推辞身子不好，不能饮酒，便以茶代酒，敬了义父义母、姑姑姑丈。席间吴道庵展开话题，与孟丽君谈论起诗文学问。孟丽君旁征博引，口若悬河，有一答十，心中似有万卷诗书，且想法新异，往往发前人所未想。吴道庵才疏学浅，不敢多问，但听她娓娓道来，只一顿饭工夫，便觉收益良多。见她年纪轻轻，学识惊人，不禁自惭形秽。

提起捐监之事，康信仁道："孩儿你放心，为父自会替你将一切打点妥当。你只管安心读书，预备秋闱乡试便是。若有疑问，可向你姑丈请教。"吴道庵忙道："有道是'学无先后，达者为师'。君玉学识远胜于我，日后我才应当多多向他请教才是。"康信仁哈哈一笑，道："但愿你姑侄二人今科秋闱一齐高中，我康府里便出了两位举人老爷，明年进京会试也有个伴儿。"众人吃吃笑笑，不觉已到夜里。

第五章

次日，康信仁到药铺里将紫菀、神仙子和公孙叶三味药各取了一两，交给孟丽君。至于虫草粉、雪莲花及其他配药，当日季顺行早已准备妥当。康府内设有炼丹室，一切所需应有尽有。孟丽君将所用药材一一研磨成粉，依方调焙。三日三夜守在丹室，寸步不离，终于炼出一炉丹药，共有五十粒，剖出半粒一试，果然功效不凡。

荣兰伺候在一旁，见她神情疲倦，又是疼惜又是不解，问道："公子既然已经恢复了本来相貌，这丹药日后想来用不着了，却为何还要花费偌大心力来调制呢？"孟丽君道："不为别的，就只为这四个字：有备无患。"小心将丹药分作两份，一份放在药囊里，一份装入瓶中，依旧随身携带。

此后，孟丽君整日待在书房里，遍阅群书，温习功课，预备秋闱乡试。有时康信仁在家中会见本府士绅名流，也命孟丽君出来会宾待客。他原是富甲一方的缙绅老爷，药材、珠宝、古董生意遍布江南各地，朝野之中俱有朋友，交游广泛，消息甚是灵通。孟丽君从前在家时，就常常隐在帘幕后面偷看爹爹会见宾客，熟知礼数，一举一动都有大家风范，加上容貌俊雅、气质高洁，令人一见之下印象深刻、赞不绝口。

孟丽君心忧战事，好在康信仁于前方，甚至军中，都布有若干线人，每日均有飞鸽传书，带来最新战况。到了五月下旬，一日传来消息，两军在隔江对峙两个多月之后，终于在泸州爆发了一场惨烈无比的大战，战事持续了整整三日，双方死伤无数，数万人葬身长江之中，负伤之人更是不计其数。江上到处飘浮着断肢残臂，江水被染得如血一般殷红。

孟丽君虽已料到迟早会有这场大战，但听闻伤亡竟然如此惨重，仍不由拍案怒道："李延亭这厮，只为区区一己私利便挑动战事，陷万千黎民百姓于水深火热之中，令天下血流成河、尸骨如山，便是将其千刀万剐也是便宜了他！"

又过了数日，消息传来，泸州会战中兵部尚书呼延宏老将军重伤身亡。与此同时，李延亭在昆明登基称帝，国号大齐，定都昆明，立长子李汝章为太子，兼任天下兵马大元帅，封次子李长宁为梁王。登基不过三日，李延亭驾崩。原来泸州会战时他右胸为流矢所中，自知命不长久，便欲在临死前登基称帝，过一把"皇帝瘾"。李延亭死后，太子李汝章即位，力排众议，派出使者，欲与大元朝廷议和，暂时南北分立。此时，齐人占领两广、云南、贵州、福建四省之地。

孟丽君听到这个消息，心头立时生出无数疑窦，暗忖："李延亭乃两广提督出身，十数年的经营谋划，两广乃其根本所在。若说身中流矢，时日无多，在昆明仓促登基自在情理之中，却如何会舍弃其根本所在而定都昆明？这委实令人费解。就如当日叛军舍古岚而攻威平，便在兵法预料之外。当日叛军由攻转守，如今更是由守转和，看来这一切多半都与那新君李汝章有关。"

又想："本来依照情势推断，朝廷此战当胜，如今却是两败俱伤的结局，呼延老将军更是战死沙场。原因恐怕只有一条，那便是朝廷中有人不愿此仗得胜，多半是想借此机会除掉呼延老将军。"想到这里，心中一寒，随即怒气上涌，不可遏制，暗道："国丈刘捷权倾朝野，只手遮天，若非是他，更有谁能于万里之外遥控军中事宜？早听说此人党同伐异，一心铲除异己势力，却不想他竟然置十几万将士的性命于不顾。如此奸贼，简直比李延亭这种反贼更令人痛恨十倍！"

几日后消息陆续传来，朝廷同意议和，擢升原贵州巡抚彭如泽为兵部尚书，与齐使商议和谈事宜。孟丽君听得"彭如泽"这三个字，全身一震，连忙低下头，眼中却如要冒出火来，银牙紧咬，心头怒道："此人上表诬陷爹爹投敌，如今却官运亨通，看来老天果然无眼。"

片刻后强自平定心绪，脑中思路霎时间清晰异常："彭如泽原是贵州巡抚，去年秋天贵州省十数日内为叛军攻占大半，贵阳陷落，安顺告急，若非爹爹及时率军支援，反攻贵阳，坚守达五个月之久，只怕如今叛军早已拿下四川，逼中原。可见彭如泽此人并无丝毫军功，何以竟能由三品巡抚立时擢升为二品尚书？不免令人起疑。朝廷升迁大权向来把持在刘国丈之手，他肯如此擢升一个人，除非此人曾经为他立下大功。记得爹爹书信中曾说，他十六年前与刘国丈结下深仇，难道……难道……爹爹兵败被擒，蒙受不白之冤，皇上下旨抄拿孟府满门，所有的这一切，竟都是刘国丈在幕后操纵的结果么？"

越想越觉大有可能，心下暗道："这一切此刻不过是我自己的暗自揣测，日后自当寻找证据。倘若刘国丈真是这一切事件的幕后主使之人，我孟丽君无论如何，也当为父报仇、为天下人除此一害。"

转眼到了六月间，梅雨季节日日下雨，难有晴天。孟丽君闭门读书数日。这日午后，见艳阳高照，是难得的晴好天气，一时动了游兴，只带荣兰一人，出门信步向西行去。

行不多时来到西凉湖畔，但见绿柳拂岸，花团锦簇，湖水潋滟，阳光照耀之下，湖面腾起阵阵水雾，折射出七彩光芒，简直是美不胜收。孟丽君分花拂柳行来，对眼前美景赞叹不已。一路之上，不时有人对她侧目注视，也有人走得远了仍然频频回顾。孟丽君自恢复本来面貌之后，于旁人惊喜赞叹的目光见得多了，全然不以为意，依旧神色自若，自顾自地欣赏眼前湖光水色。

忽然前面传来锣鼓开道的声音，不一会，两名衙役敲锣走来，高声喝道："当朝梁太师奉圣旨南巡，闲杂人等一律回避！若有人身负冤仇，可上前拦轿鸣冤！"两旁路人早已避过一旁，让出大道。

孟丽君蓦地听到"梁太师"三个字，不由一惊。记得爹爹每回提起当朝梁太师，总是赞叹不绝，说他从前辅政十余年，使得朝政清明、上下归心，李延亭方不敢贸然竖起反旗。如今他年岁已高，又大权旁落，前方战局未定，以堂堂当朝太师的身份，怎会千里迢迢地出京南巡？

又听到"若有人身负冤仇，可上前拦轿鸣冤"这一句话，心头如被一柄大锤重重敲落，脑中飞快闪过一念："我何不就此上前拦住太师大轿，为爹爹申明冤屈？太师贤明，定能为我作主，替爹爹昭雪不白之冤。"这念头一生，想到爹爹为叛军所俘、生死不明，却惨遭诬陷、抄拿满门，心头一股激愤之意上涌，头脑发热，竟自无法冷静，只待太师大轿近前，便上前拦住申冤。

正翘首期盼间，两顶轿子已到二十丈外，前面一抬八人官轿当是太师所坐，后面一顶四人小轿，想是随行官员。孟丽君心中微觉紧张，手心捏出了汗。

忽然从人群里走出一人，跪在大道当中，双手高举状纸过头，叫道："草民有冤，求太师明察！"路人一阵喧哗。当先一人喝道："止轿！"上前几步，从那人手里接过状纸，略一查看，回到太师轿前，低声说了几句话。太师揭开轿帘，收了状纸，吩咐几句。孟丽君隔得甚远，听不清说些甚么，也瞧不清太师面容。

先前那人得太师吩咐，向拦轿之人高声道："太师已接了你的状纸，你且随轿同行，到武昌府即可开庭审案，被告、证人日后再传。"那人磕一个头，站起身子，跟在轿后。

孟丽君听到"被告、证人"这几个字，只觉一盆凉水从头泼下，头脑立时清醒，忖道："我此时拦轿申冤，一无状纸，二无半点证据，被告是谁还未可知，如何申得了冤、报得了仇？太师纵然贤明，只怕也难以为我作主。何况我此刻还是朝廷钦犯的身份，倘若贸然上前，岂非自投罗网？不但以前种种化作流水，更要连累义父全家。此事该当从长计议，切不可一时头脑发热、鲁莽行事。"心中暗暗告诫自己小心谨慎，看着那两顶轿子从身旁经过，慢慢去得远了。

荣兰一直站在孟丽君身后，不知她脑中竟有这般复杂的思绪，见轿子去得远了，路人已各自散开，悄声说道："我猜那后面一顶轿中坐的定是女眷，方才那轿子经过时，一阵风来，飘过淡淡香气。"孟丽君当时心事繁杂，哪里顾得上留意风中是否飘有香气，闻言白她一眼，说道："太师夫人早亡，又不曾纳妾，算年纪女儿也早已出嫁了，哪里还会有甚么女眷？那轿里自是随行官员。"荣兰见公子方才还好好的，这一会子便心情不佳，也猜知了她的心思，便不敢多言。

此番重新勾起旧事，孟丽君再无游兴，二人便即折转回府。晚间说起所见所闻，康信仁道："老夫早知消息，太师二月里就奉旨南巡，一则探察各地战事、安抚民意，二来湘赣一带久旱无雨，沿路视察灾情。如今想是进行得差不多了，正待打道回京，顺便接纳百姓申冤告状、考核地方官员政绩。可惜他老人家只是路过我咸宁县,并不留宿,否则为父定当投上拜帖,带你前去拜见。老夫虽无心为官,对太师的人品德行,却是敬仰得很,可惜缘悭一面,不免抱憾终身。"孟丽君听他这话与爹爹从前所言颇为相似,不同的是爹爹曾经得见太师一面,一直引为幸事。想到至今尚不能替爹爹申冤,心头一酸,说不出话来。

康信仁看她一眼,以为她心中恼怒,解释道:"这些消息不是为父不肯告诉你,只是秋闱渐近,恐怕耽搁你温习功课,你不会恼了为父罢?"孟丽君道:"义父说哪里话。只是孩儿便说句狂言:区区秋闱还不放在我眼里,孩儿如今预备的乃是明年春闱会试。"

康信仁一惊,随即释然。他听妹丈私下赞过数次,说道君玉之才乃是仙才,胜过他不知多少倍。这两个多月来家中访客无数,先前来人还都是自己的至交好友,其间也有几个准备乡试的秀才,与她略一交谈便对其人品才华盛赞有加。到了后来,大多数访客反是慕了"郦君玉"的才名而来,或者向她请教功课,或者央其修改文章。人人都道她才高八斗,今科秋闱必当高中,定是武昌府的解元无疑。此刻听她自己也说秋闱能中,知她言外之意,康信仁便说道:"既如此,日后再有消息传来,为父尽数都告诉你。"孟丽君道:"多谢义父。"

却说康信仁当日回府后不久,便已着手为孟丽君准备捐监事宜,因爱惜她人品文采,凡事都要予她最好的。封了一百零八两捐银及一封书信,细述了她的姓名年貌,入了湖广省武昌府咸宁县籍,将履历封在信内,唤来管家康全,命他次日黎明便即动身进京,将书信及捐银交付京中好友俞智文,请他代为捐纳监照。

到了七月初,康全回转咸宁,果然不负重托,带回监单,康信仁大喜。孟丽君收好监单,道过谢后,随口向康全问道:"你在京里的这些时日,可曾听说甚么新闻趣事?"康全想了想,说道:"趣事没有,小人倒是听说了一件轰动京城的大事。"康信仁来了兴致,问道:"甚么大事?说来听听。"

康全道:"老爷自然知道今年春天里的那件大事,听说云南孟总督降了叛军……"孟丽君端起桌上茶杯,面上一副毫不在意的模样,耳朵却竖了起来,一字不漏地听他说道:"……当今皇上龙颜大怒,命钦差前去昆明抄拿他满门家眷。不想孟总督的女儿孟小姐事先得了风声，散尽家中下人，自己也逃了出去，等钦差到时，孟府已是空无一人。老爷应该还记得，后来我们一路坐船回府，沿岸到处可见悬赏捉拿那孟小姐的告示和画像。"

康信仁点头道："不错，确有此事。老夫还记得第一次看见告示时，那孟小姐已经出逃了十余日。当时老夫还想，一个官宦千金，平日里自然是娇生惯养的，哪里受得了这等苦楚。只要在逃一日，这告示便张贴一日，众目昭昭，自然过不了几日便会给人认出，拿了去领赏。不想又过了十数日，各地的告示仍在，那女子依然未被拿到，这倒有些奇怪了。你说的大事，莫非是她如今已被捉拿在案？算来也有四个月了，这女子竟能在朝廷漫天悬赏之下躲藏四个月，果然有些计谋。"

康全不敢打断他话语，待他说完，方道："启禀老爷，小人方才所说的大事并非这个，那孟小姐至今仍无下落。"孟丽君瞥见康信仁闻言脸上微微一红，心中七分自伤，却也有三分好笑。康信仁干咳一声，催道："不相干的事就不用混说。快说究竟是甚么大事？"

康全道："是，小人多嘴。这件事若说与那孟小姐，倒也算有些干系。原来当日降了叛军的，除了那云南孟总督之外，还有一位姓卫的总兵。皇上下了圣旨，两家都要抄拿满门……"孟丽君闻言一惊，手指微微颤抖。她一直以为被诬陷投敌的只有爹爹一人，没想到卫总兵也同在被诬之列。从前曾隐约听爹爹提起，卫总兵膝下亦只有一女，闺名勇娥，武艺精湛、技压须眉，乃是女中英豪。自己与她只是神交，却无缘会面。难道说这样一个女子，竟然被朝廷投入大牢了么？

孟丽君凝神听康全说道："……当日孟府有人事先通风报信，卫府却没有。钦差将卫府团团围住，正要下令进府拿人，不想却有一个青衣少年，手持一杆长枪，率七八个家人冲了出来。一百多名全副装甲的御林军士迎上前去，竟然拦不住那为首少年。钦差知卫总兵只有一个女儿，猜想那少年是他随从部属，既拦不住，也就任他冲出。将其余抗旨人等尽皆格杀，卫小姐及家人仆妇都被锁入囚车，送入京城大牢……"说到这里，孟丽君想起卫勇娥武艺出众，联系康全先前的话语，已隐隐猜知他所说是何"大事"，不由惊喜交集。

果听康全续道："……那卫小姐在大牢里认罪画押，朝廷旨意，本待秋后问斩。不料这时，竟有人揭发出来，那'卫小姐'并非真正的卫小姐，乃是丫鬟私自假冒的！"康信仁大惊道："甚么！竟有这等奇事？那真的卫小姐呢？"康全道："那位一百多名御林军士都拦不住的青衣少年，便是女扮男装的卫小姐！"康信仁"啊"的一声，半晌不得言语，过后方由衷赞道："天下竟有这等奇女子，果是一等一的巾帼英雄！有女若此，其父会是叛国投敌的乱臣贼子么？"最后一句话如肺腑心声，语音甚轻，几不可闻。

康全叹道："老爷说得是！审问后得知真相，几位大人都惊呆了。不知怎地，这件事情竟然流传入民间，京城老百姓俱如老爷一般的想法，都觉得卫小姐如此了得，卫总兵教女有方，自然也不会是投降叛军的逆贼。百姓们自发起来，要求朝廷查明孟、卫两位将军当日降敌的详情，说不定两位大人是被人冤枉的。朝廷弹压下来，严令京城内不得议论此事，却总算碍于民意，不曾再发告示缉拿卫小姐。"

康信仁又赞了几句，转头向孟丽君道："孩儿你是云南人，从前可曾听过这位卫小姐的大名事迹么？"孟丽君摇头道："孩儿家住昆明，连孟小姐都不识得，更不曾听说过卫小姐。"康信仁原只是随口一问，本不指望她知道，也就作罢。

孟丽君回到房里，见四下无人，将今日所闻一一告诉荣兰。荣兰听了也对卫勇娥赞叹不已，轻声说道："小姐你与那卫小姐，真可谓一时瑜亮。"孟丽君微微一笑，心中宽和了许多。一直以来都以为自己将要独力支撑平冤复仇的大业，心情难免压抑，有时也会胡思乱想事若不成的后果。原来在朗朗乾坤、茫茫人海之中，竟还有一人，将会与自己一同分担肩上的这副重担。自己虽与那人素未谋面，却感觉同心同力、亲近无比。

这年闰七月里，朝廷点下各省乡试主考。湖广的主考乃翰林学士袁容，字表允，原是当朝太师梁鉴的门生，为人正直不阿，素有美名，文字功夫也甚是了得，省里文武官员接入贡院不提。

过了几日，贡院挂出牌来，闰七月二十六日考贡监大收。吴道庵因有秀才功名在身，无须应考，孟丽君独自前往。她才高八斗，区区大收自然不在话下，轻轻松松便得了头名。取了批首，与吴道庵一同来到贡院之前的寓所住下，等候八月初八头场考期。

因距离头考还有些时日，吴道庵命家人魏能驾车送来满满两大撂书，马车停在贡院门口，来回七八趟，才将所有书卷都移入寓所，直累得魏能满头大汗。相形之下，荣兰就轻松多了，统共只用一块布包了薄薄的四五本书，送入孟丽君住所。吴道庵心中好奇，凑过来一看，竟是《道德经》《庄子》《易经》和《孙子兵法》这四本书，不由得目瞪口呆，说不出话来。孟丽君笑道："左右就只剩这几日了，平日里正经书看得烦了，这会子正好消遣一下，再说原也不差这几日工夫。"

吴道庵闻言叹了口气，郁郁而出。孟丽君望着他远去的背影，微微一笑。荣兰将四本书原样包好，说道："公子这法子定然有效，姑老爷受你一激，回到房里必是要昼夜用功、刻苦攻读的。只是可怜清儿为此白白跑了一趟，这四本书公子十岁时就能背诵如流，怕是翻都不会翻一下的。"孟丽君笑道："怎会让你白跑？等姑老爷中了举人，你向他讨赏去。"荣兰犹疑道："公子说姑老爷今科一定能中么？"

孟丽君道："姑丈从前读书，只知一味死记硬背，不懂融会贯通的道理，作文章更不明变通之道，下笔便觉死气沉沉，令人读来索然无味。不入考官之眼，也是理所当然。我一个月前曾借机给他把话点明，他似有所悟，前几日作的文章便颇有进境。他若能在这几日刻苦攻读，真正领悟'融会贯通'四个字，今科便一定能中。就算一时做不到，只要能如前几日一般的发挥，也有七成把握得中，只是名次排不到前列了。"

荣兰点点头，随即想起一事，不解道："公子本是一番好意，与姑老爷直说便是。清儿不懂，公子却为何要拐弯抹角地使甚么激将计呢？"孟丽君道："姑丈是我长辈，倘若直说，只怕他面子上不好看。凡事总有策略可究，俗话说：'请将不如激将'，他这一回去彻夜苦读，必能事半功倍、学有所值。事后他自会醒悟，明白我的一番良苦用意，心里定会暗暗感激于我。一举数得，我又何乐而不为呢？"

转眼到了考期。孟丽君文思泉涌，笔走龙蛇，顷刻立就，三场考试都率先出场，加上人品俊雅如玉，而名声早已传扬在外，自然引来一众考官的瞩目和提问。孟丽君不卑不亢，进退有度，对答如流，主考袁容看在眼里，暗暗点头，调来她三篇答卷一看，当真字字珠玉、篇篇妙笔。他主持乡试十余年，从未见过这等人才、这般品貌的少年英才，不由又惊又喜，心中已有定论。

三场将毕，康信仁亲自到贡院迎接姑侄二人，魏能将两大摞书从吴道庵寓所搬回马车。吴道庵直到最后一刻方出了考场，将手头原稿交予孟丽君观看，孟丽君一目十行，读罢微笑道："姑丈前几日不眠不休、彻夜苦读，果然一番心血没有白费。"吴道庵一怔，随即醒悟，面露感激之色，长揖一礼道："多谢了。"孟丽君急忙回礼，说道："自家姑侄，何必客气。君玉无礼之处，还请姑丈莫怪。"吴道庵这时已对她心悦诚服，连道："不怪，不怪。"

八月二十六日乃贡院张榜之日，依照规矩，自前一夜子时起，贡院内便设一公堂，正副主考官及监临官、监试官、提调官五人齐聚一堂，点上红烛，连夜填榜。填榜时从第六名开始，依次向下填写，每填一名，便有书记官用纸条将此人姓名、年龄、籍贯抄下，从门缝中传出，交由报子，报子自去寻到考生住处，连夜报喜。待全榜填罢，天色已近黎明，这时将全堂蜡烛一齐换过，方填第一至第五名，此番却从第五名起依次倒填上去，待填完解元，天已大亮。这一夜到处锣鼓鞭炮齐鸣，如同过年一般热闹。等到天亮，参加乡试的秀才监生们，或者榜上有名、欢喜无限，或者名落孙山、忧愁烦恼。往往中了前五名的举子，等到天亮尚无喜报，便自以为落第了，正失魂落魄间，忽然喜报传来，立时转忧为喜、手舞足蹈。

却说这天夜里，康府大开府门，等候上门报喜之人。吴道庵一夜未眠，惶惶不宁、坐立难安，不住站起身子，走到大门口探头张望。康信仁端坐椅上，看他走来走去十几趟，忍不住劝道："时辰还早，少安毋躁。"吴道庵坐下喝了半盏酽酽的提神浓茶，不到一刻钟，毕竟心浮气躁，坐不安稳，又站起身来张望。

康信仁见他如此，便不再相劝，心道："道庵的涵养功夫到底逊了一筹，此时便已如此沉不住气。也罢，到底是读书人，功名之心自然沉重。"转念又想："同是读书人，君玉便全然不同。他劝我只管去睡，等到天亮再来听人报喜，想来也是因为心中有数、把握极大的缘故。我却终究不能如他一般沉得住气睡去，看来我虽年长，涵养功夫仍不如他。"当下以手支头，靠在案旁假寐。

一直等到五更天，方听得锣鼓鞭炮声越来越近、越来越响。吴道庵先前踱步踱得疲了，坐在椅上稍稍休息，足足喝了四五盏浓茶，如厕两回。这时听见声音，从椅上跳起，冲到门口，果见一行人敲锣打鼓，正向着康府而来。立时满脸喜色，迈步走回厅中，端坐入椅。

不多时，锣鼓声止，报子大步入内，高声呼道："恭喜恭喜，贵府吴道庵吴相公高中第三十二名举人！请问哪一位是吴相公？"吴道庵从椅中施然站起，整了整衣冠，说道："正是不才在下。"报子满脸堆欢，将喜报双手奉上。吴道庵接过喜报，见自己大名赫然在上，只觉心花怒放、踌躇满志，三十年寒窗苦读终于有所回报，不禁感慨万千，落下泪来。

康信仁见他一时激动，竟忘记打赏，朝康全使个眼色。康全会意，取出事先准备的两个封赏红包，将较小的一个递到吴道庵手中。吴道庵这才醒悟，将红包赏了报子，报子道谢退出。

孙氏和康氏妯娌二人也一宿未眠，这时得了消息，出来道喜。吴道庵见娘子出来，兴冲冲地将喜报拿给她看，喜道："娘子，我终于中举了！你看，我终于中举了！"康氏也泪流满面，先念了一句"阿弥陀佛，菩萨保佑"，说道："恭喜相公，寒窗数十年，终有今日之喜！"康信仁夫妇也为他二人高兴不已。

鸡鸣时分，天色渐亮，孟丽君如往日一般卯时起床，漱洗完毕，换过衣衫。听下人说吴道庵五更天时接到喜报，中了第三十二名举人，点点头，来到前厅。康氏夫妇和吴氏夫妇均在，似在议论甚么，看见她进来，都住了口。孟丽君便知自己的喜报此刻还未到来，他们心生疑虑，担心中不了举。她对此却毫不担忧，记得最后一日出场前，主考袁大人虽然一言不发，但对自己频频注目，目光中满是赞赏之意，更何况自己的三篇文章作得四平八稳，绝无不中之理。

当下与吴道庵道过喜，坐下一同等待喜报。众人先前还有说有笑，待时间慢慢过去，天色大亮，论理便是解元的喜报，这时也该到了，不由渐觉尴尬。只有孟丽君神色自若、谈笑如常，丝毫不以为意。

又过了约莫一炷香的工夫，依旧无人前来。众人已料想无望，见孟丽君脸上仍无异色，生怕她受了绝大的刺激，郁结于心、不得宣泄，反而有伤身子。康信仁低声劝道："孩儿你还年轻，便是今科不中，三年之后还有机会。"吴道庵也道："以你之才不得高中，自是考官无眼，怨不得你，不要放在心上。"

孟丽君知他二人都是好意开解，担心自己想不开，哪知自己之所以言行如常，并不是由于受到刺激，而是因为还未完全放弃希望的缘故。微微一笑，说道："义父姑丈放心，孩儿还想再等一等。"

又过了半炷香工夫，远处锣鼓声响，渐行渐近，比起五更时的报喜，喧闹声大了不止一倍。康吴二人对望一眼，不由又喜又怒，心中均道："好大胆子，替解元郎报喜，竟敢耽误了半个时辰！"原来十几年前，本省曾有一位解元，就是因为报子途中耽搁，自以为落第，失魂落魄之下竟然上吊自尽，等到喜报传来时，已然命归黄泉。那报子因此被定了死罪，从此以后，再也无人胆敢耽误了报喜的时辰。

锣鼓声止，一人战战兢兢走进，扑通一声跪倒，将喜报高举过头，颤声说道："小人给解元郎郦君玉郦老爷报……报喜！恭喜老爷高……高……高中解元！"这话本应当大声说来，讨一个喜气，但他心寒胆战之余，连话也说不利索。

吴道庵正待斥责，孟丽君已止住他，接过喜报，和颜悦色地道："你先起来回话。"那人恭恭敬敬道："是。"站起身子。孟丽君问道："途中莫非出了甚么变故？那报子呢？"康信仁和吴道庵这才发觉，此人穿着并非报子衣衫，乃是敲锣打鼓的随从人众之一，难怪不懂礼数，报喜也报得不合规矩。

那人心思颇为灵活，听解元老爷口气和悦，似有要为开脱之意，心神略定，忙道："回解元老爷，王大哥路上摔折了腿，不能来为老爷报喜。小人只知大人是咸宁县人氏，看见履历上写着贵姓郦，便妄自揣度，以为府上姓郦，一路打听，却错报到了城南郦员外府上。后来得知报错，小人等立时飞奔赶来，不想还是稍有耽搁。求老爷饶命！"说着连连拱手。

众人一听原来是这么回事，高中解元乃大喜之事，便也不再追究。照例要发赏钱红包，那人慌忙摆手，说道："小人等蒙解元老爷饶了性命，心中有愧，怎敢领赏？"孟丽君将红包放入他手中，道："不是赏你们的，拿去给那报子治腿伤好了。"那人便不再推辞，跪下复磕一个头，谢道："小人替王大哥和众兄弟们多谢老爷。郦老爷宽宏大量、才学盖世、品貌出众，明春会试定然蟾宫折桂、独占鳌头，日后必定官运亨通、鹏程万里！"这几句吉祥话原是给新科解元郎报喜时说的官样话，他听得多了，记在心里，加了一句"宽宏大量"，却不像从前报子只动动嘴皮，这一番话出自内心，自然说得诚挚无比。

既已高中，孟丽君和吴道庵二人自当前去拜谢主考。袁容点得这样一位惊才绝艳的少年解元，心中极为得意，也盼她明年春闱高中，好为自己脸上争光。当下好言嘉奖几句，又嘱咐她年内尽早上京，以便潜心读书、预备会试。孟丽君一一应下，告辞出来，又去拜谢了副主考及各位房师。

从贡院出来，二人随后便去赴那鹿鸣筵宴。宴会之上，考官及众位新科举人尽皆到席，只是人人精神疲乏、颓靡不振，掩袖呵欠之声此起彼伏。原来与会举子，一百个里倒有九十九个昨夜为等喜报而彻夜未眠。考官们熬夜填榜，自然也是一宿未睡，这时酒酣饭饱，难免困意上涌、双目惺忪，只得苦苦支撑，平日儒雅俊逸的风度自然大打折扣。只有孟丽君一人，丰标绝世、倜傥出尘，兼又神清气爽，并无丝毫倦意，便犹如鹤立鸡群、凤出雀巢一般，更何况身为新科解元、地位超然，立时成为鹿鸣宴中的焦点所在，引来无数目光，惊叹、羡慕、嫉妒、忌恨，不一而足。孟丽君心中风光霁月，不予理会。

回到康府，进到内堂，吩咐荣兰摆上两张交椅，地下铺了一条红毡，请康信仁夫妇上坐。端正衣冠，施然下拜行礼，谢过义父义母过继之恩、照顾之德。康氏夫妇欢喜无限，一边一个将她搀起。康信仁心中感慨，暗想："君玉如此高才，当真令我郦家门楣得以光耀，妹妹在天有灵，也当含笑。"

孟丽君又转身谢过姑母姑丈。康氏含笑回礼，吴道庵避开身子不肯受礼，说道："我虽才疏学浅，却有自知之明。若非你当日一劝一激，吴某绝无可能今科高中。你这一礼我不敢受，我这一礼，却请你一定要受！"说罢长长一揖作下。孟丽君见他态度坚决，便不推辞，坦然受之。

此后慕名前来拜会的人越发多了，若是温课求教，或者议论国家大事，孟丽君自然欢迎。然而却有不少人登门拜访，只是为了讨得一张她的亲笔墨迹，好挂在家中向人炫耀，更有人为了扬名立万，故意找出一些偏僻的题目前来刁难，以显示比她更有才华。对于这些人，孟丽君先前还待之以礼，好言相劝，到后来实在懒得应付，烦不胜烦，索性吩咐康全一律拦在门外，只有几个自己熟知之人，才放他们进来。孟丽君至此心有所悟，方知任何事情都无法让所有人全部满意，有时率性而为，才是最好的选择。

到了十月十一月间，孙氏、康氏忙碌不已，着人为姑侄二人裁剪绸缎皮袍、制备棉絮做棉袄，又添了大小毛衣裳。康信仁为二人收拾料理外务，预备一行上京的各式行李物件、盘缠费用，终于定下十一月十七日吉时行期。

临行前康信仁取出一百两黄金，交给孟丽君，说道："若是在京城亲戚家寻到你姨母、表妹，等功成名就之日，孩儿你自然是要了结这一门亲事的。这一百两黄金便是聘礼，你带在身边，总之有备无患。"

孟丽君心头一热，不想当日随口一句话，他竟然一直记在心上，还特地准备了聘礼。不由暗觉惭愧：义父待自己一片赤诚，自己却诸多隐瞒，未免也忒对不住他。转念又想："我之所以有所隐瞒，只因事关重大，不愿连累义父，并不是故意欺骗。倘若告以真相，不但做不成父子，更将以往一番作为尽皆化作流水，那是决计不能的。"定下心神，想到窦蓉娘母女，不知她们现在是否已到京城，见到了皇甫伯父？数月前季顺行曾托人带信，说在重庆附近江面寻了一个多月，却始终打听不到她们二人的下落，想来她们或许早已过了重庆。

康信仁叫过魏能、冯顺两个家人，命他们随行上京、伺候行止。又取出一封书信，交给吴道庵，说道："老夫在京城有一至交好友，名唤俞智文，开了一家'文兴号'铺面，做的是绸缎生意。这里有书信一封，你们姑侄可借住他家中。魏能从前随我上过京城，识得道路。"

孟丽君拜别义父义母，和荣兰登上马车。吴道庵上了另一辆车，魏能、冯顺二人驾车，一路向北行去。这时，孟丽君自己或许尚未意识到，一段绚丽夺目、神采飞扬的传奇人生，已经缓缓揭开了序幕。

一路迤逦略过不提，这日孟丽君一行人终于平安抵达京城，已是腊月初七。见京城热闹繁华、车水马龙，观其人文风物，果非别处可比。魏能将众人引至文兴号绸缎纺，呈上书信。俞智文员外看过，方知康信仁的义子、湖广新科解元郦君玉，并姑丈新科举人吴道庵，要借寓住宿，伺候会试。心中大喜，将二人迎入书轩。在花厅上见礼坐下，各通姓名，一面备酒接风，俞智文相陪。待瞧清孟丽君的容貌，不由大惊，暗忖："若山兄半年前托我为其义子郦君玉捐纳监照，我那时还想，究竟是甚么样的人物，竟能令他看得上眼？今日一见，他果然好眼光，这等才貌惊人的少年，日后前途自然不可限量。"

酒饭过后，俞智文亲自将孟丽君和吴道庵引入书斋。三间书屋，一明两暗，吴道庵住东边一间，由魏能伺候，孟丽君住西边一间，由荣兰陪伴。那冯顺烧得一手好菜，便留在厨房料理姑侄二人饮食。

此后数日，孟丽君借故出门，四下打听皇甫敬和林瑞海两位父执的消息，只盼能早日与窦蓉娘母女重聚，更盼望两位长辈能够相助自己一臂之力。不料三番两次探听下来，翰林院中竟根本没有一个名叫林瑞海的翰林，而兵部侍郎也早已换人。再要打听详细情形，毕竟无职无权，却不能够了。孟丽君不由暗暗心惊："两位伯父莫非是受我孟府一案的牵连被罢了职么？是了，当日傅将军前来通风报信，而后不幸遇难，钦差随从中既有人识得他是皇甫府的家将，皇甫伯父受到牵连，那是必然之事了。只不知大胡子伯伯却怎地也被罢职？"

转念想到蓉姨和雪妹二人，叹了口气，暗忖："本以为到了皇甫伯父府上，便能与她二人重逢。如今连我都打听不出皇甫伯父的下落，她二人就算到了京城，恐怕也无处可投。京城这么大，却到哪里寻她们去？更何况她们是否已到京城，还未可知。"

思来想去，眼前别无他法，只能奋力攻读，务求在今科会试上一举高中。此后官职在身，不论打探消息还是寻人，都会容易许多。而日后昭雪爹爹沉冤、报仇雪恨，更是非得跻身官场不可。

既已定下心思，孟丽君便开始专心预备会试。她知三月初便是考期，所剩时日无几，须得加紧攻书，以补不足。要知她惊才绝艳、聪明绝顶，自幼便博览群书、博闻强识，加上心思灵巧，不为世俗规矩所限，往往语出惊人、发前人所未想，自出机杼、令人耳目一新。但却毫不自傲，心知肚明：自己到底并无十年寒窗清修之苦，于四书五经这些正经书上，终究不如那些沿正途科班一步一步上来的书生烂熟，是以趁此机会恶补一番。

吴道庵早已对这位内侄的才华学识以及不时迸发的新奇想法十分佩服，时常拿出自己的文章请教于她。孟丽君也不客气，直议长短，何处当加、何处当删，俱一一指出，又开列清单，让他依单读书。好在他本就带了不少书卷上京，加之俞智文虽是一介商人，却极好斯文，家中藏书甚丰，应有尽有。是以短短两月之间，吴道庵文字功力大增。

到了二月初六，朝廷放出通报：今科会试，皇上钦点太师梁鉴为正主考，礼部侍郎文明远为副主考，三月初九为头场考期。孟丽君闻信大喜，暗想太师主考，必无徇私舞弊之举，自己凭才华应试，当能得中。

转眼已至三月初八，孟丽君和吴道庵随牌进场，按号分房。不觉已是三月十五日，三场完毕，考生们各自回寓所等候张榜。

孟吴二人回到俞员外寓所，已是傍晚时分。次日，二人各凭记忆，将自己的三篇文章写了出来，交换相看。吴道庵才看到一半就咋舌不已，连连赞道："神来之笔，当真是仙才！"再看下去却惊得面色如土，颤声道："君玉，你胆子也忒大了，这如何……如何写得？你这是诽……诽谤朝廷，对皇上大不敬啊！万一龙颜震怒，是要掉脑袋、诛九族的！"孟丽君泰然自若，微微一笑，道："姑丈莫急。要知这科的主考乃是梁太师，他素以刚正不阿闻名朝野，我这卷上所写句句属实，并无半点虚言，想来太师决不会怪罪于我的。"

吴道庵见她一副成竹在胸的模样，也略略放了心。又将她的稿子从头至尾细读一遍，这次却从不怀好意者的角度来看，抱着故意找茬之心，试着要从其中挑寻破绽，好定下大不敬的罪名。不料此番看来文字句句在理，前有伏笔、后有照应，整篇文章浑然一体，竟是无懈可击。若非要鸡蛋里挑骨头，就只有"言词无礼、对上不敬"勉强可算。但落在一个清明的主考官眼里，不过是少年人脾性略略倨傲了些而已，比起文章之中所显示的才华而言，那实在算不得甚么。吴道庵到此时已对孟丽君佩服得五体投地，不仅是为她的绝世才华，更是对她缜密的心思和过人的胆识而深感惊叹。

吴道庵眼见孟丽君已看罢自己应试的三篇文章，忙问："明堂，你看我今科可有望得中？"孟丽君道："若小侄所料不差，姑丈今科论来当中。"吴道庵大喜。

当日晚间，荣兰伺候孟丽君梳洗完毕，孟丽君微笑道："清儿，我知前些日子我闭门读书，你一直随侍在旁，闷坏了你。这几日我在贡院考试，你自然也没心思出去闲逛。咱们明日便一道去游历京城，也让你尽兴一日。"荣兰眼睛一亮，喜道："当真？多谢公子。"

次日荣兰起了个大早，催促着孟丽君洗漱完毕，便要去逛逛繁华京城。孟丽君先去邀吴道庵同去，不料昨日自己随口一句话说他能中，他竟兴奋得夜不能寐，到此刻还未起床。孟丽君心中轻叹口气，暗忖："读书人寒窗十载，为的便是一朝金榜题名，这也难怪。我虽报仇心切，于功名上却无论如何也没他们这般热衷。"

当下出了俞府，孟丽君抬头看看天色，摇头道："清儿，咱们改日再逛吧。我观天象，今日午后未时左右必有大风，多半还会下场暴雨呢。"荣兰见晴空万里、艳阳当头，待要不信，又素知小姐的能耐，预测天气从无不准，软语央求道："公子，就算午后有风雨，咱们上午出去，午间就回，好不好？"孟丽君见她一脸企盼的神色，不忍拂她心意，点头同意。

俞府位于京城南郊，主仆二人一路向北行去。由南安门而入城，只见街道之中人来人往、车水马龙，端的是热闹非凡。瞧往来行人的衣衫装束、神采气度，以及道路两旁的高墙明瓦、庭院楼阁，果然不愧为天子脚下的京师重镇。荣兰到底是小孩儿心性，看看这个、玩玩那个，买了不少小玩意儿，一一拿给孟丽君看。孟丽君只含笑站在一旁，一脸宠溺纵容之色，却不知此情此景，羡煞了多少路人。

时近午时，主仆二人走进一家酒楼，才刚进门便见一群书生聚在一起，正高声谈论着甚么。其中一名蓝衫书生见到孟丽君，高声唤道："郦兄，这边坐。"孟丽君闻声瞧去，认得那人姓朱名绍麟，日前曾有过数面之缘，也是今科进京赶考的举子，学问相当不错。便走到那桌前，耳听得朱绍麟笑向众人说道："好了，我才说这位郦兄，他便来了。他这一来，你们便可都没了指望。"孟丽君听得糊涂，见众人都站起身来，向自己行礼，脸上均有惊异之色。这种神情她见得多了，自己容貌异常，大凡常人初次见面，都是这种神色，也不以为意。但见其中数人眼中还颇有敌视之意，却不知为何。众人各通姓名，互道了些久仰之类的话，这才坐了下来。

其中一位名唤柳复的书生先道："郦兄，朱兄方才正向我们说，你若前往我们大伙儿竟可不必去了，我们还不信呢。现下见了郦兄，在下心服口服，再也不敢抱有丝毫侥幸之心了。"孟丽君奇道："诸位年兄在说甚么？在下一点不知。几位是要去哪里？"众人面面相觑。半响朱绍麟才道："郦兄，这么大的事，你竟一点不知情么？"孟丽君道："究竟甚么事，朱兄请讲。"

旁边一位名唤夏代宗的书生眼睛一转，给余人使了个眼色，笑道："也没甚么大事，我们正在谈论棋艺。朱兄非说我们所有人加起来也不是郦兄的对手，大伙儿不服气而已。"

孟丽君一听便知他在撒谎，兼之先前他眼中所现敌视之意最浓，心中更加好奇，不知这些初次会面之人为何会敌视并欺瞒自己，她却故意装作不知，笑道："原来如此。这位朱兄谬赞了。"目光如剑，一直盯着朱绍麟。朱绍麟坐不住了，说道："大家各凭自己的实力运气便是，又何必欺言骗人？今日梁太师府小姐绣球招亲。"

孟丽君闻言登时心里一片雪亮，原来太师小姐绣球招亲，一旦招中，不但可以娶得小姐，更对日后的功名富贵有着绝大的好处，多了一条向上攀爬的路，可谓麻雀变凤凰的捷径。自己的人品相貌自是这些人所无法企及的，难怪有人听得自己不知消息，便存心欺瞒，只盼骗过自己，他们便有了指望。心中又微微生出疑窦："记得从前听爹爹说过，太师元配景夫人早在二十多年前就已亡故了，此后太师一直不曾续弦。景夫人生前只育有一女，也早已出嫁，怎会另有一个正值待嫁芳龄的女儿？难道……难道太师终究纳有妾室，小姐乃是庶出？"

　　她脑中心念电转，却见夏代宗脸涨得通红，向朱绍麟怒道："你自己已经娶了亲，不能去赴这招亲大会，自然不在乎。"孟丽君见其他几人虽不说话，对朱绍麟也颇有责怪之意，暗暗好笑，心道："你们便将这太师小姐送了给我，我也不能娶。"见朱绍麟脸上微显尴尬之色，便替他解围道："诸位不用急，太师小姐的招亲大会，在下是不会去赴的。在下便恭候诸位年兄的好消息。"此言一出，众皆愕然。夏代宗及其余几人同时喜道："此话当真？"孟丽君傲然道："大丈夫一言既出，驷马难追！"

　　孟丽君这话说后，席间气氛登时轻松了许多。有人便追问原因，孟丽君随口道："我又不识得那太师小姐，连她的名字也不知，更不知她是美是丑、性情如何，怎能冒昧前去招亲？"众人听她已然承诺不去赴会，不仅敌意尽消，更平添了几分好感，听完这话，有人暗觉惭愧，也有人心底偷笑她迂腐。

　　朱绍麟低声道："郦兄，你可平白失去了一个大好机会，连我也替你惋惜呢。这位梁小姐年方十七，乃是新近评出'京城四姝'之一，是京里出了名的大美人。听说性情温婉柔顺，虽是义女，却非常得太师欢心。你若肯去，这绣球十有八九会落在你身上，不仅娶得美人归，更成为太师贵婿，可谓一步登天。可惜呀可惜！"

　　孟丽君听到"虽是义女"这四个字，不知怎的心中一喜，随即正色道："我若要得功名富贵，当凭自己真本事，依靠裙带之力，那算得甚么！"旁边柳复听了这话，叹道："郦兄是真君子，小弟自愧不如。"孟丽君微微一笑，心道："我若生就一副男儿身，倘若一切如常，那便断然不会去求这样的富贵。但若是为了复仇之计，却定会千方百计地将那太师小姐娶了来。如今既是女儿身，借此申冤复仇不但无望，更有暴露身份的危险，自是要离得远远的了。"

闲话数语之后,孟丽君问道:"不知那太师小姐为何定在此时招亲?三日之后待皇榜张出,招一个会元郎作东床,或者索性再等数日,待殿试之后,招个状元榜眼的女婿,岂不是好?"

柳复本是京城人氏,对这些消息知之甚详,当下解释道:"郦兄你有所不知,梁太师为人孤介不羁,旁人都觉理所当然的事,他往往不屑为之。他是当朝太师、太后胞兄,本已富贵无比,原就用不着靠嫁女儿来增添声威。再说太师之婿,便是一介草民,又有何人胆敢轻视?昨日一早,太师府外即贴出告示,言道只要年纪相当、家世清白、相貌端正、尚未娶亲之人,便是布衣白丁也可赴会。只要小姐慧眼看上,以绣球相投而得中其身者,立时招为女婿,当晚拜堂成亲。"孟丽君点头道:"原来如此。"朱绍麟补充道:"这招亲大会便于今日午后设在太师府后花园之中,但凡年貌相当而尚未婚配的少年,俱可前去投上名帖,在后花园中等候小姐,未时正点绣球择婿。"

孟丽君到这时已经听得清楚明白了,暗忖:"我早知太师为人光明磊落,不以权势富贵欺人,却没想到他竟还是一个这般有趣之人。他想出这个点子,又大费周章地举办招亲大会,所做的一切都是为了要给女儿招得一位亲眼看中的夫婿。他如此煞费苦心,想来必是极为钟爱这位小姐的。"不由想到自己的爹爹,心头一酸。

此时已到正午时分,有心急的人提议前去赴会。孟丽君道:"小弟就不去了。"朱绍麟和她甚是相得,拉她手道:"一起去吧。我们几个成了亲的都去,虽不能赴会,后院外间设了观礼区,我们看看热闹也好,也瞧瞧太师小姐究竟花落谁家。"孟丽君给他拉住手,脸上微微一红,她心中多少有些好奇,想了想,最终还是说道:"多谢朱兄好意,小弟还是不去为好。"一面说,一面不着痕迹地推开他手。

夏代宗等先听朱绍麟邀她同去观礼,虽心有不快,却也无法再厚着脸皮说出阻挠的话来,后听得她拒绝了邀请,心里不由踏实了许多,催促着众人离去。朱绍麟、柳复等人只好向孟丽君告辞而去。

孟丽君和荣兰出了酒楼,一路向南回转俞府。走到半路,孟丽君"啊"的一声,停下脚步,荣兰忙问道:"公子,怎么了?"孟丽君道:"我怎么竟忘了这件事?听他们说,那太师小姐将在未时正点绣球择婿。还记得早上我说的话么？瞧这天气，也就未时左右将起大风。大风一起，怎么还能抛得绣球？那梁小姐便看中了谁，绣球抛出，早给风卷跑了，哪里还能投中她的意中人？太师钟爱小姐，又为此次招亲大会花费了偌大心血，自然希望一切顺利，招得一个小姐心仪的东床快婿。倘若因为天气有变而出了差错，他的一番苦心化作流水，心里一定失望得很。"爹爹素来仰慕敬重太师，她自然爱屋及乌。沉吟半响，对荣兰道："咱们还是去太师府瞧瞧，我得把这天气变化告诉梁府中人，让他们有所提防，最好能改日再抛绣球。"

荣兰本就想去看热闹，自无异议，只是提醒道："公子跟那些人说过不去赴会的，要是被他们瞧见，岂不是将公子冤枉成出尔反尔的小人了？"孟丽君点头嘉许道："清儿，你果然长进了。我自然有法子。"

于是找了个僻静的所在，孟丽君从袖里取出一只小玉匣。这只玉匣原是康府中的一件摆设器物，康信仁富甲一方，如这般玉质的器物府里随处可见，比起当日恩结父子之时，所送见面礼的那一整套美玉棋具，不知逊色了多少倍。但孟丽君素来并不在意珍玩饰物，只因这只玉匣小巧玲珑，里面恰好可装得下一套银针和几个小瓶，放在衣袖里更丝毫不显眼，她看着喜欢，便开口向义父要了来。康信仁待她有如珍宝，只要她喜欢的，无有不允，区区一件寻常器物，自然不在话下。这只玉匣以及放在靴筒里的凌霜短剑，是孟丽君自从进京之后便须臾也不离身的两件至宝。她从其中一个小瓶里倒出两颗暗黄色丸药，荣兰看得清楚，那正是"易姿丹"，立时明白了她的主意。

由于众人先前也见过荣兰，孟丽君便命荣兰也一道易容了。不一会，主仆二人易容完毕，容貌大异于前，朱绍麟、夏代宗等人即便站在眼前，也决计认她们不出。原路返回先前的酒楼，向小二问明太师府所在，幸好距离不远。此时已将近未时，仍无半点起风的迹象，孟丽君看看天色，却知这场大风来势必然迅猛异常，不由加快了脚步。

到了梁府后院门前，孟丽君知时间无多，也顾不得此举是否太过唐突，径自上前将来意说明。那为首的家人虽无论如何也不相信，这艳阳高照的天气顷刻之间便会起大风，却见眼前少年虽貌不惊人，但举止儒雅，言语之间更透出一股诚意，不敢小看，也怕万一她所言是真，自己担待不起责任，还是将她的来意原原本本地通告进去给了太师府总管梁成。

过不多时，那家人依旧出来，向孟丽君拱手说道："这位公子，敝府总管有请公子入内一谈。"孟丽君原也没指望他们会轻信自己的话语,常人不识天文气象,自看不出西边天际云霞涌动,气候又燥热异常,正是暴风雨将至的前兆。当下正待随他进去,那家人又道:"公子稍等。我家老爷日前传下令来,但凡今日踏进敝府的男子,不论是谁,都要详细填写此表,以备日后考证。请公子先填了表格,再随小人去见总管。"

孟丽君只得提起笔来,见上面要求填写姓名、籍贯、身份、是否娶亲以及来府缘由这几项。自己此来只为报信,何况改易了容貌,自然不能填上郦君玉的名号。于是胡诌了个化名,唤作郦如兰,在身份一栏填了"秀才"二字,至于其余几项,想来无关紧要,便依实情填了。那家人收了表格,引孟丽君进去,荣兰便留在后花园外间的观礼区内。

那家人引着孟丽君绕过后花园的人山人海,走到一座小阁楼下。孟丽君见后花园里热闹无比,中间由太师府家人隔出一席,少说也有四五百人,必定都是前来赴会的未婚少年,两边观礼席上也坐了二百多人,想来俱是和朱绍麟一般来看热闹的人。看衣衫服饰,还是以新科会试的举子为多,暗想:"虽说布衣白丁都可赴会,看来毕竟读书人较多。今科会试的举子,但凡未婚的,谁又不想借此作为晋身之阶,希冀一步登天?"见赴会之人均面朝着那家人引自己前去的小阁楼,又见那小阁楼装饰得花团锦簇,重重帘幕之外站了几个丫鬟装扮的侍女,显然就是待会太师小姐将要抛出绣球的所在了。

那家人引着孟丽君进了小阁楼下的厅堂,躬身道:"请公子稍坐片刻,敝府总管马上就到。"孟丽君点点头,心中没有丝毫不悦。她知太师千金择婿一事何等重大,梁府总管必定繁忙异常,让自己稍坐等待决计不是故意端架子。

果然过了没一会,一个四五十岁的中年人快步走进,虽然脸上神色匆匆、额头尚有汗迹,却正色揖道:"在下太师府总管梁成,请教公子贵姓?"孟丽君站起身拱手说道:"小生姓郦,名如兰,湖广人氏,现已中了秀才。小生能观天文识气象,今日见西边天际云霞翻涌,气候又如此燥热异常,便料知午后定有一场暴风骤雨。依小生看来,一顿饭工夫之内随时都可能突起狂风。小生知道贵府小姐原定今日绣球择婿,是以匆匆赶来,希望招亲之事能够延期再……"她知时间紧迫,一段话说得飞快、毫不停顿,然而话未说完,便听得外间众人轰声高叫道:"小姐出来啦!小姐出来啦!"

梁成听孟丽君这番话说得诚挚无比,心中已经信了几分,却只得摇头道:

"多谢郦公子好意，只是此刻已然迟了，我家小姐已经登上了彩楼，招亲之事势已无法延期。在下事先也曾考虑过起风之事，在后花园一带的围墙上都围了帆布，以防绣球给大风卷出墙外。好在片刻之后我家小姐便会抛出绣球，只希望能赶在风起之前结束。郦公子可愿随我出去瞧瞧？"孟丽君听到外间众人叫嚷"小姐出来了"时，就已知延期招亲已不可能，现在也只有如梁成说的，希望在起风之前，小姐能抛出绣球、择中意中人了，于是点头称好。

当下孟丽君随梁成出了厅堂，并立在阁楼之下。梁成已对身侧的少年心生好感，问道："在下见郦公子也不过十六七岁年纪，难道就已经成婚了不成？"孟丽君在先前的表格之中已填了未婚，这时自然不能改口，又觉无所妨碍，说道："小生尚未娶亲。"

梁成大奇，问道："那么郦公子为何不投上名帖，来赴这绣球招亲大会呢？"孟丽君心想既已说出未婚的话，再说这个也没甚么，答道："小生不想要一场依靠裙带之力而得来的富贵。"梁成闻言不由侧身向她瞧去，只见她面色端方肃然，长身而立，霎时间隐隐觉得，眼前这个脸带病容的少年书生那种庄严肃穆的神态气度，竟像极了年轻时的太师。

正出神间，耳听众人欢呼道："小姐要抛绣球啦！"登时回过神来，这是他职责所在，不敢疏忽。上前几步，指挥着一众家人，将不住向前拥挤的赴会之人尽数挡住。这群人虽大多是手无缚鸡之力的书生，然而人多势众，且众人一齐向前推拥，太师府家人再多，也只能勉强拦住片刻。梁成见众书生拥挤上前，争先恐后，互不相让，哪里还有半分儒雅斯文的模样，与站在身侧气定神闲的郦公子一相比对，高低之态立见分晓，不由暗叹了口气。

忽然之间，一阵狂风劈天盖地卷来，尘土滔天，树叶沙沙作响，直刮得众人七零八落。不论是赴会的少年，旁观看热闹之人，还是梁府的家人，都被这场突如其来的狂风刮得东跌西倒。挤在前排的数十人更滚倒在地，拥作一团。孟丽君站在阁楼之下，风势比花园之中小了许多，尽管如此，她仍然睁不开眼。蓦地，一件物事径直朝她头上砸来，她本能地伸手接住，才一入手便觉不妙，那入手之物又软又凉。勉力强睁开双眼，不由大惊失色，那是一朵光柔艳丽的大红绸花，花心乃是一个精巧细致的绣花红球，不是太师小姐招亲的绣球还能是甚么？

原来无巧不巧，这一场狂风骤然而起，太师小姐惊乍之下，手中的绣球便脱手而飞。那小阁楼原是坐北朝南而设，这阵大风却恰是南风，绣球脱手之后，南风便将那绣球卷到了阁楼之下，正中孟丽君之身。冥冥之中，自有天意，上天要成就孟丽君这位惊才绝艳的传奇女子，自会给她一些与旁人不同的际遇，也会让她经受一些意想不到的考验。

孟丽君惊得呆了，她纵然聪明绝顶，也万万料不到眼前之事，回想方才所填"未婚"二字，以及对梁成所说"尚未娶亲"的话语，不由暗自后悔。其时第一阵狂风已渐渐小了下去，尘土平复，数百道目光都紧紧盯住她手里的绸花绣球，便要再扔在地上也已经来不及了。梁成又惊又喜，心道："这必是老天爷定下的奇缘。这一阵大风，竟似专程为着把我家小姐的绣球送到郦公子手上而起的一般。"连忙赶上前去，躬身贺道："姑爷大喜！请姑爷入内和我家老爷叙话。"手一挥，几个家人也不待孟丽君说话，便将他簇拥进了内室。

事已如此，外间众人慢慢地散了。却有数十人不服，不肯离去，齐口说道还没看清楚如何一回事，绣球便已到了那个病书生的手里。其中有人注意到孟丽君是才和梁成一同从厅堂里走出来的，并不在赴会的众人之中。梁成淡淡地道："这位郦公子虽然来得晚些，但也赶在了敝府小姐抛出绣球之前到了后花园。我曾问过他，他并未娶亲，这年纪相当、家世清白、相貌端正、尚未娶亲四个条件，他件件符合。我家小姐招亲的绣球在他的手中，这里的人个个看得清楚，诸位还有甚么可不服的？我劝诸位还是尽早散了的好，今日这场大风迅猛无比，待会说不定会有一场暴雨，请恕在下不便奉陪了。"说着拱了拱手，领着梁府一众家人进了内室，只余下一个年轻小厮，向众人道："诸位公子爷这边请。"众人只得愤愤而出。

这余下的数十人都是功名利禄心甚重之辈，那夏代宗正是其中之一。他平素自负相貌俊美，所见之人里没一个比得上他，闻听太师小姐招婿，便信心满满，自以为才貌双全、十拿九稳。梁太师是这一科的正主考官，自己若成了他的女婿，不说状元及第，中个二甲、三甲的名次应该不在话下。就算太师刚正不阿，不肯通融，自己贵为太师佳婿，也算是当今天子的表妹婿，荣华富贵一生一世，当是不用愁的了。他满把算盘打得响，不料午间酒楼上见到郦君玉，心里虽不情愿，却也不得不承认，自己的相貌气度竟连人家的一小半儿也及不上。眼看着快到手的荣华富贵就要飞了，不想那郦君玉当真是个书呆子，空有一副绝好的皮囊，脑子却浑不开窍，竟说甚么不稀罕这裙带关系得来的富贵。

他既不来赴这招亲大会，自己便还担心甚么？何况那梁小姐在彩楼上乍一现身，果然传言不虚，是个国色天香的大美人儿，明艳娇俏，不可方物，看得自己魂儿也飞了。好不容易挤到最前排，小姐的绣球已然抛了下来，却不料一场该死的狂风，直刮得自己站立不稳，叫人推挤倒地。才一眨眼的工夫，绣球便到了那个病恹恹的书生手里，自己的一场美梦就这么破灭了。

夏代宗心中甚是不甘，越想越恼怒，一面走一面向余人道："相貌端正？哼，就凭那人一脸病态，也算得上相貌端正？只盼他今夜别兴奋过度、一命呜呼了才好……"说到这里，登时醒悟不妥，待要收嘴已然来不及了。前面引路的小厮听了这话，走到他面前，说道："这位公子的这句话语，小的不敢转告我家老爷，却一定原原本本地转告我们管家知晓。前面就是大门，请诸位公子爷走好，小的不送了。"转身便走。

夏代宗自知闯下大祸，心里后悔不已，嘴上却不肯认输，向着那小厮的背影恨恨地道："好！好！你们有甚么招数只管使出来，我可不怕！"转身道："王兄、赵兄，他太师府也忒欺负人了……"眼前早已不剩一个人。原来余人见他出言无状，得罪了太师府的人，谁还愿意再和他待在一起，都趁他转身之际悄悄走了。夏代宗这下更加生气，连连跺脚。忽然又是一阵狂风乱作，天上一道闪电，将半边天空映得雪亮，又听"刺啦啦"的一声惊雷，黄豆大的雨点铺天盖地洒将下来。此时有不少来不及离去的人都在太师府后门门房处避雨，片刻之间，夏代宗全身衣衫尽湿，却头也不回地夺门而出，身后有个守门的梁府家人连声唤道："公子爷回来避避雨再走罢。"他理也不理。

第六章

却说这边梁府家人簇拥着孟丽君出了后花园，绕过长廊，进入一座大厅。一入厅堂，众家人立时止步，远远地便躬身行礼。那为首家人上前几步，躬身道："回禀老爷，中绣球之人到！"

孟丽君自绣球中身、被一众家人簇拥进厅后，饶她素来沉稳持重，这时也不禁心神大乱，一颗心怦怦直跳。她在厅里站定，强自镇定心绪，抬头瞧去，只见大厅正中高悬一块匾额，上书"听槐轩"三个大字，匾下檀香木椅中坐了一位六十余岁的老者，颔下尺许长须大半灰白，相貌清瘦刚猛、不怒自威，正是当朝梁太师。前些日子在贡院会试时，朝廷为防徇私作弊，明令考官与一众举子不得私下交谈，她只远远地见了太师一面，认得太师形貌。

立时记起从前爹爹的话语，知道这位太师姓梁讳鉴，表字如镜，乃是当今太后的胞兄、皇帝的亲母舅。他祖父是开国大功臣，爵封为晋国公，他袭了爵位，本朝又加封太师、辅国公，可谓位极人臣。爹爹提到朝政时常常唉长叹短，可只要一说起这位太师，总是赞不绝口，说他虽是三朝元老、朝廷重臣，却从不以身份自傲，数十年来一直尽心辅佐、忠心耿耿。皇上十岁登基，十八岁亲政，至今已近二十年，太师便如同周公一般，每饭三吐而后食，朝廷上下人人敬畏。

孟丽君心中一直十分敬服这位爹爹口中称赞不已的人物，这时一见，虽觉他自有一股凛然的威势，内心之中却隐隐生出亲切之感。她望着太师，便不由想起爹爹从前说过的许多话语，想到他此刻不知身在何处，更不知是死是活，心中有如刀绞一般。一时之间，思绪万千，竟忘记上前见礼，只呆呆地站在厅内。

自孟丽君一进听槐轩，太师及厅上众家人侍女的目光便一齐聚在她身上。太师细细瞧去，见她年纪约莫十六七岁，一袭雪白的长衫衬托出修长灵俊的身材，衣衫并不华贵，却十分清洁，眉眼倒还清秀齐整，只可惜面色焦黄、一脸病态，显得颓唐疲靡，胸前斜系一朵光柔艳丽的大红绸花，花心乃是一个精巧细致的绣花红球，正是女儿亲自绣成的自家招亲信物。太师先前听家人回报，女儿绣球所中之人并非前来赴会中人，一直紧锁眉心，这时稍稍松了口气，心想："今日狂风来得突然，绣球给风卷走，幸好落在这人身上。这人模样过得去，瞧装束该是读书人，也不算太委屈雪儿。只是他一脸病容，莫要有甚么慢病内伤才好。我向来言出如山，却也不能就此毁了雪儿的终身幸福。"想到这里，站起身来，身旁一个丫鬟伸手搀扶，被他挥手退下。他近年来年岁渐高、精力衰退，府中人人知道，他偏生好强得很。

孟丽君呆呆站立，直到太师踱步过来，方才清醒，再要上前见礼已然迟了，只得依旧站着。太师在她身旁站定，孟丽君瞧他这几步微有踉跄，近处清楚可见他的头发亦是大半灰白，脸上皱纹甚多，只一双眼睛仍炯炯有神，不由暗叹："太师果然老矣！"又想起爹爹曾经言到，十数年前与太师有过一面之缘，那时太师正当壮年，辅治天下、鞠躬尽瘁，天下因此大治。而如今，南方战火刚刚暂息，社稷正是百废待兴之际，可是太师人已老迈，朝廷奸佞当权，如之奈何！

太师自然猜想不到眼前少年的满腹心思，他在孟丽君身旁站定，从头到脚仔仔细细打量她一番。这一细量，不由暗自吃惊："这人相貌脸容倒也罢了，怎地只这一站，便自然流露出高华雍颐的气质？想来绝非寻常之人。"他绕着孟丽君踱了一周，更是惊诧："这少年不卑不亢、自然浑成。瞧他一脸病容，决计想不到会有如此高洁气质，但若瞧出他气质雅量，又万料不到会是这般颓靡之人。当真好生令人奇怪！"

孟丽君见太师盯着自己不住打量，脸上颇有惊异之色，双目如电，好似轻而易举便可洞悉一切，又仿佛世间万事都了然于胸。孟丽君本就对太师仰慕敬服有加，这时瞧见他的目光，陡然间心头大震："哎呀！太师阅人无数、无所不知，一生经历何等丰富，莫非他竟然一眼就瞧出我原是女儿之身？我本朝廷钦犯，抗旨出逃乃是欺君大罪，现下女扮男装进京赶考，又是死罪一条。我死不足惧，可怜爹爹沉冤未雪，又不免牵连父父全家。"想到这里，原本便已又惊又乱的心绪再也控制不住，登时脸色大变，额头汗珠涔涔而下。

太师正自沉吟思索间，目光无意中向她耳侧一瞥，见一颗汗珠顺着耳际滚落，流滚过处，竟隐隐闪耀出皎若白玉的光彩，与面上焦黄如泥的肌肤大不相同。他心中登时一动，又细瞧了两眼，已然确定无疑，此时心怀大慰，面上露出一丝笑意，暗道："是了，定是如此。"慢慢踱回，依旧坐入椅中。

孟丽君正自惴惴不安，忽听得太师说道："少年，何必紧张，瞧你汗水淋漓的模样。来人，给新姑爷打水洗脸擦汗！"立时松了一口气："原来太师不过瞧出我更易了容貌，并非知道我乃是女儿身。"心中一块石头落地，于这"新姑爷"的称呼便暂时不放在心上。

太师令下，立时便有丫鬟用银盆盛来温水，双手捧至孟丽君身前。孟丽君瞧着银盆里洁白的绢帕，知道太师此举正是要自己露出本来容貌。此时此势，已无选择的余地，当下伸手入盆，绞了绢帕轻轻拂拭面颊额头。她有意低下头，不让旁人瞧见自己面容。手入温水，沾在手上的易容药物自然洗落，旁人不加注意，只身旁打水的丫鬟垂头侍立，见到的只有这一双手，反倒第一个瞧见。眼见一双焦黄肌肤的手在水中一过，立时光洁如玉，手腕更比霜雪还要白嫩，忍不住惊呼一声："噫！"呼声一出口，便知失礼了，不敢多看，匆匆端盆出厅，心中兀自纳闷："小姐貌美绝伦，一双纤手白若霜雪，我只道世上再无第二双。可是……新姑爷的一双手又白嫩又光腻，似乎更胜过了小姐，偏生还是个男……男人……"生怕是自己瞧得眼花了，不敢多想。

孟丽君缓缓抬起头来，厅上众人只觉眼前登时一亮，禁不住同时惊呼："哎呀！"人人都是目瞪口呆。太师也大吃一惊，虽已料想这少年仪表定然不俗，却也没想到竟是如此玉容丰隽、倜傥潇洒。先前看其脸面，只觉清秀齐整而已，此刻再一瞧，竟无一处不堪称绝妙，又衬以灵修的身材、华贵的气质，实是一个俊雅到了极点的美少年。众人呆望着她，心中均想："天下竟有这般姿容的俊美少年，我便是在梦里也不曾想见过，生平见到的人物没有能及他十之一二的。"瞧她肌光胜雪、娇若凝脂，人人都屏住呼吸，生怕呼出的浊气玷污了她。每瞧她一眼，各人心中便多了一分自惭形秽，登时厅堂之中寂静异常。

太师惊讶之余，更添欣喜，心道："雪儿容貌美丽，生性又极为贤淑柔顺，我只道世上难有男子能配得上她。今日得此少年，单瞧容貌，倒足以匹配雪儿，只是不知他人品脾性如何。"

孟丽君见厅内众人的目光都集中在自己身上，知道此时千万不可稍露一点小儿女的害羞之状，心念一动，当下大步上前，向太师长揖一礼，朗声道："晚生湖广秀才郦如兰见过太师，乞请宽恕晚生易容欺瞒之罪。"

太师听她自称秀才，谈吐文雅，举止有礼，心中高兴，脸上却不露端倪，只抬手道："罢了。"又想："这是雪儿自己选中的夫婿，可见冥冥之中自有天意，倒是老夫多此一举了，何必设甚么招亲大会、又查询甚么年龄履历？会上数百人，到头来没一个及得上这个天公做媒的女婿。"想到这里，不禁微微自得，轻捋长须。

孟丽君道："谢太师不罪之恩。"太师问道："你用的可是'易姿丹'？"孟丽君微微一惊，心想太师好生博闻，连'易姿丹'之名竟也知道，回道："正是。"太师道："老夫早年曾听人言道，有杏林国手能调配易容丹丸，可随意更改人的面容肤色，名唤'易姿丹'，不想今日得见。"孟丽君心道："太师口中之人莫非是我爹爹？"太师随即吩咐看座上茶，又问道："你为甚么要易容？此刻这样不是很好么？"

孟丽君微一沉吟，便决定实话实说。将今日午间在酒楼上遇见一干书生，如何得知太师府小姐绣球招亲之事，如何当众言明自己不来赴会，但在回转途中，又如何想起今日未时将起大风，欲将此消息通知梁府中人，却又不愿他人误会自己出尔反尔，是以决定易容前来的前后经过原原本本说了一遍。

太师越听越奇，今日这场大风突如其来，谁也不曾料到，不想眼前这俊美少年如此了得，竟能识天文、看气象，对天气预测得这般准确。这也就罢了，她还不羡权势、不慕富贵，正和自己脾气相投。虽然察言观色中，太师可料定她所言非虚，还是提高声音，反问道："你所说可句句属实？"双目如同两道锋利的电光，向孟丽君射去。

孟丽君丝毫不惧，迎着太师电一般的目光，答道："晚生所言句句实情。"旁边一人接口道:"老爷,这位郦公子说得不假。他进府来便是要告诉小人,今日未时将起大风,希望能将小姐招亲一事改期举行。但那时小姐已上彩楼,其势无法改期。小姐抛出绣球之时,郦公子就在小人身旁,小人亲眼见到绣球正中郦公子之身。想是老天爷定下的一桩良缘,要借这一场大风,来成就郦公子和我家小姐这一双璧人。"说话的正是总管梁成。他打发走生事之人,便立即赶到听槐轩,那时孟丽君恰好洗去易容药物,露出真正面貌,梁成见后大惊,一面为自家小姐欣喜,一面更加坚信这是一场天定良缘。

太师脸色缓和下来,他心里对眼前这少年郦如兰已是十二分的满意了,但他素来威严,喜怒不形于颜色,问道:"你多大年纪了?可曾娶亲?为何从湖广千里迢迢地来到京城?"心里却知他定然未婚,否则梁成也不会贸然将他带到自己面前。

孟丽君心里"咯噔"一下,知道这是开始谈亲事了。一面脑中飞速转念该当如何脱身,一面回道:"晚生今年十七岁,尚未娶亲。晚生素闻'读万卷书不如行万里路',自家慈不幸殁后,晚生便是孤单一人,曾发下宏愿要行遍天下路,因此三年重孝一除便散尽家产,只携了一个僮儿,自湖广一路行来。只因听说今年乃是大比之年,京城中热闹非常,晚生素慕京城的人文风物,岂有不来赏玩之理?却不想巧中巧、错中错,竟误了贵府小姐的择婿大事,实在深感抱歉。晚生并非前来赴会之人,也不曾投上名帖,再说小姐连我面也没见过,自然不是有意要将绣球投在我身上。是以晚生斗胆恳请……"说到这里,扯下胸前的绸花绣球,恭恭敬敬地放在面前几案上,说道:"……将此物原物奉还,还请贵府改日再设一个招亲大会,小姐再抛一回绣球,定能为太师挑择一个如意佳婿。"想到这门亲事,她便心惊胆战,这时信口胡诌,只为赖掉婚事,至于日后此事是否穿帮,火烧眉毛,眼前实在顾不得这许多了。

她这话才说到一半,厅上众人尽皆变色,谁也料不到这样一件送上来的好事,旁人求也求不到,她竟还会出言拒绝。梁成素知太师对小姐疼爱无比,不由暗暗为她捏一把汗。太师最初也颇为气恼,自己如花似玉的爱女愿嫁她为妻,竟然被婉转拒绝。但细细听来,她后半段话说得颇有道理,婚嫁之事本当你情我愿,原无逼迫之理,她若情愿也就罢了,但她本就不是为了招亲而来,若只因绣球出了差错、恰巧落在她身上,便强要她娶了自己女儿,未免霸道过分了些,不是自己当为之事。

太师沉吟半晌，方道："你说改日再设一个招亲大会、让我女儿再抛一次绣球，那是不成的。今日我太师府招亲，天下皆知，若再招一次，岂不于我女儿名节有损？第一次是喜事，第二次便要成闹剧了。"孟丽君方才一席话出口时并未细思，听太师这么一说也知不妥，自己亦不想误了梁小姐的终身幸福，不由一时无话。

太师听她不说话，便知她是明理之人，当下又道："咱们一件一件地说。抛绣球时你在彩楼之下，想来也没见到我女儿。你曾说不知我女儿是美是丑，性情如何，老夫的话你总该信得过罢？雪儿今年一十七岁，相貌端丽，生性又十分柔顺，天下间能及得上她的女子，只怕也没有几个，总之不会委屈了你。你说想凭真本事取得富贵，这话说得好！以老夫的为人，你纵然是我爱女之婿，没有真才实学，要混个一官半职却也休想，你若要徇私舞弊，老夫第一个就饶不过你。至于你和那些人说过的话，仔细想来，并没有失言，你原本就不在赴会的众人之中。"呷一口茶，见孟丽君正欲开口，便止住她继续说道："年轻人立志行万里路，那是好的，老夫不会阻拦于你。待你新婚之后，你们小夫妻俩自己商量商量，是你一个人、还是你们夫妻二人一道，出去游历天下。但不论如何，每年两次，必须回京来看看老夫。这个条件，当不算过分罢？"

孟丽君不由暗暗叫苦，自己编出那一篇"行万里路"的谎言，原是一个赌注，赌的是太师宠爱女儿，既不舍得放她远行，更不放心让她吃苦受累。不想太师终非常人，竟然果断答应，毫不犹豫，自己这一注便输得一败涂地。太师这一席话语，将自己的几点"顾虑"逐一剖析，说得入情入理，自己若再不答应，不免令人起疑。但自己如此身份，又怎能做得太师女婿？洞房之夜如何瞒得过新婚妻子？到时不论身份揭穿与否，总是害了小姐一生幸福。而太师关爱女儿，也必定伤痛异常。自己今日之所以来到梁府，本是出于一片好意，不愿招亲大会出现任何差错，却不想到头来，最大的"差错"反倒正出在自己身上。一时之间，孟丽君不由进退两难。

太师听她不发一言，知她心中正在考虑，也不催促，只慢慢地喝茶。

忽然间，孟丽君脑中电光火石般闪过一念，细一思量，觉得此计可行，可算两全其美，但不禁稍有犹豫："此计虽好，只是太过歹毒，我当真……当真要这么做么？"迟疑了一会，又想："若不如此，我便只能先行缓兵之计，再伺机逃出太师府，那倒并非难事。只是这么一来，我在京城中便再无立足之地，先前希冀由仕途而入的满盘打算，都将化为泡影，爹爹的冤屈一世也不得洗清。"想到这里，银牙一咬，心中已打定了主意。

她脸上的神情变化，太师都看在眼里，知她主意已定，便问道："老夫的话，你意下如何？"孟丽君上前一步，躬身道："岳父言之有理，小婿岂敢不从？"此话一出，厅上一片喜气，只有孟丽君想到自己即将要做之事，心中惨然，脸上却平静无波。太师点点头，吩咐道："梁成，好生伺候郦公子沐浴更衣。酉时正点拜堂！"梁成躬身答应。

太师站了起来，慢慢走到孟丽君身前，从几案上拿起那朵大红绸花，亲手给她戴回身上，说道："你既然父母早亡，孤身一人，从今往后，你便可将老夫看作你的父亲，将这里看作你的家，你再不是孤单一人了。"这话说得满是慈爱之意，孟丽君听得大为感动，更觉心中不安。太师轻轻拍了拍她的肩头，以示抚慰，转身走进内室。

梁成走到她身旁，说道："郦公子，请随小人到浴室沐浴更衣罢。"孟丽君问道："梁管家，你可知我那僮儿现在何处？"梁成道："公子中了绣球，小人便吩咐下人将公子的僮儿也留在了府里，免得公子放心不下。公子若要见他，小人这就让人去叫他来。"孟丽君道："如此多谢了。"梁成笑道："些许小事，公子只管吩咐，小人职责所在，谈不上谢不谢的。"说着吩咐下去。

不多时荣兰到来，一脸愁眉不展，凄然叫道："公子！"眼泪便要落下。孟丽君忙使眼色，荣兰垂下头，暗暗拭去泪痕。

当下出了听槐轩，其时天色昏暗，大雨倾盆，自有家人为孟丽君撑伞挡雨，梁成引着她穿过长廊，进了垂花门，又走数十步，进了一扇漆红大门。梁成引孟丽君坐下，吩咐家人备齐一干用具。孟丽君道："我在家时便有些怪癖，沐浴也是如此。须得依我一个条件，我才肯沐浴，否则便罢了。"

梁成道："公子玉一般的人品，原本用不着这些，只是依礼如此罢了。公子有何吩咐，但请直说，只要小人力所能及，定当依从。"他自出任梁府总管至今已有十余载，对太师忠心不二，今日见老爷得了个打着灯笼都难找的如意女婿，心中自然高兴。孟丽君容貌俊美无双，他并不十分在意，难得的是她竟能出言拒绝那一场凭空得来的富贵荣华，这绝非常人所能。太师是何等显赫的人物，多少人整日候在府外，一心巴望着得到提携，从此平步青云、高官厚禄，这种人他见得多了。太师素不喜这些人的烦搅，他身为太师府总管，却不得不每日里和这些人打交道，心中早就厌恶透顶。今日晌午他便对孟丽君心有好感，还为她不在赴会众人之中而感到惋惜。好在天公作美，这一场美满姻缘终于如他所愿。他心中早把孟丽君当作姑爷一般看待，无论她说甚么，只要不违背太师的意旨，无有不从。

孟丽君道："你将这里所有人等都遣了出去，只留我书僮一人在旁伺候。沐浴乃是洁身去俗之事，不得有俗人靠近十丈之内，方能无虞。你可依得？"梁成一愕，心想这条件易办之极，只是听来颇为怪异，转念一想，或许新姑爷素有洁癖，她这等风雅之士，沐浴时不愿有俗人在场，也属常理。当下允道："是，小人立时吩咐他们散去。"

浴室之中云雾氤氲、如梦似幻。荣兰迷茫道："我是在梦中罢？小姐，咱们定是在做梦。这一切都不是真的，等我梦醒了，一切就都结束啦，没有甚么太师小姐，更没有甚么绣球招亲……快些让我醒转罢，我不要做这样的梦。"孟丽君心中苦笑，暗想："倘若所有这一切当真都是梦幻，一觉醒来，我还是当年那个依在爹爹怀里撒娇的小女孩儿，该有多好。"

孟丽君慢慢松开外衣，缓缓解下贴身亵衣和前胸、腰围及双肩上的布帛，将发簪取下，秀发便如一匹乌黑亮丽的绸缎般垂将下来。她娉娉进了浴桶，氤氲的水汽将她雪一般白皙的脸颊映上了一抹红晕，面上清冷如霜的神情更衬出那惊心动魄的明艳。荣兰在一旁默默地为她打水。

孟丽君轻垂秀丽的脸庞，望着自己白玉一般的肌肤、娇美玲珑的身材，心底发出一声叹息："为甚么我不是一个男儿？我若身为男子，当年便能随爹爹一同出征作战，就算战死沙场、马革裹尸，也死得其所了。总强似现下这般不男不女、大祸临头。"想到自己身负的重责，又想到眼前尴尬的处境，虽身在热水中，一颗心却仿佛坠入了冰窟。

蓦然之间，打了个寒战，登时从颓靡中惊起："天下之事总在人为，作此小儿女的悲秋伤月之态，徒然令人颓废迷茫，于事更有何益？想我孟丽君是何等样人，只要凡事还有一丝半点挽回的余地，我便要尽力而为、决不放弃！何况依计而行，至少也有七分把握。"心情立时开朗起来。

荣兰服侍孟丽君换上新郎衣衫，用木梳轻轻梳理她那柔缎一般的秀发，忽道："小姐，这难道就是命吗？老天爷也忒不公平了。"孟丽君此刻正细细筹划晚间行动，一时没有答话。荣兰又道："兰儿能陪小姐一道死，那是求之不得的事，心中欢喜得很。可是，若要小姐这般轻易就死，我却怎么也不甘心了。"她蓦地激动起来，说道："小姐，咱们一块儿逃罢。太师府并非铜墙铁壁，或许能侥幸逃走也未可知呢！"

孟丽君淡淡一笑，道："就算逃了出去，那便如何？"荣兰一时语塞，半响才道："只要逃了出去，总有办法的。"孟丽君摇摇头。荣兰急道："小姐，你倒是想想法子呀。兰儿知道，以你的聪明机智，别说出这太师府，就是逃出京城，也定然能够。难道你想待在这里等死啊？"话已出口，才发觉自己言语上对小姐太过不敬，低声求恳道："小姐，兰儿求你了，你可不能这么冤死了！"

孟丽君摇头道："不，我不能离开这里。"荣兰惊道："为甚么？"孟丽君道："若只是逃出太师府，便要一百种法子，我也想好了，但事情并非如此简单。你想想，太师嫁女一事，京城之中早已闹得沸沸扬扬，我们一走了之，让太师该当如何处理，让小姐终生托付于谁……"荣兰打断她话，说道："事到如今，自己性命尚且不保，你还顾得及这些？"孟丽君道："你且听我说完。"荣兰点点头。她向来视小姐有如天人，这般争执还是头一回，但事关小姐性命，却不得不争。

孟丽君道："兰儿，我意已决，我要做这个太师女婿！"荣兰跳将起来，叫道："你疯了不曾？你……你可是个……是个……"放低声音道："……你是女儿身啊，怎能做甚么太师女婿？！"

孟丽君心中主意已定，却不便对荣兰明言，瞧她一脸急色，眼泪在眶里打转，强忍着不让流下，便安慰她道："我自然知道。兰儿，我想那小姐既是太师的女儿，料必是个明理之人，今夜洞房花烛，我要向她言明真相，希望小姐怜我孝心一片，不会怪罪。"语气甚是果决。荣兰失声道："你……你是说……是说……"孟丽君点头道："我要求恳小姐，与我虚凤假凰地瞒将过去。"荣兰惊道："她怎会答允？小姐……你……你这样做又是为了甚么？"

孟丽君道："眼下情形，已是箭在弦上、不得不发。我虽无意富贵，但一旦做了太师女婿，自有机会问及叛军作乱之事，打听爹爹下落。若能说服太师替我查出幕后主使之人，便可想方设法为爹爹报仇了。"在她心目之中，爹爹只怕已是凶多吉少了，要查出幕后仇家的身份，为他报仇申冤，自己一介女子，单单依靠一己之力，那是无论如何也不可能的。所以她须得跻身官场，纵使身犯欺君大罪亦在所不惜。

荣兰哽咽道："小姐，这个险冒得也忒大了。那太师千金是……是何等样人物，你一介红装，岂不要误了她的终生？她怎会罢休，又怎肯甘心听你摆布？小姐，性命攸关，你……你要三思啊！"说到这里，再也忍不住，泪珠顺着双颊滚落下来。

孟丽君心生怜惜，伸手替她拭去泪珠，柔声说道："兰儿，'不入虎穴、焉得虎子'，这个道理我教过你的，咱们现下就是这般啊。倘若逃将出去，京城之中便绝不能留。你想想，咱们这一年多来的辛辛苦苦，都是为了甚么？我女扮男装、捐监赴考，千里迢迢地来到京城，又是为了甚么？我决计不能让爹爹沉冤永世不雪，让那些设计陷害爹爹的贼子遂了心愿，让世人不明忠奸、耻笑咱们孟家！兰儿，你相信我，我定有好法子令那太师小姐如我所愿！"

荣兰默默地点头，半晌才说道："好！事若不成，总之有我荣兰陪着小姐一块儿同生共死。"孟丽君凝视她良久，见她殊无惧意、一脸昂然，心中甚是感动，伸手将她手紧紧握住。

洞房之中，龙凤喜烛高悬。外间虽然大雨如注，却丝毫没有减轻洞房之中的融融喜气。

太师早吩咐家人仆妇退去，将这大好时光留给新人们独自享用。孟丽君坐在一张檀香木椅上，回想起这半日里的见闻，思绪万千。

太师为人当真廉洁正直，心思又匠心独具、与众不同。他不仅免除了婚礼上那一大套庸俗烦冗的礼节，还禁止外人出席，不接收任何人赠送的礼品。唯一的例外，就是太后的懿旨和礼物，太后是太师的胞妹，也就是小姐的姑母了。懿旨上口气亲切、期许款款，礼物甚是平常，不过一个丝结的"同心锁"、几盘精致的小点心，却是太后为了今日亲手所制，一个又红又大的苹果——象征夫妻一生平平安安之意，想是太后十分了解太师的脾性。

那个前来宣旨的老太监，五十来岁，面目和善，听说是宫里的总管太监，人称"权公公"，太师唤他"权昌"，瞧模样似乎是个好人。可是人不可貌相，那也难说得很。朝廷昏庸、朝纲不整，甚么样的恶人没有？面慈心狠、口蜜腹剑的小人方才最难提防，说不定这个"权公公"正是皇上身旁的一个奸佞小人呢！

"倘若朝廷之中少几个奸佞妄进谗言，爹爹就不会蒙此冤屈，我也不致身犯欺君大罪，又招惹来这场祸事，更不致要行如此狠辣的手段了。"想到这里，她不禁心底深深叹了一口气，抬头向旁边的新娘望去。只见她凤冠霞帔，端坐在床沿，脸上遮了块大红绸锦，头微微低垂，自然显露出高贵典雅的气质，一双纤纤素手不时把玩着一条绣花绢帕，给人一种如沐春风的感觉。她该是从她爹爹口中得知，自己择中了一个绝世无双的"夫婿"、正暗自高兴罢？

孟丽君忽然心生不忍，暗忖："我自然有了应付的好法子，可未免也忒对不住她了。她才只十七岁，正憧憬着拥有一个如意郎君、过一世快活日子呢。我纵有万不得已的苦衷，却怎能忍心就此扼杀她一段宝贵的青春年华？那实在太过残忍了。"这么一想，身子不禁微微颤抖。

她努力控制住激动的情绪，又望了新娘一眼，忽然想到一个人，"我那映雪妹妹也喜欢手里把玩绢帕的。偏生这般巧，我听得太师唤她'雪儿'，想必她的芳名之中，也有一个'雪'字。唉，不知蓉姨和雪妹现在何处？是否也到了京城？她有母亲呵护，当不至如我这般孤苦无依。我这一生，怕是再也见不着她们啦。"又想到荣兰："我们三人自小一同长大，这小丫头也和我有了姐妹一般的情谊。这回随我出逃，她吃了不少苦头，依旧对我忠心耿耿，可当真难得。"心中登时一凛："兰儿说要陪我一块儿同生共死，她性子刚烈，说到做到，我可不能辜负了她的这番心意。我决不能死，我要留下有用之身，为爹爹报仇，要活着去见兰儿和雪妹！"

她心意已决，望着新娘，心底暗道："小姐，你就算怨恨于我，我也顾不得了。不是我心狠手毒，实是有不能说出的苦衷。我暂借你三年青春光阴，只等为爹爹报仇雪恨，立时还你自由清白之身。那时，我……我这个罪人……便在你身旁自刎谢罪！"眼眶之中泪珠欲滴，终于强自忍住。

她缓缓从袖中取出玉匣，拿出其中一个小瓷瓶，将几钱白色粉末倒在一只茶碗中，提起茶壶在两只碗中斟满清茶，手指毫不颤抖。一股淡淡的清香沁人心脾，那是有名的"碧螺春"。

孟丽君站起身子，稳步踱至床沿，在新娘身旁坐下。新娘身子一颤，头垂得更低了，手不再把玩绢帕，轻轻放在膝前，近处看来，她一举一动更见妩媚。

孟丽君拿起几案上一枝晶莹剔透的小竹棒，伸到盖头之下，向盖头轻轻掀去。她先前一直举动沉稳，这时不知怎地手指竟微微颤抖，几乎握不住这细细的小竹棒，心中忽然十分紧张，其程度似乎不下于那将初为"夫婿"所窥的新娘，并且有一种奇怪的预感，却不知是好是坏。手指用力，终于将那红盖头掀开了来……

孟丽君抬眼向那新娘望去，蓦地脸色大变，现出一副又惊又喜的神情，又仿佛不相信自己的眼睛，身子微微颤抖，竟比方才掀起盖头那一刹那还要紧张，不由自主站了起来，哆嗦着嘴唇，失声道："你……你……你是……"

盖头掀起后，那新娘原本微微抬头斜睨自己的"夫婿"，怎料一瞥之间，便呆呆地定住，脸上的神色也犹疑不定，一张皎若春花的脸庞现出惊诧之极的表情。听到孟丽君的声音，瞧见到她惊喜交加的神情，也颤声道："你……你是……你是……"脸上登时现出欢喜无比的神色，清澈的眼睛中闪耀着喜悦无限的光芒，泪珠夺眶而出。

孟丽君瞧她的神情，再无疑意，冲到房门口四下打量，见没一个人，才闩上房门，转过身子，抢步上前，低声叫道："你是……是……映……映雪妹妹！"那新娘蓦地站起身子，跪了下去，双手抱住孟丽君，哭道："小姐！我……我还以为……以为……这一生一世再也见你不……不着了……"言罢已泣不成声。孟丽君也热泪盈眶，抱住苏映雪身子跪倒，两人紧紧相拥在一起。

良久，孟丽君止住泪水，扶苏映雪站起，并肩坐在床沿，从她手里拿过绢帕，轻轻替她拭去泪水。苏映雪刚刚止住泪，忽然抽噎道："小姐，我娘……被人害了……如今生死未卜，只怕……只怕是凶多吉少了……"说罢伏在孟丽君肩头又痛哭起来。孟丽君一惊，昆明至京城千里迢迢，蓉姨母女不谙世事，一路之上困难重重，自是可想而知。这一年里，自己曾多少次为她们祝祷祈福，只盼她们平安无事。如今苏映雪竟成了太师女儿，那是任谁也意想不到之事，由此而知，她二人必然经历了一段难以想象的经历。瞧雪妹伤痛欲绝的模样，倒不忍心就问。她轻抚苏映雪后背，以示安慰，柔声劝道："妹妹，吉人自有天相，你且莫太过悲伤。这究竟是怎么一回事？"

苏映雪慢慢止住眼泪，抬起头来，凝望着孟丽君的脸庞，含泪问道："小姐，一年不见，你可清减了不少。你……你怎么胆敢女扮男装，还到太师府里做女婿？"

孟丽君苦笑一声，道："你先将这一年里发生的事情说与我听，再听我说我们的经历罢。"又道："等一等，咱们先将蜡烛熄了。否则旁人见烛火彻夜不熄，不免过来察看，听见我们说话，可就糟了。"苏映雪道："是，我欢喜得糊涂了。"孟丽君吹熄两支龙凤喜烛，侧耳听了听外间的雨声，依然淅淅沥沥不止，倒方便了自己二人的谈话，说道："雪妹，你说罢，声音放低些。"苏映雪凄然一笑，点头道："好。"

　　"那日慌急中我们母女二人坐了那车夫的马车先出城去，站在城外桥头等候小姐和兰儿。过不多时，便另有一个车夫上前来招徕生意。娘说先前那车夫的马车窄小，坐不下四个人，少不得要另雇一辆车，便要他候在一旁稍待。等了大半个时辰，仍不见小姐出城，我们急得不得了，恨不得立刻进城去寻，又不敢违拗小姐的吩咐，只好站在原地继续等待。

　　"又过了一会，远远地看见一队军士出了城门，一路向东搜查而来，眼看就要到桥上了，娘还不肯走。我知我们母女二人形容到底异于常人，桥上过往行人尚且不住盯着我们看，等那些军士到了眼前，必定瞒不过去，倘若被擒，反而连累小姐。我把娘拉到车里，劝道：'小姐说过，万一路上走散，就到汤郎镇会合，不如我们先去汤郎镇好了。'娘也无奈，只得依了。

　　"于是乘了雇来的马车连夜赶路。不想那车夫是个新手，地形不熟，路上不知怎的竟迷了路，等到天亮时才发觉夜里走的方向完全不对，只好掉转马头。这么耽搁了大半日，到得汤郎镇时已是下午太阳落山的光景了。我和娘不敢怠慢，便一个一个码头地去打听。说来也算幸运，才问到第二处码头，便有船家告诉说，有这么两个人，刚上了前面一条船，才离开不到一炷香的工夫。我和娘大喜，连忙雇了最好的船去追，一路许下高价，不住催促船夫快行，却不知为何，怎么追也追不见你们。"

　　孟丽君听她这么一说，回想当日在汤郎镇阴差阳错的经历，不由轻叹一声。原来自己二人以为窦蓉娘母女先行出发，必是早到了汤郎镇。后来一时大意，被那船夫谎言诓骗上船，却不想甫一离岸，窦蓉娘母女就赶到了，又雇船去追自己。可自己未行数里便移船靠岸，走陆路回到汤郎镇里，反倒落在了后面。她们一路前行追赶，却如何能追得到？虽然次日自己便探得消息，雇了船东去，但当时银子有限，雇不起最好的船，哪里还能追得上前一天便已离开、更许了高价快行的好船，自然越追越远了。

心头一阵唏嘘慨叹，却不打断苏映雪说话，听她继续说道："在江上行了四五日，沿途各地码头都张贴了榜文图像，要缉拿小姐。江边搜查得紧，我们便一直躲在船舱里不敢出来，倒也有惊无险、一路无事。我们只是担心小姐，不知你们女扮男装，是否当真可以掩人耳目……"孟丽君微微一笑，心道："我有易姿丹在手，女扮男装、掩人耳目，虽说不容易，倒也还不算甚么难事。这一路上我们最大的难处，便是没有盘缠。不过千辛万苦也都过来了，雪妹既然不知，我又何必说出来令她难过？"

　　听苏映雪说道："又过了七八天，依旧没你们的消息。船到重庆，船夫便不肯再向东行，我们只好另雇一条船，继续向东追赶。娘每日日间精神涣散，跪在船头，对着江水求佛念经，求恳老天爷保佑小姐平安无事，夜里睡不着觉，连梦里都在呼唤小姐，我无论如何劝慰，也不顶事。时间一天天过去，我们的希望一天天下沉。

　　"一日，娘在船头呆呆地望着江水，我又劝娘道：'吉人自有天相，小姐定然平安无事。她们必是向着京城去了。咱们便也去京城，到了皇甫老爷府上，自然见到小姐了。'娘愣了半晌，方道：'也只有如此了。'于是我们继续东行，思量着到了前面大地方，再雇车北上京城。

　　"船行了三四日，到得一处所在，船夫不肯前行，说是前头水贼猖獗，杀人越货、夺人财物，前些时日已出了几起命案。兵荒马乱之际，官府也管不了。娘不信，一心想着早日到京城，许了他许多银子，那船夫还是不肯。我们只得提了包袱离舟登岸，顺着河道往前走，盼着能再雇得一条船。走了约莫一顿饭工夫，果然前面岸边横着一条船。我和娘大喜，便上了船……"

　　孟丽君跳将起来，低声呼道："上不得！那定是贼船。"苏映雪两行清泪流下，哭道："君姐，你那时若在就好了，也不会有后来……后来……"孟丽君坐下，替她用绢帕拭去眼泪，道："妹妹，你别伤心，慢慢说下去。"

　　苏映雪勉强抑住泪水，说道："那船上有父子两个船夫，都不是好人。他们将船划至江心，使了个眼色，那年轻的将桨往船上一抛，那老的从怀里掏出一把明晃晃的刀子。原来他们父子二人都是水贼，看我们包袱沉重，便起了歹心。两个人满口风言风语，说是要劫财劫……色……"她声音越来越低，却包含着极大的恨意。孟丽君越听越是不安，叫了声"妹妹"，却说不出话。

　　苏映雪道："娘跳起来，向他们喝道：'你们若是要银子，都在这包袱里。我母女二人的清白名声,万万不可毁在你们手中。若是用强,我母女便跳江死在这里。'说着将包袱向他们扔去,身子已站在船沿,我也跟着站了起来。

"那父子两个料想不到我们这般刚烈,也不愿我们就此死去,于是先打开包袱查看。他们瞧见包袱里各种金银珠宝、首饰细软,乐得合不拢嘴,碰碰这个,拿拿那个。翻来看去,忽然从一件衣衫里抖出了一封信函。我和娘这才想起,原来那包袱里还放了小姐当日换下的衣衫,皇甫少将军遣人送来的救命书信也在里面。方才一时情急,不曾细想,将包袱扔出,这封信落在他们手中,更不知会生出多少事端!"

孟丽君惊道:"那封信你们不曾毁去么?我当日曾嘱咐将信烧了的呀。"苏映雪叹道:"我们那十几日过得诚惶诚恐、心神不宁,哪里还有心思想到这上头去?若不是他们东翻西找地抖出书信,我们只怕早都忘了还有这一回事。娘知道事关重大,冲将过去,叫道:'把信还我!'伸手去夺,却被那年轻的挡住。那老的飞快地看过书信,他们也见过官府张贴的榜文告示,自然以为我就是云南孟总督的小姐,便说要将我们连人带信交给官府……"

孟丽君哼了一声,道:"他吓唬你们呢。他们自己就是官府要拿的水贼,又怎敢解你们去见官?"苏映雪睁大一双妙目,道:"原来……原来他在吓唬我们,娘却信以为真了。我想,交给官府,他们定会把我当作了小姐,代小姐一死,我甘心情愿,但势必连累了皇甫老爷一家,那万万不可。"孟丽君心中感激,伸手握住她手。

苏映雪道:"娘也是这般思忖,默然不语。那老的见计谋达成,把刀子收回怀里,伸手便来拉娘,娘挣扎不过,被他拉进舱里。那年轻的一脸诡笑,慢慢向我逼近,我心中惶急,站在船头想要投江,又担心娘,从头上拔出一根簪子,对着咽喉,道:'你再近前一步,我便自杀。'那年轻的呆了一呆,想不到我依旧不从,倒也不敢逼近。

"我站在船沿,一步不敢动,手中的簪子也不敢放下,他不前进,却也不后退,两个人就这么干耗着。过得一会,我听见船尾传来一阵大响动,隔着船舱,又看不真切。忽然,我听见那老的一声惊呼,开始大声咒骂起来,随即传来一声惨呼,像是娘的声音,我惊叫道:'娘,娘!你怎么了?'话音未落,便听到一声极大的水花声,像是有人落水的声音……

"第一声惊呼传来时,那年轻的便穿过船舱去查看了。我听到落水声,心里担心极了,也要过去查看,才走了两步,又急忙退回船头。那年轻的扶着老的已走出舱来,那老的左手鲜血淋漓,似是被刀割伤,却不见娘的影踪。我叫道:'我娘呢?你这恶人将我娘怎么了?'那老的恶狠狠地瞪了我一眼,道:'贼婆娘好生恶毒,觑空将信抢了吞下肚去不说,还用刀子刺伤了老子!老子便给了她一刀,她还没死透,自己挣扎着跳江了!'"孟丽君不由"啊"的惊呼出声。

苏映雪道:"我手一软,'噗'的一声,簪子掉进江中,哭了出来,叫道:'娘,娘!'那老的说要杀我灭口,年轻的却不肯,两个人争执起来。我心中悲痛欲绝,对这两个恶人恨之入骨,心想娘既然给他们害死,书信也已经毁了,我反正是不想活了,不如也投江自尽,保全清清白白的身子。况且我一死,他们只当孟家的小姐死了,便没人再对小姐不利。娘的仇我不能报了,那也是无法可施,好在天理轮回,恶报不爽,这两个恶人到头来必定恶有恶报、不得好死。我向舱里望了一眼,心道:'娘,你等等我,女儿跟你来啦。'纵身跳入江中,身子沉了下去,喝了许多江水,迷迷糊糊听见那年轻的在船头连声呼叫,便甚么也不知道了。"

苏映雪说到这里,停了下来,怔怔地瞧着地下,想起那日九死一生的经历,居然能活到此刻,和小姐相会,实在难以相信。

孟丽君歉然道:"雪妹,都是我不好,害你受了这许多苦楚,又连累了蓉姨。"苏映雪回过神来,正色道:"小姐说哪里话。老爷一家待我母女恩重如山,便是粉身碎骨亦毫无怨言。娘虽生死未卜,她若知小姐安然无恙,心中必定欢喜无限。小姐又何必自责?"孟丽君心头一热,知道和窦蓉娘母女这份生死以之的情义相较,甚么感激的言语都是赘言,伸手轻轻抚摸她的秀发,说道:"后来呢?天幸你投江未死,想来必是太师恰巧经过,救起了你,又认作义女,视同己出,是不是?"

苏映雪叹道:"小姐甚么事情都能料对。那日我投身江中,只道必死无疑,哪知昏昏沉沉中,竟然醒转过来。只见一个老者正瞧着我,那就是太师了。我那时不知他的身份,担心又落到甚么恶人手里,便挣扎着要起身。他止住我,问我叫甚么名字,家住哪里,为甚么会投身江中。我瞧他不像恶人,却也不敢说出真相,只说和母亲从云南而来,前往京城投奔亲戚,不想误上贼船，母亲被害投江，我不堪受辱，便也投江自尽。他十分惊讶，又愤怒异常，霎时间显出一股威猛的气势，令人不敢直视，我给吓住了，话也不敢说。他随即脸上现出怜爱的神情，柔声和语地安慰我，叫丫鬟服侍我喝药休息，就出去了。我后来才知道，他将地方官员斥责了一番，令他们限期之内剿灭水贼，又替我四下打探我娘的下落。

"我将养了十几日，身子已大好了。太师每日里都来瞧我，告诉我寻找我娘的进展。官兵们虽然没能找到我娘，但江中远近一带均已细细打捞，未见……浮尸，终归还有一线希望。官府清剿了数十名水贼流寇，却并未找到那父子二人，必是得了我们的金银细软，便立时潜逃了。

"太师为人外刚内柔，他话虽不多，但我瞧得出他打心眼里关怜我，就如慈父一般护爱我。他待旁人都很严厉，只有和我在一起时，他眼里才有这么一丝半丝的柔情，偶尔会微微一笑。有一日他私下里告诉我，已故的太师夫人和他相识之初，也是被他自江中救起，而我自江中救起时，那副柔弱无助、楚楚可怜的模样，更令他不由自主地想起了四十余年前的那一幕。"孟丽君"哦"了一声，心想太师夫妇伉俪情深，一往至此。忽然心中一酸，想起了爹爹和娘亲的往事，娘虽早去了，可爹爹这一生一世，难道不是一直记挂着娘么？

苏映雪接着道："我自幼无父，老爷待我虽好，娘却不让我太过亲近。此刻娘生死未卜，我正值孤苦凄凉之际，却有一个人像父亲一般地待我，疼我爱我，怜我惜我，令我怎能不心生感激？可我那时虽不知他的确切身份，却知必是朝中要员，我身份低微，哪敢抱有甚么指望？便连想也不敢想。直到那日里，他告诉我他和去世夫人的往事，说见到我就像见到了往昔的夫人，他知我孤单一人，问我愿不愿意做他义女。我当即跪下磕了三个头，叫道：'爹爹。'他大喜，抚摩我头发，道：'好女儿，乖女儿。'这时才将他的身份告诉我。我听得他乃是官居极品的当朝太师，惊得呆了。记得曾听老爷满怀敬仰地说起过太师的种种事迹，没想到我竟有机缘见到他老人家，还拜他为义父。

"我听爹爹说，他此番南巡，一则探察前方战事，二来沿途视察各地灾情，安抚民心，也顺道回乡祭祖。现下前两方面都进行得差不多了，前面已到家乡，他要到祠堂祭祖，并正式收我为义女，改作梁姓，从此我改名梁映雪，他便唤我雪儿。太师一人之下、万人之上，太师之女地位荣耀尊贵，可是我一点也不稀罕，我只是高兴有了一个疼我爱我的好爹爹，享受到一份从来没有的父爱。"

苏映雪又道:"太师生性不喜奢华,更严禁地方官员奢靡铺张,那次祭祖轻车简行,没有排场。他祭祖之后,又在香炉里插了三根香,磕了三个头,命我跪下,对着祖宗牌位磕七个头,再向他磕三个头,叫声'爹爹',我便正式成了太师之女。此后我们便一路回京了。"

孟丽君突然插口问道:"那么回京途中经过湖广武昌府咸宁县之时,妹妹该是和太师在一道了?"苏映雪一愣,不明其意,道:"是啊。怎么啦?"孟丽君道:"没甚么。只是我那时正在咸宁,差一点还要拦下太师的轿子告状呢。但细一思量,并无把握,终究作罢。"

苏映雪"啊"的一声,心中颇为惋惜。过了一会,续道:"自认作父女之后,我本想恳求爹爹遣人四处打听小姐的下落。可转念一想,小姐毕竟还是朝廷钦犯的身份,失散了这么久,小姐定然另有盘算。我若冒冒失失说将出去,只怕扰了小姐的打算,反而不好。不如到了京城,寻到皇甫老爷府上,自然能与小姐重逢。

"回到京城,我便和爹爹说,兵部皇甫侍郎是我娘的远房亲戚,当日我们母女一路上京,就是要投奔他家的。我求爹爹代为周旋,容我与皇甫侍郎见上一面,告知我娘的情形。爹爹听了,叹口气道:'皇甫敬已被皇上革去兵部侍郎的职位、贬为庶民,现下已经回转原籍,不在京城了。'我大吃一惊,还要再问,爹爹道:'朝廷的事情,你一个闺阁女孩儿哪里能懂?既是你的远房亲戚,日后为父自会设法让你们见上一面。'我也无法,只得作罢。"

孟丽君点点头,道:"难怪我到处打听,现今的兵部侍郎姓朱名奎,已经不是皇甫伯父。好容易打听到皇甫府的所在,偌大一个府邸,竟只有一个年老耳背的家人看守宅院,却是一问三不知。"

苏映雪道:"这大半年来,我心中担惊受怕,唯恐与小姐再无相见之日。每日只在佛前焚香祷告,祈求神明,护佑小姐一路平安、早日来京相会。天幸神明灵验,如我所求,让我与小姐今日得以重逢,实是不胜之喜。"说到这里,紧紧握住孟丽君的手,又流下泪来。

孟丽君也反握住苏映雪的手,缓缓说道:"雪妹,你相信我。只要蓉姨还活在世间,我就一定会找到她!那两个杀千刀的水贼,不论逃到天涯海角,我也定会把他们找出来,替你和蓉姨报仇!"语音坚定无比。苏映雪点点头,心中慢慢安宁下来。她自小便对孟丽君有一种说不出的信赖和依靠,只要小姐说出口的话，便从来没有做不到的。

过了一会，孟丽君苦笑一声，说道："今日我们姐妹重逢，原是不胜之喜。只怕妹妹也没料到，竟会是眼下这般尴尬的情景罢？太师对妹妹果真疼爱得很，好好的一场绣球招亲大会，却偏偏挑上我这女儿之身。"苏映雪这才想起，忙拭去眼泪，问道："小姐你这一年是怎么度过的？从云南千里迢迢奔波到京城，你金尊玉贵之体，如何受得住？兰儿呢，她可一直伴在你身旁？你又怎会到了太师府里做女婿？"

孟丽君叹道："你别性急，听我慢慢说。"于是将这一年来的经历逐一说来，却绝口不提一路缺少银钱、当了玉佩耳环、后来只得靠行医赚钱的艰辛。又说了前日出了春闱、今日赏玩京城风物，如何在酒楼中得知太师小姐招亲，如何来到太师府、狂风突起，如何被绣球投中，又如何在太师面前百般推辞、终不得脱的经过。苏映雪听得呆了，想不到她这一年里竟有这许多奇异的经历，更料不到绣球招亲之中还有这许多的波折。

孟丽君最后说道："我只道这一遭难脱劫难，没想到冥冥之中，自有天意，本来的一桩尴尬事，到头来咱们竟得以姐妹团聚，真是喜从天降。明日告诉兰儿，她定会高兴得跳起。这丫头一路跟着我，可当真吃了不少苦头。"苏映雪眼睛一亮，笑道："姐姐且莫告诉她，明儿叫进来，我先唬她一唬。"孟丽君莞尔道："你倒变得顽皮了。"

苏映雪笑了笑，随即正色道："小姐，今日我们姐妹相会，殊属巧合，你事先自然不知新……新娘是我。洞房之中，是男是女一辨即清，倘若那太师小姐不是我，你有何应对之策，却要如何逃过这一关？"孟丽君凄然一笑，说道："我有甚么法子？已到这步田地，我又能怎样？不过将真情说出，盼那太师小姐怜我一片孝心、救父心切，不加怪罪罢了。"

苏映雪道："纵然小姐不加怪罪，你身份已露，旁人也容你不得。"孟丽君道："我要求恳小姐，替我隐瞒身份，与我在人前做一对虚凤假凰的夫妻。"苏映雪一惊，说道："倘若那小姐不允，反要治你罪呢？"孟丽君道："太师外厉内慈，他的女儿想来必是明理之人，我苦苦求恳，她未必不会心软。"苏映雪道："此事非同小可，关系小姐终身，她怎会轻易答允？"孟丽君道："她定不答允，我便没有法子啦。要杀要剐，随她去罢。天不佑我，我能怎样？"

苏映雪摇头道："不，小姐心中定有好法子。你一心为了相救老爷、扫平叛乱，眼下这桩婚事虽然尴尬，性命攸关，可一旦成功，日后的路便好走得多了。姐姐既已被逼迫到了如此地步，是断不肯放弃这个机会的。但若要报仇，首先须得留下有用之身。我想，今夜洞房之中，无论这太师小姐怎样，姐姐定都有了妥善的法子处理善后，纵无十分把握，也有七八分，是不是？"孟丽君凝视着她，心想雪妹到底比兰儿更了解我，当下点头道："是。只是这条计策过于狠毒，我才不愿说出。妹妹如想知道，我就告诉你。"苏映雪点点头。

孟丽君起身端起几上左边的一只茶碗，说道："我已在这碗'碧螺春'中下了迷药，本打算劝小姐喝下，再将身世真相相告，苦苦恳求。她如肯答允，我自然悄悄解了迷药；她若不肯，我先拖延时间，待她昏迷后，用银针刺她穴道，令她就此神志不清、昏迷不醒，此后便只能卧病在床，连说话也不能够。这门银针渡穴的功夫，我娘留下的医书中有所记载，自离府这一年里我医术大进，如今已然火候圆满、绝无差错。"

苏映雪脸色有些发白。孟丽君又道："这条计策实在毒辣，乃是下下之策，迫不得已方才为之。我适才已发下毒誓，暂借她三年青春光阴，只等为爹爹报仇雪恨，立时还她自由清白之身。那时，我便在她身旁自刎谢罪！"苏映雪"啊"的一声，双手合十道："菩萨明鉴，小姐方才的誓言做不得数，求菩萨保佑她无灾无难、一生平安。"言语至诚，出自肺腑。

孟丽君深为感动，说道："妹妹，说不得只好委屈了你，和我做一对挂名夫妻。"苏映雪道："我有甚么委屈？倒是姐姐你，你也忒委屈你自己了。"孟丽君心中一阵暖意，伸手紧紧握住她手，苏映雪也伸手过来，四手相握、四目相对，两人俱是欢喜无限，感觉前途虽然坎坷，但只要能聚在一起，一切便殊无可畏。

第七章

次日清晨，孟丽君醒转过来，瞧着苏映雪伏在自己肩头，右手紧握自己左手，正睡得香甜，心想："总算这一切不是虚幻，我还当一觉醒转，就会发觉不过是一场美梦呢。"轻轻扳开她手，起身穿好衣衫。孟丽君知她不惯熬夜，昨日久别重逢，有说不尽的话语，直到四更天方才睡下。自己素来卯时起床，便躺着也再睡不着，就让她多睡一会儿吧。

孟丽君走出卧房，见风雨已止，天色放晴。两个丫鬟在门外侍立，见她过来，福了一福，齐声道："姑爷早安。"孟丽君抬起头，见左边一个十七八岁年纪，相貌端庄，右边一个略小些，才只十五六岁，容貌颇为俏丽。微微一笑，问道："两位姐姐芳名如何？"那年长女子呆了一呆，忙道："姑爷快别这么称呼。奴婢名唤绛香，她是芙蓉，都是服侍小姐的丫鬟，姑爷叫我绛香好了。"孟丽君道："绛香姐姐……"绛香突然跪在地上，道："绛香当不起姑爷这般称呼，给外人听见，只当是绛香不懂规矩。请姑爷直呼绛香贱名。"孟丽君吃了一惊，心想太师府御下好生严厉，说道："你起来吧。绛香，你家小姐此刻尚未醒转，且莫惊醒她。待会小姐起身，立时告知我，我现下在附近走一走。"绛香站起身，应道："是。"

孟丽君信步而行，走了数十步，忽然想起一事，停下脚步："哎呀，今日就是会试之后的第三日,乃是张榜天下的日子,我这湖广举子郦君玉,不知中得第几甲第几名?想是先前急昏了头,昨夜重逢又只顾着高兴,竟全然忘了这事。不好,昨日填表之时以及后来当着太师的面,我都说是湖广秀才郦如兰。那时怕被发觉是女扮男装,倘若假冒举子,还参加了会试,便是欺君罔上的杀头重罪。没料到阴错阳差,这洞房花烛之夜,竟过得有惊无险。我现下要不要告诉太师,我不是郦如兰,而是郦君玉?"

踱了两步,心中已有计较:"凭我的才学,今科当能得中,迟早瞒不过太师。再说我昨晚一夜不归,姑丈和俞员外这会子想必等得心焦了,得着人去通知他们。这样一来,谎话便也揭穿了,倒不如及早老实交代为好。"

想到这里,不再向前走,回转卧房。绛香道:"小姐尚未醒转。"孟丽君点点头,问道:"你知道我的那个僮儿容清么?烦请唤她过来,可好?"绛香道:"是。"一旁芙蓉抿嘴一笑。孟丽君见她笑得怪异,问道:"怎么了?"芙蓉道:"姑爷的那个书僮……"突然"噗哧"一声,掩口直笑。绛香喝道:"芙蓉,怎地这般不懂规矩。姑爷问你话呢,笑甚么?"

芙蓉好不容易止住笑,说道:"姑爷的那个书僮,不知怎的,和甚么人都不说话。我们总管好心拉他喝喜酒,他一杯也不喝,就这么呆呆地站在耳房的窗户边,远远地望着新房,一脸苦色。都已经三更天了,还不肯去睡,脸色却渐渐高兴起来。天亮时我起身,见他依旧那么站着,想是站了一晚,竟也不觉疲倦。他见了我,忽然施了一礼,文绉绉地道:'这位姐姐,我家公子早上起来若是唤我,还请姐姐通告一声。'他这会儿,定是眼巴巴地等在耳房呢。可真是个怪人。"

孟丽君知道荣兰这一夜必定提心吊胆、不得安睡,却没料到她竟然站了一夜,忙道:"那么便烦劳你去唤了她来。"芙蓉道:"好,奴婢这就去。"

一阵急促的脚步声传来,苏映雪衣衫不整,奔了出来。孟丽君迎上前去,见她眼圈微黑,道:"怎地不多睡一会儿?"苏映雪"嘤"的一声,扑入她怀中,哭道:"我还以为是做梦呢!醒转之后,不见了你,我……我……"孟丽君搂住她的纤腰,走进卧房,安慰道:"我醒得早,出去略略走一走罢了。"

绛香和芙蓉面面相觑。小姐素来矜持大方,在府内上下人等心目中有如天人,今日做了新嫁娘,不想行事竟变得颠三倒四、不着边际。芙蓉忽道:"嫁得这样的夫婿,小姐当然欢喜。一时不见,心中惊慌,也是有的。换作是我,还不知……"绛香啐她一口,叱道:"你发糊涂了,这种事情也是想得的?姑爷吩咐你找人呢,还不快去!"芙蓉低头去了。绛香朝卧房望了一眼,脑海中情不自禁地现出那张俊秀儒雅、神采飞扬的面庞,那微微的笑容以及那一声低低的轻唤"绛香姐姐……",一颗心突突直跳,想起芙蓉没说完的话语:"换作是我,还不知……"一时不由呆了。

孟丽君搂着苏映雪的纤腰,进了卧房,扶她坐下,说道:"雪妹,如今比不得在家,一举一动都须小心在意。你我虚凤假凰,扮作一对假夫妻,可不能给外人瞧出端倪。我久扮男子,言语行动并无破绽,你也要沉着冷静些才好。"苏映雪偎依在她身侧,低声道:"我如何不知这其中干系?只是方才醒转之际,寻你不着,方寸大乱,一时顾不得这许多。小姐,从今往后,我便安安心心做你的娘子。"

孟丽君嘴唇贴在她耳边,轻声说道:"记得今后不论人前人后,你都要唤我'相公'或是'官人',亲热些就叫'郦郎',我便称你做'娘子''夫人',叫'雪妹'也可。只是'小姐'这两个字,今后再也别提。"苏映雪点头道:"我记住啦。"孟丽君又道:"在太师面前,旁人跟前,你我可要装得恩爱些。"苏映雪笑道:"咱们此刻这般模样,可不是恩爱得很么?"孟丽君大喜,道:"就是这样。是了,我来为你穿衣梳洗。你唤门外绛香姐姐打水来。"

苏映雪俏脸一沉,嗔道:"好啊,新婚第一天,就探听到人家丫鬟的名字,还这么情致缠绵的叫甚么姐姐妹妹,你眼里到底有没有我啊?"语音甚是严厉,眼睛却眨了几下,嘴角边满是笑意。孟丽君一愣,不明她意,但听她这几句话声音甚大,显是说给外人听的,便也大声说道:"叫她姐姐,这是礼貌啊。娘子若不喜欢,我不叫就是了。"

这几句话传了出去,门外绛香正自发呆,听闻之下羞得满脸通红,泪水在眼眶里打滚,心道:"姑爷不过生得俊俏些,哼,他俊不俊,干我甚么事?他要叫我姐姐,我劝也劝了,嘴生在他身上,我有甚么法子?"转念想起小姐素日待自己的好处,委屈立时平了,想道:"是了,谁让姑爷生得这般丰神俊朗、品貌出众?小姐配着这样的人物,心中自是欢喜得很,怕他移情别恋,管得严厉些,也是应该的。唉,其实,也只有小姐这样的美貌佳人,才配得上姑爷这样的英俊相公。我们这些人,身份固然低微,姿色又是平常,及不上小姐十成里的一成，见到姑爷更是自惭形秽，哪里用得着小姐担忧呢？"

这边卧房里，孟丽君笑道："娘子，是我不好，小生这厢给你赔罪了。"说着站起身揖了一礼。苏映雪"噗哧"一笑，转怒为喜。其实，她又哪里发怒了呢。孟丽君道："娘子还是快些梳洗才好，我的那个小僮儿，马上就要过来了，你愿不愿让她见到你这副模样呢？"苏映雪跳了起来，叫道："兰……兰……她要来啦！你现下才告诉我，瞧我怎生……哎呀，绛香，绛香，快打水来！"绛香在门外低低地应了一声。

苏映雪披上外衣，坐在铜镜前。孟丽君看着她，心中欢喜，暗想："雪妹如今可比从前在家时性子开朗许多。"说道："我来为你梳妆。"用犀角木梳轻轻梳理她柔亮的秀发。铜镜之中现出两张光彩照人的面庞，一张秀美中满是妩媚，另一张俊逸之中英气勃勃，当真光芒四射、明丽不可方物。

绛香端上一盆温水，见到两人这般恩爱，又是高兴又是伤心，不敢多留，退了出去。

孟丽君低声道："雪妹，有件事情，你且替我想一想，这样做好是不好。"将昨日冒名郦如兰的缘由和今日朝廷放榜天下之事说了，又细述了自己的顾虑。

苏映雪听罢，微一沉吟，说道："记得爹爹入闱前的一日夜里，我去书房送消夜，不巧爹爹正在会客，我便站在帘幕后面等了一会，听见爹爹和一位梅翰林在议论春闱会试。听他们说话，这春闱会试的第一关，由副主考文大人及一众考官协同审定。这位文大人是国丈的心腹，他对我爹爹颇为忌惮，凡事不敢当面违拗，背地里却总是阳奉阴违的。第二关，便由我爹爹独自鉴夺。爹爹为防那文大人暗地搞鬼，每次都要在第一批删下的文章中随意挑出几份，看看有无被他私自扣下的好文章。听说三年前的会试中，就查出了一份，是国丈公报私仇、暗地嘱咐文大人扣下的。爹爹禀奏皇上，岂料国丈狡猾得很，推得干干净净。文大人另找了人替罪，那人罪责不轻，文大人却只罚了一年俸禄。不过这么一闹，那文大人今年可再不敢耍甚么花招了。这第三关，就是皇上自己了。爹爹言道，当今皇上自小便聪明得很，诗词文章、琴棋书画无一不通，就是可惜为人太过花心，又不把心思放在朝政上，才弄得奸佞横行、朝纲不振。爹爹说，皇上眼光是有的，能力也是有的，倘若他振作起来，定然是一个有道君王，断不会输于前朝的圣主明君……"说到这里，听见孟丽君轻轻"哼"

了一声，知她心里对皇上不满，忙回转话题，道："有些话我也不明其意，这些都是爹爹的原话，我不过依样学给你听罢了。我所知的就是这些了，小……你……你瞧着办吧，你的主意总比我高明些。"孟丽君手握木梳，沉吟不语。

苏映雪从她手里夺过犀角木梳，笑道："我自己来吧，待会兰……她进来了，见我衣不整、头不梳，还不笑话死我啦？她现下改名作甚么，还是叫作容清吗？一年不见，不知她长高了没有？"一面飞速梳洗完毕，挽了一个高高的发髻，云鬟如雾，更显得娇美婀娜。这是新媳妇的发式，数日前已由下人教会。

孟丽君略一思忖，心中已有计较，她主意早定，听过苏映雪这番话语，更多了几成把握。走过去握住苏映雪一只素手，上下打量她一番，笑道："妹妹越发美丽动人了，当真我见犹怜。"苏映雪啐她一口，嗔道："好没正经。"

话音刚落，门外芙蓉的声音道："姑爷的僮儿到了。"荣兰的声音在外头唤道："公子，公子！"她这一夜提心吊胆，虽见天都亮了太师府仍然未有动静，想是公子已将那太师小姐稳住，但不见面细细问个究竟，终归放心不下。可任她再胆大心切，却也不敢贸然闯进卧房。

苏映雪顽皮心起，轻声道："我要吓吓兰儿，你可别阻拦。"孟丽君微微一笑，道："别太过了。"苏映雪道："我自有分寸。"高声唤道："芙蓉，你进来。"芙蓉应道："是。"走了进来，垂手侍立。

苏映雪问道："爹爹早朝去了没？"芙蓉回道："老爷五更天就上朝去了。他吩咐不让唤醒小姐和姑爷，说下朝立刻回来。"苏映雪道："知道了，你和绛香都回房歇着去吧。把那小厮带到厢房，将一干人等都撤了，只留两个在前门伺候着，没我的话不让进来。我有话要问那小厮。"芙蓉应声出去。

荣兰在门外听得惊疑不定，待芙蓉出来，悄悄问道："姐姐，我家公子不在里面么？"芙蓉尚未回答，已听里面小姐的声音叱道："好大胆的小厮，在我房外，也有这许多话说？绛香、芙蓉，你们两个听了，不许和这小厮说上一句话。"声音娇媚，悦耳动听，可语气竟异常严厉。绛香和芙蓉对望一眼，均想："小姐素日脾性何等温柔，今日怎地无缘无故这般严厉？她和姑爷既然恩爱、爱屋及乌，又为何对他的书僮如此不客气？"满腹疑问，却不敢多言，应了声"是"，领着荣兰到了厢房。

荣兰心中更是纳闷，她一路上已听芙蓉把她们小姐夸得盖世无双，又是美貌又是温柔，待下人也好，是太师的心肝宝贝，却从不恃宠而骄。眼下未见着面，只听她言语，哪有半分好处，既刁蛮又无礼，完全是个宠坏了的千金小姐模样，不觉又是失望又是担心。心想倘若这小姐知书达理、深明大义，公子软言求恳，或许还能打动她恻隐之心。现下既是这副德行，只怕就难办了。电光火石间，脑中一念流转："太师府到得此刻尚无动静，那太师小姐若未答允我家公子，是说不过的。莫非她已经答允，只是得了个女儿妆的夫婿，未免心中着恼，要寻个人来发泄一通，又恐泄露天机，便将我寻来，打骂一顿，解解胸中怒气，亦是情理中事。否则，芙蓉这么说也还罢了，昨日府中下人众口一词，都说他们小姐好得很，那都是假的么？也罢，只要她答允不泄露公子的身份，别说打我骂我，就是杀了我，也没甚么。"想到这里，又稍感宽慰。

她胡思乱想间，忽听得里间有人道："你进来罢。"正是那太师小姐的声音。原来卧房和厢房是连通的，中间只隔了一间偏房。荣兰不敢违抗，低头走了进去，微微抬头一瞥，只见一个婀娜窈窕的身影立于窗下，背对自己，想必就是那太师小姐。她一瞥之下，不由呆住，心想："这背影好生眼熟，细细想来，她的话语声也十分耳熟，难道竟是我熟识之人？但她是京城里的千金小姐，我不过是昆明城中一个小丫头，这如何能够？"思量之间，竟忘了上前叩见。

苏映雪怒喝道："大胆小厮，见了本小姐，不叩拜行礼，一双眼睛忒贼溜溜的，好生放肆！"荣兰大奇，心想："你不曾回转身子，怎知我盯着你看？哼，你当自己生得如何好看呢，我瞧固然及不上我家公子，就连映雪姐也及……哎呀，难道……难道……"想到苏映雪，登时眼睛一亮，"她……她的声音和背影，可不是像极了映雪姐么？但这……怎么可能呢，她……她究竟是谁？"心头几分困惑、几分紧张，又带着无限期盼，只盼着她略略回转头来，让自己看个究竟。不由讷讷道："你……你是……"

苏映雪心中一惊："难道她便已瞧出了么？"忽然间一阵难以抑制的冲动袭上心头，只想转过身子好好地瞧瞧她。自记事以来的十余年里，她们姐妹三人都生活在一起，从未稍有分离。现下蓦地一年没见了，她……她可还是原来那个天真伶俐的小丫头？逗弄之心烟消云散，慢慢转过身子，两颗泪珠滴落衣襟。

荣兰喜极而呼："映雪姐，映雪姐！当真是你么？"扑入她怀中，已然泪流满面。苏映雪低泣道："兰儿，你长高了，也越发俊秀了。"两人相拥而泣。忽然一双温暖的手臂将两人一齐搂入怀中，抬头见处，正是孟丽君。她缓缓说道："天可怜见，终于让咱们三人重聚于此。"荣兰欢然道："今后咱们三个便永远在一处，再也不分开啦。"苏映雪道："正是，咱们再也不分开了。"孟丽君"嗯"了一声，心知此事极难，但转念一想，事如不成，左右是个死，三人总能死在一处，那也是永不分开，说道："对，咱们永远在一处，再也不分开。"一时之间，各人心中俱是欢喜，反倒甚么话语也说不出了。

　　半晌，听得"咕"的一声，原来荣兰担心了一整夜，甚么东西也吃不下，肚子已饿得咕咕直叫。苏映雪问明情况，道："我去门外叫人传饭。"荣兰道："我不要吃，我现下一肚子疑问。映雪姐怎么成了太师小姐啦？不告诉我究竟怎么回事，我便一口也吃不下。"苏映雪笑道："还是这个直脾性。好，我传了饭来，一边吃，一边告诉你。你不饿，我可饿得很了，不吃饭，可没气力说话。"荣兰笑道："还是我去罢。你如今是千金小姐了，动不动就说人家'大胆''放肆'，架子大了，脾气也大着呢。"说着扮了个鬼脸，转身出去。

　　不多时，两个小丫鬟摆上早饭，不过是些寻常菜肴，比之当日孟府家中尚稍有不如。苏映雪命小丫鬟在外头伺候，不经传唤不许进来，说道："爹爹生平勤俭，常说'士志于道而耻恶衣恶食者，未足与议也'。饭食不好，也只好将就些了。晚上我亲自下厨，做几个精致小菜，咱们再好好吃一顿。"荣兰道："说哪里话，我们从前住在客栈，盘缠有限，公子连多五钱银子的饭钱都舍不得花。比起那时吃的饭食，这可不知有多……"这才瞧见孟丽君使的眼色，立时知道说错话了，将一个"好"字硬生生地咽下去，讪道："我肚子饿了。"端起碗吃起来。孟丽君岔开话题道："你别吃太急，小心肚子疼……"却见苏映雪端着饭碗，怔怔地落下泪来。

　　荣兰放下碗，不知说甚么好。孟丽君劝道："那都是从前的苦处，还提它想它做甚么？咱们三人已聚在一处，将来有福同享、有难同当便是。"她知苏映雪听说她们这些日子过得并不好，自己却在太师府锦衣玉食，心中难受。苏映雪忍住泪水，勉强笑道："兰儿，你不是肚子饿了么，快吃吧。"当下自己先吃起来，但饭菜入口，又哪里知道滋味。荣兰见随意一句话就惹得苏映雪流下泪来，不敢多说，老老实实吃了饭，并不东问西问。

饭后，苏映雪唤来小丫鬟，将残羹撤下，嘱咐道："老爷下朝回来唤我时，进来通禀，旁的事情就不用来禀我，叫梁成自己瞧着办吧。"两人应声退下。

苏映雪把这一年来的经历细细说与荣兰听，提起母亲被害投江的经历，又是流泪不已。荣兰自幼孤苦伶仃，全仗窦蓉娘护爱，视她有如亲娘，听说她生死未卜、凶多吉少，不由失声痛哭。孟丽君心中难受，在一旁软语慰藉，好容易劝得二人收住泪水。

孟丽君想起一事，和苏映雪商量道："清儿自然不能和那些小厮长随们住在一起，你给她单独弄间房间住罢。"苏映雪道："这个自然。"命小丫鬟进来，吩咐立刻收拾出新房外廊的一间偏房，赐给姑爷的书僮居住。见荣兰眼圈发黑，昨夜不曾休息，又哭了一阵，想必疲累得很，命她随那丫鬟去了，待收拾好房间便好生休息。

过得一会，小丫鬟在外头禀道："老爷下朝回府，有请新人夫妇。"孟丽君和苏映雪对望一眼，苏映雪道："知道了。"孟丽君低声道："千万沉着，不可露出破绽。"苏映雪点头道："我理会得。"

书房之内，太师见小夫妻俩携手而来，神情亲密，一个丰神如玉，一个秀美温柔，宛若瑶台双璧，说不出的般配，心中欢喜，只是他素来严厉，脸上不过多了一丝微微的笑意。

孟丽君和苏映雪双双拜倒，一个口称："给爹爹请安。"一个道："给岳父请安。"太师道："起来吧。"心道："昨日你推三阻四，不肯拜堂，今日就心甘情愿地称我作岳父了。"

苏映雪站起，孟丽君仍跪倒不起。太师奇道："如兰，怎么了？"孟丽君道："小婿昨日欺瞒岳父，心中有愧，不敢起身。"太师问道："你欺瞒老夫甚么了？"孟丽君道："小婿昨日自称是湖广秀才郦如兰，那是假名。昨日所说前来赏玩京城风物、立志行遍天下路的那些话，也是虚言。我是湖广人氏，也确实姓郦，却是上京赶考的举子。"太师闻言脸上怒气大作，喝道："那你的真名是甚么？昨日又为何要欺瞒老夫？"语音甚是严厉。

孟丽君坦然道："小婿姓郦，名唤郦君玉，表字明堂……"太师"啊"的一声，从椅中站起，惊疑道："哪个'君'，哪个'玉'？"孟丽君答道：

"便是'谦谦君子、温润如玉'中的'君玉'二字。"太师走上前来,问道:"可有私印?"神色已是一片凝重。

孟丽君不明其意,心想:"莫非我的会试出了甚么问题?看情形不像,太师为甚么如此紧张,但神情之中又透出一丝喜色?"从衣袖中取出私印,双手呈上。那时的读书人都铸有私印,时刻随身携带,在自己的文章诗词之末加以印记,会试更是如此。一旦金榜题名,入朝为官,私印便要换成公印。状元之印由皇帝亲自更换,那便是所谓的"换印"仪式了。

太师拿起私印,细看良久,上面刻了"郦君玉印"四个字,殷红如血。苏映雪问道:"爹爹,怎么啦?这印……这印……"她生怕印章出了甚么毛病,让爹爹起了疑心。太师抬起头,注视着孟丽君,道:"你先起来说话。"孟丽君站起身子。太师问道:"你是此科进京赶考的举子,湖广人氏,名叫郦君玉,表字明堂,这是你的私印?"孟丽君隐隐猜到甚么,道:"正是。"

太师长吁一口气。苏映雪心中担忧,问道:"爹爹,郦郎他……"太师突然微微一笑,说道:"雪儿,你的夫婿是这一科的会元郎,你欢喜么?"孟丽君全身一震,苏映雪更惊得呆了,一旁服侍的丫鬟仆役尽皆呆住。

孟丽君方才从太师的言行神色之中,便隐隐猜到自己此科应当榜上有名,却也万万料想不到竟能高中会元。她虽觉会试时文字顺畅,这一篇文章做得十分称意,但自己毕竟没有十年寒窗苦读,早先以为中个二甲三甲的名次就很不错了,哪料竟能高中会元。又喜又惧,心想:"中了会元,殿试过后,自然能得一官半职,这仕途的第一步终于迈出。但我女扮男装的欺君重罪,岂不是更深了一层?"

太师见她脸上神色惊疑不定,说道:"你的文章做得着实好,文笔清雅,立意新奇,胆子也很大,'……是故圣朝之圣,不在圣主……'"停住不语,凝望着孟丽君。孟丽君知他心意,接下去道:"……而在天下之民。子民富足,安居乐业,知理守法,天下必治。然……"一路背诵下去。太师又惊又喜,心想:"果然是他,果然是他!"先前还不甚相信,如此一篇精辟锋利的文章,竟出自眼前这个十七岁的俊美少年之手,但听她背诵如流,不是她还能是谁?转眼见女儿一脸仰慕地望着自己的夫婿,心道:"当真是天公造化,雪儿得此佳婿,貌胜潘安,才逾子建,终身当有依靠。"不由轻捋长须。

孟丽君滔滔不绝,将一篇文章背诵完毕。太师道:"是了,是你。皇上今日金殿之上对你的文章大加赞誉，钦点为会元。"众丫鬟仆役齐声贺道："姑爷大喜，会元郎大喜！"太师问道："你为甚么要隐瞒姓名，自称郦如兰？"这时怒气早消，知她必有一番隐瞒姓名的道理。

孟丽君早有应辞，说道："我是上京赶考的举子，太师是今科的正主考官。我若说我是郦君玉，太师不加提携，旁人也会瞧在太师面上扶助一二，纵然中了会元，又有甚么意思？太师只知我是郦如兰，旁人都当我是郦如兰，状元却是郦君玉，两者便毫无关系，那可是我自己的真本事了。"

太师两道如炬的目光射来，见她坦坦荡荡，并无丝毫不安之色，话语虽略显狂妄了些，显然不是假话。这一刻的欢喜，当真非言辞所能表达，纵声大笑，连道："很好，很好！如此人品，不愧做我梁鉴的乘龙快婿！"孟丽君心道："事实虽非如此，但这的确是我心中所想，倘若当真碰上这种情形，我亦定会如此行事。你的这声称赞，我也算受得起。"

太师欢欢喜喜地大笑了一阵，随即皱起眉头道："只是有一事不妥。你的文章乃是老夫亲自举荐上去的，我那时不知你便是郦君玉。现下郦君玉成了我的女婿，旁人不知道的，只当老夫胸怀私心呢。何况上一科的状元，也是老夫亲属，一科状元、一科会元都出在老夫府上，定会有人胡嚼舌根，这……可也不大好吧？"

孟丽君正色道："小婿有一句话，还请岳父莫怪。"太师望着她，道："但说无妨。"孟丽君道："难道太师的意思，倘若事先知道我就是郦君玉，便不向皇上举荐我了不成？"太师一呆，道："这个……"孟丽君接着道："有道是：举贤不避亲；又道：任人唯贤。您既然觉得我的文章好，其中又确无任何营私舞弊，那便是了。大丈夫行得正，站得直，何须在乎些许小人说些甚么？"

太师大声道："对，对。君玉，说得好，好个'举贤不避亲'！"心中登时畅快淋漓，暗想："君玉不但品行正直，才华出众，更言辞锋利，令人折服。皇上素来看重仪容口齿，看来三日后的殿试，状元之位，已是非他莫属。待他进入朝堂，磨炼几年，日后定是朝廷的栋梁之材。如今皇上大权旁落，朝廷上下藏污纳垢，老夫纵然有意整顿，毕竟上了年纪，已然力不从心。正是要这样品行的年轻人，他日方能挑起这副重担。"心中委实欢喜，突然豪气大发，吩咐道："梁成，摆上酒席，老夫今日高兴，要和贤婿喝上几杯。二十年不曾喝酒了,不知今日会不会醉倒?"

梁成闻言大惊,太师自二十多年前景氏夫人逝世之后,便滴酒不沾,就是皇帝、太后知他这规矩,从不勉强他饮酒,不想今日如此欢喜,竟要一醉方休。应了一声,便要去摆酒席。孟丽君拦住他,向太师道:"岳父,小婿从不喝酒,毫无酒量,一喝就醉,可否……"太师拉住她手道:"男子汉大丈夫,岂有不会喝酒之理?老夫二十年前立誓不再饮酒,今日为你破誓,你竟然推辞,不是也忒不给我面子?雪儿,你替我劝劝你夫婿。"

苏映雪从未见过太师如此高兴,心道:"甚么人都喜欢小姐,就连爹爹平素这般严厉之人,见了她也笑声不绝。"当下劝道:"郦郎,你莫要拂了爹爹好意,就陪他老人家喝上几杯吧。"孟丽君听太师说道"男子汉大丈夫,岂有不会喝酒之理",心中一动,思忖:"我女扮男装,旁的倒可瞒过,只是酒量全无,不免是个破绽。要扮得像,须得学会喝酒才行。"微作勉强之状,说道:"小婿着实不会喝酒,但难得岳父高兴,小婿只得奉陪了,待会醉倒莫怪。"

不多时酒席摆上,不过是些寻常的鸡鸭鱼肉,但太师素重节俭,这已算相当丰盛了。酒却是陈年的竹叶青,碧绿清澈,香醇无比,孟丽君一闻之下便微有醺意。丫鬟为三人斟满酒,太师举杯道:"来,咱们先干一杯,老夫得此佳婿,雪儿有此夫婿,当真可喜可贺。"孟丽君、苏映雪二人也举起酒杯,孟丽君道:"不敢。小婿祝愿岳父大人贵体安康、福寿绵长。"苏映雪道:"女儿祝爹爹每日都能如今日这般欢喜开心。"太师嘿嘿一笑,三人同饮了这杯酒。

孟丽君从未饮过烈酒,一杯下肚,登时脸上飞起红晕,连忙夹些清淡菜肴吃了。太师见她果然不善饮酒,也不强求,道:"贤婿,你随意便是。下午定有人送来喜报,可喝醉不得。"孟丽君心中一凛,心想我要学喝酒倒也不急在这一时,当下以茶代酒,敬了太师几杯。

席间孟丽君将自己父母早亡、拜康若山为义父、捐监入试、高中解元,并与姑丈吴道庵一道进京会试、借寓在城南俞员外府等事一一道来。太师道:"既然贤婿的姑丈也在京城,自当请来相见。他若愿意,日后可住我府上。"吩咐下去,便有家人依孟丽君所说住址去请,并顺便取来她的行李物件。

太师酒量甚宏,十几杯下肚,只是面色微红,并无醉意。苏映雪劝道:"爹爹酒量虽大,但二十几年不曾喝酒了,片刻间喝了这许多,只怕有伤身子。日后自然还有机会，不如今日到此为止罢。"太师哈哈一笑，道："女儿说得是，梁成，撤了酒席罢。唉，二十年不曾饮酒，也二十年不曾有人这样劝我啦。"脸上虽是笑容，笑容之中却包含凄凉冷寂之意。他摇摇头，站起身子，道："你们也歇着去罢。"径直回房去了。

苏映雪望着太师背影，叹了口气，道："爹爹又想起了过世的夫人。小……郦郎……"她这一句"小姐"到了嘴边，幸好及时改口，"……我们回屋罢。"孟丽君赞道："岳父是个至情至性之人，这份深情厚谊，当真人所难及。小生不才，也当学他一学。"苏映雪知她这话乃是说给一旁的丫鬟仆役们听的，当下嗔道："你心里待我好，也就是了，这话何须挂在嘴边？你待我若有爹爹待夫人的一半好，我可就心满意足啦。"

孟丽君伸手握住她手，笑道："好，我从今日开始戒酒，岳父二十年不饮，我只有他的一半，就十年不饮，这总成了罢？"苏映雪"噗哧"一笑，道："别傻啦，你今天第一日喝酒，就说甚么戒酒？你逗我开心呢。咱们回弄箫庭去。"两人手牵手，起身而去。众家人侍女望着她二人的背影，心中均想："小姐和姑爷如此恩爱，姑爷人品俊雅之极，堪配小姐，又高中会元，有才有貌。咱们府上这次招亲，可真招对人啦。"都暗暗欢喜。

当日下午未时，果有人送来喜报：湖广解元郦君玉高中会元。太师府内接了喜报，登时一片欢腾。孟丽君赏了那报喜之人，又问起湖广举子吴道庵，得知他中了第四十八名贡士，心中替他欢喜。当下重新拜过太师，行了师生之礼，太师亦起身回了半礼。

正说话间，有家人通报，吴道庵和俞智文到来。原来昨日孟丽君主仆一夜未归，吴、俞二人心中焦急，大雨倾盆，依然派出家人四处打听，却没半点消息。虽探听到太师府招亲，绣球投中一个姓郦的书生，但听说那人面色焦黄、满脸病态，显然不是郦君玉。今日乃是朝廷放榜之日，一早便有报子报到俞府，郦君玉高中会元，吴道庵亦中了第四十八名贡士，登时报喜讨赏的人挤满了俞府。吴、俞二人大喜之外，越发焦急不堪。直到午后梁府家人到来，才知昨日太师府所招女婿，正是新科会元郦君玉，而其中缘由之曲折离合，自是远远出乎二人意料之外。

吴、俞二人先拜见过太师，吴道庵此科中了贡士，又行了师生之礼，拜谢过太师的提拔。见到孟丽君,她此刻不仅身为太师爱女之婿,更贵为新科会元,身份大异往日,一时之间,二人不知说些甚么才好。孟丽君却不以为意,依旧谈笑如故,并无丝毫倨傲之态,吴、俞二人方渐渐定下心神。

闲聊几句后,孟丽君道:"小侄已禀过太师,倘若姑丈愿意,可搬来太师府同住,以备三日后殿试,也免得再打扰俞员外。"俞智文忙道:"老朽寓所能得两位贵人投住,老朽荣幸之至。会元郎千万莫提'打扰'二字。"吴道庵心中巴不得如此,更无异议。太师向孟丽君道:"后院燕贺堂正空着,原是备着家眷往来时居住的,眼下正好让你姑丈暂住罢。"再说了几句话,又有新科贡士前来拜谢太师,吴、俞二人借机告辞出去,自有梁府家人帮着吴道庵搬运行李。

到了晚间,数批新科贡士陆续离去后,总管梁成走进,回道:"工部吴侍郎和翰林院梅翰林在厅外求见。"太师道:"请。"孟丽君听太师用了一个"请"字,便知这两人必不寻常。不一会,只见两个少年一前一后走进。前面那人二十二三岁年纪,一袭蓝衫,相貌平平,但举止间自有一股书生的清朗之气。后面那人十八九岁,身穿黄衫,唇红齿白,丰神俊朗,手中折扇轻挥,举止风流潇洒,二人都穿着便服。站定之后,躬身为礼,拜见过太师,太师摆手道:"罢了。"见到这两人,面上微露慈意。

两人一抬头,见到孟丽君,心中都是一惊,情不自禁赞道:"好个俊雅出尘的人物!"那黄衫少年素来对自己相貌举止甚为自负,见到她也不禁自惭形秽,心想:"当真天外有天,人外有人。我只当普天之下,若论风流倜傥,便再没一人及得上我。这人不仅远胜于我,简直我就无法与他相提并论。难怪……难怪……唉!天意弄人,让我告假在外,今早方回,错过了昨日绣球招亲。但我即便昨日在场,却又如何及得上他?"心中陡然一酸,脑中现出那日太师府书房内,惊鸿一瞥间的一张亮丽秀美的面庞,不由自主叹了一口气。

太师从椅中站起,道:"贤婿,老夫给你引见两位少年英才。"二人齐道:"不敢。"太师指着那蓝衫书生道:"他叫吴应兆,表字吉善,是老夫的远房外甥,前科的状元,现任工部侍郎。"孟丽君一惊,吴吉善的才名,她从前也曾有所耳闻,拱手道:"吴兄之名,如雷贯耳,今日一见,实是幸会。"吴应兆还了一礼,道:"郦兄的入闱佳作,在下读之不厌,深为叹服。郦兄若是早试三年,在下当甘拜下风。"言下之意,孟丽君若三年前参加会试,这状元之冠就不是他的了。孟丽君见他谦虚坦然，顿生好感，道："不敢，不敢。吴兄高才，小弟素来敬服。"太师指着那黄衫少年道："这位是梅昭如梅翰林，表字若显，是当朝丞相寿王爷之孙。"指着孟丽君道："这便是小婿郦君玉，表字明堂，你们早都知道了。"两人各作了一揖。太师道："你们几个年轻人聊一聊罢，我这个老朽就不凑热闹了。"众人躬身相送。

三人分宾主坐下，吴应兆道："郦兄，在下今早拜读了阁下的大作，心想文采如此锋利之人，相貌必定十分刚猛，一见之下，不想郦兄……"孟丽君抢先道："不想我柔柔弱弱，宛如女子，是不是？"吴应兆道："哪里的话。只是万万料想不到，兄台竟如此年轻俊秀。"梅昭如接口道："是啊，郦兄的风采容色，真令我二人汗颜不已。"孟丽君微微一笑，道："小弟可恨死这张面孔啦。自小到大，不知有多少人将我误认作女子，最初还不住的解释，到后来连我自己也懒得理会了。"她以退为进，将话说在前头，旁人便再不会疑心她是女儿身了。

吴应兆道："以兄之才华，若身为女子，岂不是太过屈才了？"这话孟丽君听着颇有些刺耳，但转念一想，现今世风本就重男轻女，他这话倒也没错。梅昭如心中却叹道："以他这份姿容气质，原当生做女儿身才对。他若是女子，如此容貌才华，定是一位倾国倾城的绝世才女。唉，这样我也就得偿心愿了。"他生性洒脱豁达，心上人罗敷有夫，容貌才华远胜自己，虽然心中酸楚，却全无嫉妒怨恨之意。

三人又聊了几句，吴、梅二人起身告辞，吴应兆道："郦兄留步，三日后金殿上再见。我二人就此预祝兄台届时蟾宫折桂、独占鳌头。"孟丽君点头谢过。梅昭如道："我二人与郦兄一见如故，日后该当多多亲近才是。"孟丽君含笑道："自当如此。"送至府门方才回转。

三日后，便是朝廷殿试之期。太师翁婿二人以及吴道庵五更天时便即起身，孟丽君穿戴一新，越发显得俊雅潇洒、丰标绝世。三人坐了轿子，来到朝堂。卯时三刻，皇帝上朝。新入的贡士未得召见，不能入内，都在偏殿等候，文武百官鱼贯而入。

偏殿之中新科贡士云集，人人都知郦君玉乃是新科会元，其文章才华大受皇帝赞誉，又是太师新招的女婿，有人不免阿谀逢迎，孟丽君只是随口敷衍。

忽然见到朱绍麟和柳复等人，心中大喜，走过去和他们相见。孟丽君意气风发，乃是众人瞩目的焦点所在，朱绍麟等早已瞧见，只是不想让人误会成趋炎附势之辈，才没主动上前和她搭话。

众人先互相道了恭喜，孟丽君正要解释那天发生的事情，朱绍麟已抢先说道："会元郎不必再说，我们都已经详细知晓了此事的前后缘由：你改名易容前往，原只是为通知梁府中人气象变化，可谓用心良苦。唯其如此宅心仁厚，方能得到上苍这般眷顾厚爱。如今京城里大街小巷，人人都在谈论你这桩天公作美的姻缘呢。更有说书人将其写入书中，传唱出去，郦兄美名，必然流芳百世。"柳复在旁不住点头。

孟丽君微微一笑，转过话题。询问之下，得知朱绍麟中了第五名贡士，柳复中了第三十七名贡士。问起那夏代宗的情形，朱绍麟与夏代宗本是同乡，知之甚详。原来夏代宗也中了第四十三名贡士，只是那日淋了急雨，回到客栈便高热不下、神志不清，请了大夫，吃了好几服药，依旧不见好转，至今仍然卧病在床，只得错过了今日殿试的大好机会。孟丽君听了，心中微感歉疚，虽知这一场病多因此人心胸狭隘所致，于己到底也有些干系，改日该去看看他，替他将病医了才是。

正说话间，有太监出殿宣旨道："万岁有旨，宣会元郦君玉，率前三十名新科贡士入殿。"众人齐道："遵旨。"当下孟丽君在前，余人紧跟其后，三十名贡士列队进殿。三叩九拜之后，一个清朗的声音道："平身。"声音不甚大，语气却威严肃穆，想来必是当今天子。众贡士齐声道："谢主隆恩，吾皇万岁万岁万万岁。"站起身子。

皇帝清朗的声音问道："文卿，今科的贡士，通共取了多少名？"一个长须老者躬身答道："回皇上，此次会试，一榜一百单八名，合天干地支之数；二榜三百另五名，合《诗》三百之数，一共四百一十三名，大大超过往年之数。想是皇上洪福齐天，我朝天下太平、诗书昌盛。"他说话时得意扬扬，胡须不住抖动。

皇帝"嗯"了一声，道："人多倒也罢了，难得今年有绝好的文章。言辞锋利，对朕毫不客气，'圣朝之圣，不在圣主'，这人胆子倒不小。文卿，这人是谁？"那长须老者正是此科的副主考礼部侍郎文明远，闻言瞟了孟丽君一眼。孟丽君上前一步，跪倒道："新科会元郦君玉拜见吾皇万岁。"皇帝道：

"你就是这科的会元郦君玉？抬起头，让朕瞧瞧，写出这种文章之人长甚么模样？"

孟丽君本就对皇帝无甚好感，听了这话心中更加不悦，暗想："你夸我文章好，瞧我长得怎样做甚？"但君命不可违，只好慢慢抬起头来。

朝堂之上顿时响起一片低低的惊呼之声，皇帝也"啊"的一声，不由自主站起身子，委实惊讶不已，心道："这不活生生是个绝色的美人么，怎会是新科会元？世上竟会有这般粉妆玉琢的男人么？可是，听说新科会元正是太师几日前新招的女婿，那么他……他终究是男子了？"旁边一位老太监轻咳了一声，他才发觉自己失态了，坐回椅中，心中犹自惊疑不定。

孟丽君也趁抬头之机向上望去，只见黄金案后、龙椅之上坐着一人，二三十岁年纪，明黄色衣冠，剑眉星目，仪表不凡。旁边站了一名老太监，正是前几日新婚时宣读太后懿旨的那位"权公公"。又向四周瞟了几眼，见文武百官分作左右两列，太师位于左首第二位，那左首第一的也是位老者，须发全白，比太师还苍老了许多，竟坐在一把紫檀木椅上，该是老丞相寿王爷罢？右首第一位年约五十，身体发福，脸上满是笑容，只是笑容之中，隐隐包含一股乖戾之气，孟丽君一惊，"莫非这人便是国丈刘捷？"眼角向后一瞥，吴应兆在左首第七位，梅昭如则更远在后面，也不敢久看，低下头来。

众人这才如梦初醒，心底均赞："会元郎的相貌好生儒雅俊秀。"皇帝微微一笑，道："郦爱卿平身。太师，听说新科会元是你的乘龙快婿，这可恭喜啦。"太师出班躬身道："是。这都是皇上的恩典。"一人接口道："太师，前科状元是你外甥，这科会元又是你的女婿，真是双喜临门哪。"声音说不出的刺耳。太师冷冷地道："国丈这话甚么意思？"孟丽君微微抬头，见太师旁边之人正是那笑面老者，他果然正是国丈刘捷。

刘捷干笑两声道："下官没别的意思，太师不必多心。我只是想，太师不愧是皇上钦命的主考官，家学果然渊博，一科状元、一科会元都出在梁府，当真可喜可贺啊。"他的言下之意再明白不过，是说太师借主考之便，为自己亲眷大开后门。

太师原本就担心会有这样的误解，若那日没听孟丽君劝解，他脾性耿直狷介，只怕当场就要和刘捷辩个清楚明白。现下心中一片澄明，既不齿刘捷为人，也就懒得和他辩白，只向皇帝说道："老臣一片忠心，绝无偏袒。郦君玉是老臣的女婿,那便怎样?他的文章是此番会试中最佳之作,正所谓'举贤不避亲',难道因为郦君玉是我女婿,我便畏于人言,不敢举荐了不成?"此话正是孟丽君劝他的话语。

皇帝点头道:"说得好,好个'举贤不避亲'!太师公正平和,天下皆闻,国丈不可多疑。"刘捷笑道:"微臣怎敢多疑?太师德高望重,在朝廷中人所仰慕。梁府连揽两科头筹,微臣是向太师道喜呢。"心中却暗暗犯疑:"梁老儿这番话说得好生高明,断不是他自己想出的。三年前他尚执意不肯将外甥吴应兆点为会元,后来还是皇上殿试,方才得中状元。听说他招女婿时,那姓郦的用的乃是化名,若非如此,只怕也中不得这会元。梁老儿性子耿直急躁,又素重虚名,我原料他这会子撇清还撇不及呢,却怎会说甚么'举贤不避亲'的大话?难道梁府中新近多了甚么厉害人物,替他出谋划策么?百足之虫,死而不僵,倒也不可不防。"转头向孟丽君瞧了一眼,又是一阵目驰神摇、惊颤不已,心跳加速,脸上却丝毫不显,说道:"会元郎,恭喜啦!祝你待会殿试夺魁,三元及第。"

孟丽君心中一凛,心想:"刘捷老贼好生老奸巨猾,他先说'太师不愧是皇上钦命的主考官,一科状元、一科会元都出在梁府',自是诬陷太师徇情偏袒。又说'太师德高望重,在朝廷中人所仰慕',轻轻一句话,旁人就算不信太师偏私,也会以为我二人之所以高中,完全是依仗太师的情面,靠着旁人的提拔,便将我二人给小觑了。他如此奸猾,我可要小心应付才是。"正待答话,太师使了个眼色,孟丽君知是不让自己多言,于是拱手道:"多承大人吉言。"刘捷哈哈一笑,回转朝班,心中犹自惊疑不定。太师瞪他一眼,也自退回。

当下皇帝颁下试题,内侍在金殿上摆了三十个蒲团,一众贡士笔走龙蛇、各抒己见。会试时日有余,尽可慢慢思索、从容作答,殿试考的却是捷才辩才。过不多时,三十份答卷已呈上。皇帝逐份看过,又一一加以垂询,心中已有了计较:不论文采口才,都以会元郦君玉为尊,难得他小小年纪,不但相貌万中无一,更兼锦心绣口、辩才过人。皇帝本是少年天子,素来看重容貌口齿,于是圣颜大悦,颔首道:"我朝果然人才辈出、文采鼎盛。郦君玉,你是湖广解元,又是会元,今日殿试,朕便钦点你为新科状元,令你连中三元,以见今科之盛。"彩笔高提,点中郦君玉为状元,随后又点了榜眼、探花等。

令三十名新科进士站过一旁，传旨召其余贡士入殿，温言嘉奖几句。不多时，颁下圣旨道："第二甲第一名传胪傅道昭上前。"傅道昭年已四十，叩谢圣恩之后，从内侍手中接过三鼎甲及第文卷，高声唱道："第一甲第一名状元郦君玉，年十七岁，湖广武昌府咸宁县人氏，敕封状元及第、正五品供奉翰林学士；第二名榜眼杨天爵，年二十四岁，河南开封府祥符县人氏，赐进士及第、从五品翰林学士；第三名探花朱绍麟，年二十二岁，广东潮州府潮水县人氏，同赐进士及第、从五品翰林学士。"唱罢三鼎甲，又唱了二甲、三甲的名次。除三鼎甲外，其余进士均交由吏部发放，酌情部分留京，余人便派到地方去做知府、知县，日后若有功绩，再累升品级。众进士三叩九拜，金殿谢恩。

皇帝又钦赐孟丽君状元府邸一座，太师出班奏道："老臣不愿与女儿分开，求皇上收回成命，答允郦翰林在臣府上居住，老臣感恩不尽。"皇帝笑道："状元府邸朕是一定要赐的，至于郦爱卿住在太师府还是状元府，就不关朕的事了，你们翁婿二人自可慢慢商量。"太师闻言一宽，皇帝这话自是准奏了。

当下举行"换印"仪式，那老太监权昌双手捧着一个金盘，尖声道："请状元郎换下私印。"孟丽君从袖里取出私印，恭恭敬敬放在盘中。权公公捧了金盘，走到龙椅之前，皇帝收了私印，从黄金案上拿了一件物事放在盘中，说道："赐印新科状元郦君玉。"孟丽君跪下接过，叩头道："谢主隆恩。"原来是一方乌玉雕成的印章，入手冰凉，当是上好的美玉，上面四个殷红大字"状元之印"。四角雕有花纹，十分精致，与自己先前那方私印相比，真是一个天上，一个地下。

皇帝见孟丽君丰神如玉、举止儒雅倜傥，在新入的一干进士之中，犹如鹤立鸡群、卓尔不凡，心中甚是喜爱，说道："取两只内造金花来，待朕亲手为郦状元簪花。"立有内侍取来金花，双手奉上。皇帝从龙椅上站起，走下金殿，见孟丽君跪倒受簪，便伸手扶她起身，触到她手时，只觉滑嫩光腻、柔若无骨，心中不由一荡，宁慑心神，说道："爱卿前日洞房花烛，今日又状元及第，可谓大小登科。人生乐事，不过于此。"一面说，一面将金花簪在她帽上。

孟丽君微微欠身，簪过花后抬起头来，正巧皇帝也看了过来，两人近在咫尺，四目相对，看得分明。孟丽君不由一惊，低下头来。只这一对望间，一双亮如点漆、明如秋水的眼眸跃入皇帝眼帘，更见金花掩映之下，一张皎若明月的脸庞光晕流转，美得动人心魄。皇帝的一颗心便如飞入九天云霄、云里雾里不知所在，好半晌才缓过神来，回到殿上龙椅落座。

大典既毕，皇帝道："无事便退朝罢。"司礼太监高声道："退朝。"文武百官尽皆跪倒，恭送皇帝圣驾出殿，唯有那端坐椅上、一言不发的寿王爷只站起身子。

下朝回来，依照惯例，孟丽君换过衣衫，便去赴那琼林宴会。下午御马游街，孟丽君披红戴花，骑着御赐大宛名马，喜气洋洋，风光无限，自是不必细说。

晚间回到府中，太师叮嘱道："国丈为人奸恶毒辣，在朝中权势极大。他对老夫早就心怀不满，不知暗中使了多少计谋，但老夫行得正、站得直，却也不惧怕他捣鬼。你初入朝堂，论心计不是他的敌手，凡事都要多个心眼，细细思量一番才好，别给他留下可乘之机。今日殿前皇上要赐你状元府邸，老夫奏请让你留我府中，也是为此。"孟丽君心中一凛，点头应下。

次日得闲，孟丽君邀了朱绍麟和柳复二人，同去客栈探望夏代宗。不料夏代宗令僮儿紧闭房门，执意不肯与他们相见。孟丽君见他如此，也不强求。

回到府里，和太师说起，太师招亲当日也由下人口中得知了此事，说道："那人想来也是心胸狭隘之人。招亲之事，从头至尾，你并无任何过错。你去客栈探望于他，原是为了化解矛盾，但他既如此偏执，不见也罢，贤婿不必放在心上。"孟丽君应道："是。"

太师又道："贤婿既已大小登科，当给你义父义母去封书信报喜才是。如今已是亲家，当请他们进京相会。"孟丽君道："有劳岳父挂心，小婿昨夜已写就家书。只因姑丈的差事今日才下，选入江苏苏州府吴县知县，过几日就要回咸宁老家迎接姑母，再去赴任。小婿便想请姑丈顺道带回书信，倒也便宜。我义父向来仰慕太师，时常说道此生不得拜见太师，不免抱憾终身，得此机会，定会兼程进京。"太师见她于日常小事上依旧心思缜密、计划周全，微微点头。

回到房里，想起要学喝酒一事，提笔写了个药方，令荣兰抓了药来，配出一剂醒酒药。此后每日服过药后，再去饮酒，酒量逐日增加，再不闻酒而醺。

几日后吴道庵起程回转咸宁，孟丽君将书信相托，亲送至南安门外方回。

第八章

殿试之后，孟丽君受封正五品供奉翰林学士，入了翰林院，每日里和太师一同入朝参政。

孟丽君知道供奉翰林学士只是一个空衔，名头虽响却并无实权。身为新科状元、天子门生，朝中有无数道目光都在紧紧地盯着自己，暂时只宜韬光养晦、谨言慎行，绝不可走错一步。一个月下来，孟丽君冷眼旁观，对朝中情形已然颇有了解。

名为百官之首的老丞相寿王爷，只顾洁身自好，不愿多理朝中诸事，等闲难得上一次朝，早已无甚实权。百官看他是皇帝叔公、三朝元老的面上，敬他三分，却也不甚忌惮。梁太师历事三朝，忠心耿耿、清廉生威，加上曾经担任了数次科举的主考，桃李满天下，在朝中有相当的影响力。只是年岁大了，有心整顿朝纲而精力不足，只得听之任之。

国丈刘捷，在朝中位高权重、爪牙无数，是朝廷事务的真正把持者。他依仗着皇后父亲、当朝国丈的身份，横行朝野、飞扬跋扈，一味排除异己，除了对太师略有忌惮之外，目中无人、眼高于顶。偏偏深得皇帝的信任，几乎到了言听计从的地步，使得他越发不可一世了。

六部之中，吏部尚书史朝山、礼部侍郎文明远、兵部侍郎朱奎、刑部尚书裴年佶，都是刘捷的心腹，与他沆瀣一气、狼狈为奸。而当年那个因为诬陷爹爹、讨好国丈而擢升为兵部尚书的彭如泽，自去年五月奉旨和谈之后，便一直屯兵留在四川，一直不在朝中。但可想而知，其人一身荣华富贵皆由国丈而来，自然听命于他。这样，朝廷的官吏任免、科举典礼、军事调度、司法刑狱等一干大权，几乎全部掌握于刘捷的手心，实可见其权势之大！

至于户部尚书曲怀仁，是个与寿王爷一般只管独善其身，对朝事睁只眼闭只眼的人物。他掌管赋税财政大权，幸得为人谨慎，也不贪财，一直没让刘捷找到可乘之机，居然坐稳了位子。工部侍郎吴应兆文采出众，是个极有担当有抱负的大好男儿，可惜上下诸多掣肘，无法放手而行，才干不得施展。

六部尚且如此，其下就更不用说了，多是些不学无术、阿谀逢迎之辈。朝中自然也有正直有才之人，但在国丈的刻意排挤弹压之下，被压制在朝廷的最底层，担任些闲散无权的职位。

看到这样的情形，孟丽君心中担忧：朝政腐败若此，为父平冤难上加难。再说便纵然平了这一桩冤屈，只要朝廷大权依旧掌握在那一干奸臣小人手里，他日再要设计陷害，岂非轻而易举的事？更不知还会造出多少别的冤案、令多少人如自己一般蒙受不白之冤！想到这里，孟丽君深感责任重大，言谈越发小心在意，暗暗告诫自己：凡事切不可鲁莽冲动，须得谨言慎行、静待时机，以求一举得到皇帝的信任而入主兵部，方能找出证据，为爹爹昭雪冤情。

却说皇帝自殿试那日一见之后，心中便对这位风流俊逸的新科状元念念不忘，爱其锦绣文采、出众才华，喜其超凡脱俗的俊美容貌，时常宣旨召她入宫。或吟诗作赋，或下棋赏画，兴之所至，时常命她挥毫泼墨、行书作画。孟丽君诗文书画样样精通，自然不在话下。相处下来，令她意想不到的是，皇帝在诗文书画上的造诣竟也颇为深厚，像是下过苦功的样子，若非心中当真喜好，以他九五之尊的地位，实在不需如此。可也正是因为心中另有所好，他才会于国家大事上毫不经意，一味宠信佞臣，导致朝政大权旁落。诗词文章，于一般的读书人而言，乃是晋身之本，自然越精越好。而对于坐拥天下的帝王来说，殊属末道，只为修身怡情之用，却非治国之本。皇帝如此本末倒置，难怪朝纲不振、小人当权。

孟丽君虽心系兵部，却也知道自己乃是文臣，文就武职，并非易事，切切不可操之过急，须得细细谋划、小心从事。而首要之举，便是要借机在皇帝面前展露自己的兵法谋略，以求简在圣心，日后兵部若有空缺，只要皇帝肯下一道钦命，国丈纵然百般不愿，也当无法阻挠。

于是趁着皇帝每隔三五日便宣召自己入宫吟诗作赋的机会，将新作的几篇文章陆续呈上。文章的主题自然五花八门，但每篇文章或者引用一句兵书谋略，或者廖廖数笔带过一场战事。笔墨分寸掌握得恰到好处，既显示出自己深谙兵法，又令人不起疑心。皇帝见了如此好文章，不虞有他，称赞嘉奖过后，甚至从中挑出两篇佳作，传令国子监，将之列入必读书目。

所谓"上有好之，下必效之"，一时间，京城纸贵，纷纷传抄郦君玉的文章。加上先前早在大街小巷间广为流传的那一场"天作之合"的姻缘，以及那一段为世间万千读书人所热切企盼的"三元及第、大小登科"的经历，都使得"郦君玉"的大名如日中天，远远地传播开去。比起朝中一些官位品级远远高过她的大员，声名更要响亮得多。

所有的这一切，都是孟丽君所不曾料想到的。欣喜之余，心中不由苦笑："倘若有朝一日，我女扮男装的真相泄露出去，只怕声名不知还更要响亮多少倍呢！"

这日下朝回府，孟丽君来到书房，吩咐荣兰铺纸研墨。她略一沉思，便提笔疾书，不多时写就一篇千余字的文章，搁下笔来，瞧着案头淋漓的笔墨微微出神。荣兰不敢打断她的思绪，过了一会，见她抬起头吩咐道："将我昨日、前日写的那两篇文章都找出来。"

荣兰在书房当差，分管笔墨物件，闻言立时取了过来，问道："公子要将这几篇文章上呈皇上么？"孟丽君摇头道："呈给皇上，恐怕还不到时机，太着痕迹，反倒不好……可我却也不能再这么慢慢等下去了。"打开抽屉，将那两篇文章放在屉内。拿起案上皇帝昨日赏赐的白玉麒麟镇纸把玩了一会，依旧放回，镇着新作的墨迹未干的文稿。

打开一册书卷，才读了两页，便有丫鬟进来回道："翰林院袁学士来了，老爷请姑爷到听槐轩会客。"孟丽君道："知道了。"知是去年点了自己为湖广解元的主考袁容，也算得上是自己的半个老师。自入翰林院以来，他对自己照顾有加，颇多指点。他早年亦是太师的门生，文字功夫十分了得，为人刚正不阿，素有清名，只是生性略有些迂腐古板。放下手中书卷，向荣兰道："你出去罢，这里就不用收拾了。"

起身出了书房，来到听槐轩，与袁容见过礼后坐下。闲聊数语步入正题，袁容正色道："官场之中原忌交浅言深，但下官与郦大人前有湖广乡试的旧谊，郦大人又是梁太师的乘龙快婿，下官自思并非外人，有几句肺腑之言，如鲠在喉，不吐不快。只因翰林院中鱼龙混杂、耳目众多，下官为此特地登门造访。若有直言冒犯之处，还望海涵。"孟丽君道："好说，好说。袁大人乃学生的老师，如有指教但请直言，无须顾忌。"太师也道："表允直说不妨。"

袁容道："郦大人三元及第、才名远播，又蒙皇上厚爱、得近天颜，可谓少年得意。下官从大人乡试、会试的文章看来，阁下志向远大，前途未可限量，日后成就当远不止于区区翰林学士之位。然而自大人入了朝堂这一个多月来，却何以只知一味明哲保身、韬光养晦，于朝廷大事并无半点独到见解？当今万岁本就痴迷于文章书画之道，如今得了郦大人相伴御前，如获至宝，越发不问国事，宠信权奸。大人如此举动，岂不令人误为与奸佞小人之辈同流合污？"

孟丽君闻言一怔，心道这位袁大人果然耿直纯良，却未免也忒性急了些，自己才入朝堂一个来月，哪里就能有甚么大的作为？或许是因为他在自己身上寄托了太大的希望，才会如此在意。又想倘若他面见皇帝也是这般说话，难怪做了十年的翰林学士。她微微一笑，道："袁大人倘若还有别的指教，且请一并说出。"

太师听了袁容的话语，不禁眉头微皱，恐怕孟丽君少年气盛，听了这样的"直言"，脸上下不来台，心中生出芥蒂，却见她面带微笑、神色自如，放下心来。袁容也不料她竟是这般反应，愣了一愣，方道："下官的意思是，郦大人既已得近圣颜，与皇上单独相处的时机应该颇多，此乃权臣所力不能及的大好良机，何不借此机会上奏陛下朝政实情，令皇上不再为权奸所蒙蔽？"

孟丽君看了太师一眼，见太师微微点头，于是说道："学生亦有几句冒犯的直言，也请袁大人海涵。敢问大人，既有如此见解，为何不当面禀奏皇上？"袁容脸上微现尴尬之色，道："这个么……下官确有此心，只是苦于没有单独面见皇上的机会。至于早朝之时，素为权奸把持，说了也是枉然。"

孟丽君又问道："学生听说大人乃是当年科举的探花郎，文字功夫颇得皇上赏识，时常宣召入宫，亦是圣上驾前的红人，却不知为何落得今日这般田地？"袁容支吾几句，说不出话来，脸上已是一片绯红。孟丽君点到为止，不为已甚，顺势说道："若非学生知道袁大人素来宽宏大量，方才这话是万万不敢说出口的。其实大人的意思学生心中有数，日后自当量力而为。大人暂请稍待，数月之后自见分晓。"

袁容听了这话，又见太师不住点头，心中犹疑道："莫非果真是我太过性急了么？太师既然频频点头，自是让我不必纠缠下去，看来他翁婿二人自有打算，倒是我多事了。"

恰巧这时梁成进来回道："工部吴侍郎、翰林院梅翰林、朱翰林等人求见，说是与姑爷今日有约。"孟丽君正要告退，免得袁容难堪，趁机站起身道："岳父、袁大人，恕我暂时失陪，出去迎接几个朋友。"

孟丽君来到前厅，见吴应兆、梅昭如、朱绍麟、柳复等六七人均如约前来，心中一喜。这一个多月与他们诗文往来，话语投契，互称字号，彼此已是交好的朋友了，每隔数日便要聚会一次，一同饮酒作诗，端的是斯文风流的雅事。

孟丽君将几人迎入听槐轩，见过太师，又与袁容相互见过。梅昭如折扇轻挥，笑问道："近来京城纸贵，人人都在传抄明堂的文章。不知这几日可有甚么大作，也好让我等先睹为快。"

孟丽君道："这几日公务繁忙，倒没工夫去弄那些诗词文章。听说云麒兄前日才作了一篇《惜春辞》，文采是极好的。"朱绍麟笑道："打住。今日你是主人，怎么反说起我来了？待会若无诗文，可要罚酒三杯。"吴应兆道："听说昨日皇上召见，明堂七步成诗，圣颜大悦，将御用的白玉麒麟镇纸都赏赐下来，极是称赞明堂文思敏捷。以兄之才，吟诗作文自是顷刻立就，云麒的酒若能罚到他，在下愿饮双份。"孟丽君微微一笑，道："既有吉善兄这话，小弟便乐得交白卷，既省了心，又有人喝双份。"众人一阵大笑。

过了一会，笑声渐止，柳复道："早听说圣上的白玉镇纸乃是西域贡物，不但玉质温润细腻、通体白如羊脂，一只麒麟刻得有如活物一般，更有宁神养颜的功效，是皇上的心爱之物。就连皇上御妹安平公主几番讨要，都不曾赐予，想不到竟会赐给明堂，可见圣上果然看重兄台。"言下颇有羡慕之意。梅昭如道："你想看么？待我去拿了来。"说着站起身子。

孟丽君伸手拦住他道："若显且留步。本是一件玩物，返之兄若是想看，小弟去书房取来就是了。"梅昭如笑着拍开她手道："咦，你为何不让我进书房？是了，你方才所言定是诳语。大家都随我瞧瞧去，看他究竟藏起了甚么宝贝？若是找到写好的文章，先说好了，可就都是我的了。"抬步便走。余人见他一副笑嘻嘻的模样，又见太师并无拦阻之意，都是年轻好事之人，当下一哄而起，跟在梅昭如身后，反将孟丽君远远地隔在后面。

梅昭如是寿王之孙，向来与太师熟不拘礼，对府中的地形更十分熟悉。不多时到了书房，才一进门，便高声叫道："好啊！果真给我猜中了。"抢步拿起案上的文稿。

孟丽君这时方到，见众人每人手里都拿了一页文稿，不由苦笑道："这可不是甚么正经文章。小弟这几日正读兵书，不过一时心中有感，随手写下的。"看到手中文稿原来竟是兵法，便有几人松了手，取过案上御赐的那方白玉麒麟镇纸，把玩鉴赏起来。只有梅昭如、吴应兆和朱绍麟三人，还在继续看那文稿。不想一只手伸过去，将案上剩余的文稿都取了来，孟丽君抬眼一看，竟是袁容。太师站在他身后，眼中闪过一丝异色。

梅昭如等三人及袁容互相交换文稿，不多时便看完全文。袁容道："看来此篇还当有上文罢？"孟丽君从屉中取出前两篇，袁容一一看过，低声赞道："好文采！好胆色！"便不再说话，将文稿递回孟丽君手中。

孟丽君将文稿收齐，依旧放回屉中，转身说道："今日聚会原为饮酒作诗，后花园里海棠花正开得艳丽，内子已经备下了酒宴，诸位何必待在这里？这就移步，一同前去赏花，可好？"走在前面，引着众人出了书房。

孟丽君又邀袁容一同赏花，袁容道："赏花饮酒、诗文同乐，这是少年人的风流雅事。下官年纪大了，就不凑这个热闹了，也省得扫了你们年轻人的雅兴。"告辞离去，孟丽君也不强留。

直到夕阳西下，众人方尽兴散去。梅昭如找个借口单独留下，与孟丽君坐在园中，有一句没一句地说些闲话。孟丽君见他分明无话找话，脸上神色怔忪，竟似有些魂不守舍，不由大奇，暗道："下午在听槐轩时，他是何等的举止自如、谈笑风生。怎么自到了后花园里，便心神不宁、言语迟缓了？难道竟是因为我那三篇兵法的缘故么？也不像啊。"正寻思间，忽听苏映雪的声音在身后唤道："官人！"转身道："怎么啦？"

苏映雪一直站在后花园里，瞧着绛香领一众仆婢收拾桌椅杯盘，这时收拾毕了，亲手取了誊录诗文的纸笺，走过来说道："可要妾身将这些诗稿送到书房？"孟丽君道："娘子操劳一日，着实辛苦了，还是早些回房歇着罢。我一会便要回书房，自己拿去就是了。"从她手里接过纸笺。苏映雪嫣然一笑，道："这是妾身分内之事，说甚么操劳辛苦？既如此，妾身便告退了。"向梅昭如微一点头，扶了芙蓉翩然离去。

孟丽君回过身来，向梅昭如笑道："今日众人皆有诗文，只有若显兄落第，令人好生诧异。"梅昭如似猛然回过神来，"啊"的一声，站起身道："……原来天色已经这般晚了，小弟与明堂相谈甚欢，竟然忘了时间。这就告辞了。"孟丽君见他片刻之间言行迥异，心中更觉奇怪，却也不好相问，送他出府。

孟丽君拿着诗稿走向自己书房，远远地便见书房里掌了灯，一个人影映在窗前，似在伏案读书，心道："清儿这时还在书房，我命她得了闲时便多读史书，不懂处就来问我，她倒颇为用功。"走进去道："清儿，将今日的诗稿拿去……"声音戛然而止，惊道："岳父？"案前坐的那人竟是太师，手里拿了自己的三篇兵法。

孟丽君脑中心念电转，太师书房另有所在，他等闲不进自己的书房，平日纵然有事也只令丫鬟来叫，此刻端坐于此，不知等了多久，自有要事，想来与那三篇兵法脱不开干系。她既行此着，前后事宜已然考虑周全妥当，本就打算宴会之后便拿了三篇兵法去见太师，却不想太师已经先在书房了。

孟丽君放下手中诗稿，问道："岳父可是为了小婿这三篇兵法而来？"太师道："不错。这三篇兵法果真是你所写？"孟丽君昂然道："正是。"

太师点点头，说道："往日老夫看你文章中时有引用兵书之句，知你熟读兵书，读书人读过《孙子兵法》原不足为奇，也不放在心上。今日看了这三篇兵法，便说心头有如平地一声惊雷，亦不为过。你允文允武，文采武功皆世间绝顶，果是不世出的奇才！但越是如此，越发不能心术不正，否则便是不世出的祸害了。老夫既知你精通兵法，便敢断定，今日你一举一动定有深意，行的是欲擒故纵之计，是也不是？却不知你究竟为了甚么目的，要将这一干人等尽皆算计进去？更为何要将老夫也一并瞒将过去？你究竟有何图谋？"语音越来越严厉，说到最后一句话时已是声色俱厉，一双锋锐无比的目光更紧紧地盯住孟丽君。

孟丽君原知所作所为瞒不过太师，这时见他似动了真怒，一撩袍角，跪下来道："太师公允，定然不会仅凭心中猜测，就要定小婿罪名，当会给我一个分辩的机会。"太师道："老夫在此坐等了一个时辰，正是要听你解释。"孟丽君道："既要公平，小婿便大胆恳求，请太师暂息雷霆之怒，平心静气地听我解释，否则于我也不算公平。"

太师长吸一口气，平定心绪，道："你先起来，坐下说话。"孟丽君道："是。"站起身子，搬过一把木椅，在太师身侧坐下，这才说道："解释之前，请容小婿先述说一件往事。"

见太师不置可否，接下去说道："这件事情与我姑丈有关。"将乡试之前如何设计激将吴道庵，使其昼夜攻读，终于得中举人的前后事情说了一遍。一面说，一面察言观色，却见太师神色如初、看不出丝毫变化。续道："此计在我看来，乃是一举数得之事。既不拂姑丈面子，又令他达到了所需目的，日后待他醒悟，心中亦会感激于我。倘若直言，决计达不到同样的效果。于我而言，不错，的确使了计谋，并非光明正大，然而我敢对天起誓，全然出自一片好意。于姑丈而言，他苦读二十载，为的便是一朝金榜题名，若非我用了计谋激他苦读，他恐怕难偿心愿，不免抱憾终身。"顿了一顿，说道："岳父或许已经猜知我为何要提这件往事，我要说的便是，计谋并不等于算计，只要俯仰无愧，稍稍用些智计又有何不可？"

"待人接物固然如此，朝堂之事又何尝不是这样？倘若我也如袁大人一般，凡事只知一味直言无忌，不讲丝毫方法技巧，十年之后便依旧还是一介翰林学士，如此既埋没了自己的满腹才学抱负，更辜负了那些对我寄予厚望之人。这想来亦非岳父所望，否则今日听槐轩里也不会频频点头，示意袁大人不必纠缠了。"

说到这里，瞥见太师脸色稍和，蓦地转过话题道："小婿生平有三件自负之事，依序而排，其中的第三件，便是诗词文章。"此言一出，果见太师耸然动容，惊道："甚么？你的诗文冠甲天下，居然只排在第三！那第一、第二件又是甚么？莫非其中有一件就是兵法？"

孟丽君傲然道："不错！这为首的第一件便是兵法，第二件乃是医术。小婿自幼熟读兵书，虽不敢夸说胸中自有百万雄兵，于历朝历代的战役实例均颇有研究。这是小婿心之所好，于此花费了无穷时光精力，'精通'两个字，虽略显狂傲了些，倒也说得过去。"

说到这里，从椅子中站起，双手背负身后，在书房里一面踱步，口中一面滔滔不绝道："想我朝自太祖皇帝平定乱世以来，四海臣服、天下归心。开国近百年间，一直太平无事、兵戈不起。大小官员，上至天子、下至小吏，有几人心中还有忧患意识？近几十年来，朝廷一味重文轻武，武将外放各省，不得参闻中枢机要，纵有军功亦难升赏，长久下去岂会不生怨怼之心？就如两年前那两广总督李延亭起兵谋反，固然是因其人狼子野心、久有不臣之意，可朝廷赏罚不公、寒了将士们热血为国之心，也是不争的事实。再加上奸佞小人为遂一己私愿、从中作梗，才使得朝廷集倾国兵力，反敌不过区区边狭之地。将士们血战十月、死伤无数，就连前任兵部尚书呼延老将军亦重伤身亡，到头来却落得个与叛军握手言和、划地而治的结局。令人思之如何不悲愤满膺！况且和谈只是一时之计，绝非长久良策，叛军随时都可能撕毁和议、北犯我境，朝廷该当早做防范才是。但我这一个月冷眼看来，兵部主事官员皆短视懦弱之辈，只顾贪图眼前安逸，竟无人肯为将来略做打算。如此一来，战事一起，朝廷军队便又将如两年前那般节节败退了。连年兵戈不得止息，天下百姓妻离子散、流离失所，那是可想而知的景况了。"太师听她侃侃而言，话语切中肯綮，脸上渐渐现出凝重之色。

孟丽君蓦地转过身子，面向太师，但见灯光映照之下，一张面庞清冷如霜，与案头白玉镇纸交相辉映，竟分不出是玉更白还是人更白。一双亮如点漆般的眼眸中泛出迫人的光彩，朗声说道："男儿生于天地之间，便当以惊世之才，行惊世之事。我既自负于兵法谋略上有所成就，如今朝廷正值用人之际，正当是我大展身手、学以致用之时。然而单以兵法而论，朝廷重文轻武，我绝无入仕的机会。如今我既以文入仕，盘算的便是文就武职。岳父当然知道，本朝虽有先例，到底并非易事。今日一切谋划，皆是为此。"

这时瞥见太师头颈微动，似在微微颔首，当下一鼓作气道："岳父定然会问，既如此，为何不光明正大行此举动？小婿自也想过，然而当今朝廷，皇上大权旁落，国丈权倾朝野、党同伐异，兵部尽在他掌握之中，如何容得下我？岳父曾经教我，凡事皆要思量再三、不可令他拿到把柄。可一味小心谨慎却也不是办法,唯有出奇制胜,方有一线希望。

"今日小婿之举,虽是用了计谋,却绝非心术不正。为的只是装作无心之举以瞒过权奸耳目,将兵法间接流传出去,上达圣听,以求简在帝心。倘若直接上呈皇上,形迹太露,难免惹人生疑,招致谗语流言,自然非我所愿,也非岳父所愿。

"对于岳父,小婿绝无隐瞒之意。本待散了宴会便取过三篇兵法去见岳父,据实以告,吐露肺腑之言,以求岳父在朝中鼎力支持。

"现下小婿分辩完毕,恳求岳父公允裁决。不过依小婿看来,岳父并无当真恼我之意,只是借此逼我直言,不知是也不是?"说到这里,拱手为礼,双目直视太师,眼中一片挚诚。

太师听她这一席话语条理清晰、层次分明,将自己的几点疑虑逐一剖析,所作所为的道理更解释得清楚明白。仅此前后一番言谈举止,攻守有度、收放自如,便已是大将风度。听她言之成理,心中怒气早消,更生出一股惺惺相惜之意。站起身子,走上前去扶住她的双臂,道:"今日你我翁婿二人一席谈话,隔阂误会尽皆消除。你胸怀鸿鹄之志,眼光高远,老夫欢喜不尽,还说甚么恼不恼的?贤婿既然志在兵部,他日若有机会,老夫必会在皇上面前替你美言,定然令你得以大展宏图抱负!"

孟丽君又惊又喜,忙道:"多谢岳父成全。"她知太师极重清名令誉,从来不肯落下以权谋私的话柄,她对太师敬重有加,是以从一开始便压根没打算借用太师之力达到目的,否则直接将兵法呈给太师便是,何须拐弯抹角借助梅昭如等人?如今一席肺腑之言下来,竟得太师亲口允诺,实是意外之喜,自己入主兵部的胜算便更多了两成。

太师拉她坐下,说道:"老夫虽曾读过兵书,到底于兵法谋略所知不多。你方才说到朝廷一味重文轻武,以致种下种种祸患,老夫当年揽理朝政多年,一直抑武兴文,于这场叛乱,只怕也难辞其咎。"孟丽君劝道:"岳父切莫过分苛责。重文轻武,乃是我朝一贯策略,岳父不过依循旧略罢了。何况当年岳父揽政之时,朝政清明、上下同心,李贼知道事无可成,便决不会反。倘若近十年来岳父还一直主政,想来终那李贼一生,也只能屯于两广而已。"

太师微叹口气,说道:"当年皇上年幼,老夫身为先帝重托的顾命大臣,不得不暂揽朝政、辅佐君王。皇上成年之后,自当归还朝政,否则便是王莽、曹操一流的奸臣了，青史骂名、遗臭万年，那是一定的了。"孟丽君听他不避嫌疑说了这两句话，自知对自己已是信任无比了，暗道："太师要做周公，只可惜皇上却非成王。"这句话只在心底一转，无论如何也不能说出。

太师转过话题，向她询问前方事宜。孟丽君于这场叛乱前后所知甚详，更颇有独到见解，当下将所知慢慢道来。细细分析了叛军由攻转守、后又由守转和的战略变化，提出了对于叛军舍两广根本所在而定都昆明的疑窦，又叙说了对朝中有人暗使奸计、希冀双方两败俱伤的猜测。提到原贵州巡抚彭如泽并无军功，却被朝廷擢升为兵部尚书时，微一犹豫，终究没有说出心中怀疑，只说他可能本就是国丈心腹，借此机会提升要职。

说了一会，孟丽君故意提到原兵部侍郎皇甫敬，夸赞其骁勇善战，只说可惜了这样一员虎将，自呼延老将军殁后，原指望他能领起军中重任，却不知怎地遭了罢黜，否则他日与叛军再战，倒是一员将帅之才。

太师道："那时老夫奉了圣旨南巡，不在京中，此事也是后来听人所说。据闻皇甫敬与那原云南总督孟士元……"孟丽君听他提到爹爹，越发凝神细听，"……乃是八拜之交、手足兄弟。当日彭如泽上表朝廷，指证孟士元叛国投敌，皇甫敬于金殿之上为他百般辩解。他原是武将，言辞不懂机变，被国丈撩拨几句，话便说得重了，当时就触怒了皇上，但念在正是用人之际，只将他申饬一通，便即作罢。后来皇上下旨抄拿孟府家眷，消息走漏，钦差不曾拿到孟府家眷，却捉到皇甫敬的一员家将，便定了他个泄露机密、私纵要犯的罪名，革去官职，永世不得录用。"叹一口气，又道："老夫十几年前曾见过那孟士元一面，此人相貌儒雅英俊、正气凛然，倒不像是叛国投敌之人。但有道是：'人不可貌相'，却也难说得很。至于皇甫敬，确是一员虎将，当日老夫若在京里，自要保他一保的，现下却是无法了。"

孟丽君知道这时不是分辩的时机，默然无语。她自入仕一个月来，谨小慎微，从不与兵部中人交往，免得引人疑心，是以一直不知皇甫敬被罢免的前因后果。至于林瑞海，已由衰容口中得知，早在两年前叛乱初起之时，就被国丈寻了个错处，贬至极西之地的伊犁府为文书小吏，赴任途中便一病死了。孟丽君听了，想起从前与这位"大胡子伯伯"相处的时光，更想起他对自己的款款期许，心中极为悲痛，同时也不由担心皇甫伯父一家是否遭了毒手。这时听了太师言语，得知皇甫敬只被革去官职，性命并无妨碍，这才放下悬了许久的一颗心。

太师忽道："倒有一事忘了说。你知雪儿是我认的螟蛉义女，她与那皇甫敬乃是远房亲戚，当年本就是要投奔他家的。这个想来她还未告诉你罢？她求老夫代为周旋，要想方设法见那皇甫敬一面。"孟丽君听他提起这话，当是有了皇甫敬的下落，精神一振，故意说道："原来如此。那皇甫敬若在京城，见一面自然容易，倘若不在京里，可也颇为麻烦。"

太师道："不错，那皇甫敬早已不在京城。他原籍云南昆明，如今自然不能回去。老夫查知他夫人乃是山东泰安人氏，便猜测他们或许去了泰安，遣人去查，果然如此。一月前便已带了信去，不日当有消息传回。"

当下再谈论了一阵子兵法谋略，已到深夜时分。孟丽君送太师出来，一面回转自己房里，一面思忖："雪妹当初编了远房亲戚这话，原是为了与我重逢。如今我们既已重逢，见不见皇甫伯父，于她早无干系。爹爹出征前留书嘱我投奔皇甫伯父，如今我既已入了仕途，不可回头，自然不能向他们透露身份，但好歹见上一见，也算依了爹爹的嘱咐。"

城北，国丈府内。

夜空之中，一只白鸽远远飞来，扑腾几下翅膀，倏然穿过窗台，稳稳地落在窗前的铁架上。

房中之人是个四十几许的中年文士，听得响动，转头瞧见白鸽，脸上一喜。他快步走去，解下鸽爪上系着的铁管，从里面取出一只纸卷，打开飞速读了一遍，略一思忖，拿了纸笺走出房来，穿廊过院，径直来到国丈的起居之所。

中年文士站在帘前，停下脚步，向门口丫鬟道："我有要事禀告侯爷，烦劳通报一声。"那丫鬟脸上显出为难之色，道："老爷已经歇下了……陆师爷……婢子实不敢惊扰……"

陆师爷知国丈性情喜怒无常，府里下人个个战战兢兢，唯恐稍有触怒，温言道："你只管去报，绝无妨碍。侯爷那日吩咐，若有从湖广传来的飞鸽秘信，一刻也不可耽搁。"丫鬟听了这话，又素知陆师爷是老爷心腹，再不犹豫，进去通禀。

过得一会，丫鬟出来打起帘子，道："陆师爷请。"陆师爷走进去，见堂内无人，正疑惑间，听得国丈的声音从房里传来："元凯，你进来。"应道：

"是。"垂手走进卧房。一瞥眼间,见国丈披了件薄衣倚坐床上,身旁一人秀发如云、媚眼如丝,正是他新纳的如君七夫人,甚得宠爱。但见她双颊晕红,一段雪白的香肩露在锦被外面,引人遐思无限。定了定神,垂下头不敢再看,将手中纸笺恭恭敬敬地递上,道:"侯爷,这是方才接到钟影传来的秘信。"

刘捷看过之后,默然半晌,方道:"你怎么看?"陆元凯小心道:"侯爷见那新科状元郦君玉的容貌肖似……一个故人,偏巧姓郦,年纪也相当,便起了疑心,令钟影兼程赶往湖广,去查他来历。如今已知他原籍云南昆明,莫非当真与……与侯爷那位故人有些干系?这纸条上写得明白,其义父康信仁原名郦明玥,是郦有道的儿子,当年跳崖未死,遂改名换姓,那便是她……她的兄长了。属下这话虽然匪夷所思,可朝廷张榜天下,缉拿那女子,至今已一年有余,却丝毫不见影踪,属下禁不住胡思乱想起来:莫非那郦君玉乃女扮男装,正是侯爷一直要找的那个女子,她逃出昆明之后,便径去湖广投奔娘舅?"

刘捷哂然道:"果是胡说八道,这话若传扬出去,连带我也跟你一道丢人。你当真糊涂得很,你且自己说说,能有几成把握一切如你所言?"陆元凯讪道:"实在半成也没有,所以属下才道是匪夷所思。倘若旁人跟我说这话,属下也是不信的。但……属下着实想不出还有别的解释,如说是巧合,却未免太过凑巧得令人不得不生疑了。"

刘捷盯着手上的纸笺,缓缓说道:"不,还有一种解释。我思来想去,定然如此。"陆元凯一惊,道:"侯爷的意思是?"刘捷一字一字道:"郦君玉名为康信仁螟蛉义子,实则是他的亲生儿子。"

陆元凯身子一颤,脑中豁然开朗,喃喃道:"不错,不错!我怎地没想到?若非如此,认作螟蛉却怎不令他改姓,自是因为康信仁本就姓郦的缘故。这样一来,她……那人与郦君玉便是姑侄,相貌相似再正常不过。"越想越觉定是如此。心中暗觉惭愧,自己身为侯爷帐下首席谋士,却想不到这其中显而易见的道理,竟然疑心新科状元乃是女子,当真颜面扫地。揖道:"侯爷高见,属下自愧不如。"

刘捷道:"罢了。这几日郦君玉可有甚么异常动静?"陆元凯道:"只是和几个文人轮番请客做东,饮酒论诗、风花雪月,并不见异动。皇上依旧三天两头召他进宫,听宫里内线禀报,不过是吟诗赏画而已,从来不谈国事。"刘捷"嗯"了一声,道:"这郦君玉倒是个识时务的,明白与我作对的下场。如此甚好，皇帝身旁正缺了这么一个陪他玩乐的可心人儿，我前后送过十几个，都是过不多时他就生了厌、打发走了。既然郦君玉合了皇帝的心意，倒是帮了我一个大忙……"

说到这里，忽然闭嘴不语，过得一会，转口吩咐道："这纸条上说，康信仁已经动身来京，你替我传令钟影，紧紧跟住他，看他一路可有异动。"陆元凯应道："是。"刘捷挥手道："下去罢。"陆元凯慢慢退下。

刘捷呆坐不语，盯着手上纸笺上那熟悉的名字，想着心目中那个一直以来有如天神一般的人儿，不禁怔怔地出神。身旁那七夫人听了半晌一句也听不懂的话语，早有些不耐烦了，这时见来人退出，仗着素日宠爱，靠过身去，在他耳旁昵声道："老爷。"刘捷一惊，立时回过神来，瞧她一眼，突然伸手抓住她肩头，沉声道："闭上嘴，别说话！"一双眼睛眨也不眨地凝望着她。

七夫人从未见过他如此热切的眼神，却丝毫不与自己对视，只在自己双眉之间扫来扫去，似爱慕、似怜惜、如企盼，如懊悔，又夹杂了一丝哀伤欲绝的神情。一双眸子中闪动着燃尽一切的决绝，仿佛天下万物再无所容……七夫人一颗心突突直跳，好似揭穿了甚么不能偷窥的秘密，一时惊恐无比，不由失声叫道："老爷！"

刘捷全身一震，眼光蓦地下移，忽然奋力将她推开。七夫人猝不提防，登时从床上摔下。刘捷勃然怒道："贱人！还不快滚！"七夫人忍痛爬起，又惊又骇，顾不得身上不着寸缕，便欲退出房去。刘捷喝道："站住！今日之事，若有一言半语泄露出去，你娘家满门的性命可都小心了！滚罢！"七夫人泪光莹然，仓皇而出。

刘捷长吸一口气，按捺下胸中躁怒，慢慢站起，开了橱柜，取出一只紫檀木匣，打开匣子，颤抖着手指捧出一卷画轴，在眼前慢慢展开……

却说康信仁夫妇自接到吴道庵捎带回的家书，得知义子郦君玉三元及第、入赘太师府，要接自己夫妇进京相见，不由又惊又喜。立时着手准备行程，将家中及店铺里的一应杂事打点妥当，交由管家康全暂为料理，带了七八个家人使女，一路车马劳顿，这日赶到京城，已是五月初三。

孟丽君早得了消息，亲自候在太师府门前，将义父义母迎接入府。父子二人半年不见，着实想念得紧。康信仁见义子的相貌越发俊雅俏悦，且顾盼之间神采飞扬、声气夺人，别有一番雍颐华贵的气度，心中欢喜，携着她手进了太师府。

苏映雪吩咐绛香过来，将义母孙氏先行请到弄箫庭内相见。孟丽君引康信仁来到听槐轩外，太师降阶相迎。康信仁观其形貌气度，便知是太师，抢步上前，拜倒行下礼去。太师扶住道："亲家不必多礼。"康信仁道："草民仰慕太师风范久矣，只恨不得一见。今日托小儿之福，得见太师，实偿平生所愿。"孟丽君笑道："岳父已经吩咐收拾下了后院燕贺堂，请义父义母住下。倘若咸宁家中并无要事，便住上三年五载也无妨碍。从今往后，义父再想要见太师，可就方便得很了。"二人一阵大笑，进到轩内，分宾主坐下，孟丽君坐在一旁相陪，丫鬟端上茶来。

太师道："记得去年老夫奉旨南巡之时，归途路经咸宁县，在武昌府停留了数日。曾听那武昌知府郑中提起康公的大名，说是江南巨贾，不但富甲一方，更兼乐善好施，在四川前线以及久旱成灾的湘赣一带，均设有粥场，接济难民，甚得百姓称赞，有'万家生佛'的美誉。"康信仁听得梁太师竟然也曾听闻自己的名头，欣喜之余，不禁颇为得意。

一时茶毕，太师吩咐令小姐来轩中拜见义父。不多时，苏映雪扶了丫鬟，与孙氏一同来到听槐轩中。康信仁瞧见夫人使个眼色，朝苏映雪微一努嘴，似有深意，心中大奇。抬眼望去，见是娉娉袅袅、端庄贤淑的一位国色佳人，身着凤冠霞帔的大妆，想是因为当日成婚之时，自己夫妇二人并未在场，如今只当是补行大礼。只见她周身上下珠环翠绕，耀眼生辉，唯有右手上戴了一只玉镯，相形之下平淡无奇。再看一眼，已瞧出正是从前夫人给了义子郦君玉作为见面礼的那一只，脸色微微一变，随即恢复如常。

太师和孟丽君都不曾留意他脸色变化。太师请康信仁夫妇上坐，孟丽君和苏映雪二人并肩立于红毡之上，双双拜倒，齐道："给义父义母请安，愿二老福寿似海、吉祥宁乐。"康信仁瞧见如花似玉、才貌双全的一对佳儿佳妇，心怀大畅，连道："请起，请起。"携夫人孙氏站起，回了半礼，取出早就备下的礼物，送给苏映雪。那是一盒上等龙涎香，乃是极品的香料，产自南海，量甚稀微，非豪富之家，决计享用不起，可谓万金难求。

孟丽君精通医术，自然知道这龙涎香除了用作香料之外，还可入药，有补肾壮阳的功效，便猜到义父义母送此礼物别有用意，不由暗觉好笑。苏映雪看她笑得古怪，问道："官人笑甚么呢？"孟丽君把话一说，苏映雪横她一眼，直羞得满脸晕红，抬不起头。太师及康氏夫妇均笑道："年轻女孩儿到底脸皮子薄。这是关系夫妇伦常、子孙后代的要紧事，可不是玩笑。"

孟丽君也跟着嬉笑了一阵，才替她解围道："义父义母一路劳顿，此刻怕是乏了。孩儿这就送你们去燕贺堂歇息罢？"当下引至燕贺堂，命荣兰领了梁府十数名丫鬟小厮帮忙摆放器皿物件、听候吩咐。看了一会，告辞出来，康信仁拉她手道："孩儿晚间有空，过来坐坐，咱们父子俩好好说会子话。"孟丽君应道："是。"又道："岳父待孩儿极好，义父义母也只管把这里当作家中，无须见外。"

回到弄箫庭，苏映雪正在对镜卸下髻上钗环，见她回房，指个借口打发了伺候的丫鬟。等到只剩她二人，方埋怨道："官人今日不该拿我取笑。倘若爹爹和义父义母都存了这份心思，日后让我到哪里生……生个孩儿去？"说到最后一句话时，脸上又一红，声音已细若蚊鸣，几不可闻。

孟丽君替她拔下头上一支凤簪，随手放在妆台上，说道："就算我今日不说这话，你道岳父他们便都没了这份心思么？我只不过将话挑明说罢了。如今咱们成婚还不到三个月，此刻就担心这个，为时尚早。但虚凤假凰若要瞒得长久，于此却不得不早做打算，否则便露了破绽……"

苏映雪听了这话，才知她另有深意，埋怨之心早消，顺着她的思路想下去，不由笑道："是啊，倘若一年半载仍无喜兆，以官人的才貌声名，只怕登门做媒的可要将门槛都踩断了呢。"孟丽君听她反过来取笑自己，说道："小生与娘子情深似海，决意永不离弃，一生一世只要娘子一人。天下间便再有万千美女站在我身前，我也决计不向她们瞟上一眼。"苏映雪一怔，道："你说甚么呢？"随即瞧见镜中她的脸庞上笑意盈然，这才醒悟过来，自己又被她戏耍捉弄了。

孟丽君将她的身子扳转过来，正色道："娘子只管放心，此事我心中有数，等日后稍有眉目了，我再来同娘子商议。"苏映雪点头道："官人怎么说，我便怎么做就是了。"

晚上接风筵席后，孟丽君相送康信仁夫妇回到燕贺堂。屏退下人，父子二人促膝长谈，家书上所言毕竟有限，孟丽君遂将绣球招亲、高中状元前后的事情细细道来，自然不提与苏映雪原是旧识。说到受封五品翰林学士、入了朝堂之后的事情，只寥寥数语轻轻带过，只说皇上对自己的文采才华颇为赏识，绝口不提自己的盘算图谋，免得义父担心。

康信仁听罢方知，原来她入赘太师府一事，其中竟有这么一段曲折的经历。他先前瞧见苏映雪手上戴的玉镯，心中便生疑窦，这时忍不住提道："记得孩儿你以前曾经说过，要到京城亲戚家寻找姨母、表妹。如今你既已功成名就，不知是否寻得亲人？"

孟丽君一惊，自己百密一疏，竟然将此事忘却。耳旁登时响起离家进京之前，义父交给自己一百两黄金，并细细叮嘱的话语："若是在京城亲戚家寻到你姨母、表妹，等功成名就之日，孩儿你自然是要了结这一门亲事的。这一百两黄金便是聘礼，总之带在身边，有备无患。"如今听他重提起"功成名就"这四个字，言外之意，自是在婉言责备自己喜新厌旧、辜负了表妹。但他哪里知道，这梁府小姐与先前虚构的"表妹"本是一人。正在犹豫是否要将实情相告，口中不禁迟疑道："这个么……"

康信仁性情率直，见她迟疑，误以为她竟根本不曾去寻过亲人，不由微生怒意，仗着义父的身份，直言教训道："当初太师府招亲之时你一再推辞，我还赞你有情有义、不忘旧情。娶了梁小姐原是天意作弄，错不在你，对你表妹也算有了交代。男子三妻四妾，殊属平常，日后再娶了你表妹，也就是了。但你何以将义母所送的玉镯也给了梁小姐？莫非心中便压根再没有相寻你表妹之意？若是如此，当真负心薄幸之极！"

孟丽君听到"男子三妻四妾，殊属平常"这句话，不知怎的心中微微一愠。她心思敏捷，脑中一直飞速思索应对之辞，忽然一念流转，立时有了主意，说道："义父息怒。你可知道，那梁小姐正是孩儿的表妹！"

康信仁一怔，道："甚么？"孟丽君悄声道："其中另有隐衷，孩儿并未将此事禀明太师，求义父切莫声张。"康信仁闻言声音低了几分，问道："这究竟是怎么一回事？你可将为父弄糊涂了。"

孟丽君道："此事说来话长，孩儿便长话短说。当日我们原本要去京城投奔亲戚，不想途中失散。姨母表妹不幸遭遇水贼，投江自尽。幸得太师南巡经过，救得了表妹性命，认作义女，姨母却是生死未卜。洞房花烛之夜，我与表妹意外重逢，欢喜不尽。"康信仁领首道："原来如此。太师小姐竟然便是你的表妹，这可当真令人料想不到。你们表兄妹团聚，自是好事，却为何不能将此事禀明太师？"

孟丽君知他必有此一问，先前也一直在考虑该当如何自圆其说，这时答道："义父有所不知，我们投奔的亲戚，乃是从前的兵部侍郎皇甫敬大人。他忤逆了当朝权臣刘国丈，去年已然削去官职，离开京城。表妹早向太师说明此事，我若与她兄妹相认，旁人自然知道我亦是皇甫侍郎的亲戚，朝廷权奸定然不会放过我。只怕不出数月，便被拿了错处，就连太师也护我不得。思来想去，我与表妹商议，倒不如索性隐瞒了此事。"

康信仁听她这一席话语说得入情入理，信以为真，连道："不错，不错。孩儿考虑得果然周全。你放心，此事为父决计不会泄露出去。"孟丽君见自己一番巧语，将疏漏之处轻轻遮掩过去，放下心来。又说了一会子话，告辞出来。

不觉到了五月下旬，这日早朝，前方传来兵部尚书彭如泽六百里加急的求援表章，奏道齐帝李汝章撕毁去年五月间所定下的和议，命御弟梁王李长宁出任兵马大元帅，统率三军，将二十万之众，渡江北犯，势不可当。我军将士万众一心、奋勇抗敌，然事起仓促，终究防范不及。副将夏侯烈及其所统部属尽皆为国捐躯，长江天堑尽失，难以防守，请求朝廷火速派兵支援。

当值学士读罢表章，朝廷上下一片震惊，文武百官议论纷纷。孟丽君虽料到这场战事乃是迟早的事，却也不想竟会来得如此迅猛。她自知职位低微，位序靠后，又是文官，金殿之上于此根本没有说话的余地，倒不如暂且静观其变。

皇帝听了表章，既惊且怒，说道："我朝自开国近百年来，一直天下太平，百姓安居乐业。不想短短数年之中，李氏逆贼竟然屡次挑衅，占我疆土、扰我百姓，小觑我泱泱天朝，压根不将朕放在眼里！此番朕意已决，定要派出一员大将，将那李氏弟兄二人的头颅取来，方消朕心头之恨。朱奎！"

兵部侍郎朱奎急忙出班，躬身道："臣在。"皇帝道："卿是兵部侍郎，如今彭卿不在京中，便由卿全权主理兵部事务。依卿之见，当命哪一位将军领军破敌？"

求援表章一到兵部，还未呈交皇帝御览，朱奎便连夜拿去请示了国丈，早已定下计谋，是以虽见皇帝一脸愠怒，依旧不慌不忙奏道："微臣举荐一人领军出征，定能马到成功，为皇上生擒逆贼。"

皇帝脸色略缓，道："爱卿保举何人？"朱奎道："已故兵部尚书呼延宏老将军精通兵法、威名赫赫，去岁曾与叛军会战泸州，使得敌首李延亭身中流矢而亡，令敌军士气大降。如今呼延将军虽然不幸亡故，余威犹在，朝廷若能以其子威武将军呼延赞为帅，领军平叛，定能令叛军闻风丧胆、抱头逃窜。"

皇帝转头问道："国丈意下如何？"刘捷出班道："微臣乃是文职，不懂兵法，不敢在万岁驾前妄言。"皇帝微一颔首，又问道："老丞相和太师意下如何？"寿王爷照例一语不发。太师奏道："呼延赞将门虎子，武艺娴熟，自是平叛极好的人选。不过一人之力，总有力不从心的时候，该当多调兵马部属，随同前往。"皇帝道："太师所言极是。"颁下圣旨，加封威武将军呼延赞为威武大元帅，两河总督武元亭为副帅，率十万大军，南下支援。

孟丽君听了这道圣旨，暗暗摇头，心道："沙场之上，战况瞬息万变，最忌没有统一的部署指挥。皇上虽然任命呼延将军为威武大元帅，圣旨之中却未说明，他和兵部尚书究竟以谁为首。呼延将军的品秩等级到底仍在彭如泽之下，两军不曾会合倒也好说，各行其令就是了。一旦会合，只怕那彭如泽会对呼延将军颇多掣肘。大敌当前，号令不行、军令不服，如何打得胜仗？"

孟丽君心中忧虑，看看左右，竟无一人站出来说话。她知道早朝一贯为国丈把持，何况他方才轻轻一句话，想他身为国丈，尚且因为"不懂兵法"而不敢妄言，其余文官又有谁敢胡言议论？殿上的武将，不论职位高低，俱是国丈爪牙，又岂会违拗他心意？至于威武将军呼延赞本人，只因近日正是他父亲周年忌辰，告了三天假，正巧不在朝中。想到这里，孟丽君心中一动："去年泸州会战，我便怀疑朝中有人暗中使计、借机除去呼延老将军。如今满朝武将都是国丈心腹，莫非他又想要除去呼延少将军，以揽全部兵权？国丈已然权倾朝野，还要揽夺兵权，难道想要造反不成？"思及于此，不由得打了个寒战。

下朝回来，和太师说起自己对统一部署指挥的看法。太师知他深谙兵法，所料必定不差，也不休息，立时吩咐备轿进宫。却不想皇帝下朝之后，便由国丈陪同，御驾幸临西郊呼延府，亲自祭奠呼延宏老将军亡灵。

孟丽君听了，不由暗道国丈果然好手段，如此一来，那呼延赞必定深感荣宠、感激涕零，岂有不亲自披挂上阵的道理？

二十九日后，前方塘报传来，呼延赞引兵出击，首战告捷，歼了齐军数千军马，与彭如泽合兵一处，正欲乘胜追击，收复失地。得了这道捷报，朝廷上下都略略松了一口气。

这日下朝，翁婿二人议论了一会儿当前战况。太师忽然说道："君玉，那日你我一席谈话，你所言之事现已一一应验。记得当日老夫答允了你，若有机会，必会在皇上面前替你美言，令你得以大展宏图抱负。如今叛军北犯，本来正是你施展兵法才能的大好时机，只可惜……唉，只可惜一直没有在皇上面前举荐你的良机。好在你还年轻，耽搁几年也不算甚么，日后总有大放异彩的一日，切莫心急。"孟丽君道："是，我知岳父的意思，也明白其中利害关系。此事本来就非易事，自然要静待时机。倘若不能一举成功，便徒然留下了偌大的把柄授于他人。"

太师见她于事理上极为明白通透，微一点头，正要说话，却见梁成匆匆进来回道："宫里内侍传皇上口谕，请老爷即刻进宫。"太师一怔，心道："莫非前方又有紧急军情传到？"换了朝服，坐轿进宫。

这一去，直到晚间方回，回来太师便长长叹了一口气，道："太后身子有恙，皇上传我前去探视。"孟丽君一惊，心道难怪今日早朝，皇帝面露倦色，早早地便罢了朝。心知太后定非小恙，否则也不会轻易劳动太师，忙问详情。

太师满脸忧色，说道："起先也没什么，只是七八天前偶染风寒，太医请过脉、开过药，将养了四五日，眼看就要好了。不知怎地，从前日起开始心口疼痛，倦怠饮食，夜间辗转不宁、难以成眠。太医诊治说是天气酷热、积食难消，郁积于胸、不得宣泄的缘故，开了好些消食化瘀的药方。不料太后服过之后，过得一会，便即吐出。连服了好几剂药，反复吐了好些次。太医还说，太后从前曾有心悸的宿疾，此番风寒、积食接踵而来，病体疲弱，只恐引发宿疾，致使雪上加霜。"

孟丽君细细询问太后的症状，又问了太医开的药方。太师大奇，随即想起一事，醒悟道："你那日曾说生平有三件自负之事，为首的一件是兵法谋略，第二件乃是医术，第三件才是诗词文章。如此说来，你自然也精通岐黄之术了？"孟丽君坦然道："小婿不敢隐瞒，幼时曾随先母习过祖传岐黄之术，也曾治愈过不少病人，便是疑难重症，亦不在话下。"

太师知她素来谦虚自律，若非有极大把握决不轻言，由此一句话，已知她定然医术精湛。何况她将医术与兵法、诗文相提并论，自己深知其文韬武略均是世上罕有，这医道之高，自也可想而知。心中大喜，当下将太后病症及太医开的药方详细说与她听。

孟丽君一面听，一面微微点头，道："从岳父所言的症状看来，太后千岁的病有八分可能是因积食不消所致，太医的药方倒也对症。服药之后屡次呕吐，亦属正常，多喝些水，补充体内水分，也就是了。只需熬过今夜，明日如若开始好转，再小心调养数日，便当无碍。但若当真引发心悸宿疾，这病况不但严重复杂了许多，只怕也越发凶险了……"

太师听她不曾见到太后、把过脉象，仅凭自己有限的几句话语，所做诊断便与给太后医病的太医院院正张善济说得一般无二，却详尽了不少，不由喟然道："原来你也是这般说。倘若明日……明日……难道便当真无药可救了么？"到底兄妹连心，话语中满是悲痛无奈之意。

孟丽君一惊，脱口而出："怎会无药可救？那太医是这么说的？"太师又惊又喜，颤声道："你……你是说还有法可医？"孟丽君安慰道："岳父暂请宽心，此病未必便会到这步田地。或许只是一场虚惊，太后千岁明日便会好转。"

太师道："那太医院院正张善济奏道，此番风寒、积食接踵而来，太后病体已然疲弱不堪。倘若再引发心悸宿疾，三症并发……他不敢明言，但依老夫看来，他的意思是说，只怕他已无能为力……凶……多吉少……"顿了一顿，望着孟丽君道："我只问你一句话，倘若当真如此，你……你有几成的把握能医得好？"

孟丽君摇头道："医道讲求'望、闻、问、切'四个字，小婿此时尚不敢断言。但风寒、积食加上心悸，虽则凶险，却也没到不治的地步。就算是最险的症状，小婿自负也当有一试之力。"太师嘴唇微动，欲言又止，过得半晌，终于说道："此刻说甚么都太早，一切且看明日。"

次日，前方又有加急战报传来，却是一个大大的坏消息：原来数日前的那场小捷，竟是叛军首领设下的计谋。呼延赞胜了一场，与彭如泽合兵一处，兵力较叛军为优，当下发兵乘胜追击，却不免贪功急进了些，中了敌军的埋伏，平白折损了万余人马。

军情紧急，偏偏这日皇帝居然辍了早朝。太师与孟丽君对望一眼，二人眼中都颇有忧色。这时文武百官俱已知晓太后千岁贵体违和、宿疾突发的消息，听说太后性命堪忧，皇帝天性至孝，从昨日起便守在宁寿宫内，寸步不离，亲奉汤药。一众大臣聚在金銮殿上，议论纷纷。

有一位耿直胆大的御史大夫名唤叶长昀，便待扣阍见驾，禀告军情，并劝谏皇帝，当以天下大事为重、皇家私事为轻。却被太监拦于宫门之外，言道万岁有旨，百官未奉宣召，不得入宫。那叶长昀是个性情刚烈之人，当下跪倒在乾清门外，言不见圣驾决不起身。不料那为首太监戴权欺他既非皇帝宠臣，又非国丈心腹，自恃有万岁口谕在先，便压根不去替他通报，听任他跪在宫门之外。

却说太师与孟丽君也未散去，太师将孟丽君拉至金銮殿一角，悄声问道："老夫这就举荐你入宫医治太后，但万一……万一……你的身家性命或许尚能设法保全，这功名前程可就全都毁了。你可想清楚了？"

孟丽君自听到皇帝今日罢朝这一刻起，脑中便蓦地升起了一个大胆的计划，发觉入朝三个月来一直静心等待的时机终于来到。将整个计划在脑中飞快地转了两遍，片刻之间，已将细节问题想好五分，越发觉得可行。时间仓促，还来不及细细思虑。她知此番若能将太后病症医好，自己便多了一道极大的功劳，而整个计划方有实现的可能。此时此刻，时间宝贵，耽搁不得，听了太师的话，说道："岳父放心。咱们这就入宫罢。"太师见她气定神闲，一副成竹在胸的模样，点头道："好！"

二人正要离开金銮殿，国丈看在眼里，朝朱奎使个眼色。朱奎忙上前一步，叫道："太师且慢。可是要进宫面圣？"太师不耐烦道："不错。朱大人却要怎地？"朱奎道："万岁口谕，百官未奉宣召，不得入宫，下官不敢逆旨。但太师乃是皇上的亲母舅，情分自然不同。既要进宫，下官便请太师顺道将这份军情表章一并呈奏万岁，嘿嘿，也免得叶大人在乾清门外将腿也跪得断了。"

太师"哼"了一声，心知这是道战败表章，皇帝正忧虑太后病情，心情本就不好，再递上这样一份表章，龙颜震怒是免不了的，说不定还会牵连到呈递表章之人。但自己若不上呈，指望朱奎此时去犯龙颜，那是决计指望不上的。军情紧急，自己是何等样人，自然不能和这等小人一般见识。到底还是从他手里接过表章。朱奎揖了一礼，道："多谢太师。"扬长而去。

孟丽君看在眼里，微微摇头，心道："太师是谦谦君子，光明磊落，向以国事为重，自然斗不过这帮无耻小人。"等出了金銮殿，在通往乾清门的路上，孟丽君觑了个机会，见四下无人注意，轻声说道："岳父且将这份表章交给小婿，待小婿借机上呈皇上。"太师知她能耐，又对她十分信任，递过表章，孟丽君接了收在衣袖中。

走近乾清门，远远地便瞧见一人顶着烈日，跪在宫门之外，正是御史大夫叶长昀。太师叹一口气，走过去说了几句话。叶长昀听了慢慢抬起头来，过得半晌，终于慢慢站起身子。太师命两个小太监扶住他，将他一路送回家去。得了太师吩咐，小太监们怎敢怠慢偷懒，依令而去。

太师向为首太监戴权道："找人去宫里将权昌叫出来。"戴权也不敢违令，过不多时，总管太监权昌出来。太师将他招到一旁，问道："太后千岁病情如何？"权昌是皇帝的近侍，这两日也随皇帝日夜守在宁寿宫，知之甚详，轻声回道："太后千岁宿疾发作，昏过去几回，张院正已请下……请下……死罪……"最后两个字说得十分模糊，太师却听得明白，心中一惊，回头向孟丽君望去，见她微微点头，知她还要尽力一试，说道："你快去回禀皇上，老夫觅得一位良医，要举荐入宫，为太后医治。"

权昌大惊，狐疑地瞅了孟丽君一眼，却不多言，回身进去通禀。过得一会，有小太监高声传来口谕道："万岁有旨，宣梁太师及其所荐良医进宫。"太师与孟丽君一前一后进了宫门，戴权看得目瞪口呆，无论如何也不信，新科状元郦学士便是太师所荐的"良医"。愣了半晌方才醒悟，忙推身旁小太监道："快去给国丈爷报信。"

第九章

太师与孟丽君进了宁寿宫，见皇帝在正殿踱来踱去，一脸焦急的神色，眼中布满血丝，想是担忧太后病情，一宿未眠的缘故。一齐拜倒道："臣等叩见皇上，吾皇万岁万岁万万岁！"皇帝见孟丽君竟也随同前来，心中微奇，却也不以为意。伸手扶起太师，道："舅舅、郦卿，快快平身。舅舅举荐的良医在哪里？"

太师奏道："老臣保举的这位良医，正是翰林学士、新科状元郦君玉郦大人。"皇帝大奇，转过头来，望着孟丽君道："郦卿年纪轻轻，不但文采纵横，原来竟还精通医术，果是奇才。"言下颇有不信之意。

孟丽君躬身奏道："启禀万岁，微臣幼时所读第一本书，并非《三字经》《百家姓》，而是《医经》，可谓先未学诗，便已学医。自医术大成以来，曾先后治愈过三百多名病人，其中不乏身患疑难重症者。"

皇帝闻言一惊，既惊讶于她所说的话语，更惊诧于其锋芒乍现的态度。他与孟丽君相处数月，见其一直谨言慎行，举止温润平和，几乎忘却了她在会试文章中所展现的锋芒毕露的一面。正要说话，忽见一名宫女满脸惊惶，掀帘出来回道："太后娘娘又昏厥过去……"皇帝心中一紧，急走两步，方回头说了一句："舅舅、郦卿，快随朕进来！"

太师和孟丽君对视一眼，快步跟在皇帝身后，来到内殿。六名太医迎上来接驾，皇帝拂袖道："罢了，罢了。都什么时候了，哪还有这许多虚礼！太后的病情究竟怎样了？"为首的太医正是太医院院正张善济，战战兢兢地奏道："微臣等罪该万死。太后千岁适才面色红热、全身抽搐，昏厥过去，已是心阳虚脱之兆，只怕……只怕……臣等死罪，现已备下参汤，伏请万岁节哀……"说罢六人一齐跪倒磕头。

皇帝听得这句话，知已无救，面色立时一片苍白，疾步过去揭开龙帐，对着卧榻低低唤了一声："母后！"眼中两行热泪滚落下来。房中服侍的宫女内侍们不敢出声，齐齐跪倒。太师轻叹一口气，也跪下劝道："皇上节哀。"

孟丽君微微抬头，远远地瞥见龙帐之中太后的面容，心中大喜，趋上前去两步，朗声道："微臣斗胆，求万岁允臣为太后施针。"此言一出，四下震惊，几十道目光齐刷刷地聚在她身上。皇帝惊喜交集，脸上泪珠犹未拭去，颤声道："郦卿，你当真……有……有法子为我母后医治么？"情急之下，竟连"朕"的自称都顾不得了，望着孟丽君，目光中满是企盼恳求之意。

孟丽君与他目光相对，不知怎地，心中微微一动，眼前一热，不由忆起十年前娘亲重病卧床的情景。那时自己才只八岁，医道未成，救不得娘亲性命，眼睁睁地瞧着她一口一口地呕出鲜血来，床上、被上、身上，到处都是……爹爹抱着娘亲，一声声如泣血般地唤道："明珠，明珠……"自己彷徨无措地站在一旁，泪流满面，却是无能为力……

孟丽君打了个激灵，不敢再想下去，竭力镇定心神。她瞥见太后面容，心中已有九分把握，此时不肯将话说满，只道："正所谓'但尽人事，各安天命'。微臣不敢担保一定能医得好太后宿疾，却总归尚有一线希望。"皇帝听她说到"尚有一线希望"，毕竟比一众太医连半分希望也没有的要好，忙道："那郦卿就快些施针罢。"

孟丽君眼光环视一周，料到这许多太医宫女里必有国丈的眼线，说道："微臣要以'银针渡穴'之法先行唤醒太后千岁。此法颇为凶险，切忌有人从旁相扰，便是脚步声、说话声、咳嗽声也决计不可，否则失之毫厘，便谬以千里了。事关太后千岁贵体安危，臣不敢不奏。"皇帝立时吩咐道："你们全部退下，只留香兰、香玉二人伺候。"众人应道："是。"皇帝想了想，又加一句道："都退到殿外去，不经朕宣召，谁也不许进来。"众人鱼贯而出。太师看了孟丽君一眼，又看了病榻上的太后一眼，也自行退出。

一时偌大的宁寿宫内只余下一君一臣、两个宫女以及卧榻之上不省人事的太后五个人，四人不敢发出丝毫声音，连呼吸之声也竭力屏住。

孟丽君迅速从袖中取出玉匣，拿出一套银针，在床前站定，借机细细察看太后面容。但见她约莫四十来岁，面红唇紫、牙关紧闭，额头冷汗涔涔，气息微弱、若有若无。然而即便重病之余，容色亦不见如何憔悴，容貌甚美，与太师清癯威猛的相貌全然不像，与皇帝倒有七分相似。

孟丽君三根手指拈起银针，在太后人中、风府、内关三穴处飞快地各下一枚银针。过了一会，又在神门、外关两穴上分别下了一针，此番手法极慢、入穴三分方止。再过一会，又在眉冲、少府两穴处各下一针，这两针却足足花了一盏茶的工夫才好。下完这两针，孟丽君长吁一口气，皇帝见状，知她施针完毕，却依旧不敢说话。

过得片刻，孟丽君估计时间已到，伸手除去七枚银针。待到最后一枚银针离体，便在这时，太后倏然睁开了紧闭已久的眼睛，从昏迷中醒转过来。皇帝又惊又喜，在榻前轻声唤道："母后！"从昨夜起太后便已昏厥数次，太医们均无计可施，只得等到苏醒过来再行进奉汤药。如今孟丽君银针乍施，不过一盏茶的工夫，便见成效，其医术比之一众太医，高下立现。到底眼见为实，皇帝此时已经全然信了孟丽君的高妙医术，转头道："郦爱卿，从此刻起，朕便着你全权料理太后的病情。但有吩咐，自朕以下，人人依命而行，务求将母后身子治好。"

孟丽君大喜，皇帝竟然允诺"自朕以下，人人依命而行"，已远远超出自己意料之外，行事方便了许多，脸色丝毫不变，只垂手道："万岁言重。微臣定当竭尽全力，医治太后沉疴。"又道："且容臣先为太后千岁请脉。"皇帝颔首，退开一旁。

孟丽君方才事急从权，并未依礼，这时循礼在床前跪下。皇帝轻声道："爱卿不必拘礼，朕赐你站立请脉。"孟丽君谢道："臣遵旨。"站起为太后把脉，细细察看了一会脉象，向太后道："太后吉祥。微臣大胆，请太后千岁张口，容微臣一观舌苔。"见其舌苔果然略显黄腻之色，更加证实了心中所想。

皇帝亲手放下龙帐，吩咐道："小心伺候着。"香兰、香玉两个宫娥屈膝应道："是。"君臣二人从内殿出来。孟丽君一瞥眼扫过窗台，远远地看见太师站在殿外，身旁另有一人，正是国丈，心道："刘捷消息果然灵通，只这么一会儿便急急赶进宫来。好在我已请得皇上旨意，他便再多一个胆，此时也不敢公然逆旨。"

从案上拿起记录先前太医所开药方的册子，翻了两页，心中越发有数。一面思索，一面提起笔来，正待写下药方，不想砚台中墨汁凝结，写不得字。这时身旁已无伺候的宫人，便待放下笔来研墨。皇帝见状，上前握住墨锭道："爱卿只管思索，朕来替你磨墨。"孟丽君一惊，道："微臣不敢。"皇帝道："爱卿医得好太后病症，便是朕的大功臣。朕方才说过，自朕以下，人人都要听从爱卿的吩咐。朕与爱卿相处数月，知道爱卿并非食古不化的迂腐俗人。你只管放手治病就是，不必顾忌这些细枝末节的礼数。"一面说，一面动手研墨。

孟丽君听了这话，心中也有些微感动，不再坚持。细思片刻，提笔蘸墨，写下一服药方，说道："微臣的这张方子，与前面几位太医所开药方全然不同。服药之余，须以银针之术为辅、佐以琴音疗法，方能奏效……"皇帝奇道："琴音疗法？"孟丽君道："太后自患此疾后，前几夜必定夜不能寐。微臣欲以琴音为佐，令太后千岁安然入眠。"皇帝从未听闻如此疗法，但既已见识过孟丽君的手段，便不再疑心，道："好，就依卿所奏。"

孟丽君又道："太后此番疾病，乃是因风寒、积食而引发心悸宿疾，情形颇为凶险，须得静心宁神、慢慢调养方可。不得有任何喧哗吵闹之声，便是话语脚步声，也是越少越好。否则一旦惊扰了病情，微臣万死莫辞。臣斗胆进言，请万岁颁下严旨，从即刻起，除了方才那两位宫娥留在殿内伺候之外，其余人等，尽皆候在宁寿宫外，静待吩咐。便是皇亲国戚、朝中大臣前来探病，亦不得入内。若有不从者，便以抗旨论处。此事关系重大，求皇上恩准。"这话半真半假，对太后病情颇有夸大之处，原是为造就与皇帝单独相处的时机，并去除宫内一干眼线的窥视偷听。

皇帝闻言面显犹疑之色，一时并未准奏。孟丽君一颗心悬在半空，忐忑不安，过得半晌，才听皇帝踌躇道："爱卿所言固然不差，但……但……就连朕也不让进来探病么？"孟丽君不由莞尔，原来皇帝迟疑半晌，竟是在担心这个，连忙回道："万岁是九五之尊，自然不在其列。"皇帝放下心来，道："既如此，一切依卿所奏就是。"

孟丽君躬身道:"微臣遵旨。"随后便拿了药方出到殿外,将旨意向众人宣了。她知道权昌忠心可靠,与太师走得近,将方子交给他,吩咐立刻依方煎药。

刘捷得了戴权禀报,立时明白从前一直小瞧了这个新科状元郦君玉,她表面不动声色,原来一直都在暗中谋划。急急赶到宫里,已然迟了,见不到皇帝,宫内的所有眼线都被驱逐于外,探听不得消息。这时听了口谕,势必不能公然抗旨,"哼"了一声,一拂衣袖,出宫去了。

孟丽君望着国丈背影,脸上露出一丝微笑,转头向太师道:"小婿奉旨,只怕要在宫里停留数日,请岳父先行回府罢。"太师得知太后病情已有起色,心中欢喜,低声嘱咐道:"一切小心,切莫逞强。"孟丽君道:"小婿理会得。"

不多时药已煎好,孟丽君放轻脚步,端进殿去。却见皇帝一手支头,靠在书案上打盹儿,想是一日一夜不眠不休,已倦到极处,先前强自硬撑,这时得知太后有救,心中一宽,便睡过去了。孟丽君也不惊扰,径直来到内殿,将药碗交给香兰,命她喂太后服药,又令香玉将墙上挂的一具瑶琴取下来。

待太后服过药后,孟丽君再施了一遍银针渡穴之术,以促药力发散。悄步退出帐来,在琴案前坐下,柔和的琴音渐渐响起,乃是一首静心宁神的《清心普庵咒》。孟丽君本就精通音律,琴艺极佳,那具瑶琴又是上好的焦尾桐琴,音色平和中正。轻柔的琴音在静旷的宫殿内慢慢散开,有如朝露滴落花瓣,又似晓风轻拂柳梢。

弹了片刻,忽听外间"咚"的一声,孟丽君举目示意香玉出去查看,手中毫不停顿。过得一会,皇帝走了进来。孟丽君抬眼一看,见他脸上略显尴尬之色,额头上竟自红了一块,立时明白过来,心中不由好笑。

原来皇帝以手支案假寐,毕竟只是浅浅地打个盹儿,并未熟睡。孟丽君的琴音本是为太后催眠,令其安然入睡,不想皇帝在外间听了琴音,竟也渐睡渐沉,一时手臂支撑不住,额头磕在案上,登时惊醒过来。

皇帝轻手轻脚,慢慢走到床前,揭开龙帐瞧了一会,见太后脸上潮红略消,呼吸均匀,已安然睡着,心中不由越发赞叹孟丽君的医术神妙。放下龙帐出来,记起她说"话语脚步声越少越好",适才小睡了一会,精神已略见好些,便在旁边椅上坐下,一面静赏琴音,一面举目向孟丽君望去:只见她低眉抚琴,十只手指纤长娇嫩,犹如白玉雕成一般,玉容敛顿,当真美到极处不可言，唯有"宝相庄严"四个字方能形容。皇帝不由怔怔地看得呆了。

过得良久，琴音止息，余音尤绕，久久不去。孟丽君抬起头来，正与皇帝目光相接。皇帝蓦地一惊，醒悟过来，自知失礼，讪然转过头去。孟丽君也是一惊，方才一时沉迷于琴音之中，竟不知他似这般怔怔地瞧着自己有多久了，忆起自己身份，心中暗暗告诫，万万不可在皇帝跟前露出丝毫破绽。

一时无话，君臣二人静静地守在宁寿宫内。到了下午申时，皇帝亲自服侍太后喝了一碗汤药，孟丽君再施一遍银针琴音之术，待到晚上亥时太后再一次醒转时，已可以说话了。其间皇帝实在支撑不住，只得依了孟丽君之言，只叫权昌一人进来伺候，到外间偏殿里休息去了。

次日太后病情大为好转，已可略进饮食了。皇帝累了数日，神倦体乏，却依然坚持不肯离开宁寿宫，只在疲倦至极时才到偏殿里歇息两个时辰，便又过来探视，拳拳孺慕之意，令孟丽君颇为感动。

长久以来她对皇帝殊无好感，只觉是个亲小人、远贤臣的傀儡皇帝，虽然有些文采，却于国事朝政毫不经心。经过这两日的朝夕相处，孟丽君对其印象大为改观：他不仅事母至孝，触动了孟丽君心底深处最柔软的心结，更显示出行事果决、用人不疑的君王之风，若在太平盛世，未必不是一位仁德宽和的好皇帝。想到这里，忽然忆起苏映雪曾经转述过太师的一番言语："……皇上眼光是有的，能力也是有的，倘若他振作起来，定然是一个有道君王，断不会输于前朝的圣主明君……"当日听了这番话语，记得自己还"哼"了一声，心中颇不以为然。如今对皇帝了解渐渐深入，却十分赞同这话，太师到底阅人无数、眼光不凡，看人看得极准。

脑中正思绪纷纭间，忽听殿外传来一阵嘈杂声，不由秀眉微蹙。太后服过药才刚入睡，皇帝也回偏殿稍做歇息，甚么人如此大胆，竟敢抗旨不遵、在殿外高声喧哗？听得脚步声朝着正殿而来，赶忙迎出殿去。

只见权昌领了几个小太监跟在一位宫装华服的年轻女子身后，哭丧着脸连道："殿下且慢……"既不敢高声说话，更不敢出手拦阻，只得跟在后面。那女子约莫十六七岁年纪，明丽绝伦的俏脸上满是怒容，理也不理权昌等人，径直向宁寿宫走来。

孟丽君心中一动，已然猜知她的身份，上前两步，行礼道："微臣郦君玉见过安平长公主。太后千岁才刚入睡，请公主放轻脚步。"那女子正是当今皇帝的嫡亲妹妹安平公主，只因皇帝只有这么一个同母手足，又是先帝的遗腹子，自小便深得太后、皇帝的万般宠爱。这位公主千岁容貌娇俏如花，乃是"京城四姝"之首，性情却是刁钻任性之极，各种古灵精怪的把戏层出不穷。不少王公大臣都曾受过她的戏耍捉弄，却也无可奈何，只能一笑了之。朝中的青年才俊提起这位公主殿下，俱是又喜又怕。人人都知，一旦获这位公主青睐，不仅得了一位美貌无比的妻房，荣华富贵更唾手可得，但只怕也要做好后半辈子吃足苦头的准备，鸡飞狗跳、举宅不宁，那将是家常便饭了。

安平公主停住脚步，将孟丽君上下打量一番，心中虽怒，也不禁暗暗赞道："好个玉树临风的俊雅人物！"脸上神色不变，傲然道："你便是那个自作主张，给母后医病的郦君玉了？给本宫站到一旁去，我要进去探望母后！"

孟丽君纹丝不动，轻声道："皇上有旨，以太后贵体为重，便是皇亲国戚、朝中大臣，也一概不能入内。微臣深知公主千岁一片至诚孝心，但此刻实在不宜惊扰……"公主素来娇纵，宫中自太后、皇帝以下，人人对她千依百顺，几曾违拗过她心意？不待孟丽君说完，便截口道："你少拿皇帝哥哥的圣旨来压本宫，我就算抗了旨意，也轮不到你一个小小的翰林来管。今日本宫非要见到母后不可！"说着向殿内走去，也不信她真敢拦阻。

孟丽君脸色一沉，太后病情虽已好转，眼下正是调养的关键时刻，若受惊扰，虽无性命危险，于身子康复却大大有害，只怕要多将养三五日方能痊愈，自己却怎能在这深宫之中再多待这许多时日？再者倘若任由公主开了此例，皇后等一众妃嫔又当如何？自己希冀暂时去除宫内眼线探视的打算岂非落空？当下沉声道："来人！将公主拿下，送出百丈之外，不得再行靠近。一切后果便由本官承担！"

权昌这两日守在殿外，已知孟丽君有治愈太后的天大功劳，更看得出她在皇帝心目中的地位水涨船高，更何况早有旨意，便命众人一切依从郦学士吩咐。他将手一摆，几个小太监上去，将安平公主团团围住。公主又惊又怒，忽然向殿内高声叫道："皇兄，皇兄！"

孟丽君一惊，心中对这刁蛮公主越发厌恶。这时听得身后传来低低的声音道："平儿！你怎么敢在此高声喧哗！"原来皇帝睡梦之中听得响动，连忙起身，出来查看。

公主大喜，冲过去道："皇兄……"皇帝已捂住她嘴，拉到二十丈外，方道:"母后刚刚入睡,莫要惊扰。"公主眼圈一红,哭了出来,道:"从昨日到今日,我已经来了五六回,每回都说母后睡着,不让打扰。我不管,我不管!今日见不到母后,平儿决不回宫!"

皇帝素来疼惜这个嫡亲御妹,也知她心忧太后安危,才会擅闯进来,不忍再责备于她,只道:"朕已颁旨,此间一切俱都依从郦卿的吩咐。他医术高妙,救了母后性命,若他肯让你进去,自然不会惊扰母后病情,你进去探望自也无妨。"说着挥手将孟丽君招来。

公主无奈,何况听得皇帝亲口说道,是孟丽君救了太后性命,方知听来的传言有误,心中也生出感激之意,只得放下身段,软语央求道:"郦学士,方才本宫一时心急,出语得罪,望郦大人念本宫孝心一片,容我进去探望母后。"孟丽君躬身道:"微臣不敢,只是此刻委实不能惊扰太后千岁。依微臣估计,太后未时左右便会醒转,公主可否那时再来宁寿宫?"

公主料不到自己低三下四央求于他,到头来他还是不肯让自己立时前去探望母后。公主本是金枝玉叶之身,言语行事全然以自我为中心,向来不会考虑他人的想法苦衷。这时只觉自己都已经勉为其难、放下身段地央求了,孟丽君便该感激涕零、遵命行事才对。这人竟然还不肯依从,自是大大的坏蛋了。她足尖在地上重重一顿,怒道:"好,好!好个郦君玉!你可记住今日!"说着也不向皇帝行礼,便头也不回地去了。

孟丽君生平所接触过的女子,如苏映雪、荣兰,甚至孟府、梁府的丫鬟下人们,都是温柔体贴、善解人意之人,还从未遇见过如公主一般刁蛮娇纵、烈性如火的女子,不由一愕。皇帝有些尴尬,讪笑着解释道:"平儿自小就这般脾性,都是朕和母后太宠她了,才会如此。爱卿不必在意。"孟丽君微微一笑,并未放在心上。

午后,太后一觉睡醒,只觉神清气爽,周身说不出的舒泰。心中甚是高兴,提出要下床走动,看看外面的风景。孟丽君知太后身体已无大碍,余下只待慢慢调养,在床上躺了好几日,此时正该起来走动走动,活络筋骨。当下与皇帝二人一左一右搀扶太后起身,在正殿里缓缓转了一周,扶太后坐下。宫娥香兰打起帘子,和煦的阳光照在三人身上、脸上,泛起淡淡的金光。

太后看着眼前这个粉妆玉琢、俊美得不似尘世中人的绝色少年,心中满是惊叹，赞道："郦卿家，难为你小小年纪，不但文采大魁天下，医术更是如此绝妙，将哀家从鬼门关里生生救了回来，相貌又是这等出众。老哥哥果然好眼光，竟招得你这样一位有才有貌的好女婿。映雪那孩子领进宫来我见了一回，果然是个有福气的。"拉了他手，脸上满是慈意。

孟丽君与她慈和安详的目光一对，心头大动，一时竟有些不能自持，忙垂下眼帘，回道："太后谬赞了。太后福泽绵长，贵体自有百灵庇佑，微臣不敢贪天之功。"皇帝笑道："爱卿不必过谦。你的功劳，这几日来朕都一一瞧在眼里。再过些日子，等母后身子大好了，朕一定要重重赏你。你若有甚么心愿要求，这几日只管想好了。朕只要做得到的，决不食言。"

孟丽君心中怦怦直跳，皇帝居然如此轻易便许下了这样一个诺言，自己先前的盘算计划已全然不必施行了。救治太后这一份天大的功劳，得来毫不费力，只能说运气实在是太好了。她镇定心神，跪下磕头道："臣谢主隆恩。"

太后含笑看着这一切，甚为满意，转头间忽然见到案头瑶琴，想起一事，问道："哀家这几日昏睡时总隐隐约约听到琴音，柔和清婉，有如仙乐，令人闻之心神俱醉，不知身在何方。皇儿你可也听见了？"皇帝笑指着孟丽君道："这又是郦卿的功劳了。他以琴音催眠，令母后安然入睡。"

太后恍然道："怪道哀家前几日辗转难眠，这两日却睡得安稳，原来是郦卿的妙手仙术。"向孟丽君道："哀家素来也好音律，最喜七弦古琴。梦里听闻爱卿雅奏，当真妙不可言，只恨神志不清，不得细细欣赏。现下爱卿可有兴致抚琴一曲，让哀家得以一饱耳福？"

孟丽君微微一怔，心道今日运气果然绝好，不但皇帝轻易许诺，就连本已可有可无的原定计划，都给太后一语提到眼前。既如此，便依计而行就是，至少也能在皇帝心头留下深刻印象。于是躬身回道："太后便是不说，微臣也是要献丑的。只因微臣这几日反复思量，已大体有了一个根治太后心悸宿疾的法子，正是要以琴音为辅。"太后和皇帝大喜，齐道："此话当真？"太后为心悸所困数十载，虽然不常发作，但每回发作起来，心中躁扰欲狂、头晕目眩，透不过气来，胸口刺痛难当，几欲昏厥，此番更险些丢了性命，听她说道有法根治，如何不欢喜过望？

孟丽君道："微臣岂敢妄言？"一面从袖里取出一张写好的方子，命香玉拿出去交由权昌煎药，药好立时端来，一面在琴案前坐下，说道："此曲慷慨激昂,奏的是沙场鏖战之音。待会太后千岁听了琴曲,如觉心口不适,宛若宿疾初发,不必慌张,只管平心静气,将药饮下,继续听曲就是。"

铮铮的琴音响起,为变徵之音,清越豪迈,气冲霄汉,如金戈,如铁马,似战鼓,似号角,铿锵激昂,动人心魄……皇帝虽将大部分心神放在太后身上,琴曲入耳,仍觉心脉激荡澎湃,热血如沸。太后先是凝神赏曲,只听琴音越来越高亢,越来越凶险,在几番以为难以为继之时,却听琴韵举重若轻、履险如夷地转了上去,操琴人指法之纯熟巧妙,实在匪夷所思。

听了约莫一盏茶工夫,太后渐觉心跳加剧、呼吸急促,便如从前心悸初发之时。这时药已煎好端来,香兰、香玉二人服侍太后服药。孟丽君琴音不止,直到将整首曲子弹完,最后以一声急吟戛然收住全曲,方慢慢站起,走到太后身前,把过脉搏,又等了片刻,才取出银针下了数针。皇帝站在一旁,插不上手,眼睛眨也不眨地凝望着二人。过了一会,见太后深吸一口气,抬起头来,额上已微现汗珠,一时手中并无绢帕,便伸出袖子为太后拭去汗水。

孟丽君轻声道:"眼下千岁可是觉得好些了?微臣此法,便是以琴音引发心疾,再用药疗治。依臣估计,如此反复若干次,太后宿疾当有望根治。"太后点头道:"哀家无碍。既是如此,就有劳爱卿费心了。"

皇帝放下心来,说道:"母后累了,可要上床歇一会儿?"太后还未答话,孟丽君已进言道:"启奏陛下,臣知太后贵体疲顿,但此番用药不同前次,药性偏凉,难以发散。微臣虽佐以银针之术,到底只散得四五分。为全药性,太后千岁此时不宜歇息。"太后听了,微笑道:"哀家在床上躺了这许多日子,眼下也不想再躺着了。来来来,穆儿,你坐下。郦卿家,你是我救命恩人,又是我的侄女婿,不是外人,你也坐下。咱们娘儿三个就在这里说会子话好了。"

二人依言坐下。孟丽君听得太后无意中唤出一句"穆儿",皇帝名讳中正有一个"穆"字,又见皇帝挨着太后坐下,神情亲密。如此一派母慈子孝、其乐融融的景象,出现在皇家深宫内苑之中,实是难得。孟丽君触及心思,不由微生感叹。

太后虽有些疲累,精神甚好,问道:"卿家方才奏的是甚么曲子?哀家通晓音律,却也从未听闻此曲。"孟丽君回道:"此乃是三国周郎名曲《长河吟》,曲调肃杀激荡,原非宫廷音乐,难怪太后千岁不知。"皇帝一惊,道:

"《长河吟》？这可奇了，郦卿你竟能弹奏此曲？"脸上满是惊异之色。太后诧道："郦卿能奏此曲，却有何奇怪之处？"

皇帝解释道："母后有所不知，那周公瑾乃三国时有名的儒将，手握重兵，镇于江东，文韬武略俱是一时之雄。他这曲《长河吟》最为出名之处便是：倘若不学兵法，不论再如何精通音律之人，也只能略得皮毛，万难奏好此曲。如非胸中能将百万雄兵之人，更决计奏不出其中的恢宏气势。朕听郦卿弹奏此曲，琴音铿锵，音随意转，挥洒自如，难道……难道爱卿竟还通晓兵法不成？"

孟丽君微微一笑，道："微臣生平第一喜好，便是兵法。生平第一自负，也是兵法。"皇帝太后俱是一惊，听她淡淡说来，不加一字解释，不知怎地，却是深信不疑。

皇帝忆起前事，道："是了，是了。那日朕和梅卿谈论诗文，朕问最近可见到甚么好文章，他奏道有绝妙好文，却非文章，呈上三篇兵法，说是郦爱卿所著，朕还不信。原来爱卿当真允文允武，果是天纵奇才。"太后笑道："那是菩萨保佑我朝，才会降下郦卿家这等文武双全的奇才。哀家听说如今叛军又兴风浪，北犯我朝，郦卿家既有如此高才，皇儿正宜重用才是。"皇帝点头应道："母后说得是，且容儿臣考虑。"

这时宫外传来一声轻咳，三人抬眼望去，见权昌立于殿外，远处人影绰约，都是随驾的宫娥太监。稍近处俏立着四个宫装美人，其中一人赫然便是安平公主，更有一人手里牵了个四五岁大的小男孩。

孟丽君立时猜出她们的身份：为首之人自是正位中宫、宠冠六宫的皇后、刘捷长女刘燕珠，那个小男孩当是皇长子晋王世乾，牵他手的定是其母李妃，另一个想必是温妃了。自己只与公主约定未时前来探望太后，却怎地多了这许多人？脑中蓦地闪过一念："莫非早先正是皇后挑唆公主前来宁寿宫，是以才会得了消息？"心念飞转，此刻若再不容探视，势必与宫内一众妃嫔结下仇怨。好在自己已得皇帝金口许诺，尽可放心。

当下从椅中站起，奏道："此刻太后千岁精神甚好，正可召见皇后、公主。微臣先行暂避。"皇帝摆手道："无妨，爱卿只管留下。"向权昌道："宣她们进殿。"

不多时，刘后等进了宁寿宫。刘后、温妃二人，李妃拉着皇子世乾，齐齐跪下，给太后请安，恭贺贵体康健、万福金安。安平公主却"嘤"的一声，径直扑入太后怀里，泣声唤道："母后！"太后轻轻抚摸她的头发，道："好孩子。"随即道："你们都平身罢。"刘后等谢恩后站起，又见过皇帝，这才落座。

孟丽君侧身立在一旁，只见刘后美艳柔媚，温妃娇俏伶俐，李妃温文端秀，都是一等一的美人儿。若论美貌，三人自以刘后为首，温妃其次，李妃又逊一筹。据闻李妃原是宫女，只因诞下皇长子，才得以晋封妃位，一直谨小慎微，从不敢多言一句，多行一步，更不敢有丝毫忤逆刘后之举。至于这位刘后娘娘，听说极能揣摩上意，心思灵巧敏捷，驾驭后宫恩威并施，是以十年以来，虽然并无所出，宠信却长久不衰。上前见礼道："臣郦君玉叩见皇后千岁、两位娘娘及晋王殿下。"

刘后笑道："郦学士平身。你是救治母后性命的大功臣，不必多礼，本宫还应多谢你才是……"孟丽君正好站起身子，微微抬起头来。刘后骤然瞧见她面容，不由一窒，脸上笑容登时僵住。温妃、李妃二人眼前都是一亮，心道："早听说新科状元郦君玉丰姿玉容，较之绝色女子尤胜几分，我还不信。今日一见，传言果然不虚，世上竟当真有这等宛如谪仙一般的人物！"

公主这时已从太后怀里起来，坐在一旁。看到母后无恙，心中一宽，见了孟丽君，便想起先前的事情，忍不住找茬道："郦君玉，你给谁都见了礼，却为何不过来叩见本宫？"孟丽君知她还在生气，走过来躬身道："是，微臣见过公主千岁。早先多有失礼，公主大人大量，自然不会与微臣计较。"公主"哼"了一声，转过脸去，不理睬她。孟丽君不以为意，垂下双手，站在一旁，并无丝毫尴尬之意。

太后问道："究竟怎么一回事？"皇帝将事情一说，太后摇头道："平儿你当真胡闹得很！若非郦卿家妙手仙术，你此刻已见不到母后了。这会子还在闹小孩儿脾性呢！"公主气道："人家也是因为担心母后身子嘛！"忽然斜睨孟丽君一眼，凑到皇帝身前道："这样罢，皇帝哥哥，既然他医术如此高明，不如别做甚么劳什子翰林学士了，索性到太医院去供职好了。"

孟丽君一惊，心中苦笑道，果然传言不虚，这位公主千岁当真睚眦必报，竟能想出这样稀奇古怪的主意。好在皇帝立时摇头道："不妥。郦卿本是正五品的翰林学士，就算太医院的院正也只正六品而已。他立下这样的大功，不升反降,如何说得过去?"

公主一计不成,又生一计,站起身来,围着孟丽君绕了一圈,一面打量,一面叹息道:"可惜啊可惜,当真可惜得很。"孟丽君知她古灵精怪,不知又在打甚么鬼主意,索性以不变应万变,气定神闲地垂手站立,不去接她话茬。

到底有人沉不住气,接口道:"公主可惜甚么呢?"却是温妃。公主笑道:"可惜了这样一位丽容无双、倾国倾城的大美人儿,奈何造化弄人,却偏偏错生作了男儿身!倘若他是个女子,嘻嘻,就算皇兄的三宫六院统统加在一起,也只怕及不上人家一半儿的姿色。难怪皇帝哥哥三日五日地召他进宫来,便是多瞧几眼这副花容月貌,也是好的。你们说是不是呢?"最后一句话却是冲着刘后等三人说的。

孟丽君心头一震,脸色丝毫不变。她知公主决计不会当真怀疑自己女扮男装,只不过为报私怨而随口戏言罢了,自己倘若出言辩解,反而着了形迹。听她这几句话语,一面嘲讽自己"以色侍君",一面挑起几位后妃对自己的敌视。不禁暗暗摇头:不过一件锱铢小事,依情依理自己并无过错,公主竟一再纠缠,不肯罢休。自己得罪了她,以后恐怕再没好日子过了。环视一周,果见温、李二妃粉面微愠,皇帝神色颇不自然,刘后眼中精光一闪,忽然掩口直笑。

皇帝听公主说道"倘若他是个女子",心中不由一动,待听到后半截,又微觉尴尬。他时常召见孟丽君,虽则主要是因为爱慕其文采才华,到底与他风流俊逸的容貌不无关系。正待分辩斥责几句,听得刘后娇笑声,转口问道:"皇后笑甚么呢?可是在笑话平儿不辨雌雄、胡言乱语?"

刘后敛了笑容,站起来施了一礼,道:"皇上恕罪,臣妾失仪了。臣妾确是觉得公主颠倒鸾凤,将堂堂大臣比作女子,不由失笑。不过也难怪公主这么说,便是臣妾素来自负貌美,在郦学士身前一站,也不禁自惭形秽呢。万岁,何不问问郦学士可有同胞姐妹?若当真有个与他一般相貌的姐妹尚未许人,臣妾可要恭贺皇上了。"皇帝听得心头大动,将公主调笑的话语抛到九霄云外,便当真忍不住要问上一问。

皇帝、刘后及温妃、李妃四人的目光都紧紧盯住孟丽君,等她回答。孟丽君脸上既不显惊宠之色,亦无仓皇之态,只淡淡说道:"微臣并无兄弟姐妹。"皇帝心中一沉,甚为失望,当着众人的面,自然不好显露,只是脸色变了一变,温妃、李妃俱是一副如释重负的神情。

刘后虽竭力掩饰,依旧遮掩不住面上喜色。她昨日得了父亲遣人送来的消息,几番前来宁寿宫探听情形,均被拦阻于外,不得进入。今日挑唆公主硬闯,终于得以入内。依她先前的想法,孟丽君立此大功,必定深得皇帝宠信,可她既得罪了安平公主,坏话自有公主去说,自己正好借机设法加以笼络。可乍一见面,不知如何,内心深处便隐隐生出一种说不清、道不明的敌意,立时放弃了笼络她的念头。

一时殿内一片沉寂,众人各自思绪纷杂。却听见太后重重地"哼"了一声,众人一惊,回过神来。太后道:"郦卿家,你过来。"孟丽君走过去。太后握住她手,眼光从众人身上一一扫过,面带怒容,道:"瞧瞧你们,一帝一后、两个妃子、一个公主,哪里有半点身为人主的模样?郦爱卿纵然相貌生得娇柔文弱些儿,他是我老哥哥的乘龙快婿,又是哀家的救命恩人,更是当世少有的奇才良将。你们对他一再戏弄,当真是岂有此理!"众人听得太后动怒,自帝后以下,连安平公主在内,俱不敢再说一句话,齐齐跪倒请罪。

太后转头望向孟丽君,脸色和缓下来,说道:"君玉,今后不论朝中后宫,若还有谁再胆敢以相貌调笑于你,你尽管来告诉哀家,哀家必不与他善罢甘休!"孟丽君大为感动,听她这一声"君玉",真宛如是叫亲生儿子一般,应道:"是。微臣恳请太后千岁息了怒气,切莫再伤了身子。"

太后点头道:"哀家也有些乏了,若是药性发散够了,哀家想上床歇一会儿。"孟丽君估摸时辰差不多了,伸手搀扶太后走进内殿歇息。余下皇帝等人,依旧跪着,不敢动弹。

等到香兰、香玉服侍太后歇下,孟丽君从内殿出来时,刘后等俱已告退,外殿只留下皇帝一人,见了孟丽君,脸上不禁微显讪色。孟丽君只作没瞧见,上前回道:"太后千岁已经歇下。微臣查看过太后脉象,一切安好,万岁无须忧心。"皇帝得了台阶,自然也绝口不提方才的尴尬事。

又说了一会子太后的病况,孟丽君忽然跪下道:"微臣有一事擅自作主,请万岁降罪。"皇帝奇道:"甚么事?"孟丽君从衣袖中取出那份战败表章,双手呈上,道:"此乃前方紧急战报,当日兵部朱侍郎不敢进宫惊扰皇上,命臣转奏。微臣见万岁这几日忧虑太后病体,不敢再分扰万岁心神,是以自作主张，并未将表章上呈。如今太后身子已然大好，军情紧急，臣不敢不奏。其中若有延误军机之处，臣甘愿领罪。"

皇帝接过表章，顺手将他扶起，道："爱卿说哪里话，你考虑周详，朕怎会怪你？"读罢战报，眉头微微皱起，忽然想起先前之事，问道："爱卿你方才曾说，生平第一喜好，便是兵法，生平第一自负，也是兵法。朕信你乃文武双全的天纵奇才，你且说说，对现今这场战事你怎么看？"

孟丽君数月以来一直筹谋的计划，终于在这一刻水到渠成。对此她早已成竹在胸，当下侃侃而言，将自己的观点看法一一表明。说到种种迹象显示，或许有人在暗使奸计、希冀借战事除去朝中大将时，有意无意地提到，自是战后擢升之人最有嫌疑，口风直指兵部尚书彭如泽。她心中明白，此刻攀扯出国丈，有百害而无一利，皇帝对刘捷还十分信任，自己又无凭无据，他岂肯轻易相信？反而会将辛辛苦苦营造出的皇帝对自己的好感尽皆破坏。而彭如泽本是由贵州巡抚擢升为兵部尚书，长久不在朝中，皇帝对他并无明显好恶，以他作为突破口，自然要容易得多。

皇帝听她口若悬河，将这一两年间的每一场战役如数家珍般地逐一列出，并详加分析，于关键之处一针见血、锋芒毕露，推断严密周详，令人信服，不由连连点头。听她说完，又问："依爱卿所见，此番叛军卷土重来，朝廷可有胜望？"

孟丽君抬起头来，清冷如霜的目光与皇帝对视一眼，朗声道："臣请圣旨，可要微臣直言无忌？"皇帝道："卿直言不妨。"孟丽君一字一句地道："朝廷最终定能取胜……"顿了一顿，转口道："……却非如眼下这般兵力部署所能成。"

从前皇帝听朝中大臣奏对军机，文官们不通兵法，不了解战况，长篇累牍，却说来说去全然说不到要点；而武将们又往往不善言辞，奏对起来磕磕巴巴、毫无条理，听上大半日也不知他们究竟要说甚么。此时孟丽君的一番分析，皇帝直听得津津有味，又听她说道"朝廷终能取胜"，更来了兴趣，道："哦？爱卿且细细奏来朕听。"

孟丽君凝神片刻理清思路，奏道："臣之所以敢断言朝廷最终定能取胜，有三点依据。

第一，叛军所占四省，除了两广为李逆原本所在之外，其余云南、贵州及福建三省，均或多或少受了战争侵扰，百姓流离失所、百业俱废，乃是可想而知。反观我朝，只有南方一两省略受侵扰，其余地方春种秋收一切如常，我朝实力自是远远超过叛军。

第二，李氏父子三人，李延亭已死，李汝章、李长宁兄弟相互猜忌，此番直拖了一年方才起兵北侵，微臣估计定与此事有关。长久下去，李氏兄弟难免不会祸起萧墙，自然于我有利。

第三，我大元朝廷开国近百年来，一直太平无事、四海臣服，百姓安居乐业，不思战事。李逆冒天下之大不韪而挑起战事，且残忍好戮、杀人如麻，人心向背自不言而喻。由此三点可知，只要朝廷坚持不懈，最终定能战胜叛军。

皇帝听得精神大振，连道："好，好！"随即问道："爱卿方才还说，'却非如眼下这般兵力部署所能成'，又是甚么意思？"

孟丽君起先还担心皇帝对此不甚感兴趣，不想谈论了近一个时辰，他竟丝毫不觉疲倦，依旧一个接着一个地发问，正合自己心意。看来皇帝果然并非糊涂帝王，还是值得辅佐的，心中一阵宽慰，回道："微臣对如今主领平叛大任的两位大人颇有置疑。记得两年前，彭尚书还只是贵州巡抚，他领军抗击叛军，民间送了个外号，唤作'常败将军'，讽刺他屡战屡败、损兵失地的战绩。且不论这样一位将贵州全省都送与叛军的巡抚老爷，究竟是如何升作的兵部尚书，只说眼下战情：呼延将军用兵向来谨慎，去年泸州会战时，若非他及时接应，便是全军覆没的下场了。以他对叛军的了解熟知，区区一场小捷，怎会令他贪功急进、轻易中了圈套？只怕其中另有原委，微臣大胆揣测，恐怕与彭尚书不无干系。"

当下将自己从前对朝廷军队缺乏统一部署指挥、猜测两军会合后恐会互相掣肘的忧虑说了，以此为引，提出了数项部署中存在的问题。又道："呼延将军用兵谨慎，守成有余，进攻上却未免稍有不足。眼下敌攻我守，以他为将自是正好，却非长久之计。日后朝廷若要收复失地、平定叛乱，却需另寻将才，方能事半功倍。"说罢又详细解释分析。

君臣二人这一番谈话直说到掌灯时分，仍然意犹未尽。直到香兰过来通报太后醒转，孟丽君才又进去请脉抚琴。

皇帝站起来踱了几步，转头望见案上打开放着的那道战败表章，脑中不由回想起这几个月来在郦君玉所呈文章中屡屡见到的兵书妙语，前些时日读过的三篇兵法，以及先前听闻的那一曲慷慨激昂的《长河吟》，又细细回想方才君臣二人的一席谈话。他从太后病情好转之时起，便在考虑该当如何奖赏郦君玉这一次立下的大功，这时心底已然有了盘算。

太后病情既已大体无恙，次日皇帝恢复了早朝。临上朝前，孟丽君奏明皇帝，从这日起便回到太师府，只早晚两次，进宫来为太后抚琴请脉。皇帝准奏，又道："这两日辛苦爱卿了，朕放你几日假，就不必上朝了。若有要事，朕自会遣人去太师府宣旨。"

孟丽君回到太师府，太师已上朝去了，见过康氏夫妇，说了一阵子宫中事宜，问道："府里这两日可有甚么事？"苏映雪答道："昨日皇甫……表舅递上门帖，来求见爹爹，说是一家子前日才从泰安回转京城。爹爹命我出来和表舅见面认亲，我已将我和娘一路的情形转告。"说到这里，语音低沉下去。

孟丽君轻轻握住她的手，以示安慰。听到皇甫敬一家已经回转京城，心中大喜，脸上丝毫不露。又说了一会子话，才携苏映雪回到弄箫庭。屏退了下人，问道："你和皇甫伯父都说了些甚么？"

苏映雪道："我一切都是依照官人吩咐说的。我告诉皇甫老爷，我娘叫作窦蓉娘，是他的远房表妹，我们娘儿俩是从云南昆明千里迢迢地来投奔于他。皇甫老爷一听到我娘的名讳，就变了脸色。他听完我们的遭遇，过了半晌，才问：'你是不是还有个姐妹？'我说：'我是有个姐姐，可惜她还留在云南，不曾逃出来。'皇甫老爷叹一口气，就不再和我说话了，又和爹爹说了好一阵子话才走。"

孟丽君点点头，心道："这样一来，皇甫伯父自然当我还在云南。我的身份秘密，可不能让他知道，如此我行事也会方便许多。"当下将这两日在皇宫里的经历细细说与她听。苏映雪听罢又惊又喜，道："皇上竟肯答允你一桩心愿么？当真谢天谢地！官人何不趁机讨要一块免死金牌？"

孟丽君还真不曾想过这点，听了这话，不由微微一怔。她知苏映雪时刻都在为自己打算，一直忧虑自己女扮男装，日后该当如何脱身。她要自己趁此良机讨得一块免死金牌，他日便可免去扰乱阴阳、欺君罔上的死罪。但自己当初既然选择走上了这条路，就早已将生死置之度外。何况眼下正是关键时刻，刘捷等人必守在一旁虎视眈眈，要拿自己错处，稍有疏忽便将前功尽弃。自己若在此时提出讨要甚么免死金牌，岂非徒然授人话柄？再说日后若当真败露了女儿身，旁人便要编造一百条重罪，让自己死上一百次，也是轻而易举之事，一块免死金牌抵得甚么用？

想到这里，又不好对苏映雪明言，怕勾起她对自己将来的担忧，只道："免死金牌哪有这样容易讨得？皇上若问一句：'爱卿担心伴君如伴虎么，难道说卿以为朕是昏君不成？'我该如何应对？"不等她再开口，又道："我自有打算，雪妹你只管放心就是了。我这两日统共也没睡几个时辰，着实累得很了，且让我歇一会儿。等岳父下朝回府了，你便叫我起来。"

苏映雪忙叫绛香打来清水，伺候她洗漱了，一面铺开锦被，替她脱去外衣靴子，服侍她睡下。孟丽君十分疲倦，不多时便沉沉睡去。苏映雪坐在床沿，替她轻轻地扇着扇子，望着她清丽如仙般的睡颜，听着她浅长均匀的呼吸声，脑中思虑纷杂。

歇了约莫一个时辰，听芙蓉报说老爷下朝回来，苏映雪轻声唤醒孟丽君，孟丽君换过衣衫，来到太师书房。

太师也刚换上便服，坐在书房，抬头见孟丽君进来，道："贤婿这两日衣不解带地守在宫里，救得太后性命，委实辛苦了。老夫听说你才回来睡下，怎不多歇一会？"孟丽君见过礼，问道："这两日前方可有新的战报传来？"

太师从案头取过一份表章，道："这是今日才到的战报，老夫知你关心前方战况，特地抄了一份。"孟丽君称谢接过，打开一看，不由大奇，原来竟有两份表章，分别由彭如泽和呼延赞二人呈上，各执一词，内容迥异。

先看呼延赞呈上的表章奏道，自前番败后，彭如泽扼守剑阁，呼延赞镇守阆中，约定互相接应、共阻叛军锋头。六月十六日晚，李长宁聚集全部兵力，夜攻阆中，势头凶猛。呼延赞派出二十名武艺高强的勇士，四散杀出，前往剑阁报信求援。有三名勇士浴血杀出，连夜赶到剑阁，请求彭尚书即刻出兵增援。不料彭如泽听罢口信，不但不肯出兵，反而诬陷三人乃是敌军奸细，下令投入大牢。途中两人以命相拼，终于使得其中一人趁乱逃出。是夜一众将士拼死杀敌，折损了三成人马，方才守住城池。凌晨叛军退去，那名勇士返回阆中，禀明经过，呼延赞大怒，与彭如泽对质不果，遂上表章弹劾。

而彭如泽所呈表章里，首先奏明呼延赞一意孤行，不肯合兵攻敌，执意要率本部兵马镇守阆中。十六日晚，因月华皎洁，自己率领亲兵，亲自出城探察叛军行踪，根本不在城内，亥时回转后，也未见有人前来报信。呼延赞不服号令，分散兵力，以致损兵折将，更在众将面前以下犯上、诬陷诽谤长官，请求朝廷予以处置。

孟丽君将两份表章细细看完，问道："今日朝中于此有何反应？"太师摇头道："老夫不信呼延赞会诬陷上官，他要求分散兵力，必是如你从前所说，担心号令不行的缘故。兵部朱奎自然是力保彭如泽的，史朝山、裴年偕等都站在他一方。皇上闻听又吃了败仗、损兵折将，很是不悦。"

孟丽君道："国丈呢？"太师道："刘捷狡猾，自不肯亲自出来担保彭如泽。他奏请皇上，派出钦差，彻查此事，务必弄个水落石出，皇上已经准奏。"孟丽君点头道："国丈必是要让他的心腹之人担任钦差，好于中取事，偏袒彭如泽。"

将彭如泽的那份表章再细读一遍，喃喃道："六月十六，六月十六，那是四日之前的事了……"忽然眼睛一亮，不及细说，只道："太师稍待，容下官去钦天监查一件事。"太师一怔，不知她为何突发此念，待要问时，孟丽君步履匆匆，已出门去了。

两个时辰后方回，面带喜色，这才解释道："小婿先时忽然想起，四日前我粗略推得将有月食，本待携夫人一同观月，不想那日阴云密布，不曾见到月亮。"太师也是个聪明人，立时猜知她意，大喜道："莫非那日剑阁阆中一带也可见到月食？"孟丽君从怀中取出一张钦天监的天象记录，回道："正是如此。"

太师心中大赞："君玉当真是个博闻广识的聪明人儿，今日朝堂上为两份表章谁真谁假，两派直争得面红耳赤。不想竟有这等法子，轻易指证彭如泽所奏为虚，任谁也料想不到。"翁婿二人对视一眼，均知事不宜迟，当下换上朝服，备轿进宫。

来到乾清宫，通报进去，皇帝宣入。才入偏殿，已见殿上立了三人，正是国丈刘捷、吏部尚书史朝山以及兵部侍郎朱奎。行过礼后，孟丽君还未开口，便听皇帝说道："郦爱卿来得正好。朕本想以你的兵法韬略和医治太后的功劳，正可在兵部任职，也好为国效力。不想朱卿核查之后回奏，眼下兵部并无空缺。爱卿如此大功，不可不赏，正巧户部郎中一职出缺，这是个从三品的衔儿，爱卿意下如何？"

孟丽君微微一笑，心知所谓"并无空缺"，必是刘捷及其心腹不愿自己插手兵部的遮掩之语，而户部郎中一职，更是他们抛出的诱饵，反正户部并不在其掌握之中，索性乐得大方。以自己入朝仅三个月的资历而言，从三品的官位已是本朝极为罕见的殊荣，若非有救治太后的大功，是决计无法如此擢升的。然而自己的意图原不在此，好在手中已握有一张王牌，待会便可让国丈等人无话可说、乖乖吞下自酿的苦果。

于是躬身对道："微臣的功劳赏赐，那是些许小事，不妨容后再议。眼下有一桩紧要大事，微臣与太师赶进宫来见驾，正是为了这桩大事。"皇帝奇道："哦？奏来朕听。"

太师与孟丽君早商议妥当，为了继续加重她在皇帝心目中的地位分量，一切均由她亲自禀奏。当下孟丽君奏道："今日微臣听太师回府后谈及前方战报，两份表章各执一词，不知孰真孰假。此事关系重大，一日不得妥善解决，前方将士便一日不得安宁，可谓紧要大事。微臣虽不在其位，但既食君之禄，便当略尽绵薄之力，以为君分忧，这是身为臣子的本分。"一面说，一面双手奉上钦天监的天象记录。

皇帝越发惊奇，道："爱卿竟有良法明辨真伪乎？"接过记录，不由皱眉道："这是何物？"孟丽君解释道："此乃朝廷钦天监所做天象记录，但凡天现异象，诸如日食、月食、彗星等，俱有记载。"略顿了顿，随即奏道："此份记录表明，六月十六日晚，自京城、两河、四川至云贵等地，均应见月食。若彭如泽果如表章所言，率亲兵出城查探叛军行踪，亥时方回，不可能不知月食之事。就算那日剑阁如京城一般未见月食，也只能由于阴云密布而不见。由此可知，彭如泽表章中所言十六日晚月华皎洁、月下出城云云，必为谎言。据此而推，所谓'呼延赞一意孤行''未见报信'等，亦非实情。"

太师这时上前一步，道："彭如泽身为兵部尚书，不思如何尽心竭力为国平乱，反陷部属于危难之中而不加援救，复又虚言谎奏、欺君罔上。此三条重罪，均罪不可赦，老臣伏请万岁圣裁。"

刘捷等三人面面相觑，谁也不曾想到，彭如泽的表章之中竟能揪出这样大的漏洞，铁证如山，辩解亦是无用。朱奎曾当殿保奏过彭如泽，这时直吓得冷汗涔涔，生怕牵扯自家的身家性命。

皇帝细看记录，果见正如孟丽君所言。钦天监预报，六月十六日晚自酉时三刻至亥时初刻，自京城、两河、四川至云贵等各地，均应现月食。登时拍案怒道："好大胆子的彭如泽！传旨下去，革去其兵部尚书之职，即刻解送回京听候定罪。前方一众兵马，暂交威武大元帅呼延赞代管。"

刘捷心中暗骂彭如泽无用，竟连这点子事情都不能办得干净利落，反给人落下偌大把柄。此事既已捅出，惹得皇帝震怒，彭如泽此人已无用处，遂起了弃他不用的念头，便也不为他争辩。

殿中沉寂片刻，太师忽然开口道："国家当此多事之秋，兵部不可一日无人主事。万岁方才不是有意让郦学士任职兵部、为国效力么？只因朱大人核查兵部并无空缺，方才作罢。眼下兵部尚书一职既已出缺，老臣以为，郦大人精通兵法，以其武略才干，又有医治太后以及明辨表章真伪两大功劳，乃是兵部尚书的不二人选！"此言一出，四座皆惊。

孟丽君又惊又喜，虽知太师从前曾经答允，会在皇帝面前美言，令自己得以大展宏图抱负，却也料不到他竟会在如此紧要关头出言举荐自己。依她原本的打算，是要借皇帝那日金口许下的诺言，来提出任职兵部尚书的要求。但比之自己恃功而求的毛遂自荐，由太师出面来提议，自然要妥当得多，也更有分量得多了。

刘捷等三人又惊又恐，万万想不到一向狷介古板、视清名令誉重于性命的梁太师，竟会一反常态地举荐自家女婿。三人彼此看了一眼，赶忙争先恐后地提出反对意见，唯恐皇帝听信了太师言语。

朱奎首先站出来道："太师此言差矣。郦大人文采高绝，又有医治太后的大功，满朝文武皆知。但兵者国之大事，他一介文弱书生，纵然读过几本兵书，哪里就当真精通兵法了？岂能担当得起兵部尚书这样的重职？"

史朝山紧跟着进言道："臣也以为太师所言不妥。郦大人年方十七，进入朝堂尚不足三个月，便是出任从三品的户部郎中一职，已是皇上天大的恩典，大大的越级擢升了。兵部尚书乃是统领一部的正二品朝廷大员，以郦大人的资历而言，微臣恐怕……恐怕百官未必心服。"

刘捷也再顾不得装模作样地保持中立，躬身奏道："朱大人、史大人所言极是，兵部尚书一职，还当持重为好。朱大人任职兵部十数年，通晓兵部各项事宜，对前方战情亦十分了解。微臣以为，由朱大人升任兵部尚书较为妥当。"

太师驳道:"今日早朝之上,朱大人还一口咬定彭如泽所奏属实,这也算是'对前方战情十分了解'么?彭如泽既已罢官,保奏之人不但不予治罪,反而即刻升官,这如何说得过去?"

刘捷一怔,饶他狡猾无比,一时也想不出话语反击,只得搬出从前的老话道:"太师执意要为自家女婿戴上一顶正二品的官帽,下官便也无话可说。只可惜太师一生刚正不阿的清誉,就此毁于一旦。"

太师脸上怒气大盛,喝道:"你说甚么!"正待争辩,却听皇帝这时开口道:"好了,好了!太师、国丈都不必多言,朕自有主张。"只得垂手道:"是。"

皇帝站起身来踱了两步,说道:"太师所言不错,兵部不可一日无人主事。有道是:'有志不在年高。'郦卿年纪虽小,于兵法韬略上确有独到见解,这是朕亲眼所见、亲耳所闻,众卿不必怀疑。他有救治太后的大功,论功行赏,要做正二品的兵部尚书,原也做得。何况今日他辨别出表章的真伪,又立了一桩功劳,就算资历浅些,百官也不至于不服。"

刘捷听皇帝的口气,是要将兵部尚书的位子赏给孟丽君了,不禁脸色大变。他千方百计招揽兵权,为此不知明里暗里使了多少手段,到头来若连统领兵权的兵部尚书之位都不能握在手中,岂非得不偿失?忙开口劝道:"皇上……"才说得两个字,已被皇帝打断道:"朕意已决,国丈不必再言。"不由暗暗叫苦。

皇帝颁旨道:"郦君玉跪下听封。"孟丽君一掀袍角,跪倒道:"臣在。"皇帝道:"翰林学士郦君玉身怀王佐之才,兼有救治太后大功,封为兵部尚书,统领兵部。"孟丽君磕头谢恩道:"臣郦君玉谢主隆恩,吾皇万岁万岁万万岁!"这个头磕下去,想到自己终于有机会一展所学抱负,爹爹昭雪冤屈有了希望,心中欢喜不已,面上不由露出微微的笑容。

刘捷又气又怒,皇帝如此坚持己见,在近几年里还是头一回。圣旨既下,已然无法可施,心中暗自警戒:"郦君玉此人委实厉害。我从前对他太过轻视,不想他打的是忍气蛰伏,以期一鸣惊人的主意。他与皇帝不过单独相处了两日,便轻而易举地捞去一个兵部尚书的官位。此人年纪虽轻,才能本领皆深不可测,加上心计极深,来日必是我心腹大患,万万不可小觑。"见孟丽君谢恩起来,微露笑靥,容色端丽绝伦、美不可言,越发肖似心中那个有如天神一般的人儿。若在平日,心神难免荡漾,这时却是一凛。

皇帝看见孟丽君的笑靥,脑中"轰"的一声,如着了魔一般神志不清,只觉一张令天地失色、日月无辉的绝美面庞在眼中无限放大,深深地印在脑海之中,再也挥拭不去。

孟丽君觉察气氛有异,抬头望见皇帝失神的目光,立时收了笑容,端正颜色。皇帝这才清醒过来,自己也不知究竟为何会这般失神,轻咳一声,道:"郦爱卿前两日辛苦了,这几日还要进宫为太后请脉,先不必急于去兵部上任。朕放你三日假,好生休息了,三日后再正式上朝。"孟丽君躬身谢过。

第十章

次日孟丽君早起进宫,为太后请过脉象,见太后一日好过一日,身子已然基本康复。至于以琴曲辅治心悸宿疾,自非区区数日能够奏效。太后听得皇帝封了孟丽君为兵部司马,心中欢喜,颁下懿旨,赏赐金紫罗袍一件、雕花白玉带一条、明珠十粒并彩缎八端,以谢医治之功,又加封其妻梁氏为二品诰命夫人。孟丽君辞谢不过,便也坦然受了。

既有旨意无须上朝,孟丽君便回到弄箫庭,和苏映雪携手闲坐。苏映雪这时已接了圣旨以及二品诰命夫人的赏赐,不由又是欢喜,又是勾动先前的愁思。喜的是,如此荣耀世上几人能享;愁的是,自己与小姐二人的终身,日后该当如何?自己怎样原无所谓,可小姐是神仙一般的人物,不知还要被这身官服羁绊到几时?

此刻孟丽君脑中所想,却是昨日苏映雪所言皇甫敬登门拜访一事。皇甫伯父是爹爹当年的结义兄长,正是他甘冒奇险派了傅归人来昆明通风报信,自己才得以逃脱囹圄之灾。也正是由于此事的拖累,他才给革去官职,说来对自己算有大恩。更何况爹爹出征前曾留书嘱咐,要自己投奔于他,如今他既已回京,自己无论如何也当前去拜会。再者皇甫伯父功勋赫赫、素有威名,或许还可借此机会与他探讨当前军情,当会有所裨益。但他眼下只是一介平民,自己若大张旗鼓地前去拜访，恐怕太过招摇，更不免令他尴尬。好在有苏映雪这一层"表亲"的身份遮掩，不如便装前往，对外只说去走亲戚。

向苏映雪说了打算，苏映雪犹疑道："皇甫老爷当年是见过夫人的，官人的相貌……只怕惹人生疑。"孟丽君微微一笑，道："天下容貌相似之人多了。我如今是朝廷的兵部尚书、堂堂二品要员，只需摆出官威，谁敢轻易动疑？若是怕惹人起疑，便一味畏首畏尾、瞻前顾后，反倒容易让人瞧出破绽。"苏映雪住口不语。

孟丽君换过便服，出了弄箫庭，吩咐下人备轿，荣兰随侍左右，一顶四人小轿前往位于京城东郊的皇甫府。

皇甫府大门之外，孟丽君吩咐落下轿来。荣兰手持拜帖，敲开紧闭的大门，向门房道："贵府主人前日登门造访，我家大人恰巧不在，今日特来回拜亲戚。"门房接过拜帖，见那帖子上写道："新任兵部尚书、梁太师女婿郦君玉拜上表舅大人"，不由呆住。自从老爷罢官之后，原本宾客满堂的皇甫府便渐渐冷清下来，就连老爷几日前举家回京，也无一人前来拜会。怎么今日竟来了一位从未听说过的亲戚，还是朝廷的兵部尚书？那可是比老爷从前在位时还要大的官儿呢，慌忙不迭进去通禀。

过得片刻，府门大开，四个家人分站两列。一位中年人迎了出来，四十来岁，相貌威猛方正，拱手道："郦大人光临寒舍，草民皇甫敬迎接来迟，多有失礼。"孟丽君已从轿中出来，上前揖了一礼道："晚生久仰老元戎威名，如雷贯耳。今日得见，实是幸会。"皇甫敬哈哈一笑，道："甚么狗屁威名，不过是闲人一个。"抬头猛然瞧见孟丽君的面容，惊疑交集，又见她年纪不过十七八岁，越发诧异非常。

皇甫敬将孟丽君引入厅堂奉茶，荣兰在她身后侍立。孟丽君依照先前想好的说辞道："晚生曾听拙荆提过，老元戎是她远房表舅。既是拙荆的表舅，自也是在下的表舅了。前日老元戎登门造访，晚生恰巧不在府里，不曾得见。今日当执晚辈之礼，前来回拜。"皇甫敬听她一口一个"晚生""在下"，身为兵部尚书，丝毫不以官位压人，年轻人能有这样一份涵养气度，实在少见。又听她不过是来走走"亲戚"的，不由颇为沮丧，道："不敢当。草民无官无职，一介武夫，怎敢高攀大人。"

孟丽君微笑道："老元戎过谦了。想当年阁下以弱冠之年便领军平定云南苗乱，生擒苗人首领。十年前更挥军横扫北疆，却胡人于疆域之外，辗转千里、百战成名。晚生真恨不能早生十年，便可一睹前辈战场风采！如此良将勇士，怎能说是'一介武夫'？"

这几句恭维话直说得皇甫敬心怀大畅。他南征北战二十余年，平生最为得意的，便属平定云南苗乱以及领兵征讨北疆这两件大功，听孟丽君一一道来，话语中满是推崇之意，登时对她生出几分好感，再寒暄时语气已大为不同。

孟丽君与之攀谈，问过他家里人一路安康，又说了些京中趣事。皇甫敬忍了好半响，这时实在按捺不住了，开口问道："草民前几日方才回转京城，实在孤陋寡闻。不过一向听闻朝廷兵部彭尚书镇守四川，正在前方与叛军交战，不知郦大人你是几时……这个……这个……接管兵部的？"

孟丽君既是摆出一副走"亲戚"、话家常的样子，自己当然不会率先提起前方军情。听他到底忍不住发问，当下三言两语、轻描淡写地将自己如何出任兵部尚书的前后经过说与他听。皇甫敬直听得眉头耸动、惊诧不已，想不到眼前这个俊美如玉的少年书生，竟当真能通晓兵法，仅凭一份表章中的疏漏，便轻而易举地将彭如泽拉下尚书大位并取而代之。他当年之所以给革去兵部侍郎的职位，原与彭如泽大有干系。这时听得皇帝圣旨，要押解彭如泽回京定罪，不由大呼痛快，望向孟丽君的目光里，更多了几分敬意。

既开了这个头，皇甫敬武将出身，虽早已不在其位，对军情的关切未有稍减，无时无刻不在想着重上战场、再建功勋，怎肯放弃眼前这个在现任兵部尚书面前表现的绝佳机会？于是打开话匣，和他讨论起前方战况、兵力部署、作战策略等话题。皇甫敬滔滔不绝地大谈自己的见解，孟丽君倾耳聆听，偶尔才插上一言半语，却往往一针见血地指出问题所在，或是提出一个皇甫敬从未想过的兵法策略，二人相谈甚欢。

直到管家吕忠进来禀报，说夫人已备好午饭，有请老爷和贵客。二人已谈了整整一个时辰，尤觉兴致未尽。皇甫敬这时对孟丽君的兵法韬略已是钦服有加，心道："如此少年，当真是天纵奇才。"再三留她用饭。孟丽君因皇甫敬是爹爹结拜兄长的缘故，自见了他，便觉亲近，也不愿就走，欣然留下。

移步来到后厅，桌上摆了三副杯筷。皇甫敬见厅内只有两个服侍的丫鬟，皱眉问吕忠道："少华呢？今日贵客光临，快叫他出来见客。"吕忠赔笑道："少爷昨日不知从哪里得了三篇兵法，今日一早就在园子里看书舞剑，吩咐说不让打扰。"

皇甫敬变色道："便任由他这么使性子么，也不看看今日贵客的身份！快叫他来。"孟丽君已挥手劝道："是说少将军么？无妨，改日再见也是一样。我两家既是亲戚，日后便当多多走动才是，原也不急在这一时。"皇甫敬喜道："正该如此。"又解释道："小儿脾性乖戾，因我皇甫家三代只得他一根独苗，自小受他祖母溺爱娇宠，就连我也轻易管教不得，说来实在惭愧。"孟丽君微微一笑，不以为意。

丫鬟摆上酒菜，孟丽君自着意学酒以来，酒量渐大，人前应酬越发挥洒自如。一时酒饭完毕，皇甫敬道："既是亲戚，那便是一家人了。可否请大人移步后园，容草民与大人继续前谈。"孟丽君立时猜知他心意，乃是千方百计要自己见一见其子皇甫少华，可怜天下父母心，想来也是为了儿子前途打算之意，点头道："好。"

出了后厅，穿过长廊，正巧迎面一个丫鬟急急走来，见了皇甫敬，屈膝行了一礼，道："老夫人急着唤老爷呢。"皇甫敬对母亲极为孝顺，见丫鬟这时来唤，心知必定出了大事，向孟丽君赔笑道："大人恕罪，回京这一路舟车劳顿，家母身子抱恙……"孟丽君道："老元戎只管请便。"皇甫敬一脸感激，道："草民去去就来，请大人随管家在园子里随处转转。"向孟丽君抱拳施礼，又对吕忠使个眼色，这才随那丫鬟匆匆向内室走去。

孟丽君随管家吕忠来到后园，一路行来，见园中花木俱是平常，想来主人家于此并未经意。见吕忠有意无意间将自己慢慢引向园中一间凉亭，便料知其少主人定在亭中。记起从前爹爹曾经不止一次地提起过，皇甫伯父家有位小公子，和自己同年，因是八月十五日月华当空时所生，故名唤少华。又想起当年那封通风报信的书信正是他亲手所写，若非他及时传信，自己必定落入大牢，哪还会有今日的境遇？心中不由微生感慨，略想了想，径直便向那凉亭走去，荣兰紧随其后。吕忠心中几分欢喜几分担忧，想起少爷狂傲暴躁的脾性，不敢靠近，只远远地望着凉亭。

孟丽君走到距离凉亭十数步外，便听得利刃划空之声，一个清亮的声音吟道："……一钩已足明天下，何必清辉满乾坤！"再近几步，只见一人在亭外舞剑，日光映照之下长剑耀眼生辉，剑势如虹。那人约莫十七八岁，生得虎背熊腰、珠庭广额，颀长的身躯与剑光相映，端的仪表出众、气宇轩昂。他眼角余光明明瞧见有人近前,却毫不理会,直到将一整套剑法舞罢,收了剑式。孟丽君喝彩道:"好剑法!"那人才抬起头来,冷冷地道:"我剑法好不好,关你……"这时骤然瞧清孟丽君的面容,登时呆了,一句话生生顿住:但见阳光从他身后射来,照在他身上、脸上,却好似失去了所有的光辉,两道明如秋水、清似霜露的目光正含笑看着自己……

皇甫少华片刻间回过神来,脸上不由一红,将目光移开,依旧强撑道:"……关你甚么事!"陡然发觉自己语气不对,少年人到底心高气傲,撇不开面子,立时沉下脸来,道:"你是甚么人,胆敢偷窥本少爷剑法?"又恢复先前冷冰冰的声音。

孟丽君见他如此,踱了两步,淡淡地道:"我不过随处走走,看见有人舞剑,便停下来瞧瞧罢了。"皇甫少华见他一副气定神闲的模样,仿佛丝毫不把自己瞧在眼里,心中一阵恼怒。将手中宝剑随手扔给他,又从亭内取过一柄寻常长剑,道:"咱们比画比画。你若赢得过我,就当你只是随意瞧瞧。你若输了,我要拿你去见官,治你一个擅闯民宅的罪名。"

孟丽君瞧着手中明晃晃的宝剑,知是一柄上好利刃,随手将剑抛在地下,摇头道:"你比不过我的。"皇甫少华怒道:"还未比试,你怎知定能胜得过我的落月剑法?"

孟丽君肃然道:"阁下剑法高超,我是比不过的。然剑者,一人敌而已,不过匹夫之勇。兵法韬略、运筹帷幄之术方是万人敌,你的兵法才略比不过我。"皇甫少华听到这样一句话,先是一怔,随即失笑道:"你我素不相识,你何以断言兵法才略,我不及你?"

孟丽君道:"从你方才所吟诗文便知。'一钩已足明天下,何必清辉满乾坤!'所谓兵者天下大事,为将者须当心胸宽广、着眼全局。古来成大业、立大功者,其胸襟气魄皆远超常人。此诗若由我来作,当改一个字:将'必'字改作'况'字,'一钩已足明天下,何况清辉满乾坤!'"

皇甫少华在心底将两句诗反复念了几遍,不得不承认,改过这一字之后,整首诗品格迥异。这么一比,自己先前的诗文确显小家子气了些,流露出自满自傲的意味,而改过一字后便转为谦虚进取之意。他却还不肯服气,怎么也不相信,眼前这个娇美柔弱、看上去年纪比自己还小的少年,竟敢夸口精通兵法韬略。忽然想起一事,从亭中取过一本书册,道:"会改几句诗,便了不起么?这里有三篇兵法,我且让你见识见识,甚么叫做真正的兵法韬略。"说着将书册双手递过。

孟丽君不由微觉惊疑,和他说了这一阵子话,已知此人脾性狂傲倔桀。见他将书册双手递来,显是对那三篇兵法的作者敬重有加,却不知是何人的书稿,竟能令他这般恭顺?当下也双手接过,翻开第一页,只一眼,便哑然失笑,从头至尾翻了一遍,心中忍俊不禁。

皇甫少华见他看完,面上微露得意之色,道:"怎样?"孟丽君不动声色道:"少将军,这三篇兵法并非你所作罢?"皇甫少华道:"自然不是。此乃大家之作,见解精辟独到,更兼文采斐然,便是千百年后,也当青史留名。我的文字怎能与之相提并论?"一面说,一面从孟丽君手中小心翼翼地取回书册,放在一旁。

孟丽君微微一笑,道:"依我看来,这三篇兵法的作者还是略显浅薄了些,终不过纸上谈兵罢了。凭此就想青史留名,未免儿戏。"她故意说出这话,原是要激一激对方,且看他会如何应对。

皇甫少华闻言双目圆睁、双拳紧握,怒道:"作此兵法之人是当世一位大大有名的奇才,他文韬武略、惊才绝艳,乃是盖世无双的大才子。你是何人,竟敢如此出言不逊?"

孟丽君侧过身子,淡然道:"清儿,你将我的名讳说与他听。"荣兰道:"是。"上前一步,向皇甫少华朗声说道:"你可听好了:我家公子姓郦名君玉,表字明堂,乃新科状元郎、朝廷昨日刚拜任的兵部尚书是也。"

皇甫少华全身一震,倒退几步,犹自不敢相信。孟丽君双手背负身后,嘴角似笑非笑,说道:"莫非皇甫少将军还不肯信么?"目光扫来,霎时神采大放,举手投足间自有一股睥睨天下的气势,若非深谙兵法、胸有万千韬略之人决不能如此。皇甫少华立时信了,惊喜交加,扑通一声跪倒道:"原来先生便是这三篇兵法的主人!弟子昨日得了先生的三篇兵法,拜读之下惊如神人,只恨无缘拜会。先前实不知先生屈尊驾临寒舍,少华多有失礼。"

孟丽君扶他起身,道:"少将军快快请起。我方才多有戏弄,也请莫怪。你我年纪相仿,又是表亲,'先生'二字,实不敢当。"皇甫少华一怔,道:"表亲?"孟丽君寥寥数语,将二人的"亲戚"关系以及今日的来意说了。

皇甫少华立时记起,前日爹爹从太师府回来后对祖母、母亲和自己说的话语，心底自然知道，自己和眼前这位仰慕赞叹的人物，其实并没有甚么亲戚关系。含糊应了一声，请孟丽君在亭内坐了，自己侍立一旁，岔开话题道："弟子昨日只知，作此三篇兵法之人，乃是朝廷的新科状元郎、翰林学士郦君玉郦大人。想不到先生竟是梁老太师的爱婿，如今更升任了兵部尚书之位。恭喜先生大才得施，这真是朝廷的福气，更是前方一众将士的福气！"

孟丽君见他满眼喜色，想起从前他为自己的所作所为，又想起自己今日前来皇甫府的另一层用意，说道："方才我见了少将军所舞剑法，果然不同凡响。不知少将军还通晓何种技艺？无须谦虚，只管说来。"

皇甫少华原非谦逊之人，只因心底已对孟丽君钦服有加，在她面前方才收了狂傲之态，这时听她问起，傲然答道："弟子五岁习武，七岁骑射，十岁读兵书。马上马下的功夫，十七年来尚未遇过敌手。至于韬略谋断，虽不及先生远矣，却也远胜寻常武人。"说着从旁边石桌上取了一卷书笺，双手递过来道："这是弟子今早读了先生大作，敬慕惊赞之余，自己所写的一则注解。只因时辰有限，才只注到第一篇第三十七句。还请先生不吝赐教。"此时双手递来，自不是为了手上之物，而是为表对眼前接物之人的尊敬。

孟丽君接了过来，见一共有三页纸，俱写得密密麻麻。她看得飞快，片刻便已尽数看完，果然不差，得了自己七分真意，文字功夫也还不错，确然远胜寻常武人。其中自也有若干疏漏之处，误解了原文含义，当下一一指明纠正，皇甫少华点头受教。

说了一会子话，孟丽君看似随口问道："少将军锦绣年华、武艺精湛，不知是否有意，以堂堂男儿之躯，于国难之中，杀敌平乱、建功立业，报效朝廷？"皇甫少华霍然道："此乃少华向来心之所愿。"

孟丽君点点头，料他必会如此应答。想当年爹爹闲居云南总督一职，十数年来未有征战，便生出了满腔英雄落寞之感。如今皇甫伯父父子，自然亦是如此。天下间本就藏龙卧虎，朝廷又一向重文轻武，由此推断，那些身怀绝艺而不为朝廷所用，因此不得不隐身草莽之人，想来也必多如牛毛。思及于此，越发坚定了自昨日出任兵部尚书起，心中便一直在考虑的一项提案。

皇甫少华话语出口，一颗心便悬在空中，等着孟丽君的答复。却不想她似乎思虑重重，一时并未答话，也不敢催促，只静静候着。眼光无意间望向她光洁如玉的绝美面庞，悬在半空的一颗心忽然微微一动，登时转过脸去，眼观鼻、鼻观心，再不敢向她瞧上一眼，心中暗骂自己，怎会生出如此念头、亵渎了先生？

孟丽君正在思索，浑然不觉。过了一会，才回过神道："如此甚好。我此刻不宜多言，少将军且待几日之后，见了朝廷的皇榜就知。"见与皇甫少华说了大半个时辰的话，仍不见皇甫敬前来，他自不会轻易怠慢自己，想是家中确实出了大事。当下站起身来，说道："今日叨扰一日，我也该告退了。烦劳少将军引路出去。"

皇甫少华心中失望，还盼能与他多谈一会儿兵法，却不敢挽留，引路出了凉亭。孟丽君一面走，一面说道："你写那注解，若有疑问，只管到太师府来见我。"皇甫少华大喜，连道："多谢先生。"

吕忠站在远处，听不到二人交谈，这时见少爷恭恭敬敬地引着孟丽君出来，忙上前相迎，更听得少爷一反向来脾性，口口声声以"先生"相称，不由大惊。

一行人从后园出来，正在长廊转弯处，忽见一个妇人低头掩面泣声奔出，差点与前面引路的皇甫少华相撞。那妇人停住脚步，抬起头来看了一眼，一言不发，飞快地从几人身旁穿了过去，朝前厅奔去。孟丽君见她三十来岁，一身粗布衣裳，容貌端丽，只是眼睛红肿，泪痕满面。

皇甫少华见了这个女子，微微一怔，随即道："下人不懂礼数，冲撞了先生。"孟丽君料想多半是皇甫府家事，自己不宜过问，说道："无妨。"

从皇甫府出来，孟丽君看看天色，约莫未时三刻，时辰还早。今日除了晚间还要进宫为太后请脉之外，原无他事。此地已是京城东郊，距离东平门不远，正好微服过去，瞧瞧城门守卫。于是打发了轿子先回府去，自己和荣兰二人信步向东平门走去。

走出数百步，已到月影湖畔。忽听前面人声喧哗，一人道："好，好。总算救了上来。"另一人道："可不知这女子是哪家人，竟会如此想不开，要投湖寻死？"孟丽君一惊，走了过去，站在树荫下观望。只见远处一个男子抱着一个女子，正从湖里一步步涉水上来，旁边站了四五个围观之人，正七嘴八舌地议论着。

等那男子靠到岸边，几个人抢步上去，将二人从湖里接上岸。有人当即认出那女子身份，惊道："是傅家寡妇！"那男子上了岸，捡起岸上一件胸甲穿了，原来是个士兵。想是胸甲过于沉重，不宜带入水中救人的缘故。

几人将那女子放在岸边，一探鼻息，还有浅浅的呼吸，都松了口气。另外数人便又议论开了，均道："傅家娘子平素最是温柔贤淑，从来不与人口角，纵然受人欺侮，也不过笑上一笑。这么个好脾性的人，怎么竟会投湖自尽呢？可当真想不通。"

孟丽君向荣兰道："我们过去瞧瞧罢。"走近几步，荣兰蓦地瞧清那女子的面容，不由"啊"的一声惊呼，原来正是方才在皇甫府所见的那个妇人。孟丽君眉头微皱，她先前见了这妇人，只当是件寻常小事，不想竟险些闹出了人命。却不知这妇人在皇甫府里究竟受了甚么委屈，出来便径直投湖自尽？遇上这种事情，便是毫不相干之人，她也会帮助救治，更何况这妇人与皇甫府有关？

于是上前拱手说道："在下粗通医术，可否让在下瞧一瞧这位娘子？"众人抬头猛然见到这样一位容貌出尘、衣饰华贵的人物，一眼便知不是常人，便一齐住了口，退后一步，让出路来。那个救人的士兵一直站在一旁默不作声，这时看了孟丽君一眼，依旧不发一声。

孟丽君蹲下身来替她把脉，立时知她虽然一意求死，毕竟发现得早，连湖水也没呛入几口，原无大碍。只是她已怀有两个多月的身孕，加上身子本就孱弱，兼又伤心过度，给冰冷的湖水一激，昏了过去。倘若调理得法，将养数日，也就好了。

站起身来，忽然想起方才有人称她为傅家寡妇，可见她丈夫已死。向方才说话之人问道："请问这位娘子家住哪里？家中还有些甚么人？"那人指着一个方向道："她家倒不远，就在那边，却没有别的人了。她的男人原是前面皇甫老爷家的家将，一年前死在了外地，就连尸骨也没见着。"说着连连摇头。

孟丽君闻言脸色微变，急问道："你可知她丈夫叫甚么名字？"那人道："听说是叫作……傅……傅甚么人罢？我也记不太清。大家都唤她傅家娘子。"

孟丽君心中再无疑意，知她必是当年皇甫伯父派来给自己送信的家将傅归人的孀妻。傅归人之死，始终是孟丽君心头抹不去的一桩憾事。沉吟片刻，决定先不将她救醒，说道："她家既是不远，烦劳几位帮忙抬她回家，在下也好替她开方疗治。"

当下那个下水救人的士兵与另外一人抬了傅家娘子，孟丽君和荣兰跟在引路之人后面，一行人来到傅家。

推开虚掩的院门，只见院里悬着一根草绳，上面挂了十几件浆洗过的衣裳。三间屋子，一明两暗，房里没有甚么值钱的物事，却收拾得异常干净整洁。

孟丽君吩咐将傅家娘子抬到床上，借来笔墨写下一服药方，取了块碎银，命人去附近的药铺抓药。又请了住在隔壁的一位大娘来替傅家娘子换下身上湿衣，自己与其余人等退到院里。

听得出了这样的事情，平素与傅家娘子相熟的街坊邻里纷纷赶来探望，小院里登时挤满了人。见到孟丽君这样一位如神仙般高高在上的人物，竟肯对素不相识的一介平民妇人伸手相助、出钱出力，人人都是赞不绝口，而对于真正下水救人的那个士兵，众人反无半句褒奖的言语。那士兵也不生气，只斜身倚在墙角听人说话。

孟丽君瞧在眼里，微微点头。先不去理他，转过身来和街坊邻居们说话，过不多时，已然大体得知傅氏夫妇从前的一些故事。

原来傅家娘子本是自小买来服侍皇甫老夫人的丫鬟，名唤赵琼儿，十几年前赏了给府上家将傅归人为妻。等到傅归人随皇甫敬转战沙场，积累军功升作偏将后，夫妻俩得了皇甫府恩典，都放了出来，从此便住在这里。自成亲以来，夫妻二人情意相投、相敬如宾，从来不曾吵过嘴、红过脸，是这一带街坊邻居们口中的佳话。

自一年前傅归人死亡的消息传来，傅家娘子伤心不已，整日以泪洗面。傅家从此断了生活来源，好在娘子贤惠，靠着替他人浆洗衣裳勉强度日。不料祸不单行，过了几个月，她七岁大的独生儿子偏又生了一场急病。那时皇甫一家已阖家去了泰安，不在京中，娘子只得将家中值钱的物事尽数当卖了，三番五次买药请大夫，却终究救不得孩子性命。傅家娘子为此大病一场，卧床了小半年方好。

孟丽君闻言悯然。她先前诊出傅家娘子身怀有孕，还道她或许德行有亏，现下听十几人都异口同声地称赞娘子贤德，想来不是虚言，便知其中另有隐情。此事关系一个女子的名节，知道的人越少越好，孟丽君自然绝口不提。

过了一会，隔壁大娘为傅家娘子换好衣裳出来，说娘子已经醒来，只是一个劲儿地流泪，甚么话也不说。抓药之人亦回来了，另有相熟之人自去煎药。

孟丽君心知，在旁人眼中自己只是一个侠义心肠的贵介公子，碰巧遇上了这桩事情，顺手帮个小忙而已，除了留下些许银两外，并不指望还能做些甚么。但她既是傅归人的孀妻，此事自己便决计不能抛下不管。然而此刻人多口杂，却也不是问话的好时机，不如便暂时装个贵介公子的模样，待过得几日事情缓一缓了，再来计较。

孟丽君主意既定，从袖里取出一锭十两重的元宝，交到隔壁大娘手中，说道："这是在下的一点心意，麻烦大娘辛苦几日，好好照顾傅家娘子，也多开劝开劝她，可别再想不开轻生了。"大娘接过银子，念了一声佛，谢道："相公真是菩萨心肠的大好人，老身替娘子多谢相公了。"

孟丽君微微一笑，回过身来看那个救人的士兵，却已不见，不由一惊。向旁边的人打听，才知他方才听人说傅家娘子已经醒转，便悄然离去了。孟丽君心中赞道："此人不言不语，行事却大有君子之风。"告辞出来。瞧见前面几十步外一人的背影，正是方才那个士兵，于是高声唤道："前面的那位兄台，且等一等！"

那士兵停下脚步，转过身来。孟丽君疾步赶上，见他下水救人之后，并未换过衣裳，而此刻身上已然不见水珠，足可见其功力深厚，拱手道："在下郦君玉，请教兄台高姓大名？"那人登时面露奇色，惊道："可是新科状元郎郦君玉郦大人？"他先前一直不曾说话，这时方第一次开口，嗓音有些尖锐。

孟丽君料不到自己的姓名竟已如此广为人知，心道下次若再微服出行，该当用个化名了。一面含笑道："正是。"一面庆幸方才在傅家小院无人问及自己的姓名。

那士兵忙抱拳还礼道："京城之中盛传新科状元郎美若谪仙、超凡脱俗，也只有如阁下这般容貌，方能当得起这八字的评语。小人姓韦，名勇达，东平门守卫校尉，见过郦大人。"

孟丽君见他虽其貌不扬，但观其先前行事作风，心中早起了结交之意。这时听说是东平门校尉，自己原就打算微服过去瞧瞧东平门守卫，也算凑巧了。又听他嗓音中还带了三分云南口音，越发觉得亲近，说道："甚么大人小人的？此地又非朝堂之上，不必如此拘礼。所谓四海之内皆兄弟也，我见韦兄光明磊落，救人于难却丝毫不图名利，心中佩服得很。想请兄台到前面酒馆小酌一杯，不知尊意如何？"

韦勇达微一踌躇，点头道："好。如此多谢郦兄了。"于是来到一家小酒馆，二人坐下，荣兰侍立在孟丽君身后。小二送上一壶老酒和四碟小菜，荣兰接过酒壶，为二人斟满。

孟丽君含笑道："今日韦兄救人一命，胜造七级浮屠，在下先敬一杯，聊表心意。"二人举杯干了。孟丽君放下杯来，说道："我听韦兄说话略带云南口音，敢问仙乡何处？"韦勇达一凛，答道："在下祖籍云南，自小却在信阳长大。只因先父先母俱是云南口音，十数年耳濡目染下来，竟连我这个从未去过云南之人，也说得几分云南话了。"

孟丽君道："原来如此。我从前曾在云南住过数年，当真是个好地方。"韦勇达神情恍惚，若有所思，过得一会，道："是啊。在下小时听先父先母也是这般说，那时总想，日后定要回家乡去看一看。可叹如今人虽长大了，家乡却给叛军占领，不知朝廷何日方能平定叛乱、收复失地，也让我们这些在外的游子能够返回家乡。"说罢长长的一声叹息。

他这一番话语登时勾起了孟丽君的愁思，忆起两年前离家时站在总督府大门前郑重许下的誓言，又想起从前在重庆街头所见的那些面黄肌瘦的云南难民，越发觉得肩上责任重大。微微出神片刻，随即慨然道："韦兄放心，朝廷早晚定能平定叛乱，收复云、贵、广、闽四省，还天下一个太平盛世！"

韦勇达此时并不知孟丽君已升任了兵部尚书，总理全国军政大事，听到这样一句豪气干云的"大话"从他一介书生口中说出，原是不信，但听她语气断然果决，抬头又见她澄净明澈的目光中满是坚定自信之意，显然语出内心、一片诚挚，不知怎地，竟信了几分。他原是个疏朗爽利的人物，若非心中有事，等闲也不会现此愁态。听了孟丽君的话语，不觉受到振奋鼓舞，一时愁态尽消，举起酒杯笑道："好一个'还天下一个太平盛世'！承郦兄吉言，但愿这一日早早到来！"孟丽君也举杯相邀，二人一齐干了。

韦勇达搛些菜肴吃了，说道："话虽如此，到底'平定叛乱'并非只这简简单单的四个字。"孟丽君正要于平叛之事广征多方见解，闻言问道："韦兄想来通晓兵法，不知有何高见？"

韦勇达听他问及，心中暗喜。他早听说新科状元郎郦君玉乃是天子宠臣、太师爱婿，不仅文采高绝，更有治国安邦的大才，朝廷委以重任原是迟早之事。今日机缘巧合，竟得以与她相会于市井之中，正是自己等待已久的良机，岂可轻易放过？

当下侃侃而言，与孟丽君议论起兵法见解。起先还怕他不懂，只是泛泛而谈，不想孟丽君一面倾听一面发问，往往一语中的、直指弊端。不知不觉间，二人停下杯筷，将桌上的四只碗碟当作四座城池，每人分守两座，互相攻防，各种计策谋略使将出来，绞尽脑汁要占领对方的城池。韦勇达原本举止洒脱、挥洒自如，到后来竟越来越惊，打迭起十二分的精神小心应付，过不多时，额头已冷汗涔涔。

孟丽君心中也颇为吃惊。这种攻战游戏，她从前在昆明家中便时常与爹爹玩起。初学兵法时总是她输，到得十二岁上就能与孟士元拼斗得不分胜负，再往后孟士元便全然不是敌手。自己从小就玩这个游戏，攻守之法早已了然于胸，而眼前这个韦勇达显然是第一次玩，虽然一直处在劣势，却顽强抵抗、毫不妥协，偶尔还能乘隙反攻过来。以此而论，这人果然是个人才，其兵法韬略绝不简单，做个城门校尉委实太过屈才了。

再斗得片刻，韦勇达失了一城，左支右绌，眼看就要兵败。孟丽君忽然举起酒杯道："天色也不早了，我晚间还有些事情，不能久留。我观韦兄高才，他日定能为国家所用，建功立业、成就大事，想来指日可待。"说着将杯中残酒饮了，从袖里取出碎银放在桌上，又道："他日有缘还当再见。告辞了。"拱手为礼，言罢翩然离座而去。

韦勇达的心思还放在这一番碗碟"鏖战"之中，一时并未反应过来，只迷迷糊糊地站起来回了礼。等到回过神来，眼前却哪里还有那个惊才绝艳的身影？再看一眼桌上"战局"，自己唯一的一座"城池"已是四面楚歌，败局已定，显然对方不愿扫了自己面子，才没有继续下去。他素来自负精通兵法，从前也曾经亲身参与过几场战役，场场俱是大胜，到头来却不想败在了一个书生手下。心中几分失落、几分惆怅，忆起他最后的一句话："他日有缘还当再见"，又隐隐生出几许期盼，既盼他能相助自己一臂之力，又盼能有机缘与他再决高下。

却说皇甫少华自孟丽君离去之后，心中念念不忘他所说"皇榜"一事，每日里差了家人在京城中四下打探。到了第四日上，皇甫少华在后园中舞过半日画戟，额头微微出汗，便从袖里取出随身携带的一方绣花罗帕来拭汗。闻见帕上阵阵香气，脑中不禁现出一道娉娉袅袅、婀娜柔美的俏丽身影。凝望着香罗帕上所绣并蒂莲间的两只交颈鸳鸯，回想起当日扇帕定情的情景，不由一荡。

心中正甜蜜间，忽听有人在耳旁说道："少爷大喜，有消息了！"回过神来，见是家将史臣思，登时精神一振，将罗帕贴身收好，急道："甚么消息？快说！"史臣思躬身禀道："今日一早，朝廷在各大城门口均挂出了招贤榜，要取纳武状元，挂帅南征平叛。"说着将抄回的招贤榜文递来。

皇甫少华接过读道："告示各省，朝廷欲广纳天下英才，为我所用。如有通晓兵法、武艺娴熟之人，不论九流三教及有罪革削者，尽皆赦免，俱赴兵部衙门验看。准于七月初一日取齐，得智勇兼全之士，至教军场比演武艺，钦定武状元榜眼探花，拜任平南大元帅及左右先锋，余者依次以降，各授军职。特此颁示天下。"读罢大喜，这才领会到孟丽君那日所言的深意。朝廷昨日方正式拜任新科状元郎、翰林学士郦君玉为兵部尚书，今日便挂出招纳贤才的皇榜。任谁都能轻易猜想得到，这道榜文必是皇帝依从了新任兵部尚书所请。

皇甫少华将榜文再读一遍，思绪飞散开去："自去年因傅归人行事不慎、被人认出后，累得爹爹给人参了一本，革去了兵部侍郎之位，连带我的龙禁尉一职也丢了。那个区区小位原不足惜，丢了便丢了，只是从此我便成了一介庶民，再想建功立业、封妻荫子，却是难上加难了。这一年多来，一家人隐于乡间，与寻常村夫农妇一般无异。想我皇甫少华乃顶天立地的男子汉大丈夫，难道一生一世就要这么碌碌无为地度过了不成？必是上天垂怜，才会降下郦先生这般识我、用我的天纵奇才，也才会有了眼前这道招贤皇榜。以我的兵法武艺而言，得这武状元之位犹如探囊取物一般容易。从此挂帅平南，扫荡叛乱，立下不世功绩，青史留名便指日可待。"想到精彩处，不禁眉飞色舞，仿佛此时此刻自己已然大败叛军、收复失地，正押解那伪帝李汝章得胜还朝一般。

于是拿了榜文，兴冲冲地出了后园，正瞧见服侍祖母的贴身丫鬟春儿，问道："可知老爷现在何处？"春儿答道："老爷和夫人都在老夫人房里呢。老爷才送了孙大夫出来，命奴婢去厨房煎药。"

皇甫少华一怔，道："昨日我去请安，见祖母气色还好，怎么今日反又加重了么？"春儿道："那倒不是。老夫人今日精神甚好，已经下得床了。只是老爷依旧不放心，才又请了孙大夫来，也说无碍了。"

皇甫少华放下心来，径自来到祖母起居的所在。才掀起门帘，便听得祖母怒气冲冲的声音，不由停住脚步，听祖母说道："……不论她今日身份如何，太师的义女也罢、尚书的娇妻也罢，不过运气好些而已，说到底出身不过是当年孟家一个丫鬟的女儿，也配和咱们皇甫家攀亲戚？你竟甚么都不说就认下了，倒还要派人赶上门去送礼物！哼，莫以为我不知你打的是甚么糊涂主意，你是想借此攀附权贵，好出头再做上几年的官！我一个妇道人家，不懂甚么大道理，却也听过'大丈夫富贵不能淫、贫贱不能移、威武不能屈'的话。日子清贫些也就罢了，我们娘儿俩又不是过不得苦日子的人，你几时听过有一声儿埋怨？你丢了官职，可万万不能把一向的操守也丢了，否则让我死后怎有脸面去见皇甫家的列祖列宗！"随即传来呜呜咽咽的哭泣声。

又听得父亲皇甫敬惶恐的声音道："母亲教训得是，儿子知错了。"母亲尹良贞在旁不住劝解。皇甫少华不再迟疑，走进去道："孙儿少华来给祖母请安了。"说着请下安去。

皇甫敬正满头大汗地跪在地下，母亲身子不好，又在气头上，他不敢出言辩解，见少华进来，如得了救兵一般。老夫人姜氏素来疼爱孙子，见他进来，也就不再理会皇甫敬，收了眼泪，道："少华过来，挨着我坐。"

皇甫少华过来坐了，将抄回的招贤榜文拿给祖母看，又说了自己的打算。姜氏赞道："好，这才是我皇甫家的大好男儿！要出仕做官，就当堂堂正正地凭自己真本事，若是走歪门邪道，那便徒然玷辱了我皇甫家的家风。"皇甫敬这时已站起身来，垂手侍立在一旁，听了这话脸上越发尴尬。

尹良贞心有几分担忧，说道："朝廷要招纳贤才，自是好事。可一旦中了这武状元，却要立时带兵出征。少华年纪还小，战场上到底刀枪无情。我皇甫家只有他一根独苗，又不曾娶妻生子，如何放心得下？"

皇甫少华见祖母听了母亲的话语，心意似有所动，忙道："母亲只管放心，就连爹爹也一向称赞孩儿的武艺韬略，断不会有事。何况我皇甫家自祖父在世时便创下了赫赫威名，传到孩儿手中，岂能一事无成，平白辱没了祖先的名头？总要做出些大事来，才算不负我这一生所学。"

姜氏点头道："少华这话说得不错。只是……听说如今朝廷奸臣当道，就连你爹爹这般的忠臣良将也容不得。倘若大军在外，粮草后备接应不上，你纵有天大的本事，也是枉然，便落得和当年孟家一般的下场。"说罢长叹一口气。

皇甫少华忙道："祖母不知，如今朝廷出了一位了不起的奇才，有他在朝中周旋调度，纵使南征在外，料来决计没有后顾之忧。"姜氏奇道："哦？竟有这事？"

皇甫少华赞道："说起此人，当真是人中之龙、百年不出的翘楚俊杰。前日我和爹爹议论，都道我朝中兴，怕是要着落在此人身上。"说着将所知种种尽数道来。他自那日见了孟丽君，只觉见面尤胜闻名。若说先前只是对其兵法文字敬服有加，一见之后便是对其人品气度仰慕于心，这几日里更四处打听有关于她的种种消息传闻。好在自今科春闱以来，孟丽君便是京城里街头巷尾人人议论的中心人物，近日又治愈太后宿疾、擢升正二品兵部尚书，风头之劲，更是有增无减。是以皇甫少华轻而易举便打听得了不少消息，却是越听越惊、越听越敬，早对孟丽君佩服得五体投地，此时得了机会，自然要在祖母面前赞一赞她。

姜氏听完他长长的一篇话语，将孟丽君夸得是天下无双，不由皱眉道："这些都不过道听途说，当不得准。我却不信天下竟有这样十全十美的人物：小小年纪，不但文武双全，更精通医术，相貌偏还生得俊美无比。只怕是有人着意散布谣言，蓄意夸大也是有的。"

皇甫少华笑道："就算耳听为虚，眼见总该为实了罢？此人前几日来到咱们府上回拜，我和爹爹都是亲眼见过的。他的人品才华，唯有'惊才绝艳'四个字方能形容。祖母可知他是何人？他便是梁老太师的女婿，那位原本姓苏，现下改姓梁的女子的夫婿。祖母先前可错怪爹爹了：爹爹遣人送去的礼物，原不是送给那女子，而是送给这位郦大人的。只因当日他来咱们家回拜，送了不少贵重礼品。爹爹那日正巧有事，不曾好生招待，心中过意不去，这才派人登门送些回礼罢了，哪里是为攀附甚么权贵呢。"

姜氏听了这话，方知是自己不曾将话问明便胡乱发作，倒让儿子受委屈了。但事已至此，万没有自己这做母亲的反去向儿子赔不是的道理，脸上略缓了缓，向皇甫敬说道："既是这么回事，你便去罢。"皇甫敬应道："是。"转身正要出去。

姜氏忽然想起一事，道："等等。"皇甫敬回身道："母亲还有甚么吩咐？"姜氏道："这几日我给那贱人气得病情加重，也没工夫理会。你可曾派人去将她寻回来，处以家法了么？"

皇甫敬嗫嚅道："这个……这个……"姜氏瞧他模样，已知端的，待要嗔怒，又碍着孙儿在旁，不愿他知晓此事。于是先向少华道："皇榜上既说朝廷七月初一日开武科取士，这几日你便好好在房里温习兵法，无须再早晚过来请安。只需中了这武状元，就算你孝顺我了。这就去罢。"少华站起道："是。孙儿告退。"

待少华出去了好一会，姜氏冷冷地看着皇甫敬，忽然手掌在桌上猛地一拍，怒道："你莫非当真要气死为娘么？出了这样的丑事，还不赶紧想法遮掩，难道真要等到天下皆知的那一日，让世人看咱们皇甫家颜面扫地么？"说到"颜面扫地"四个字，直气得身子微微颤抖。

尹良贞忙过去替她轻抚胸口。婆母在家中颐指气使数十年，除了少华仗着宠爱，偶尔还能驳回她的话之外，向来说一不二，近年来身子不好了，脾气却越发大了。看着丈夫说不出话讷讷的样子，不由替他说道："母亲息怒。儿子和媳妇商量着，琼儿放出去也快有十年了，到底已经不算咱们府上的人。便出了这样的事，论理也不当咱们来管……"

姜氏瞪她一眼，截口道："你糊涂！你既知这贱人是咱们府上放出去的人，她不知羞耻、苟且成孕，做出了这等败坏名节的丑事，日后人家要骂，可是会指着咱们家门骂不知管教下人！再说她丈夫已经死了，咱们不管，却让谁管去？"略顿一顿，说道："幸好咱们回京得早，春儿这丫头去探望那贱人，听她说得此事，回来便告知于我。算来她成孕还不到三个月，那日我细细看了，身上却还瞧不出来。须得尽早处理干净了，免得夜长梦多。"

尹良贞听到最后一句话，心中一凉，待要顺从婆母的意思，到底生出几分不忍，小心劝道："母亲说得固然有理，可琼儿是咱们府里从小看着长大的，瞧她素来端方知礼，倒不似那起招蜂引蝶的轻狂东西。那日叫来问话，她说是思念丈夫，一日夜里不知怎地，恍恍惚惚竟做了个……春……春梦，梦见丈夫回来……从此便有了身孕。母亲且想，倘若她当真与人有了苟且之事，瞒还瞒不及呢，又怎会自己说出来告诉春儿？"

姜氏冷笑道："这样的连篇鬼话，就连春儿也不信，你倒信了？依你这样硬不起心肠，还如何管得了这个家！"不再理她，向皇甫敬道："让吕忠带两个人到那贱人家去，便是绑也要将她绑了来。"又叮嘱道："小心些儿，切莫声张，更别让少华知道。"皇甫敬夫妇无奈，只得应下，出去吩咐。

约莫过了一顿饭工夫，吕忠气喘吁吁，回来说道："小人到了傅家小院，里面却没一个人。到街坊邻里四下打听，才知那日琼儿出了咱们府就投了月影湖，却给人救起，送了回家去。隔壁王大娘照料了两日，见差不多好了，前日晚上便回自家歇息去了。不想昨日再去看时，琼儿人又不见了。这两日村里人正到处寻找，至今也没找见。大家议论纷纷，都说琼儿只怕还是想不开，又投湖了。"

姜氏闻听此言，点头说道："这还罢了。那贱人到底是咱们皇甫府里自小长大的，那日给我责骂一通，知道去投湖自尽、自行了断，也算是知廉知耻。这样最好，省得我们动手。"皇甫敬夫妇本就不愿多生事端，得此结果，正合心意。

六月二十七日，朝廷发出通报，皇帝钦点兵部尚书郦君玉为正主考，兵部侍郎朱奎为副主考。七月初一日先考策论，初三日再考武艺，当场定出武贡士若干名。初四日御驾亲临教军场，观看比演武艺，钦定三鼎甲，拜任平南大元帅和左右路先锋，初六日即起兵南征。

皇甫少华见了通报，朝廷任命郦君玉为今科正主考，早在他意料之中。当即率同家将史臣思、古云亮、刘羿三人，一齐来到兵部衙门投帖报名。只因招贤榜上并无年龄限制，皇甫敬自重身份，自然不屑与一干小辈争名斗位，却遣了跟随自己转战二十余年的三名家将同去。以他三人的武艺韬略，想来中个武进士当不在话下，日后也好随皇甫少华一同出征平南，战场之上护他周全。

到了七月初一日，皇甫少华鸡鸣即起。冠带齐整、用过早饭后，与三名家将一同来到兵部衙门，验明身份后，立在院中等候。他眼光环视一周，见院内熙熙攘攘站了约莫二百人，都是和自己一样来考武状元的。想是前方军情紧急，不容耽搁，时日到底有限，只有附近数省之人得了消息，日夜兼程，方及时赶到。心头忽然闪过一念："倘若我此刻还在泰安家中，便纵然得了消息，只怕也来不及赶到京城。可见上苍果然眷顾于我，这武状元一位，自然非我莫属。"

到了辰时初刻,听得外间有人高声叫道:"二位主考大人到!"兵部大小官员一齐出门迎接,一众考生各整衣袍,缄口肃立,中间让出一条道来。皇甫少华站在人群之中,脑海里却情不自禁地现出那张风华绝代的俊美面庞,心中微微一跳,脸上一热,忙左右一扫,见人人目光都望向前面院门,并无一人注意自己,才放下心来。

过了一会,听得外间脚步声响,一人衣袂飘飘,当先走进,后面跟了数十人。这人才入庭院,数百道目光便不约而同地一齐聚在他身上,院内登时响起一片低低的惊呼声。但见他约莫十七八岁,丰神隽朗、眉目如画,委实俊雅风流之极,举手投足间更风度翩翩、仪态万方,正是孟丽君。她走进院来,正迎上数百道目光,神情泰然自若,站在院前稍待片刻,目光四下扫视一周,嘴角微带笑容。众人与她清亮明净的目光一接,人人心头剧跳,均道:"他……他瞧见我了!"

孟丽君伸手相邀,向身后一人道:"朱大人请。"那人正是副主考朱奎,也伸出手来,道:"不敢,郦大人先请。"孟丽君便不再谦让,率先穿过二百多名考生中间让出之路,来到正厅。朱奎紧随其后,兵部大小官员也跟到正厅。

听到这两声"朱大人""郦大人"的称呼,一众考生方如梦初醒,直惊出一身冷汗。这时方才注意到,孟丽君身着紫袍、腰系金带,帽上两道金翅,正是正二品的朝廷要员装束。京中的一众考生早知孟丽君盛名,听闻传言皆道其姿容绝世,文武兼修,更少年显贵,倒还不如何惊异。外地考生消息大多不甚灵通,听得这样一位年未弱冠的俊美少年竟是圣上钦点的今科主考,无不惊得目瞪口呆。

皇甫少华望着孟丽君如惊鸿一般的身影从身旁走过,竟不向自己多瞧一眼,心中一窒。旁边古云亮呆立半响,忽然"啊"的一声,脱口而出道:"这位郦大人的相貌,怎么竟如此肖似当年的孟夫人?"那日孟丽君去皇甫府时,他恰好有事外出,并不曾见到孟丽君。当年皇甫府四员家将中,傅归人和古云亮二人脾性最为率直,想到甚么就说甚么,武艺也是走大开大合的路子,于兵法谋略上自及不过史臣思和刘奎二人。

皇甫少华听了这话,惊道:"你说甚么?"史臣思连使眼色,道:"三弟胡说八道,少爷休要听信。"皇甫少华暗暗生疑,却也知道此时此地不是问话良机，强自按捺下心中疑窦。

刘羿岔开话题，自嘲道："我瞧这郦大人也不过十七八岁，只怕比少爷年纪还要小些。咱们兄弟均已年过四十，倘若今科当真中了武进士，可不成了他的门生了？说出去没的招人笑话。"

皇甫少华正色道："这话不对。有道是：'学无先后，达者为师。'文武之道，皆是如此。郦大人年纪虽轻，却是百年不出的无双奇才，更何况他身居庙堂高位，不论谋略还是身份，尽可做得你我老师。"史臣思等均点头称是。

皇甫少华还待再说，只听得全场噤声。原来副主考朱奎已在厅内依照花名册点名，每点一个，便有官员高声唱出，那人便进到厅内，拜见二位主考，再由从人引入厢房里的小隔间，俟考策论。

过了约莫一盏茶工夫，皇甫少华听念到自己名字，昂然走进正厅，双手抱拳行礼，朗声道："草民皇甫少华，拜见主考郦大人！"故意不去理会副主考朱奎。孟丽君含笑点头，并不说话。

朱奎不以为意，笑道："原来是皇甫公子。令尊大人一向安好？"皇甫少华早识得朱奎，当年他原是兵部一介落魄小吏，时常受皇甫敬钱财接济，方得以衣食无忧，对他也算有恩。不想此人为了飞黄腾达，竟然恩将仇报，被国丈收买，从皇甫府盗去了几封云南总督孟士元写来的书信，在金殿上当堂指证皇甫家与孟家关系亲密。否则依当日情形而言，傅归人已死，国丈手中并无皇甫敬通风报信的铁证，未必便能轻易革去他兵部侍郎之位。正是由于立此"大功"，朱奎方能一举成为刘捷的心腹，顺利接掌兵部侍郎的位子。

皇甫少华轻轻"哼"了一声，转过脸向朱奎道："托朱大人的福，家父好得很呢，耳聪目明，更胜以往，从此不再受奸恶小人的蒙蔽。草民只盼朱大人也身子安好，良心更加完好无损。"

朱奎听了皇甫少华当着兵部大小官员的面，对自己指桑骂槐的这一番言语，纵使他素来颇能沉得住气，也不禁心底生怒。向孟丽君瞥了一眼，见他面上笑吟吟地波澜不惊，想起近来他的手段，又忆起国丈暗中告诫的话语："郦君玉此人委实深不可测，你绝不是他敌手。他如今既已坐上了兵部尚书的位子，又深得皇帝宠信，你切不可鲁莽行事，给他拿了把柄，反将你也赔了进去。为今之计，你且吩咐下去，兵部上下一切皆须小心谨慎、保存实力。你只需坐稳了兵部侍郎之位，不让他排挤下来，便算你功劳一件。"心中一凛，忙压下怒气，挥了挥衣袖，便有从人过来，引了皇甫少华出去。皇甫少华大骂一通，见朱奎竟连口也不敢回，心中又是痛快又是得意。

辰时三刻，点名完毕。已时正点，发下考卷，开考策论。皇甫少华一心想要第一个交卷，以博郦主考欢喜称赞，笔下洋洋洒洒，不过大半个时辰，便已答卷完毕，他也不回头检查，起身携了考卷来到正厅。

厅内众考官见他出来得如此早，均吃了一惊。孟丽君收过考卷，只嘱咐了几句初三日考演武艺的言语，并无褒奖之词。皇甫少华不由意兴阑珊，也不等史臣思等人，便自行回府去了。

初三日一大早，兵部衙门口贴出策论考试排名榜。张榜官员朗声道："奉主考郦大人手谕，诸位考生可至前厅，领回誊录出的本人考卷，上有郦大人亲笔批示。便是落榜的考生，亦不必灰心丧气，十月间朝廷还会开设一场补遗武试，只要依据批示，勤勉温习兵法，到时仍有机会中得武进士。"

其时大多数考生已到，都围过去看榜，皇甫少华等人也挤上前去。只见那榜上第一名姓韦名勇达，河南信阳人氏，第二名姓何名兴，京城人氏，第三名方是皇甫少华。榜上通共取了一百单八名，史臣思、古云亮、刘羿三人俱都中了，分列第三十六、七十三和四十九名。

皇甫少华看过榜后，愀然不悦。史臣思等劝道："少爷不必担心，今日还要考较武艺。凭少爷的本领，定能拿到第一，依旧还是武状元。"

正说话间，只见前面已有许多人从前厅领了誊录的考卷出来，都在一面走一面翻看。有两人正巧从身旁经过，听得一人笑道："你才从老家来，没听说过郦大人的名头，自也不足为奇。前日你瞧他容貌俊美、举止温文和善，一副笑吟吟的模样，不像是精通兵法之人，便将他瞧得轻了，还颇有些不敬的言语，现下可服气了罢？"另一人赧道："休要再提那件丑事，我是狗眼瞧不见高人。郦大人实是仙才，这卷上的批示字字珠玑，当真令人心服口服。就算撇开其高才大略不说，以他堂堂二品兵部尚书的身份，竟能亲笔为数百份考卷一一写下批示，单只这份心意，便着实令人感动。今科你我若能得中武进士，拜在他门下受教，实可谓一桩幸事。"

皇甫少华听了，勉强打起精神，道："咱们也去领了考卷出来罢。"来到前厅，验明身份，领出各自的考卷。皇甫少华打开一看，直羞得面红耳赤。

原来那日考策论时心浮气躁，一味只想着早些交卷，并未仔细检查，笔下竟出了好几处本不该有的疏漏，难怪只得了第三名。见主考大人用朱笔将疏漏之处一一点出改过，通篇策论更是不厌其烦地逐字逐句详加修改，所耗费的笔墨精力，竟比史臣思等三人的卷子加起来还要多。不知怎地，心中渐渐欢喜起来。

当下来到考演武艺的所在。这时光景尚早，考生们三五成群地议论纷纷，大半都在谈论主考郦大人在各人考卷上的批示。有几人指指点点，似在议论策论榜上得了头名的韦勇达。皇甫少华顺着那几人眼光瞧去，只见一人倚柱而立，约莫十八九岁，相貌平平，并不见如何出奇之处。手中握了一份考卷，似在低头沉思，偶尔抬起头来环视一周，目光却是炯炯有神。

皇甫少华见了他手中考卷，心头一动，走过去见礼道："在下皇甫少华，请问尊驾可是策论榜上中了头名的韦勇达？"那人抬起头来，望了皇甫少华一眼，回礼道："原来是皇甫老将军的公子，韦勇达一向久仰大名。"

皇甫少华听他竟然听说过自己的名头，不由颇为得意，说道："在下有一不情之请，还望阁下休怪：可否将阁下的考卷借我一观？"韦勇达微微一笑，道："有何不可？"将考卷递了过来。

皇甫少华先前还担心他不肯轻易出借，闻言大喜，接过来道："多谢。"打开来细读一遍，心底不得不承认，就算自己卷中不曾犯过那些疏漏之处，比之这份答卷，仍然稍有不及，可见主考果然慧眼如炬。又见郦大人在考卷上所注批示，也与自己卷中一般详尽。细细读了一遍，除了感慨赞叹，再说不出别的话语。心中不由暗觉羞愧："向来只道以我的兵法韬略，天下间罕有敌手。郦先生是天纵英才，人所不及，我自然无法与他相提并论，那倒也罢了。不想眼前这个韦勇达，策论竟也如此高明。看来我从前不过是井底之蛙，实在是小觑了天下英雄。"到得此时，他方才真正收敛了满腹狂傲自矜的心思。

韦勇达接过他交还的考卷，喟然道："所谓'高山仰止，景行行止'，正是如此。"皇甫少华一怔，随即会意，答道："'夫子步亦步，夫子趋亦趋，夫子驰亦驰；夫子奔逸绝尘，而回瞠若乎后矣。'"两人对视一眼，忽然一齐抚掌大笑。

皇甫少华挥手将史臣思等三人招来，与韦勇达互相引见了。又说了一会子话，眼见比武的时辰快到了，皇甫少华抱拳道："明日圣驾亲临，观看比演武艺。你我若在比试中相遇，还请韦兄千万莫要容情。小弟亟盼能与兄台武艺上一决雌雄。"韦勇达听了最后一句话,脸上闪过一丝颇为古怪的笑容,道:"好。一言为定。"

当下依照名次各自归位,等候主考大人到来。皇甫少华望着场中箭垛铜鼎,心头热血如沸,只盼着早些开始考较武艺。

注:本章的两句诗词,借用自林则徐改其婿沈葆桢诗文一字的典故。原沈诗为:"一钩已足明天下,何必清辉满十分。"林改为:"一钩已足明天下,何况清辉满十分。"

第十一章

　　辰时三刻,两位主考到了。一众考生此时望向孟丽君的目光中,俱是心悦诚服之色,大大不同于前日开考策论之时。人人都为其雄才伟略所折服,更为其亲笔撰写批示的心意所感动。

　　孟丽君和朱奎二人在场中左、右主位上分别坐下。孟丽君问道:"考生们可都来齐了。"早有协从官员点过了名,道:"回大人话,都来齐了。"

　　孟丽君点头道:"吩咐下去,开始考较武艺。依照一榜排名从后至前的顺序,先比举鼎,再考二百步外射箭,三箭射中两箭就算通过。若有两项均通过者,便中了武贡士,一会进上前来,十八般兵器里任选一样,演示武艺。"那官员躬身应了,转过身来,高声将她话语向考生们转述了一遍。

　　一众考生抖擞精神、各展所能。两个时辰后,比试完毕,监试官员递上比试结果。孟丽君接过一看,共有四十五名考生举起铜鼎,三十二名考生射中至少两箭,两项俱通过者一共二十九名。其中只有四人三箭均中红心,依照先后顺序分别是:刘羿、熊浩、皇甫少华和韦勇达四人。

　　孟丽君看过比试结果,心中微喜,侧头向朱奎道:"我朝果然藏龙卧虎、英才辈出!这便令他们登台各演武艺罢,也好定下武会元,尽早回奏圣上,不知朱大人意下如何?"朱奎欠身道:"郦大人所言极是。"孟丽君心底一哂,自接管兵部这些时日以来，眼见朱奎一直谨言慎行，从不当面对自己稍有违拗，倒与他向来脾性不符，令人不能不心中起疑。

当下二十九名考生依次上台，各献武艺，俱是身手不凡，孟丽君一一温言嘉奖数语。轮到皇甫少华时，只见他在兵器架上选了一方红缨画戟，一声清啸，舞将起来，犹如平地一条银龙飞舞，又似瑞雪满空翻飞。舞至精彩处，台下数十名考生一齐高声喝彩。皇甫少华从容收了画戟，回身向主考抱拳施礼，面色如常，并无丝毫力竭气喘之态。孟丽君见他武艺如此出众，也不禁微微点头。

皇甫少华之后便是韦勇达，也是今日演示武艺的最后一人。只见他随手取过一杆长枪，并不见如何作势，便见枪头飞舞起来，寒光点点似雨打梨花，步履翩翩如风飞柳絮。初时众人还能瞧见其矫若游龙一般的身影，到得后来，只见一团银光闪烁，上下盘旋飞舞，将他身影裹在其中。忽然之间枪势大盛、银光轻颤，韦勇达蓦地使出回马一枪，定住身形，枪尖直指台下。围观一众考生俱是习武之人，人人心头大惊，只觉枪尖直逼自己胸口，躲闪不及。过得半晌，人群中才爆发出一片震天般的喝彩声，皇甫少华也忍不住赞道："好枪法！"心底越发期待明日教军场上能与他一决高下。

孟丽君见韦勇达如此枪法，又轻易通过了举鼎、射箭两关，更是此前策论榜的头名，于情于理，今日这武会元之位已非他莫属。她与韦勇达初次见面之时，便觉他是个人才，得此结果，心底也颇为欢喜。转头正要与朱奎商议，却见他盯着场中韦勇达的身影，神情惊疑不定，眉头紧锁，一副苦思冥想的模样。忽然间身躯一震，似是想到了甚么，登时显出一脸震惊之色，面容大变，当即站起身子，向孟丽君悄声道："郦大人，下官想起一件紧要大事，关系今科取士，着实刻不容缓，可否请大人移步说一句话？"

孟丽君瞧他神色不像作伪，倒确似忽然间想起了甚么大事的模样，道："好。"命协从官员领考生们至大厅歇息，等候公布武贡士名榜，自己随朱奎来到旁边偏厅，道："朱大人有话不妨直言。"

朱奎道："下官看郦大人的意思，莫非要点那韦勇达做今科武会元么？"孟丽君也不否认，说道："韦勇达的韬略武艺，俱为今科考生之翘楚，朱大人也是瞧见了的。若不点他做武会元，那便只得将此位虚悬。"

朱奎目光一扫，见四下再无旁人，方上前一步，悄声道："只是大人有所不知,那韦勇达身份可疑,乃是女子所扮!她便是昔日那投降了叛军的贼子,原云南镇南关总兵卫焕之女,本名唤作卫勇娥。朝廷当年传旨抄拿卫府满门,却让这女子趁乱逃出。不想她委实胆大包天,竟敢女扮男装来赴考朝廷武试!好在下官当年正巧瞧过朝廷原本打算缉拿她的榜文图像,认得她的形貌。先前一时不曾记起,后来见了她使枪的模样,便觉眼熟,再不会有错。大人千万不可为其所惑,倘若朝廷的武会元竟为一介女子所得,日后张扬出去,岂非惹人耻笑?只怕有损朝廷声威和大人的英名。"

孟丽君听了他前半段话,不由失声道:"甚么!"待听他把话说完,心底虽波浪翻腾、惊诧非常,脸上却已不动声色,只缓缓摇头道:"朱大人此言差矣。韦勇达前日策论第一,今日又技压群雄,此乃众人有目共睹的事实。你说她是女子所扮,这才是天大的笑话。莫非朱大人要本官相信,一个女子,竟能在韬略武艺上胜过这许多英雄豪杰,夺得武会元之位么?"

朱奎听她不信,心底暗急。但转念一想,指认新科武会元是女子所扮,这乃是一件何等荒谬绝伦之事。二人在朝中派系不同,这话从自己口中说出,难怪她不信。若是反过来同样的话语从她口中说出,自己如果从未曾见过画像,只怕也不肯轻易相信,多半还要疑心其中是否会有甚么阴谋。

思及于此,心气平和下来,说道:"此事听来怪诞,却是实情。下官与那韦勇达无仇无怨、毫无瓜葛,先前策论榜上大人将她点作头名,下官亦无丝毫异议。说句玩笑话,大人切莫当真:若非下官认出她是女子装扮,就算故意诬陷于她,谅来也不至要用这样蹩脚的借口。"

孟丽君听他这话说得实在,登时信了几分。想到韦勇达若果真是卫小姐,她的千辛万苦便都是为了平定叛乱、昭雪冤案,正与自己志同道合。但凡力所能及,自然要帮她一帮,更何况她还有如此才略,能凭真才实学夺得武会元之位。于是继续摇头道:"本官怎会猜疑朱大人?只是此事委实太过匪夷所思,恐怕朱大人是一时脑子糊涂,记得岔了,又或者韦勇达与那卫焕之女,不过形貌相似而已。"

朱奎见她依旧不信,只得从头解释道:"大人新官上任,难怪不知这桩旧案。此事说来话长……"将当年旧事一一道来,末了说道:"这卫氏曾经女扮男装、一人一枪,冲出一百余名御林军士的包围之中,武艺想必十分了得,正与韦勇达相合。下官也正是适才见她枪法着实精湛,方蓦地忆起此事。当年用作榜文图像的那幅画像，想来至今仍在刑部收着，便是一件物证。大人若还不信，朝廷当年遣去卫府拿人的钦差，乃是现今天津卫总兵陈子高，他曾亲眼见过卫氏，不比下官空口无凭。若是催发一道六百里加急的调令，明日一早他便可赶到京城，指证此事。"

他越说越兴奋，想到卫氏出逃在外，偏又得了民意庇护，朝廷不便明发缉拿榜文，此案便迟迟悬而未决，如今总算是自投罗网了，心底也不禁感叹道："这女子委实胆识过人，竟敢兵行如此险着，差一点就在我眼皮子底下中了武会元。倘若果真让她瞒将过去，日后领军平叛，万一立下大功，借此要求翻案，那便是大麻烦了。"

孟丽君听完他前面长长的一大段话，与从前康府管家康全打听所得基本一致，又记起韦勇达的三分云南口音，以及那日她说起家乡给叛军占领时的恍惚神情，心中已信了八分，越发坚定了要助她一臂之力的心念。但听到朱奎后来说起的物证人证，却不由暗暗替她忧虑，脑中心念电转，片刻间已有取舍，立时生出一计来。

当下向朱奎道："朱大人言之凿凿，不容本官不信。但此话你我之间说得，难道能向外面数百名考生说去？不论物证人证，眼下咱们手里可一个也没有。莫非真要将那韦勇达即刻拿下，当众验明正身么？验出是个女子，实在也忒不成体统了，今科武试便当真成了一个笑话，朝廷的体面也丢尽了。但万一确是个男子，只恐犯了众怒，一旦群情激奋起来，不是你我二人能够弹压得下的。再说当前军情紧急，皇上的意思，是希望这一批武进士能够尽早领军出征。这个节骨眼上，可万万不能出甚么纰漏。"

朱奎见她终于信了，心中欢喜。听她句句言之成理，念及二人虽派系不同，毕竟都是今科武试的主考，于此事上利益自然一致。却无论如何也料想不到，她与韦勇达还会有这等"渊源"。朱奎早见识过孟丽君行事老成持重，方方面面俱比自己料想得周全，索性卖乖示好道："大人高瞻远瞩，倒是下官鲁莽了。大人有何高见，尽管吩咐下来，只要能生擒那卫氏，又不伤朝廷体面，下官无不凛然遵服。"

孟丽君心底冷笑一声，口中说道："朱大人客气了，'吩咐'二字，如何敢当？依本官的意思，咱们暂时莫要打草惊蛇，便将这武会元一位给了那韦勇达，又有何妨……"朱奎愕然道："这个……"

孟丽君举手示意他继续听下去，接着说道："……还是这句话：咱们此刻既没人证也没物证，拿人是拿不下的。与其将武会元授予第二名皇甫少华而徒招人疑心，还不如索性点了韦勇达做武会元：一则不致留下识人不明的话柄，二来也可稳住韦勇达，令他自以为计谋得逞，心中必然有所松懈，明日便更容易露出破绽。至于武会么，原是个鸡肋。待明日圣旨下来，人人夸口称赞的都是武状元，更有何人还会记得今日谁中了武会元呢？"她前日听了朱奎与皇甫少华的对话，虽不明其中详情，却也猜知两家必曾结下仇怨。这时将皇甫少华的名字提出来轻轻一点，果见朱奎微一踌躇，点头道："大人说得是。"

孟丽君又道："当务之急，一是公布武贡士名榜，并入宫回奏皇上，预备明日教军场比武。这是眼前头等大事，耽误不得。二是收集人证物证，以便明日御前指证韦勇达。时辰有限，你我二人唯有各行其一，方能来得及。朱大人从前见过画像，又识得当年的钦差，便有劳你去刑部及吏部各走一遭了。不知尊意如何？"朱奎听他分派布置得井然有序，又对传调人证、找寻物证毫无异议，应道："下官遵命。事不宜迟，下官这就去了。"

孟丽君等他走出两步，忽道："朱大人且慢。"朱奎转过身来。孟丽君悠然道："本官可将丑话说在前头：此计切忌打草惊蛇，待明日人证物证俱全了，韦勇达谅来插翅难逃。但朱大人若遣人暗中监视于她，一旦弄巧成拙，将她惊动，连夜逃离了京城，可莫怪本官未先言明。"

朱奎心中一凛，孟丽君此言正说中他心思。他生性谨慎，先前心中多少对孟丽君还有些许提防，唯恐他暗中给自己捣乱，听了这话，将最后一丝疑虑也消了，方信他是真心实意要相助自己拿下韦勇达。说道："大人考虑周全，下官自愧不如，一切都依大人所言便是。"

待朱奎走后，孟丽君静思片刻，来到大厅。考生们见他进来，一齐噤了声。孟丽君在主位上坐下，不禁举目向韦勇达望去，正巧韦勇达也抬头望来，二人目光对视片刻，韦勇达微微转过头去。孟丽君见她与皇甫少华并肩而立，身形瘦小，竟比皇甫少华矮了足有半个头，回思起来，她的声音也颇为尖锐。又想起那日她从月影湖里救了傅家娘子上岸，顾不得查看是否还有呼吸，第一件事便是捡起岸上的胸甲穿上……种种迹象，从前见了也没觉得怎样，那是因为从前压根便没怀疑过她可能是个女子，此刻心中既已生疑，便觉处处可疑。

孟丽君想到这里，不由思及自身，心头悚然道："她是如此，我又何尝不是？虽则眼下看来，我是风光无限的朝廷二品大员，又有太后放出话语，无人再敢怀疑我的身份。但只要一朝不慎，露出些许破绽，种种疑虑必会接踵而至，令人防不胜防。看来那条计策，还是应当施行。"

孟丽君将目光从韦勇达身上移开，望向其余考生，记起眼前大事，稍稍平定下心绪。当众提起笔来，填写武贡士名榜：第一名（武会元）韦勇达，第二名皇甫少华，第三名何兴，第四名熊浩……每填一名，便有官员高声唱出，另一人执笔，将其人姓名、籍贯等填入大厅正中高悬的大榜上。中榜之人便从人群中站出，向主考行过礼，退至左首。今科武贡士通共录了三十一名，其中有两人策论排名靠前，武艺却稍有不及，也给破格录取了。

填罢名榜，孟丽君放下笔来，望着左首边三十一位武艺高强、谋略不凡的"门生"，心中涌上一股豪情，不禁颇为骄傲：此番招贤纳士，从请下圣旨、张贴皇榜、报名招考，到一试策论、二试武艺，均是自己一手办成。这三十一名武贡士，俱是身负真才实学之士，由他们担任平南将领，自己再将粮草器械等后备之物配齐，南征平叛已是指日可待。

孟丽君目光转至右首，从案上取下早写好的一则亲笔手谕，交给协从官员宣读：落榜考生若愿随军南征、报效国家者，出至厅外报名，皆可委以百夫长之位，日后再依军功累积而升。

朝廷挂出招贤榜文，言明武状元挂帅南征，是以今科绝大多数考生皆胸怀大志，都是为了平定叛乱而来。落榜考生本以为即便从军，也只能从小卒做起，听了这道手谕，登时欢喜异常，涌出厅外报名去了。也有若干考生功名心重，记起朝廷十月间还有一场补遗考试，便打定主意到时再考一次。

孟丽君从兵部衙门出来，起轿回到太师府。来到书房，荣兰迎上前来，孟丽君借口要静心赶写奏折，将服侍的下人们都打发出去，只留下荣兰一人，将今日之事悄声说与她听。荣兰又惊又喜，又觉不敢相信，半晌方赞道："天下竟有这样的奇事！那卫小姐既有如此才能本领，日后必是公子的绝佳帮手。明日公子可一定要助她一臂之力，好让皇上点了她做武状元。倘若朝廷的文武状元都让女子夺了去，等到真相大白的那一日，可不知天下间的大老爷们要怎样害臊了。"想到那时的情景，不禁有些神往。

孟丽君嗔道："欺君杀头的大事，却给你说得这般轻巧！"随即将自己的主意说了。荣兰犹豫片刻，道："公子如此安排，自是最为稳妥的法子。但想那卫小姐千辛万苦终于中了武会元，距离高中状元、拜帅平叛，仅有一步之遥，她会肯答允就这么黯然离去么？公子聪明绝顶，难道就没有别的法子帮帮她么？"

孟丽君轻叹一口气，微微摇头道："倘若真要助她留下，倒也不是没有法子，只是所冒风险太大，我只有五成把握。回来路上我思来想去，实在爱惜卫小姐才能，不愿令她如此涉险。她与我身世相仿，想来女扮男装前来应试，为的自然也是昭雪冤案、平定叛乱。与其让她冒险去中一个将来会招致更大罪名的武状元，倒不如眼前先设法保全了她。日后大军在外，机会自然多得很。"

荣兰听到"将来招致更大罪名"这几个字，不由一怔，心中难过，暗想："公子如今已是兵部尚书，身份地位比之武状元高得多了，那么他日的罪名岂非更大？"

孟丽君说完这一番话，从案头取过一方纸笺，荣兰伺候笔墨。孟丽君左手提笔，在纸笺上歪歪斜斜地写下几句话。待墨渍干了，小心叠好交给荣兰，又从袖口取出玉瓶，倒出一粒"易姿丹"，悄声叮嘱道："你待会出府去，悄悄易了容。我瞧她名表上写着住在东平门外的东柳巷，你可打听清楚了，再找个人把条子传进去，最好别让她瞧见你。我虽在朱奎面前将话挑明，料他不致再遣人监视，但到底此事关系重大，可千万要小心行事。"

荣兰应了，将纸笺及丹药收好，说道："公子只管放心，清儿跟了你这么久，行事自有分寸。"孟丽君见她自从跟随自己改装出行以来，耳濡目染之下，举止行事也渐渐从容大方起来，颇有了几分自己的风度。又在太师府里住了数月，见识、阅历无不迅速增长，这时站将出来，倒也颇有能独当一面之势，料来不致有差。

待荣兰出去，孟丽君静下心来，小半个时辰里，将禀奏今科武试的奏折赶写好，起身出来，吩咐备轿进宫。

来到乾清宫，皇帝正等她回报，听她入宫，立时宣召进来。孟丽君递上奏折，将这几日的武试事宜一一回奏。皇帝一面点头，一面翻看武贡士名录，见到排在第二位的皇甫少华的名字，目光停了片刻，若有所思道："皇甫这个姓氏倒也少见。这人的名字怎么竟有几分眼熟……"

孟丽君奏道："这皇甫少华乃是原兵部侍郎皇甫敬之子。"皇帝听了眉头微皱，却不说话。孟丽君揣摩圣意，已猜知皇帝心头顾虑，多半是想起了从前皇甫家与孟家的一段公案。当年孟士元的罪名原是叛国投敌，皇帝因此对皇甫少华亦心存疑虑。有此先入为主之念，明日教军场上只怕皇甫少华难合圣意。于是做出一副自言自语的模样，道："说来倒巧了，那皇甫敬在山东泰安住了大半年，十几天前才一大家子回到京城的。若非如此，只怕皇甫少华也赶不及这一次的皇榜招贤。"言下之意自是告诉皇帝：皇甫家一大家子都在京城为质，谅来皇甫少华不敢投敌。

皇帝也是个聪明人，立时明白她言下之意，便继续翻看名录。看完三十一名武贡士的资料，见后面还有一份名表，问道："这是甚么？"孟丽君回道："臣观今科数十名落榜考生中，亦不乏忠心报国之士。这是落榜考生中愿意随军南征之人的名表，微臣看他们的策论都还不差，便许以了百夫长之位。"皇帝听得不过是些落榜考生，也懒得翻看，说道："些许小事，爱卿自己拿主意就是了，不必再来回朕。"

孟丽君又说了一阵明日圣驾亲临教军场观看比试武艺、钦定鼎甲之事。皇帝也盼着大军能早日南征、扫平叛乱，孟丽君但有所请，无不欣然依准。

从乾清宫出来，孟丽君一面走，一面细思明日教军场上该当如何搪塞朱奎。忽听得身后"吱呀——"一声轻响，似有人开门，心中一警，不由飞快地转过身来。

只见一个宫女装扮的女子手里捧着一只铜盆，立在门前，正呆呆地凝望着自己。孟丽君眼角一瞥，瞧见门内还有几个女子的身影，其中一人依稀便是安平公主，立时明白这是怎么一回事。嘴角边浮起一丝笑容，向那宫女温言道："这位姊姊可是有甚么吩咐么？"

那宫女瞧见孟丽君俊美无双的面容和丰神隽朗的身姿，又见到她面上的微笑，越发手足无措。只听得"咚"的一声，铜盆从她手里掉落，半盆清水溅出，将她衣衫下摆打湿。那宫女给这声响激得全身一颤，这才回过神来，登时羞得粉脸通红，急忙慌手慌脚地拾掇起来。

随之从门内传来一声呵斥："没用的东西！这点子小事都办不成，还不退下！"那宫女眼中含泪，低头欠身道："是，公主。"拾掇了铜盆下去。几名宫女簇拥着一人走出门来，果然正是安平公主。

孟丽君先前虽依稀瞧见了公主的身影，料到这清水泼身的伎俩，必是她各种古灵精怪的把戏之一,心中还是暗暗希望莫要与她正面相对。这时眼见躲不过去了,心底轻叹一声,上前见礼道:"微臣郦君玉见过公主千岁。"暗暗庆幸自己警觉,夏日里衣衫单薄,倘若真给一盆水当头泼来,身形毕露,女儿身怕是决计隐瞒不过的。

安平公主小嘴一撇,道:"罢了。"她自那日在宁寿宫前被孟丽君顶撞,后来又因为她的缘故受了太后斥责,从此便一直记恨在心。今日探听得她入宫见驾,便早早地候在了出宫的必经之路上,想要一盆清水泼将出去,令她全身湿透、出一出丑,方消她对自己不恭不敬之恨。不想此人委实警觉,才一开门便给她发觉,泼水之事自然无法施行。

孟丽君等了一会,听公主并不说话,躬身道:"公主千岁若无吩咐,微臣还有旨意在身,可否先行告退?"

公主望着孟丽君俊美如玉的容颜,以及一副对自己唯恐避之不及的模样,心头涌起一阵恼怒。自己却也说不清楚,究竟恼的甚么,怒的又是甚么。想起她先前那一丝浅浅的、令人心头如小鹿般轻跳的笑容,以及那温柔如水的话语,所对之人只是一个宫女,却不是自己。而她每回面对自己,又何曾有过半点儿迁就退让之意?自己是金枝玉叶的公主,向来都是千人呵、万人捧,她却仿佛压根儿就没将自己放在眼里。想到这里,心中越发恼怒,气道:"郦君玉你侥幸躲过了今日,本宫却不信你能日日都如此幸运。哼,总有一日本宫要让你出个大丑,方消我心头之恨!"

说罢怒气冲冲地回过身子,正要进门,不料一不留神,正好踩在方才掉落铜盆时所留下的一洼水渍中,脚底一滑,眼看便要跌到。几名宫女站得稍远,扶之不及。孟丽君恰好站在她身旁,心中还来不及动念,就已伸手过去将她扶住。手心触摸到公主温软的娇躯,立觉不对,又不敢松手摔着公主。待她站稳了,赶紧松开手,道:"微臣鲁莽。"

公主给他一双手扶住身子,只觉身上又酥又麻,半响动弹不得。俏脸上飞起两朵红晕,抬起头斜睨她一眼,不由脸上更红,足尖在地上轻轻一踩,道:"咱们走。"回身穿门而去。几名宫女面面相觑,急忙跟上。

孟丽君瞧见公主临去时的那一眼,美目睇眄,眼波流转。登时头大如斗,心中立时下定决心:日后见了公主,能避则避、能躲则躲,除非逼不得已,决计不再对她多说一个字。

回到太师府，荣兰已经回来。孟丽君听她悄悄将此去前后经过细细禀明，并无差池，见她行事渐趋老成持稳，凡事皆知思虑再三，斟酌而后动，暗暗点头，心底也不禁颇为欣慰。

初四日乃是皇帝御驾亲临教军场、观看比演武艺之日，兵部官员早已派出士卒，将京营大教场打扫干净、布置齐整，以备迎接圣驾。

这日皇帝罢了早朝，设下銮仪宝盖，命太师梁鉴、国丈刘捷以及今科武试的正主考、兵部尚书郦君玉三人一旁保驾，其余文武官员紧随其后，在一千名锦袍侍卫的簇拥护卫之下，一行人浩浩荡荡地向着教军场而来。

辰时二刻，皇帝銮仪驾临教军场中，下銮升帐，坐于演武厅内。老丞相寿王爷年事已高，今日告假未来，当下太师在左，国丈居右，百官各依位次分坐。下首厅门口两张几案并立，乃是正副主考官的席位。厅前立有一张宝案，其上摆放一颗黄金大印，显是待会一旦钦定出了武状元，即刻挂上金印，拜任作平南大元帅。

孟丽君见了朱奎，悄声问道："朱大人可将人证物证都收集俱全了？"朱奎一脸疲色，却不无得意道："总算不负郦大人所托，人证物证俱已齐全。昨日下官先至吏部开具调令——倒不费甚么工夫，只解释几句便成了——再至刑部查找画像。那是一年前的旧案，偏又未有定论，一直拖着。前后经手了好几位大人，都说一时想不起究竟收在何处了。下官差了几个人连夜翻找，并亲自监督，直到四更天，总算从旧案堆里寻了出来。"孟丽君心底冷笑，口中却道："朱大人辛苦了。"

这时兵部一名协从官员匆匆进来，低声禀道："回两位主考大人，三十名武贡士俱已到齐，只有武会元韦勇达至今未到。"朱奎大惊，道："甚么？！"孟丽君也装出一副惊诧不已的神色，脱口而出道："却是为何？"心下赞道："卫小姐果然也是审时度势、当机立断，拿得起、放得下的人物，不枉了我这般费劲心力地为她周旋。"与朱奎对视一眼，断然道："报名表里填有各人住处，快遣人去其住处查看。莫非给甚么事情耽搁了？"那官员不明就里，依令去了。

孟丽君沉吟道："究竟甚么地方出了岔子，让她警觉了？朱大人，你且实话实说，昨日是否遣了人去监视于她？"朱奎急道："郦大人既已那般交代，下官怎敢还有丝毫违拗？"孟丽君颔首道："好，我信得过你。既然不曾打草惊蛇，这却是怎么一回事呢？难道还有甚么我不曾虑及之处？"

静思片刻，忽然"啊"的一声，恍然道："是了，定是如此。"向朱奎沉声道："咱们昨日定计，为的只是防着她一个人，却只怕也忒小看此人的背景了。若我所料不差，她此刻只怕已然逃离了京城。"朱奎一怔，随即醒悟道："大人莫非怀疑，有人给她通风报信？"孟丽君点头道："朱大人试想，她一介女子，竟敢公然参加朝廷所设武试，若非在朝中有所倚仗，焉能如此有恃无恐？"眼睛一转，忽然抬起头来，盯着朱奎道："朱大人昨日去吏部和刑部时，是否惊动了不少朝中官员呢？"

朱奎本就已经心乱如麻，听了这话不由呆住，讷讷道："这个……"他昨日劳师动众，在刑部衙门大肆翻找，惊动了不知有多少人。幸好刑部尚书裴年佶与自己同为国丈心腹，传令本部官员尽量配合，饶是如此，仍然有人暗中饶舌抱怨。只怕消息正是因此而流传出去，才使得那韦勇达听风而逃。如此一来，这岂非全是自己的过失了？想到这里，不禁冷汗涔涔。

孟丽君点到即止，眼下还不愿将他逼至尽头，说道："话说回来，此事本官也有责任，到底昨日不曾虑及于此，倒辜负了朱大人的重托。待会奏明皇上，倘若怪罪下来，本官愿与朱大人同领责罚。"朱奎既感且愧，心知若将此事如实禀奏上去，皇帝必然不悦，自己走漏风声、泄露机密，免不了要受一顿责罚。但郦君玉乃天子宠臣，眼下宠信正盛，她肯帮自己分担责任，皇帝或能瞧在她的面子上，不予责罚也未可知。

正要说些感激的话语，先前那个官员又匆匆进来，回禀道："下官正要遣人前去韦勇达住处，听得武贡士皇甫少华回道，那韦勇达昨日接了家书，说是他母亲生了重病，危在旦夕。他侍母至孝，等不及今日比武，便连夜赶回老家去了，临行前特地嘱托皇甫少华替他今日在圣驾之前请罪。"孟丽君与朱奎二人面面相觑，孟丽君道："知道了，你下去准备罢，可别误了待会的比武正事。"那官员应声退下。

孟丽君叹道："此人委实狡猾得很。朱大人，你说咱们该当如何是好？她如今人已不在京中，就算人证物证俱全，怕也难以指证。再说，就是当年，朝廷亦不曾明发榜文通缉于她，算来她连钦犯都不是……"朱奎脸色变来变去，考虑到其中的种种干系，终于一咬牙，恨声道："罢了，罢了！只能暂时便宜了这个贱人！为今之计，就当此事从未发生过，咱们也不必拿这些许小事去打扰皇上圣听了。不知郦大人意下如何？"孟丽君正是要他亲口说出这话，叹了口气，道："也只好如此了。"

已时正点，皇帝颁下旨来，宣武贡士进场。传令官高声唱出，但见戎政司手中红旗一闪，辕门三面齐开，数十匹骏马飞奔而前。至演武厅五十步外，但听得马声长嘶，众人一齐勒住马，翻身跪倒在尘埃中，齐声高呼道："吾皇万岁万岁万万岁！"虽只有寥寥数十人，却皆是勇冠三军的猛士，这一纵声高呼，声音传将开去，不啻一声炸雷，气势威武雄壮。

皇帝见了如此阵容，心中甚喜，敕令平身，又颁旨道："今日场中，只许各人赌胜，不可伤残。如有违者，法场问斩。"依照早先的筹划，今日教场比武，原只是为了决出武状元榜眼探花，拜任作平南大元帅及左右路先锋。其余众人，尽皆封作武进士，进为偏将，编入南征大军中，以期报效国家，自然不愿有所伤残。兵部衙门亦早有准备，已将各人的兵器都用棉布包住锋刃，蘸以石灰，刺中盔甲便留有记号，以此来定输赢。

众人齐声领旨，上马四下散开。戎政司手握红旗，高声宣布道："今日比武规矩，不论何人连胜三阵之后，均可下场休息一炷香工夫，以便恢复气力。"言罢四下一望，问道："可有哪位英雄愿意率先登场，争夺武状元之位？"

皇甫府三名家将俱中了武贡士，今日离府之前便已谋划妥当，欲助少爷夺得武状元之位。这时对望一眼，史臣思率先提刀拍马上前，高声道："在下史臣思不才，愿打头阵，领教在场英雄高招。"西面场中亦有一人越众而出，手中挥动一柄狼牙棒，道："在下董飞晓，请史兄指教。"

二人拨转马头，向着演武厅方向行了一礼。戎政司挥动红旗，锣鼓声响，二人战在一处。斗了二十回合，史臣思一刀斩在董飞晓左肩，留下尺许长的石灰印。董飞晓自知不敌，败下阵去。又有一人出来挑战，亦为史臣思所败。战到第三人时，此人名唤郝连汉，却是个武艺高强之人，酣斗了五十回合，两人依旧不分胜负。

孟丽君心中爱惜这两人武艺，吩咐鸣金，此局算是平手。因史臣思已战了三局，便令郝连汉场中继续搦战。郝连汉双鞭在手，才只十数回合，便胜了一局。

史臣思知自己弟兄四人中，已故的二弟傅归人武艺最强，其次便是四弟刘羿。举目相示，刘羿会意，当即上前出战。斗了二十回合，刘羿武艺既高，心思亦活，一直未出全力，以便留有余力再战，看似落在下风，忽然拨转马头诈败逃去。郝连汉不知是计，拍马追赶，刘羿将枪带住，反手从囊中取出弓来，搭箭开弓，箭去如飞，正中郝连汉胸口。郝连汉抵挡不及，暗道："我命休矣。"

这一下变故突起，朱奎直惊得离座而起。孟丽君亦吃了一惊，心中自责道："我只记得吩咐要将兵器锋刃包住，怎么竟忘了还有弓箭？若是出了人命，岂非皆因我的疏忽而起？"却见郝连汉全身一震，居然无事，立时明白过来："此人倒也知晓轻重，预先已将箭镞去除了，只是虚惊一场。"忆起刘羿乃是武艺考校中三箭均中红心的四人之一，如此箭法，战场之上果然令人防不胜防。

郝连汉拣回一条性命，不敢再战，认输下去。刘羿大战神威，单凭枪法又胜两人。下场休息了一炷香工夫，复又搦战，只听得一声大吼，一个大汉手持长矛拍马上来。刘羿认得此人乃是武贡士榜上名列第四的熊浩，端的是一员悍将，不敢轻敌，打叠精神，与他战在一处。熊浩天生神力，双臂有千斤之力，刘羿越战越惊，只得故伎重施，拨转马头诈败而去。熊浩却不追赶，也将长矛带在马上，空出双手。刘羿一箭飞来，熊浩大吼一声，双手一合，竟以千钧之力生生将箭枝并在手中，平平的箭头距他小腹仅有一寸之距。

熊浩露了这一手绝活，全场震惊，只听得四下响起一片喝彩之声，就连座中的皇帝也禁不住拍了拍手，赞道："这人果然了得！"

刘羿箭法既然不敌，便即认输退下。场下众人见熊浩如此神力惊人，一个个自叹不如，不敢再上前应战。戎政司连问了两遍："还有哪位英雄愿上场挑战这位熊浩熊勇士？"均无人回答。孟丽君微微一笑，心道："这人果是天生神力，但也自有其弱点。我虽武艺臂力及不上这里的大多数人，但我若上场，却有法子能赢得了他。这里这许多人，却不知还有谁能瞧出他的弱点？"只听戎政司问到第三遍时，一人朗声道："在下皇甫少华，愿与熊英雄一战！"

孟丽君见他将手中红缨长戟向古云亮抛去，却从腰中抽出一柄软剑，运力一抖，展出剑锋，心下暗暗点头，知他确已瞧出了对方的弱点所在，此战当能取胜。

皇甫少华撕下半幅衣襟，将剑锋裹了，蘸上石灰，方催马来到场中，道："在下便以手中这柄软剑，领教兄台长矛。"向着演武厅方向欠身行了一礼，场中登时鼓声大震，红旗挥舞。

皇甫少华知熊浩天赋异禀、膂力过人，与他硬碰硬自然是比不过的，只有攻其破绽弱点，方能取胜。先前凝神细思，陡然发觉比试中熊浩接过箭后，竟未驱马前去追赶刘羿，旁人只当他故示大方，欲逼对方自行认输。然而思量起来，他若一直在马上不动，对方尽可将箭一枝一枝接连射来，不论再如何力大无穷之人，亦无法接得住连珠快箭，终要败下阵来。唯有尽快赶到近前，抑制住对方弓箭长距离发威，方是取胜之法。再回忆起交手的十数回合里，熊浩虽矛法高明，胯下坐骑却极少移动。由此可猜，他一直练的都是步下功夫，骑术却并不如何精湛。正是因为看出这点，皇甫少华才临时弃了惯用的画戟而换上软剑，欲以娴熟骑术及灵巧剑法取胜。

熊浩紧紧盯着皇甫少华，马下丝毫不动。皇甫少华催马慢慢靠近，在半丈之外忽然拨转马头，围着熊浩绕开圈子。熊浩只得拨马相对，免得背后受袭、招架不及，然而他只临阵磨枪地学过几日骑术，怎是自七岁起就学骑射的皇甫少华的敌手，才转了一圈，便觉力不从心，索性长矛在马背上重重一拍，马儿吃痛，放蹄向皇甫少华冲去。皇甫少华骑术何等精湛，立时带住马侧过一旁。熊浩连人带马冲将出去，奔出十数步，一勒缰绳，那马长嘶一声，口吐白沫，却终究为他神力所阻，停了下来。

熊浩当机立断，已知骑在马上决计胜不了对方，从马背上一跃而下，道："某家步下战你一战！"戎政司急速鸣金，高声道："今日比的是马上武艺，熊英雄快快上马！"熊浩并非一味有勇无谋之人，沉声抗道："若是战场之上，战马给敌人斩了，难道也不许下马吗？求圣天子明断！"这一句话运足内力说出，声音远远传去，演武厅内听得分明。

皇帝道："郦爱卿，你是今科的主考，种种比试皆由你来安排。你且来说，当允不允？"孟丽君站起身子，回道："微臣觉得此人所言也有几分道理。既是马为人用，那便可选择用是不用。"皇帝点头道："好。传旨下去，许他下马。"

皇甫少华听得皇帝允了熊浩马下一战，却不愿借马匹之威而胜，说道："既如此，在下也下马应战就是。"于是也弃了马，二人缠斗在一起。

熊浩长矛展开，直舞得虎虎生风，皇甫少华身法灵动，游走于矛影之中，一柄软剑尤适贴身近攻。二人战了五十回合，越斗越是惺惺相惜。皇甫少华暗道："此人矛法近战仍有如此声威，倘若将骑术练得纯熟了，马上更有何人是他敌手？"熊浩心道："从来没人能在我手中撑过三十回合，这人果也是条好汉。更难得他竟肯舍弃骑术优势与我近战，真乃大丈夫也！"

斗到近百个回合，依旧不分胜负，场下众人皆看得呆了。孟丽君奏道："这两人武艺皆高出同侪，久斗下去，必有一伤。臣请鸣金罢斗，宣进厅来再行定夺。"皇帝准奏。

皇甫少华与熊浩进了演武厅，见礼完毕。皇帝道："二位英雄武艺精湛，朕爱才心切，不愿有所损伤。但武状元暨平南大元帅之位只有一人，必须决出胜负，方好挂印拜帅。"正要宣布决胜方法，却听熊浩垂手对道："皇甫英雄武艺与我相当，骑术却远胜于我。今日比武自然是他赢了，熊浩甘愿束手认输。"

皇帝见皇甫少华武艺高强、骑术娴熟，兼又少年英俊、仪表堂堂，遂动了惜才之意，对他出身家世的反感消去，见全场再无异议，便定下皇甫少华赢了此阵。令戎政司出去宣问：暂定皇甫少华与熊浩分列头名及第二名，如有英雄自忖武艺能胜过此二人，可径上前来挑战，倘若取胜便可取而代之。

场下众人见识了方才这一场龙争虎斗，自惭武艺决计胜不过二人。戎政司连问三遍，并无人出来挑战，于是请下旨意，当众宣布皇甫少华为今科武试的武状元，熊浩为武榜眼。

二人叩谢过圣恩。皇帝道："还差一名武探花，传旨下去，继续比武。"又道："来人！给二位英雄看座，就在演武厅内随朕及百官一同观看比试。"言下显已将二人看作众臣中的一员。皇甫少华与熊浩俱感荣宠，谢恩后陪坐在末。

接下来的比武自然不若先一场精彩，皇帝看得兴趣大减。过得小半个时辰，终于决出武探花，名唤郝英南，蒙古部人氏，遂也招进演武厅来。其余众人亦都集合在场中，等候圣意。

皇帝接过孟丽君递上的名榜，略一翻看，忽然记起一事，问道："朕记得昨日名榜中的武会元，名唤作韦勇达，似乎还是先前策论榜上的头名，是也不是？难道说郦爱卿亲笔点中的武会元，竟然未曾进入三鼎甲么？"

孟丽君心中一喜，暗道："皇上可算注意到了。"略略侧头望了朱奎一眼，见他眉头微皱，想是不料皇帝竟会问及于此，回道："万岁容禀，微臣正要回奏此事。"将韦勇达昨日接到家书，只得连夜赶回老家探视母亲病情之事说了。皇甫少华也站出来奏对，说道："韦勇达临行之前，嘱托草民今日在万岁驾前替他请罪，言道自古忠孝不能两全，恳求皇上念他孝心一片，从宽发落。"又道："韦勇达之武艺韬略俱不在草民之下，草民与他惺惺相惜，知他亦是赤胆忠心、唯求报效国家的忠义之士，求皇上不究其罪。"说罢跪倒求情。

熊浩也与韦勇达相识相惜，私下还曾比试过一次武艺，二人不分胜败，但论及兵法谋略，熊浩便大大不及了，这时也跪下求情道："草民亦深深敬服韦勇达之武艺韬略，求皇上不究其罪。"

皇帝哈哈大笑道："朕向以仁孝治国，韦勇达孝心可嘉，何罪之有？武状元、榜眼平身罢。"心中对这"韦勇达"不由生出几分好奇，不知究竟是怎样一员勇士，竟能让今科武试的状元和榜眼皆对他如此推崇，沉吟一会，道："既有如此才能的忠孝之士，若只因家有变故而不能为朝廷效力，实在可惜。朕不愿将如此勇士遗之于野，欲借此举向全天下人昭告朕的爱才之心……"略顿了顿，道："朕要将那韦勇达亦取在今科武进士之内。谁言忠孝不能两全？朕偏要许他忠孝两全。诏令下去：眼下他只管在家中服侍母亲，待得病情好转了，随时皆可赶赴前方，立授偏将之位，许他为国效力。众卿可有异议？"

孟丽君大喜，自己信中要韦勇达托言母病，本也是为皇帝事母至孝，自然对孝顺母亲之人心有好感。自己原本另有安排，并不奢望能有这道旨意，实是不胜之喜。脸上不动声色，见朱奎求助的目光朝自己望来，回了个无可奈何的眼色。

刘捷、史朝山、裴年偕等人多少得知一些内情，却又所知有限，不由一齐望向朱奎。朱奎又慌又急，见孟丽君不肯答话，只得硬着头皮劝谏道："臣以为不妥。此举并无祖宗先例，何况更有何人能够证明韦勇达所言属实？"

百官中站出来一人，驳道："朱大人此言差矣。微臣并不认识那韦勇达，只是据情依理而推：又有何人会为了推却朝廷的封赏而甘冒欺君大罪、谎称高堂有恙？若是不想出征平乱，当初不来参加武试也就是了，何必要等到中了武会元之后方才想要推脱？朱大人所言未免太过不合情理。"却是工部侍郎吴应兆。

朱奎心中急道:"那是因为她是个女子,眼看事情败露了,才急急逃走的。"却到底说不出口,害怕担了责罚,便如哑巴吃黄连,有苦说不出。正着急间,忽然转念一想:"这女子也不知逃到何处去了,朝廷又不能明发通令缉拿。眼下这样,虽属无奈之举,或许能令她现形,终能拿住,倒也并非一件坏事。"想到这里,心头登时平静下来,不再开口争辩,并向国丈等人暗使眼色,示意不必再行阻拦。

百官们议论了一阵,再无一人站出来公然反对,有些吹须拍马的官员趁机高声呼道:"皇上英明!"皇帝心中也为自己这个突然冒出的念头而颇感得意。他自那日宁寿宫内与孟丽君一席谈话之后,心中便对平叛之举十分热心,擢升了孟丽君为兵部尚书,又准了其张榜招贤之举。今日教军场比武,更得了数十位武艺高强、兵法娴熟的勇士,想来平叛破敌、收复失地便指日可待。当下龙心大悦,颁下旨来,厅内三人及场中数十人俱跪下听封:

"……今科武试,第一名状元皇甫少华,年十七,云南昆明人氏,封作平南大元帅;第二名榜眼熊浩,年二十二,河北洪州人氏,封作左先锋、虎翼大将军;第三名探花郝英南,年十八,蒙古部人氏,封作右先锋、龙跃大将军。其余二十七人,皆封作武进士,进为偏将。定于本月初六日,平南大元帅将十万大军,起兵南征。钦此。"

众将齐声领旨谢恩,皇甫少华胸前挂上先前摆放在宝案上的那颗黄金大印,登时一股豪气充塞胸襟,只觉踌躇满志。

因属额外恩赐,皇帝另下一诏,单独赐封韦勇达武进士之位。旋即起驾回宫,文武百官随行护驾,只留下兵部官员处理善后事宜。

次日,以皇甫少华、熊浩为首的一众武进士打听得郦尚书下朝回府,便相邀一同前去拜谢恩师。来到太师府外,递上门帖,仆从引入前厅暂候。不多时,只见竹帘一动,孟丽君一袭白衫,翩然而入,周身并无半件饰物,却越发显得俊逸出尘,超凡脱俗。众人虽不若第一次见面时那般失态,心头仍不由微微一跳,赞道:"唯有钟天地神秀灵气于一身,方能造就如此惊才绝艳的人物!"

孟丽君微微一笑,在主位上端坐下。众人一一上前,行过师生大礼,孟丽君也欠身各回了半礼。众将在厅内分坐下,丫鬟送上茶水。

闲聊数语后步入正题，孟丽君道："明日诸位就要起兵南征了，本官不才，自当在朝中代为周旋，将粮草后备、器械补给等一应布置妥当，确保各位更无后顾之忧。"众将大喜，所谓"兵马未动，粮草先行"，大军出征在外，粮草补给乃是一等一的大事，历朝历代有多少名将皆败于此，齐声道："多谢恩师。我等定当尽心竭力扫平叛乱，不负恩师重托。"

孟丽君道："本官忝掌兵部，这本来就是分内之事。"望向首座上的皇甫少华，说道："今日早朝，我已上奏皇上，此番平乱，兵马调度皆以你等为主，威武大元帅呼延赞当从旁辅助，免得重蹈覆辙，致使大军号令不齐、诸多掣肘。皇上已经准奏，圣旨明日便会下来。"皇甫少华又惊又喜，连忙称谢。

孟丽君又道："我观呼延将军用兵谨慎，守成有余，进攻上却未免稍有不足。目前战况敌攻我守，他熟知战情，更身经百战，你等切莫骄矜自大，防守之际不妨暂且听他号令。待到我军稳住势头、开始反攻之时，便可令呼延将军据守剑阁，你等再率军收复失地、平定叛乱。这方能各展所长、事半功倍。"众将齐声应了。

孟丽君目光环视一周，微笑道："说到收复失地、平定叛乱，本官这里已为各位贤契准备了一份礼物，料来该当合用。"说罢轻轻击掌示意，荣兰捧上一只长匣。众人听她话语笃定，不禁狐疑，纷纷猜测匣中究竟所放何物。

孟丽君目示荣兰将长匣交到皇甫少华手中。皇甫少华也正纳闷，打开匣子，见其中只有一幅画轴，取出展开，不由"啊"的一声，满脸惊喜之意，道："这……这……这是云南全省的地形图！"其余众人早已围了过来，几人各执一角，将地图全部展开，但见图上墨痕犹新，显是新近绘成。云南全省的众多峰峦河流、大小城镇，图上皆详尽可见，就连周边一些小城镇里叛军驻军多少，图上亦有标注。众人皆通晓兵法，自然知道"知己知彼、百战不殆"的道理，有一份如此详尽的地图在手，胜算便多了一分。这样的"厚礼"，实可谓万金难求。

众将中有一人名唤晏临战，平生之愿便是游历四方、绘制出一份完整的大元朝廷疆域图，为此已不知查找过多少地方古籍、地理图册。他也曾见过数幅前人绘制的云南图册，却从未见有哪一幅能如眼前地图一般详尽周全的。晏临战手抚地图激动不已，口中喃喃道："若非倾注有十年心血，决计不能绘成此图！"抬头道："末将斗胆请问恩师，此图为何人所绘？晏临战素来心愿，便是要在有生之年，绘制出一份我朝完整的疆域图，欲向此人请教。"

孟丽君心底一声轻叹，这份地图乃是爹爹十数年来闲居边隅、壮志难酬之时，四处游历的心血所凝。原图一直挂在爹爹书房的墙上，绘有云南、贵州、四川三省的地形，其中云南一省最为详尽。爹爹从前总是站在地图之前，以他年轻时所经战事为例，一边比画，一边给自己讲解兵法。而自己那时由于爹爹不允出府，每当心中向往外间的广阔天地时，便到书房里去瞧那幅地图，久而久之，竟将地图上所绘的一笔一画，尽皆牢牢地记在了脑海里。前几日心头一动，想到此图应能派上用场，也可让爹爹这些年的心血能有所值，耗费了三个时辰，终于将至关重要的云南一省原样绘出，正是叛军的本营所在。

但此话自然不能对众人言明，于是随口诌道："我早年曾在云南住过数年，此图原稿乃从坊间购得，实不知绘者姓名。只因原图已然残破不堪，携带不便，我才比照原图重画了一份。至于上面所绘的叛军兵力部署情形，那是前方细作探来的密报。"见晏临战面露失望之色，鼓励道："贤契有此壮志，着实可敬。兵部衙门里亦藏有不少全国各处的地图，待平定了叛乱，本官许你入内查看。"晏临战眼睛一亮，欢喜无比。

孟丽君转过话题，说了一阵子前方军情和平叛策略，众将聆听她指点兵法深意，仍觉意犹未尽，只恨军情紧急，明日便要出征，不及多受教诲。

苏映雪在内堂问了几次，都说姑爷还在厅内和武进士们说话。眼见天色渐暗，记起孟丽君午膳未用多少，又不好着人去催，遂命绛香领了几个丫鬟送些糕饼点心进来，道："夫人担心姑爷及列位将军肚子饿了，命奴婢先送些点心来。"

孟丽君腹中确也有些饿了，说道："还是夫人想得周全。饿我不打紧，若是饿坏了这些新科武进士大老爷们，耽误了南征大事，那可了不得！"言罢众人皆笑，却不敢笑得放肆。孟丽君命丫鬟将点心端给众将食用，众人见那糕点精致小巧，竟不似外间手艺，忙谢过师母款待之情。有人这才想起，说道："咱们果都是些粗鲁武将，只知要拜谢恩师，却忘了将师母一并请出来问安，实在失礼得很。"这话一说，众人均醒悟道："说得正是，该当请师母出来见礼才是。"

孟丽君举手止住众人话语，微笑道："列位贤契不知，内子身怀有孕，这几日正害喜得厉害，恐怕不便见客，还请勿怪。"欢喜之情溢于言表。众人皆知郦尚书的娇妻乃是太师爱女，名列"京城四姝"之一，夫妻恩爱，鹣鲽情深，如今夫人怀有身孕，恩师想必看重得很，自不愿轻易惊动。连忙一齐恭喜，遂不再提拜见师母一事。

又说了一会子话，众将起身告辞。孟丽君一一叮嘱数语，轮到熊浩时，嘱咐道："这一路南下，正是你练习骑术的大好机会，可要多向众人请教。"熊浩寡言少语，只唯唯称是。皇甫少华站在他身旁，说道："恩师只管放心，友鹤兄的骑术包在少华身上。"孟丽君点点头。

待众将告辞离去，孟丽君回到弄箫庭，丫鬟摆上杯箸碗筷，小夫妻俩正要一道用饭。一个丫鬟提了食盒走进来，请过安，从盒里端出一碗汤，回道："我们太太说，夫人有孕在身，恐怕胃口不佳，特地做了这碗红枣蜜藕汤，饭前喝上一小碗，最是开胃。"孟丽君听了，亲手取过羹勺盛了一碗，递给苏映雪，正色道："红枣补血，蜜藕可通胃气，娘子喝了最好不过。"一面说一面向她暗眨眼睛。

苏映雪又是好笑又是好气，横了她一眼。随即起身向那丫鬟道："有劳义母记挂，媳妇愧不敢当。"丫鬟又道："老爷太太还说，夫人有了身孕，保重身子要紧，今后晨昏定醒这些虚礼，便都一概免了。"苏映雪对康氏夫妇一向执礼甚恭，早晚侍奉，忙道："郦郎朝中事忙，媳妇在家孝顺义父义母，自是分内之事，怎可免了？"

孟丽君开口劝道："娘子一片虔诚孝心，义父义母自然知晓。二老都不是贪图虚礼之人，既让你免了每日晨昏定醒，自是为娘子身子考虑，你也不必违拗了二老这一片爱护晚辈之意。"苏映雪方不言语，那丫鬟提了空盒退出。孟丽君望着桌上汤碗，笑吟吟地道："为夫亲手为娘子盛的这碗汤，娘子还是赶紧趁热喝了罢。"

小夫妻俩坐下吃过饭，孟丽君吩咐道，从今往后每日晚饭之后，都要为夫人静心诊脉半个时辰，任何人不得进来打扰。将服侍的下人俱打发出去，只留下荣兰一人在外间伺候针药笔墨。

苏映雪终于松了口气，悄声抱怨道："原来女子怀孕竟然这般麻烦！官人昨日才告诉爹爹、义父义母说我有孕，义母今日便拉着我的手，絮絮叨叨直说了半日的话，问这问那的。若非官人前几日已将女子怀孕初期的征兆细细说与我听，只怕今日竟应付不过去呢。"孟丽君握住她的手，道："有劳娘子受累了。"

苏映雪道："义母还说，官人在朝中为国事操劳，只恐无暇顾及妾身身孕，该当去请几位太医常来诊脉调理才是。可将我唬了一跳，赶忙回道，官人医术精湛，天下皆知，于此亦颇有几分执拗的脾性，只怕不愿让寻常医者为我诊脉。不知答得是否稳妥？"孟丽君赞道："雪妹如今也学得一副伶牙俐齿了。若依我说，却有个更好的答复现摆着呢。"

苏映雪疑道："官人有更好的说辞么？"孟丽君笑道："你只需说，郦君玉娶了这么一位国色天香的美貌娇妻，藏还藏不及呢，更哪里舍得多给旁人瞧见！"她这几日为朝廷武试招贤之事费心尽力，眼见终于尘埃落定，大军明日便要启程南下了，一颗心总算稍稍放下。此刻与苏映雪闺房之中温言调笑数语，只觉心怀舒畅无比。

苏映雪这才知道她在说笑，脸上一红，轻啐了一口，嗔道："人家说正经的，你却总是取笑我。"孟丽君敛了笑容，道："好，咱们就说正经事。那傅家娘子已怀有两个多月的身孕，我昨日当着爹爹、义父义母的面，宣布你有了两个月身孕，这时日上倒无差池。算来明年二三月里，孩子就要出世了，冬春日间衣衫厚实，要假扮起来掩人耳目，应该不难。只是等到生产之日，却定要想个偷梁换柱的好法子才行，现下时日尚早，倒也还不急。"

苏映雪问道："傅家娘子那里，官人是如何说辞的？"孟丽君道："我的身世真相，那是天大的秘密，自不能说与她听。我只说去年与她丈夫在途中结识，曾经救助过我，如今我代为照顾他的孀妻，也算是报答其相助之恩。又将傅将军的相貌身形细细描述了一番，她才信了我的言语。眼下她虔心信佛，吃斋茹素，已铁定了心思，只等孩子生下来后便要遁入空门，恳求我收留这孩子。正巧我也一直想着寻个孩子来掩饰身份，就答允了她。"

苏映雪叹了口气，幽幽道："她也当真可怜得很，丈夫死了，孩子也死了，如今又不明不白地怀了身孕。若非官人碰巧遇上她，再过一个月等她身形遮掩不住了，只怕名节也不保了。"

孟丽君愤然道："名节，名节！哼，这两个字也不知害死了世上多少无辜女子。甚么'饿死事小，失节事大'，都是些男人们编出来的混账话！傅家娘子勤劳善良、温婉贤淑，一向与人无争。这件事情从头至尾，她压根儿就没有半分过错，她腹中的孩子更是无辜，却让人逼得走投无路，险些儿投湖自尽。

我若不接她出来,她们母子两条性命,迟早还要断送在这理直气壮、草菅人命的'名节'二字上。"

苏映雪听她声音越说越大,忙拉住她手道:"小声些儿。"听到"她压根儿就没有半分过错"这几个字,不由惊疑道:"官人既这么说,莫非事情真是如此?那傅家娘子不是说,原是一日夜里做梦,梦见丈夫回来,从此便有了身孕。难道鬼神之事真能应验么?莫非上天怜她痴心一片,竟当真送了她丈夫的魂魄入梦,来与她团聚?"说到这里,以手托腮,遐思无限。自己先被这故事给感动了,竟有几分痴了。

孟丽君无奈摇头,心道:"算了,真相何等残酷,就让雪妹也和傅家娘子一般,认作是魂魄入梦罢。"也不扰她遐思,起身出来。荣兰正在外间收拾笔墨,听见二人说话声,见她出来,悄声道:"公子不打算将实情告诉夫人么?"孟丽君摇摇头,问道:"那件事你打听得怎样了?"

荣兰轻声道:"我正要回公子呢:京中前一阵子曾闹过两起采花案,一个多月前已被京兆尹段大人给侦破了,将那采花大盗拿下审讯,堂上供认不讳,已定下秋后处斩之刑。公子不是怀疑,傅家娘子乃是中了一种令人昏迷、旖旎生梦的迷烟么?我打听得清楚,这两起采花案皆是如此,料来不会有错了。"

孟丽君虽早料得如此,微微点头,心中却是一阵难受,嘱咐道:"此事你我二人知道便了,千万莫在傅家娘子面前露出丝毫口风。她脾性外柔内刚,若知真相,必然再无生念。"

荣兰应了一声,想说甚么又强自抑住,过了片刻,实在忍不住,说道:"公子,清儿便多一句嘴:那孩子……生父若此,清儿可实在有些放心不下。"孟丽君知她心意,只道:"孩子总归是无辜的,我始终相信人性本善。"

到了初六日,十万将士厉兵秣马,陈于京营大教场中。皇帝颁下圣旨金牌,平南大元帅手持金牌,可自行调动南方九省兵马,又钦命兵部尚书郦君玉代驾祭旗送行。

孟丽君焚香拜祭,对天禳祷道:"皇天在上,后土在下,愿我大元朝廷十万雄兵,得以荡平叛军、收复失地,救得天下万千百姓脱身苦海、重返家园!"心中再默默加上一句:"但愿爹爹平安无事,我们父女终能团聚!"恭恭敬敬地拜了下去，十万将士一齐拜倒。

  大军从教军场出来，行至南安门，众将下马。皇甫少华抱拳道："有劳恩师相送，少华定然不负所托。"孟丽君微微一笑，道："元帅此去，必能马到成功、一举扫平叛乱，本官便在京城敬候佳音。"从袖口取出一个锦囊，悄悄递过，低声道："待我军转守为攻、进逼昆明之时，若与叛军相持不下，元帅可拆阅此囊，内有一条计策。至于用是不用，还请细细斟酌。"

  皇甫少华又惊又疑，接过锦囊，贴身收好。孟丽君便不再提此事，说道："送君千里，终有一别。元帅及各位将军珍重，本官这就要进宫复旨了。"皇甫少华凝望她一眼，说道："恩师珍重。"翻身上马。军旗挥处，大军漫漫南下。

第十二章

元贞十九年五月十五日。

一个锦衣书生站在树影下,默默地凝望着前面张灯结彩、充斥着欢声笑语的太师府邸,以及府内外车水马龙般往来不绝的宾朋客众,眼中满是嫉妒仇恨之色,久久不能平息。

过得良久,他方记起自己接下的任务,终于强压住满腔嫉恨,从树影里走出,慢慢踱至人群中,看似一副无所事事的悠闲模样,实则竖起双耳,细听众人言语。

京城本就是热闹繁华的所在,今日乃是太师府小少爷出生百日之庆,就连梁太师这等平素不喜奢华热闹之人,亦坚持要大摆筵席,以示庆贺。在府外瞧热闹的百姓甚多,其中布衣学子亦有不少,但这锦衣书生相貌俊美,站在人群之中,倒也颇为显眼。

瞧了一阵子,一个老者搭话道:"公子也是来看热闹的吧?读书人若能如郦大人这般体面风光,可不知是几世修来的福分。"锦衣书生轻"哼"了一声,并不说话。

另有一个书生装扮的人满脸羡慕之色,说道:"可不是么?唯有如此,方不枉了十年寒窗勤读之苦。唉!三元及第,大小登科,甫入朝堂数月便医治太后,擢升至二品兵部尚书,前后两科招纳了数百名武进士门生,此后更深蒙圣宠不衰……这些个桩桩件件,只需有得一件,便已是十分的了不起,更何况他件件不离!如今又一举得男,当真羡煞旁人。真可谓少年显贵、春风得意。十八岁年纪就有如此作为之人,只怕古往今来也没有几个!"

旁边一个蓝衫书生接口道:"是啊。但这些都不过是已知的富贵,若论起前程来,还不知郦大人将来更会如何显贵呢!早听说从今年开春时起,平南大元帅便转守为攻,已逐步夺回失地、进逼叛军巢穴。眼看扫平叛乱也就是迟早的事了,到那时朝廷论功行赏起来,郦大人纳贤取士,自当位居首功。自古军功最重,郦大人便是封侯拜相,也不奇怪。"

这么一说,众人一齐颔首。其时有不少秀才举子寓居于京,一面攻读,一面结识同侪。在这些读书人心目中,郦君玉的传奇故事,便如同一颗高高在上的指路星辰,直指向所有人毕生奋力追求的目标。这颗星辰越高越亮,便越发令人欢欣鼓舞。

蓝衫书生瞧见众人都在听自己说话,心中颇为得意,忍不住卖弄,略顿了顿,又道:"还有个最新的消息,我也才刚听说,想必还没多少人知晓。"几人齐问:"甚么消息?"蓝衫书生道:"你们都知道宫中李妃所出的皇长子晋王殿下罢?这位殿下如今刚过五岁,正是进学之年……"说到这里,有人便已猜到:"莫非皇上有意任命郦大人为晋王太傅?"

蓝衫书生点头道:"不错。郦大人博闻强识、文采高绝,自是太傅的最佳人选。当今万岁子嗣不多,大婚十年来,也不过一子一女。日后晋王殿下若立为储君,倘或有朝一日……"随即略有警觉,住口不语,但言下之意显是说:"倘或有朝一日继位大统,郦大人便是帝师的身份,那是何等的荣耀。"众人皆知,大元朝廷最是尊师重道,历任帝王之师身前显赫无比,死后亦是哀荣无限,虽然未必一定位高权重,却必将名动天下。

先前那锦衣书生一直不曾说话,这时不由冷笑道:"李妃身份低微,皇上之所以迟迟不肯立储,也是为此。众所周知,皇上宠爱刘皇后,十年不衰,皇后千岁春秋正盛,一旦诞下嫡子,自是嫡皇子继位大统。郦大人与刘国丈一向不合,到那时只怕身败名裂也未可知。又焉知眼前的热闹繁华,不是镜花水月、一场虚空?"

蓝衫书生正待开口与他争辩,旁边一人连使眼色,他立时醒悟过来,望了锦衣书生一眼，不再说话。这么一来，便冷了场子。过了一会，一人指着太师府大门，找话说道："瞧！又有几位大人出来了。左边那位不是去年科举的探花郎，如今的兵部侍郎朱大人么？咦？他怎么朝咱们这边走过来了？"

锦衣书生见到朱绍麟出来时便待离去，不想他一抬眼正瞧见自己，这时再走不免有些示弱之意，便站在原地不动。

朱绍麟走过来，又打量了锦衣书生几眼，目光中颇有些惊喜错愕之色，道："夏贤弟？你竟还在京城，不曾返乡么？愚兄遣人寻了数次，都未能找到你，只当你已回乡去了。"

那锦衣书生正是去年与朱绍麟等一同参加春闱会试的同榜贡士夏代宗，他只因不忿孟丽君得以入赘太师府，一怒之下淋了急雨，便高热不下，错过了当科殿试。此人素来心胸狭隘，丝毫不念孟丽君客栈探病之情，辗转病好后更将她恨之入骨，只觉若非她多管闲事、出尔反尔，自己便一定能娶得太师小姐，自然也不会有淋雨生病之事，更不会因此错过了殿试。就是今日这生子百日之喜，也当是自己的。如此仇恨，岂能不报？依他本意，原也只打算再苦读三年，以期来年会试扬眉吐气。但才只数月下来，就探得消息，孟丽君已在朝中得揽大权，他便无论如何再也静不下心，只恐三年后就算入了朝堂亦无法报仇。他思来想去，一咬牙索性横下心来，将功名之心抛却，投身国丈府做了一名幕僚，希冀倚仗借助刘国丈的势力，来达到自己的目的。

然而刘捷手下谋士众多，又怎会将他区区一个落第贡士瞧在眼里？夏代宗为人心高气傲，却终不过是志大才疏之流，在刘捷手下混了半年，身份地位虽略有提高，仍未入国丈之眼，便连心腹都还算不上。就如此番太师府大摆筵席，也不过将他派出，在市井百姓间探听小道消息而已。

夏代宗自将孟丽君列为生平第一大仇之后，只因朱绍麟等与她相厚，便连带他也一并记恨上了。这时"哼"了一声，道："草民一介布衣，怎敢同朱大人兄弟相称？那府里的姑爷，才是大人的兄弟，草民可不敢高攀！"

朱绍麟与他原是同乡，十数年的交情，知他脾性如此，也不以为意，拉他手笑道："夏贤弟别再说这些负气话了，你我兄弟大半年没见面了，咱们喝两盅去。"夏代宗推开他手，道："草民还有要事，恕不奉陪。"也不理他，转头就走。朱绍麟愕然，瞧着他背影摇了摇头，也自走了。

夏代宗离开太师府外，也无心思再打探消息，径直回到国丈府。进了偏厅，见陆元凯坐在厅内，走过去恭恭敬敬地唤了声："陆师爷。"

陆元凯见他回来得如此早，不觉有些惊疑，点头道："怎样？"夏代宗将所听言语一一说来，却绝口不提朱绍麟之事。陆元凯听他话语颇有含糊不实之处，截口道："其他人都还没回来，怎就只你一人回了？太师府筵席这辰光就摆完了么？"

夏代宗无奈，只得将遇见朱绍麟之事说了。陆元凯也知夏代宗与郦君玉往昔的过节，沉吟半晌，缓声道："代宗老弟，陆某与你是自己人，又大你几岁，不妨倚老卖老地多一句嘴：你和那郦君玉有过节，却何苦牵扯旁人？朱绍麟是你同乡，往日情谊非比寻常。他如今是兵部侍郎，你与他攀些旧情，于你只有好处，可没坏处，何苦自己为难自己。"

夏代宗原本担心陆师爷得知此事后心生猜疑，不想他竟肯设身处地为自己着想，心头一热，道："陆师爷说得是。"陆元凯拍拍他肩膀，道："好了，你今日也辛苦了，先下去歇息罢，不要想得太多。"夏代宗便拱手退下。

陆元凯坐在厅内细想了小半个时辰，见派出去之人都陆续回来，一一问明探得消息，这才出厅，来到国丈的居所外。门口伺候的丫鬟小声道："夫人、少爷和二小姐都在呢。"

陆元凯不由微觉惊奇。刘国丈先后纳了七位夫人，但府里丫鬟口中的"夫人"二字，却只能是说元配顾氏夫人。这位顾氏夫人不但身份尊贵，乃是顾太皇太后的侄女，更兼中宫刘皇后以及国丈的独子刘奎璧，皆是由这位顾夫人所出，她因此在府中地位十分超然。但她却是个不管家事的，长年只在后院佛堂念经理佛，等闲不出院门，今日却怎会和少爷、小姐一齐来见侯爷？陆元凯是刘捷心腹谋士，自他未发迹前就已熟识，便是家事私事也从无避忌，朝那丫鬟打个手势，从侧门进去，站在帏幕后偷听。

只听顾氏夫人的声音说道："……妾身本也不想来烦老爷，但璧儿到底是我的亲生骨肉，眼看他就要二十岁了，咱们这样的人家，哪有到这个年纪还不成婚的？虽也有了几房妾侍，都是些不成样的，没个大家闺秀的妻房，如何使得？老爷素来疼爱璧儿，怎地单单这件大事上，却如此有欠考虑？"

陆元凯不由暗叹一口气，心道："这件事是侯爷的心病，这么多年下来，夫人多少也该猜着一些儿才是。怕只怕侯爷到如今还执意不肯放手。"果真听国丈说道："璧儿是我的独生儿子，我岂有不疼他的道理？我的孩儿，便该娶一位天下无双的绝世女子，似这等庸脂俗粉，怎能配得上璧儿！"

顾氏夫人的声音道："曲尚书的女儿与安平公主、梁府千金和我家燕玉孩儿，并称作京城四姝，人人皆道美貌无比，就连妾身这等足不出户之人，也知其艳名。老爷瞧瞧，燕玉孩儿还不算个美人么？曲小姐与她齐名，这若还是庸脂俗粉，却到哪里寻个天仙去？老爷可莫要耽误了璧儿的青春年华。"国丈"哼"了一声，想是懒得说话。

顾氏夫人的声音略缓了缓，道："老爷是一家之主，说甚么就是甚么，妾身一直不曾稍有违拗。老爷执意不肯让璧儿在朝中为官，妾身虽不情愿，却也依了。但此事乃是璧儿自己来央我说的，曲小姐也是璧儿自己看中意的。璧儿，你和老爷说，是不是？"过了片刻，才听得少爷刘奎璧的声音小心翼翼地道："爹爹……母亲说得是，您就答允了这门亲事，好不好？"

国丈叹了口气，忽道："夫人、燕玉，你们先出去，璧儿留下。"只听得一阵衣袂窸窣声，一个轻柔的声音道："爹爹，女儿告退。"正是二小姐刘燕玉。过了一会，想是等顾氏夫人和二小姐去得远了，国丈方道："璧儿，你随我来。"

刘捷掀起帘子进来，陆元凯忙上前一步，见礼道："侯爷，少爷。"刘捷见他在此，脸上亦无甚奇色，只点点头，示意他站过一旁稍待，转头向刘奎璧温言问道："璧儿，你和爹爹说实话，可是亲眼瞧见了那曲小姐，觉得她生得十分美貌？"

刘奎璧虽是家中独子，却自小对父亲十分畏惧，这时听他口气异常温和，不由壮起胆子答道："是。"刘捷又是一声轻叹，说道："你到底还年轻，哪里见过真正倾国倾城的绝色。也罢！"从卧房内的橱柜里取出一只紫檀木匣，开了匣子，捧出一卷画轴，双手交到儿子手里，道："打开瞧瞧罢。"

刘奎璧见爹爹捧着画轴的手指竟然微微颤抖，脸上更露出一股追思无限的哀痛神气，不由大为好奇。将画轴展开一看，登时惊得呆了，颤声道："这……这……"

刘捷背过身去，面窗而立，沉声道："她……这画中之人，乃是为父从前的一位……一位故人，在十年前便不幸……亡故了。爹爹得知她还留有一个女儿，相貌与她极为肖似，原是要想方设法寻了来，娶进咱们家，给你做媳妇的。"刘奎璧又惊又喜，急问道："可寻到不曾？"

刘捷缓缓摇头道："奈何我集举国之力，寻了两年，也不曾寻到。如今她若还活在人世，便唯有一个解释：只怕她身在云南原籍，落在了李逆叛贼手中。眼看朝廷就要收复云南了，说不定再过一年半载，便终能将她寻到。爹爹一直不令你娶妻，心里正是存了这个万一的指望。"

刘奎璧望着画中人儿的绝世仙姿，早已是神魂荡漾，听了爹爹这一番话语，想到佳人或许仍能寻得，一颗心不禁怦怦直跳。刘捷转过身来，见他如此，父子连心，自然知晓他想的甚么，却故意说道："此事说来到底是璧儿你的终身大事，你如实在不愿，爹爹自也不勉强于你。若你还执意要娶那曲小姐，那也使得，爹爹明日便遣人前去曲尚书府上提亲就是了。"

刘奎璧原是无意中见了曲家小姐一面，自此便念念不忘一月有余，整日里茶饭不思，千方百计地撺掇了母亲来求父亲。然而此时此刻，心中对曲小姐的一番迷恋却蓦地烟消云散，说道："孩儿听爹爹的话。"

刘捷点点头，从他手里接过画轴，小心卷好，依旧放回原处，这才说道："咱们家是何等样人，璧儿你既看上了那曲小姐，那也没甚么，爹爹自会替你周全。你且放心，半年之内，爹爹定将她娶进来给你做妾室就是了。"

若是早一盏茶工夫听到这话，刘奎璧自当喜不可言。但此刻已全然换过一副心思，虽也喜出望外，却非如心花怒放般的异常欢喜。见爹爹再无吩咐，便告辞退出，走到门口，忽然回过身来，迟疑道："爹爹……可知你那故人之女，芳名唤作甚么？"

刘捷微一踌躇，还是答道："她的丈夫姓孟，女儿自也姓孟，闺名丽君，今年该有十八岁了。"随即厉声道："此事你心底明白便了，可别到外头去和人混说！该说的我都已告诉你了，也别到处去瞎打听。倘给我知晓了，小心你这门亲事不成！"

刘奎璧心中嘀咕："若我亲事不成，难不成嫁你么？"想虽如此想，到底舍不得拿此事来冒险，口中唯唯称是，又道："母亲若是问起，孩儿说是不说？"刘捷犹豫片刻，道："你母亲那里，你爱说便说，且都由你罢。"刘奎璧答应退出。

刘奎璧满腔欢喜地从父亲居处出来，只觉心痒难搔，直恨不得立时找个人来倾吐胸中的喜悦之情，但记起爹爹嘱咐，不敢胡乱和人混说，略想了想，抬脚来到母亲居住的后院佛堂。

他打起帘子进去，才入偏厅，就见妹妹刘燕玉坐在案前，似在替母亲抄写佛经。他蹑手蹑脚走过去，忽然作声笑道："妹妹这一笔字迹，越发端正了。"刘燕玉一惊抬头，忙站起身来，见他一副春风满面、喜不自禁的模样，只道是爹爹允了亲事，敛衽福道："燕玉恭喜大哥娶得如花美眷。"

刘奎璧一怔，随即知她误会，正要解释，却见母亲扶了丫鬟从内室走出来，问道："璧儿，你爹爹果真答允你的亲事了？"刘奎璧挨着母亲坐下，掩不住满脸笑容，道："爹爹说要替孩儿将曲小姐娶来做妾室。至于正室妻房嘛，母亲想必不知，原来爹爹早已为孩儿选定了一位倾国倾城的绝色佳人。"

顾氏重重地"哼"了一声，横他一眼，怒道："我有甚么不知道的！只是懒得声张罢了。那贱人都已死了十年，他到此刻还不肯断了这份心思！他这辈子娶不了那贱人，便千方百计想要自己儿子娶了她女儿，这等没出息的痴念，传出去没的惹人耻笑。"

刘奎璧又惊又奇，听母亲的口气，想来知晓内情。他自小便畏惧父亲、亲近母亲，父亲不肯多说，他也就不敢多问，现下母亲既也知晓，忙缠着问道："原来母亲也知此事。既如此，还求母亲告诉孩儿，这位孟丽君孟小姐，究竟是怎样一位佳……"

只听"啪"的一声响，将他话语打断，母子二人一齐抬头，却是刘燕玉抄写经文时不慎失手，将毛笔跌落地下，便也不以为意。刘燕玉俯身拾起笔，努力平复下惊乱无措的心绪，告罪道："女儿一时失手，惊扰了母亲和大哥。"

顾氏数落道："女孩儿这等毛手毛脚的，将来嫁出去如何能为夫家持理家事？到时可莫要丢了我们国丈府的脸面。不过说也难怪，到底是在蓬门小户里长大的人，相貌纵然生得标致些儿，却哪里比得上我的燕珠孩儿那般端持大方？"刘燕玉含笑答道："母亲说得是。姐姐是母仪天下的中宫皇后娘娘，一举一动自是端庄得体，燕玉怎敢同姐姐相提并论。"

顾氏听这话顺耳，便也不再为难于她，道："好了，今日就抄这些，你回自己房里去罢。"刘燕玉笑道："再有一小段，这卷《金刚经》就抄完了。母亲过几日要去庵堂还愿，女儿反正也不累，不如索性一并抄完了。"顾氏便不说话，刘奎璧却道："妹妹的裙子给墨汁溅脏了，回房换一条罢。母亲去庵堂还愿，还有好几日的工夫，要抄写经文倒也不急在这一刻。"刘燕玉本想借抄经之便多听一会二人谈话，这时却也无可奈何，只得起身告退，回到自己房里。

乳母江氏迎上前来，见小姐一副若有所思的模样，又见她裙上溅了一片墨汁，忙服侍着换过衣裙，低声问道："夫人又给小姐气受了么？怎地好端端地将裙子给弄脏了？"刘燕玉淡淡地道："不相干，是我自己抄经时失手跌落了毛笔。"将丫鬟飞烟打发出去清洗换下的衣裙，自己坐在牙床上怔怔地出神。

江氏瞧她神气不似往日，心下惴惴，凑过来小心问道："小姐，究竟是怎么了？眼下没有外人，你有心事，只管说与嬷嬷听。"刘燕玉轻叹一声，取过牙床上的枕头，开了暗格，露出内中暗藏的物事，乃是一只香囊和一柄画扇，将那画扇取出，在手中展开，正面是一幅泼墨秋兰图，背面上书诗句："兰叶春葳蕤，桂华秋皎洁。欣欣此生意，自尔为佳节。谁知林栖者，闻风坐相悦。草木有本心，何求美人折。"

江氏见小姐忽然取出这柄当日定情信物的画扇，虽不知究竟何以如此，却自以为猜知她几分心思，说道："小姐是在担忧皇甫公子罢？他吉人天相，不会有事的。不是听说朝廷大军已经攻入云南么？再过几个月，皇甫公子必能得胜还朝，到那时就是小姐大喜的日子了。"

刘燕玉将画扇在手中翻来覆去地把玩，过得半晌，才凄然道："嬷嬷休要自欺欺人了。我家与皇甫公子家乃是死敌，他……若知我是刘国丈的女儿，只怕当初便决计不肯结下这门亲事。再说，就算皇甫公子愿意，爹爹脸面要紧，又怎肯答允将女儿嫁与仇敌之子做……做二房妾侍？便是私生女也不成的。"忍了半日的眼泪终于滴落下来。又取出暗格里的香囊，捏在手心，低声泣道："娘亲，你可知道女儿的难处？你抛下女儿去了，又为女儿定下这门亲事，却让女儿如何是好？"

江氏也心酸不已，勉强解释道："夫人从前原不知道老爷竟是这等的大人物。当年若非太老爷去世，夫人给族人逼迫得无处容身，也不会事隔十数年才带着小姐来京城寻找老爷，更不会在途中一病不起，抛下小姐去了。"举起衣袖擦了擦眼睛，又道："至于小姐的这桩亲事，唉！嬷嬷本不该说的，却不愿小姐因此埋怨夫人，瞒了这许久，还是说与小姐听了罢。那时若非皇甫公子相助,小姐的清白……只怕……只怕……小姐当时晕了过去,皇甫公子不放心留你一人在那强盗窝里,只得将你抱回来,这肌肤相亲是免不了的……夫人也是没了法子,即便知道他早已定下了正室妻房,也只得将小姐许配给他作二房。不过话说回来,那时不知老爷身份,皇甫公子生得一表人才,又有一身的好功夫,本也是小姐的良配,就只可惜已定了正妻……"又絮絮叨叨说了许多话。

刘燕玉听到"肌肤相亲"这四个字,不由呆了,再听不见嬷嬷说了些甚么,喃喃道:"原来如此……原来如此……"脸上慢慢飞起两朵红晕,低头望向那画扇的目光中已转为满腔柔情,心底暗自盘算:"我与皇甫公子既曾有过肌肤之亲,此生自是非君莫嫁。爹爹若是不允,我便长跪不起,爹爹如要逼迫,我便当一死以全名节。何况皇甫公子得胜归来时,皇上定有封赏,我若能借机出府与他见上一面,求他上表朝廷圣旨赐婚,到那时爹爹自然不敢逆旨,说不定终能姻缘美满。"心中也知此事希望渺茫,但既连生死都已置之度外,倒也无所畏惧。心意既定,脸色便恢复如常,伸手将画扇和香囊放回收好。

江氏这才放下心来,端来一盆清水,替刘燕玉洗过脸,又重新匀了脂粉,对镜一照,啧啧赞道:"小姐这样的花容月貌,当真世上少有。我瞧当日皇甫公子的意思,对小姐倒有十二分的欢喜中意。听他说那正室妻房原是未出世前两家父母指腹为婚所定,二人从来不曾见过面,感情自然淡薄。小姐的人品相貌是皇甫公子亲眼见了的,日后嫁过去,小姐必受专宠,只除名分略差些,其余哪样不比正室强?"

刘燕玉正望着镜中自己的如花娇容,忽听得嬷嬷这话,记起最初的疑窦,忙问道:"嬷嬷你还记不记得,那日皇甫公子说起,他那未婚妻子,名字可是唤作孟丽君?"江氏想了想,说道:"我只依稀记得姓孟,唤作甚么名字么,那可记不得了。"又问:"小姐怎么忽然想起这个?"

刘燕玉道:"不过听嬷嬷提起,随口问问罢了。"心道:"天下同名同姓之人,原也不少,哪会如此凑巧便是同一人呢。其实是不是同一人,本来不干我事。但听爹爹和大哥的口气,这个孟丽君是个丽容无双的绝色美人。有道是:不怕一万,只怕万一。倘若世上真有这么个美人,又当真是皇甫公子的元配,日后他哪里还会将我放在眼里?"想到这里,重又勾起先前在佛堂乍听到"孟丽君"这三个字时的惴惴不安之心,思来想去,忽然忆起一事,暗道:"是了,记得皇甫公子曾经提过,他那未婚妻乃是云南人氏。不如我明日去大哥那里探探口风，也省得总为此事闹得心神不宁。"

是夜。

太师府热闹了一整日之后，终于宾客散尽。

孟丽君周旋应酬了一日，也倦得紧了，携了苏映雪，乳娘萧氏抱着孩子归郎，一并回到弄箫庭。归郎早在萧氏怀中熟睡，孟丽君便吩咐众人各自回房歇息。

孟、苏二人宽衣躺下，苏映雪忽然"噗哧"一声，笑出声来。孟丽君也还未睡着，问道："想起甚么可笑事情了？"苏映雪道："今日这话终于有人当众问出来了，官人答得可当真巧妙。那孔大人说道：'郦大人相貌俊美无双，郦夫人也是天下少有的美人，可怎么这孩子的容貌竟一点也不像爹娘呢？'"孟丽君微笑道："孔伦此人脾性鲁莽，说话直爽，为此可没少得罪人。这样冒冒失失的话，也只有他这样的人，才会当面问出。不过也好，我今日当众答了，省得日后再有人瞎起疑心。"

苏映雪道："官人答道：'这孩子容貌虽不似爹娘，却十分肖似他祖父。我的相貌原是男生女相，本非祥事，不得不遮掩了十数年。便是如今，朝中还有人借此讥讽于我。若非身体发肤受之父母，不得损毁，我早想抛却了这副臭皮囊。当初夫人有孕时，我便在菩萨座前许下誓愿，唯愿孩子相貌平常，莫要如我这般才好。菩萨果然灵验，归郎生就如此相貌，正如我所愿。'"

孟丽君听她将自己话语一一道来，疑惑道："你方才也夸我答得巧妙，这话有何可笑之处？"苏映雪忍笑道："官人却没瞧见，你说到要'抛却这副臭皮囊'的时候，厅中可有数十人脸色大变。"

孟丽君莞尔道："原只是随口一句戏言，不想竟有人当真。我虽不稀罕这副容貌，也确实因此惹下了不少麻烦，却倒还不致为此毁损自己身子。"说到这句话，触及一件心事，不由轻轻叹了口气。

苏映雪知她心意，问道："官人可是在担心安平公主？"孟丽君道："不错。我正为此事烦恼：公主似对我……心有所动。我近来已再三回避，只求尽量不与她相见。但皇上前日下旨，任命我为晋王太傅，此后少不得要时常入宫。公主倘若有心，只怕我难以躲避。"

苏映雪劝慰道："官人不必过于忧心。公主是太后和皇上的心肝宝贝，脾性素来娇纵，说话做事从来无人胆敢违拗。只怕当初正是因为你一再违拗于她，待她与众不同，这才导致她对你另眼相看。依我说，如今你越是躲着她，她便越发不肯罢休。官人还不如也同旁人一般待她，过几日等她自己腻了，自然会丢开手。到底她也知道你已然娶妻生子，她是金枝玉叶之体，日后婚配，自有太后皇上为她千挑万选地招选驸马。"

孟丽君闻言恍然，喜道："雪妹所言极是。我怎地如此糊涂，竟没想到这个釜底抽薪的好法子？"苏映雪柔声道："官人哪里糊涂，不过当局者迷罢了。你是做大事之人，朝中事忙，怎会有工夫想这些儿女私情？再者你久扮男子，行事想法都与闺阁女子迥异，猜不到公主女儿家的心思，也属正常。"最后一句话，贴在孟丽君耳边轻声说出。

孟丽君自前日接到圣旨，心中既喜且忧，所忧者便是此事，现下心中豁然开朗，只觉十分欢喜，侧过身子，拉了苏映雪的手，悄声道："说到儿女私情，上回我和你说的那件事情，你考虑得怎样了？"

月光从纱窗透入，斑驳的树影映在窗上，随风摆动。苏映雪微微垂下头，半晌才道："哪件事情？我可记不得了。"声音细若蚊鸣。孟丽君若非就躺在她身侧，恐怕也听不清她究竟说了甚么。月光映照之下，只见她一张芙蓉粉面上满是羞意，如能瞧得见，只怕她连耳根都羞红了。

孟丽君知她素来脸皮子薄，但此事关系她的终身大事，不可不问，轻声道："你我姐妹知心，此事我一直记挂心中、时刻不忘。这一年多来，我发觉梅昭如对你实是一片深情，便是如今你我有了孩儿，他对你依旧痴心不改，不过将之深藏于心。此人人品才华、相貌家世，都与你十分般配。他这一片真情，连我都瞧出来了，我不信你竟对此一无所知。"

等了一会，见她不肯说话，又道："我知你心里顾忌甚么，定是担心此举恐会揭穿我的女儿身，又或是想'小姐都未成婚，我自然要陪着小姐'。这些且都抛开不说——我到时自然有遮掩的好法子，你别担心——你我虚凤假凰，于我而言，我能扫平叛乱、相救爹爹，更能施展才华抱负，若能如此男装一世，我欢喜还来不及，更不会觉得丝毫委屈。雪妹你却不同，你温婉贤淑、娇弱柔善，原是要人疼爱呵护的。当初你肯替我遮掩身份，为的是咱们昔日恩情，却非你自己的选择。若为此事而误了你的终身幸福，我实在心中不忍。"

苏映雪听了这话，心中一惊，悄声道："小姐你果真要男装一世，不愿改回女装么？你难道当真一点也不想成婚嫁人么？"孟丽君微微一笑，傲然道："我如今手握兵部大权，运筹帷幄，决胜于千里之外。日后说不定更能封侯拜相，位居一人之下、万万人之上，施展自己的满腹才学，匡扶社稷，调和鼎鼐，辅治乾坤，令天下百姓安居乐业。我胸中抱负未展，自然不愿轻易改回女装、成亲嫁人。"

话锋一转，道："我说了这许多话，你也该明白我的心意。这样罢，那件事情，你若愿意，甚么都别说，只需点点头，我自会想法子着手去办。"说罢凝望着苏映雪。苏映雪脸上羞意更浓，过得半晌，终于轻轻点了一下头。

十七这日乃是钦天监选定的黄道吉日，庆恩宫李妃一宿不曾安睡，早早地就起了身，命宫女们替晋王世乾穿戴齐整，将一应物品收拾妥当，又拉住他的小手细细叮嘱道："从今儿起乾儿就要进学了，从此便是大孩子了。待会见了郦太傅，可一定要恭谨有礼。郦太傅是我朝第一大才子，学识渊博。乾儿要听太傅的话，认真读书，不可贪玩，知道了吗？"想到皇上终于准了自己的请求，下旨令郦君玉出任晋王太傅，心中满是欢喜。郦君玉是皇上最为信任宠爱的臣子，由他担任太傅，日后乾儿在朝中便也有了依靠。

世乾虽只五岁，一向十分懂事，应道："是。"小眼睛骨碌碌地转了一转，忽然问道："母妃，郦太傅是不是乾儿从前在太后娘娘殿里，见过的那个美得不得了的神仙？"李妃一怔，随即反应过来，不由失笑道："'神仙'这两个字，可不能胡说。这又是谁告诉你的？"

世乾答道："昨日乾儿去给公主姑姑请安，听姑姑说的。乾儿问公主姑姑，郦太傅是不是神仙，姑姑也不肯答，只一个劲儿地笑。"李妃闻言心中一动，依稀想到了些甚么，待要细思，却又不甚明了。见时辰快到了，替世乾将衣袍理了理，领着他到宁寿宫见过太后，又到坤宁宫来见刘后。

刘后不冷不热地说了几句。李妃素来隐忍，想到皇后自大婚第二年小产之后，一直并无所出，皇上只有世乾这么一个皇子，立为太子是迟早的事，自己总有苦尽甘来的一日，心中不愠也不恼，赔笑着奉承了几句。从坤宁宫出来，又到乾清宫去见皇帝。

皇帝才刚退朝回宫，见过礼后，提及进学之事，李妃借机特意说道："说来也巧，皇上可还记得，乾儿与郦太傅还曾见过一面呢。"皇帝奇道："是么？几时见的？朕可记不得了。"李妃笑道："怨不得皇上记不得，就连臣妾原也记不得了。倒是乾儿这孩子，难为他小小年纪，一年前的事情，居然至今都还记得。这可不正是郦大人和乾儿两个人的师徒缘分么！"说着将先前世乾的话语原样转述了出来。

皇帝听了也不由失笑，摸摸世乾的小脑袋，说道："乾儿小小年纪，却也能够分辨美丑。"随即正色道："郦太傅的相貌自然是极美的。但乾儿是要跟太傅读书学真本事的，相貌如何那是小事，太傅自己多半也不喜听人议论，你今后可不许再提了。"世乾答应道："是，父皇。儿臣知道了。"

皇帝又道："时辰不早了，郦卿家只怕已在毓庆宫候着了。他统领兵部，如今前方平叛大军正与叛军相持不下，军政大事繁重，以后乾儿要早些过去，若是太傅还未下朝，就自己先用功温书，这方是尊师之道。好了，这便去罢。"说罢唤过权昌，命他送晋王去毓庆宫。

李妃从乾清宫退出，想了想，顺路来到安平公主所居的潇霞宫。问过领班宫女素素，打听得公主竟然在小厨房里亲手准备一道菜肴，不禁大奇，自己进宫七八年了，从未听说公主下过厨房。来到后殿小厨房，远远地就听公主的声音怒斥道："……你倒是早说啊，本宫都忙活了大半日，这会子才说管甚么用……"当即笑着走进去，说道："公主亲自下厨么？今日我可算有口福了。"

公主见到她，喜道："贤妃来得正好，早听说你的手艺宫中第一，快来教教我罢。这些个奴才丢三落四的，害得本宫一会忘了这个、一会忘了那个。这么一道小菜，我从早上忙到现在，还是给弄砸了，口味一点儿不对，正要重新做过呢。"李妃见公主裙上、脸上都是面粉，厨房里热气腾腾，她额头、鼻尖已微微沁出汗珠，不由越发纳罕，问道："公主这是准备做甚么呢？"

公主指着桌上几面大荷叶，说道："我昨日路过御花园，瞧见荷塘里一池碧油油的荷叶，不知怎地，记起了从前吃过的一味荷叶粉蒸肉，一时嘴馋，就命人采了些荷叶，想做来尝尝。"李妃笑道："公主想吃荷叶粉蒸肉，差个宫女跟御膳房一说，又或是派人来告诉我，哪里还要劳动公主大驾、亲自动手呢。"公主伸手拭了拭额头汗珠，说道："这可是我自己想出的主意，就是要亲手做了，送给母后和皇帝哥哥尝尝，方能显出我的一片虔诚孝心。"

李妃听了这话，赶紧凑趣着称赞了几句，当下一步一步地教公主做这道菜。公主初次下厨，手忙脚乱了好一阵子，却依旧坚持从头至尾都自己亲自动手。在李妃的指点下，历时一个时辰，终于将这道荷叶粉蒸肉做好。自己先尝了一块，虽然味道不如从前吃过的那般鲜美，倒也清香扑鼻，有了七八分口味，心中甚喜。

公主令人取来一大三小四个玛瑙碟子，在两个小碟子里盛上几块粉蒸肉，命宫女楚楚、依依各送一碟去宁寿宫和乾清宫，又在另一个小碟子里放了两块，递给李妃道："乾儿今日进学去了罢？这是给他的，可不许嫌弃我的手艺。"

李妃见公主亲手准备的菜肴，只送给太后、皇上和乾儿三人，连皇后也不送，且不论送的是甚么，总归是一番心意，这份脸面着实不小，令自己脸上也倍觉光彩，连忙道谢接过。

公主瞧着碟子里余下的一半菜肴，抿嘴笑了一会，才道："好了，我要换衣衫去了，就不留你了。"李妃忙告辞道："时辰不早了，乾儿该下学了，我也该回去了。"

李妃回到庆恩宫，又等了小半个时辰，才见世乾笑嘻嘻地下学回来。一面命宫女替他换过衣衫，一面问道："今日学了些甚么？郦太傅待你好不好？"世乾用力点头，道："太傅给乾儿说了个故事。"李妃问道："甚么故事？乾儿说给母妃听听，好不好？"

世乾初次进学，心中十分兴奋，说道："太傅说，汉代有一个名叫匡衡的人，小时候因为家里穷，买不起灯油，晚上无法读书。他家隔壁邻居很有钱，每天晚上都要点蜡烛把屋子照得通亮。匡衡去向邻居请求借地读书，却被邻居无礼地拒绝了。他没有办法，只好偷偷地在家里墙壁上凿了一个小洞，邻居家的烛光从洞里透出来。他就是借着这样微弱的烛光，发愤读书，有了大学问，最后当上了汉朝的丞相。"他小小年纪，口齿伶俐，记性又好，将今日所听的故事复述出来，倒也像模像样。

李妃听是"凿壁偷光"的典故，不以为意，道："太傅说这个故事，自然是要鼓励乾儿，像那匡衡一样发愤努力，好好读书。"世乾先点点头，又摇头道："太傅是这么说了，却还提了两个问题：第一，为什么匡衡不在白天读书？第二，为什么邻居家有钱点蜡烛，而匡衡家却连灯油都买不起？还问我有没有甚么问题。"

李妃一怔，心道这位郦大人教导学生的方式，可当真与众不同得很。对那两个问题既不感兴趣，便也不细问答案，只问："乾儿提了甚么问题呢？"世乾道："我问太傅说，我们庆恩宫一个晚上就要点好几十支蜡烛，那庆恩宫的旁边，是不是也有人凿壁偷光读书呢？又问，匡衡最后当上了汉朝的丞相，寿王爷爷是我们大元朝的丞相，那他小时候是不是也凿过壁、偷过光？"

殿内伺候的宫女们都掩口而笑。李妃"噗哧"一声，不由也笑出声来，随即心头一动，暗忖："听说数日前户部员外郎柳复曾上表章，请求皇上削减宫中用度。郦君玉与柳复颇有交情，此举莫非有帮他之意？我若能在宫中替他周旋一二，倒也算卖了郦君玉一个人情。"

李妃吩咐宫女摆上午膳，自己亲手将安平公主送的粉蒸肉端来，向世乾道："这是你公主姑姑今日亲手下厨做的荷叶粉蒸肉。除了乾儿之外，只送给了太后娘娘和你父皇两个人，这可是了不起的面子。待会用过膳后，乾儿该去潇霞宫给公主道个谢才是。"世乾瞧了那玛瑙碟子一眼，忽道："才不是呢，公主姑姑还送给了郦太傅。"

李妃一惊，挥手屏退下所有服侍的宫女，只留贴身宫女霓霞一人，拉着世乾的小手，问道："你怎么知道公主姑姑还送给了郦太傅？"世乾得意道："我下学时瞧见的。公主姑姑宫里的素素，提了个食盒过来，说公主念太傅讲学辛苦，赏下些吃食，可没说是姑姑亲手做的。打开来，其中有一样也是这么个玛瑙碟子，也是荷叶粉蒸肉，可比这个大多了。"

李妃听了世乾的一番话语，心念电转，结合近来种种所见所闻，蓦地一下明白过来："是了。半个月前太后娘娘过万寿节，皇上大宴群臣，席中郦大人曾依稀提过一句，说是幼时最爱一道荷叶粉蒸肉。公主今日亲手下厨做这道菜肴，只怕不是出自一片孝心，明里打着太后、皇上的幌子，暗地里为的却是郦大人。照这么说来……公主对那郦君玉可有心得很……这也难怪，如此一个才貌双全的俊美少年，正是天下间闺阁女儿心目中的如意郎君……但……他毕竟已经娶了妻、生了子，公主的痴念，怕是难以实现。"又想："公主的这份心思，太后、皇上此刻应还不知。我该借此机会与公主拉近交情呢，还是该设法在皇上面前稍露口风？要怎么做才对我和乾儿最好呢？"心底暗自盘算，口中叮嘱道："此事乾儿千万别和其他人说，知道吗？"世乾似懂非懂地答应了。

却说孟丽君从宫中出来，径直坐轿前往兵部衙门，落轿进去，来到议事厅。这日正是兵部每四日一次的议事堂会之期，孟丽君环顾一周，见众人都到齐了，只等自己，欠身道："我来迟了，有劳列位大人久候。"众人见他进来，都站起身，待他在正位上坐下，方都坐了。

兵部侍郎朱绍麟道："还有半刻钟才未时正点，是我们到得早了。明堂你刚从宫里出来罢？可用了午饭不曾？若是没有，赶紧叫人去胡同口酒馆里点几个小菜，我们大伙儿等上一会也不妨事，到底你的身子要紧。"众人一齐称是。

孟丽君心头一暖，却道："无妨，方才我在轿里已吃了些东西。军情紧急，人既都到齐，咱们这便开始议事罢。"问道："子静，今日可有前方军情传到？"那人姓范名宁，表字子静，乃是去年补遗武进士出身。此人中了补遗武试策论科的头名，却偏偏自小身子羸弱、不能习武。孟丽君爱惜他的兵法韬略之能，破格录为武进士，请旨不令他随军出征，却招入兵部来做了个主事。此人倒也争气，半年工夫就升作了六品员外郎，主管前方战报往来，闻言答道："正要禀告大人，这是今日午时接到的战报。"说着双手呈上。

孟丽君打开一看，不过是照例禀奏前方事宜，战事上并无进展，随手递给右侧朱绍麟，示意他传示众人观读。众人读过战报，孟丽君开口问道："我军与叛军相持不下，虽将其主力困于武定城，却难以攻克。诸位于此有何高见？"

众人议论纷纷，一人道："半个月前传来的战报，就说已经包围了武定城，怎么到如今还是围而不破？照这样下去，还不知要到哪一日方能攻破昆明、剿灭叛军呢。兵部当传令下去，命平南大元帅加紧攻势，务求早日拿下武定，扫清前往昆明的道路才是。"

范宁驳道："武定是昆明北面最后一座坚城，由贼首李长宁亲自镇守。叛军后无退路，为保昆明，必做困兽之斗，其势不容小觑。战报上也说，我军业已强攻数次，伤亡惨重，平南大元帅迫不得已，只好围城。若为攻陷武定而令我军元气大伤，失去再战之力而不得不退兵，实在得不偿失。眼下我军既已占尽优势，不如围城打援，以逸待劳，徐徐图之，终能以较小的伤亡攻克武定。"

朱绍麟微一颔首，说道："子静之见不错，前方一众将士乃是我大元朝廷的精兵良将，不可作无谓牺牲。然而所谓'徐徐图之'，却也不能一味推延。如今国库吃紧，开战这一年来，曲尚书东挪西凑地替咱们攒军费，前几日户部员外郎柳复上奏万岁，请求削减宫中用度，以充军费。这一仗若再打上三五个月，就算赢了，朝廷只怕也吃不消，还应速战速决才是。"

听了这话，几人微微点头。有人便提议道："倘若舍了武定，直取昆明，如何？"有人立时驳道："不可。如此必然腹背受敌，导致两线作战。倘若兵分两路，一路虚张声势，佯攻武定，另一路奇袭昆明，或许还有几分胜算。"又有人驳道："不妥，不妥。武定与昆明相距太近，不论飞鸽传信或是烟火示警皆可互通信息，如何奇袭？只怕反会令敌人逐个击破。"

孟丽君倾听众人议论，见除自己之外，京师提督高硕亦一言不发。此人手握京畿兵力，为人寡言少语，在朝中独善其身，从不参与派系之争，资历却是极深，自先帝在位时便任京师提督，至今二十余年，罕有过失，甚得皇帝信任。更有一则传言，令孟丽君对他心生好感：京中流传近四十年来，曾先后出过三对极品夫妻，分别是四十年前的梁太师夫妇、如今的郦尚书伉俪，以及二十年前的高提督夫妇，皆是一夫一妻，举案齐眉、恩爱无比。孟丽君有心邀他发表见解，遂点将道："高大人，不知尊意如何？"高硕眉头一皱，站起身道："不敢。下官只知京畿事务，不敢胡言。"

孟丽君见他如此，也不勉强，向众人道："各位大人所言皆有道理。依本官看来，目前有两件事情乃当务之急：第一，大伙儿一齐联名上表，恳求皇上准许削减用度，不仅是宫中，便是咱们这些大臣家中，以及各个职司衙门，都要一并削减。此事咱们只需倡议，且以身作则即可。等皇上准奏，届时自有户部中人主管办理。第二，传书平南大元帅，告知朝中军费吃紧之事，也不必催促他们速战速决。前方众将中不乏聪明才智之士，自能明白咱们的用意。至于具体如何作战，咱们毕竟远在千里之外，军情瞬息万变，不妨着令平南大元帅审时度势、自行定夺。不过以本官对目前战况的估计，两个月内，我军定能拿下昆明。"

众人听他话语如此笃定，都是一惊，待要怀疑，又素知她的能耐本领，不由惊疑交杂。孟丽君瞧见众人脸色，微微一笑，却不再多言，转向朱绍麟道："云麒，表章之事就劳你大驾，我第一个签名，其余大伙儿愿签便签，不愿签也就罢了。"众人齐道："下官愿附大人尾翼。"就连高硕也随声附和。

孟丽君点点头，又向范宁道："子静，我方才所说的第二件事，就交由你去办，越快越好。"范宁应道："是。"孟丽君双掌一合，道："好了。若是没旁的事，这就都散了罢。"

待众人都散了，孟丽君与朱绍麟二人并肩走出议事厅。孟丽君望着院中一株杏树上所结豆子般大小的杏实，忽然心中有感，说道："自今春重又开战以来，兵部各项事务繁忙，咱们那些诗文之友，已经许久没能好好聚一聚了。前日我家小儿百日，宾客众多，也没顾得上招呼你和吉善、若显等人。如今吉善兄升了工部尚书，柳兄也已是户部员外郎了，只有若显，他的志向不在仕途，依旧在做他那清闲自在的翰林老爷。想想从前咱们一道饮酒赏花、作诗论画的日子，那是何等斯文风流的雅事？可叹如今反不能够了。"说着轻轻叹了口气。

朱绍麟笑道："无所不会、无所不能的郦尚书竟在叹气，莫不是我听错了？"随即道："怎么不能够了？你这么一说我倒想起一事：昨日若显还和我说，他新近弄了几样稀罕的玩意儿，正要请大伙儿去他府上小酌几杯，一同品评品评。我问甚么，他却卖关子不肯说，只道去了便知。想来能让他瞧得上眼的，自也不是寻常之物。日子定在二十三日。你如今可是朝中第一大忙人，兵部大小诸事就先不提，又荣任晋王太傅，皇上还三日两日地召见于你，到时可不知抽不抽得出工夫去呢？"孟丽君听是梅昭如宴请，正合心意，道："怎么抽不出空？我一定去。"

二人又说了几句话，朱绍麟忽道："对了，早知明堂医术通神，有件事情可要求你帮忙。我有个朋友，他的一位女眷，说是成婚了十来年，自第二年小产过后，便一直不曾有孕，延医诊脉，补药吃了一大筐，却总也不见疗效，家人十分焦急。听闻京中传言，人人都说明堂你精通岐黄，成婚不过一载，便一举得男，定是配有生子的仙丹妙药。他愿出高价，求你调配一剂。"

孟丽君不由好笑，瞪他一眼，道："世上哪有能保证一举得男的仙药？这种市井流言，云麒当不致听信罢？若依我说，我倒更愿意要个千金呢，谁知竟是个小子。至于你说的那位女眷，自小产后再无成孕，病因可能有很多种，必得经我亲手把脉之后，方能有所定论。"朱绍麟点点头，道："好，我把你这话和我那朋友说去。改日若是请你前去诊脉，瞧在我的面上，你可莫要借故推辞。"孟丽君道："医者父母心，君玉断无推辞之理。"

说着已来到各自理事之所，二人皆有公事要待处理，便各自归位。孟丽君将案上各地送来的紧要公文一一读罢批完，又在朱绍麟送来誊写好的奏章上签过名，已是酉末戌初时分，遂起轿回到太师府。

苏映雪正坐在房里，一面和乳娘萧氏说话，一面逗弄归郎。见他回来，赶紧吩咐摆饭，又亲自服侍他换过衣衫，说道："爹爹才刚遣人来过，问官人回没回来，说是让你用过晚饭后，去一趟听槐轩。"孟丽君道："知道了。"从萧氏手里抱过归郎，见他两只小眼睛圆溜溜的，咯吱咯吱笑得正欢，十分可爱，不禁在他颊上亲了一口。萧氏凑趣道："小少爷平时都不怎么笑的，唯独见了姑爷，总是笑个不停。到底是爷儿两个，亲热得很呢。"

孟丽君伸手逗了一会孩子，依旧还回萧氏怀中。见已摆好晚饭，在座上坐了，向苏映雪道："从今往后我只怕都要回来晚些了，以后你自己先用晚饭就是，不必等我。"苏映雪道："我多等一会儿也不妨事。倒是官人你，虽说'能者多劳'，可也要当心自己身子才是。"孟丽君微微一笑，道："你放心，不过一个兵部尚书而已，加上如今太傅这份差使，每日在宫里多待一个时辰，那也不算甚么。这点子事儿，还累不着我。"

用过晚饭，来到听槐轩去见太师。见过礼后，太师道："老夫唤贤婿过来，是为商量一事。那日雪儿得神明托梦，不顾重身待产之体，执意要去白云庵烧香还愿，归郎这孩子就是在庵堂里出生的。庵堂之地，阴柔之气不免过盛，我瞧这孩子天生气禀颇有些不足。前日孩子百日，老夫从前结识的一位道友替他卜了一卦，说此子主金命，命格显贵，日后将位极人臣、一生显赫。然金过旺则土缺，五行不调，必然身子孱弱。若要有所补益，须在其出生之所动土修房，以固土气……"略顿了顿，续道："老夫对这些五行之说原也只是将信将疑，但为了孩子的身子，总是'宁可信其有，不可信其无'的好。何况孩子出生之所乃是庵堂，咱们便捐上一笔香火钱，资助女尼们重修庵房，也算得一件大大的善事。不知贤婿意下如何？"

孟丽君听了太师这话，不觉有些惊愕。她心知归郎天生气禀不足，原是因为傅家娘子自怀孕投湖之后，身子一直不好的缘故，但这话自然不能说与太师听。她精通歧黄之术，早将人体阴阳五行、相生相克之说烂熟于心，但对命理卜卦之流，却是从来不信的。她知太师对这个外孙宝贝得很，提此建议也是出于一片好意,不愿直拂他心意,只道:"岳父说得是,但小婿只怕眼下并非行此事宜的良机。"太师奇道:"怎么?"

孟丽君将今日众人商议,要联名上表之事说了,又道:"这是军国大事,小婿身为兵部尚书,自当以身作则,家中若有闲钱,就该捐作军费。这个节骨眼上,如何拿得出这一大笔香火钱来捐给庵堂?"太师点头道:"不错。近日户部军费吃紧,老夫也听说了。国事为重,自该如此。不单是你,便是老夫,也当捐出钱来。"想了想,道:"动土修房之事原也不急在一日。不如这样罢,老夫改日先去那白云庵,在菩萨法像前许下心愿:待平定了这场叛乱,大军还朝之日,必捐重资,重修庵堂。有道是:心诚则灵。菩萨念在老夫这番诚心诚意的份上,当令归郎一日日健壮起来。"说着双掌合十。

孟丽君瞧见太师斑白的胡须和头发,忆起这一年以来,他的身体每况愈下,气力越来越不支,想是早年为国为民辛劳过度所致,心中不由一阵感慨,说道:"为此事劳动岳父大驾,倒让我这为人父者好生惭愧,再者也不免有伤孩子阴鸷,反误了岳父的一片好意。小婿情愿代劳,改日便装前去,替岳父许下心愿。"

太师看他一眼,道:"如此也好。"转过话题问了几句前方军情,又问今日晋王初次进学之事,孟丽君一一回了。太师末了提点道:"当今皇上虽春秋正盛,暂时无须忧虑立储之事,但到底一日无储,国本便一日不固,迟早朝中将有变动。你如今身任晋王太傅,身份特殊,须得万般谨慎,莫要陷入这个漩涡才好。"孟丽君一凛,应道:"是。"见太师无话,告辞退出。

次日孟丽君在毓庆宫授课完毕,见服侍皇帝的小太监顾言进殿来宣旨道:"万岁口谕,召令郦大人乾清宫见驾。"孟丽君道:"遵旨。"随着顾言来到乾清宫,向皇帝行过大礼。

皇帝笑吟吟地道:"爱卿免礼。你还没用午饭罢?今日李妃倒是提醒了朕,确是朕疏忽了,不曾替爱卿考虑周全。你每日下朝,再为晋王授课直至午时,午后自然还要回兵部衙门料理公事,其间若是回府用饭只怕来不及,倘若随便将就又不免有伤身子。朕才刚传旨下去,命御膳房从明日起,每日午时备好膳食,送至毓庆宫,今后爱卿就在毓庆宫用饭好了,也省得一来一去地耽误工夫。"

孟丽君微微抬头，见皇帝脸上颇含关怀之意，心头一暖，知道这是臣子少有的殊荣，跪下谢恩道："微臣谢皇上恩典。"她与皇帝相处这一年来，对这位九五至尊的脾性已有了相当的了解：他诗词文赋、琴棋书画样样精通，却对治国理政不甚热衷，尤其不喜处理朝中琐事；他宽和仁德、用人不疑，有盛世仁君的风范，但也正因如此，缺少杀伐果断的气魄，耳根又颇软，易为权臣左右，并非是能在乱世之中力挽狂澜的英主；他不拘礼法小节，不喜陈规陋习，并非食古不化的迂腐之人，却不免有时过于恣意妄为了些；对心头真正在意之人，他关怀备至、十分体贴，而对于不在意之人，即便那人再如何想方设法讨好卖乖，他也全然不放在心上，这自然也是因他帝王的身份所致。孟丽君无论人品才华、相貌口齿，都十分中皇帝的心意，兼之有大才而不显耀、受恩宠而不骄纵，更令他甚是喜爱，早已列为心头一等一在意的人物，是以不论大小事宜均十分替她着想。

皇帝走过来，伸手扶她起身，道："朕也还没用午膳，今日爱卿就权且和朕一道用了罢。"孟丽君不着痕迹地将手缩回，拱手道："微臣不敢逾礼。"皇帝道："爱卿素来不是那等迂腐拘谨的俗人，朕恕你无罪，只管随朕过来。朕还有国事要和你商议。"说罢转身就走，孟丽君只得尾随他来到偏殿。

偏殿内已摆上膳食，孟丽君略扫一眼，心中大喜，抢上两步，躬身道："多谢皇上准了微臣等的奏折，削减宫中用度。"皇帝笑着伸出手指，向她遥点了两点，道："爱卿果真是个水晶心肝的玻璃人儿，和你这等聪明人说话，原不必朕多费半句口舌。"孟丽君也微笑着回道："若非皇上有意以此相告微臣，将午膳菜肴份例减半，微臣便再如何聪明伶俐，也难以揣摩圣意。"

皇帝在正位落座，示意孟丽君坐在下首，举筷道："朕特地吩咐御膳房，今日上的都是云南名菜，气锅鸡、过桥米线、宣威火腿……还有这道荷叶粉蒸肉，都是爱卿喜欢的……"孟丽君既已落座，便抱着"既来之，则安之"的心态，见皇帝举止十分殷勤，脸上也无受宠若惊之态，泰然自若地陪着皇帝用过午膳。

孟丽君从宫里出来，照常回到兵部衙门。经过侍郎理事所时，忽然想起一事，正要抬脚进去，却听房内传来说话声："……既是如此，就不必烦劳郦尚书了。"声音听来颇有几分耳熟，却一时想不起究竟是谁。随即听得朱绍麟的声音怫然道："夏贤弟，你不是说有位女眷要请明堂诊治么？我好容易求得他亲口答允出诊，你怎又改口说不必了？咱们原是十数年的交情，你便要戏耍捉弄于我，也就罢了。你当堂堂朝廷兵部尚书，日理万机、百事缠身，也是你能随口戏弄的？"口气中已颇含责备之意。

孟丽君听他称那人为"夏贤弟"，脑中灵光一闪，登时记了起来，那人正是当年在酒楼中曾有过一面之缘的举子夏代宗。此人当初对自己十分嫉恨，自己见他量小狭隘，对他亦无甚好感，难怪昨日朱绍麟曾说"瞧我面上，你莫要借故推辞"云云，原来竟是为此。然而一年不见，他却怎地竟还留在京中，又忽然央请朱绍麟说项，来向自己求医？疑念顿生，当下停住脚步，站在窗外静听二人说话。

只听夏代宗软语解释道："朱兄误会了，小弟怎敢戏耍兄台？我方才之所以说不必烦劳郦大人，只因那位女眷本人并不在京中，自然无法请郦尚书替她诊脉了。其实小弟的本意，原也没指望郦大人出诊，只求讨得一丸生子灵药，托人带去就是了。"朱绍麟听了这话，语气登时缓和下来，道："原来如此。但你也听了我方才转述明堂的话语，他说世上并无一举得男的仙药，必得经他亲手把过脉，方能得知病因，开方抓药。要不然你再等片刻，他也该从宫里出来了，你待会自己求他去。"

夏代宗半晌无语，过了一会，方道："罢了，罢了。此事就当小弟甚么也没说过，朱兄莫要放在心上，更不必再和郦大人提起。"听得房内传来一阵踱步声，又是几声哗哗的书页翻动声，又听夏代宗的声音自嘲道："朱兄如今可算是万事如意了。记得从前在私塾读书时，你就爱偷偷摸摸地找些兵法来读，我那时还笑话你不读正经书、长大没出息。现下看来，唉，我才是没出息的那一个。"朱绍麟劝道："夏贤弟不必灰心，以你的文才，再努力两年，来年春闱定能高中，日后成就必不在我之下。"夏代宗默然不语。

孟丽君听二人只是说些寻常言语，并无异处，只道自己多心，正要走开，却听夏代宗似是随口问道："这一页画的是地图么？这些红色蓝色标的都是甚么？算了，不必回答，反正你说了我也听不明白。倒是眼下军情到底怎样了？我听市井传言，都说朝廷大军业已节节进逼，再过几日就能攻破昆明城了，不知可是实情？"一面说，一面仍听得书页哗哗翻动之声。孟丽君一紧，心道："难道他在翻看那本前方战况合辑？"耳听朱绍麟的声音道："哪有这样轻巧的事，要攻破昆明，少说还得再过两……"

孟丽君不待他把话说完，忽然提声道："朱兄在么？"抬脚进去，见朱绍麟坐在座中，夏代宗站在几案旁，手中拿着翻看的正是那本战况合辑，见她进来，慌忙放回案上，双手垂下。朱绍麟站起身道："你从宫里出来了？——这里有一位故人，不知明堂是否还记得？"

孟丽君看了夏代宗一眼，见他较之从前清瘦了不少，故作愕色道："是么？恕本官记性不好，记不得这位大人是哪一位了？"夏代宗脸上闪过一丝怒色。朱绍麟笑道："这是我的同乡夏代宗，就是咱们同榜的贡士，后来因病没能参加殿试的那位。明堂现下可记起来了？"

孟丽君"哦"了一声，道："原来是夏大人。不知大人如今在哪里高就？"夏代宗眼中似要冒出火来，强自压制着低下头去。朱绍麟却未瞧见，解释道："夏贤弟眼下并无官职在身。"

孟丽君眼中精光一闪，绝美的玉容登时笼上了一层冰霜，冷冷地道："既无官职在身，堂堂兵部衙门，朝廷的机密重地，岂是寻常百姓随便往来之所？朱大人！"朱绍麟从未见过孟丽君发威时的模样，给他冷峻的目光轻轻一扫，惊出一身冷汗，躬身道："下官在。"孟丽君道："此人是你带进来的罢？你知法犯法，罪加一等。本官罚去你两个月的俸银，你可心服？"

朱绍麟心中颇以为然，但在孟丽君的目光逼视之下，说不出辩解之词，只得应道："是。"孟丽君转头望向夏代宗，目光越发严厉清冷。夏代宗的一腔怒火，在她冷冷的目光注视之下，全然瓦解崩溃，只觉一股巨大的压力铺天盖地而来，一颗心突突作响，似要从胸中跃出，就连呼吸也不顺畅了。

孟丽君盯着他看了好一阵，方才肃然道："本官不管你为何而来，又探知了多少军情机密，念你初犯，这次便暂不追究。但他日若让我得知你将机密泄露出去，刑部大狱当恭候阁下大驾。来人！"外面随即走进两个当差的衙役，齐声道："大人！"孟丽君沉声道："将此人押到衙门外去。从今往后，再不许此人踏入兵部半步！"二人应了，将夏代宗押送出去。

孟丽君待人都出去了，从案头取过那本战况合辑，缓声道："我方才口气有些重了，还望云麒不要介意。这本战况合辑关系军情机密，乃朝廷紧要大事，就算在兵部里也只有寥寥十数人知晓，怎可让不相干的人随意翻看？万一泄露出去，误了大事，如何得了？还望朱兄以后多加注意。"

朱绍麟悻然道："只怕是大人多虑了。夏代宗与我相交十数年，他只是一介书生,压根便不懂丝毫兵法战略,不过随手一翻、随口问上一句罢了,又怎会是在刺探甚么军情机密?如今大街小巷人人都在议论前方军情,多是期盼朝廷能早日平定叛乱,难道这都是在刺探军情么?"

孟丽君知此事到底有损他颜面,他稍露不忿之色,也属正常。朱绍麟此人重情重义,为朋友两肋插刀亦在所不辞,却不免有时公私不分,有因私废公之嫌。自己原也想借此事稍稍提点于他,免得日后酿成大祸,是以有意为之。他纵然此时不能理解,过得几日自然也就想清楚了。当下微微一笑,道:"不论如何,事关军情大事,总是谨慎些好。"

朱绍麟长吸一口气,面色渐趋和缓,避过此事不提,转口问道:"大人过来,可是有事要吩咐下官?"孟丽君听他改口称"大人""下官",俨然一副公事公办的模样,便也不动声色地回道:"不错,我过来找你,原是要知会一声:我家中有事,明日要告半日假。"朱绍麟点头道:"下官知道了。"一时无话,孟丽君便告辞出来。

注:历史上元成宗铁穆耳在位仅十三年,用过元贞和大德这两个年号,元贞二年大德十一年。但本文不是历史小说,而是架空小说,所以就大胆使用了元贞十九年这个根本不存在的时间。

第十三章

次日午后，孟丽君回转太师府，换过便服，禀明太师，带了荣兰和段亮二人，一行三骑前往北郊白云庵。

那段亮及其孪生兄长段明，二人的父亲段耕原是兵部小吏，从前曾与朱奎结怨。后来朱奎升至兵部侍郎，便公报私仇诬陷段耕，令他屈死狱中。段氏兄弟屡次投状申冤不果、行刺暗杀不遂，为报父仇立下重誓：无论何人，只要能除去朱奎，弟兄二人便当执鞭坠镫、甘为仆佣，一生奉他为主，绝无二意。而孟丽君自去年七月招贤武试之后，便着手清查兵部，查出数起冤案，皆是从前朱奎只手遮天所致，段耕一案便是其中之一。孟丽君暗中集齐罪证，以迅雷不及掩耳之势除去朱奎，从此将兵部大权尽揽手中。段氏兄弟大仇得报，喜出望外之下，便欲投奔郦尚书，又恐她不信二人能耐，于是报名参加补遗武试，双双中了武进士之后，当众言明昔日所立重誓，恳求郦尚书收留。孟丽君爱惜二人武勇，更感其为父申冤之志向，准其所请，将二人收入府中，做了自己的贴身侍卫。段氏兄弟对她既心怀感激，复又敬佩无比，自是死心塌地一片忠心。

出了北静门，路上行人稀少，主仆三人纵马行出数里地，已到天均山。从山脚处起，行人渐多起来，想来都是前往白云庵上香的香客。山路骑马到底不便，易伤行人，遂将马匹寄放在山下茶寮，步行上山。行至岔道口，孟丽君轻声道："咱们走左边，先去空灵庵。"

原来天均山上共有一大一小两座尼姑庵，那朝阳峰上的白云庵，乃是京城有名的一所大庵堂，香客施主众多，上山之路较为宽阔平坦。而落霞峰上的空灵庵，相形之下就小得多了，香火也不盛。

三人沿着山路走出数百步，听得山上传来一阵悠扬飘逸的钟声，远处已隐约可见空灵庵的外墙檐角。一路上竟不见人踪形迹，道路崎岖蜿蜒，十分难行。荣兰叹道："这样一所人迹罕至的庵堂，自然没甚么人布施，尼姑们的日子想必清苦得很。"孟丽君回头看她一眼，道："若是一心向佛之人，又怎会在意些许身外小事？这空灵庵可比白云庵清净多了，也少了凡尘俗世的滋扰打搅。"

来到庵前，只见山门破旧，已是年久失修，正殿上供奉的观音大士法像，也已金漆破败，露出斑驳的泥胎。孟丽君走上前去，在蒲团上行了几礼。一个中年女尼迎上来，合十道："阿弥陀佛，施主驾临敝庵，可是为随喜布施，还是要做法事？"

孟丽君不愿张扬，在善缘簿上随手写了"郦如兰某年某日布施纹银十两"。当日她与傅家娘子相见，用的也是"郦如兰"这个化名，说道："在下此来，为的是求见一位故人。可否烦劳师太通报，有请静虚师太出来一见。"那女尼见孟丽君这等容貌气度，知非常人，将她迎入客房，道："施主稍待。"

过了一会，一个三十来岁的女尼缓步走进，见了孟丽君，合十施礼道："郦施主安好。"孟丽君见她面色平和安宁，体貌较之从前稍显富态，想是心宽体泰的缘故。使了个眼色，段亮会意，带上房门出去，守在门外。

等了约莫一顿饭工夫，荣兰打开房门，孟丽君拱手道："师太多多保重，在下告辞了。"静虚回礼道："贫尼尘缘已了，六根清净，青灯古佛伴此余生，正是再好不过，施主不必记挂方外之人。"孟丽君再施一礼，带着荣兰、段亮二人出来。

下了落霞峰，原路折回，走上通往白云庵的大道。行至半路，忽听前面的马蹄声响，竟然有人骑马从山上横冲直下，丝毫不顾道上行人百姓。那人一面纵马疾驰，一面高声呼道："让开，让开！可别冲撞了国舅爷的大驾！"手中马鞭乱抽，前面闪避不及的行人皆吃了鞭子，一面呼痛一面赶忙避开正道。

孟丽君听到"国舅爷"这三个字，心头一动。京城中敢称国舅的，唯有一人，便是国丈刘捷独子、中宫刘后之弟刘奎璧。也只有刘府家奴，才会在天子脚下如此气焰嚣张。眼见那人鞭子朝自己脸上抽来，冷笑一声，不闪不避，抬头向他望去。那人蓦地惊见孟丽君的绝色容光，登时一呆，手中一紧，鞭梢已给段亮握住，动弹不得。

孟丽君正要说话，只听蹄声如雷，又有十数骑人马疾风般从山上驰下。落霞峰上道路虽然颇为宽敞，到底仍是山路，先前一骑冲下，百姓们尚可勉强侧身让出道来。眼见十数骑一齐驰来，不由战战兢兢，慌忙将身子贴住山壁，直恨不得嵌入壁内。几个带着孩子一同上山进香的妇人，忙将孩子紧紧护在胸前，再顾不得手中包袱，零碎物件散落一地。

片刻间那十数骑已至跟前，见此情形，一齐勒马停住。其中一人"噫"的一声惊呼，两道灼热痴迷的目光落在孟丽君身上，便再也移不开了。

先前那人这时方回过神来，发觉少爷等人已在身后，一来怕受责骂，二来不知怎地，心中竟隐隐不愿眼前之人为此吃亏，赶忙大声叱道："还不让开！惊扰了国舅爷的大驾，你可吃罪不起！"

孟丽君目光一扫，见对方有十数人，且由方才勒马止步的架势看来，其中至少数人武艺不凡，己方只有三人，众寡不敌。何况今日便服出行，只为上香许愿，不愿多生事端，低声道："段亮。"段亮松开手，退至孟丽君身后。孟丽君微微一笑，道："山路狭窄，还望国舅爷体恤下情，松马缓行。"说罢侧身让过。

马上一个壮汉鞭子在地上虚抽一记，骂道："老子快行慢行，干你这小白脸屁事？滚得远远地去罢！"向马上一位锦衣公子赔笑道："少爷嫌那尼姑庵里烦闷，小的倒有个主意：前面不远处有个猎场，快马过去只需一炷香工夫。不如小的们陪少爷过去打猎散心，一个时辰后再来接夫人和二小姐，那也赶得及。不知少爷觉得怎样？"半晌不闻答话，抬头却见少爷怔怔地出神，顺着他目光望去，竟是方才拦路的那个"小白脸"，心下不禁嘀咕："莫非这小白脸会勾魂术么？"忙高声唤道："少爷，少爷！"

刘奎璧一惊而醒，立时从马上跃下，急走几步，竟似生怕眼前人儿会突然消失不见。随从之人见少爷举止异常，又知段亮身手了得，唯恐出事，连忙都跳下马来，上前防护。

孟丽君见刘奎璧望向自己的目光中充满狂喜惊愕的神色，心中生疑，暗暗戒备。却见他走到自己跟前，居然用温柔无比的语气，小心翼翼地说道："难怪爹爹到处寻你不着，原来你竟然女扮男装到了京城。这下可好了，和我一道回国丈府去罢。爹爹见了你，一定十分欢喜。"

孟丽君听到"女扮男装"这四个字，心头只微微一惊，却也并不如何惊骇。待听完这几句完全不知所云的话语，只觉莫名其妙，若不是他的目光一直凝望在自己脸上，几乎要误以为这话并非对自己所说。心念急转，脑中已闪过千百个念头，口中只道："在下自忖与国舅爷素未谋面，国舅爷方才说的甚么，在下可半句也听不明白。'女扮男装'这四个字，更是从何说起？"

刘奎璧举手在前额一拍，笑道："是了，我见了孟小姐，一时欢喜得糊涂了，竟忘了孟小姐原本与我并不相识。鲁莽冲撞之处，还请恕罪。"孟丽君听他满口"孟小姐"长、"孟小姐"短，一颗心稍稍提起，暗忖："莫非是刘捷老贼设下的计谋？"试探道："你说甚么孟小姐？定是认错了人。"

刘奎璧自从那日见了画像，前几日里，每次思及此事，总是喜动颜色。然而几日之后，待最初的欢喜劲儿一过，想到如此佳人偏偏不知流落何方，更不知要到哪一日方能寻得下落，不由渐渐犯愁起来，甚么事情都提不起精神。今日正是为了出来散心，他才随着母亲、妹妹一同来到白云庵。不想下山路上遇见孟丽君，眉眼容貌与那画像上的丽人竟有九分相似，当真是倾国倾城、丽容无双的绝色佳人，神采气质更是雍颐高洁。刘奎璧一见之下便已在心中认定，她便是爹爹为自己定下的正室妻子，欢喜得心花怒放，哪里还有半点戒心，自是有问必答，说道："自然是云南的孟丽君孟小姐了。我与孟小姐虽是素未谋面，但小姐的相貌着实肖似令堂，我见过令堂的画像，是以认得小姐。世上如孟小姐这般品貌之人，想必再也没有第二个，万万不会认错人。"

孟丽君这一下直惊得非同小可。自她改装以来，已听过不知多少人提及"孟丽君"这个名字，当面指认她是女扮男装的，也曾有过数回。然而如眼下这般，指名道姓指认她就是孟丽君的，却还从未发生过。惊疑交加之下，仅能勉强保持脸色不变，一时竟说不出话来。荣兰闻言大惊失色，幸好她站在段亮身后，被段亮高大魁梧的身影遮挡住，加之刘奎璧等人的目光尽数集中在孟丽君身上，是以无人留意她脸色变化。

段亮站在孟丽君身后，耳听刘奎璧口出调笑言语，口口声声称呼主人为"孟小姐"，他对主人敬若神明，先前因主人并未示意，他一直强忍着不出声，双拳紧紧攥住手心，这时实在忍耐不住，踏上前一步，怒斥道："住口！我家大人乃是朝廷命官，堂堂兵部尚书，如何会是女子！"

随着他这一步上前，刘奎璧的随从们也都各自上前一步，场中气氛顿时紧张起来。

孟丽君这时已缓过神来，喝道："段亮，退下。"段亮不敢违拗，狠狠瞪了刘奎璧一眼，这才退下。孟丽君将刘奎璧方才一番话语在心底细细揣摩一通，瞧他举止神情，确似寻人未觅，乍一见面的惊喜，倒不似作伪，心中登时生出一连串疑窦，当下平心静气道："刘公子定是认错人了。在下郦君玉，忝为兵部尚书，与令尊国丈大人同殿为官，并非女子。在下还有要事，就此告辞了。"说罢作势离去。

刘奎璧赶忙伸手拦住，见她如此急于离去，越发觉得她心中有鬼，是以不敢久留。心中既已先入为主认定她是女子，哪里肯信这番言语，笑道："孟小姐请留步。我虽从未见过那郦君玉，却也曾听闻过他'天下第一美男子'的名号。但不论他再如何俊美，到底还是个男子。我知孟小姐必是要掩人耳目的，然而一个女孩儿家，便要冒人名号，也当冒个郡主县主之类的，以孟小姐的容貌气质，自然无人怀疑。若说冒充男子，到底不像。"

孟丽君听他唠唠叨叨说了这一长串话，言语缠夹不清，更说甚么"冒人名号也当冒个郡主县主"云云，着实匪夷，心中又是好笑又是好气，暗道："难怪刘捷不曾让他的宝贝儿子入朝为官，原来这位刘大公子竟是这样一号人物。"见他不信，正中下怀，嗔怒道："我再说一遍，我不是甚么'孟小姐'，在下姓郦名君玉，表字明堂。"

刘奎璧见她这一浅嗔薄怒，骨头都酥了，笑嘻嘻地道："好，好！郦……公子，嘻嘻，这总成了吧？"又道："我与郦公子一见如故，想请阁下赏个光，到我府上一叙，好不好？"孟丽君拂袖道："不好，我可没那闲工夫。"

刘奎璧举手轻拍两声，随从们一齐上前，将孟丽君主仆三人团团围住。段亮立时拔出腰间长剑，挺身护在孟丽君身前。刘奎璧望着孟丽君，笑吟吟地道："实在对不住了，我好容易寻着孟……郦公子，无论如何也要请公子移步赏光。奴才们着实无礼得紧，待会回到府里，定让他们给郦公子磕头赔罪。"

孟丽君沉声道:"刘奎璧,今日你是非要我去国丈府走一遭了?"刘奎璧道:"不错。郦公子到了我们国丈府,就和到了自己家里一般。"孟丽君冷笑一声,道:"我可没这个福分。"沉吟片刻,说道:"你若一定要我走这一遭,那也可以商量,须得依我两个条件。"

刘奎璧本也十分不愿动武,生怕刀剑无情,一不小心误伤了"孟小姐",自己可大大的舍不得。心中正忐忑犹豫间,听她松口答允,大喜道:"依得,依得!别说两个,便是二十个、二百个,我也都依。"赶紧又加一句:"只要你不要花招,乖乖地随我回国丈府。"

孟丽君心道:"这刘奎璧倒也不傻。"朗声道:"第一,你和你的随从们不得为难我的僮儿和家人,放他二人离去,只我一人跟你走。"刘奎璧一口答允道:"好。"荣兰大急,唤道:"公子!"孟丽君使个眼色,让她放心,又道:"吩咐你的随从们退开,我要和他们说几句话。"

刘奎璧举手道:"大伙儿退下。"随从们依言退开。孟丽君附在荣兰耳边悄声说了几句话,荣兰点头道:"我知道了。公子千万小心。"孟丽君正要和段亮说话,段亮忽然屈膝跪倒,道:"段亮是主人贴身侍卫,自当护卫主人安全。刘贼不怀好意,段亮不能离开主人。"孟丽君来不及和他解释,只沉声道:"你当日发誓奉我为主、听我号令,我现下命你护送荣清尽快赶回府去。你若不依,今后就再也别叫我'主人'!"段亮犹豫片刻,站起身道:"段亮遵令。"

孟丽君道:"好了,你们这就去罢。"二人行了一礼,道:"是。"匆匆下山去了,荣兰一路不住回头张望。

刘奎璧催促道:"另一个条件呢?"孟丽君直到二人背影消失不见,方转过身来,不接他话语,却道:"我说我是男子,刘公子硬要指认我是女扮男装,待会见了国丈大人,真相自能大白。诽谤朝廷命官的后果,你可想清楚了?"

刘奎璧笑道:"女扮男装,冒充朝廷大臣,也是一桩重罪。不过你放心,我是不会去告发的。"孟丽君摇摇头,懒得纠缠这个话题,道:"第二,我今日原是要去白云庵许愿,你且等我上山去过白云庵,再去国丈府不迟。"

刘奎璧只盼她尽早随自己回府,踌躇道:"这个么……我母亲正在白云庵里进香,她老人家若见了你,一定唠唠叨叨有的说。你看这样成不成?反正眼下时辰还早，孟……郦公子不如先随我回国丈府，等见过我爹爹，我再陪你来一趟白云庵好了，定不会耽误你许愿之事。"

孟丽君提起此事原只为拖延时间，好让段、荣二人及时赶回太师府，却不愿遇见国丈夫人多生枝节，也就作罢，自还有别法可想，说道："罢了，我改日再去就是。"

刘奎璧闻言十分欢喜，正要牵过自己的马请孟丽君上马，想了一想，松开缰绳，吩咐随从道："既然郦公子不喜你们山路骑马，都牵了各自的马走下山去罢。"向孟丽君道："郦公子请。"一行人步行下山。一路上刘奎璧十分殷勤，不住和她说话，孟丽君只冷冷的，懒得理会他，刘奎璧也不在意。

到了山脚茶寮，孟丽君开口道："我口渴得紧了，要喝杯茶。"若依刘奎璧本意，原是要将喝茶的百姓尽数赶走，此时猜知孟丽君定不喜欢，便规规矩矩地约束随从，只占了几张桌子，吩咐掌柜端上最好的茶水。孟丽君瞥过一眼，见来时寄放的三匹骏马皆已不在。

喝过茶启程上路，孟丽君翻身上马，作出一副不善骑术的模样，拉住缰绳，一路缓行。刘奎璧不以为意，只道她是大家千金，会骑马已属罕有，骑术不精那是理所当然，勒马左右不离地跟在她身旁。孟丽君骑在马上，目光四下一顾，发觉随从中已少了两个人，想是追踪段、荣二人去了。以荣兰的机警和段亮的武艺，加上已经先行一步离开，应当不会有事。

过了小半个时辰，一行人方入了北静门，回到城北国丈府。刘奎璧想到爹爹寻了两年也不曾寻到的人儿，今日竟让自己凑巧遇见，可见自己与"孟小姐"当真十分有缘。自己能得如此绝色美人为妻，真不知是几世修来的福分，越想越是得意扬扬。从马上跳下，招呼孟丽君道："郦公子这边请。"亲自将她迎入厅堂，一连串吩咐道："快将前日娘娘赏赐下的极品西湖龙井沏来；'宝源斋'的小点心，拣些精致味美的摆上来；还有二小姐平日最爱吃的甜酸蜜饯，也全都拿来……"孟丽君见他自顾自地瞎忙一气，懒得理他，径自在厅内一张椅上坐了，心下暗暗筹划。

刘奎璧忙活了半响，方问道："老爷现在哪里？"丫鬟回道："老爷和陆师爷在内堂说话，吩咐不让惊扰。"若是往日，刘奎璧自不敢胡乱闯入，今日心情舒畅，胆子登时大了不少，又想如此喜信，爹爹听了必然高兴，定不会怪罪自己，于是回身向孟丽君笑道："郦公子想也乏了，只管吃喝歇息，将这里当作自己家，一切随意。我这就去请爹爹出来，公子稍待片刻。"说罢兴冲冲地去了。

来到爹爹居所外面，两个家人刘富、刘贵远远地守在院门外，见他过来，齐声道："少爷。"刘奎璧道："我知老爷吩咐不让惊扰，但少爷我确有急事，老爷若是怪罪下来，不干你们事。"不容分说闯了进去。

刘奎璧穿过院子，打起帘子进到厅内，听得厢房里传来话语声，便向厢房走去。只听爹爹的声音不耐烦道："……钟影怎地还没得手？"陆师爷的声音道："此事急不得。提督府守卫森严，此事只可一举成功，若是打草惊蛇，非但制不住高硕，只怕反倒将他逼入郦党……"忽然提声大喝道："甚么人！"

刘奎璧一惊，忙笑道："是我。"刘捷走出来，见到儿子不由微觉奇怪，正要责问，陆元凯已打圆场道："少爷定有要事，不然也不会擅闯进来。"刘捷问道："怎么了？可是你今日出门又惹是生非了？"

刘奎璧忙将事情从头至尾说了一遍，他越说越兴奋，刘捷却是越听脸色越铁青，陆元凯不住苦笑。待他眉飞色舞地复述到如何指挥家人将孟丽君等三人围住，强行邀她来府时，刘捷又惊又气，变色道："你……你当真将他强邀来了？"刘奎璧说得兴奋，不曾察言观色，只道爹爹欢喜得话语都颤抖了，笑道："孩儿朝思暮想的人儿，好容易才遇上了，又怎肯放她离去？"

刘捷再也按捺不住，举掌在几案上重重一拍，骂道："我怎会生了你这么个糊涂透顶的混账儿子！亏你成日家偎红倚翠，怎么到头来连是男是女都分不清？"刘奎璧一怔，道："甚么？"

陆元凯劝道："事以至此，侯爷气也无用，就别埋怨少爷了。说来原怨不得少爷，那郦君玉的相貌本就十分肖似侯爷画像上的那位故人，从前侯爷和属下不也都曾为此犯过疑心？难怪少爷认错。"刘捷颓然坐倒，道："也怪我当日不曾交代清楚。原想璧儿不在朝中做官，与那郦君玉少有碰面的机会。那料才过几日工夫，竟然这么巧就碰上了……"

刘奎璧这时方听得明白，张大了嘴合不拢，半晌才茫然道："爹爹是说……她……他……不是孟小姐……他真的就是郦君玉？不……不可能……这怎么可能？我不信！"

刘捷本来还要再骂几句，待见他神情由极喜蓦地转为深深失望，旋即变作一脸决然不信之色，脸色一片苍白，终归是自己的亲生儿子，到底心有不忍，当下放缓语气，温言道："璧儿，爹爹骗你作甚？我也盼他不是郦君玉，而是孟丽君，唉！此人容貌虽美若女子，但行事沉稳果决、性情坚忍刚毅，心机城府更是深不可测。他甫入朝堂不过短短一年，已成我的心腹大患。你只要见识过一次他的手段，便断断不会再误认他是女子。"

刘奎璧抗声道："爹爹只说她手段厉害，但手段厉害的，便一定不能是女子么？"刘捷闻言一怔，随即摇头道："你趁早绝了这份心思罢！那郦君玉已娶了妻生了子，万万不会是女子，更不会是孟丽君。"

刘奎璧一惊，自语道："他……他已娶妻生子了？"想起甚么，还待再辩，陆元凯忙截口道："侯爷、少爷，这些事情咱们以后再慢慢解释不迟。那郦君玉可不是一盏省油的灯，如今少爷既已将他招惹上门，咱们该尽快商量出个应对之策才是。"说到"应对之策"这四个字，唇边露出一丝意味深长的笑容。

刘捷猛醒，站起身在厅内踱了一圈，抬头正对上陆元凯的目光，两人眼中均闪过一丝狠毒之色。刘捷脑中瞬间转过七八个念头，一面沉声问道："今日你将郦君玉引来，一路上可曾走漏风声？"刘奎璧迟疑道："风声不曾走漏，但……他身边的两个家人，却是走了。"刘捷纳罕道："你带了那么些人，怎会连两个家人都拦不住？"

刘奎璧先前没来得及把话说完，这时只得将孟丽君如何提出条件，要求放她家人离去之事原原本本说了。刘捷顿足道："好个糊涂东西！怎能如此轻易就将人放走！"刘奎璧莫名其妙，不知放走两个家人有甚么大不了的，爹爹竟然责骂自己。

刘捷与陆元凯对视一眼，两人都看到了彼此眼中无可奈何之意。刘捷再踱一圈，断然道："眼下正是关键时刻，万万不可让郦君玉动了疑心，说不得只好委曲求全安抚于他了。"陆元凯附和道："侯爷说得是。"

刘捷想到郦君玉难缠之处，不禁头大，更兼此事明摆了是儿子的过错，只怕她会借此生事不依不饶，越发十分头疼。瞪了刘奎璧一眼，骂道："都是你这混账东西！别的本事一点没有，只会到处给我惹麻烦！待会出去，不许你多说一句话。"刘奎璧只得唯唯称是。

父子二人来到前厅，刘捷换过一副脸色，笑容满面地走进去。孟丽君身处险地，十分警觉，立时起身，待见到刘捷终于露面，一颗心放下大半，微微一笑，却不当先说话。

刘捷急走上前两步，拱手道："郦大人受惊了！都是小儿胡闹，大人见笑了。"孟丽君淡淡地道："国丈大人可要睁大眼睛看仔细了，莫要认错了人。当着令公子的面，我且替他问上一句：我到底是郦君玉呢，还是女扮男装的甚么'孟丽君'？"刘捷干笑两声，道："我和大人同殿为官，自然认得大人是如假包换的郦君玉了。"一面让座道："郦大人快请坐。大人是请都请不到的贵客，光临寒舍，当真蓬荜生辉。"

孟丽君坐下，不接他话茬，继续说道："这话我与令公子说了好几遍，他却无论如何也不肯信，口口声声指认我是孟丽君，还说我的相貌和一幅画像十分相似。这倒奇了，敢问国丈大人，这幅画像，是令公子信口诌来戏弄于我的呢，还是确有其物？"

刘捷原准备了一肚子话来答复她的兴师问罪，却不料她竟会首先问到画像上，不由左右为难，既不愿让外人得知确有这么一幅画像，也不好承认刘奎璧信口胡诌，迟疑道："这个么……"

孟丽君单刀直入道："今日令公子种种行径，不但于我而言乃是极大的污辱，更污蔑了朝廷清誉。下官瞧在皇后娘娘和国丈大人面上，且容他一个解释的机会。倘若这画像真有其物，且画中之人确与我相貌相似，令公子因此而将我错认作女子，便还算情有可原，我也就不与他十分计较。但国丈大人若是拿不出画像为证，令公子自然是蓄意污蔑于我，幕后是否另有主使之人，却也未知。哼，如此奇耻大辱，是可忍孰不可忍！我郦君玉便是拼着头上这顶乌纱不要，也决计要将此事告上公堂，弄他一个水落石出。诽谤朝廷命官的罪名，令公子是决计逃不脱的！"说到后半席话，已是声色俱厉。

刘奎璧见了这等阵势，不由咂舌变色、心惊胆战，暗道："难怪爹爹方才说，只需见识过一次他的手段，便断断不会再误认他是女子。瞧他如此气势，果真不是闺阁女子。"心中登时一痛，反而对于她是否真要拿问自己罪名，倒并不十分在意。

刘捷在朝中惯经风浪，自非刘奎璧可比，冷笑一声，正待反唇相讥，忽然脑中飞快闪过一念，立时转口笑道："郦大人执意要看画像，莫非不信世上有人的容貌，能如阁下一般俊美无俦么？看来不出示画像，郦大人必要不依不饶，也罢……"抬头道："璧儿，去我房里将画像取来。"刘奎璧依言去了。刘捷转头续道:"……画中人的容貌与郦大人是否相似,待会见了自有分晓。"

孟丽君自在朝阳峰上听得刘奎璧提及,说是曾经见过娘亲的画像,长久以来一直的一个疑问便重又勾上心头。爹爹临出征前所留书信上写道:"十六年前曾与元城侯刘国丈结下深仇",他为此蛰居十年、不得重用,而一朝出征,便落得兵败被俘、生死不明的下场。个中缘由,自己一直不得其解,现下看来,难道竟会与娘亲有关?再者听刘奎璧口风,刘捷似在四处寻找自己,而刘奎璧又是一副对自己倾慕已久的模样,不由越发惹人生疑。正是为此缘故,孟丽君才不惜置身险地,也要前来国丈府一探画像虚实。

过了一会,刘奎璧取来画像,刘捷接过展开,递给孟丽君,暗暗留意察看她神情变化。

孟丽君接过画像只扫了一眼,便半是惊诧半是故意的"啊"了一声。画中丽人的容貌果与自己有九分相似,只是眉目间一片温婉娴静,端的是大家闺秀气质,不似自己神采飞扬、英气内敛,正是记忆中娘亲的模样。观其画风笔法,并非爹爹丹青手笔,从画纸成色看来,似有十数年之久,却保存良好,显是得其主人一片精心呵护。

孟丽君望着娘亲的画像思绪起伏。刘捷见她脸色阴晴不定、若有所思,却并未现出任何忧喜之色,也不说话,只静静喝茶。

孟丽君片刻后静摄心神,将画像卷起奉还。刘捷问道:"如何?"孟丽君点头道:"果然颇为肖似。"刘捷等了又等,只盼从她口中说出"不予计较"的话语,却见她说罢这六个字后,便如老僧入定般闭口不言,显是要自己先行出言赔礼方肯罢休。心底暗骂一声,也只得强笑道:"郦大人既已看过画像,也觉果然肖似,可见小儿失礼冒犯原是事出有因,并非有意无礼。还望郦大人宽宏大量,饶恕原宥则个。璧儿过来,快给郦大人跪下赔罪。"刘奎璧微一踌躇,咬牙依言跪下。刘捷又道:"小儿鲁莽无知,原也怪我家教不严,从此自当严加管束,决计不敢再犯。郦大人且请看我薄面上,不必和他一般见识。"说罢连连拱手。

孟丽君听他把话说到这份上,势已造足,自己前来探明画像虚实的目的已然达到,此刻还不到和刘捷彻底拉破脸面之时,何况身在险地,不必做无谓之争,于是轻描淡写地说了声:"罢了。刘公子起来罢。"转向刘捷道:

"国丈大人，敢问这幅画像上的丽人究竟是甚么人？现在何处？"刘捷脸上闪过一丝哀痛之色，转瞬即逝，随即若无其事地道："这个么……请恕我不便答复……"孟丽君原也并不指望他回答，只想瞧一瞧他的反应，却听刘捷拉长了声音悠然道："……再说，我却不信郦大人当真不认得画像中人。"

孟丽君一惊，以为方才乍见娘亲画像，自己举止失常，引起刘捷怀疑，沉声道："国丈大人此话何意？"刘捷一脸惊诧之色，道："郦大人素来精明心细，难道果真不知么？"孟丽君奇道："我知甚么？"刘捷摇摇头，转口道："我听说郦大人有一位义父，姓康名信仁，祖籍在江南道临川府，是么？"

孟丽君心念飞转，却不明白他这话有何用意，思来想去，只觉他在施缓兵之计以拖延时间，其中只怕另有奸计。但越是如此，自己越发不能露出丝毫怯意，索性以退为进，先行给他扣下一桩重罪，冷笑道："国丈大人耳目灵通，果然了得。既能探知我义父名讳祖籍，自然不会不知这'孟丽君'是何等人物。朝廷张榜天下悬赏缉拿的钦犯，原来竟和国丈大人干系不浅。难怪时至今日尚未将她拿住，莫非……哼哼……莫非有人私藏要犯不成？"

谁知刘捷对此早有防备，嘿嘿一笑，道："和那钦犯干系不浅的，只怕不是我，而是另有其人。郦大人蒙在鼓里，至今不知身世真相，说出这话，也就罢了。要知其中原委，不妨回去问你义父去罢！"

孟丽君瞧刘捷言之凿凿的模样，不由犯疑，心知其中必有蹊跷，脑中一时灵光一闪，似是想到了甚么，却又不甚明了。

正在这时，国丈府管家刘大佑进厅禀报道："老爷，梁太师前来拜访。"说罢呈上拜帖。刘捷"嗯"了一声，自他得知刘奎璧放走了两个家人，此事便在他意料之中，笑道："果然是翁婿情深，岳父大人亲自来接女婿了。"站起身来，吩咐道："敞开大门迎接。"将太师迎入厅堂。

太师见孟丽君安然无恙，略略放下心来，又见她暗使眼色，示意不必纠缠，于是随口寒暄数语，翁婿二人便即起身告辞。临行前孟丽君瞥了一眼刘奎璧，见他一双目光仍然紧紧追随自己，只在和自己眼光相接时，才稍稍偏转过去，冷笑一声，大步迈出，和太师并肩离去。

刘奎璧见她临去时的那一瞥，目光中夹杂着冷淡、轻视、不屑等种种神情，其中更掺杂了一丝悯色。不知怎地，本已因乍喜乍忧而麻木了的一颗心，竟生出几分刺痛，双手握拳，指甲深深陷入肉中。

刘捷见他如此，却也不劝，只轻轻地道："璧儿，今日咱们爷儿俩暂且忍了这口恶气，他日自有你出头之时。到那时我便将郦君玉交到你手里，任凭你如何发落。"正要回房，复又转身叮嘱道："从今日起，你便给我老老实实地待在府中，哪里也不许去！莫要再惹出这等麻烦，险些坏我大事！"

回太师府的路上，孟丽君坐在轿里静心凝思，脑中翻来覆去地琢磨刘捷方才那一席话语。想到他无端提及义父祖籍在江南道临川府，又一再暗示义父似与画中人颇有干系，回想起义父最初看见自己真容时的模样，越发可疑。又想既连刘奎璧都能瞧出自己与娘亲的画像容貌相似，由此而怀疑自己身份，刘捷岂有看不出的道理？但他对自己的身份始终不曾有丝毫动疑，却是甚么缘故？忽然间全身一震，心中豁然开朗，终于将种种迹象理成一串，真相呼之欲出，不由惊喜交加。

回到府里，康氏夫妇和苏映雪早候在前厅，荣兰和段亮也在，见她回来，都连忙迎上前来。康信仁先行发问道："玉儿你没事罢？听荣哥儿急赶回来说了这事，太师立时备轿去国丈府接你。刘国丈可曾为难了你？"

孟丽君一面微笑道："义父、义母、娘子放心，君玉无恙。"一面悄悄打量义父的面容，细看之下他的眉眼形貌确与娘亲略有三分相似，而脸面轮廓却全然不像，毕竟并非同胞手足。

一家人说了会子话，时辰已晚，便各自回房用饭。晚饭过后，孟丽君来到太师书房，将今日之事原原本本说了，却绝口不提刘奎璧指认自己是"孟丽君"的话，只说他见自己的相貌与画像一般无二，将自己错认作女子。

太师听了不住摇头，道："早听说刘捷之子不堪大任，原来竟糊涂到这等地步，倒是咱们的幸事。"又道："此事如此了结也好，到底让刘捷欠下你一次情面。纵然捅露出去，就算纠缠到圣驾之前，以刘捷之老奸巨猾，想来必有本事将此事化作笑谈，张扬出去反于你声名有碍。皇上自会温言安慰于你，并赐下赏赐物件，却未必会轻易降罪于刘奎璧。"孟丽君点头道："不错。"

从太师书房出来，孟丽君本想移步燕贺堂，旁敲侧击设法证实自己的猜测。才走出两步，立时警觉此举过于突兀，十分不宜。沉吟片刻，回到弄箫庭，屏退下人后，将事情说与苏映雪听，又说了自己的猜测。苏映雪听了也是又惊又喜，道："官人是说，义父竟会是你的亲娘舅？世上竟有这么巧的事？"

孟丽君颔首道："是啊，我也觉得此事甚巧。想是冥冥天意，要借舅舅来消除刘捷疑我之心。我猜他定以为我是舅舅的私生子，是以相貌才会如此肖似娘亲的画像，这个误会对我大大有利。"苏映雪侧头想了半晌，还是不甚明白其中关系，索性不再去想，问道："可是刘国丈手中，怎么会有一幅当年夫人的画像？"

孟丽君喃喃自语道："是啊，刘捷手中怎么会有娘亲的画像？十八年前爹爹娘亲来到京城，究竟发生了甚么事情？"过了好一会，才抬起头道："此事干系重大，不弄个水落石出，我心中始终不安。明日我要去皇甫府，当年的事情，皇甫伯父一定知道。"

次日孟丽君加紧将手头公事料理完毕，乘一顶小轿，来到皇甫府。自去年七月皇甫少华领军南征后，孟丽君并不常去皇甫府，一则她从傅家娘子口中得知了皇甫老夫人所作所为，心中对此甚为反感；二来每次前去皇甫府，皇甫敬总要细细查问前方新近战况，虽则他是平南大元帅的父亲，又是出自一片热心，但他毕竟已不在朝中任职，军政大事干系机密，不可对外泄漏，孟丽君每每只得设法将话题带过。因此去过几次后，便不常去。说来孟丽君也颇觉奇怪：每回前去皇甫府，皇甫敬见了自己都是异常欢喜，要走时再三挽留，恨不得能留下陪他多说会子话，并无丝毫芥蒂之态。然而自己前后亲自登门拜访了少说有五六遭，但皇甫敬除了新年时回访过一次外，从来不肯踏进太师府大门，就是重阳中秋佳节亦从无礼物往来，归郎百日宴上他也不肯到席，实不知究竟为何缘故？

轿子在皇甫府大门口落下，门房早通报进去，皇甫敬一脸喜色迎接出来，笑道："算来也有数月未见明堂了。昨日我心底还在疑惑，不知可有哪里一时不慎，似有得罪之处？"孟丽君笑答道："表舅说笑了，实是近来事忙，抽不出空闲。十五日小儿过百日宴，本以为表舅必肯拨冗前来，不想还是不肯赏光。"皇甫敬面上显出一丝尴尬之色，支吾道："那日家母身子略有些不适，我只得留在家中延医诊脉，开方抓药，因此耽搁了大半日工夫。"孟丽君见他如此，也不说破，点头道："原来如此。"

皇甫敬松了口气，正要将她请入厅堂，孟丽君低声说道："今日前来，乃是有一事要请教表舅。此事关系重大，须防隔墙有耳。"皇甫敬一惊，看了孟丽君一眼，道："明堂你随我来。"引她来到一处所在，四下里查看一番，回身苦笑道："不瞒你说，自我革去官职后，为节省用度，早已将家中下人仆妇遣散大半。少华和三员家将又都出征去了，府里通共就只十来个人，冷清得很。这里原是少华的书房，自他走后丫鬟也不常来收拾，正好说话，就只是太过简慢了些。"

孟丽君见桌椅书案上都是一层灰尘，想到皇甫府如今的光景，心中一阵恻然。自除去朱奎后，她也曾想过举荐皇甫敬官复原职，和太师商量之后便即作罢。毕竟孟氏一案尚未昭雪，皇甫敬罪名未消，刘捷定会从中作梗，说不定还会借此机会将其心腹安插进来。再者皇甫少华已是平南大元帅，若其父再出任兵部要职，只恐引动皇上疑忌之心，反而弄巧成拙。伸手拂去椅上灰尘，端坐下来。

皇甫敬见她丝毫不以为意，心中一宽，也自坐下，问道："明堂方才说有事请教，究竟何事关系重大？"孟丽君早备好说辞，直言道："是为当年云南总督孟士元叛国投敌一案。"皇甫敬又是一惊，沉吟不语。

孟丽君说道："表舅知道，自我接掌兵部以来，彻查了从前的故旧卷宗，查证平反了数起冤案。有一日无意中发现孟士元一案的卷宗，因我幼时曾在云南住过数年，听闻过'儒衣神将'孟士元的名号。云南的百姓们个个都对他赞不绝口，我那时便想，在民间有如此口碑之人，怎会做出叛国投敌这等丑事？加之表舅除官一事，也与此案有所关联。是以我将卷宗细读了一遍，立时发觉此案疑点甚多，孟总督很有可能是受了冤屈。整个卷宗根本语焉不详，更缺乏必要的证据，全是由当时身任贵州巡抚的前兵部尚书彭如泽上表一力指认所致。后来皇上下旨免去彭如泽兵部尚书之位，并押解回京治罪，却不想他道上一病死了，此案便也无法可翻。"说到这里，想起当时自己日盼夜盼，只盼钦差将彭如泽早日押解回京，好从他身上着手，为爹爹昭雪冤案，不料盼来的却是彭如泽死亡的消息，后来虽猜知必是刘捷动了手脚，却也无可奈何，只怪自己不曾预先料到，加以提防，不由轻轻叹了口气。

孟丽君又道："既然此路不通，我便开始着手收集其余证据。种种迹象表明，刘国丈似与此案有涉，他与孟士元似曾结下仇恨……"皇甫敬一拍大腿，愤然道："明堂果然目光敏锐，一下便看出刘捷老贼与此事有关。我那孟贤弟正是从前曾与刘贼结下仇怨,这才给这小人陷害得身败名裂!"

孟丽君精神一振,道:"正要请教表舅,不知这二人是如何结下仇怨的?"皇甫敬犹豫半晌,方道:"此事关系我弟妹名节,本不该说。但明堂你若能替我孟贤弟昭雪冤屈,想我那弟妹在天之灵也当欢喜,必不会怨我。"孟丽君一听这话,虽在料想之中,心下还是一沉,侧耳细听他叙说。

皇甫敬回思往事,叹道:"事情算来也有十八年了。那时先帝驾崩,天下官员均入京奔丧,我和孟贤弟都是总兵之衔,偕家眷一同来到京城。在京里待了几日,有一日在街头碰见几个纨绔子弟厮打吵闹,几人合伙欺负一人,说那人赌钱使诈,将他揍得鼻青脸肿。我弟妹为人最是亲切和善,孟贤弟年轻时也是个爱管闲事的,见那几人出手越来越重,又从旁人口中得知,原是那几人赌钱赌输了信口诬赖。于是孟贤弟挺身而出,将那人救下,弟妹还送了那人一小瓶药粉,治他头脸伤痕。却不想他二人这一番好意救下的人,正是刘捷这个忘恩负义、恩将仇报的无耻小人!"

孟丽君微微一惊,心道:"原来刘捷从前竟是个赌钱斗殴的纨绔子弟。"听皇甫敬说道:"那件事情我孟贤弟夫妇原也没放在心上。几日之后,刘捷却找上我们住的客栈,自称他是元城侯刘诚次子,口口声声要拜谢孟贤弟夫妇的救命之恩。他本就生了一张八面玲珑、能说会道的巧嘴,又是处心积虑地百般讨好,说来惭愧,不止孟贤弟,就是我也未能觉察他心怀不轨。他年纪长了我们好几岁,大家便兄弟相称,十几日里结伴将京城大小景致都游玩了一通。"

皇甫敬略顿了顿,喟然道:"说句公道话,那时的刘捷,本是个毫无野心的富贵闲人。唉!若是他从来不曾与我孟贤弟夫妇结识,也许后来就不会有那么多的事情了。难怪人常说'红颜祸水',我那弟妹原是个万中无一的绝色佳人,可见女子相貌生得太美,也非幸事。"

孟丽君生平最恨"红颜祸水"四个字,只觉都是些无能耐、无担当的男人推卸责任之词,何况历代史书皆为男子所写,又有几人肯替这些"红颜"们设身处地想一想?这时听到皇甫敬将这四个字套用在娘亲身上,感觉着实荒唐,便要开口反驳,终究还是强自忍住。

皇甫敬丝毫未觉,续道:"……记得那时刘捷曾提起过,说他父亲原是靠着祖宗荫庇袭得元城侯爵位,手中并无实权。他是家中嫡出的次子,父亲对他指望颇高,想方设法早早地替他娶了一位大家小姐,乃是顾太皇太后的侄女儿，只盼他日后出人头地，他却依旧我行我素。父亲气得狠了，赌气说死后要将爵位袭给他庶出的兄长，他也毫不在意。"忽然醒悟过来，向孟丽君讪笑道："我果然是上年纪的人了，平日也没个人说说话，怎么竟越扯越远了？"

回到先前话题，脸上笑容立时敛了，说道："其实那一日究竟发生了甚么事情，我不曾亲见，刘捷立下的毒誓，我也是听孟贤弟后来转述而来，他其余的话却并未多言。"孟丽君听到"毒誓"二字，心中一凛。

皇甫敬道："那时刘捷已育有一女一子，儿子取名奎璧，正赶上过周岁生日。因在国孝中，禁筵宴音乐，便只来请我们去他府上。偏巧我早与兵部呼延大人定有约会，无法前去，于是只孟贤弟夫妇二人去了。那日我回到客栈时天色已晚，孟贤弟夫妇还未回来，我们从前也曾借宿过刘府，我只当他二人又在府里借住，并未生疑。不想睡到半夜，忽听"砰"的一声巨响，房门给人踢开。我起身拔剑在手，却见竟是孟贤弟抱着弟妹，踉跄了脚步进来。孟贤弟身上衣衫焦裂破碎，头发也似被火烤得鬈曲焦黄，弟妹身上却无半点伤痕，只是昏迷不醒。

"我夫人赶忙帮着照料弟妹，我扶住孟贤弟，问究竟出了甚么事？孟贤弟哑着声音道：'我点了明珠晕穴，免得她受不了。'又恨恨地道：'原来我们都错看了刘捷这厮！他自那日第一眼见到明珠，心中便生出无数龌龊勾当，这些日子竟都是在做戏，为的便是今夜一把火将我除去！'我听得火起，提起剑来，骂道：'这个卑鄙无耻、忘恩负义的小人！待我去一剑杀了他！'

"孟贤弟伸手拦住我，回头向床上的弟妹看了一眼，道：'明珠不愿咱们在京里犯下命案，惹出无尽麻烦，若非如此，我早已一剑将他杀了。'叹了口气，说道：'偏偏刘捷这厮倒也嘴硬，我连抽了他十几个耳光，又用剑指着他心口。他脸颊青肿，却还望着明珠哈哈大笑，像是疯了一般，嘶声道："我这一个月里忍受无尽相思煎熬，早就生不如死。你若狠得下心，便让他一剑结果了老子！否则老子留得这条命在，这一辈子便缠定你了！就算等上十年、二十年、五十年，就算身前凌迟活剐、死后上刀山、下油锅、来世托生入畜生道，我也非要娶你为妻不可！倘若这辈子娶不到你，我知道你怀了身孕，要生下个男孩，我将女儿嫁给他；要生下个女儿，我就娶来做儿媳妇。总之，你这一生一世，连带你腹中孩子的一生一世，决计逃不出我手心！"

"转述完这句毒誓之后，皇甫敬良久不语。孟丽君听得这样一句狠毒无比的恶誓，将娘亲和自己的一生一世都牵连在内，身上不禁一阵毛骨悚然。一时间书房内静寂异常，充满了诡异妖谲的气氛。

过了半晌，孟丽君轻咳一声，划破静寂，问道："后来怎样了？"皇甫敬定了定神，缓缓说道："……我们当时并没怎么将那毒誓放在心上，只当是他一时狠极、破口而出的狂语厥词，不想却是低估了这厮的坚忍之心和狠毒手段……后来……后来……我因与呼延大人十分投契，蒙他提携，调我入兵部任职，孟贤弟夫妇便自行回转云南了。谁料这一别十多年，我们兄弟竟再没见过一面，本想……这两年……借……喜事……不料……"一时悲从中来，唏嘘不已，最后一句话便说得含糊不清。

孟丽君见他真情流露，心中暗自神伤。忆起爹爹从前每每提及皇甫伯父时亦是如此，想他二人乃是金兰之交、生死兄弟，情谊自然深厚。一时顾不得举动是否适宜，伸手过去轻轻拍了拍他肩头，劝慰道："表舅放心。倘若孟总督真是受了不白之冤，我必定竭尽全力替他昭雪，还他一个清白公道！"皇甫敬抬起头，眼中微现湿润，道："有劳明堂了。皇甫敬敢以这颗脑袋担保，孟贤弟决计不是战场上向敌人屈膝折腰的孬种懦夫！"

孟丽君重重地点了点头，随即转过话题，若无其事地问道："这么说表舅后来一直留在京中，这些年定已将刘捷的所作所为全都看在眼里了？"

皇甫敬道："不错。自那事之后，我虽不信刘捷真能有所作为，到底对他有了提防之心，也一直在暗中留意他的举止行径。自那以后刘捷再不出去与人赌钱斗殴，留在家中帮持会客应酬，渐渐遂了他父亲的心意。不到两年，刘诚病故，刘捷袭了爵位，借着岳家从前的权势，开始交识显贵，手里慢慢把掌实权。他手段了得、口齿伶俐，加上家世背景，才三五年工夫，便升作了礼部侍郎，品位竟还在我之上。等皇上到了大婚的年纪，他早早地就将女儿送入宫中备选，也不知是机缘巧合，还是他暗中使了甚么法子，竟真给选中为皇后！我朝自开国以来，外戚一向权重，刘捷从此父凭女贵，越发飞黄腾达起来。"

孟丽君佯作不知，插口道："是了，那卷宗上写道，孟总督膝下只有一女。难怪刘国丈早早地便将女儿嫁了，儿子却至今尚未娶妻。"皇甫敬一声长叹，道："我这侄女儿着实可怜！小小年纪，遇上这等横祸巨变。就算是成年男子，恐也难以存活下来，何况她一个十来岁的闺阁小姐？这会子只怕早就不在人世了。"

孟丽君想起这几年来自己的坎坷遭遇,心中一阵感慨,嘴上却安慰道:"或许她不曾远逃,受兵祸所阻,至今还安然留在云南,也未可知。"皇甫敬摇头道:"我正是担心这个。明堂不知,听闻我这侄女儿的容貌比她母亲当年还要美貌。倘或落在叛军手里,受贼人逼迫凌辱,她是大家千金,自然明白'饿死事小、失节事大'的道理,当会自尽以保全贞洁,只怕更是凶多吉少!"

孟丽君见皇甫敬一脸理所当然的模样,不由倒吸了一口凉气,既觉荒唐又复骇然,暗道:"难怪皇甫伯父从来不曾疑心我便是孟丽君,原来……原来他心中早就认定孟丽君已经死了。听他口气,如我真是个无力自保的柔弱女子,又当真不幸被人凌辱了,倘若不曾死节,他便也决计不肯承认我是孟丽君。"不知怎地,脑中竟浮现出十五岁生日那晚所读《烈女传》上的一幅图画,画的是一个青年女子持刀决然砍断自己一条手臂,只因一个男子曾拉了她这只手,她和这世上的万千世人,便都认定这只手臂再无法"守节",须得断去以示"贞洁"。

到了二十三日,孟丽君如约来到城西大丞相府。梅昭如迎了出来,笑道:"郦尚书今日大驾光临,寒舍当真蓬荜生辉。"孟丽君也笑道:"若显休要打趣于我。你们丞相府若还是'寒舍',天下只怕也没几间屋子能住人了。"

当下与梅昭如携手进去,见吴应兆、柳复等人俱已到了,只差朱绍麟一人。各人打过招呼,吴应兆问道:"明堂,怎么云麒没同你一道来?"孟丽君道:"我出衙门时顺路去找他,他却不在,只当已先来了,谁知竟还未到。待会他若来迟,咱们定要拿住他罚酒三杯。"又问梅昭如道:"寿王爷身上可好?咱们这些后生小辈,该先去拜见他老人家才是。"

梅昭如笑道:"老爷子今日精神倒好,却也不耐折腾。等云麒到了,大伙儿再一道去罢。"孟丽君道:"也好。"说笑了一阵子,又问梅昭如究竟得了甚么稀罕物事,他却仍不肯说。过了好一会,才听得下人传报,梅昭如起身出去,将朱绍麟迎了进来。

朱绍麟进门便团团作揖,赔笑道:"家中一点小事耽搁,小弟来得迟了,诸兄莫怪。"柳复笑道:"我们倒不怪你,只是待会的三十杯罚酒,你可莫要借故推辞。"朱绍麟咋舌道:"三十杯罚酒?那可要我命了。诸兄高抬贵手，饶过则个。"梅昭如笑道："你便能喝三十杯，今日这酒也没这么多给你喝。好了，人都齐了，这就去见过老爷子，咱们再到后园去罢。"

众人起身，随梅昭如来到内堂。寿王爷一袭素袍，正歪坐在锦褥中，听个僮儿站在一旁念书，一个丫鬟坐在脚踏上轻轻替他捶腿。见众人进来，挥手命僮儿退下，丫鬟扶他坐起。

众人一齐躬身见礼，请过金安。寿王爷颔首道："免礼。"向孟丽君问道："你岳父近来身子也还好罢？"孟丽君回道："托王爷福，家岳安好。只是这几日天气略见炎热，夜间偶有失寐，却也无甚妨碍。"寿王爷微笑道："家里有这么个神医女婿，我倒不替他操心，不过白问一句罢了。说来他也是年近七十的人了，既招了这么个好女婿，又有这么个好外甥，早该乐得同我一般安享晚年了，偏他那么个脾性，想是闲不住的。"又和颜悦色地同每个人都各说了几句话，居然记得本月二十八日是柳复先祖亡故十年的忌日，说了几句贴心追思的话语。柳复的祖父在世时只是个工部主事，是个未入品级的小吏，想不到去世十年，竟得当朝丞相记挂心上，直令柳复惊异得感激涕零。

孟丽君听在耳中，心下暗忖："怪道寿王爷能在丞相大位上稳坐三十年，从来没人说过半句不是，这份居中斡旋的本事果然了得。朝中官员，不论官位高低，他都肯放下身段去结交，在底层官吏口中声名尤佳。再者他虽占着丞相大位，手头却不握实权，大小事情从不轻易开口，刘捷自然不会将他视作对头。"记起从前在家和爹爹闲聊时，自己曾有过"寿王爷既已不问朝政，就该让出丞相之位"的质疑，那时自己到底年幼，不懂朝中为官的制衡之道。太师与国丈两派素来意见相左，若非有寿王爷居中斡旋调解，只怕朝中早已水火不容地大肆闹将起来，哪里还能够撑到如今的局面？

正思量间，寿王爷已一一向众人说过话，他到底上了年岁，精神已略有些不济。梅昭如使个眼色，众人便行礼告辞退出。

后园中已摆下一桌筵席，众人入席坐好。孟丽君笑向梅昭如道："听你方才的意思，今日定有好酒，还不快拿出来我们尝尝。"梅昭如道："是我一时嘴快，竟让你猜着了。"说着双掌轻拍两声，丫鬟捧上一只玉瓷盆。梅昭如揭开盖子，盆中满是冰块，当中镇着一只小小的酒袋，冰面上搁着七只玉杯。梅昭如先将玉杯一一取出，再拿了酒袋，拔开木塞，将袋中美酒分倒入七只玉杯中，每杯只倒得约八分满，酒袋便已空了。

孟丽君知夏日冰贵，莫说袋中美酒，便是这一盆子冰块，价值已是不菲，又见那酒色如琥珀，清澈透明，闻之奇香扑鼻，如兰芯桂蕊，虽从未见过，但瞧梅昭如这番郑重其事的模样，也知必非常物。吴应兆已惊声道："竟会是'沉醉玉红春'？若显却从何处得来这等罕物？"向余人解释道："这酒原是西域吐蕃国进贡的极品佳酿，听说是由一种仅生长在沙漠绿洲中的无籽葡萄，经九蒸九酿而成，便是吐蕃举国，一年下来通共也只酿得三桶。往年里总有一桶作为贡品献入朝廷，我从前得蒙皇上赏赐过一杯，是以认得。只可惜自三年前战乱起后，西域诸国俱停了贡物，冷眼旁观这场战事。朝廷自顾尚且不暇，便也无空理会这等事。"

梅昭如笑道："说起这'沉醉玉红春'，倒确有几桩奇处。此酒冰镇着滋味最好，大伙儿先将酒喝了，咱们再听吉善兄慢慢道来。"举杯环邀一周，说道："请。"众人听得这酒竟如此稀罕，莫不愿一饮为快，都举起杯来，回道："请。"一齐饮了。只觉此酒冷香甘洌，甜如蜂蜜而丝毫不腻，甘若醴酪更回味无穷，饮后口齿余香，一股凉意透彻心脾，四肢百骸舒泰无比，暑气立时尽消。

柳复赞道："果是好酒！吉善兄……"朱绍麟奇道："返之开口说话，怎会一股香气袭人？"随即"咦"了一声，发觉自己说话亦是香气不绝。孟丽君醒悟道："想来这便是此酒奇处之一了。"

吴应兆点头道："不错。这'沉醉玉红春'味道如何，大伙儿方才都已尝过，我就不必细说了。这奇处之一便是，饮过此酒后，一个时辰内遍体生香、吐气如兰。听说往年每到贡酒抵京的时节，宫中妃嫔们便竞相邀宠，无不想借着天子宠爱，多赐得三五盅酒……"柳复愁眉苦脸道："娇滴滴的女人家喝了这酒，自然最好。便是明堂、若显这般样貌的美男子，遍体生香、吐气如兰，也就罢了。似我这等粗鄙模样之人，还口中、身上都是香气，只怕走在道上，非给人当成怪物不可。若显千万莫要赶我走，不在府上叨扰足一个时辰，我是不敢出门的。"众人听了都笑。

梅昭如却道："我看眼下最不敢出门的，只怕不是返之，而是……"众人目光都聚在他身上，等他往下说。梅昭如停了半晌，卖足了关子，才道："……而是我们的郦尚书大人。他这一出门，若是不小心又碰上了刘国舅，这么瞧在眼里、闻在鼻端，可不更要当他是绝色女子装扮成的了？"说罢终于撑不住自己先大笑起来。众人皆已知晓此事，闻言俱笑。孟丽君与他们素来相得，知是席间笑谈，并无他意，想到此刻他们心中所想之事，不由也觉好笑。

众人笑了一会，渐渐止了。吴应兆方正色道："再不想天下竟会有这等荒唐透顶的奇事。依我说，明堂既占着道理，就该索性借此事大闹上一阵才好。前日我进宫见驾，可巧皇上正为此事训斥刘国丈，当真让人好不痛快！"梅昭如笑道："这样的奇事在坊间最是流传得快，才这么几日工夫，京城里大街小巷就都传遍了。那刘奎璧在京里原是个小霸王一般的主儿，成日里流连于花街柳巷，仗着家中权势，强抢民女的事也做过不止一回了。京城百姓听闻此事，俱拍手叫好，说这位国舅爷'终日打雁，今日却教雁儿啄了眼去，该，该！'明堂可又风风光光地做了一遭坊间传闻的主角呢。"

孟丽君等他们笑闹够了，方微笑道："好了，你们揶揄打趣我也该够了，莫要越说越离题千里。还是请吉善兄细细道来，这'沉醉玉红春'美酒，却还有别的甚么奇处？"她这么一说，众人记起先前话题，也都附和着询问。

丫鬟们早换上二十年绍兴状元红，替众人斟满。吴应兆小酌一口，续道："此酒名唤'沉醉玉红春'，这奇处之二，就在这'沉醉'两字上。大伙儿都已饮了一杯，可有谁感觉不胜酒力么？"朱绍麟奇道："我们酒量便再不济，这区区一杯甜酒，难道还会喝醉不成？"

吴应兆笑道："一杯自然无妨，然而不论再如何海量之人，却也决计无法满饮三杯，必定面红力软、通体如绵，醺醺然醉倒。此酒初入口时极柔而后劲极刚，第一杯只如寻常甜酒，饮之无碍，这第二杯便有十倍酒力，到得第三杯，就是百倍酒力。三杯下肚，犹如饮了一百一十一杯，岂有不醉之理？这'沉醉'两字，正是由此而来。"

众人听了点头，均道今日可算长了见识。吴应兆又向梅昭如道："这第一件稀罕物事我们已看过尝过，可还有甚么，你就莫要再卖关子了，一并拿出来瞧瞧。"梅昭如笑道："还有两样。第二样是几幅山水楼阁图，至于这第三样么，待会却要请诸位移步了。"说罢命小厮将画匣取来打开，内有四幅卷轴，一一展开传示众人。

孟丽君见四幅画卷分绘春、夏、秋、冬四景。第一幅是晚春日暮的光景，长堤尽处楼阁掩映、桃李争妍，堤上僮仆牵马，似与主人倦游归来。第二幅夏景，榆树成荫，亭台宽阔，水榭筑于荷塘之上，亭台中有人静坐纳凉，一旁小僮侍立。第三幅画笼罩在深秋暗色中，老树红黄交辉，书楼静寂错落，一人独坐其中。第四幅白雪皑皑，乔松插天，荫下深院小楼，中堂小女子开帘探望，桥上有人骑驴踏雪而去。四幅画面均无款印，然全卷画风精巧清润，笔墨苍逸劲健，用笔工细而不板，四季渲染分明得体，端的是大家之作。

孟丽君观其笔墨画风，已然心中有数，问道："莫非是'南宋四家'之一、刘松年的《四季山水图》？"梅昭如点头道："明堂果是行家，一看便知。这几幅画绘的乃是西湖一年四季之景，景物清幽、楼阁精美，那也罢了。画中人物尤为闲逸洒脱，于湖光山色间自得其乐。我一见之下大为喜欢，便高价买了下来。"

孟丽君笑道："所谓'大隐隐于朝'，若显原是出了名的隐士。这样的画作，自然对了你的心意。"吴应兆闻言从画卷上抬起头来，问道："若显你究竟如何打算？这里除我之外，你是最早入翰林院的，可如今也就只你一人还留在那有名无实的位子上。你难道要如袁表允一般，做上十年的翰林学士不成？男儿当图建功立业、青史留名，你竟当真不想在朝中做出一番业绩、博个封妻荫子的功勋么？"

梅昭如喃喃自语道："封妻荫子？"脸上闪过一丝怅色，随即恢复如常，笑道："封妻荫子、青史留名，却又怎地？有道是：'纵有千年铁门槛，终须一个土馒头。'人生一世只短短几十年，今日得意今日欢，过得一日少一日，何苦来操心这些烦扰虚名？"见吴应兆还要再劝，抢先说道："我早知你们都是放不下的，是以我从不相劝。我却是看得穿、放得下的，你们也不必劝我。"吴应兆轻叹一声，不再说话，低头赏画。

柳复叹道："似若显这等率性而为的性情中人，我最是羡慕，却也自叹弗如。我幼时成日想着大了随家中商船出海游历去，可叹父母家人逼着读书科举，至今只在春日踏青时出到京城十里之外，连海面都不曾见过，更别提出海游历了。若显生在这样钟鸣鼎食之家，我只当规矩越发森严，难道家里人竟也不管你么？"

梅昭如笑道："怎么不管？从小到大，为这个不上进的脾性儿，我不知挨了多少训斥。当年若非实在受不住唠叨，我连这劳什子翰林学士也懒得做呢。后来骂得多了，我也听惯了，只当是耳旁风，他们无法，也就随我去了。老爷子这两年身子还好，我不想惹他动怒。等他千秋之后，我定是要辞官归隐的。"略顿了顿，忍不住又道："我的毕生心愿，便是得一红颜知己，携手泛舟西湖，看日升日落，赏花开花谢。执子之手，与子偕老，方是人间至乐。"说这话时，不由向孟丽君偷望了一眼。孟丽君只作不知，听他这一席话语，心中暗暗点头。

朱绍麟"哈哈"一笑，狭促道："想是若显红鸾星动，该娶房娇妻了。只不知哪家的千金小姐能有这个福分？"此言一出，立有数人随声附和，一齐笑道："不错，不错。我们之中，只有若显至今尚未娶亲。你瞧明堂比你小着一岁，儿子可都三个多月了。若显还是当尽早娶得一位绝色佳人，日后才好一道携手归隐。"

梅昭如先前说那话只是一时心中有感而发，并未细思，此刻听众人言语取笑，脸上微微一红，伸手将画卷收回匣中，起身道："若是要见这最后一样稀罕物事的，且请移步随我来。"众人好奇心起，便也不再笑他，各自起身。

众人随梅昭如分花拂柳来到后园深处，一路姹紫嫣红，奇花异葩不断，令人目不暇接。一花一木修剪得当，显是颇得主人护爱。吴应兆赞道："此园虽不如宫中天香馆牡丹园富贵繁华，却也别有一番意趣。若显当是惜花之人，方能有如此雅趣。"

来到一处略微开阔之处，梅昭如举目示意，众人抬眼望去，见此处并无他物，仅植有一株花木。有人看了不禁"噫"的一声，惊叹出声。但见那株花木一人来高，粉白色花朵如瀑布般盛开怒放，花瓣细长，从花蕊处垂下，足有一尺来长。走近两步，一股淡淡的幽香袭来，萦绕鼻端，似有若无，便如一位娴静温雅、仪态万方的美貌佳人，端的是倾城之色。

孟丽君赏了一会子花，不觉奇道："瞧此花模样，似是菊花。只是眼下才仲夏光景，怎么竟会开花？"梅昭如笑道："此品菊花本名'十丈珠帘'，花期原只在深秋时节。后经由一位国手巧匠精心培育二十载，方得来这品'柔情万缕'，世上仅此一品，花期由夏至冬，长久不凋，乃是菊中至品。"

柳复击节赞道："好个'柔情万缕'，这名字取得极好，便似将这花美人唤得活转了一般。"梅昭如微微一笑，说道："不敢当。我和那位国手巧匠乃是忘年之交，这个名字正是我替他取的。他很是喜欢，便将这花送了给我。今年春日方移植了来，我日日勤加呵护，直到前几日才终于开了花。"话语之中满是欣喜之意。

孟丽君望着那品"柔情万缕"，心道："雪妹生平也是最爱菊花，记得从前家中有一品'玉楼春'，便是她心爱之物。她若见了这花，可不知该有多喜欢了。"正出神间，却听梅昭如高声道："今日有酒有花，岂可无诗？我倒有个主意，不如就用'柔情万缕'这四个字为韵，每人或作诗一首，或填词一阕。咱们就从这里走回去，等到了席上便要立时誊写出来，算是时限。待会大伙儿一道品评，必要评出个名次来，可好？"众人皆道这个主意风雅有趣，十分赞同。

　　梅昭如眼睛一转，又道："若无酒注，终究无趣。待会若是有人落第，便先罚酒三杯，再罚他站到席间替众人把盏，如何？倘或有谁能在这片刻之间，将四个韵角各得诗词两首，又能博得众人一致好评的，我便将这品'柔情万缕'转送与他，以作奖励。"众人闻言皆是一惊，瞧梅昭如的模样不似说笑，方才信了。

　　吴应兆笑道："明堂才思敏捷，众人皆知。若显下这等重注，莫非有意要将这菊中至品白送与他不成？"梅昭如一惊，转眼见他不过信口而言，这才放下心来，故意轻"哼"一声，说道："我却不信每次聚会都是明堂夺魁。今日若是我先成诗词四首，夺了这魁首之位，这'柔情万缕'本就是我的，自然不算奖励。我便要哪位府上一样心爱之物，谁也不许推脱，这方算公平。"众人皆满口答允，于是一行人漫步回转席间。

第十四章

一时众人皆有诗作,只有孟丽君和梅昭如得了诗词各两首,吴应兆作得两诗一词,弃笔摇头道:"才思已竭,不必逞强了。"朱绍麟得了两首,余人各有一首。

柳复笑道:"看来今日诗魁要在明堂和若显二人之间决出了,我等只求不落第便好。大伙儿快来瞧诗。"将誊写好的诗稿集在一处,众人读一首、赞一首。

梅昭如叹道:"罢了,罢了!我只道今日借着东道的光,才思果也敏胜往常,必能压过明堂,夺这魁首之位。可读了明堂的四首诗词,实在自叹弗如,这点子自知之明还是有的,在下甘拜下风。"孟丽君微微一笑,道:"若显忒谦了。你的《恋菊》一诗,我极是喜欢。"

朱绍麟笑道:"好了,你们二人就莫要相互吹捧了。且听我公评:今日诗会,明堂为尊,若显居次,吉善第三,可有谁不服么?"众人皆道:"评得果然公允。"丫鬟斟上酒来,众人举杯敬过诗魁,一齐饮了。

吴应兆笑向梅昭如道:"我方才说明堂才思敏捷,今日定能夺魁,你却还不信。这会子名次出来了,要将至爱之物割让送出,你可舍得不舍得呢?"梅昭如道:"君子一言,驷马难追。我纵然再不舍得,也决计不会反悔,待会散时就请明堂多留片刻,我吩咐花匠将花木移植出来,今日便送到太师府去。"

孟丽君摇头道:"君子不夺人所爱,这本'柔情万缕'乃是若显心爱之物,小弟万万不能收。"梅昭如急道:"明堂是谦谦君子,朝野皆知,今日求你也成全我这言行如一的'君子'之名罢。倘若当着这许多人的面出尔反尔,你让我这张脸往哪里搁去?"说着向孟丽君连连拱手。孟丽君略一思忖,想到待会正可借此机会行事,便也不再推辞,说道:"若显既执意如此,我便领了你这一番美意。只是此花究竟怎样种植,日后还须请你帮忙。如此绝品花木若是毁在我的手中,岂不是一桩毕生憾事?"

梅昭如闻言如释重负,说道:"我府上还有两个花匠,虽及不得那位培育此花的国手,却也都是一等一的能工巧匠。我索性一并打发了他们过去,明堂就无此忧虑了。"心底喟然道:"若非如此做戏,我又怎能毫不生疑地将此花送至伊人身旁?我早探听得她生平最爱菊花,想来必会十分钟爱这品'柔情万缕'。唉!明堂一直当我是至交好友,他是光明磊落的谦谦君子,我心中却藏有这等龌龊想法,实在也忒对他不住。我这一番刻骨相思,虽明知到头来终归是镜花水月、一场虚幻,然'情'之一字,却是无论如何也看不透、放不下的。她……她嫁得如此良婿,又有了儿子可依,一生幸福自是无须我担心了,只愿此花能代我陪伴她左右,日日得见她欢颜笑容,我这一生便也无复他求了。"想到这里,终究禁不住黯然神伤。

众人瞧他脸色渐变,只道话虽如此,他到底舍不得心头爱物,原也是人之常情。便转过话题,有人记起先前朱绍麟迟到,叫嚷着要罚他酒,朱绍麟推脱不过,只得认罚三杯。众人笑闹一阵,见时辰也不早了,谢过东道之情,一一告辞离去,只余下孟丽君一人。

梅昭如送客回转,唤来府上十来个大小花匠,命他们剪除部分侧枝花叶,小心仔细将花木连土挖出,千万莫要伤了根须,又驻足看了一会,这才转身向孟丽君道:"移植花木说来容易,却也颇费工夫。此处尘土甚多,明堂不如随我到书房说话。"孟丽君点头道:"也好。"

来到书房,两人闲话数语。孟丽君慢慢将口风转到先前话题,含笑问道:"今日众人说得也对,似若显这等人品家世,怎么到如今还未曾结得一门亲事?可不知你心上是否已经有了中意的人儿?"梅昭如大惊,一时唯恐自己何处行事不慎,惹她生疑,正要斟酌着回话,却听她只顿了一顿,续道:"倘若没有呢，小弟不自量力，却想替兄长保一桩大媒。"

梅昭如听他话语口气不似动疑，略略放下一颗悬起半空的心，故作怫然不悦道："莫非明堂也拿此事来打趣于我？"孟丽君正色道："小弟绝无取笑之意，确是真心实意想为你牵线，保得一桩大媒。要是若显已然有了意中佳人，便只当我这话没说。"梅昭如连忙摇头否认道："没有，没有。"孟丽君微微一笑，道："那就好了。我要保媒的这位苏姑娘，容貌端丽、性情温柔，与若显正是天造地设的一对璧人儿。"

梅昭如心底暗哂道："这一年里家人三番五次劝我成亲，那些女子中，又有哪一个不是'容貌端丽、性情温柔'？我不胜其烦，索性去庙里求来一张下下姻缘签，言道倘在年未弱冠之前成婚，一生必主大凶大恶云云，好歹先挨过这两年再说。所谓'曾经沧海难为水，除却巫山不是云'，除非天下间再生出一个和她一模一样之人，否则我这满腹相思，只怕终生郁结难解，又何苦耽误了旁人家清清白白的女孩儿？"心下既这么想，口中随口应道："是么？"

孟丽君猜知他心意，却也不急，说道："此事说来十分凑巧，只怕若显不信。我初次见到苏姑娘时，可着实大吃了一惊。若非亲眼所见，无论如何也料想不到，世上竟有容貌与我娘子如此相似之人……"

梅昭如又惊又骇，颤声道："你……你说……甚么？"孟丽君不理他话，自顾自地说道："……那日我路遇刘奎璧，他将我错认作女子，又道我的相貌与一幅画像十分肖似。若在从前，我是决计不信的，可那日我竟然信了几分，只因我曾亲眼见过这位苏姑娘，她的容貌当真与我娘子一般无二。我至此方知天下之大，无奇不有。怕是老天爷造人时偷了几分懒，才会生出如此一模一样的两个人来。"

梅昭如直听得目瞪口呆，已然信了八分。他心底才刚想过"除非天下间再生出一个和她一模一样之人"，立时便听说世上当真有和伊人一般容貌之人，一时心神恍惚。自然不会认为老天爷造人时偷懒，倒觉必是上苍垂怜自己一片痴心，又不令伤及与郦君玉的朋友之义，为情义双全，方特地设下如此绝妙安排，不禁惊喜交加。虽知脸上这般神色殊为不妥，却是一句解释的话语也说不出来。

孟丽君瞧他这副模样，心底暗笑，口上故意替他解围道："若显脸皮子薄，听我给你提亲便羞得说不出话来了。这样罢，不论此事成与不成，你先不用说话,且听我细细道来,你再慢慢斟酌好了。"

这话正合梅昭如心意,端起茶碗喝了一口茶,竭力平复心绪。听孟丽君说道:"那是去年冬天的事情了,我娘子怀有身孕,每月都要去庵堂还愿,那日我正巧得闲,陪她一道上香去,谁知便遇上了苏姑娘。我娘子见她二人不仅容貌肖似,就连言谈性情也十分相投,很是欢喜,说这必是上天注定的一场缘分,定要和她结为金兰姊妹。她推脱不过,便认下了姐姐、姐夫。听她叙说身世,着实可怜。她原是遗腹女,去年母亲不幸亡故,遗命将尸骨火化了,带回原籍与她父亲合葬。她便一个人带了骨灰,千里迢迢回转老家去,途中路过京城,便借宿在庵堂里。问她可还有亲人,她说原籍尚有两个远房叔伯,却非至亲。我盘算着既是我娘子的义妹,我们夫妇自当替她考虑终身大事,结下一门好亲事才是。本来若显这样的豪门世家,她原也高攀不上,但我知若显素来不重这个。倘论人品相貌,她与我娘子是一流人物,都是一等一的绝色佳人。"

梅昭如心绪渐宁,脑中思念流转,微笑道:"我本就是豪门世家的'孽障反叛',若娶来个世家小姐,成日里逼着去做些仕途经济的勾当,不得清闲,反为不美。"孟丽君听他弦外之音,喜道:"若显的意思,可是应允了这门亲事?"

梅昭如道:"不错,我信得过明堂你的眼光。只是我去年曾在庙里求得一张姻缘签,签语云,须在弱冠年后方能成婚,否则此生必主大凶大险。这本是一件玩笑事,我也不甚理会,谁知家里人竟当真了,想来必要等我过了二十岁,才能娶亲的。此事一直不曾张扬出去,免得令外人得知脸上不好看。"孟丽君笑道:"这倒正巧了。我娘子那义妹现今正守母孝,还有大半年的工夫才满一年孝期。等明年若显行了冠礼再成婚,那是最好不过了。"梅昭如听得竟如此凑巧,越发觉得这桩婚事是上天有意安排。

孟丽君沉吟片刻,又道:"只是另有一桩可忧之事,我还是一并说了,也好让你心中有数。去年我夫妇与义妹会面时,她告诉我们说不曾许亲,我那时便道会设法替她说得一门好亲事。话虽如此,如今到底已过去了小半年时间,她家中另有远房叔伯,万一有甚么变故,却是不可不防。我明日便打发人去原籍探望她,并告知这门亲事。她若尚未许人,我便作主定下你二人这桩婚事。但她若已不幸另嫁他人,却是无法可想了。"

梅昭如一怔,道:"明堂也忒多虑了罢。"孟丽君摇头道:"你知我行事素来周全，只防着'万一'两个字，到底打听得个准信儿，我心中方才安稳。"又叮嘱道："此事眼下你我二人知道就好，暂时且莫告诉旁人，便是若显的至亲家人，依我说也先一并瞒着。等我得了准信儿，再说不迟。免得万一婚事不成，失了我这大媒的身份不说，也令你家人空欢喜一场，更添了旁人的闲话。"

梅昭如今日席间吃众人打趣，正想着说出去定会有人再拿此事来取笑，听孟丽君这么一说，甚合心意，便爽快依了。孟丽君诌出这一大篇话，原是要他允诺保密，免得知道的人多了，难保不传入太师耳中，到时一来难圆谎言，二则后面的事情就难办了。听他答允，松了一口气。梅昭如又追问那位"苏小姐"的闺名和原籍之地，孟丽君以同样借口挡了回去，只道以后自然会告诉他。

二人再聊片刻，一名花匠进来禀报，花木已连根挖出，装入大车中。梅昭如熟知花木习性，知道此时不可耽误，否则恐难移植成活，立时点了两名花匠，命他二人随车迁入太师府中照料。孟丽君道谢出来，起轿回府，大车跟在轿后，缓缓驶出。梅昭如亲送至大门口，望着渐渐远去的车轿，百感交集，涌上心头，一时竟不知是欢喜更多还是伤感更多。

孟丽君回到太师府，命两名花匠随管家梁成去后花园，将"柔情万缕"尽快植上。自己来到弄箫庭，也不说话，拉了苏映雪的手就走，苏映雪一面跟着她，一面疑惑道："官人，这是怎么了？你要带我去哪里？"孟丽君笑嘻嘻地道："我今日得了一样宝贝。你先别问，待会看了便知。"

到了后花园，花匠们正齐力将花木从车上卸下。苏映雪见了那花，"噫"的一声，惊呼道："好美丽的花儿！"走过去细细端详一阵，回身问道："官人，此花看起来倒颇似'十丈珠帘'，只是'十丈珠帘'的花期在深秋时节，这会子才仲夏，怎么竟会盛开？"话语之中满是喜悦。

孟丽君笑道："娘子眼力果然不凡。这是'十丈珠帘'的改良品种，花期由夏至冬，长久不凋，世上仅此一品，名唤'柔情万缕'。"苏映雪眼睛一亮，赞道："好个'柔情万缕'！能为花儿起出这等般配名字的，想必是个斯文风雅的爱花之人。"

孟丽君闻言暗笑，见周围人多嘴杂，又知雪妹素来面嫩，便忍住不说，只道:"这是我今日诗会赢来的奖励,我猜你定然喜欢,是不是?"苏映雪喜色满面,点头道:"多谢官人。你知我最爱菊花,这等极品,如何不喜欢?"孟丽君便顺她口风道:"既如此,今后就有劳娘子辛苦照料此花了。那两个花匠也是若显一并送的,熟知花木性情,你有疑问,只管问他们。"

苏映雪听到"若显"二字,微微一报,只是一番心思都在那花木上,并未多想。孟丽君见她一副全神贯注的模样,便也不再打扰她,说道:"我要回房歇息会儿,娘子既然喜欢,只管待着。"苏映雪略一犹豫,歉然道:"我再待一会就回。"

孟丽君绕到书房,荣兰正坐在窗前一张小几上读书,见她进来,赶忙起身相迎。孟丽君问道:"清之,布置你的功课,可都做完了?""清之"二字,乃是孟丽君为荣兰所取表字。这一年来,孟丽君将荣兰视为自己的左膀右臂,一直在细心引导栽培于她,读书习文便是其中一项。

荣兰笑道:"幸好今日早起做完了。我闲来无事,翻出公子旧作温习,有两句话一时忘了具体出处,只依稀记得是《资治通鉴》里的原话。查了半日,总算查着了,不想看书看得入迷,竟忘了时辰。"

孟丽君见她手里拿的果真是一部《资治通鉴》,赞许地点了点头。在几案前坐了,见案头摆着一篇荣兰新作的文章,便拿起来一目十行地通读了一遍,又提起笔来修改了,说道:"这一年来你多读了不少书,笔力果然大有长进。只是你须得记住:是人读书,不是书读人。心思切不可让书本拘住,那便成书蠹、书呆子了。"荣兰一凛,应道:"公子说得是,我记住了。"

孟丽君点点头,将改好的文稿递还给她,正要出去,忽然想起一事,回身说道:"我前日遣了段明前去武昌府,暗中打探义父身世,他少说也得两月方能回来。这两个月里,你每日抽些空儿,协助段亮料理府中防卫事宜,免得他一人之力有限。"荣兰道:"是,公子。"

晚间孟丽君寻个机会,将今日丞相府所见所闻都细细说于苏映雪听了。苏映雪听得梅昭如费尽心思、想方设法,就只为要将这品菊中至品送予自己,一片痴心果真令人好生感动。又听孟丽君叙说了定下的偷梁换柱之计,暗想以小姐能耐,此计绝无不成之理,再往下想,不由粉面发热、忸怩不安。孟丽君知她脾性如此,此时越劝,她反而越加害臊,是以说完这一番话语后,便借口去看归郎,出了卧房,只留她一人,对着烛光浮想联翩。

转眼到了六月中旬，天气酷热难当。

这日孟丽君记起明日便是娘亲故世十周年忌日，吩咐苏映雪预备下花果香烛，不必惊动众人，只在弄箫庭里焚香祭奠即可。午后回到书房誊写奏折，写了一多半，梁成进来回道："府门外来了一位姑娘和一位老妇人，执意求见姑爷，却不肯说明身份来历，门房自然不肯通传。那位姑娘随即呈上一柄折扇，说是有要紧大事禀报，求姑爷看在折扇主人的面上，通融一见。"说着将折扇递上。

荣兰接过，呈给孟丽君。孟丽君展开一看，见是一柄画扇，正面画了一副泼墨秋兰图，背面题的是张九龄《感遇》一诗，观其书法笔锋，竟是皇甫少华的字迹，心头微微一惊，暗道："莫非前方战事出了变故？可我昨日才接到战报，一切并无异常。"略一思忖，说道："既是女眷，且将那位姑娘二人延至弄箫庭，就请夫人先行出面款待。待我赶写完这封奏折，再来相见。"梁成答应着去了。

孟丽君写完奏折，回转弄箫庭，走到门口便听一个女子的声音说道："……多谢郦夫人一片美意，非是奴家无礼，只是此事关系我夫君性命安危，必得面见郦大人方可详禀。"苏映雪的声音道："既如此，姑娘便请再等片刻，我家官人这就来了。"

丫鬟打起帘子，孟丽君大步走进。苏映雪起身笑道："我才说呢，官人倒来得巧。"座上女子猜知孟丽君身份，赶忙站起，盈盈上前两步，拜倒道："奴家拜见郦大人。大人万福金安。"站在她身后的老妇人也忙跪下行礼。孟丽君虚扶一礼，道："姑娘请起，不必多礼。"

那女子站起身子，慢慢抬起头来，乍一瞥见孟丽君的绝色容光，不由大骇，心道："太师小姐与我并称'京城四姝'，容貌果也在伯仲之间。怎么郦尚书的形容相貌，竟比他夫人还要美丽得多？如此殊色，当真世上罕有，难怪大哥会将他错认作女子。"眼波在孟丽君身上只停留片刻，便即低眉垂首。

孟丽君在主位上坐了，见这女子十七八岁，一张雪白的瓜子脸儿，柳眉樱唇，杏眼桃腮，相貌极美，却穿了一件不甚合身的丫鬟衣裙，头上随便挽了个双鬟，就是站在她身后的老妇人，身上衣裙也要更光鲜些。可是二人站在一处，任谁都能一眼瞧出，她和那老妇人乃是主仆二人。

孟丽君道："请坐。敢问姑娘芳名？"那女子敛衽一礼，道："大人请恕奴家大胆冒犯，此事委实关系重大，乞请屏退无关人等。"孟丽君举手示意，众家人仆妇鱼贯退出。苏映雪迟疑道："官人，妾身……"孟丽君道："你我夫妻一体，夫人只管留下。"又道："清之和段亮留下。"

待余人退尽，孟丽君道："姑娘有话但请直言。不知你和平南大元帅如何称呼？"那女子微微抬头，说道："奴家自知身份堪疑，所说话语未必能取信于郦大人，但……为了皇甫郎君，却也顾不得这许多了。奴家姓刘，闺名燕玉，是元城侯刘国丈府二小姐，这是奴家乳娘江氏。"

庭中众人皆是一惊。孟丽君心中吃惊，面上神色不变，道："原来是刘二小姐大驾光临，下官失礼。不知刘小姐口中的'皇甫郎君'，却是何人？"刘燕玉俏脸上泛起一层薄薄的红晕，含羞道："便是郦大人得意门生、官拜平南大元帅的……皇甫……公子。"

孟丽君与苏映雪对视了一眼，苏映雪眼中满是诧色，孟丽君虽已猜知，到底还是颇为惊异，只轻轻"哦"了一声。刘燕玉察言观色，急急解释道："郦大人千万莫将奴家误认为私定淫奔的无耻女子，此事……此事说来话长……"声音又低了下去。

江氏见状，记起小姐先前吩咐，赶忙上前两步，插口道："我家小姐是侯门千金，身份尊贵，自然不便在人前亲叙此事。求大人、夫人恕罪，容许奴婢代我家小姐叙说。"苏映雪看了孟丽君一眼，见她轻呷一口茶，不置可否，于是点头道："好。"

江氏便将当日两家如何结亲的缘由说了一遍，自然不提二人肌肤相亲之事，更不提刘燕玉原是许了皇甫少华做二房妾侍。她年纪虽大，口齿倒还算清楚，啰唆絮叨了半晌，到底是说明白了，末了又道："后来夫人殁了，奴婢陪同小姐来到京城，寻得老爷，这才知道我家小姐的尊贵身份。老爷虽认下小姐，却对她不管不问，小姐一个闺阁女儿家，也不便自提婚事，于是就这么耽搁下来。后来得知老爷与皇甫公子家早就结有深仇，就更不敢提起此事了，是以老爷并不知情。可怜我家小姐这一桩遵从母命、名正言顺结下的美满姻缘，到如今反弄得和私定一般。小姐背地里不知流了多少眼泪，就是奴婢每一想到，也替小姐心酸难过。"说着举起衣袖擦拭眼泪。

刘燕玉触动心事，眼圈登时红了，犹自强颜欢笑，嗔道："嬷嬷老糊涂了，不相干的事也拿来混说，大人、夫人休怪。"

苏映雪心肠素软，听了这一席话，登时对刘燕玉生出满怀同情，一面听一面频频点头，说道："原来如此。"孟丽君却早瞧出了刘燕玉的另一番用意：自己是皇甫少华名分上的老师，她若能设法博得自己同情，于日后顺利成婚自然大有好处。

刘燕玉偷眼见郦大人无动于衷，郦夫人却是十分动容，心下暗喜："我让嬷嬷说这一席话，本就是为打动郦夫人。早听说郦大人对夫人宠爱有加，就是夫人有孕在身时，他也坚不纳妾，更从不违拗夫人心意。我只需讨得郦夫人喜欢同情，郦大人纵然口上不说，心下也必松动。唉！日后皇甫郎君待我的情意，倘能有郦大人待夫人的一半儿，我便心满意足了。"

心下正感慨间，却听孟丽君悠然发问道："依你这么说，刘国丈不知也就罢了，皇甫一家此刻应还不知你的真实身份，自不会有意隐瞒。我却从未听他们提起过这桩婚事，这又是甚么缘故？可见你所言不尽不实。"话语虽轻，却将刘燕玉惊出一身冷汗，心知若不能完全取信于她，今日冒险出府便毫无意义，一咬银牙，决然道："方才嬷嬷顾及奴家颜面，确有一事不曾言明：奴家当日乃是许与皇甫公子为二房妾侍，并非正室妻房。纳妾不比娶元配妻子，本是小事，大人虽与皇甫府交好，未闻此事，也不奇怪。"说这话时，一股极大的屈辱感充斥心胸，忙低下头去，强忍住夺眶而出的泪水，连声音也不禁微微颤抖了。

孟丽君闻言颇感歉疚，赔礼道："下官失言，刘小姐勿怪。"刘燕玉听她竟肯立时开口向自己道歉，反而一怔。苏映雪却道："刘小姐如花美貌，与皇甫元帅正是郎才女貌的一对璧人儿，怎么委屈作了二房妾侍？"刘燕玉心头一暖，泪水越发止息不住，暗忖："郦夫人真是菩萨心肠的大好人，难怪能有如此福分。"一面取出手帕拭泪，一面低声道："夫人有所不知，皇甫公子早已……定下了一位自小指腹为婚的元配妻子，说来郦大人想必也曾听过，就是……云南孟丽君……"

此言一出，便如晴空一声霹雳，苏映雪和荣兰登时面色大变，用尽全身气力才勉强忍住就要脱口而出的惊呼声，一齐望向孟丽君。孟丽君脸色略有些发白，回了两人一个"少安毋躁"的眼色，转头凝视着刘燕玉，嘴角微微上扬，似笑非笑道："哦？竟有此事？"

江氏一门心思都在小姐身上，自然没瞧见方才几人的神情变化。刘燕玉拭过眼角泪痕，收起手帕，心中暗暗告诫自己再不可轻易感情流露，这才重又抬起头来，说道："这是定亲当日皇甫郎君亲口所告，决计不会有错。奴家虽非正室，但既已依从母命结下了这门亲事，此身便属皇甫郎君。奴家并非那水性杨花的浪荡妇人，莫说如今只是国丈府的二小姐，就是身份再尊贵上十倍，心中也绝无二意。"最后一句话说得斩钉截铁。

孟丽君心中虽还梗着"指腹为婚"四个字，却也明白此事多想无用，将心神强自分出，听得刘燕玉这一番决然无比的话语，又是感慨又是怜悯，插口道："刘小姐如此'贞烈'，想来必是熟读了《女四书》罢？"刘燕玉只当自己话语得体，博得郦尚书真心夸赞，谦道："多谢大人谬赞，奴家幼时正是读过《烈女传》和《女戒》，约莫认得几个字。"

孟丽君轻叹一口气，正色道："下官相信刘小姐确与皇甫元帅定有婚约，这柄画扇既是定亲信物，还请小姐收好。"将画扇交由荣兰，递还刘燕玉，又道："刘小姐先前说有紧要大事禀报，又说此事关系皇甫元帅性命安危，却不知究竟何事？"

刘燕玉将画扇贴身收好，寻思连嫁人为妾之事都已说了，其余种种自然更不必隐瞒。何况郦大人为人精细，若再让她觉察自己有隐瞒之处，反倒不美，于是坦言道："此事还请郦大人听奴家从头说起。只因奴家心中虽认定此生非皇甫郎君不嫁，却也知道国丈府体面要紧，爹爹必不肯轻易答允。奴家日思夜想，终于有了个主意：只盼能在皇甫郎君得胜还朝之时，设法见他一面，求他为奴家上奏朝廷，恳求皇上圣旨赐婚。如此一来，爹爹再无二话，也保全了国丈府体面……"

孟丽君闻言暗暗摇头，心道："这话虽勇气可嘉，实是一厢情愿的自说自话。且不论皇甫府若知你真实身份，还肯不肯承认下这门亲事，皇甫少华自然知道圣旨赐婚非同小可，从来没有赐予妾侍的道理。就算他糊涂透顶，当真上了这道请旨赐婚的表章，刘捷耳目众多，如此大事，岂能瞒得过他？自然没有听之任之的道理，这道圣旨是决计请不下来的。"

听刘燕玉续道："……自从有了这个主意，奴家便越发留意打听南征平叛之事，免得错过了与皇甫郎君相见的良机。然而侯门深院，消息闭塞，纵得一言半语，也只是说叛军节节败退，朝廷就要大获全胜了，却哪里打探得到详尽消息？奴家心下着急，一时又想不出别的法子，只好甘冒奇险，命嬷嬷设法引开守卫家人,奴家潜身藏于爹爹居所,偷听他和陆师爷说话。却不想……却不想昨日竟凑巧听得一个天大的机密!奴家听陆师爷亲口说道,要传令一个名叫郝英南的人,去暗杀皇甫郎君!听陆师爷说,那郝英南是皇上亲封的右先锋,皇甫郎君不会提防于他,定能得手……"说到这里,容颜惨淡,一双杏眼上长长的睫毛垂了下来,不住颤动。

过得片刻,刘燕玉强镇心神,说道:"……奴家偷听得这样的消息,手足发冷,心中又慌又怕。等爹爹和陆师爷说完话出去了,赶紧回到房里同嬷嬷商量。两个妇道人家又能有什么见识?思来虑去,想了一整夜,只有一个法子:郦大人是皇甫郎君的恩师,又是朝廷的兵部尚书,奴家不惜抛头露面,急忙赶来相告此事,恳求大人做主,传书通告前方将士,务必及早将那郝英南拿下,方能救得皇甫郎君性命!"说罢又站起身来,盈盈拜倒。

孟丽君闻言一凛,从刘燕玉话语神情看来,倒不似作伪,心下已信了几分,思索片刻,却道:"非是下官不信,只是此事关系重大,单凭刘小姐这区区几句话语,无凭无据,就要贸然指认龙跃大将军郝英南图谋行刺皇甫元帅,还要兵部为此传书前方,实在草率鲁莽,也忒胡闹!试问,郝将军为何要听命于国丈府陆师爷,去做这等犯上作乱的勾当?此其一。平叛眼看就要告捷,陆师爷是国丈大人帐下谋士,怎么会在这时命人去刺杀皇甫元帅同,暗中相助叛军?此其二。军国大事非同儿戏,刘小姐纵然身份尊贵,也不可信口胡言乱语。"语气已然颇为严厉。

刘燕玉听她不信,心中大急,连连磕头道:"这些话语当真是奴家亲耳听到陆师爷对爹爹说的,决计不敢胡言乱语、欺骗大人。郦大人且想,奴家一介闺阁女子,所知有限,若非偷听,怎会知道这些军政大事?如非此事确实关系皇甫郎君生死性命,以奴家的身份,又何必穿了丫鬟的衣裳私自出府,不顾闺仪地苦苦恳求大人?"偷眼瞥见孟丽君脸色略略和缓,加紧说道:"郦大人如还不信,奴家愿拿性命担保,倘若此事有误,奴家情愿赔上这条性命。只求大人发令传书,就算不肯拿下那郝英南,至少也要尽快将此事告知皇甫郎君,令他心中有所提防,免遭暗算。"

孟丽君见她一片痴情,竟肯为皇甫少华做到如此地步,心中倒颇有些感动,说道:"刘小姐先请起来。"刘燕玉不敢违拗,起身站起,额头已是红肿一片。孟丽君沉吟道:"这样罢,请刘小姐将那日偷听到的话语,从头至尾原封不动地复述一遍，不可有丝毫隐瞒。待下官细细考查前后原委，再行定夺。"

刘燕玉听她松口，这一线机会无论如何也要把握住，连忙答道："奴家明白。只是……那些与此事并无干系的话语，也要说么？"孟丽君道："有关无关，原只在一线之间。有些事情看似无关，实则相关，也未可知。"

刘燕玉应道："是。"凝神回忆道："昨日奴家藏身橱中，等了约莫一顿饭工夫，听得外间脚步声响起，爹爹的声音道：'后日便是她十周年忌日了，一转眼间，竟已过去了十八年。'陆师爷道：'祭祀用品，属下都已备齐。还请侯爷珍重身子，莫要太过悲伤。'爹爹叹道：'当年我若早知道天不假年，她那时只余下八年的寿命，便决计不会采取这样按部就班的手段。唉！我这一颗心，早在十年前闻听噩耗时，就已死了一半。先时想着她尚有一线血脉未绝，到底还有些许指望。如今两年多了，这希望却是越发渺茫了……'说着又是长长一声叹息。奴家……奴家从未听过爹爹说话语气这般的颓唐惆怅，也不知道他口中提到的这个人，究竟是谁。"说到这里，忐忑不安，抬头向孟丽君望去，生怕她为此嗔怪。

苏映雪听到"后日便是她十周年忌日"一句，转头望了孟丽君一眼，目光中满是犹疑惊诧。孟丽君已然知晓刘捷对娘亲的一片痴情，于此倒也不觉奇怪，道："无妨，你继续说罢。"刘燕玉迟疑道："接下来的话语，数次提及郦大人名讳，奴家只恐多有不敬……"孟丽君微笑道："不妨事。刘小姐不必顾忌，只管如实说来就是。"

刘燕玉道："是。奴家听陆师爷劝解道：'据打探所得可靠消息，郦君玉曾在兵部当众宣称，说定能在八月之前拿下昆明、结束战事。侯爷无须忧虑，到时必能寻得那人。'爹爹道：'话虽如此，我心头却总有一种挥之不去的异样感觉。近来不知怎地，这股子不安越发强烈了，隐隐预感此事未必就能如我所愿，只怕会多生周折。'停得片刻，随即喃喃自语道：'嗯，八月之前就能拿下昆明、结束战事？'说这句话时，已然恢复了往常说话的口气，再无颓靡不振之态。

"陆师爷道：'侯爷，此事不可不虑。咱们若是坐等皇甫小儿得胜归来，郦君玉不但平添一桩大功劳，手上更握有十数万重兵，如虎添翼，于咱们的计划可是极为不利。'爹爹道：'依你之见，该当如何是好？'陆师爷道：'依属下看来，眼下郦君玉羽翼未丰，又是一门心思放在平南事宜上，正是咱们行事的绝好机会。侯爷是成大事之人，须得当机立断。'爹爹轻轻'嗯'了一声，并不说话。陆师爷又道：'前日钟影已然得手，有高夫人为质，侯爷再施以压力，高硕必然屈服，京师兵马尽在掌中。'……"

孟丽君听了这几句话，登时头皮发麻，心头悚然震惊，远胜过方才乍一听说自己是皇甫少华自幼指腹为婚的元配妻子之时，心底一个声音大叫道："不好！这陆师爷定是要策动刘捷谋反！"近来平南战事已到关键时刻，她宫中、兵部两头奔走，为此事殚精竭虑。兼之素来掌控监视国丈府动向的段明，又被派往武昌府打探消息，是以对于刘捷等人的戒备之心不免略有松懈。此刻蓦地听到如此消息，不禁冷汗涔涔。只是她素来镇静自持，即便如这般惊涛骇浪，也只在顷刻之间便已定下心神。一面沉住气细听刘捷如何答话，一面转过头去察看。只见苏映雪和段亮二人皆是一片懵然，浑不悟话中玄机，刘燕玉和江氏自然更不用说，唯有荣兰，秀眉微蹙，若有所思。

听刘燕玉续道："爹爹迟疑片刻，道：'只是皇甫小儿手中的十万兵马，却是不可不虑。'陆师爷道：'属下以为，如今已到了鱼死网破之际，早先布置下的棋子，该当派上用场了。倘若遣人赶往武定，传令郝英南暗中动手，将皇甫少华刺死——他是皇上亲封的右先锋，皇甫小儿自不会提防于他，定能得手——到那时大军失去首领，成了一盘散沙，以郝英南右先锋之职，手中能握半数军马，自都听命于侯爷。至于李逆叛贼，已然到了山穷水尽的地步，收拾他们是迟早之事，不足为虑。属下这条计谋，不知侯爷意下如何？'

"先前爹爹和陆师爷说的那些话语，奴家虽听在耳中，却也不知道他们究竟说的甚么，这几句话的意思可是再明白不过了。奴家听得要刺杀皇甫郎君，直惊得手足冰冷、心慌意乱，屏住呼吸，竖起耳朵静听外间动静，只盼爹爹不肯答允他奸计。不想爹爹在房里踱来踱去，过了半晌，终于说道：'好！就依你所言，这便去办罢。'陆师爷答应着去了。

"过了一会，只听爹爹又长长叹了口气，脚步声响起，却是越来越近，竟是朝着橱柜走来，奴家只道他发觉我在偷听，吓得一颗心都要跳出来了。却听他开了上面一格橱柜，似是取出甚么物事，随即听得书轴卷动的声音，爹爹的声音自语道：'这些年我手握重权、富贵已极，却没一日是开心快活的。我今年已经四十七岁了，纵然活到一百岁，这一生又能怎样？倒不如索性放手一搏。此事若然成功，至少我死后可与你同归一穴，天下再无人能阻；事若不成，我便自己来地府见你，那也没甚么不好。'停了好一阵子，才又打开橱柜，似将那件物事放了回去。

"奴家听得脚步声渐渐远去，又等了好一会，才从橱中悄悄出来，心下虽然好奇，不知那上边柜里究竟所放何物。待要大着胆子打开来瞧瞧，终究还是不敢，加上又惦记着皇甫郎君之事，生怕爹爹觉察，不敢久留，匆匆回转自己房里。"

孟丽君捺住心神听她把话说完，顾不得对刘捷所言所想生出感慨，赶紧截口道："好。刘小姐不必再说，下官已然信了你的言语，这便要赶去兵部发信传书。"刘燕玉又惊又喜，道："多谢大人！"孟丽君又道："还有一事请问：小姐可知从昨日到今日，令尊国丈大人除了早朝，可曾离府外出过？"刘燕玉立时答道："昨日不曾。今日午后奴家原是打听得爹爹备轿出府了，这才敢私自出来。爹爹要去哪里，奴家却是不知。"

孟丽君心下盘算："刘捷出门，必是前去高府。若是今日午后才去，此刻快马赶去，或许还来得及。陆元凯精明过人，眼下想已发觉刘小姐私自出府之事，如放她回转国丈府，不论于她、于大局皆无益处。"霍然站起，道："事情紧急，下官这便赶去兵部。只是刘小姐须知，下官虽忝居兵部尚书之位，军政大事，到底非我一言能决。此去兵部，下官自当尽力周旋，但若有别的大人于此事持有异议，过几日说不得还要烦请刘小姐再次出面指证。"

刘燕玉面露难色，犹豫道："奴家今日出府委实不易，只怕……"咬了咬嘴唇，下定决心道："奴家冒昧，不知大人、夫人可否行个方便，容许奴家暂时借于贵府数日？"江氏闻言脸色大变，轻轻推她一把，阻道："小姐！"刘燕玉却不理会。孟丽君正是要她这话，道："刘小姐肯在寒舍屈居数日，那是再好不过了。夫人且请好生款待，下官告罪失陪了。"说罢携了荣兰、段亮，出房而去。

走出几步，见绛香远远地站在门外伺候，招她过来，轻声叮嘱道："你待会进去，寻个空儿，悄悄地告诉夫人，事关重大，无论如何切切不可放这二人离开太师府半步。"向身后荣兰、段亮吩咐道："赶紧备下三匹快马，你们二人在府外等我。"急步来到太师书房，将听来消息言简意赅地转述一遍。太师先是大吃一惊，站起身踱了几步，随即摇头道："此事疑点甚多，不可莽撞，须防其中有诈。"

孟丽君却知有些话语，是刘燕玉无论如何也编造不出的，心中已然十分确信此事，但其间内幕，一则不便；二则来不及和太师细说，只道："此等大事，自是宁可信其有，不可信其无。小婿这就赶去高府，还请岳父设法联络寿王千岁及一干可靠官员。"说罢匆匆出来，和荣兰、段亮一行三骑，飞马赶往提督高府。

远远地望见高府大门，孟丽君脑中闪过一念，勒马停住，转入旁边小巷，掉转过马头，向荣兰道："清之，你且一个人先行过去，就说兵部接到前方加急战报，尚书大人命你来请高提督前去议事，切记不可露出丝毫破绽。"荣兰点头道："公子是怕打草惊蛇。我从前就多去高府请过高大人数次，定不会惹人怀疑。"孟丽君微微颔首，以示鼓励。

荣兰策马去了，过了约莫一炷香工夫回来，摇头道："门房说高提督生了重病、卧床不起，出不得门。我问甚么病，说是高大人昨天夜里腹中剧痛，折腾了一宿，上吐下泻，今日一早高热不退，刚请了大夫来瞧过病。我留意查看府门及前厅，并无车轿停留，刘国丈想来已经离开了。"孟丽君心中一沉，高硕正巧此时生病，着实可疑，多半是推脱之辞。如此看来，他怕是已然屈服在刘捷的淫威之下。京师两万重兵，除却三千御林军不知如何外，其余尽在刘捷掌握之中，一旦发动，后果不堪设想。

思及于此，孟丽君不由庆幸方才不曾冒冒失失亲自前去，若被高硕趁机将自己拿下，那便败局注定，再无反转余地。此刻形势虽险，到底尚有几分希望，而这希望之所在，便是刘捷此时尚不知自己已然尽数洞悉他的图谋。眼下所能倚仗的，也唯有这么一时片刻的工夫。孟丽君当机立断，急抽数鞭，拨马向兵部衙门驰去，段、荣二人紧跟在后。

到了兵部衙门口，孟丽君下马稍息片刻，调匀呼吸，不露丝毫忧虑之色，不紧不慢地踱了进去。这日正是范宁当值，见她进来，赶紧起身迎道："大人怎么回来了？"孟丽君问道："给前方平南大元帅的传书，子静已经送出去了么？"范宁道："今日晌午就送出了。"孟丽君笑道："啊哟！是我误事了。我忙着赶写明日早朝奏折，一时竟忘了还有几句话叮嘱，到此刻才想起来，果然晚了。"范宁道："大人若有紧要事情，可封一蜡丸，下官命人快马加鞭赶上信使，一并送去，应该还追得及。"

孟丽君正和心意，道："如此甚好。"又问："今日可有何事？"范宁回道："也没甚么事。就是午后高提督府差人来报，说是高提督染了风寒，要告假三五日。"

孟丽君一惊，心道："坏了！高硕若已差人来兵部告过假，我方才再命清之去提督府请他议事，岂非终究还是打草惊蛇了？"脸上依旧微笑道："知道了。"转身进去，穿过长廊，来到自己的理事所在。查看过四下无人，再不迟疑，拿钥匙取出一块巴掌大小的青铜器物。

荣兰认得那是可调动天下兵马的兵部虎符，不觉色变，低声道："公子……难道刘国丈竟当真敢冒天下之大不韪，公然拥兵造反不成？"孟丽君面色凝重，颔首道："只怕就在这两日了。如今刘国丈胁迫了高提督，京师两万重兵尽落于他手中，朝中顷刻将生大变，眼下已是岌岌可危的局面。"略顿了顿，说道："我这里有一副千斤重担，要交托给你们二人。是生是死、是成是败，就全倚仗你们了。"说罢对着二人长长一揖。

段、荣二人又惊又急，对视一眼，一齐跪倒。荣兰道："公子但请吩咐，我怎么受得起公子如此大礼？"段亮道："段亮就算拼了性命不要，也当完成主人托付。"孟丽君十分感动，扶起他二人，却摇头道："此事当以智取为上，不必心存'拼命'之想，不到万不得已，切记不可硬拼。这一路之上，段亮你处处行事都要听从荣清吩咐，千万头脑冷静，不可蛮劲发作，误了大事。"将虎符交予荣兰，又细细叮嘱了一番。

荣兰一一答应了，随即想起一事，拉了孟丽君的手道："公子，我们这一去，少说也得一两日工夫。京中情形必然危急万分，刘国丈又与公子结有宿怨，必定头一个要为难公子，让人怎么放心得下？公子不若同我们一道出城去，过得一两日待勤王之师到了，再一同回京救援。"

孟丽君松开她手，踱至案前，取过一方素笺，一面信手写下几个字，一面淡淡地道："倘是旁人说出这样的话，我也不来怪她，只是清之你该知我，怎么也拿这等言语相劝？我是朝廷的兵部尚书，职责在身，原就义不容辞，更何况此事我多少负有失察之责，越发当尽心补救。你不必多言。"

荣兰见她面上流露出淡淡的责备之意，话语虽轻，语气十分坚决，知她心意决绝，不可圜转，不敢再劝。想了想，把头发披散开，将青铜虎符藏匿于发间，再重新束好头发。孟丽君微微点头，待笺上墨迹干了，取出白蜡，就着烛火化开，封作一个蜡丸，道："好了，走罢。"出到外厅，将蜡丸交予范宁，道："有劳子静了。"范宁自遣人前去追赶信使。

一行三骑出了兵部衙门，走出两条巷子。孟丽君从衣袖中取出盛了"易姿丹"的玉瓶，递给荣兰，道："一切小心。我在京城等着你们。"荣兰深深地望了她一眼，道："公子放心，我二人一定不负重托。"掉转马头，和段亮策马南去。孟丽君望着她二人的背影，沉思片刻，也不回太师府，拨马急向皇宫赶去。

是夜。

乾清宫内烛影摇动，森然清冷。殿外一千名甲士层层护卫，长剑闪烁，刀戟如林。漫漫长夜中，宫墙外隐约传来人马喧哗声，一阵风过，间或听得几声兵刃交击之声，越发平添了几分紧张压抑的气氛。

清冷月色下，一道身影穿过层层护卫，踏入殿内。所经之处，甲士们无不恭敬避让。进到乾清宫内，烛光映照在她面庞上，隐隐如有宝光流动，赫然正是孟丽君。

她快行数步，赶入正殿。只见太后端坐沉香榻上，烛光辉映下，脸色一片泰然，安平公主倚坐在她怀中。李妃抱着晋王世乾，和温妃一道围坐在榻前椅上，二人脸上都颇有些惴惴之色，又在竭力掩饰。唯有刘后一人，独自站在墙角，脸色苍白，花容惨淡，不住抬起头，偷眼向皇帝望去。皇帝正在殿前踱来踱去，神色阴晴不定，不曾留意到刘后的目光，瞧见孟丽君进来，停住脚步，举目向她望来。

孟丽君行了个常礼，回道："禀太后、皇上：方才叛军集中兵力攻打午门，赵统领率御林军士抵挡住了第一波攻势。微臣观其动静，只怕半个时辰内便有第二波攻到。"

皇帝才说了句："郦卿平身。"温妃性急，当先发话问道："郦尚书，依你看来，这午门守不守得住？"孟丽君道："回禀淑妃娘娘：看眼下情势，午门是守得住的。微臣却担心，叛军行的是'声南击北'之策，明里佯攻午门，暗地的目标却是北面神武门。"皇帝一震，悚然道："不错。神武门距乾清宫最近，距东华门、西华门和午门都远，一旦强攻，恐难及时救援。"

孟丽君点头道："皇上所言甚是。倘若宫中守兵充足，本也无须此虑，只是眼下兵力悬殊，纵使识破此计，却也无法分兵守备，否则午门断然坚守不住。眼下午门、东华、西华门及神武门各有守兵五百，微臣再命萧副统领亲率二百精锐死士埋伏于神武门，又命人在城楼高处悬挂一盏红灯，微臣待会便亲自登高指挥。倘若神武门有所异动，乾清宫外八百甲士便分出五百即刻救援。只需守住今夜，到明日白天便可稍稍歇一口气了。"

皇帝心神略定，又问道："郦卿，你说已然派人出城去搬救兵，不知勤王之师何时可到？"孟丽君迟疑片刻，回道："此事微臣不敢妄言，算来总在两三日间。"皇帝闻言沉吟不语，双手负在身后，又在殿上踱起步来。孟丽君也不说话，垂手侍立一旁。

太后见皇帝踱了两圈，开口道："皇儿，你过来。"皇帝依言过去。太后拉他在榻上坐了，劝道："事已至此，急也无益，且沉住气静候消息罢。"又向孟丽君道："郦卿，你也过来。卿家劳苦功高，来，赐座。今日若非卿家及时赶进宫来，召集御林军士护卫皇宫，又拿下了里应外合、预谋私开宫门的大胆奴才戴权，哀家和皇帝这会子怕都早已落入了谋逆反贼手里。"说到"谋逆反贼"四字，瞪了墙角刘后一眼。刘后不敢和太后目光相对，赶忙低头，紧咬了一下嘴唇。

孟丽君躬身道："微臣失察，不曾早早预料提防此事，令太后和皇上受惊，乃是微臣的过失。"皇帝摇头道："此事不怪爱卿，都是朕错信刘捷，误了国事。"一脸凝重自责之色。刘后听了这话，本就已然无甚血色的脸上更加苍白了几分。

安平公主见孟丽君依旧站着，从太后怀里起身，亲自搬来一个蒲团坐垫，道："母后既赐你坐，你就坐下罢。今日自你赶进宫来还没歇息过，想也乏得很了。本宫早听说兵部郦尚书生平有三件自负之事，排在医道、文章之上的这第一件事便是兵法。今日如此局面，倒正好让本宫得以见识郦卿的兵法奇才。"

孟丽君见公主睁大一双妙目，俏脸上竟无半点怯色，反是一副跃跃欲试的兴奋模样，心道："你是金枝玉叶之身，哪里知道战场上血肉横飞的惨烈景象？只方才这第一波攻势，便有近百名御林军士战死，二百多人受伤。这些人的性命，在公主眼里，只怕甚么都不是。"当下退开一步，躬身道："多谢公主。只是微臣这就要上城楼查看叛军动向，指挥行止，不敢久留。万岁、太后，微臣告退。"

皇帝道："且慢！"从榻上起身，上前两步，握住孟丽君的手，决然道："朕与爱卿同上城楼。"孟丽君全身一震，抬起头来，见皇帝眼中充满不容置疑的决绝之色，与他对视片刻，垂下目光，道："微臣遵旨。"

太后犹豫片刻，终究没有出言阻止。安平公主欢然道："我也要同皇帝哥哥一道去！"话一出口，太后和皇帝已齐声叱道："胡闹！"太后沉下脸道："军国大事，岂同儿戏。平儿，不许胡闹！"安平公主撅起小嘴，"哼"了一声，却也无可奈何，怏怏不乐地走到皇帝身前，亲手替他披上披风，道："那平儿就只好在这里眼巴巴地望着城楼红灯了。皇帝哥哥千万保重。"转头又加一句："郦尚书也要保重。"

皇帝知道这个妹子虽然性情刁钻任性，对自己却感情极深，伸手在她鼻尖上轻轻一刮，道："好了，别担心。"向太后施了一礼，道："母后，儿臣去了。"太后微微点头，道："去罢。"望着皇帝背影，不由凤眼含泪，强自忍着不令落下。

登上城楼，但见一轮将满的银月悬在墨蓝的夜空中，月明星稀，云淡风轻。皇帝心中微叹："如此良宵，转眼却要被杀伐之气所染，血光之色所污，当真可惜。"脚下丝毫不停，随着孟丽君来到悬挂红灯处，二十名甲士紧紧跟随护卫。

御林军统领赵卫戎领了一小队军士，正亲自守护在红灯前，这时远远地见有人上了城楼，只道是郦尚书面圣回来，走至近前方猛然见到皇帝，大吃一惊，赶忙跪倒见驾。皇帝亲手扶他起来，道："赵卿平身，今日有劳爱卿了。"赵卫戎道："微臣世代沐受皇恩，虽肝脑涂地无以为报。"起身后当即开口谏道："此处十分凶险，时有流矢飞过。皇上万金之体，怎可亲涉险地？"

皇帝微微一笑，道："二位卿家都来得，朕为何来不得？大敌当前，朕当与将士们君臣一心、同进同退才是，决无独自一人趋安避祸之理！"赵卫戎心头一热，说不出话来，半晌才道："臣等纵然粉身碎骨，也决不令叛军踏入宫门半步！"

自上城楼起，孟丽君一直举目观望远处宫门外黑压压的军队，这时举手向南一指，惊道："不好！叛军竟运来了一辆檑木冲车！皇上，赵统领，只怕叛军转眼就要发动第二波攻势了。"众人一齐转头望去，月色之下，果见午门外尘土飞扬，军队阵形变化，当中分出一条大道，近百人齐力推着一辆硕大无比的巨车，自中间经过。

孟丽君断然道："此处红灯便交由我来守护，赵统领请速回午门，赶紧预备火箭热油。记得时刻留意城头红灯信号，及时分兵增援。"又喝道："左右甲士，竖起盾牌，保护皇上！"众人凛然应声，左右两旁，各有两名甲士举起盾牌，竖在皇帝和孟丽君身前护卫。赵卫戎向皇帝急施一礼，道："微臣告退。"只领了两名随身卫士，匆匆离去。

皇帝的目光透过两面盾牌缝隙，向南望去。但见檑木冲车远远地停在午门前，其后是黑压压的一大片军队，虽是夜晚，月光映照之下，仍然可见无数兵刃上耀眼闪烁的寒光。午门城楼上也站满了御林军士，纷纷拉弓引箭，只待统领一声令下，便可万箭齐发。

孟丽君心下暗忖："方才第一波攻势，刘捷本是指望戴权里应外合，打开午门，不想宫里早有防备，打了他个措手不及。此番他竟运来一辆檑木冲车，打的必是强攻的主意，这只怕将会是一场苦战。"正思量间，忽然耳中一震，竟是"咚咚"的战鼓声响起，叛军阵型变动，终于向着午门攻来。

午门城楼上，御林军士齐声高呼："吾皇万岁万岁万万岁！"士气如虹，竟将叛军战鼓击打的气势压了下去。想是赵卫戎返回午门后，将皇帝御驾亲临观战一事告知众将，是以士气高涨。呼声甫落，无数箭矢激射飞出，叛军前锋登时倒下一片。然而叛军到底人多势众，前赴后继，如流水一般涌向午门，势不可当。

一时震天的厮杀声响起，中间夹杂着檑木冲车撞击午门的怒吼声，震耳欲聋，整座城墙都似在微微震颤，宫墙上下鲜血迸溅。

皇帝一生之中何曾见过这般血肉横飞的修罗场，一双手不由紧紧地攥住手心，以致手背上青筋迸起。孟丽君一面观战，一面监视其余三门的动静，还要分出一分心神暗中留意皇帝，生怕他因禁受不住这般强烈的刺激而晕厥过去。不想他虽然身子微微颤抖，脸色苍白，却没有丝毫退后躲避的意图，在刀光箭雨之中，仍然坚持与自己并肩而立，一双眼睛用力睁大，似要将眼前诸般惨烈场景牢牢刻印在脑海之中。

孟丽君望着身旁皇帝微微颤抖但竭力坚持、不肯退后的身影,听着城墙上众口一词"吾皇万岁万岁万万岁"的高呼声,蓦地眼中一热:这就是自己和万千将士不惜牺牲性命来保卫的君王!虽然他未必天生就是一个英明神武的盖世英豪,虽然他也曾经宠信过奸佞小人,以致种下今日萧墙之乱的祸果,但他宽厚仁德,对往昔过错能够一力承担,于大难之际毫不推诿退缩,更能坚定勇敢地担负起身为帝王的种种责任。如此君王,若逢盛世,得以贤臣辅佐,必能成为一代仁德圣主!

目光下移,见皇帝双手紧握,指甲深深刺入掌心,用力之大,竟刺破肌肤,鲜血流出,他眼望午门战场,兀自浑然不觉。孟丽君心中一惊一痛,伸手过去,轻轻握住皇帝手掌,将他手指慢慢扳平。

皇帝恍然神动,目光收回,看了一眼自己掌心,又看了孟丽君一眼,正与她视线相交。只见她一双柔和清冽的目光凝望着自己,心神登时一松,绷紧的心弦不觉稍稍松懈,这样一来,身子反而不再颤抖。君臣二人对视片刻,已知彼此心意,精神一振,各自转开目光,回望战场。

只听午门城楼上一声大喝,数百支火箭对着撞击城门的檑木冲车一齐射出,又有滚腾腾的热油自上倾下,宫门前登时火光大盛,檑木冲车上燃起熊熊巨焰,不多时便焚作灰烬。

皇帝眼睛一亮,击掌道:"好!"孟丽君见檑木冲车一毁,叛军士气登时低落下去,斗志渐消,想来支撑不了多久,便要退兵的。果然过了约莫一盏茶的工夫,叛军阵后锣声大响,以乱箭射住阵脚,徐徐退兵。一时空中箭如雨下,皇帝和孟丽君所处城楼虽然隔得甚远,仍不时有散射来的流矢落下。孟丽君举手示意,甲士们四面合拢,将二人团团围住,另有数人向上举起盾牌,护住头顶。

忽听"啊——"的一声惨呼,随即"当"的一声盾牌落地。原来一支流矢自十数面盾牌的缝隙间射入,正中一名甲士脸面,透颅而出,他惨呼一声,立时毙命。自有人将那人尸首拖了开去,补上留下的空隙。孟丽君心下悯然,却也无法,转头向皇帝望去。皇帝坚定地摇摇头,仍是不肯避下城楼去。

过了好一会,箭雨止息,甲士们持盾退开两步,孟丽君上前观望。但见叛军军马退出一箭射程开外,约束兵马,原地休整,想是预备稍倾再次发动攻势,而北、东、西三面,却无丝毫动静。

孟丽君举起红灯，沿着南北方向来回摇动，反复十数次。皇帝瞧见有一队军士自午门城楼向北而去，与此同时，乾清宫外也分出一队军士向南而来，两支队伍于中相遇，却不停顿。不多时，一队到达乾清宫外，和余下军士汇合，四散守卫，另一队登上午门城楼，严阵以待。皇帝十分好奇，问道："这是在做甚么？"

孟丽君解释道："敌众我寡，今夜必是一场苦战。为防叛军突袭神武门，并护卫太后、公主安危，微臣拨出八百军士，由陈副统领统率，守护在乾清宫外。为使军士得以休整，养精蓄锐，臣与赵、萧、陈三位统领大人约定红灯暗号，每击退叛军一波攻势后，便分出三百军士轮换休整。"皇帝恍然道："原来如此。爱卿果然设想周全。"孟丽君心道："倘若援军明日便到，本也无须如此。但此事须做最坏打算，要是勤王之师三四日内还赶不到，军士若不及时休整，决计支撑不住。"

皇帝转过目光，望向远处宫墙之外，喟然道："也不知此刻宫外却是怎样一幅景象？老丞相和太师是否平安无恙？"又道："爱卿得了消息便立时赶进宫来，这一副赤胆忠心，朕自然有数。只是却怎不将你妻儿一并接进宫来？要是落入反贼手中，有个三长两短，岂不令你抱憾终身？"

孟丽君听皇帝这番话说得推心置腹，到如此情形他还在分心替自己着想，十分感动，答道："多谢皇上垂念。只是当时微臣若把一家子都接进宫来，行迹太显，不免打草惊蛇，惹人动疑。倘若激得反贼提前发动叛乱，御林军尚不及调动提防，那便误了大事。微臣进宫后已遣人拿了信物带话回太师府，将义父、义母并妻儿老小安置在城外僻静可靠之处，只待叛乱平定后再行回京，免得落入反贼手中，便如高提督夫人一般，拿为人质逼迫于臣。只是太师对皇上忠心耿耿，大乱之际无论如何不肯离京，已设法联络了寿王千岁及一干忠于朝廷的官员，在外竭力与叛军周旋。此刻内外消息不通，也不知他们究竟如何了。寿王千岁和太师年岁俱高……只盼吉人天相，终能化险为夷。"说到这里，一向平静无波的口风也不禁稍露忧虑之声。

皇帝闻言轻叹一声，正要说话，忽见午门外叛军阵形变化，似乎又要攻来，这时距上一波攻势消停才只过了一刻钟。孟丽君原地轻晃红灯，提醒午门守军留意。

这一夜，自亥时至丑时三个时辰，叛军先后强攻六次，被击退六次。战事异常惨烈，双方各有死伤。其中一次情形甚险，叛军几乎要攻破午门，幸好孟丽君从乾清宫外紧急调来三百援兵，才终于守住。其间皇帝和孟丽君一直并肩立于城楼，无论杀声震天，还是箭如雨下，都未有丝毫动摇。

自寅时初刻起，叛军停止强攻午门，化整为零，以小股兵力四下骚扰，忽东忽西，下一刻又回到午门，北面神武门也被袭数次。孟丽君静立城楼，以不变应万变，手举一杆红灯，居中运筹帷幄，一面算计叛军主力兵力潜伏方位，一面指挥各处守军调度休整。

及至寅时末刻，午门外传来震天动地的呐喊声，孟丽君精神一振，道："终于来了。"果见尘土飞扬，又是一轮强攻来临。皇帝纳罕道："爱卿不是料定叛军的目标是北面神武门么？"孟丽君指着午门外军队道："皇上可看出此次攻击与前番有何不同之处？"皇帝细看一会，若有所悟道："此番叛军虽声势浩大，较之前番倒似少了好些人马……莫非乃是虚张声势？"

孟丽君领首道："不错。若微臣所料不差，叛军必是分兵佯攻午门，以图吸引我军注意，再以小股兵力牵制东华、西华二门守卫，其主力想来一会便将突袭神武门。微臣既已识破此计，不妨将计就计，倒要让叛军先吃一个小亏才是。"于是发出先前约定的信号。

过了一会，叛军果然袭击神武门，守卫兵力稀疏，一触即溃。叛军攻破神武门，如流水一般涌将进来。忽然间只听"哎哟"之声大起，数百名叛军跌入预先挖下的七八个大陷坑里，余者前后践踏，乱作一团。御林军副统领萧渐领了二百死士，趁乱自城门埋伏处奋力杀出，将叛军一截为二，重新占领城门。副统领陈自纯引五百甲士自乾清宫外赶来增援，截住叛军前锋，一阵厮杀。

叛军前锋被截，连带落入陷坑的有近千人被困宫内，腹背受敌，正不知该当如何是好。陈自纯奋力砍倒一名叛军，驻足大喝道："皇上天威煌煌，叛臣贼子还不束手就擒！"一众叛军手握兵器犹豫不决，还在翘首观望。孟丽君轻轻一拉皇帝，从盾牌护卫中现出身形，命身旁一名甲士高声喝道："万岁圣驾在此！汝等快快放下兵刃受降！皇上仁德宽厚，只惩首恶，不究协从！"

众叛军望见皇帝的身影出现在城楼之巅，头顶上便是一轮皎洁的明月，越发显得英明神武，高大威严。只听"当啷"一声，不知是谁率先放下手中兵器，接着便如传染一般，"当啷"之声不绝，被困叛军全部放下兵器，匍匐在地。御林军士举起手中武器，高声呼道："吾皇万岁万岁万万岁！"将受降叛军押了下去。

皇帝听得军士们由衷发出三呼万岁之声，心神激荡，热血如沸，在城楼上频频举手，向将士们示意。孟丽君在旁轻声劝道："皇上，圣驾既现，此处不宜久留，请皇上还驾乾清宫。"皇帝迟疑道："爱卿你呢？"孟丽君道："微臣要在此处守至天明。"

皇帝知他用兵如神，料敌机先，此刻既请自己回宫，必然有其道理。沉吟片刻，将身上披风解下，说道："今日日间虽然酷热，夜里这时到底寒凉些，何况城楼风大。爱卿披上这件披风，挡些凉意。"孟丽君接在手上，道："是。微臣恭送皇上。"便要分出一半守卫，相送皇帝回宫，皇帝坚决不肯，只要了五名甲士护送。孟丽君知他担心分出一半甲士之后，盾牌阵无法成形合拢，护卫不了自己周全，便也不拂他好意，手上红灯摇动，调度一支军马，从午门外赶至乾清宫，正好沿路护送皇帝回宫。

第十五章

玉兔西沉，东方天际渐渐泛起鱼肚白。

孟丽君眼见叛军再一次自神武门徐徐退却，不由轻吁一口气，暗道："今夜可总算守住了。"此番叛乱突变乍起，事先毫无征兆，已方匆匆应战，兼之兵力悬殊，又要分兵守卫。究竟这一夜能否坚守得住，孟丽君心中原无把握，只是无论如何总要尽力而为才是。眼见天色渐亮，这最为艰难的第一夜终于熬过去了，孟丽君心弦略略放松下来。蓦然之间，只觉腰酸背疼，全身僵硬，待要抬起脚来，脚步发虚，一个踉跄，几乎摔倒。

一旁甲士赶忙扶他坐下。郦尚书这一夜的辛苦劳累，他们都看在眼里，敬在心上。他不眠不休、一动不动静立城楼近五个时辰，周旋指挥，调兵遣将，其间就只匆匆喝过几口水，吃过几口皇帝特地遣人送上城楼来的点心。他这般劳顿，便是铁打的人儿也未必经受得住，更何况如郦尚书这样娇柔文弱之人。

孟丽君定一定神，只觉头昏眼花，周身气血翻腾，直冲四肢百骸，似要破体而出，喉头一甜，赶忙以袖掩唇，已吐出一口鲜血，映在雪白的袖口上，如白雪红梅，殷红灼目。孟丽君怔怔地望着袖口斑斑血迹，不觉一凉："今日正是娘亲亡故十周年忌日，难道我这呕血之症，竟然也在今日一并发作么？娘亲当年在二十九岁上呕血故世，记得听她说起，外祖母过世时也在三十岁上下，可是……我……我今年才不过一十八岁！"

心中却是一片雪亮，从自己懂事时起，娘亲便谆谆告诫，此生务须保持心境平和舒泰，不可骤惊骤喜，更不可劳累过度，便是为防这代代遗传、传女不传子的呕血之症。自己从小无欲无求，不以物喜，不以己悲，纵然遭遇抄家灭门之大祸，惊逢谋逆反叛之大乱，也能于顷刻间稳摄心神。然而从昨日晌午至今九个时辰，一直未曾有过片刻歇息，先时心弦紧绷，尚不觉得，此刻一旦放松下来，不但身子疲累劳顿，更兼心力交瘁，自是由此而引发了在体内潜伏已久的呕血之症！

一时神思晃动，回忆起娘亲当年卧病床头、一口一口呕出鲜血的惨象，又想起自己那些踌躇满志，却还未来得及实现的济世抱负，不觉怅然。轻叹一口气，抬起头来，猛然瞧见一张慌乱关切的面庞，听得一个焦急的声音唤道："郦尚书！郦尚书！你这是怎么了？"却是皇帝近侍小太监顾言，想是才上城楼，正见到自己吐血的一幕。

环顾一周，见一众甲士眼中都满是关切之色，微微一笑，道："不妨事。原是老毛病了，血不归经，吐过一口血便舒服多了。"自知此刻决计不能吐露实情，以免动摇军心。况且自己吐过这一口血后，周身气血自然平和如常，果真舒服许多。这呕血之症虽经引发，初次吐血之后十天半月，却无大碍，起身问道："顾公公赶来城楼，可是有皇上旨意要宣读？"

顾言醒然道："不错，咱家正是来宣旨的。万岁口谕：天色已亮，叛军暂退，着郦尚书乾清宫见驾。"孟丽君躬身道："遵旨。"命一名甲士将赵卫戎请上城楼，嘱托他代为四下照应，叛军如有异动，便速遣人来乾清宫报知。

顾言年纪虽小，心思活络，知道郦尚书操劳一夜，方才又吐了血，一早下了城楼，传来一副肩舆，自思郦尚书劳苦功高，又向得万岁爷另眼相看，必不致怪罪。孟丽君果觉十分疲惫，此番叛乱不知何时能平，若不抓紧时间调理休养，自己的身子如何支撑得住？便也不拘小节，依言坐上肩舆，来到乾清宫。

殿内只有皇帝和安平公主二人，太后及一众妃嫔想已各回寝宫安歇。孟丽君见过皇帝、公主，才一抬头，皇帝便惊声道："爱卿脸色怎地这般憔悴苍白？必是昨夜劳顿一宿的缘故。快快赐座歇息。"孟丽君也不推辞，告谢坐下。顾言便将方才所见郦尚书吐血一幕如实说来。

皇帝脸上满是怜惜之色，顿足道："这可怎么好？"安平公主一旁劝道："皇帝哥哥别急，郦尚书自己便是举世无双的神医，必定不会有事的。对不对？"口中虽在安慰皇帝，语气却是半点也不确定，说到"对不对"三个字时，目光转向孟丽君望去。

孟丽君见公主望向自己的目光中，夹杂着焦急、忧虑、爱怜等神情，心弦不禁微微一颤，转过头去，不敢与她目光相接，自也不能实言以告，说道："皇上、公主如此挂念，实不敢当。微臣只是一时疲累过度，血不归经，并无大碍。"

公主嚷道："不成，不成！你连脉搏也没把一把，怎么就知道无碍？快快自己把过脉，开出一张方子来，本宫立时命人熬药去。要不然，让皇帝哥哥和本……让我皇帝哥哥怎么放心得下？"皇帝颔首道："平儿说得不错。爱卿此刻如若病倒，让朕更有何人可倚为股肱？爱卿昨日不是也说过，只需守住昨夜，到今日白天便可稍稍歇一口气了么？"

孟丽君还要再言，皇帝已沉下脸道："爱卿莫非要抗旨么？"孟丽君见皇帝公主兄妹二人对自己皆是由衷关怀，心下感激。自己劳累一日一夜，确也需要歇息调养，于是应道："是。微臣遵旨。"

公主大喜，亲自端来文房四宝。孟丽君把过自己左右手脉，静思片刻，写下两服药方，公主吩咐贴身宫女素素前去煎药。孟丽君吩咐道："照第二服方子再煎两服药来，呈给皇上、公主进用。皇上、公主想必也是一宿未眠，当早做防范，免得伤了龙凤之体。"

公主闻言又是甜蜜又是担忧，横他一眼，微嗔道："自己都累得吐血了，偏还要操这许多心。"皇帝却道："朕和平儿若不服这药，郦卿定然不肯放心歇息。也罢，一会儿大家都喝过药各自歇息去就是了。"吩咐权昌道："好了，这便传早膳罢。"

公主笑向孟丽君道："郦尚书不知，我皇帝哥哥可当真对你宝贝得很呢！昨夜他自从城楼下来，就和本宫一道在这里远远地守望着红灯，母后要他去歇息，他也不肯。又是命人送去点心，又是担心你为流矢所伤……才刚天亮，听说叛军暂时退兵了，小太监上来问传早膳，他便惦记着你，命人赶去城楼宣召。嘻嘻，本宫还从未见他对甚么人这般上心在意过呢！"一面说，一面向皇帝挤眉揶揄。她与皇帝兄妹间自小耍闹调侃惯了，二人都未将孟丽君当作外人，在她面前便也毫不避忌。

皇帝却不以为意，哂道："郦卿是朕的股肱重臣，此番又立下大功。我们是知己君臣，彼此惺惺相惜，正可留下一段传颂千古的人间佳话。平儿你又懂甚么？"

孟丽君听到从皇帝口中这么漫不经心地吐出"知己君臣"四个字，说得极为流畅，显是在他心中存念已久，这时才会自然而然地脱口而出，不觉十分动容，垂手对道："万岁乃一代圣主明君，微臣得蒙皇上以国士相待，相知相惜，敢不以国士报之？微臣愿鞠躬尽瘁，辅佐我主江山万年永固、社稷黎民喜乐安康！"

安平公主原本还待向皇帝反唇相讥，眼见孟丽君动容，咬了咬嘴唇，闭口不语。想到皇帝这般器重郦尚书，心中也暗暗替她欢喜。皇帝闻言双掌一击，眼中放光，道："好！你我君臣一心，必能其利断金。"孟丽君只觉心怀大畅，眼前的种种磨难，一时都抛诸脑后，重重地点下头去，应道："是！"

小太监摆上早膳，君臣三人皆是一宿未眠，胃口不佳，草草用得几口就撤了下去，服过煎好的药汤，公主自回潇霞宫歇息，孟丽君便留在乾清宫偏殿，和衣暂歇。

心胸既畅，这一觉便歇得十分舒坦。睡梦之中，竟也并未听闻金鼓鏖战之声，更无人前来报信惊扰。直至日头偏西，孟丽君方才悠悠醒转，她心忧战况，匆匆赶至城楼。

赵卫戎见他上楼，举手指道："郦大人，今日自天明后，叛军退至五百步外，将皇宫四下围住，原地休整，至今再未进攻，不知有何图谋？"孟丽君顺他手指望去，果见叛军兵马驻于城门一箭开外，按兵不动，心中也颇为纳闷，观望一会，奇道："我瞧这阵势，叛军倒像是在等待什么的模样。"随即说道："不论如何，我们亦在等候援兵。时间拖得越久，于我们越有利，不妨静观其变。"赵卫戎点点头，道："正是。"

孟丽君回过身来，问道："赵大人一夜苦战，可也歇息过了？叛军既未强攻，军士们自当轮流休整。"赵卫戎回道："卑职与萧、陈二位大人已轮换歇息过了，御林军士也分作三拨休整。大人不必为这等小事费心。"孟丽君笑道："几位大人都是能征善战的威武将军，原不必我多此一举，不过白说一句。"赵卫戎忙道："大人说哪里话？昨日若非大人识破叛军计谋，居中调度指挥，只怕皇宫已然失陷。大人用兵如神的名声，卑职早有耳闻，昨日更是亲眼看见，果然名不虚传。"话语一片挚诚。

孟丽君微微一笑，不再说话，转头望向远方天际，忖道："此去天津卫，快马一夜可至，不知清之和段亮这会子怎样了？但愿他们已经搬来了勤王之师，正赶在驰援道上。空灵庵地处偏僻，人迹罕至，雪妹、归郎和义父、义母藏身彼处，该当无恙。即便万一皇宫不幸沦陷，清之聪明伶俐，必能猜知我的安排，将他们及时接走。"一时思念纷纭。过了大半个时辰，仍不见叛军有何异动，于是下了城楼，回转乾清宫。

这时皇帝等人齐聚乾清宫内，听过孟丽君报知叛军按兵不动，众人猜疑一阵，自也得不出甚么结论。太后和李妃又细细问过孟丽君吐血之事，温言宽慰一番。刘后仍如昨日一般，一人独立墙角，目光四下飘移。望向孟丽君时，眼中夹杂着几分怨毒仇恨之色，一旦与皇帝目光相交，便立时转为哀怜恳求之色。

日影西斜，时近黄昏。忽听殿外传来一阵急促的脚步声，一人赶进殿来，正是御林军统领赵卫戎，脸上一片焦急之色，匆匆行了一礼，回道："叛军不知从何处调来了二十辆檑木冲车，分架在午门和神武门外。"

皇帝心中一凉，道："甚么！"目光不由向孟丽君望去。他昨夜亲眼见识过檑木冲车的威猛攻势，只一辆便有这等威力，二十辆一起发动，城门如何还能把守得住？

孟丽君也是大吃一惊。京城最重防务，各类守城器械应有尽有，而檑木冲车这等攻城利械，京中原无储备。昨夜那一辆冲车，还可说是刘捷为防宫中有所提防而预先备下的。今日这二十辆冲车，莫说小小的一个皇宫内门，便是京城外围城门，在攻防掩护之下，也当有一冲之力，断非刘捷事先便能料想预备下的，必是从临近重镇急调而来。忙问道："叛军眼下可有异动？"

赵卫戎道："此刻仍无动静。依卑职看来，叛军多半是要等到入夜，借助夜色，两处再同时发动进攻。"孟丽君摇头道："此其一。我看叛军将檑木冲车列于阵前，却迟迟不肯发动攻势，只怕……只怕是要借冲车之势，以图分崩瓦解我方士气。"

赵卫戎回想方才乍一见到敌营中推出二十辆硕大无比的檑木冲车时，连自己都忍不住心底暗暗叹息，更遑论寻常士兵了，悚然道："不错。一旦军心有所动摇，那便不战自败了。"与孟丽君对视一眼，眼中都颇有些无奈之色。二人通晓兵法，皆知昨夜之所以能坚守不败，主要倚仗的就是居高临下地利之便，一旦城门撞开，叛军大量涌入，众寡不敌，皇宫必然沦陷。一时乾清宫内一片寂静，无人说话。

过得一会，赵卫戎开口问道："郦大人，不知……援军今夜能否抵达？"孟丽君知他言下之意，倘若援军今夜能及时赶到，此战或许还有胜望，否则只怕救援不及。但勤王之事非同小可，刘捷必定遣人阻隔消息、封锁道路，段、荣二人是否能顺利搬来救兵、及时驰援，孟丽君心中也无把握，不由沉吟不语。

皇帝见状霍然起身，喝道："取战甲来！朕今夜要亲至神武门，与将士们携手并肩、共同御敌！就算是死，做个战死的皇帝，也强似枯等于此、坐以待毙！"众人听得皇帝不顾忌讳，竟将"死"字都说了出口，惊异之下，精神反觉一振：以皇帝万乘之躯亲临战场，自能大大振奋军心、激昂士气。虽则此番近战不比昨夜远观，战场之上刀枪无眼，任谁也不敢断言定能护得皇帝平安周全，然而眼下情势已然危若累卵，除此之外一时别无他法。若不如此，皇宫迟早沦陷，倒不如豁将出去、背水一战，或许尚能有所转机。

太后、公主等人虽不通兵法、不谙战事，这时俱也猜知形势不妙。见权昌取来皇帝战甲，太后终于抑制不住滴下泪来，转过头去，不令皇帝看见。

皇帝又如何看不见？心下一阵酸楚，只装作不知，正待伸手取下胸甲，忽见李妃上前一步，开口道："皇上且慢。煌煌大元天子，金尊玉贵之体，怎可同寻常莽夫一般阵前厮杀？臣妾倒有一个主意，或许能扬我军士气、灭叛贼威风，只是妇道人家见识浅薄，也不知当讲不当讲。"

皇帝听她这话倒觉几分诧异：李妃素来谨言慎行，遇事罕有主见，朝政大事更从不插口，不想这时竟有主意，道："贤妃快说。"李妃目光一转，如利刃般直逼退缩一旁的刘后，嘴角微微上扬，道："说不得只好委屈皇后娘娘了。"刘后瞧见她冷冰冰的目光，心里打了个突，浑身战栗。

李妃转过目光，说道："皇后娘娘乃是贼首刘捷的亲生女儿。若请娘娘自缚其身，登临城楼，充当人质，有道是：'虎毒不食子'，刘捷未必真能狠下心肠，置亲女于不顾，如此咱们便可静待援军。倘若当着敌我双方万千将士、众目睽睽之下，刘捷竟当真灭绝人伦，做出六亲不认、禽兽不如之事，叛军自然人人心寒自危，我军将士必能同仇敌忾、士气高昂。"说到这里，转向刘后，又道："这样自然十分委屈皇后娘娘，但谁让皇后娘娘偏生是那十恶不赦的谋反逆贼之女呢！我们便有心为皇上分忧，却也不能够。何况皇后娘娘母仪天下，自然知道君为臣纲、夫为妻纲的道理。身为臣妾妻子，为了君上夫主，纵然千刀万剐，也当在所不辞。皇后娘娘说，臣妾这话是也不是呢？"

刘后听了李妃前半段话，不禁气得娇躯微颤。自昨夜叛乱乍起，身为"逆贼"之女，自己的一举一动便已遭人监视，处处受限，不得自由，不但太后、公主对自己加意提防，就连皇帝也无半句宽慰的言语。自入宫十年来，她圣宠不衰，可谓要风得风，要雨得雨，何曾受过这等委屈苦楚？一直强自默默隐忍，这时见一个平素奴颜婢膝、向自己摇尾乞怜的李妃，竟也敢趁机落井下石！不由怒气勃发，不可遏抑。

待听到后半段话，心下一沉，既觉可笑又复悲凉："爹爹谋反之事，可怜我身处深宫，到头来反是最后一个得知。他既决意行此大逆不道之事，自是全然不将我的性命安危放在心上，别说一个女儿，便是父母妻儿一并绑来，又岂能打动他的心意？"

转眼望向皇帝，正与他视线相对，觉察他目光中的怜惜慰藉之色，一阵酸楚袭上心头，回思十年往事，蓦地生出一腔自暴自弃的念头，只觉万念俱灰，心道："爹爹事成，他……性命难保，我与他夫妻十载，却如何割舍得下这一段情分？爹爹事败，我后位定然不保，纵然他肯不予计较，不将我贬入冷宫，份位必也在那贱人之下，以她这等落井下石的小人脾性，定会处处为难于我，我又怎能咽得下这一口气，反向她屈膝折腰？罢了，罢了！爹爹既不当我是女儿，我又何必管他如何！我这一条性命，若真能换来援军赶到的几个时辰，救得他的性命与江山社稷，令他此后心中念念不忘，也算值得了。只是这个无耻贱婢，无论如何却也不可放过！"

想到这里，借李妃身子掩去众人目光时，先朝她甜甜一个微笑，果然如愿见她错愕惊惶、手足无措。随即整了整衣裙，款款上前，盈盈拜倒，抬起头来，已是一副泫然欲涕、楚楚动人的模样，泣道："太后、皇上圣明，自然知道臣妾与谋反之事无涉，否则断不容臣妾此时尚立于乾清宫内，臣妾感恩涕零。妾本蒲柳之姿，得蒙太后、皇上错爱十余载，已是惶恐不胜。若果如贤妃所言，能以臣妾一己之身，换得太后、皇上平安无恙，保住我主江山社稷，臣妾便在九泉也当含笑。"说罢磕头下去。

太后十分动容,亲手将刘后扶起,道:"难为你竟肯如此牺牲,也不枉皇帝待你这十余年的情分。你若有甚么心愿,只要与反贼无涉,哀家必然依准。"

皇后凄然一笑,道:"臣妾也没甚么心愿。臣妾若有个孩子,自当为孩子祈福,可怜臣妾命薄,不曾生得一儿半女,如今也没甚么放不下的了。唯愿母后、皇上福体安康,江山社稷千秋万载!"略顿了顿,又道:"只是臣妾到底也是国母皇后的身份,只臣妾一人独上城楼,未免有失身份,就是带上个宫女,也还不成体统。臣妾本有意烦请温、李两位妹妹中的一位,陪同臣妾同上城楼。既然贤妃妹妹方才言道,她有心要为皇上分忧,却恨不能够……贤妃妹妹这般贤德,臣妾心中亦甚为钦佩。如此还请母后下旨,便烦劳贤妃妹妹……"

李妃大惊,万万料不到刘后竟然自行答允登楼,先前料想她必然不肯前去送死,但如此形势,太后、皇上又岂能容她不肯?自以为定能将她一举置于死地,以消多年积压心底的深仇大恨,不想她竟肯慷慨赴死,反将自己一并拖入死地。登时花容失色,心魂俱寒,不等刘后说完,慌忙伏地求饶道:"太后开恩!娘娘开恩!"拉了世乾道:"快跪下求情。"世乾糊里糊涂地跪下。李妃又道:"求太后、皇上看在乾儿还小,暂容臣妾苟活几年。"

太后见了这等丑态,哪里看得下去,"哼"了一声,道:"世乾起来。跟着这样不长进的母亲,能学得甚么好?"再不看李妃一眼,道:"传哀家懿旨,送皇后和贤妃……"

话音未绝,已有两个声音一齐传来,一个道:"母后不可!"一个道:"太后且慢!"正是皇帝与孟丽君二人。

君臣二人对视一眼,心有默契。皇帝先道:"母后,万万不可。皇后若早知叛乱消息,岂会一直逗留宫中?可见刘捷毫不顾念父女之情,倘将她推上城楼,必是死路一条!朕与皇后十余载的夫妻,她待母后也一向孝顺,朕实不忍心将她如此送上绝路。"刘后闻言滴下泪来,皇帝所言字字句句,尽皆化作暖流,汇入她心底深处。

太后却道:"哀家自也于心不忍,但眼下别无他法,只得如此。皇后为国捐躯,待平叛之后,哀家自当传旨天下,旌扬其忠顺明德,不夺后位,灵衬太庙,永受子孙后世供奉祭祀……"皇帝抗声道:"那些不过是人死之后的浮华虚荣，人都死了，还要那些又有甚么用处？"随即意识到语气过激，十分不敬，降下声调，又道："母后既说不夺后位，此刻她便仍是皇后之身。岂有将一国之后推上城楼、挟以为质的道理？"太后断然道："非常之时，当行非常之法，这也是不得已而为之。"皇帝仍不甘心，还待再劝，一时却不知该当如何措辞，求助的目光朝孟丽君望去。

孟丽君早先在听闻李妃献策之时，心下便已打定主意，无论如何都要谏阻此事：两军交锋，为败中求胜，却将一个柔弱女子挟至城楼、迫为人质，希冀以其慨死来激昂士气。这等惨事，与自己素来唾弃的《烈女传》中所记种种悲剧，又有何分别？自己决计不可任由如此惨剧发生眼前而不加阻止！

眼见皇帝劝解无效，当下上前一步，出言谏道："微臣亦觉此事不可。太后千岁采纳贤妃娘娘之策，自是希望如此能振奋我军士气，然而微臣却唯恐此举或会适得其反。"太后"哦"的一声，探究的眼光望了过来。

孟丽君不紧不慢续道："微臣担心，若将娘娘推上城楼，还不必等到刘捷下令动手，就已然寒了将士们一片忠君爱国之心。要知皇后娘娘虽是刘逆之女，却更是我大元天子的元配妻子，父女之亲再亲，总归亲不过夫妻之亲。纵然娘娘情愿牺牲一己性命，这'六亲不认、灭绝人伦'的罪名，只怕也归不到刘捷头上。希冀以此来激发我军将士同仇敌忾之心，更是痴心妄想、绝无可能！"

刘后听得孟丽君不计前嫌，竟肯出言替自己开脱解困，大出意料之外，不由既感且佩，复生慨叹：骨肉至亲的家人，不惜将自己置于死地；对自己素来恭顺之人，却偏在关键时刻落井下石；到头来，反是自己一向视为眼中钉、肉中刺，想方设法欲除之而后快的"敌人"，在自己最为艰难落魄之时，竟然伸出了援助之手。不禁为从前所作所为而暗生惭愧悔恨之意。

太后听了孟丽君所言，也觉有理，一时拿不定主意，沉吟片刻，问道："赵卿，你意下如何？"赵卫戎直言对道："微臣亦觉郦尚书所虑极是。寻常百姓尚有'一日夫妻百日恩'之说，何况皇上与娘娘有十余载的夫妻情分。太后若执意要行此举，只恐令天下人将皇上误解为薄情寡义之人。将士们自当倾洒一腔热血，誓死保卫太后、皇上，不敢劳动娘娘凤驾。"

太后见众意一致，已知此计果然于己无益，叹了口气，道："罢了，罢了。"走过去，亲手取过战甲，替皇帝一件件穿戴齐整，完毕之后从上至下细细端详一阵，赞道："好个气宇轩昂的神勇帝王！"反手"刷"的一声，将皇帝腰间佩剑拿在手上。皇帝骇然道："母后！"太后举剑挥了两挥，只觉一股寒气迎面逼来，笑道："好剑！好剑！皇儿这把宝剑，便留在母后身边。你此去城门战场，只管奋力杀敌，勿以我等妇孺为念。传哀家懿旨：乾清宫外的守卫，也一并调上城楼去，多一个人，便多一分力量。"

皇帝深深凝望太后一眼，道："就请母后代为坐镇乾清宫，静候儿臣的好消息。"抱拳一礼，毅然回身而去，孟丽君和赵卫戎也行礼退出。但听得盔甲锵锵，靴声橐橐，已自去得远了。

皇帝戎装披挂，御驾亲临神武门，御林军将士无不深感君恩，士气大振。

众将簇拥皇帝上至城楼，其时已近黄昏，残阳如血。举目望去，十辆庞然巨车耸列于叛军阵前，车上各缚有一根硕大无比的百年巨桧，径逾六尺，怕不有数千斤重？每辆冲车近旁约有百人，想是一会攻城时负责推动巨车，撞击宫门。其后便是黑压压的一大片叛军兵马，较之昨夜人数尤多，似已倾巢而动。

孟丽君见此阵势，心头一沉，仍然上前两步，细细查看叛军阵营。蓦地全身一震，喜上心头，不敢大意，再看一遍，果真如此，不觉喜动颜色，转身说道："皇上，赵大人，援军已经到了！"

此言一出，上至皇帝，下至小卒，人人惊喜交加。皇帝急行两步来到她身旁，问道："果有勤王之师到了么？在哪里？"孟丽君成竹在胸，指着叛军前锋，道："这十辆檑木冲车，便是援军！如我所料不差，午门外的十辆冲车，当也是我方援军。此外，必还有大队兵马埋伏在后，阻断退路，成两面夹击之势！"

赵卫戎向叛军阵营望去，却瞧不出半点端倪。他虽对孟丽君兵法韬略十分敬服，如此大事，到底还不敢骤然全信，犹疑道："郦尚书却怎知援军已到？"

孟丽君解释道："赵大人请细看那十辆檑木冲车，是否可见其顶部在阳光之下发出一层昏黄色光芒？"赵卫戎凝神细看，果真如此，只是那光芒十分微弱，若非听得郦尚书提及，又是居高临下地站在城楼上观看，根本不会留意。

皇帝自也瞧见了，想到先前令人提心吊胆的二十辆冲车竟是友非敌，十分欢喜，道："原来如此，郦卿神机妙算，这定是你早与援军约定下的暗号了？"孟丽君微微一笑，道："'神机妙算'四个字，微臣实不敢当。微臣并非神仙，哪里就能料知这二十辆檑木冲车便是援军？否则早当言明，也不至令太后、皇上为战事焦虑不宁。这原是微臣在家时常与僮儿荣清议论兵法，曾经提起过一些友军相认的法门，步兵该当如何，骑兵该当如何，辎重器械又当如何，也曾教过她一些简单药物的调配之法。她此番能活学活用，举一反三，委实不曾辜负我的一片重望。"言下十分欣慰。

皇帝哈哈大笑，道："郦尚书果然是郦尚书，麾下一个小小的僮儿，竟也有这般能耐，果真应了'强将手下无弱兵'这句话。嗯，他此番功劳极大，朕定当重重封赏。"忽然想起一事，向权昌道："快去将援军已到的好消息禀报母后知晓，免得她老人家忧虑不安。"

孟丽君当下遣人前去午门城楼，果见午门外十辆檑木冲车顶上也涂有同样记号。既知援兵已到，军心大定。孟丽君布置兵马，屯于午门和神武门内，预计配合援兵，就此将叛军主力一举击溃。皇帝此时本已无逗留在神武城楼的必要，但他坚持不肯离去，执意要留下亲眼观战，孟丽君亦觉如此利大于弊，只传令下去加强守卫，严防圣驾有失。

这一战前后不到两个时辰，胜负已然分晓。

神武门外叛军还未从檑木冲车骤然倒戈的惊疑慌乱中缓过神来，就已被身后埋伏的一万骑兵，以及由宫内奋勇杀出的御林军士两面围住，军心立时大乱。眼见十辆巨车在阵中横冲直撞，势不可当，每一次轰然撞击，便有数十人身躯或被撞飞摔开，或已碾为肉泥。又见大队骑兵铁蹄翻飞，由后方如切瓜砍菜一般掩杀过来，不觉心惊胆战，勉强抵挡一阵，已自死伤无数，溃不成军。余者见大势已去，纷纷扔下手中兵器，就地请降。

皇帝立于城楼，亲观战局，眼见叛军节节溃败，己方胜局已定，不由龙颜大悦。这日夜间酷热异常，且无一丝儿风，皇帝在城楼久立，只觉额头、鼻尖和脸上都是腻腻的一层汗渍，极不舒服。伸手拭时，手指无意间摸到下巴上新泛起的点点胡楂，不觉一动，侧目向孟丽君望去。但见皎皎月光之下，她的面庞光洁如玉，竟比天上的一轮满月还要皎洁明净。二人近在咫尺，皇帝看得分明，那张欺霜赛雪的玉庞上更无半点瑕疵，不但冰肌玉骨、清凉无汗，竟连半点胡楂的痕迹也看不到。

皇帝生性喜爱世间各类美好事物，尤爱欣赏人间殊色。当日殿试第一眼见到孟丽君时，便为其绝色丽容所惊，其后时常召见，未必没有想借机多加欣赏其容貌的私心在内。然而此后孟丽君屡建功勋，济世之才脱颖而出，皇帝对她日渐倚重，不可稍离，君臣相知相惜，十分了解她对这副绝色皮相厌烦多于喜爱的心理，便也尽量不去留意，更不加口舌妄评。这时见了如此一幅玉容月色交相辉映的美景，心底暗赞之余，却也不由生出几分疑惑："郦卿在宫里这一日两夜，指挥战事，心无旁骛，全无空暇分神整理自己仪表。他年纪虽小，到底已是有孩子的人了，怎么颔下竟连半点胡楂都不曾长出？"

不及细思，听顾言高声报道："天津卫提督林峻，郦尚书书僮荣清、家将段亮，求见圣驾。"皇帝大喜，道："快宣。"

三人上得城楼，皆是全副戎装披挂，行过礼后，皇帝道："平身。"只见林峻三十出头年纪，面上颇有风霜之色，抱拳道："臣等救驾来迟，惊扰圣驾，特来请罪。"皇帝笑道："林卿救驾有功，何罪之有？"又问道："哪一位是郦尚书的僮儿荣清？"

荣兰初次见驾，不由心下惴惴，偷眼望去，与公子鼓励的目光相接，定了定神，踏出一步，道："草民荣清，拜见圣驾。"皇帝见她才只十六七岁年纪，眉清目秀，身形虽略显纤细，一身银袍银甲，反衬得英气勃发，不由赞了一个"好"字，转身向孟丽君道："爱卿的这个僮儿，不论相貌才干，神采气度，都颇有几分乃主之风。"

孟丽君微微一笑，道："万岁谬赞了。"走过去，拉了荣兰的手，问道："你们这一路可都还好？当真辛苦了。"荣兰哽咽道："公子……我们一路紧赶慢赶，唯恐到得迟了……谢天谢地，公子总算平安无恙！"真情流露，眼圈已红。孟丽君轻轻拍她手背，以示安慰，又向段亮问了几句话，转头向林峻道："林大人。"

林峻不敢怠慢，抱拳行礼道："卑职林峻，参见郦尚书。"他自接到兵部虎符，率领所辖骑兵日夜兼程赶来，一路之上都是听从荣兰调度，对其兵法计谋以及临机应变之捷才，都颇感佩服。得知她的一身本领俱是郦兵部亲手所教，不由对这位传闻中"美若谪仙、学究天人"的少年奇才多了几分好奇，这时一见之下果然大为心折。

孟丽君道："林大人不必多礼。方才这一战，不知可擒到那反贼刘捷不曾？"林峻道："方才有一小股叛军负隅顽抗，且战且退，向北而去。卑职等因忧心圣驾安危，急急赶进宫来。已有一队御林军及卑职麾下李奇副将率军追击去了，料那反贼插翅难逃。"

孟丽君心念一转，望向荣兰道："莫非你们已在城门口布下了伏兵？天津卫三万骑兵，都已尽数调了来罢？"林峻既惊且佩，只从短短两句话中，她便已猜知全部布局，果是兵法奇才。听荣兰答道："东平、南安、西宁、北静四门，各布有二千伏兵。"孟丽君点点头，目光越过城楼，向北望去，喃喃自语道："刘捷此刻唯有一个去处，必是要纠集余党，顽抗到底了。"

城北国丈府外，短兵相接，血光一片。

孟丽君携荣兰、段亮赶至国丈府时，外围顽抗的守兵已被击溃。但刘捷所蓄死士众多，又处心积虑早做安排，防守十分严密，兼之地形并不开阔，易守难攻。御林军等人数虽众，却只得将其团团围住，一时强攻不下。

孟丽君在团团火把围绕之中观战片刻，料刘捷大势已去，早则今夜，迟则明晨，国丈府定能攻下，如此反不必急于一时，免得多增伤亡，于是传令下去，暂缓强攻。

过了一会，见远处火光点点，驰来一队人马，为首之人正是御林军副统领萧渐。依照先前约定，击溃叛军主力之后，陈自纯和萧渐二人便各领所辖兵马，分向东、西两处搜剿叛军余党，收复京城。

萧渐见孟丽君也在国丈府外，不觉一喜，行过礼后，将手一挥，两名军士押上一人。那人锦衣华服，慢慢抬起头来，愤恨无比的眼神狠狠瞪了孟丽君一眼，火把之下看得分明，赫然竟是刘捷独子刘奎璧。

萧渐禀道："卑职奉命前去西城，先到大丞相府，不想正见这厮在趾高气扬地大放厥词，给卑职出其不意拿了，手下爪牙也已尽数拿下。郦尚书但请宽心，梁太师也在大丞相府，他和寿王千岁俱安然无恙。二位老大人心悬圣驾，卑职已命人护送他们进宫面圣。只是梅翰林为救护太师，负了些许皮肉之伤，并无大碍。卑职得知反贼巢穴久攻不下，此人乃刘贼独生爱子，若以他为质，刘贼必定束手就擒。"

孟丽君看了刘奎璧一眼，心底不觉微叹："刘捷这一双儿女，平日身份何等尊贵，不想今日竟先后给人拿住，欲挟持为质，逼迫于他。这前后原也不过区区几个时辰，攻守之势已然迥异。刘捷若知此事，不知会生出何等感触？"

又忖道："先前我竭力谏阻太后，不以刘后为质。眼下将刘后换作是刘奎璧，难道我便听之任之了么？以至亲相逼、骨肉相残这等惨事作为手段，我是无论如何不会采用的。"想到这里，说道："萧大人生擒刘奎璧，自是大功一件。这里本官自有分晓，大人请回西城。"萧渐有些纳罕，不敢违令，将刘奎璧交由段亮看管，拍马离开。

刘奎璧等了半晌，不见孟丽君有将自己拿为人质、逼迫爹爹的意思，不禁松了口气，伸长脖子向国丈府内探头望去，只盼能见得爹爹一面。

又过了一会，国丈府内忽然冒出滚滚浓烟，随即一片大乱，似有人在内纵火烧府，不住有人冲出，御林军士一一拿下。转眼间火势渐大，出来的人也越来越惊惶不宁，看装束像是国丈府的丫鬟下人。刘奎璧给段亮拎住衣领，挣扎不脱，大声喊道："爹爹！爹爹！"

孟丽君眉头微蹙，走了过去，向一个大丫鬟模样的人温言问道："里面是怎么了？"那丫鬟惊魂不定，浑身颤抖，语无伦次地道："老爷……老爷怕是疯了……好多的血……到处都是……他哈哈大笑个不停，一手拿着幅卷轴，一手提了把明晃晃的宝剑……一剑下去，刺死了二夫人……又砍断六夫人的手臂……我吓得一动不敢动，却不知挡了老爷的路，他手上宝剑一滴滴地滴着血，一步步朝我走来……我只当必死无疑了，谁知老爷一把推开我，走到七夫人跟前……七夫人抱着老爷的腿，哭得和泪人一般……老爷一脚踢翻她，又是一剑……"

孟丽君再问数人，都如这般说，竟是刘捷丧心病狂，自行纵火烧府，又将七位夫人一一杀死，一众丫鬟下人畏惧火势，逃了出来，他竟也不理不睬。

刘奎璧只听得两句话，脸色骤变，长嚎一声："爹爹！娘！"气力遽增，只听"嗤——"的一声，衣领撕裂，他已冲至大门口。荣兰急道："快拿下他！"守门军士二人各执一臂，将他拿住。刘奎璧奋力挣扎，不得脱身，眼见火光冲天，将半边夜空映得通红，父亲母亲显已双双葬身火海，一时悲痛攻心，竟晕死过去。

孟丽君见那火势极大，已然救援不及，好在国丈府向来势大，将一整条街独占了去，近旁再无别户人家，倒不虞火势蔓延开去。抬眼见月至中天，脑中蓦地闪过一念："此刻正是亥子之交，十年前娘亲正是在这个时辰呕血亡故的。刘捷这时抱着娘亲画轴纵火自焚，莫非……"心下已然明了，暗道："此人虽十恶不赦、天理不容，对娘亲这一片痴心爱恋，倒是二十年如一，至死不变。"听着"哔啵"火爆之声，看着雕梁画栋、美轮美奂的一座宅院渐渐化为灰烬，不由微觉怅然。

这一场大火直烧了半夜，将北面半边天际映得红若鲜血、明如白昼。待后半夜火光消退了，过不一会，却是一场甘露骤然降临，将郁积一月的酷暑之气驱散一空，迎来了一片清和凉爽。

刘氏父子素来倚仗权势、肆意横行，在京中早已是恶名昭著，此刻一旦倒台，人人拍手称快。兼之京中久未见雨，炎酷异常，这夜刘捷伏诛，竟凑巧甘霖陡至。于是自那日起，京城街头巷尾、茶楼酒肆里，不免有人因缘附会，添油加醋地杜撰出一段神话故事，不外乎刘捷父子如何倒行逆施、引发上苍震怒，天帝如何派出火神水母下凡助战，火神如何施展三昧真火焚烧昔日国丈府邸，水母又如何引来东海之水降下甘霖，救助生灵免遭涂炭云云……直说得活灵活现，有如亲眼看见，不由人不信。

却说这日孟丽君携了荣兰、段亮等，自宫中回转太师府，梁太师亲自迎接出来。他和寿王爷星夜赶往皇宫面圣探驾，得见圣驾平安，这才放下心来。皇帝体恤二老年迈辛苦，旋即命其各自回府歇息，其时孟丽君已奉旨前去国丈府，翁婿二人不曾得见。此时一见，算来分别虽不过两日，却已经历了重重劫难，恍如隔世。

翁婿二人携手进了听槐轩，彼此细细打量一番。相处这一年多来，二人翁婿情深、师生义重，太师早把孟丽君当作亲生儿子一般疼爱有加，孟丽君心中也已将太师视为父亲尊长一般敬重无比。这时见不过短短两日，太师头上白发愈多，额头皱纹更深，心头一酸。还未开口，却已听太师关切地问道："贤婿，老夫听皇上说，你因劳顿过度，以致口吐鲜血，不知要不要紧？少年吐血，终非吉兆，可要小心保养才是……"

话未说完，只听荣兰一声惊呼，脸色大变，情急之下顾不得礼仪，上前拉了孟丽君的手，急道："公子……你当真吐血了么？这……这……"焦急之色溢于言表。

孟丽君不愿太师知晓此事多添忧虑，手指微微用力，暗使眼色止住荣兰，口上淡然道："不要紧，不过一时血不归经，才吐了一小口血罢了。皇上、太后已然赐下了无数珍稀灵药，调养得一阵子便好了。"

太师不明内情，闻言松了口气，不虞有他。荣兰却知公子这祖传呕血之症非同小可，心头焦虑难安，但见她如此说话，知她这时不愿多言此事，只得勉强将满腹话语咽了回去。

太师的目光转至荣兰身上，问道："老夫还听说，荣清和段亮此番星夜搬兵，驰援救驾，立下了一份大功，不知皇上可有什么封赏？"孟丽君含笑答道："他二人此番功劳果真不小，皇上论功行赏，原是要重重加封，不想他们竟都推辞不受。段亮在圣驾前当众禀明昔日所立重誓，执意要跟随于我，不肯入朝为官。皇上不但不以为忤，反而十分嘉许其忠义，赐下不少金银财物。至于清之，她之所以辞谢封赏，却是因自小跟着我，不舍得分离的缘故。然而我见她智勇双全，行事沉稳干练，已颇有大将之风，乃是可造之才，不愿他一直屈才只在我身边做个书僮，埋没了这一身才华。他便没有此番立下的大功，我原也有意替他捐监，好参加恩科秋闱乡试，考取个功名。眼下既有了这么一个绝好的机会，自是最好，可不能轻易放过了。"

太师捻须微笑道："提起这个，老夫还记得上个月曾在贤婿书房里见了一篇佳作，一问之下，才知竟是贤婿布置清之所作。他有这样的文采，莫说乡试，便是春闱会试，也当榜上有名。贤婿你肯这般推心置腹地待人，也难怪他们宁可推却旁人求之不得的封赏，也要留在你身边了。"顿了顿，又道："贤婿既有如此美意，却不知皇上封了荣清个甚么官职？"

孟丽君微笑不语，举目望向荣兰，要她自己回答。荣兰满脑都在想着公子吐血之事，心神不宁，只淡淡地答了一句："御林军副统领。"太师先是一愕，随即释然，赞道："荣清立得如此大功，便擢升御林军副统领，也不为过。皇上用人不疑，果是明君风范。"要知御林军虽只三千人，皆由对皇帝忠贞不贰的骁勇亲卫组成，人人效忠皇室，就如此番叛乱，便在最危急时刻，也无一人生出投敌之心。御林军三位统领，品级虽不甚高，却是直接听命于皇帝，不受百官制衡，非皇帝心腹之士不能充任。

太师目光转向孟丽君，已是一脸肃色，问道："眼下京中情形到底怎样了？"孟丽君细细答道："昨夜刘捷纵火烧府自焚，待火势消退后入内搜查，正房废墟中，通共发现二男七女九具骸骨。除刘捷及其七位夫人之外，另一具骸骨已确认为其心腹谋士陆元凯。此外在高府中，也发现了高硕夫妇自刎而亡的尸首，却是二人相拥，以同一柄利剑穿胸而过……"说到这里，不由一声轻叹。太师也是长叹一声，颇觉遗憾惋惜。

孟丽君续道："……至于刘捷独子刘奎璧，以及与此番叛乱有涉的史朝山、裴年佶等人，俱已下狱，听候裁处。皇上将赵卫戎迁任京师提督，萧渐升为统领，清之便接替萧渐出任御林军副统领。皇上还命我兼任吏部尚书之位，以考黜甄选百官。"太师闻言全无惊诧之色，刘捷伏诛，史朝山等人下狱，这肃清余党、整顿朝纲的重任，自然责无旁贷地落在了孟丽君肩上。犹豫片刻，还是问道："……刘后呢？"

孟丽君摇摇头，道："皇后娘娘已经然查实，确与叛乱无涉。瞧皇上的意思，倒是留念旧情，不忍发落。但不论依情依律，她的后位必然不保，这个皇上也是知道的。"太师叹道："刘捷此人委实心狠手辣，罔顾人伦。便是亲生女儿，当年送她入宫，原也不过当作一枚棋子，哪里管她是死是活？相形之下，皇上宅心仁厚，重情重义，自是深得人心。"

又说了一阵子京中情形，孟丽君笑道："岳父容禀：义父、义母和夫人、归郎此刻还在城外，只怕消息不通，担忧咱们翁婿安危，必已心急如焚。小婿想亲自前去，将二老和夫人、孩儿接回府来。"太师醒悟道："正是。咱们只顾说话，却将这件大事忘了。老夫原本一早就要遣人去接，只是不知贤婿你将他们安置在了城外何处。"

孟丽君施礼退出，依旧只带了荣兰、段亮二人，一行三骑，赶往空灵庵。

驱马驰出数条街，已到往昔京城的繁华地段。大乱甫定，街上行人稀少，酒楼店铺的门面都是半开半闭。

忽然一道白光破空而至，径向马上孟丽君袭来。孟丽君心头一警，手上并无兵器，无法格挡，赶忙俯下身去，贴紧马背。那道白光堪堪沾衣而过，已是险到极处。三人一齐勒马，孟丽君从靴筒里拔出凌霜短剑，横在身前，荣兰和段亮挺身相护，一齐喝道："甚么人！"

一个黑衣人从一家酒楼二层雅座凌空跃下，他约莫三十来岁，相貌平庸，手上亮出一对峨眉刺，一言不发，便向孟丽君攻来。段亮拔出腰间长剑，迎上前去。那人武艺极高，招式诡秘毒辣，段亮挡得数招，已然不敌，落入下风。

荣兰护在孟丽君身前，急道："公子，你快走！"孟丽君摇摇头，从袖中取出一物，却是一只竹哨，挥手弹出，空中立时响起一阵尖锐刺耳的哨声，过不多时，远处已有急匆匆的脚步声传来。

那刺客听得哨声，手上攻势加紧，将段亮迫得左支右绌、险象环生。段亮以命相搏，身上已多处负伤，犹自不肯退让半步。孟丽君弹出竹哨后，见得如此，她知自己的武艺只为强身健体之用，远不及段亮，更非那刺客敌手，若贸然上前助战，只会枉自送了性命，更乱了段亮方寸。见那人处在下风向，从身上摸出一个瓷瓶，拔去瓶塞，掷了过去。瓶中液体洒出，见风即化作一团白雾腾起。那人一怔，下意识地屏住呼吸，手上攻势不免缓了下来。段亮背对孟丽君等，既看不见她的举动，便也丝毫不加理会。

孟丽君喝道："你可是刘捷帐下刺客钟影？你助纣为虐，至今尚不知悔改，今日自投罗网，难逃国法刑律！"那人见段亮吸入白雾安然无恙，只当是孟丽君所施缓兵之计，又见东面似有一人，正大步流星地赶过来，南面、北面更传来无数脚步声。将心一横，再不顾吸入白雾，左手峨眉刺挡住段亮，右手峨眉刺化作一道白光，运力向孟丽君掷去。

孟丽君举剑格挡，凌霜短剑锋锐无比，竟将那精刚铸成的峨眉刺削作两段。她只觉虎口巨震，整条右臂酸麻无力，"当"的一声，凌霜短剑跌落地下。那人左手峨眉刺已将段亮逼入险境，顾不得取他性命，长吸一口气，跃起半空，正待挥刺攻向孟丽君，忽然一阵眩晕，手足僵硬，再也提不起真气，从半空中跌落下来。

段亮反手一剑，将那人左臂削断，那人断臂处血流如注，却极是硬气，哼也不哼一声。孟丽君跳下马，取出随身所带灵药，吩咐荣兰道："你替他包扎伤口止住血。此人虽论罪该死，也当交由刑部查处。"荣兰依言过去。

东面那人这时已急步赶到，口中高声唤道："明堂！明堂！"孟丽君抬头一看，却是皇甫敬，听他问道："我正要前去太师府，探望你和太师，路上听见哨声，远远看着像是你，就赶紧过来了……这是怎么一回事？你可受伤了？"孟丽君道："还请表舅稍待片刻。"走到段亮跟前，见他身负数处重伤，先前拼着一股劲儿强自支撑，此刻眼见强敌倒地就缚，身子一晃，已是摇摇欲坠。孟丽君扶他坐在地下，割了自己的一片衣襟，亲手替他将身上大小伤口上药包扎好。

这时南北两面陆续有军士赶到，为首一人乃是御林军小队长，认得孟丽君形貌，上前见过礼。孟丽君命他将刺客押往刑部，令人查实身份，依律定罪。这才转身面向皇甫敬，却见他手里握着从地上捡起的凌霜短剑，翻来覆去看了半晌，脸上神色惊疑不定。于是高声唤了声："表舅！"皇甫敬一惊，方回过神来，道："明堂，这……这是凌霜剑没错……却怎么会在明堂手里？"

孟丽君见他神情十分古怪，心中一紧，蓦地忆起那日刘燕玉的话语："皇甫公子早已定下了一位自小指腹为婚的元配妻子，说来郦大人想必也曾听过，就是云南孟丽君。"这几日她为平叛之事殚精竭虑，并无片刻空闲，自也无暇思及此事。这时见了皇甫敬，不但此事重新浮上心头，从前种种蛛丝马迹也如拨云见日般一一明了："是了，我道娘亲最为钟爱的碧玉如意怎么会在皇甫伯父手里，现下想来，这柄如意必是当年两家指腹为婚的信物了。十六年后皇甫伯父托人送回，自是重提婚约之意。难怪爹爹接到碧玉如意又悲又喜，蓉姨也变得颇为古怪。爹爹后来留书命我投奔皇甫伯父，语气好生严厉，甚么'皇甫侍郎但有所言，便如父命，汝当唯命是从，不可任性抗令。切记，切记。'怕的也是我自小胆大妄为，不服这桩指腹为婚的亲事，是以才严词叮嘱。只是，这门亲事若早就定下了，为甚么我却从来不知？爹爹和娘亲为甚么要瞒着我？"

又想："这柄凌霜短剑是我十三岁时，爹爹送的生日礼物，难道竟也与此事有关么？是了，定亲信物岂能只有一件？碧玉如意自是我孟府的信物，而这柄短剑，只怕便是当年皇甫家的信物。"望向皇甫敬，想到此人便是自己未来的"公公"，而那个恭恭敬敬执弟子礼、口口声声唤自己作"恩师"的皇甫少华，竟会是自己将来的"丈夫"，只觉这是世间最为荒唐无稽的事情。

不容她再多想，皇甫敬的目光从凌霜短剑上移开，抬起头来，似在犹豫，终究还是开口问道："……明堂你这柄短剑，不知由何处得来？"孟丽君心念电转，故意作出一副毫不在意的模样，信口答道："是我夫人所赠，该是她从前娘家之物罢。怎么？表舅认得这柄剑么？"皇甫敬听到"从前娘家之物"这几个字，脸色一白，勉强道："哦，原来如此。想是我从前在亲戚家见过，这才觉得几分眼熟。"将短剑交回，孟丽君依旧收在靴筒里。

孟丽君想起此行目的，不愿皇甫敬得知自己要去的所在，说道："我尚有要事在身，可否烦请表舅将段亮送回太师府？他身负重伤，须得好生休养。"皇甫敬依言去了。

孟丽君和荣兰跨上马,向北行去。孟丽君一路沉思不语,荣兰问道:"公子,你在想甚么?"孟丽君回头向她展颜一笑,道:"没甚么。清之,我来考考你:方才我用的是甚么药物?怎样调配?功用如何?你且说说看。"

荣兰笑道:"这可难不倒我。此药命唤'逍遥散',乃是由断肠草、血海棠、孔雀胆等七种剧毒调配而成,七种剧毒的分量火候都不可有分毫差池,方能使阴阳相燮、毒性中和。它本身并无毒性,常人嗅之无妨,但倘若有人的血液中原本带毒,将其中部分毒性抵消了,此物便立生效应,使人四肢僵硬、真气凝滞,乃是最好的麻药。公子,我说得是也不是?"又道:"公子知那人是刺客杀手一流的人物,做的端的是那杀头舐血的勾当,莫说受伤中毒乃平常事,就连素日训练也常用毒物,血中多少带些余毒,使出这味'逍遥散',自是最合适不过。"孟丽君含笑点头,十分赞许。

为防叛军余孽逃窜出京、祸乱京畿,京城四门这时仍然紧闭未开,并驻有重兵,防卫森严。孟丽君一路来到北静门,查看过城门防务,果然周密无隙,温言夸赞嘉勉数语,出了北静门,来到空灵庵。

苏映雪及康氏夫妇那日接到孟丽君信物,不敢有片刻耽误,立时收拾动身,依照她秘嘱,携了刘燕玉主仆二人,一同前往空灵庵暂避。一行人才出城来,过不多时,身后城门便轰然关闭。此后三日,城门紧锁,内外消息不通,众人虽不确知京中究竟出了何等大事,也俱已猜知必非喜事,直急得犹如热锅上的蚂蚁一般。这时见到孟、荣二人,又得知太师也平安无恙,这才放下心来。康氏夫妇双手合十,口中连道:"菩萨保佑!"苏映雪更不觉滴下一串喜泪。

空灵庵地处偏僻,香火甚少,庵中通共只有七八个比丘尼,皆是无欲无求、一心向佛之人。这几日庵里虽多了好些人,她们也丝毫不加理会,晨钟晚课依旧如故。孟丽君携了家人,向静虚师太及空灵庵住持灵玄师太辞谢过这几日的照拂之情,又捐了一笔不小的香油钱。灵玄师太也不过略一点头,淡淡地说了声:"多谢施主。"

一行人出了空灵庵,其间刘燕玉数次开口,欲相询问,孟丽君都岔开口风,将话题转了开去。刘燕玉性情本就柔弱,到底不敢违拗,只得闭口不语。

回到太师府,见过太师,话过别情。孟丽君将刘氏主仆暂时安置在落英筑,将康氏夫妇送回燕贺堂,又将苏映雪和归郎送至弄箫庭,起身回到听槐轩。见皇甫敬还未离去,不由一喜,心中登时有了一个主意。

她先前一路上都在想,刘捷谋反罪大恶极,中宫刘后尚且未蒙罪名,刘燕玉这样一个庶出且不得宠的女儿,又有甚么罪责?何况若非她通风报信,无意中使自己得以洞悉刘捷造反的图谋,这场叛乱多半已然成事。纵使她自己其实并不懂其间利害关系,更非有意为之,不论如何,此番平叛,总归有她的一番功劳。对于如何赦免刘燕玉的罪名,孟丽君是不担心的。只是她若骤然得知家中之事,必然伤痛,如果再知道此事竟是因她自己通风报信而起,就更要痛不欲生了。孟丽君那日听她一番陈情,原也是一个命运多舛、可怜复可悲的女子,虽与自己道不同不相为谋,只要在力所能及的范围内,自然还是愿意尽力助她达成心愿的。再者自己与皇甫少华这一桩荒唐无稽的亲事,便纵然爹爹还在人世、娘亲复生,自己也是万万不能答允的。刘燕玉肯为皇甫少华做到如此奋不顾身的地步,而皇甫少华既愿私下定亲,对刘氏想来也是有情意的,何不顺势成全了他们二人,同时也除下自己身上这副枷锁?

想到这里,走进轩去,向皇甫敬问道:"正有一事要请教表舅:皇甫元帅从前是否曾与一名刘姓女子扇帕定情,定下终身?"皇甫敬一惊,听她问得郑重,不敢隐瞒,想了想,答道:"确有此事。当年我们全家由京城前去泰安,路上少华曾从强寇手中救得一名险些遭人凌辱的女子,为了顾全名节,便由其母作主,许与少华为妾。我们虽嫌少华此举太过鲁莽,到底事关人家姑娘的名节,又不过是娶做妾侍,也无不可,训斥了他一番,也就依了。只是后来便再也没有这位姑娘的消息,不知明堂却从何处得知此事?"

孟丽君听到"又不过是娶做妾侍,也无不可"这几个字,心底微哂,忖道:"既然无情,便不该娶来误了人家终身;倘若有情,又怎能忍心委屈她做妾侍?"越发坚定了不认这门亲事的决心。虽暗暗替刘燕玉感到不值,但想到那日她斩钉截铁的话语,必是不肯改变心意的。

于是将刘燕玉之事一一说来,她口才极佳,将前后经过说得一波三折、跌宕起伏,更将刘燕玉情愿为皇甫少华赔上性命的情意夸到十分。皇甫敬乍一听说这位刘氏竟是刘捷的二小姐,登时一脸铁青之色。待听到孟丽君一字不漏转述那段"奴家虽非正室,但既已依从母命结下了这门亲事,此身便属皇甫郎君。奴家并非那起水性杨花的浪荡妇人,莫说如今只是国丈府的二小姐,就是身份再尊贵上十倍,心中也绝无二意"时,面色转霁;等孟丽君转述到刘燕玉竟是为了少华安危才偷偷出府,更不顾身份跪地苦求时,皇甫敬已是十分动容，赞道："刘贼无情无义，怎么竟能生出这等深明大义、有情有义的好女儿来！少华得脱此劫，刘小姐当居首功。她能如此相待少华，当真是我皇甫氏的福分。"

孟丽君趁机道："此番叛乱，刘小姐无罪有功。现下我却有两处顾虑：一是她若知家中变故，恐会痛不欲生；二是她已然无家可归，不知该当如何安置才好。"皇甫敬沉吟道："论理她是少华的妾侍，便是我皇甫家的人了，况且她又曾通风报信救了少华性命，我皇甫家自然不能亏待于她……我想将她接到我府中，等少华回来便让他们完婚，明堂以为如何？"孟丽君心中大喜，脸上不露颜色，只道："如此甚好。表舅请随我来。"

到了落英筑，请出刘燕玉。刘燕玉见有外客，正觉错愕，孟丽君介绍道："刘小姐，这位乃是平南大元帅之父皇甫老元戎。"刘燕玉大惊，赶忙拜倒见礼道："小女刘氏燕玉，见过……皇甫老元戎。"皇甫敬见了刘燕玉的品貌，十分满意，哈哈一笑，道："刘小姐快快请起。"刘燕玉蓦地见到未来的公公，不由颇为羞涩。

孟丽君轻咳一声，道："下官这里有一个消息，还请刘小姐节哀顺变，不要过于悲痛。"刘燕玉心头一沉，颤声道："大人请讲。"孟丽君将刘捷造反逼宫、事败纵火自焚之事简要说了，绝口不提自己乃是由她口中得知谋反图谋的。

刘燕玉闻言只觉天旋地转，软倒椅中，险些儿晕倒，垂泪道："爹爹！大哥！"孟丽君道："事发时刘小姐已然出府，自然与谋反无涉，且刘小姐通风报信救得皇甫元帅，也是大功一件，当无性命之忧。"刘燕玉脑中乱作一团，哪里还能细想其中缘由，眼泪仍如断了线的珠子一般滚落下来。孟丽君举目示意皇甫敬，皇甫敬一介武将，哪里知道该怎样安慰，只得硬着头皮劝了两句，刘燕玉竟慢慢止住了泪。

孟丽君道："老元戎见刘小姐深明大义，待皇甫元帅更是有情有义，又知刘小姐现已无家可归，愿接刘小姐到皇甫府，待皇甫元帅得胜还朝，便让你们择日完婚，不知刘小姐意下如何？"刘燕玉想了一会，起身跪下，缓缓说道："小女如今乃是罪臣之女，老元戎竟不嫌弃，依旧肯让小女侍奉君子，实是感恩涕零。只是女不言父过，小女的爹爹便再有千错万错，也是小女骨肉至亲的父亲，小女欲为爹爹守孝三年，三年内断无婚嫁之理，还求老元戎宽恕。"

皇甫敬听她话语在理，不以为忤，反而越发觉得这样至孝的媳妇难得，说道："百善孝为先，刘小姐说得极是，倒是我考虑不周。待少华回来，你们可先摆家宴定下名分，三年后再洞房花烛也不迟，到时只怕还要劳动明堂大驾主婚。"一番话说得刘燕玉红晕满面，站起身来，低声谢过。

孟丽君唇边露出一丝若有似无的笑意，淡淡地道："要我主婚么，原也无妨。只是我却好生替刘小姐抱屈：似她这等人品相貌，依我看来，和皇甫元帅正是天造地设的一对璧人儿，老元戎却怎么舍得委屈她作二房妾侍？若当真要请我来主持这桩婚事么，我倒要替刘小姐争个三书六礼的正室之位方可。"

刘燕玉闻言又惊又喜，实不承望郦尚书竟能如此为自己说话，一颗心怦怦直跳，却不敢抬头，唯恐脸上会忍不住显露出欢喜企盼的神色，令未来的公公有所误解。

皇甫敬迟疑道："这个么……"心中左右为难，忖道："明堂是少华的恩师，对少华算得上恩重如山。他少年显贵，如今已是两部的尚书，日后多半要封侯拜相，前途不可限量。少华的婚事若能得他主持，这是何等的荣耀！莫说少华面子上好看，便是我的脸上也有光彩，再者于少华将来的仕途也有好处。但……孟贤弟当初与我定下指腹为婚的盟约，他生死未卜，可叹我却连他仅有的一脉骨血也不能保住。为子嗣计，少华终归是要纳妾传我皇甫家香火的，纳个明理孝顺的，自是最好。但若连孟氏的正室之位都不能替她留住，让我九泉之下如何有脸面去见孟贤弟？他必要戳着我的脊梁骨，大骂我贪图富贵、背信弃义了。"

想到这里，心意已定，说道："少华自小就定了亲，刘小姐是早知道的，她倘若在意这个，当初自然不肯答允下这门亲事。"言下之意显是说：刘小姐自己都不在意做二房妾侍，明堂你又何苦介怀？又恐如此太扫她颜面，惹她不快，哈哈一笑，道："我知道太师和明堂都是一夫一妻，举案齐眉、恩爱无比，因此以己度人，自然希望旁人也是这般。只是世上如你们翁婿这样富贵不移、糟糠不弃的男子能有几人？若非如此，又怎能称得上'极品夫妻'这四个字？"

刘燕玉听到"她倘若在意这个，当初自然不肯答允下这门亲事"一句，身子微微一颤，脸上光芒登时黯淡下来。孟丽君察言观色，看得分明，却见她随即换过一副容色，垂首敛眉道："老元戎所言极是。郦大人一番好意，小女感念在心。只是小女蒲柳之姿，得以侍奉皇甫郎君，已是心满意足。此生只求本本分分，不敢心生奢望。"

皇甫敬十分欢喜，用力点头，道："好，好！"孟丽君见状心下微叹，知道此法已然行不通，好在也不着急，日后总有别法可想，倒不必急于一时，反露了痕迹。于是淡然一笑，并不说话。

皇甫敬见孟丽君并未露出不快之色，放下心来，忽然记起一事，问道："明堂，可否将尊夫人请出？我有一事，正要向她问个清楚。"孟丽君心知多半是为凌霜短剑由来之事，此事尚不及告知苏映雪，自然不便让她和皇甫敬会面，免得露出破绽，说道："夫人这几日甚是劳顿，兼又十分忧虑我和岳父的安危，夜不能寐，我已让她歇息去了。表舅有甚么话要问，不妨说与我听，待她醒来我转告她就是。"

皇甫敬想了想，还是忍住不说，只道："不过是些闲话，有甚么要紧？改日再问一样。这倒是我的不是了，明堂你这几日必也十分辛苦劳顿，该好好歇息才是，我就不打扰了。"和孟丽君商议好，次日便遣家人来接刘燕玉回皇甫府，随之起身告辞离去，孟丽君送至府门。

回到弄箫庭，绛香和芙蓉候在外厅，脸上都颇有急色，见她进来，松了口气。绛香福了一礼，道："姑爷快去看看小姐罢！小姐今日回来时还有说有笑的，后来不知是听说了甚么还是怎么地，一句话也不说，只一个劲儿流泪。我们要去禀报老爷、姑爷，小姐又不许，把我们都打发了出来。姑爷快进去看看罢！"

孟丽君一惊，不及答话，疾步走进内室，见苏映雪钗环尽卸，斜身倚坐妆台前，走过去双手扶住她的香肩，将她身子扳转过来。只见她满面泪痕，一双眼睛肿得和桃儿一般，犹如梨花带雨，分外楚楚动人。孟丽君心中一痛，取出绢帕替她拭泪，叹道："好好的，这是怎么了？"苏映雪抽抽噎噎地道："你……你还要瞒我……瞒到几时？"因哭得太久，语音已变得嘶哑不堪。

孟丽君一怔，随即明白过来，道："清之都告诉你了？"苏映雪抱住她的身子泣不成声，呜咽道："小姐！小姐！"孟丽君轻轻抚摸她头发，过得片刻，待她哭声渐渐止住，拉着她的手来到床前，并肩坐下，柔声道："雪妹，你说我的医术，比之娘亲当年如何？"

苏映雪不解其意，哑声道："从小夫人就夸你于医道上天赋极高，三岁学医，八岁上便和她十七岁离家时不相上下了。这十年来，想必更加精进，或许已胜过夫人当年了罢？"孟丽君面上现出一丝自傲之色，颔首道："不错。我敢说，便比之外祖父当年，我自忖也不遑多让。因此，纵然是外祖父和娘亲都治不好的病症，我却未必就一定治不好！"低头望向苏映雪，又道："何况娘亲的药囊里，记载有她从前对这呕血之症，亲身摸索出的药理笔记。她……那时已然病入膏肓，针药无效，连笔也提不动，是她说一句……呕一口血，爹爹在旁含着泪一字一句记下的，为的……正是他年我发病之时，能得以及早疗治……"说到这里，念及慈母种种关怀怜爱，不由一阵唏嘘。

停了片刻，抑住眼中泪光，道："此外还有一点：我这呕血之症，算来其实还不应到发作的年岁，只是前几日一时疲累过度所致。正因如此，每次发作的间隙，当会比娘亲当年更长些，而发作的力度也该会更小些，医治起来，或许反而会更容易些呢。"

苏映雪怔怔地望着她，幽幽地道："你说的这些，反正我也不懂。我只要你答允一句话：将来不论要紧不要紧，就算当真治……治不好，你也不许瞒着我，自己一个人默默承担！你要在外面摆出一副若无其事的模样，我也由着你，但只要进了这个门，于病情上你便不可有丝毫隐瞒！"

孟丽君低头望去，正与苏映雪目光相交，心底涌上一股融融暖意，道："好，我答允你。"二人四目相对、四手相握，一切尽在不言中。

半晌，孟丽君忽然说道："你瞧咱们这个样子，你钗环不整，又哭又闹，要我保证这个、答允那个，旁人不知道的，一定会生出许多误会。"苏映雪愕道："误会甚么？"孟丽君"哧——"的一声笑道："人家必是以为我在外面偷偷纳了如夫人，家里河东狮吼，将醋坛子、醋罐子、醋缸子都一并打翻了。"苏映雪"噗哧"一笑，展开愁眉，随即正色道："别贫嘴了。还不快去将药囊取来？我可要亲自看着你用功。"

孟丽君道："好，我一会就去。眼下却还有几件别的事情，要和娘子商议。"起身踱了几步，道："那日刘小姐所说指腹为婚一事，你是怎么看？从前可曾听蓉姨提起过？"

苏映雪想了想，说道："我虽不曾听我娘说过，不过……仔细想来，似乎也是有迹可寻的。还记得那年中秋，你和兰儿去了青龙镇，我就听娘口中唠叨，说甚么小姐如今越发胆大了，今后嫁出去可怎么是好？我接了一句，说：'小姐尚不到及笄之年，连婆家都还没定下，娘就担心这个，是不是太早了？'娘叹了口气，道：'不早啦，只怕转眼工夫，小姐就要出嫁了。我可当真舍不得她嫁那么远去。'我再问，她却甚么都不肯说了。后来隔了好一会儿，才又说了句：'要是夫人还健在就好了。'"

孟丽君点头道："那时皇甫伯父刚托人将碧玉如意送回，正是重提婚约之意。蓉姨早就知道有这门亲事的，她既舍不得我远嫁，又担心我胆大妄为，怕我将来会忤逆了夫家。"苏映雪惊道："这么说，那柄碧玉如意便是你成亲的信物了？哎呀，这可怎么好！那柄如意，和当年我们带出的珠宝细软一道，都落在了强寇水贼手里，却怎么还找得回来？"

孟丽君笑了笑，反问道："要找回来做甚么？雪妹，以你对我的了解，你想我会肯安安分分地守着这桩在我出生之前就已定下的婚事么？即便是三年前一介闺阁弱女子的孟丽君，也绝不会将自己的一生，交付给一个素未谋面的男子，再用全副心思来祈求上苍，保佑他恰好是一个知冷知暖、值得托付的良人！更何况三年后走出闺阁，得以尽力施展经纶抱负的郦君玉呢！所谓'海阔凭鱼跃，天高任鸟飞'，正是如此。这门亲事于我，是镣铐，是桎梏，是枷锁！无论如何，我是万万不会答允的！"

苏映雪满脸震惊之色，望着侃侃而言的孟丽君，半天说不出话来。过了好一会，才道："可是……这是老爷和夫人为你定下的亲事啊。他们疼你爱你，舍不得让你受半点儿委屈，难道在你的终身大事上，他们还会害你不成？"孟丽君缓缓摇头，道："爹爹娘亲当然不会害我。雪妹，你可听说过有样一句话，叫作：如人饮水，冷暖自知？他们心心念念最好的，我却未必就一定喜欢。"

苏映雪将"如人饮水，冷暖自知"这几个字反复念了几遍，颔首道："这倒也是。"看了孟丽君一眼，说道："自小你便是个最有主见的，凡事都有自己的想法，偏还都能说得入情入理，令人信服。"言下之意，已不再反对。

孟丽君心头一宽：娘亲和蓉姨都已谢世，爹爹多半也不在人世了，雪妹和兰儿便是自己在这世上最亲近的两个人。自己坚持不认这门婚事，兰儿也是支持的，但雪妹若执意反对，自己虽不会改变心意，心中却不免难过。现下三人意见一致，自是再好不过。

孟丽君向苏映雪说了今日欲将刘燕玉扶为皇甫少华正室未遂的经过，提起皇甫敬有话问她，话头便转到凌霜短剑上，说了自己的猜测，又嘱咐她千万不可露出端倪。苏映雪一一答应了。

第十六章

刘捷谋反重罪既定，次日早朝，朝中一班清流便联名上书，要求废黜中宫刘后之位，并加以定罪。而另有一小撮官员自以为窥探得皇帝圣意，在朝堂上竭力保后。以太师和孟丽君翁婿为首的绝大部分官员，却是不偏不倚，保持中立。皇帝虽有心回护刘后，但清流人多势众，从前在刘捷当权时被一味排挤压制，对其恨之入骨，刘捷死后，清流乘势反弹，结成了一股不可小觑的势力，只宜安抚，不可强压。

就在两派各持己见、争论不休时，忽然从后宫传来一个惊人的消息：中宫刘后投缳自尽，已然香消玉殒，芳魂归天！

皇帝既悲且怒，当即辍朝回宫。太后已下懿旨严令追查，却查出早些时候李妃曾造访过坤宁宫，与刘后屏退宫女，密谈了好一阵子。待李妃离开后，刘后神思不宁、愀然不悦，不肯要宫女进殿服侍，过不多时，便一道白绫悬梁自缢，待发觉时已然不救。皇帝大恸，当即将李妃拿下查问。李妃口口声声大呼冤枉，却无力证明自身清白，皇帝联想起叛乱时她的所作所为，自然不信她毫无加害皇后之心，兼之坤宁宫上下众口一词，俱指向李妃。皇帝龙颜震怒，下旨将李妃废为庶人，打入冷宫，晋王世乾交由温妃代为抚养。

一后一妃、一死一废之事闹得沸沸扬扬，宫内宫外人尽皆知。大多数人都相信是李妃落井下石、罪有应得；也有人猜测刘后有意如此，便在死后也不放过曾经陷害过她的小人。然而真相究竟如何，却是不得而知。

孟丽君听到刘后自缢身亡的消息，心头一阵怅然。对于那个美丽、聪慧又极为骄傲的女子，她既反感其为了家族利益不辨是非曲直的行径，又对其最终被至亲骨肉当作棋子一般决然抛弃的遭遇生出怜悯之情。

孟丽君心思转到皇帝身上，却是十分忧虑：以自己对皇帝的了解，他是一个极为重情重义之人，和刘后结缡十余载，这时一朝离他而去，怎会不伤痛欲绝，说不定还会生出一场大病。而眼下大乱之后朝纲重整，社稷正是百废待兴之际，朝廷岂能一日无君？

心中虽猜得如此，孟丽君却也暗暗希望自己所料不准。然而此后几日早朝，皇帝已是神气倦怠，面色不佳，强自打起精神，听了两个时辰朝。对于与此番叛乱有涉的一干罪臣，刑部依律呈奏上来，皇帝一一允准。待奏到刘奎璧依律当处以斩立决时，皇帝踌躇片刻，道："此事容后再议。"

大乱之后，六部当中以吏、兵、刑三部最为繁忙。刑部提审叛党、核实罪名，兵部调度兵马，剿清余孽，都不消说，而吏部更要考查提拔大量官员，以填补朝中的空缺职位。孟丽君以兵部尚书兼任吏部尚书，统领两部，大展才华，考核群吏，择优而录，兼又清廉公正，毫不偏私。而皇帝对她信任有加，但凡所奏，无有不允。朝廷上下很快整肃一清，孟丽君的威望一日更胜一日，已成为群臣中除寿王爷和梁太师之下的第三人，若论手中实权，更已是一人之下、万万人之上。

这日算来已是平乱之后的第四日，宫中内侍传来太后懿旨，宣郦君玉宁寿宫见驾。孟丽君奉召进宫，拜见过太后千岁，起身后见太后一脸愁容，便知定是在为皇帝的身子犯愁。

果听太后开口道："哀家今日正有一事，还要烦劳郦卿费心。自中宫薨逝后，皇儿整日郁郁寡欢、笑颜全无。这几日他一门心思扑在朝政上，对自己身子不管不顾，令哀家好生忧心焦虑。"叹了口气，道："我自己的孩子，自然知道他的脾性。他从小就是个实心眼的好孩子，只是身为帝王，太过重情重义了，却也不是甚么好处！哀家命太医去给皇帝把脉诊治，都回说皇上得的是心病，针药只怕不能奏效，于身子上虽一时并无大碍，但长久下去，终将酿成祸患……"

说到这里，抬头望向孟丽君道："郦卿家，哀家知你医术卓绝，皇儿从前又曾几次三番夸赞你同他乃是一对知己君臣……哀家欲请爱卿前去乾清宫走一遭，设法开导劝解皇儿，解开他的心结。还望爱卿不要推辞。"

孟丽君听太后言辞恳切，慈母心肠表露无遗，不觉触动心思，一阵感慨。皇帝这几日的反常，她亦看在眼中，急在心头，太后便是不开口，她也是要设法进言劝谏的，只是还不曾找到适当的机会。眼下既有太后懿旨，起身应道："是。微臣遵旨。"

孟丽君来到乾清宫，内侍通报进去，皇帝当即宣入。礼毕起身，见皇帝容颜憔悴，神气委顿，尤自强坐书案前披阅群臣奏折，心头不觉一酸。皇帝从书案上抬起头，说道："爱卿今日递上的本章，朕适才看过了。卿的提议甚好……"孟丽君躬身道："是。只是微臣今求见圣驾，却非为了本章之事。"

皇帝"哦"的一声，放下手上奏折，探究的目光看了过来，与孟丽君眼光相触，已是了然。自嘲地笑了笑，道："是了，必是母后召你来的。"孟丽君却道："纵无太后千岁懿旨，微臣惦记皇上龙体安康，也是一定要来的。"

皇帝闻言不知怎地心中一阵宽慰，颔首道："也好。朕心里确也有些烦闷不畅，正想有个贴心人儿，好好地说上几句心底话。"举手吩咐道："都下去罢。没朕的旨意，谁也不许进来。"众内侍宫女施了一礼，鱼贯退出。

皇帝才从案前起身，似是想起甚么，看了孟丽君一眼，道："爱卿且宽坐片刻，待朕先将余下这两份折子批阅了。"孟丽君见皇帝这时尚能惦记着要先将奏折批阅完，并不因私废公，更不似从前懒理国事的模样，倒颇觉有些意外。可见他这几日勤于朝政，未必便完全是借朝事来转移刘后薨逝的伤痛。想来他亲身经历了这一次凶险万分的叛乱，由此意识到了身为帝王所应担负的重责，这少年天子终于迅速成长起来了。想到这里，孟丽君心头不觉涌出一阵欢喜欣慰。

一时殿内寂静异常，只有书案前传来轻微的奏折翻动声。皇帝将最后两份奏折批阅完了，这才起身，在沉香榻上坐了，举手相邀，示意孟丽君坐在自己身侧。孟丽君告谢坐下，正要说话，忽听皇帝轻轻叹了口气，在静寂的宫殿中显得分外清晰，听他开口道："明堂，你知道么？其实我对你，可着实羡慕得很哪。"孟丽君一怔，道："皇上何出此言？"

皇帝摆手道："眼下只你我二人，虽份属君臣，此刻却只论知己之情。若非如此，我这满腹的心底话儿，也就说不出口了。你要再一口一个'皇上'，我听了着实刺耳得很。"想了想，道："这样罢，我比你年长几岁，就唤你作明堂。你呢，不妨称我作'穆兄'，如何？"竟连皇帝的自称"朕"也不用了。

孟丽君知自己和皇帝二人，骨子里都是蔑视世俗礼法、恣意大胆之人，只稍一犹豫，便欣然道："穆兄美意，小弟恭敬不如从命。"皇帝大喜，连道："好，好！我眼力果然不差，这满朝文武百官里，恐怕也只有明堂你能有如此胆色！"略顿了顿，将喜色敛去，话锋一转，喟然道："明堂，我小时候曾有一个最为钦敬之人，你可知是谁么？这人在二十多年前就已故世了，你自然不曾见过，却和她关系匪浅。"说罢举目望向孟丽君，似在等她作答。

孟丽君思来想去，终究猜不出这人究竟是谁，竟能让皇帝钦敬有加，二十多年仍然念念不忘，只得摇头道："还请穆兄赐教。"皇帝叹道："这人乃是我的舅妈。"说到"舅妈"二字时，真情流露，眼角已微微湿润。

孟丽君一惊，道："穆兄说的是……景夫人？"皇帝只有一个舅舅，便是梁太师，他口中的"舅妈"，自然就是太师夫人景氏了。景夫人乃是自己名义上的"岳母"，难怪皇上说此人与自己关系匪浅。

皇帝忆起往事，追思无限，缓缓说道："不错。舅妈小字玉衡，幼时父母双亡，家住西子湖畔，靠打鱼采珠为生。她后来曾对我说，那时候生活贫苦，有时一日只吃得一顿，穷得连鞋也买不起。但她却丝毫不以为苦，将打来的鱼送给镇上的私塾先生，换得每日能在私塾外听一会儿先生讲课。旁人都笑话她傻，连饭都吃不饱，竟还有闲去学读书识字，更何况又是个女孩儿，学问再好也不能如男子般读了书去考状元，她也不去理会。舅妈天资聪颖，明慧过人，又肯吃苦，不但很快便能读书认字，更自出机杼，生出了许多与众不同、异想天开的奇特想法……"

孟丽君先前听皇帝要说心底话，只当与刘后有关，不想他说的竟是故世了的太师夫人，但想皇帝必有深意，也不插口，只静静听他说道："……舅妈十八岁那年，给镇上一个渔霸看中，要强行纳她为妾，舅妈是个外柔内刚的女子，自然不甘受人欺凌。无奈那渔霸势大，舅妈想方设法，终于在成亲前夜逃了出来，不想还是被人发觉，一路追赶，无奈之下投了西子湖。舅妈水性极好，本来该当无事，但她逃亡路上受了伤，在湖中伤口流血不止，慢慢失去知觉。等到清醒时，已身在官船上，自然是被舅舅救下了。

"后来的事情舅妈不肯说，我悄悄去问母后。母后说，舅舅那时早已过弱冠之年，一向不近女色。论理舅妈莫说家世背景，就连相貌也不过中人之姿，可不知为何，几日相处下来，舅舅竟是百炼钢化为绕指柔，一心一意，定要娶她为妻。外祖父、外祖母先是不允，待后来见到舅妈的面，却又改了主意，竭力赞成这桩婚事。母后说，舅妈虽是水乡渔女，却自有一种与生俱来的贵气，与人相处不卑不亢、落落大方，纵是乍一到了富贵无伦的晋国公府，她也未尝有半点慌乱失措的模样，依旧同素日一般怡然自若。"说到这里，抬头向孟丽君道："若说这点，我生平所见众人里，唯有明堂与我舅妈十分相似。你纵然生来就是一副寻常相貌，站在一万个人里，也如鹤立鸡群一般，令人一眼便能看出与众不同。"

孟丽君微微一笑，不置可否，听皇帝续道："后来母后居正位中宫，她只有舅舅一个兄弟，便时常召舅妈进宫陪她说话。我那时才只乾儿这么大年纪，父皇妃嫔众多，子息却不广，膝下只有我一个皇子。母后待我自是极尽慈爱，将我当作宝贝一般呵护，这也怕摔伤，那也怕碰坏，总之甚么都不让做。而舅妈却从来不当我是小孩子，甚么话都肯对我说。我若做错甚么，她也毫不纵容，定要一一指出。她从不厉声责骂于我，只要我好好想一想，自己做得究竟对不对，若是错了，该当如何改正弥补。她还背着父皇母后，偷偷教我爬树、打弹子、骑竹马、放风筝……后来事情闹大，给母后知道了，我忐忑不安，只道一顿责罚是免不了的。舅妈却若无其事，将所有罪罚都揽了去，也不知说了些甚么，竟让母后改变了心意。

"记得有一次，我最喜爱的一只白鹦鹉死了，我伤心得直掉眼泪，父皇见了十分不悦。他说，男子汉大丈夫，有泪不轻弹，何况世上的玩物都是去了再来，不值得倾注感情，身为帝王，更要喜怒不行于色。我只得强忍眼泪，心里暗暗难过，不敢形之于外。后来舅妈来看我，却说，帝王也是人，也有七情六欲，强行压抑只会对身子不好。喜怒不显、冷面无情的帝王固然令人心生敬畏，而一个重情重义、以德服人的帝王，则更能让臣子由衷敬服。"孟丽君听到这里，不觉颔首，对这位素未谋面的"岳母"景夫人，生出无限神往，只恨晚生了二十年，不得与她一见。

皇帝接着道："舅舅与舅妈成亲十载，只生有一女，母后担心梁家后嗣，作主要替舅舅纳妾，舅舅自然坚决不允。母后无法，便将舅妈召进宫来，想要她出面，设法说服舅舅，不想舅妈竟也一口回绝。那日母后屏退了所有宫女内侍，只我一人在旁，舅妈的一番话语，我一字一句记在心头。她说：'我和如镜夫妻情深，决计容不下第三个人。如镜那日就已奏明皇后，纵然此生一无所出，也决计不纳妾侍。我们夫妻一体，自当同进同退。皇后劝我顾惜自己名声，嘿嘿，我景玉衡从来就不是一个贤惠柔顺的妻子。如镜待我情深义重，我便为他背负上妒妻、悍妇的名头，也是心甘情愿。'一席话说得母后哑口无言，从此再不相劝。

"我那时年纪虽小，也已懂事。眼见父皇广纳妃嫔，三宫六院美人无数，母后虽居正位中宫，除了节日庆典及每月十五、十六两日，父皇也不常留宿中宫。母后起先也曾私下抱着我流过眼泪，后来时日长了，似乎也就习惯了，反而不时物色些年轻美貌的宫娥，送与父皇侍寝，父皇于是十分称赞母后贤惠。可是她心中的苦痛，又有谁知道！舅妈这一番话，必是触动了母后的心思，才断绝了她替舅舅纳妾的念头。

"我自然知道，舅舅与父皇不同，他待舅妈一心一意，坚决不肯另纳妾侍。可是舅妈竟也肯为了他，不惜背负种种骂名，承受诸般难以想象的压力。要知世人道听途说了这样的事情，一百个里倒有九十九个半都会大骂那女子凶悍善妒，却会百般借口替那男子开脱。是以我虽也对舅舅敬重有加，到底不如对舅妈那般的钦敬无比。我那时便想，他们二人两心相通，忠贞不渝，这才是世上最为难得的夫妻至爱。父皇虽坐拥三千粉黛，其中恐怕没有一人能如舅妈待舅舅这般待他，便是母后，也是顾惜自己贤惠的名声多些。我还在心底暗暗立誓：他日等我长大，到了立后之时，必要立个似舅妈这样可心合意、超凡脱俗的奇女子。我不要三宫六院无数佳丽，我只要她一个人！"

皇帝直到将往昔心底誓言说了出口，才恍然惊醒，脸色阴晴不定。过了一会，"嘿"的苦笑一声，颇有些自嘲意味，摇头道："这些往事，我从未和旁人说起过，今日怎么竟也顺口说了出来？历朝历代的皇帝，人人都是艳福齐天，乐在其中，似我一般有这等想法的，也算是皇帝中的异数了。"

孟丽君听了皇帝这番发自肺腑的真情剖白，心头悚然震惊，万万料不到一向"风流好色"名声在外的皇帝，竟会是这样一个情感上崇尚一心一意之人。想起前不久接到姑丈吴道庵家书，他沾沾自喜地写道，已在吴县纳得一房妾侍；皇甫少华早就知道定下了指腹为婚的妻子，回乡途中仍然轻描淡写、不当一回事地纳了刘燕玉为妾；而满朝文武里，更有几人不是三妻四妾、姬妾成群？在他们心中，只怕从来都不曾有过哪怕一丝半点儿"忠贞不渝"的想法。而皇帝身居帝王高位，天下美人予取予得，无人节制，竟能生出过这样一心一意的念头，便纵然到头来不曾坚持做到，也已是勇气可嘉。

　　待要温言劝解几句，忽然瞥过皇帝脸上苦涩万分的笑容，想起他先前无端出口的那一句"明堂，你知道么？其实我对你，可着实羡慕得很哪"，再联系皇帝向来性情，已然猜知他的一片苦衷，心弦蓦地一颤，登时对他生出无限怜惜之情。

　　孟丽君稳了稳神，意识到困扰皇帝的心结必在此处，若能借机引他倾诉出口，自己再从旁开导劝解，或能就此解开他心结。于是故意说道："似穆兄这般'皇帝中的异数'，小弟却觉十分可敬可佩，令人心折。但穆兄从前既曾立下如此誓言，而眼下后宫却是这等局面，其中想必另有缘故罢？"

　　皇帝脸色一黯，起身踱了几步，转过身来，却道："不论出于甚么缘故，到底都是我自己未能遵从当初誓言，以致留下了毕生之憾。"说着重重地叹了口气，话语中满是懊悔无奈之意。神思晃动，声音渐转低沉，缓缓说道："我十八岁那年，母后颁旨昭告天下，要为我选立皇后。不但王公大臣府上年满十五、未曾许配人家的女孩儿都给召入宫来，只因舅妈来自民间，我还缠着母后答允在民间百姓中选出了一批秀女。

　　"眼见选后的日子一天天近了，我却犯起愁来：那么几百个秀女，放眼望去，一片莺莺燕燕，看得人眼花缭乱，选后那日时辰又十分有限，我要怎样才能分辨出，哪一个才是我寻寻觅觅的伊人？想着想着，我忽然心头一惊，生出了一个从前不曾虑及的念头：倘若这几百个秀女，皆是一色的庸脂俗粉，竟没有一个能合我心意之人，却又如何？

　　"我越想越觉可能，越想越是惊慌，翻来覆去一宿无眠，心中战战兢兢，只存了万一的指望，唯愿上天垂怜，赐我得偿所愿。到了天亮时，便再也躺不住了，悄悄唤来一名小太监，命他和我换过衣衫，睡在龙床上假冒我，而我自己，却神不知、鬼不觉地偷溜出了乾清宫。

　　"我随便寻了个借口，来到秀女们居住的钟粹宫，四下里留意查看。见了十几位秀女，都不中意，心头正觉失望，忽然听见从另一侧偏殿里传来争吵声，宫女太监们都蜂拥过去观看，我便也凑热闹地跟了过去。只见争执的双方，一方是两个女子，一个容颜甚美，一个嗓音清亮；另一方只有一个红衣女子。听旁边宫女们议论，这三人来头都不小，那美貌女子乃是礼部尚书安千铣之女，正是母后十分中意的皇后人选之一，那嗓音清亮者则是卫国将军赵栋之妹，而那红衣女子，却是吏部侍郎刘捷之女，正是后来的皇后刘燕珠。

"我和一班小太监、小宫女挤在一处，这些人地位低微，根本不认得我。听那赵氏大声说道：'我们姐妹在这里说悄悄话，干你甚么事儿！莫非是嫉妒我们姐妹同心，害怕你一人势单力孤，将来争宠争不过我们姐妹？'安氏见围观的人越来越多，想是有些不安，悄悄拉她衣袖，赵氏却不肯罢休，声音反越说越大。

"我听了一会，才听明白。原来此番入选的秀女中，安氏容貌出众，赵氏歌喉婉转，众人皆道二人纵不封后，日后在宫里也必有一席之地。她们二人方才已私下结为金兰姐妹，盟誓说将来不论谁得了皇帝宠爱，必要引荐另一人，务使恩泽同享、雨露分沾。正说到盟约誓言时，刘氏恰巧进来听见了，冷笑一声，嘲道：'好一对情深义重的好姐妹！'口气中满是讥讽之意。赵氏不忿，于是吵闹起来。

"赵氏骂了半晌，刘氏却一言不发，眼见围观之人越来越多，仍是一副气定神闲、毫不在意的模样。待赵氏说累了停顿下来，她才冷冷地扔下一句：'我嫉妒你们姐妹同心，恩泽同享、雨露分沾？嘿嘿，真是天大的笑话！这样的姐妹，我幸好没有！'说罢转过身去，围观众人自发让出一条道来，她便头也不回地离开了。

"我望着那一抹渐渐远去的红影，只觉惊喜交加。听她言语，自是十分反对所谓'恩泽同享、雨露分沾'的，何况她的容貌虽比安氏稍有不及，却也是一等一的美貌，更兼气质冷傲高华，与众不同。我那一刻便在心底下了决定：此番必要立她为后，旁人我一个也不要！"

皇帝说到这里停了下来，若有所思，随即摇了摇头，接着说道："选后那日，我终于如愿以偿立她为后。人人都以为，我定会再选出几个美人，封作妃嫔，以充后宫，我却异常固执，坚决不肯再立皇妃。母后无奈，只得作了折中之策，由她作主，留下其中二十名品貌出众的秀女，不加封号，暂充宫女。我不好过于违拗母后的意思，心想我反正不去碰她们，便留在宫里，也没甚么。

于是只从秀女名单里将安氏和赵氏的名字划了去，其余的也就随母后去办了。

"新婚燕尔，我对刘氏宠爱有加，加上大婚之后我开始亲政，第一次手握重权，心中也着实得意，便依了她的心意，升了她父亲刘捷的官位。现下回想起那时候我的所作所为，都不由惊出一身冷汗，只怕和'无道昏君'也相去不远了。可那时的我，却一心觉得，但凡是我力所能及的，只要她喜欢，便依从了她，又有何不可？

"婚后半年，我一直宠着她，将后宫众女视若无物。那时自然也有无数劝谏的声音，后宫里更满是皇后善妒的流言，我俱一笑而过，懒得理会。到第二年开春，她有了身孕，我欢喜无比，一心企盼着这个孩子的降生。后来她身子渐重，不便侍寝，我也毫不在意，依旧每日宿在坤宁宫，不再要她侍寝，只每日睡前摸摸她腹中的孩儿，和她谈谈笑笑，说说将来孩子该取个甚么名字。我只当日子会一直这么快快乐乐地过下去……想不到……想不到……"一时情难自已，说不下去，仰起头来，强忍着不令眼泪落下。

孟丽君见皇帝如此，知道此事必是伤他极深，令他心头留下了难以磨灭的创伤，这时不宜胡乱开口，免得言辞不当、适得其反，只静静地望着他，目光中满是怜惜劝慰之意。皇帝过得片刻，已然稳住心神，续道："……有一日我偶染风寒，不想令她为我担忧，就没告诉她。又怕她也沾染上，孕妇身子最弱，禁不得病痛，于是夜间也不便留宿她寝宫，只是对她说，国事繁重，我就在乾清宫自己安歇了。

"不想那次风寒一直拖了五六日，我怠进饮食，又服了好些补药，弄得虚火上升，十分难受，不过病总算是好了。我兴冲冲地赶去坤宁宫看她，和她说了好一阵子话，那时已是仲夏，气候闷热，她午后照例要沐个花瓣浴，我便躺在榻上等她。殿里空空荡荡，我把宫女内侍都打发出去，正在半睡半醒间，忽觉有一人进来，走到我身边，我伸手去拉，轻轻唤了声：'珠儿。'将那人拉入怀中，眼睛却还未睁开。过得一会，那人低声唤道：'皇上……'我蓦地一惊，睁开眼来，那人竟然不是她……而是她的贴身侍女兰心！

"我当即变色，喝道：'大胆贱婢！竟敢抗旨不遵，想找死么！'兰心吓得魂不附体，伏在地下连连叩头，道：'是娘娘……是娘娘命奴婢进来……服侍万岁爷……'我宛如一盆冷水当头泼下，满腔欲念登时化作乌有，一肚子的怒气也消散开去，只觉浑身凉津津的，竟是一丝儿旁的知觉也没有了。

"过了不知道多久，我仿佛听见她的哭声在耳边响起，终于回过魂来。只见她和一屋子宫女内侍围着我，她哭得梨花带雨、花容失色。我也不知哪里来的气力，一把握住她的手腕，厉声道：'其他人都滚出去！'待余人散尽，我瞪着眼望着她，一字一字道：'是你命兰心进来服侍我的么？'她拉着我的手，哭道：'如今合宫上下都盛传臣妾善妒……臣妾……臣妾委实惶恐……臣妾素日看兰心这丫头知冷知热、善解人意，不想她还是毛毛躁躁，竟然惊撞了圣驾。臣妾管教无方，愿领罪责……'

"我听了她这般言辞，撇开她手，一颗心越发冷作了寒冰，心底一个声音却在狂笑：原来从头至尾，都是我一人在自作多情，她竟压根儿不懂我的一片心意。我一心一意，以为她便是我那'众里寻她千百度'的伊人，不想她终究不过是另一个为虚名所拘的庸脂俗粉。她待我的情意，亦不过如此！我终归是错了……"

孟丽君插口问道："穆兄这一片心意，难道竟不曾说与……嫂夫人知晓么？"皇帝摇头苦笑道："怎会不说？夫妻相对、别无外人时，我也曾多次表明心迹……本以为她当能理解我的心意，不想她到底还是不肯信我。哈哈，这原也难怪，只因人人都说，帝王无真爱。是以我身为皇帝，不论再如何付出一片真心，到头来，这世上仍无一人肯信我！"说到最后一句话时，语气中已满是愤懑无奈之意。

孟丽君脱口而出道："我信的。"话一出口，自己先怔住了。皇帝闻言大喜，情不自禁地紧紧握住她的手，喜道："明堂与我果是同道中人。"孟丽君给他握住手，一时心头竟如小鹿般轻跳不已，手上脸上俱发热。她从前也曾多次与他人携手，心中一直坦坦荡荡，别无他念，便与皇帝，这也不是第一次给他握住手了。但如此刻这般生出诸般异样感觉的，却还从未有过，不觉有些心慌，忙不迭抽出手来。

皇帝愕然道："明堂，你这是怎么了？"孟丽君一惊，稳住心神，若无其事地笑道："穆兄手紧了些，小弟的手有些儿疼呢。"岔开话题，问道："后来又怎样了？"

皇帝忆道："……后来……经历此事后，我伤心失望、心灰意冷，再不踏足坤宁宫。誓言既已无法兑现，我便开始自暴自弃起来，日日借醇酒美人浇愁，可是每当我多宠信了一名美人，心里却反多出一分不宁。午夜梦回时，望着身畔一张张不同的面孔，我捂着心口问自己：这当真是我想要的生活吗？我难道就真要一辈子这样下去吗？

"一个月后，坤宁宫传来消息：刘后小产，生下一个成了形的男胎。我的心一揪，那是我曾心心念念企盼着出世的孩儿啊，不论如何，孩子总归是无辜的，居然就这么没了……我再也忍不住了，赶去坤宁宫探视她。才一月不见，她容颜清减，脸色苍白，竟似换了个人。我望着她的睡颜，这大半年来相处的点点滴滴都逐渐回想起来。我本是个念旧重情之人，当日原是一时气极才一怒之下将她抛开，这时一旦见了面，哪里再狠得下心来？何况她乍失腹中胎儿，想必伤痛欲绝，这其中未必没有我的错处。于是我与她在人前恢复了从前的恩爱模样，只是，唯有我自己心中有数，在我心底深处，有一块异常珍贵的东西，已经破碎失去了，再也无法弥补。

"……再后来……自她小产后，太医诊治出，她多半已无法受孕了。她不肯信，两三年内，一味进补服药，终归无用，便依了母后的意思，笑盈盈地提出，要为我纳妃。我早料得她会如此，心里倒也并不如何失望，于是答允下来，这便有了温、李二妃以及现今后宫中的一干妃嫔。"

孟丽君点点头，仔细想来，皇帝的后宫其实并不多：刘后和李妃一死一废，如今妃位上只有温妃一人，其下有封号的夫人、美人等也不过六七人，多是五六年前所立，较之历代皇帝的后宫，已是少之又少了。想起一事，微笑着问道："小弟自然相信穆兄所言。只是坊间传闻，却道我们这位万岁爷，是个不折不扣、温柔风流的多情种子，这又是甚么缘故？"

皇帝一哂，道："是么？市井流言，能有几分可信？我也猜着了，明堂这么说，必是为我脸上好看。甚么'温柔风流、多情种子'，嘿嘿，多半是'贪花好色、风流薄情'罢？我品性如何，是薄情还是专情，自己心里明白，得一知己了解，余愿足已。似我等这般特立独行之人，哪里在乎天下悠悠众口如何说辞？从来都是'防民之口，甚于防川'，心中既然无愧，又何须在意？"

孟丽君击掌赞道："好个'特立独行'！好个'心中既然无愧，又何须在意'！穆兄所言，深合小弟心意。"联想到自己最初为了申冤救父，这才女扮男装赶考应试。而如今位居高位一载有余，做出了数桩轰轰烈烈的大事，才华抱负得以一一施展。现下就算已经昭雪冤案，达到了最初改装的目的，自己却仍然不会情愿再重回闺阁、接受重重束缚。然而男装一世谈何容易？将来一朝不慎，露出了马脚破绽，天下悠悠众口，必是骂得多、赞得少的。但只需自己心里明白，又何须在意这些！

皇帝叹道："只有明堂你才会这么说，若是舅舅……唉！我虽对他敬重有加，这些话语，却是断断不敢向他吐露的。他耿直清正，却不免过于古板狷介了些。他若听了我这些话，必会板起面孔，正颜劝谏，却决计不能理解我的想法。这原是前几日……燕珠过世……我追忆回思十余载夫妻情分，伤痛悲苦之余，竟重又勾起往事。这些话语在我心底郁积了十多年，一直不得宣泄，今日亲口说出，心头总算舒服多了。"

孟丽君静听皇帝将满腹心思诉罢，只觉自己有些话语，也是一直沉于心底，不得人倾听，此时正好借机一吐为快。沉思片刻，先开口道："我适才听穆兄转述往事，亦不觉对那景夫人心生仰慕。如此超凡脱俗的奇女子，世上果然罕有。"皇帝颔首，喟然道："是啊。"孟丽君话锋一转，却道："只不知穆兄是否想过，似这等奇女子，为何普天之下统共也没有几人？"皇帝一怔，似是从未想过这样的问题。

孟丽君微微一笑，说道："穆兄自认是'皇帝中的异数'，历朝历代的皇帝，多是三宫六院七十二妃，美人无数。帝王如此，朝中百官自然也多是三妻四妾的；官员如此，乡院缙绅自也以多纳妻妾为荣；就连那行乞为生的齐人，竟也有一妻一妾，可见民间亦是如此。

"所谓'己所不欲，勿施于人'，这个道理人人都明白。我心中却时常在想，世上有几个男子，会肯设身处地替女子着想？试问，倘若这世间阴阳颠倒、秩序对换，一个女子可以娶好几个丈夫，而每个男子都必须从一而终，那在男子……在我们男子心中，又会是怎样的滋味？可会愿意与他人分享自己的妻子吗？"皇帝闻言一脸震撼，不由张大了嘴，却将这番惊世骇俗的言语，一字一句都听在心里，细细琢磨。

孟丽君停顿片刻，说道："自然是不愿的。因此，每个女子在心底深处，理所当然也是不愿和他人分享丈夫的。由此而推，世上的每一个女子，若皆能依照她们心底深处的愿望一般生活，她们其实都已是穆兄心目中超凡脱俗的奇女子了。

"然而，自古以来，'乃生男子，载寝之床，载衣之裳，载弄之璋；乃生女子，载寝之地，载衣之裼，载弄之瓦'。女子自小便由各种方式灌输以柔顺服从的品性，既须遵'三从四德'，复有七出之过，何曾有过半点自主由心的权力？若不如此，必将遭千万人唾骂，寻常之人，多是不得不屈服了的。也只有似景夫人和穆兄这般，视天下悠悠众口如无物之人，方能真正超脱凡俗，依照心中真正想法而行，成为一代传奇。

"至于那些不能免俗之人，我依旧相信，她们大多也曾努力过、抗争过，只是由于种种原因，最终不得不放弃了。她们只得一面强忍心头酸楚、一面笑盈盈地分享同一个丈夫，她们的心，必也是痛苦的。若连这最基本的抗争和痛苦都不曾有过之人，那便实在是自轻自贱、自甘堕落之人，我是决计瞧不起的。"

皇帝不觉轻轻点了点头，孟丽君察言观色，趁势说道："据我看来，皇后娘娘虽不是穆兄昔日誓言中那般超凡脱俗的奇女子，却绝不是自轻自贱之人。身为皇后，她所承受的压力，较之世间寻常女子大了不知有多少倍，她的所作所为，本也是情理中事。有很多事情，穆兄你自己虽能做到，却不能一味强求她人也必须做到。总之，若能设身处地多为她人着想，自己心中亦不会过于执拗了。"

皇帝听了这话，登时颇为动容，叹道："枉我与她夫妻十余载，竟不如你知她心意。明堂，你来看。"起身从床前枕畔取过一道纸笺，递与孟丽君，沉声道："这是……从她怀中发现的……上面那几个字，还是当年新婚时我为她所写……想不到她竟精心保存了十多年……"说到这里，泪光莹莹，背过身去。

孟丽君接过一看，墨迹虽旧，保存如新，竟是"愿得一心人，白头不相离"这几个字。遥想当年皇帝写这幅字之时，他们夫妻该是何等浓情蜜意。刘后将这幅字珍而重之地保存了十余载，自尽前还曾拿出来看过，必是在回忆那时的美好光景，不觉也叹了口气。

忽然发觉纸笺的背面似也写了些甚么，翻转一看，娟秀的笔迹写道："妾为逆臣之女，怎堪再侍君王？伏请万岁念及十余载结发恩情，垂怜妾弟奎璧。若得破格开恩，饶其不死，妾来世结草衔环，报君深恩。"孟丽君一惊，怪道皇帝依律裁处一干罪臣，却对刘奎璧网开一面，原来是因刘后临死遗愿。想起那荒唐糊涂的刘"国舅"，心中倒也无甚恶感，不动声色将纸笺翻了回来。

次日，兵部接到前方塘报，范宁不敢怠慢，立时呈上，交由尚书大人览阅。孟丽君展开一看，见上面写道：右先锋龙跃大将军郝英南以下犯上，行刺平南大元帅，幸得兵部先行传书报信，并未得逞。现由其帐中搜出刘国丈谋士陆元凯亲笔书信一封，并郝英南供词一并呈上。偏将韦勇达，自去年十月依旨赶赴军营以来，屡立战功、勋劳卓著，举荐以其补缺右先锋之位云云。

孟丽君心头一喜：韦勇达是去年武试会元，又蒙皇上特旨取中，授为偏将，此番更得平南大元帅举荐，替补右先锋之缺，兵部断无不允之理。有卫小姐在前方奔走出力，一旦攻破昆明城，必能找出当年爹爹及卫焕总兵血战不屈、兵败被俘的证据。待到大军凯旋之时，再由自己在朝中出面周旋，孟、卫两家的不白之冤定能昭雪，爹爹和卫总兵的在天英灵，亦可含笑瞑目了。

想到这里，不觉一酸，脸色丝毫不动，又取过陆元凯书信及郝英南供词一一翻看。范宁见她神情毫无异色，忍不住问道："塘报所说传书报信一事，下官主管战报往来，却怎么一无所知？"

孟丽君于是将当日如何把消息封在蜡丸里传出之事说了一遍，又道："那时情势紧急万分，刘捷、高硕已反，兵部还有多少人牵涉在内，我一点不知，不得不万事从谨。若有得罪之处，还请子静莫怪。"范宁急道："恩师这么说，学生没有立足之地了。学生自小喜好兵法，却因身子孱弱不能习武，若非恩师大力提携，岂能有今日一偿所愿之时？恩师知遇之恩天高地厚，学生绝不敢有半句怨言，更何况此等大事，自然须万分谨慎行事，学生如何不明白这其中的道理？"

孟丽君摇头笑道："子静你固然以师长之情待我，我却不可因此便自骄自大、自以为是起来。你我同殿为官，官位虽有上下之别，俱是为朝廷及天下百姓效力，原无高低之分。子静你尊师重道，自然是极好的，只是若因此而太过拘泥于师生之分，却大可不必。"范宁一怔，随即露出心悦诚服之色，道："恩师说得是，学生受教了。恩师身居高位，尤能这般谦虚自律，着实令学生十分钦敬佩服。"

孟丽君一笑，料他这一时半会自也改不过来，举起手中塘报，问道："子静，你怎么看？"范宁直言道："前方战事胶着至今，已有一个半月，武定城仍然围而未破，叛军依旧苟延残喘，朝廷上下已然颇有微词。若非尚书大人力排众议、鼎力支持，这平南大元帅一位只怕早就换人坐了。可是，皇甫元帅竟似一点不知兵部替他承受了多少压力一般，迟迟未见行动。此番塘报里，他一字不提前方战况及其打算，下官不觉有些忧心：国库本就十分吃紧，如今朝廷才刚经历了刘捷叛乱，各处皆有大笔开销，于平南战事上，自是众口一心，俱盼早日结束才好。当然，以大人现今如日中天的声望，若要强行弹压此事，原非难事，只是……还望大人三思而行。"

孟丽君看了范宁一眼，见他满脸挚诚之色，说道："好，此事我自会三思。子静，你先下去罢。"范宁行礼退下。孟丽君望着手上塘报，心头思绪起伏。

想了一阵子，将塘报收好，又处理完手头其余事情，吩咐备轿进宫。原来昨日她与皇帝促膝长谈，一席话说得畅快淋漓，竟忘了时辰。待出乾清宫时，天色已晚，自不便夜入内庭深宫，只好今日进宫，再向太后千岁复旨。

到了宁寿宫，太后宣入。孟丽君行过礼后，抬头一瞥眼间，只见内室珠帘放下，帘后香鬓云鬟，隐约传来环佩叮咚之声，想来必是安平公主凤驾在此。一想到这位公主殿下，饶她聪明绝顶，也不禁头大。见公主隐身帘后，一语不发，她便也乐得只作不知，起身告谢坐了。

太后见到孟丽君，面露喜色，说道："郦卿昨日与皇帝一番长谈，今天早上皇帝进来请安时，哀家瞧他气色已见大好。爱卿神医之名果然不虚，便连这无形无影的心病，竟也能手到病除。"孟丽君欠身道："太后过誉了。皇上一身关系社稷黎民，微臣蒙万岁许以知己君臣，怎敢不尽心竭力，回报君上。"

太后含笑点头，随即说道："今日郦卿来得倒也十分凑巧，哀家恰有一桩大事，正要请爱卿来一同商议。"说到"商议"二字，却是一副不容置疑的口吻。孟丽君微觉诧异，道："请太后千岁吩咐。"

太后轻叹一口气，道："哀家也知眼下并非提出此事的良机，京城叛乱甫平，前方战事未靖，原不该扰民过甚……只是哀家昨夜里想了一宿，仍觉不得不行此举……哀家就直说了罢：今年原是三年一度选秀之年，哀家有意将其提早……"

孟丽君一怔，随即醒悟太后用意，自是唯恐皇帝郁郁寡欢，要挑选秀女以充后宫，使皇帝移情于新选秀女，从而忘怀刘后薨逝之痛。

太后不待她开口，继续说道："……皇儿自十八岁亲政以来，除却立后那一遭，只在六年前选过一次秀女。如今刘后已薨，中宫之位不能久虚，温妃一心喜好音律，是个不理琐事的，自然不能正位中宫、母仪天下。其余的六七个，更是些不成样子的。哀家思来想去，这是眼前的头等要事，纵然国事艰难，却也不可不办。只是一应礼仪，俱当酌情减免，以不劳民伤财为要，也就是了。不知郦卿意下如何？"

孟丽君若非昨日曾与皇帝一番促膝长谈，这时多半已点头遵旨了。虽然她对那些花样年华入宫，即将在宫墙内度过漫漫余生，将一生喜乐俱系于帝王一念之间的秀女们满怀同情之心，却也明白这样的选秀由来已久，绝非眼下的自己摇一摇头便能轻易否决的。但昨日与皇帝一席长谈，已然明白他坚定不移的执着，这时贸然选秀，只怕于他的心病，不但没能缓解，反是雪上加霜。

思忖片刻，先开口问道："选秀之事，不知太后是否已与皇上商议过了？"果见太后摇头道："还不曾。"孟丽君站起身子，正色谏道："微臣以为此举不妥，还求太后明断。天下皆知，皇上待刘后娘娘情深义重，如今娘娘凤驾薨逝不过短短数日，皇家便开始选起秀女来，依微臣看，未免有些操之过急。一则只恐惊扰了娘娘在天英灵，二来也怕重又勾起皇上才好的心病，反为不美。"

太后听她这么说，也不生气，反而微笑道："傻孩子，你说的这些，难道当哀家不曾想过么？'选秀'二字说来容易，做起来却是千头万绪，绝非一朝一夕之事，即便今日就颁下旨去，待到正式备选之日，少说也要半年工夫，这可算不得操之过急罢？再者，中宫薨逝，后宫乏人理事，这几日都是平儿在协助打理，到底也难长久，总不成让我这一把年纪之人，再来操这个心罢？"只当话已说到这份上，她再无不应允之理。

孟丽君心知皇帝无论如何不会依准选秀之事，但此事说到底算是皇家的家务事，自己身为臣子，若一味劝谏驳回，于太后面子上不免难看，倒不如以进为退的好，说道："太后考虑周全，微臣自愧不如。既如此，何不将万岁请来一同商议此事？微臣也好恭听圣意，看看要选些怎样容貌品性的秀女才好。"

太后却摇头道："选秀之事，暂且不必让皇儿知道。他是个长情之人，心病昨日刚好，眼下不宜在他面前提起此事。依哀家的意思，待半年后万事妥当了，他心绪也该平复了，到时再告诉他不迟。"

孟丽君一惊，太后这短短几句话，令自己的满腹盘算立时落空。倘若遵懿旨而行，不但大大违拗了自己的心意，更兼皇帝届时得知选秀之事竟是由自己在背地里操持，必会深感失望，这"知己君臣"便决计做不成了。但要抗旨不从，自己先前的话语又已出口，无法收回，不由迟疑道："这个么……"脑中急转，飞快地在想对策，脸上不由露出一丝为难之色。

这时听得珠帘一响，公主从内室姗姗走出，唤道："母后。"孟丽君赶忙见礼道："微臣郦君玉见过公主千岁。"公主嫣然一笑，道："郦卿平身。"向太后道："母后，宫里人多口杂，选秀这样好玩的大事，一个不留神，有人说漏了嘴，那是再寻常不过。就算母后不告诉皇帝哥哥，你当他便不会知道么？倒不如一早明说的好。再者，皇帝哥哥若得知我们大家联合起来，独独瞒过他一人，一定不高兴。要换作平儿，必是不依的。"

太后宠溺地看了她一眼，说道："哀家接见外臣，要你在内室待上这么一小会，你竟也待不住。"虽是责备之语，却无丝毫责备之意。公主小嘴只微微朝上一噘，太后便立时改口道："算了，算了。其实若按民间辈分算法，明堂是你舅舅的女婿，也就是你的表姐夫了，倒也不算外人。"

公主这才回转笑颜，道："表姐夫？嘻嘻，这个称呼倒新鲜得很呢。"随即偎在太后怀里，撒娇道："母后，平儿方才说的，是不是很有道理啊？"太后略思片刻，伸手轻轻点了点她鼻尖，笑道："平儿现在越发能干了，说得果然有道理。好吧，母后就听你的。"抬起头来，吩咐宫女香玉道："你去乾清宫瞧瞧去，皇帝若闲着，请他过来一趟。"

公主趁着太后抬头说话的空儿，转头向孟丽君送上一个甜甜的得意笑容，仿佛在向她邀功一般。孟丽君心底既觉感激，复又禁不住一阵苦笑。她自然知道，公主是见到自己为难的脸色，这才主动出来解围的，她待自己这一片心意，确也难得。只怕太后如今尚蒙在鼓里，否则断不容她出来相见。

一时皇帝到了，太后将选秀之事说了一遍。皇帝脸色微微一变，下意识地向孟丽君望去，和她目光一对，已明了她的心意及其间种种顾忌，心头一定，道："请母后屏退宫人。"太后挥手道："都出去罢。"众内侍宫女鱼贯退出。

皇帝望着太后，满脸挚诚之色，说道："母后见谅，这选秀一事，儿臣是万万不能应允的，也求母后莫下懿旨。"太后闻言脸色一沉，还未开口，公主已先嘟起嘴说道："皇帝哥哥，你六年前选秀时，母后说平儿年纪还小，不许我去看。好容易这会子又有了这样好玩的事儿，你却不肯应允。哼，你若说不出个令人信服的理由来，我可第一个不答应！"

孟丽君心底暗赞一声："好个聪明伶俐的公主。"她这番话，表面上像是在向皇帝兴师问罪，实则巧妙地将话锋引到"皇帝不肯应允，想必是有个令人信服的理由"上，且举止自然顺畅，令人毫不起疑。果然太后脸色略平，说道："皇儿，你心中到底怎么一个想法，为何不愿选秀，不妨直言说出。若果然在理，令人信服，母后自然不会勉强你。"

皇帝道："多谢母后！"起身侃侃而言道："选秀之事，于公于私两处皆不适宜。先说于公，六年前选秀那次，通共花费了多少银子，想必母后心里也有数。那还只是国库账目上的明数，倘若算上民间私下的开销，当还远远不止这个数目。此番就算明发圣旨，一应礼仪酌情减免，能缩减的也只是明账上的开销，不劳民伤财是决计不可能的。更何况……"略停片刻，说道："……更何况即便是那个数目的一半，目前国库也已然无力支出了。"

太后一惊，道："国库竟已吃紧到如此地步了？"皇帝苦笑道："此事儿臣原不该说来令母后忧心……只是平南战事，加上此次平定刘捷叛乱，国库的银子花得有如流水一般。户部曲卿几次三番呈上表章，甚至请求辞官归田，都让儿臣好言好语安抚下去。说来曲卿也是个中奇才，若非他东挪西凑、东拼西补，国库早已支撑不住了。"孟丽君心中也是一惊，她虽知国库吃紧，却不想已然紧张到了如此地步。

太后叹了口气，说道："原来如此，选秀之事自然要缓一缓，不妨等平南事定之后再说罢。从今日起，宫里自哀家以下，一应用度再减一半，贴补国库。"皇帝应道："遵母后懿旨。"孟丽君亦躬身道："太后圣明。"太后想到国库吃紧，脸上大有愁意。公主忙岔开话题，问道："皇帝哥哥，你方才说，于公于私两处皆不适宜。于公我们都知道了，那于私又怎样呢？"

太后打起精神，凝视着皇帝，等他回答。皇帝犹豫片刻，看了孟丽君一眼，回想起昨日与她的一席谈话，鼓起勇气，说道："于私而言，儿臣这一辈子，都不要再选甚么秀女。一直以来，儿臣压根儿就不愿选秀。"话一出口，顿觉轻松不少。

太后脸色变来变去，浑似不敢置信，过了好一会，才道："……你竟然根本不愿选秀？皇儿你……怎会生出这般古怪的念头？莫非是因为中宫刘氏薨逝的缘故？"

皇帝摇摇头，走过去握住太后的手，说道："二十多年前的往事，母后还记得么？那一日是母后二十七岁寿诞，母后一早起来便开始精心梳妆，换上最好看的衣衫，梳上最繁复的发髻，美丽得犹如天上仙子一般。又打开亲手酿造的梅花酿，焚上父皇最喜欢的芙蓉玉檀香，一心只等着父皇驾临……可是，直到我在母后怀里沉沉睡去，父皇始终没有来……我睡得迷迷糊糊间，听得母后幽幽一声叹息，又觉脸上湿漉漉的一片，那是母后的眼泪……"说到这里，只觉手上一凉，太后已不觉又滴下两行泪来。

皇帝轻轻拍了拍太后手背，道："我那时心里就想，父皇为什么要纳这么多的妃嫔？他一个人，爱去哪一宫便去哪一宫，何等逍遥自在，却害得母后为他苦苦等候，伤心流泪。若是父皇只有母后一个妻子，再不纳别的妃嫔，他一定日日守着母后，我们一家人在一起，自然其乐融融……"

太后忆起往事，落下泪来，听到这里，不由摇头道："傻孩子，皇帝怎么可能只有一个妻子，不纳妃嫔？你原来心里一直存了这个傻念头，这才不愿选秀。皇帝广纳妃嫔，为的还是要多留子嗣，免得断绝了皇家血脉。"

皇帝笑了笑，道："子嗣和血脉，不过是寻欢作乐、薄情寡义的借口罢了，这我早就心知肚明。我朝子嗣向来不广，父皇当年广纳数十位妃嫔，到头来也不过只得我一个皇子及三位公主罢了。我早有了乾儿和乐儿一子一女，子嗣已传，并无此虑。只求母后体谅儿臣，莫要再提选秀之事。"

太后回想先帝当年，再对比如今的皇帝，心头一阵感慨。忆起昔日枯坐苦等良人不至的种种无奈和痛苦，推己及人，自也不愿将同样的痛苦强加于人。想起一事，断然道："不成。若不选秀，难道你竟不想再立皇后了么？这决计使不得。"

皇帝料及于此，早有对策，说道："皇后正位中宫，自然不能长久空缺。儿臣思来想去，倒有了一个主意，不知母后是否允准？儿臣愿与母后立下一个期限，就以三年为期如何？三年之内，母后再不提选秀之事，儿臣也当尽力选立一位皇后。若是做不到，三年之后，不论选秀立后，儿臣愿听凭母后作主。"

太后心烦意乱，一时定不下主意，只道："此事容后再议。哀家头有些痛，你们都出去罢，且让哀家一个人清静会儿。"皇帝等三人依言退出。

转眼到了七月上旬，这日孟丽君正在览阅朝中大小官员名录，草拟奏折，提议酌情裁冗，以节国库开销。只见范宁兴冲冲举着一封战报，满面喜色地走进来，喘了一口气，调匀呼吸，方道："大人，天大的喜事！收到前方六百里加急捷报表章：平南大军已于初二日攻破武定城，李长宁战死。李汝章见大势已去，初四日竖起白旗请降。大军如今已入驻昆明城，不日即可班师回朝！"一面说，一面将表章呈上。

孟丽君点点头，道："算来也该是时候了。"范宁一脸钦服之色，道："大人果然料事如神。下官记得清楚，当日大人在议事堂会上断言，说两个月内我军定能拿下昆明，那日乃是五月十七日，距离七月初四入驻昆明城之日，果然不出两月。"

孟丽君微微一笑，展开表章细读。范宁见了捷报欢喜赞叹，忍不住说道："此番平叛大捷，所用计策当真令人叹为观止。不瞒恩师，学生只因原籍远离京城，不曾及时见到朝廷皇榜，因此错过了去年七月的武试。后来也曾拜读过皇甫元帅等人武试时的策论考卷，虽果觉十分了得，却还未到自叹弗如的地步，说来惭愧，心中多少仍存了几分比试高下之意。而今得见他此番大捷所用妙计，学生是万万想不出的，当真口服心服了。"

孟丽君仍是神色如常，随口道："是么？"范宁道："是啊。皇甫元帅遣了晏临战等数名偏将，携朝廷旨令，沿偏僻小路绕到昆明城之后的文山镇，竟然说动了当地苗人，组建出一支苗兵，趁着夜色虚张声势佯攻昆明，而大军亦同时撤出武定城外，埋伏于两城之间。李长宁见到昆明城狼烟示警，又不见包围武定城的大军，只当朝廷军队已绕过武定，直取昆明去了，于是发动全军出城追击，意欲陷我军于腹背受敌之境。却不想反中埋伏，全军覆没，武定城就这么轻轻巧巧地拿下来了。"说到这里，又啧啧叹了几声，道："旁的倒也罢了，这深入敌后、巧用当地苗兵之举，实在高妙得很，真难为了皇甫元帅怎么想得出来！"话语中满是钦赞之意。

孟丽君心底微笑，也不加解释，继续看那表章。蓦然间读到其中一句，心头猛然剧震，却有些不敢相信。睁大眼睛再看一遍，果然不错，只觉一股喜气从天而降，牵动周身气血，喉头一甜，举袖掩口，不由咳嗽连连。

范宁忙递上一杯茶，孟丽君放下右手衣袖，左手端起茶杯漱了一口，停了片刻，道："子静，你先下去准备，一会随我一同入宫报捷。"范宁乃是六品兵部员外郎，等闲难有机会一窥天颜，何况又是平南得胜这等大喜之事。他喜出望外，自然知道这是恩师有意提携，忙应声道："是！"匆匆下去准备。

孟丽君待他去得远了，翻过右手衣袖，果不其然，又见到一小块殷红刺眼的血迹。苦笑一声，忖道："自那日城楼吐血后，我已再三留意，保持心境平和，不可骤惊骤喜，亦不曾过度劳累。不想今日终归还是第二次吐血了……"目光转到捷报表章上，精神立时一振，长长呼出一口气，心头烦闷尽消，反觉如此喜信，便呕出一口血来，也是值得。双手合十，默默念道："苍天垂怜，竟当真保得爹爹平安无恙，实是万千之喜！我父女果有团聚之日，丽君纵死无憾。"

想到一别三年，自己已由当年那个偎依在爹爹怀中撒娇的小女孩儿，变成了如今身着紫袍、统领两部的朝廷要员，也不知爹爹见了，认不认得出来？他若知道了自己这几年的一番经历及所作所为，一定会大感骄傲自豪，自己总算不曾辜负他和娘亲这十数年来精心抚育教导之恩。他若得以官复原职，说来还是自己的下属呢，也不知他对自己女儿，却要如何称呼？想到这里，唇边不由露出一丝笑意。

转念又想，爹爹身陷敌营三载，如今虽知他性命无恙，却不知是否曾受严刑逼迫，是否仍是三年前的模样？倘若爹爹遭受诸般酷刑，容颜更改，却不知到时自己还能不能认出他来？思及于此，笑容顿敛。展开表章再看一遍，可惜只短短一语带过，详情如何不得而知。但总兵卫焕既与爹爹同得生还，想来不出几日，当能接到卫小姐上奏的陈情表，那时自能知晓详情。

合上表章，一个疑团浮上心头："李氏父子素有残忍好戮之名，当年便曾有过屠城之举，杀人无数，心狠手辣。爹爹和卫总兵又决计不会变节投敌，依情依理，他们都难以保全性命。一直以来，我虽万般不愿，总不肯向最坏处揣测，只抱一线生机，唯愿爹爹平安无恙。然而在我心底深处，终归还是以为他已经不幸于难了。但如今爹爹竟当真如我所愿得以生还，却不知其中究竟出于甚么缘故？"思量再三，不得其解，也就暂且放过一旁。吩咐下去，备轿进宫，携了范宁，来到乾清宫外。

见礼毕了，孟丽君呈上表章，奏道："皇上，今日兵部接到前方六百里加急捷报表章：平南大捷，李汝章已于初四日竖起白旗请降，大军不日即可凯旋！"皇帝大喜，一面从权昌手中接过捷报，一面问道："详情如何？"

孟丽君笑指范宁，道："这位范大人，乃是去年补遗武试策论科的头名。微臣曾请下圣旨，将他留在朝中，如今任兵部员外郎，主管平南战报往来。其中详情，还请范大人亲自禀奏。"皇帝看了范宁一眼，道："哦，朕记得你。范宁范子静，湖州人氏，是也不是？补遗武试时，郦卿曾在朕面前大力夸赞你的兵法才干，朕记忆犹新。好，你且细细奏来。"

范宁听得皇帝居然还记得自己的姓名籍贯，大出意外之余，只觉荣宠无比、感恩涕零，恭恭敬敬地道："万岁圣明。"抖擞精神，将平南大捷前后战事一一奏来，口齿伶俐，条理分明。皇帝连连点头，待听到所用深入敌后、巧借苗兵的妙计时，也不禁拍手赞了一声："好！"

范宁又道："叛军缴械投降，平南大军现已入驻昆明城，收复了云南全境。贼首李汝章及其妻儿老小，自元配孟氏以下，共计十一人，俱已收押在狱。待到大军班师回朝之际，也当一并押解回京，伏听圣裁。"

皇帝抬起头来，眼光越过眼前宫殿，投向遥远的南面，一字一字道："三年苦战，数十万将士战死疆场，国库消耗殆尽，无数百姓流离失所⋯⋯这个责任，朕要承担一部分⋯⋯而余下的大部分，须得落在李氏逆贼身上！"

自接获捷报之日后，孟丽君天天在盼皇甫少华及韦勇达上奏的陈情表，亟盼得知爹爹近况，更盼能找出有力证据，昭雪孟、卫两家的不白沉冤。十数日间战报频传，大军已在班师还朝的路上，算来再有十数日便可回转京城了，不想竟仍然未见一丝半点这方面的消息。除却第一封捷报表章上短短一句话外，便犹如石沉大海，无影无踪。孟丽君不由心底暗暗焦急，复又颇觉蹊跷，在人前仍是一副若无其事的神色。

这日正值兵部四日一度的议事堂会之期。朱绍麟因查出曾与刘捷帐下幕僚夏代宗过从甚密，泄露了重要军情消息。查证属实，虽是无心之过，亦不可不究，因此免去兵部侍郎之位，不得再参知兵部政事。朱绍麟自知已是从宽论处，并无丝毫怨怼之心，只是懊悔识人不明，更悔恨不曾早听孟丽君之言，方遭来此祸。

平南既已大获全胜，堂会亦不似战时紧张气氛，众人不过随口议论，无甚大事。这时门房来报：平南左先锋虎翼大将军熊浩，现已候在兵部衙门外。孟丽君精神一振，环顾左右，道："诸位大人且请移步，随本官一道，将熊先锋迎入。"说罢率先起身。兵部众将官里，有一二人心底暗自嘀咕：不过区区一个平南先锋，品秩远在我等之下，倒要亲去衙门口迎他，好大的面子！但见尚书大人已然移步，说不得也只好起身跟上。

熊浩带了两名军士，一路上连夜奔驰，加紧赶路，这日终于赶到京城。不及洗去满面风尘，便急匆匆来到兵部衙门口。通报进去不过一会，忽见兵部正门大开，十数位袍服齐整的官员从中走出。熊浩不觉一怔，随即看清为首之人的相貌，立时屈膝跪倒，道："平南左先锋熊浩，拜见尚书大人及列位大人！"

孟丽君亲自上前，伸手扶他起来，道："熊先锋不必多礼，快快请起。"熊浩一路风尘仆仆，脸上身上俱是汗渍灰尘。他原是武人一个，素来不修边幅惯了，这时给孟丽君伸手相扶，不知怎地，身子下意识地避了一避，只觉自惭形秽，不敢碰触天人一般的恩师。心下十分不安，又颇觉后悔，原该先行洗漱更衣之后，再来兵部拜见恩师的。

兵部众将官见了熊浩这般模样，有人微微蹙起眉头，只差抬起手来捏住鼻子。孟丽君却不以为意，携了他手，道："熊先锋一路辛苦了。来来，请随我来。"熊浩见恩师尚且如此洒脱大方，他本是豪迈男儿，登时豪气大发，再无忸怩不安之感，也坦然还礼，道："大人请！"二人携手并入，其余官员随后跟上。

熊浩坐定后歇息片刻，便将自去年七月出征以来的大小战事一一禀报了一遍。他本不善言辞，纵然是一场惊心动魄、险象环生的大战，在他口中，亦不过轻描淡写的寥寥数语。但他极擅记各种数字，一场大战，敌军死伤多少，我军伤亡如何，鏖战了几天几夜，他都记得清清楚楚。由这些数字中，也能依稀想见平南得胜的艰辛惨烈。

熊浩一直说到大军包围武定，叛军做困兽之斗，迟迟不下，说道："叛军死守武定，城坚池深，各类守城器械齐备，极占地利之便，而敌首李长宁又精通用兵之法，防守严密。我军强攻六次，伤亡惨重，有三员偏将阵亡，七人身负重伤，轻伤者不计其数。皇甫元帅不得已，只好下令围城。一个月内，大伙儿想尽种种办法，都无用处……"说到这里，抬头望向孟丽君，目光中满是敬慕推崇之色，道："……幸好得见恩师锦囊妙计，若非如此，只怕必要等到武定城兵尽粮绝之日，方可攻破……"

范宁惊疑交加，道："甚么锦囊妙计？"熊浩见他不知，又见众将官脸上皆是一片茫然之色，不由大奇，诧道："去年平南大军出征前，恩师曾赠予皇甫元帅一只锦囊，言道待进逼昆明、与叛军相持不下时，可拆阅锦囊……诸位大人难道竟都不知么？平南大捷所用计谋，便是出自恩师所赐锦囊。甚至连绕过昆明、直抵文山镇的偏僻小道，恩师亦在地图中亲笔标明。"

此言一出，四座皆惊。十数道目光齐刷刷地望向孟丽君，每道目光中都充满了无比惊奇敬畏之色。范宁喃喃自语道："原来竟是出自恩师手笔的奇谋妙计，难怪，难怪！"

孟丽君位于十数道目光汇聚的焦点，神情依旧泰然自若，微笑道："锦囊和地图都是死物，原不足为道。若非皇甫元帅及平南将士们齐心协力、奋勇杀敌，区区一只锦囊，又如何能收复失地、平定叛乱？"言下之意，已是坦然承认了锦囊之事。

众人一阵哗然惊叹，皆道尚书大人用兵如神，运筹帷幄之间，决胜于千里之外，当真是定国安邦的不世奇才。孟丽君岔开话题，问道："熊先锋，你一路回京，途中有何见闻？朝廷日前已颁下圣旨，云、贵等地避难出逃的难民，可返回原籍，由当地官府处领取一定量米粮财物，鼓励开垦荒地，重建家园。这些银子都来自李氏逆贼三年来搜刮的民脂民膏，不耗国库半点开销，也算还之于民了。"

熊浩点头道："末将一路确见不少州县都张贴告示，通传朝廷旨意。难民们得知消息，大都欢天喜地准备结伴动身，一同回转原籍。唯有一点颇为不妥：云南久经战乱，散兵流寇甚多，成群结队烧杀劫掠，无恶不作，便连难民也不放过。平南大军原有意替百姓除去这些流寇，无奈锋芒所指，他们便作鸟兽散，待大军过境之后，又重新集结，继续为恶。大军如今奉旨班师，一时对此也是无可奈何。"

孟丽君沉思片刻，说道："战乱甫定后草寇横行，那是可想之事，拨乱反正原非一日之功。以平南大军去对付这些流寇，便如牛刀杀鸡，不但大材小用，也将事倍功半。眼下紧要之事，乃是尽快定下云南巡抚及总督人选，早日到任，恢复地方防务，方为上策，这一副担子可着实不轻。"

又说得一会子话，孟丽君道："熊先锋一路劳顿，歇在驿馆到底多有不便，不妨随我回太师府暂且安顿。明日一早，也好一道金殿见驾，不知意下如何？"熊浩一听正中下怀，道："如此甚好，多谢恩师。"

第十七章

　　回到太师府，孟丽君命梁成引熊浩前去沐浴更衣，又吩咐在书房里摆下酒菜，将丫鬟仆妇都屏退了，只留段氏兄弟二人随身伺候。荣兰在宫中当值未回，段明已于数日前自武昌府回转，打探得康信仁身世，果然正是当年"医仙"郦有道之子郦明玥，自跳崖不死后心性大变，改名换姓，再世为人。

　　一时熊浩漱洗完毕，换过衣衫进来。孟丽君心底轻轻喝一声彩："好个气宇轩昂、英气勃勃的龙虎勇将！"含笑道："友鹤，请入席！"熊浩抱拳为礼，道："不敢。恩师请！"待孟丽君坐了主位，方在客位坐下。

　　闲话数语，酒过三巡。孟丽君正待借机探问爹爹消息，忽见熊浩翻身跪倒在地，不觉奇道："友鹤，你这是做甚么？"熊浩抬起头来，面露恳求之色，道："求恩师作主，千万设法，保住文通性命！"孟丽君闻言一怔，心头动念，已约莫猜到几分，道："起来说话。文通怎么了？""文通"二字，乃是右先锋韦勇达的表字。

　　熊浩依言起身，欲言又止。孟丽君诧道："究竟是怎么一回事？"熊浩讷讷半晌，脸色越来越红，终归还是没有说话。孟丽君见他七尺魁梧大汉，面上竟现出忸怩之色，颇觉纳罕。便也不再动问，提起酒壶，自斟自酌，饮了一杯酒。

她越是如此,熊浩越觉心下惴惴,深吸一口气,一咬牙,脱口而出道:"恩师可知,文通……文通他……她……其实……是个女子!"孟丽君一惊,手指微颤,几滴酒洒在桌面。她自然早就知晓,韦勇达乃是总兵卫焕之女易钗而行,只不料熊浩竟已知情,半真半假地"咦"了一声,惊呼道:"你说甚么?!"

熊浩话一出口,已然迅速镇静下来,沉声道:"此事千真万确,原是我临行前文通亲口所告。她自知女扮男装,身犯欺君死罪,然而其中实有不得已的苦衷。这里有她亲笔书信一封,求恩师念其为父申冤、孝行可嘉,看在师生一场的情分上,设法进言皇上,赦免她欺君死罪。"说着从怀中取出一封书信,恭恭敬敬地呈上。

孟丽君故作惊奇之色,道:"天下竟有这样的奇事?"一面接过书信展开。这就是自己盼望良久的陈情表了,只是不知为何,并非上奏皇帝的表章,而是写给自己的书信。她一目十行通读一遍,信中所言正与从前所知基本一致,那平南右先锋韦勇达,果然就是总兵卫焕之女卫勇娥小姐。只见信上叙述了她这三年来易名改装、为父申冤的前后经过,虽只短短数语,其间种种惊险艰难可想而知。叙及父亲冤情时,言辞恳切,哀而不伤,令人动容。全信虽是恳求恩师作主,一申父冤,二赦己罪,语气却不卑不亢、有礼有度。

孟丽君读罢此信,顿生知己之感:卫小姐和自己一样,都是不甘蒙冤屈死;大祸临头之际,都是当机立断、改装出逃;为救父申冤,更都同样经历了千辛万苦……就算没有这封信,自己也不能对她置之不顾。何况救她便是救己,若她因女扮男装、欺君罔上而获罪,将来万一自己身份败露,岂非更加难逃一死?反之,此番若能救得卫小姐免罪,作为本朝先例,将来自己免罪的胜算,便也大了许多。抬起头来,喟然赞道:"原来其中竟有这等曲折。卫小姐为申父冤女扮男装,其志可嘉,其情可宥,真乃巾帼中的英雄!"

熊浩喜道:"这么说,恩师愿替文通……替卫小姐美言,设法免其欺君重罪了?"孟丽君见他双目凝望着自己一眨不眨,一副又急又喜的神情,心头一动,故意迟疑道:"这个么……"熊浩大急,道:"卫小姐女扮男装,原是情非得已,恩师方才也说'其志可嘉,其情可宥'。她于平南战事上屡立大功,便是将功折罪,也当能免去一死。"

孟丽君见他这般神情,心头越发有数,却还要试他一试,蹙眉道:"话虽如此，欺君之罪到底非同小可。只怕她一人之功，恐还难以折平此罪。"熊浩慨然道："熊浩情愿舍弃一己微功，不要任何封赏，但求折平卫小姐之罪！"孟丽君问道："平南大功是你出生入死用性命换来的，有此功劳，上可荣耀祖先，下可封妻荫子，此后更能安享半生富贵。以自己锦绣前程，折平他人罪责，你可考虑清楚了，决不后悔？"熊浩斩钉截铁道："决不后悔！"

孟丽君微微点头，道："好。"随即轻轻问道："为什么？"熊浩一愕，搔首不语，半晌才道："这一年来，我和文通情同手足。他救过我数次，我也帮过他几回，我早已将他当作生死兄弟。兄弟有难，我怎能为了区区荣华富贵而不加援救？"孟丽君两道电一般的目光直视过来，似笑非笑道："哦，原来是为兄弟义气。"说到"兄弟"二字，特意加重语气。

熊浩给她目光一逼，登时坐不住了。他这一路上有如着了魔障一般，脑中时时浮现出韦勇达的身影，临行前的一番谈话，更是牢记心头念念不忘。这些都是从前将他当作生死兄弟时所不曾有过的，却一直不敢深想。这时便如醍醐灌顶般蓦然清醒过来，他生性豪迈爽直，一旦想通，便不再遮掩，抱拳道："多谢恩师指点，熊浩明白了。"心意既明，不免开始患得患失起来，忍不住开口求教道："恩师，你说我的这片心意，文通……卫小姐……她知不知道？她对我……会不会……会不会……"一时不知该当如何措辞。

孟丽君莞尔道："这我怎会知道？你该亲自问她去。"熊浩十分烦恼，搔首道："这个……我若冒冒失失去问，要是她并无此意，那该怎么办？要是她误会我是为了这个，才愿替她折罪的，那又该怎么办？"

孟丽君见他在自己面前直抒心意，不加丝毫掩饰，越发觉得此人憨直可爱，有心要帮他一帮，道："我来问你，你且如实回答。倘若卫小姐对你并无丝毫情意，你可还愿意以自己的功劳替她折罪？"熊浩想也不想便答道："当然愿意。我替她折罪原是为了救她，与她对我是否有情，并无干系。"

孟丽君点头道："好。你心中既有这个主意，到时直说便是，她自然不会误会。"又问道："卫小姐女扮男装之事，眼下通共有几人知晓？"熊浩道："只有我和卫总兵，如今再多恩师一人。就连皇甫元帅，也还不知此事。卫小姐对恩师钦敬有加，她料定恩师必然不会见怪，要我一定将书信转呈，恳求恩师代为拿个主意。"

孟丽君心道："卫小姐慧眼识人，竟能料到我不但不会见怪，还会竭力相助，也算与我心有灵犀了。不过，想来她此刻尚不知我的身份。"微微一笑，道："平南诸将里，她连皇甫元帅都瞒了过去，只独独告诉你一人，却是为何？"熊浩一怔，犹疑道："她原是要我转呈书信……"孟丽君揶揄道："她若求你转带一封书信给我，难道你半道里竟会偷偷拆开翻看不成？"熊浩也是聪明人，一点即透，脸上登时露出欣喜之色，搓手笑道："不错，不错！她肯将身份隐秘告诉我，待我自然与众不同。多谢恩师指点，学生感激不尽！"

孟丽君道："卫小姐既托我代拿主意，依我看来，眼下当务之急，便是设法替卫总兵洗刷冤屈。一则他蒙冤三载，自当尽早还他清白，二来如此替卫小姐脱罪也更名正言顺了。"停顿片刻，问道："友鹤，我记得和卫总兵一道被俘的，还有一位孟士元孟总督。他和我夫人原是远亲，听说更是皇甫老元戎的金兰兄弟。却怎么不见皇甫元帅上表为他申冤，而卫小姐的书信里也不曾提及？"口上若无其事，心头却已揪起。

熊浩心中欢喜，话也多了起来，答道："此事学生略知一二，说来也算另一桩奇事。皇甫元帅不曾上表，只怕他另有考虑。恩师可知，原来这位孟总督膝下也有一女，名唤孟丽君，在云南远近闻名，都说是一位美貌多才、国色无双的绝代佳人，乃是皇甫元帅指腹为婚的未婚妻？"

孟丽君闻言大奇，不知为爹爹申冤之事，怎么竟会牵扯到自己身上，心下隐隐有些不安，点头道："此事我略有耳闻。"熊浩道："此事奇就奇在，当日李汝章献城请降，阖家下狱，其中他的元配妻子，也就是那伪齐皇后，芳名正是孟丽君！"

此言一出，石破天惊。孟丽君脸色发白，失声道："甚么？！"自己好端端地就在这里，怎么会又冒出来一个"孟丽君"，竟还是伪齐皇后？脑中一阵晕眩，终于明白爹爹和卫总兵得以不死的原因了。

只听熊浩道："那日皇甫元帅乍一听闻此事，直气得七窍生烟、浑身颤抖，当场拔出剑来，便要将那孟氏斩于剑下，还是文通和我一力劝阻了。皇甫元帅静下心来，也知大军刚入驻昆明，叛军降将人心不稳，那孟氏身份非同寻常，实不宜鲁莽行事，才愤愤收起剑来。那时我们都替元帅惋惜，他是盖世英雄，自南征来已得众将心服，令行禁止，不想却在众人面前受此奇耻大辱，难怪他心头愤懑难耐……文通私下里和我说道，她从前也曾听说过孟小姐的大名，还曾见过朝廷缉拿她的画图告示。只当她敢于抗旨出逃，必是一位有胆有识的奇女子，不料竟然屈身从了逆贼，实在令人意想不到……"

孟丽君心底苦笑不语，凝神细听熊浩说道："……那时我们只当孟小姐贪图富贵、屈身从贼，却不想事情竟还要复杂得多。待救出了孟总督和卫总兵后，孟总督却坚决不认，口口声声说那孟氏乃是冒名顶替之人，并非他的亲生女儿。卫总兵也说，这三年来，孟总督从来就不曾承认过孟氏是他女儿……"

孟丽君"哦"的一声，作出一副饶有兴致的模样，道："此事果也算得一桩奇事。但不知那伪齐皇后，究竟是不是孟总督的亲生女儿？友鹤，你且将前因后果，细细说来我听。"

熊浩见恩师对此事颇感兴趣，少不得详加说明道："当年孟总督和卫总兵二人驻守贵阳，以一支孤军力抗强敌达四个月之久，终因寡不敌众而兵败被俘。他二人忠于朝廷，坚不肯降，本是必死无疑的。却不想孟总督随身携带的一幅孟小姐的自绘小像，给人搜缴了去，呈到李汝章手上。那李汝章原是个好色之徒，见了画像如获至宝，不但留下了二人性命，后来更是力排众议，作主先攻云南……"

孟丽君轻叹一口气，犹记当年叛军放弃四川转攻云南时，自己还对其一反常态、采纳保守战法而颇觉不解，却不想竟是因为自己一幅小像的缘故，着实令人啼笑皆非。

熊浩续道："……泸州会战后，李延亭战死，李汝章即位。那时孟府被抄，孟小姐已抗旨出逃在外。谁料李汝章即位之后，颁布的第一道诏令便是，云南全境张贴画图榜文，挖地三尺也要将这位孟丽君孟小姐找出来。如有收留献出者，赏金千两，封万户侯；若有隐匿不报者，全家下狱，株连九族。诏令一下，不出一月，便有昆明县人氏项隆揭了榜文，称其收留了孟小姐，认作螟蛉义女。李汝章大喜，也不顾父丧未满，当即将那孟氏立作皇后，还要加封孟总督为国丈……"

孟丽君又是气恼又是好笑，心道："爹爹当然不会投降叛军，更不会稀罕这劳什子'国丈'之位。这人自是贪图富贵，冒名顶替的。她冒我名头，坏我声名，说到底我竟还要感谢于她了，否则爹爹焉能活到今日？只是这样一来，要为爹爹洗刷冤屈，岂非难上加难了！"

听熊浩说道："……然而孟总督根本不认孟氏是自己女儿，他早将生死置之度外，对李汝章从来是厉声喝骂，以逆贼呼之，对孟氏更是横眉冷对。这几年来，李汝章所送的珠宝玉器、绫罗绸缎，他一概不碰。每日用饭必要面北而坐，每顿只吃一碗饭、一盘菜，其余原封不动，夜里更是席地而睡。除了卫总兵，他不和其他任何人说话，每日日间勤练剑法，夜里诵读兵书……所有这些，李汝章竟也丝毫不以为忤。"

孟丽君听到这里，心头大恸，可以想见爹爹的心情该是如何愤懑无奈：他明知那人乃是冒名顶替，却只能眼睁睁看着独生爱女的清名令誉被人败坏。不论他再如何不认，旁人都只会以为，他痛恨女儿屈身侍贼，因此羞于相认。李汝章既不杀他，以他的性子，决计不会自寻死路，以死逃避。然而每日都在这样的愤懑煎熬中度过，三年下来，他纵然身子无恙，心上恐怕已受重创。

心神一分，熊浩接下来的几句话便没听清，忙问道："你方才说的甚么？"熊浩微觉诧异，复述道："学生是说，孟总督当真算得上一条顶天立地的好汉子！于贫贱中保持操守，还不算太难，在富贵中仍能品行如一、坚守不移，却是难得了。恩师以为如何？"

孟丽君微微点头，道："不错。"随即故作为难之色，蹙眉道："孟总督虽然不曾降敌，其操守品行亦令人十分敬佩，只是倘若那伪齐皇后查明果真是其女儿，他和李氏逆贼便终归难脱干系。这样一来，只怕这桩冤案平定起来，可要费力得多了。卫总兵的案子，或许亦会受此牵连。"说出这话，原是为探一探对方心意。

熊浩迟疑片刻，说道："我想，皇甫元帅和文通多半也想到了这一点，是以才欲将孟、卫两案分开申诉。倘若先设法昭雪了卫总兵的冤案，再来替孟总督申冤，这样或许会容易些。"

孟丽君摇头道："孟、卫一案，当年闹得朝野上下沸沸扬扬，知情者甚众。两件冤案本为一体，若强要分开申诉，反惹人动疑。若等有人问起时再牵扯出孟氏一事，只会更添疑忌，徒将下官陷于被动。不妥，不妥！"熊浩心悦诚服道："恩师所言极是。文通原说，恩师见解高出我等十倍，此事还须仰仗恩师作主，只求能还两位老大人一世清誉。"

孟丽君沉吟道："先从好处设想，倘若那孟氏不是孟总督之女，自然最好。"起身踱了几步，道："你方才曾说，有一昆明县人氏项隆，揭了榜文将孟氏献上。这项隆其人，可有拿住，查问清楚？"熊浩苦笑道："皇甫元帅一听说此事，便着人去打探项隆下落，回报说早在一年前得急病死了，家眷散尽，不知去向。"孟丽君心道："这人死得只怕有些蹊跷。"又问道："那幅孟小姐的自画像现在何处？这孟氏的容貌，与那画像中人，果然十分相似么？"

熊浩道："画像现由皇甫元帅收着，他不肯取出示人，学生亦不曾得见，不敢胡言。不过昆明城内倒一直都有流言，说那孟氏只得了画像上四五分容貌，并非十分相似。学生曾见过孟氏一面，果然美艳如花，堪称国色，这若还只是四五分容貌，天下再到哪里寻得和那画像一般无二的美人去？再者，这幅画像既说是孟小姐对镜自描的图影，笔下或有几分增色，画出十二分的美貌，也是人之常情。"

孟丽君听说皇甫少华得了自己的画像，不由微微一惊。转念又想，那幅小像原是十四岁生日时所绘自画像，距今已有四年。日月如梭，时光流逝，这四年来自己的容貌未必没有变化。何况自己现为两部尚书，又是皇甫少华的师长，便纵然容貌与画中人相似，想来他亦不敢轻易指认自己就是孟丽君，这一项侮慢师长、戏弄大臣的罪名，自也非同小可。

当下又问了几件事情，熊浩一一作答。师生二人商定，将替卫总兵鸣冤一事暂且押后，待平南大军班师回朝后，问明孟氏真假，再从长计议。眼见天色已晚，孟丽君嘱咐了熊浩几句明早金殿见驾事宜，遂命家人引他至客房安歇了。

次日早朝，熊浩金殿陛见，应对得体，皇帝大悦。兵部奏上平南大军行程，何日抵京，届时该当如何接风，等等，皇帝一一允准。

朝罢回府，孟丽君和太师说起尽快任命云南巡抚及总督，也好早日到任、肃清流寇一事。太师沉吟道："此事也算是当前第一件大事。不知贤婿心中，可已有了合适的人选？"孟丽君道："小婿心下确已有了两个人选，只还想听听岳父的意思。"

太师笑道："老夫心中正也想到了两个人。也罢，咱们翁婿不妨附庸风雅一遭，你我各将这两人姓名写下，且看是否一样。"孟丽君莞尔道："悉听岳父盼咐。"当下取来纸笔，写毕同时翻开，二人纸上所书都是：袁容、荣清。翁婿相视一笑。

太师道："袁表允为人耿直清正，颇具才干，只是从前一味以硬碰硬，不知变通，是以委屈做了十多年的翰林学士，至今不得重用。此番云南大乱甫平，百废待兴，正是要个刚正清廉、执法如山的人物坐镇，方为最好。"孟丽君道："岳父所言极是。"

太师捋须道："至于清之，这孩子着实不错。只是眼下他年纪太轻，又一直处在贤婿你的羽翼护卫之下，对你多有依赖，长此下去，于他有害无益。须得放飞远处，让他独力经历一番磨炼，将来方能大放异彩，成为国家栋梁之材。"孟丽君暗暗点头，太师所言正与自己的想法不谋而合。

回转弄箫庭，一时荣兰从宫中当值回来，孟丽君将此事与她说了，又道："清之，你如今文才武略，皆为可观，只是缺少磨炼的机会。此番总督云南一省，于你而言，正是一个大展所学的良机。"

荣兰喃喃道："云南总督……那可不正是老爷从前担任的大官儿？我……我怎么能成？"孟丽君微笑着鼓励道："你现今可是御林军副统领，官位已经不小了，况且由京官转外放，中间又差了一层。清之，你只管大胆放手做去，我相信凭你的能耐，一定能做好这个云南总督，不会令我和爹爹失望。"

荣兰面上神情，由乍一听闻此事的惊讶错愕，转为慌乱迷茫，再到眼中渐渐闪现出跃跃欲试的光芒。忽然间甚么也不顾，纵身扑入孟丽君怀中，哽咽道："清儿自懂事起，从来没有离开过公子……我舍不得离开公子……"孟丽君伸臂拥住她，轻轻抚摸她头发。

苏映雪早将下人仆妇遣开，这时悄声劝道："官人，就这么让清儿一个人千里迢迢回到云南去，兵荒马乱的，我实在放心不下。再说，她到底是个……是个女儿家，我们三人在一处，彼此遮掩身份倒还不难。她一人在外，万一有个闪失，不小心露出了女儿身，不但她自己是欺君死罪，旁人必要顺藤摸瓜怀疑到官人身上……从前清儿入仕，我原就不甚赞同。此番外放，更要多冒许多风险，又是何苦来呢？"

孟丽君微笑道："雪妹，当年我们从昆明改装出逃时，若是缚手缚脚，不敢逾越雷池一步，哪里能如今日这般得以一展才华？机会到时便该当机立断，不可瞻前顾后、犹豫不决。至于凡事小心谨慎，提防身份败露，这其间的利害关系，清之自然是知道的，无须你我嘱咐。"

随即低下头来，右手轻拍荣兰后背，柔声道："清之，还记得我说过的话么？做任何重大决定之前，都须思量再三。旁人的意见可供参考，最后的主意却一定要自己亲自拿定。我从来都不愿勉强你的心意：从前你随我改装出逃，一路上历经种种艰难困苦；后来到了太师府，你随我习文学武、努力完成诸般功课；前次平定京师叛乱后，你甘冒欺君大罪，入朝为官……所有这些，都是你自己做出的决定。当然，你能这样选择，我心中自也十分欣慰。"荣兰将头埋在孟丽君怀里，口上轻轻"嗯"了一声。

孟丽君又道："此番也是如此。你今夜不妨静下心来，将诸般事项都仔细考虑清楚了，明日再将决定告诉我。你若仍然不愿离开我们，情愿放弃这次机会，那也无妨，其实我心底原也十分舍不得你走呢。"再宽慰数语，荣兰强打精神，默然回到自己房中。

苏映雪望着荣兰的背影，不觉有些担心，道："官人……"孟丽君微微摇头，道："雪妹，你只管放心。你和清之到底不同，怕是难以理解她此刻的心情。别去打扰她，且让她一个人好好清静一会罢。"

却说平南大军一路浩浩荡荡，于八月初三日午时抵达京畿，差了快马入京报信，大军便屯于南安门外，候旨待诏。

皇帝闻听大军回朝，龙颜大悦，向孟丽君道："幸得郦爱卿纳贤取士，慧眼识英才，朝廷方能选中这前后两班武进士，平定叛乱，收复失地。今日大军凯旋，说不得还要烦劳爱卿代驾慰劳，犒赏诸位南征将士。"孟丽君躬身道："微臣遵旨。"皇帝又下一道诏令："明日五更，着皇甫少华、韦勇达等一众将官，押送贼首李汝章，入朝见驾。"

孟丽君领旨出京，熊浩及段氏兄弟随行护卫，一行人来到城外大军营帐。孟丽君想到爹爹当已随平南大军一道抵达京城，今日或许便能父女相见，心头不觉一阵激动。

早有人通报进去，皇甫少华率众迎出，拜见恩师。孟丽君眼光四下一扫，并未见到爹爹身影，想来他和卫总兵冤屈未雪，此刻尚是"钦犯"身份，自然不便出迎。又暗自留意皇甫少华神情举止，并无异常之处。见到这一班苦战一载、立下汗马功劳的武试弟子，也不禁颇为骄傲。

孟丽君在众将簇拥之下入了营帐，宣读罢圣旨，赏赐过御酒锦衣等物。一时军卒开了酒坛，斟上御酒来。孟丽君举杯肃然道："今日大军班师还朝，自是不胜喜事，这第一杯酒，却要敬上那些为国捐躯、血染疆场的勇士，愿英灵不朽，山高水长。"闭目默祷片刻，将杯中御酒倾入尘土。

众将心头微颤，不觉左右顾盼，忆起那些同日出征，却不幸战死沙场、马革裹尸的同袍，想起那些昔日就站在自己身旁，一同笑谈畅饮、并肩杀敌，如今却已阴阳两隔的兄弟，有人已忍不住热泪盈眶。举起酒杯，都随着恩师一同默默祝祷，将杯中酒水洒在地下。

孟丽君见皇甫少华面色凝重，他身后古云亮泪流满面，刘奎也背过身去暗自抹泪，心知史臣恩阵亡，于他三人打击不小。轻叹一口气，抬头道："这些为国捐躯的勇士，朝廷皆有封赏，他们的妻儿老小，亦会有妥善安置。此事乃兵部职责所在，下官自然责无旁贷。只是逝者已矣，还请诸位节哀顺变。"众将闻言一阵欣慰，疆场之上刀枪无眼，任谁都不敢保证必能活着回来，身为武将理当精忠报国，马革裹尸亦算死得其所，唯一放心不下的却是自己的父母妻儿。如今有了恩师千金一诺，死难兄弟们的在天英灵必感宽慰。

孟丽君随即从席上起身，提起酒壶，先走到皇甫少华座前，亲自替他将酒杯斟满。皇甫少华大惊，忙不迭起身，连道："怎敢劳动恩师大驾？"孟丽君手指在他左肩轻轻一按，微笑道："元帅劳苦功高，为朝廷百姓立下奇功一件。今日凯旋庆功，自然要受下官这一杯酒。"皇甫少华给她手指这么轻轻一按，只觉左面半边身子一阵酸软酥麻，竟半丝儿气力也无。一颗心怦怦直跳，勉强定了定神，右手举杯干了，道："多谢恩师。"孟丽君也陪饮了半杯。

向左来到韦勇达座前，熊浩与她同坐一席，见孟丽君提了酒壶过来，二人一齐起身。韦勇达恭恭敬敬地唤了声："恩师。"孟丽君打量她片刻，见她较之一年前武试时越显英姿飒爽，眉宇间更多了一份沉稳干练，赞道："好，好！"替她二人斟满酒，也不多言，只道："请！"熊、韦二人对视一眼，道："恩师请！"三人一齐干了。

孟丽君一路行来，逐一替众将将酒杯斟满，和每人都各说了几句话，喝上半杯酒。她如今酒量极宏，这点子酒不在话下，待敬过一圈后，走回自己座位，经过熊浩身旁时，脚步忽然一个踉跄，熊浩连忙扶住。孟丽君以手支头，笑道："下官有些不胜酒力，熊先锋，你且扶我出去醒一醒酒。众位将军不必拘礼，今日下官代驾犒赏，诸位务要开怀畅饮才是。"

熊浩扶孟丽君出了大帐，四下查看方位，进到旁边一座小帐，扶她坐下，道："这是文通的起居小帐，恩师稍等片刻，她一会就来。"孟丽君微笑道：

"无妨。"想起一事,问道:"你说众将都还不知文通真实身份,那她和卫总兵,在人前如何称呼?"熊浩道:"文通对外都说,卫总兵是她娘舅,她武试平南,正是为救出娘舅、昭雪冤情……"

一语未了,帐帘掀起,两个人走了进来。当先一人正是化名韦勇达的卫勇娥,后面那人约莫四五十岁,方脸长须,鬓角已现斑白,脸上颇有风霜之色。孟丽君抬眼急向二人身后望去,半晌却不见还有人进来,心头一沉,随即又复若无其事之态,笑吟吟地站起身来。

卫勇娥已听得熊浩转述,恩师不但答允设法免除自己的欺君死罪,更允诺愿为孟、卫两家洗刷冤屈相助一臂之力。一进营帐,便拉了爹爹双双跪倒,道:"恩师大恩大德,勇娥及父亲铭感于心,永世不忘!"孟丽君忙扶她二人起身,道:"不必多礼,快快请起!"吩咐熊浩去帐外把守,不得令闲杂人等靠近,熊浩应声去了。

孟丽君道:"这位想必就是卫振宗卫总兵了,但不知那位孟兰谷孟总督,为何不见?"卫焕早听得女儿及一众平南将士,都将这位少年兵部尚书夸得有如神人一般。听说此人不但相貌俊雅出尘、世所罕见,文韬武略更是惊才绝艳,乃是不世出的绝代奇才,又有一副菩萨心肠,待门下弟子极好。抬头正要答话,一眼瞥见孟丽君的容貌,立时呆住,惊疑交加,讷讷道:"你……你……你是……"

孟丽君心念电转,卫总兵和爹爹三年来朝夕相处,他想必曾经见过自己的画像,是以才会现出这副惊疑之色。摆出三分官威,不动声色接过话头,说道:"倒是下官失礼了:下官郦君玉,表字明堂,现为朝廷兵部尚书,兼任吏部尚书。"

卫勇娥见爹爹盯着恩师一副怔怔的模样,实在无礼之极,连忙用力推他一把,嗔道:"爹爹!"卫焕醒过神来,摇了摇头将脑中的荒唐念头赶走,也知失礼,老脸一红,拱手道:"卫焕拜见郦大人。大人少年英才,位居高位,着实令老朽汗颜。"随即答道:"孟总督思女成疾,卧病不起,不能随大军来京,现今还留在昆明。"

孟丽君心底一惊一凉:昭雪冤情乃是孟、卫两家眼前的头等大事,爹爹竟不能前来京城,这么说,他的病情定然不轻。心头一阵焦急,想要探知爹爹病况详情,又不能流露出过分关切之色,引发卫焕疑心。踱了几步,面露惋惜之色，道："孟总督好端端地，怎么忽然就卧病不起了？孟、卫一案，他是关键人物，居然不在京城，这可怎么好？孟总督生了重病，友鹤怎么竟也不和我说起？"

卫勇娥听恩师颇有责怪熊浩之意，忙替他辩解道："恩师错怪友鹤了。大军入驻昆明不过数日，他便匆匆动身赶来京城，原不知后来孟总督病重之事。爹爹，你说是么？"

卫焕也道："大人有所不知，兰谷贤弟这一场病，原也不是一天两天了。这三年来，他思女心切，病根早已种下。原来他出征前就已猜知可能会身遭不测，事先安排了爱女去投奔他金兰兄弟府上，也就是皇甫元帅家。可是我们获救后，他却从皇甫元帅口中得知，他女儿竟然从来不曾去过皇甫府……他的心病就这么一下子勾了起来。终日里神思恍惚，郁郁不宁，不过十日工夫，已是形销骨立，卧床不起。大夫看了也开不出对症药方，只说心病还须心药医。唉！"说着连连摇头，卫勇娥也是一脸怜悯沉痛之色。父女二人对视一眼，只觉自己父女尚能团圆相聚，较之孟总督，已不知要幸运多少倍了。

孟丽君闻言心如刀绞，只恨不能化身为燕，飞到爹爹身旁，医治好他的病症，告诉他女儿平安无恙……忽然想到一事，略略放宽了心："清之如今已在赴任途中，算来十日内就能赶到昆明了。我曾将医术传授于她，有她在爹爹身旁，我也能宽心一二了。何况到时爹爹得知了我的音信，心病一除，或许还能不药而愈呢。"

将一番忧虑强自压将下去，转过身来，淡淡地道："原来如此。孟总督的病情既是这般严重，自不便前来京城。下官本有几件事情要询问于他，现下只好烦请卫总兵代为答复了。"卫焕不敢怠慢，道："大人为孟、卫一案劳心劳力，卫某感激涕零。大人但有所问，卫某必然知无不言、言无不尽。"孟丽君微微点头，道："如此甚好。"

三人详谈良久，卫氏父女见孟丽君对孟、卫一案所知甚详，思虑周全，便是极微小的细节之处也不放过，惊叹之余，不禁大为感动。

一时定下计策，卫勇娥忽然问道："恩师，去年武试教军场比武的前一日，我曾接到一张匿名纸条，挑明我女子身份，又指点我托言母病，即刻离京。恩师可知此人是谁？"孟丽君故作诧色，摇头道："竟还有人早就识破了你的身份？这可奇了。"卫勇娥本来曾猜测恩师便是那传书之人，但从熊浩处得知恩师事先并不知自己女扮男装一事，这时原不过随口一问，听她如此回答也不虞有他，心下越发惊奇这位传书"奇人"究竟是谁。

这时帐外传来熊浩一声咳嗽，低声道："众将酒酣兴尽，皇甫元帅派人来问恩师可已酒醒，还请恩师前去大帐相会。"卫勇娥微笑道："我方才出帐时，皇甫元帅正好瞧见。他必已料到我是为了'娘舅'之事来求恩师，只是个中详情，他却还不知。"孟丽君也回了一个微笑，起身道："好了，咱们这便去罢。"

四人回转大帐，帐内已然整肃一新，酒坛杯盏尽数撤下。众将分列两侧，人人面上虽微带醺意，却皆是一派端肃之色，帐中就连一声咳嗽也不闻，足见军容严整，军威雄壮。

孟丽君不觉微微点头：平南大胜，大军凯旋还朝，众将此时尤能保持不骄不佚，可见皇甫少华治军果然严谨有方。自己当初点他为帅，取中的原是其如疾风烈火一般的凌厉攻势，正可大胆进取，与叛军针锋相对。然而对其鲁莽冲动的性子，确也不无忧虑，是以出征前曾再三叮嘱告诫。如今事实证明，自己的决策总算不差。而皇甫少华经历了这一年的浴血征战，显已意识到自身的不足，他既能戒骄戒躁，约己律人，已颇见一代名将风范，自己作为他的师长，亦甚觉欣慰。

皇甫少华早已起身，亲自将孟丽君迎入正中帅位，自己侍立一旁，熊、卫二人在左右站定，卫焕则立于众将末首。

孟丽君问道："那贼首李汝章并其妻儿老小，现在何处？"皇甫少华道："恩师容禀：方才刑部来人提解，已将李逆等人押入天牢，以备明日金殿提审。"孟丽君"哦"的一声，她心中到底也有几分好奇，原想见一见这位冒名顶替的"孟氏"，瞧瞧她的容貌是否当真与自己颇为相似，但人既已提走，便也作罢。当下目光扫视一周，朗声道："众位将军，方才下官闻听得一桩冤案，关系这位卫焕卫总兵，以及另一位孟士元孟总督，不知列位可有耳闻？"

孟、卫一案，在平南军中流传甚广，韦勇达欲救"娘舅"、昭雪冤情，亦非甚么隐秘，众人皆知。何况她武艺超群，战场上救过多人性命，在军中人缘极好，众将里已有好些人都曾拍着胸脯担保，将会全力助她替"娘舅"申冤。这时听恩师主动提及，不由目光一齐向韦勇达望去，只需她稍有暗示，便站将出来替她求情。

皇甫少华凝望着孟丽君，听她唇中吐出"孟士元"三个字时，眉宇神情并不见半点异样，心底不觉暗暗叹了口气，替众将答道："是。孟、卫两位老大人早年都曾立有大功。三年前虽不幸兵败被俘，皆只因以少敌多、众寡不敌的缘故，此亦是兵家常事。他二人始终对朝廷忠心耿耿，从来就不曾叛国投敌，自然是被奸险小人诬陷蒙冤。如今真相水落石出，还求恩师上奏皇上，昭雪了两位老大人的不白之冤！"

孟丽君颔首道："原来如此。此事下官既已知晓，便断无置之不顾之理。韦先锋，听说你和卫总兵乃是甥舅，这可是实情？"

卫焕早在孟丽君提及其名时，便已出列。卫勇娥这时也出至卫焕身侧，忽然双膝跪倒，伏下身子，道："恩师，勇娥知罪，有下情奉禀。"孟丽君蹙眉道："韦先锋，你方才自称作甚么？"卫焕也与女儿并肩跪倒，道："大人恕罪。韦勇达实非须眉男子，她……她原是卫某女扮男装的独生女儿，闺名唤作卫勇娥！"

此言一出，除了孟丽君和熊浩，众人一齐惊呼出声，几乎不敢相信自己的耳朵，都圆睁了双眼望着卫勇娥，神情极是惊异。皇甫少华更是惊诧非常，脱口而出道："甚么！"

孟丽君停顿片刻，方道："韦先锋，卫总兵方才所言，是否属实？"卫勇娥早料到有此一幕，抬起头来在帐中环视一周，目光坦荡，答道："我爹爹所言句句属实。勇娥女扮男装，甘犯欺君重罪，为的正是救父申冤。若能昭雪父冤，勇娥纵死无憾。欺瞒恩师、元帅及众位将军之处，自当赔罪，尚求海涵。"

众将听她坦然承认女儿身份，不由得面面相觑。一年来疆场上并肩杀敌、生死与共的同伴，居然会是个女子，此事之奇，委实令人匪夷所思，一时都说不出话来。有人想到女子从征，乃是自古以来的忌讳，然而此番平南现已大获全胜，可见其实并无妨碍，这话便也说不出口。

忽听得一声清朗的笑声，有人击节赞道："好，好！'雄兔脚扑朔，雌兔眼迷离。双兔傍地走，安能辨我是雄雌？'我朝竟也出了一位如花木兰一般的女中英豪！卫总兵，卫小姐，二位且请起来说话。"正是端坐帅位的孟丽君。

卫氏父女对视一眼，齐道："谢大人！"起身垂手而立。皇甫少华这时方回过神来，尤觉难以置信，讷讷道："这……这究竟是怎么一回事？韦勇达……呃……这个……卫……小姐……咳咳……"仍是口齿不清、语无伦次,可见这一惊非同小可。孟丽君接口道:"是啊,这究竟是怎么一回子事,还请贤父女细细道来,也好替我等一解心中疑惑。"

当下卫勇娥将自三年前钦差奉旨抄拿满门,自己不甘蒙冤屈死,女扮男装杀出重围以来的诸般经历叙述了一番。她话语清晰、气度沉稳,语气中自有一股抚人心神的力量,而她这三年来的经历,亦果然跌宕起伏、惊险无比。待叙罢往事,卫勇娥又道:"如今救出了爹爹,大军还朝,勇娥不敢再行欺瞒,自当伏案请罪,听凭发落。"

众将听了她一番叙述,心底都不由泛起同一个念头:"是了。若是我父忠义为国,却不幸被俘蒙冤,朝廷奸人当道,要抄拿我全家满门,我当如何是好?自然也要先行设法逃脱,再寻良机平叛救父,昭雪冤情了。卫总兵膝下无子,卫小姐如此举措,实乃人之常情。她救父之后再自揭身份,伏案请罪,正可谓全忠全孝,委实难得。"这么一想,便觉卫勇娥所行原也不差。

孟丽君环顾左右道:"卫氏女扮男装,虽为救父申冤,论理情有可原,只是到底扰乱阴阳,欺君罔上……不知诸位意下,该当如何发落?"说到"扰乱阴阳"这四个字时,心底不觉发出一声冷笑。

众将正犹豫间,一人大步出列,向孟丽君抱拳道:"恩师,卫氏这一年来立下无数战功,在军中有目共睹,她纵是女子,却也不能就此抹去她的功劳。末将以为,她功过相抵,将功折罪,当可免去一死。倘若朝廷还要降罪,末将情愿以一己微功,折平其罪!"却是熊浩。

卫勇娥惊诧的眼神望去,正与熊浩柔情一片的目光相接,四目相交片刻,两人都转过眼去。卫勇娥原是个疏朗爽利的大方女子,这时也不禁面上泛起两朵淡淡的红霞,心头蓦地一阵欣喜,知道熊浩已然明白了自己的心意,听他情愿以功劳替自己折罪,不觉一阵甜蜜。

众将见熊浩挺身而出,替卫勇娥说好话,有人与她素来交好,更有人曾得她战场上相救了性命,这时便也不再犹豫,一齐上前求情。却也还有一大半人原地不动,并不作声。孟丽君见这些人的眼光大都在自己和皇甫少华脸上打转,心中了然,转头问道:"皇甫元帅,未知尊意如何?"

皇甫少华不觉好生为难:平南大军中居然混入了一个女子,竟还由自己亲笔举荐升做了右先锋,传扬出去,不但自己脸上无光,更不免招人耻笑,说堂堂平南大元帅居然雄雌不辨。然而平南诸役，韦勇达委实功不可没，自己若不求情，只恐令那些与其交好的将士们心寒。片刻间脑中闪过无数念头，眼望着盈盈数尺外孟丽君如美玉一般绝美的面庞，心头怦然一动，无数念头最终化为一个："罢了，罢了！若蒙上天垂怜，'他'果真是'她'，届时我无论如何也要替她求情。倘有卫氏先例，朝廷或许当能从宽发落，也未可知。"他自从见到画像之后便冒出此念，虽知荒唐无比，几乎是绝无可能，然而在心底深处，却还是忍不住一而再，再而三地浮想联翩。

既存了这个指望，皇甫少华当即答道："学生以为，韦勇达……咳……卫氏为父申冤，孝行可嘉，况且功大于过，我等可一面将实情上奏朝廷，一面联名保奏。当今万岁乃一代明主，必能体恤下情，从轻发落。"

熊、卫二人交换一眼，又惊又喜，心道皇甫元帅竟如此好说话，可当真意想不到，若早知如此，又何须对他一直隐瞒真相。孟丽君心底也是一喜，她方才与卫氏父女商议的正是这个主意，皇甫少华既也这么想，那自是再好不过。当下颔首道："元帅所言，正合我意。如此便烦劳元帅亲自执笔，众将自愿联名，将表章交予下官，明日金殿呈奏皇上，可否？"

皇甫少华道："学生遵命。"卫勇娥心怀感激，道："多谢恩师！多谢元帅！"一时取来纸笔，皇甫少华沉思片刻，挥毫写下表章。孟丽君取过一看，文字虽略显粗糙，语气含义倒十分贴切，只稍稍改动了几个字，便吩咐拿去誊写了。当下皇甫少华、熊浩等人都各自签上姓名，那些先前尚自徘徊犹豫的将领，见恩师和元帅俱已认可此事，又见十多人都已签了名，便也上前，一一将名签上。只有六七人对卫勇娥女扮男装、从军出征之事极度不满，只装作一副没瞧见的模样，不肯签名。孟丽君扫了一眼，亦不强求，待墨迹干了，取过收起，又嘱咐了一阵子明日金殿面圣的礼仪事项，告辞出来。皇甫少华率众送至南安门，方才回转。

次日五更，平南众将换上朝廷御赐锦衣，陈于午门候宣。黄门奏上殿来，皇帝大喜，降旨宣入。当下皇甫少华为首，熊浩、卫勇娥紧随其后，众将整队入殿。卫焕未经宣召不得入内，仍候在午门之外。

三叩九拜之后，皇帝微笑道："众卿平身。"众将谢恩起身，分作两列站定。皇帝目光一一扫视下去，道："卿等平定叛乱，生擒贼首，可谓劳苦功高。昨日郦卿已代驾慰劳，今日朕还要在这金銮殿上，为卿等论功行赏！"众将又惊又喜，一齐高呼万岁。

皇帝翻开早由兵部转奏的平南功劳簿，诸般功劳，笔笔在目，遂问道："平南大元帅何在？"皇甫少华上前一步，跪倒殿上，道："臣皇甫少华见驾！"皇帝颔首道："去岁教场比武，皇甫卿武艺出众，胆识过人，乃是朕亲笔点中的武状元。卿领军南征，一年来威名远扬，战功不可胜数。论功行赏，这平南大捷，皇甫卿当居首功……且听朕封……"

皇甫少华抬起头来，毅然阻道："万岁且慢！这平南大捷，首功另有其人，微臣万万不敢欺君罔上、冒领其功。万岁若要论功行赏，还求先赏首功，再及其余。"皇帝大奇，道："皇甫卿言道首功另有其人，此人是谁？"皇甫少华从容奏道："此人便是微臣等的恩师、兵部尚书郦君玉郦大人。"

皇帝"哦"了一声，道："郦卿统领兵部，招贤纳士，这些功劳朕自然心中有数，少时当另有封赏。"皇甫少华道："万岁容奏，郦大人的功劳远不止于此。前任右先锋郝英南奉叛贼刘捷密令，意欲行刺微臣，夺取兵权，幸得郦大人及时蜡丸传书，令微臣早有提防，方得以幸免于难，此其一。去年大军出征之时，恩师大人曾以一只锦囊相赠微臣，那平南大捷所用深入敌后、巧借苗兵之妙计，正是出自恩师所赐锦囊，此其二。若无此锦囊妙计，微臣等只怕此刻尚受阻于武定城外，无计可施，哪里能够生擒贼首、班师回朝？因此平南首功，除却郦大人，再无第二人敢居。"

朝廷上下闻言皆是一片哗然，数十道目光齐刷刷地汇聚在孟丽君身上，如此运筹帷幄、决胜于千里之外的奇韬妙法，当真闻所未闻。皇帝曾亲眼见识过孟丽君的神妙兵法，倒不觉如何诧异，只问道："郦卿，皇甫卿所奏可有其事？"

锦囊之事，孟丽君原不愿大肆宣扬，因此除兵部之外，并无外人知晓。她的身份地位已然显贵无比，自无须在意多这一桩功劳，便也一直不曾放在心上。这时见皇甫少华执意要为自己请功，知他乃是一番好意，听皇帝问下话来，出班回道："启奏皇上，确有此事。只是锦囊乃是死物，若无人善加利用，终究无用。何况微臣忝居兵部尚书，皇甫元帅方才所言，皆是微臣分内之事，岂可因此贪功？"

皇甫少华奏道："恩师大人功成不居，乃是谦谦君子。只是恩师若执意不受这首功，微臣些许微劳，心中惭愧，便更不敢领功。"殿上众将一齐道："恩师不受首功，微臣等亦不敢领功。"

见了这一派师谦生恭、互推功劳的景象，朝廷上下皆暗暗点头：平南大元帅大胜而归，却无丝毫骄佚贪功之心，金殿上当众坦言其事，推让首功，以他武将之身，尤能如此尊师重道、礼谦敬上，着实难能可贵。

皇帝沉吟片刻，道："郦卿既有如此大功，朕论功行赏，自然不可不赏。朕赐爱卿白银千两，锦缎百匹，加封贤宁侯爵位，妻梁氏封魏国夫人，子荫云骑尉。"孟丽君只得拜倒谢恩。皇帝又道："平南大元帅皇甫少华，忠义勇烈，封为忠勇伯，领兵部侍郎之位，日后娶妻则加封秦国夫人。"皇甫少华叩头道："微臣叩谢天恩浩荡。"

皇帝道："左、右先锋何在？"熊浩、卫勇娥二人出班跪倒。皇帝道："熊先锋天授神力，去年教军场一场龙争虎战，朕尚记忆犹新。卿于疆场上身先士卒，连斩十二员敌将，武定城中大战李长宁，将其刺于马下，这等大功，朕自当重赏。"目光转到右面卫勇娥，又道："这里众将，只有朕与韦先锋乃是初识。朕听说韦卿文韬武略皆是上上之选，当日已中了武会元，后来虽错过了教场比武，于疆场上却是大放异彩。平南诸役中有不少妙策皆出于卿，那郝英南也是卿定下计策一网成擒，可见果然是位不可多得的将才，也不枉朕破例为韦卿你降下特旨。好，二位先锋听封！"

卫勇娥听得皇帝这一番话语，心底涌起一股暖意。她从前改装逃亡时，对这位冤屈了爹爹，又下旨意抄拿自己满门的"糊涂"皇帝，心中不是没有怨怼之意的。然而自第一眼见到兵部郦尚书，得知这位惊才绝艳的少年尚书，就是皇帝自己力排众议有意擢升时起，她心底便隐隐改了主意。能大胆起用郦尚书，并得其忠心爱戴的皇帝，绝不可能会是一位昏庸无能的帝王。后来自己身份险些暴露，不得不连夜离京，本以为疆场救父的心愿就此功亏一篑，却不想皇帝竟亲颁特旨，准许自己随时赶赴前方，授以偏将之位，其求贤若渴之心，由此可见一斑。然而越是如此，卫勇娥心中不禁越发惴惴不安：倘若皇上得知，他特旨取中，并当殿誉为"不可多得的将才"之人，竟然是个女子，不知该会如何龙颜震怒了。

熊浩听皇帝立时便要为二人封官晋爵，而身旁卫勇娥仍未作声，不由大急，右肘轻轻推她一把。卫勇娥登时惊醒，匍匐在地，叩头道："欺君之人，罪该万死，不敢受封。"

听到"欺君"二字，朝堂上登时一片寂静。孟丽君察言观色，见皇帝面色微沉，正待开口问话，当下上前一步，躬身道："皇上，微臣斗胆，昨日听闻了一桩天下至孝至奇之事，可否容微臣金殿代陈？"皇帝看她一眼，又看了卫勇娥一眼，虽不知她葫芦里卖的甚么药，也知两事必有牵连，颔首道："准奏。熊、韦二卿暂且平身。"

孟丽君朗声道："此事说来话长，且容微臣从头叙起……却说我朝某处有一位总兵，镇守边陲二十年，忠心赤胆，精忠报国。这位总兵膝下只有一女，生性至孝，从小酷爱武艺，熟读兵书，也曾随父几上战场，立下不少功劳。这日总兵接到圣旨，朝廷委其为副帅，与一位总督一同出征，平定叛乱。孝女在家中日夜盼望父亲得胜归来，不想冬去春来，父亲音信全无，等来的却是钦差奉旨率御林军马将府邸团团围住……"她的口才何等伶俐，寥寥数语便将上至皇帝、下至百官的注意力一齐吸引了，却绝口不提这"总兵"及"孝女"究竟姓甚名谁。

孟丽君目光四下一顾，说道："……这孝女听圣旨说父亲私通反贼、叛国投敌，要抄拿她阖家满门，入京问罪。她绝不相信父亲会做出这等大逆不道之事，而当时情形，亦不容她分辩，只得当机立断，换上一套男子衣衫，手握长枪，领了七八个家人，冲出府来。一百多名全副装甲的御林军士竭尽全力，竟也拦她不住，就这么让她逃了出来……"

皇帝"啊"的一声，低声赞道："这女子竟有如此武艺，当真了不起！"话语甚轻，无人听见。新任刑部尚书杨承祁也是"啊"的一声，脱口而出道："我记起来了！这件案子轰动一时，是当年……"孟丽君看他一眼，截口道："杨大人且慢！待下官把话说完，杨大人有话再奏，如何？"杨承祁在刑部为官近二十年，向受前任刑部尚书裴年偌排挤。刘捷叛乱，裴年偌牵连甚深，依律处斩。杨承祁便由太师保举，升作刑部尚书，对平定刘氏叛乱立有大功，且是太师爱婿的孟丽君，自然心怀感激敬重之心，这时听她发话，微一点头，便不作声。

孟丽君续道："……这孝女逃出府来，便马不停蹄赶到平叛前线。经多方打听，才得知父亲与那总督以区区三万兵马坚守孤城，力抗叛军三十万大军达五个月之久，内无粮草、外无救兵，终因众寡不敌而兵败被俘，绝非叛国投敌。孝女本欲投身军旅，以求救出父亲，然而其时朝廷已与叛军签下和议南北分治，边境陈有重兵，要想潜入昆明难如登天。为救父申冤，她只得辗转来到京城。正巧朝廷张榜天下，招贤纳士，以兵法武艺选出平南大元帅。孝女思量再三，甘冒欺君大罪，报名比试，不想竟技压群雄，高中武会元……"

皇帝及殿上众臣先前便隐隐猜知，韦勇达与这"孝女"必然有所牵连，这时仍不由大吃一惊，数人惊呼失声道："甚么！"皇帝也不禁瞠目结舌道："爱卿是说……武会元右先锋韦勇达……是个……是个……女……女子？！"

卫勇娥跪倒磕头道："罪女卫氏勇娥，参见吾皇万岁万万岁！罪女女扮男装、欺君罔上，自知罪该万死，不敢申辩。唯求万岁念我父卫焕忠心耿耿，平其冤狱，还其清白，罪女虽死亦感恩涕零！"

皇帝这时已平复下最初惊诧的心绪，听到"卫焕"两个字，略思片刻，已然忆起，问道："莫非是两年前孟士元、卫焕一案？"孟丽君躬身道："正是。孟、卫二人，已在大军攻克昆明后救出。孟士元身患重病，不得不暂留昆明静养，卫焕如今正在午门之外候宣。"

皇帝道："既如此，传旨宣卫焕觐见。嗯，朕倒要瞧一瞧，究竟是怎样的父亲，教出了这样一个恣意妄为、胆大包天的女儿。"听到这句话，卫勇娥的身子不由微微颤抖了一下，熊浩等人也不禁一颗心提到半空。唯有孟丽君心底却是一畅，"恣意妄为、胆大包天"这八字评语，出于旁人口中自是贬义无疑，可是从这位不拘古制、蔑视礼法的皇帝口里说出，却是包含欣赏赞扬的大大褒义。

一时卫焕进殿来参拜完毕，和卫勇娥并肩跪倒。皇帝想起当年孟、卫一案，乃是因那"常败将军"彭如泽上表指证，加上刘捷大力推动，并未问明缘由便轻易定下"叛国"重罪，倘若冤情属实，着实是自己这做皇帝的不是。又见卫焕面带风霜之色，鬓角斑白，登时起了怜惜之心，道："平身起来说话罢。"

卫焕磕了一个头，道："遵旨。"起身站在殿上。孟丽君从袖内取出两份表章，双手呈上，道："这里有微臣一份奏折及平南众将为卫氏求情免死的联名表章，恭请皇上御览。"

权昌接过表章，转呈皇帝。皇帝打开略看两眼，哈哈一笑，道："这样全忠全孝的奇女子，世所罕有，朕怎么会加以怪罪？前朝《木兰辞》云：'雄兔脚扑朔，雌兔眼迷离。双兔傍地走，安能辨我是雄雌？'我朝竟也出了一位可与花木兰媲美的巾帼英雄，这桩奇事当也能流芳百世，传唱千古！"

卫氏父女及熊浩等平南众将闻言皆是大喜，一齐谢恩道："万岁圣明！"孟丽君亦欣然道："皇上圣明！"听到皇帝同样引用《木兰辞》中的这两句话，对他更生知己之感。

皇帝沉吟道："至于孟、卫一案……"杨承祀越众而出，道："微臣忝为刑部尚书，当年亦曾对此案有所涉及。此案卷宗虽语焉不详，其中确也颇有疑窦，但若仅凭这卫氏父女一面之词便草草翻案，殊为不妥，还望皇上三思！"这番话说得义正词严、在情在理，百官不由纷纷附和。

孟丽君知杨承祀此人刚直严正、执法如山，常以前朝"包青天"自比，素来对事不对人，论理不论情，在朝中颇有威望。她原也没指望能毫无阻碍地一举平雪了冤案，况且若当真如此，反显得朝廷无能，偏听偏信。

皇帝颔首道："杨卿所言不错。卿掌管刑部，又明了此案底细。朕信得过你，便着你当着朕及文武百官的面殿审此案，务要勿枉勿纵，查明真相。"杨承祀道："微臣遵旨。"

孟丽君暗暗点头，心道："皇上令有司行其职责，金殿断案，赏罚分明，以彰朝廷公允，服众人之心，此举果然妙极。杨大人秉公执法，定能还爹爹和卫总兵清白。"说道："既是金殿审案，当有状纸。微臣方才所呈奏折对此已有详细叙述，可暂充状纸。"皇帝依言将奏折传至杨承祀手中。

杨承祀一面翻看"状纸"，一面道："卫焕，你且将自接到圣旨至兵败被俘一节，当殿说来，不可有丝毫隐瞒之处。"

卫焕道："是。"回忆道："接旨那日乃是元贞十六年八月十五中秋佳节……圣旨令云南总督孟士元为主帅，我为副帅，各率所统兵马，即刻出发，前去贵州平叛。我不敢怠慢，领了手下一万士卒，先至昆明与孟总督会合，再兼程赶往贵州。其时叛军已攻陷贵阳，包围安顺达十日之久。我与孟总督合计，首要之务，当然是设法解去安顺之围。但我方兵少，不可力敌，我们于是定下围魏救赵之计，诈攻安顺，实取贵阳，令敌军腹背受敌，不敢不退。

"贵阳地处要塞，乃兵家必争之地，叛军自然不肯善罢甘休。从九月至十一月短短三月间，便已数度来攻，都被我们打退回去。然而安顺于十一月终告失守，贵阳已成一座孤城。到了寒冬腊月不便作战，叛军暂且休兵，孟总督料想一到来年春暖,叛军必会倾力来袭,贵阳守军不足三万,绝难支撑,于是趁休战之机递上表章,请求朝廷增援。然而直至开春,依然不见援兵踪影,眼看城中粮草所剩无几,叛军又调动兵马蠢蠢欲动,我们只得上了第二道求援表章。表章递出后第四日,叛军已聚集三十万大军,左右包抄,欲将贵阳团团围住。孟总督趁着叛军合围之前,派出心腹家将,冒死杀出城去,贴身携带十万火急的第三道求援表章。此人一去再不复返,至今不知是生是死,更不知表章是否递出……叛军一旦形成合围之势,便开始不分昼夜轮番强攻。贵阳城守军衣不解甲拼死抵挡,伤亡一日重似一日。眼看情势已是岌岌可危,援兵却仍迟迟未到……二月初一日,贵阳城仅剩不到两千士卒,人人身上带伤……辰时南门失守,叛军如潮涌入,贵阳终于……失……陷……"话语间唏嘘不已。

听到这里,百官尽皆动容:以一支孤军坚守孤城达五个月之久,复又力抗十倍强敌,内无粮草,外无救兵,三万兵马消耗殆尽,力竭城破。可以想见,这是一幅何等惨烈的景象!

杨承祀铁面无私,不为所动,问道:"你这一番话可有证据?"卫焕与孟丽君昨日商议时已料及于此,这时微微抬眼,向她望去。孟丽君自袖口又取出一物,道:"这是下官去年清查兵部时,在故旧卷宗里发现的一份表章,当时不曾十分留意。昨日听卫氏父女叙及本案,方记起此物,应是重要物证,故而连夜找了出来。这正是方才卫焕所说的'第二道求援表章',还请杨大人过目。"说着转递过去。她从兵部故旧卷宗里发现了这份当年的求援表章,便知是有朝一日平反爹爹冤案的重要物证,小心谨慎保存起来。所谓"当时不曾十分留意""连夜找出"云云,自是避人怀疑的信口胡诌之辞。

杨承祀接过表章,细看一遍,点头道:"不错。这上面所写,正与卫焕方才所言一致。"举起手中表章,向殿上百官展示一番,又交予权昌,上呈皇帝过目。只因这是金殿审案,每一件证物都须当殿展示,并呈交皇帝御览方可。

杨承祀又问道:"郦大人,可还找到了另外两道求援表章?"孟丽君道:"不曾。不过事出仓促,下官不及细查,因此不敢断言。然而就是这一道言辞恳切的求援表章,上面既无兵部批示,亦未曾上禀朝廷知闻,倒像是有人故意将其私下扣留住了。"杨承祀"哦"的一声,道:"郦大人可查出此事经手之人是谁?"孟丽君道:"下官查过记录,是从前的兵部侍郎朱奎。他那时正任员外郎,主管战报往来。"

杨承祀道："朱奎？就是那个已经死了的朱奎？这么说来，私下扣住求援表章之人，或许就是朱奎。"转向卫焕道："你可曾与朱奎结下任何仇怨？"卫焕摇头道："我与那朱奎从不认得，无仇无怨。"孟丽君自然猜得到，朱奎这么做，定是受了刘捷指使，要蓄意陷害爹爹，卫总兵只是池鱼受殃。但这时扯出此事并无丝毫益处，还是装作不知为好。

杨承祀沉吟片刻，道："既有表章为证，表明卫焕所言不虚。孟士元、卫焕坚守孤城，拼死抵抗直至兵力殆尽、城破被俘，依情论理来推，应当不是苟且贪生、叛国投敌之辈，否则焉有不弃城早降之理？列位大人以为如何？"百官皆道不错。卫焕大喜，连道："大人英明！"

杨承祀话头一转，锋锐的眼光直逼过来，道："只是那李逆父子皆是残忍嗜杀之人，在威平、宁南都曾有过屠城之举，就连妇孺婴儿也不放过。交战这三年来，为其所俘将领亦有数十人之多，何以他不留旁人活口，却单单不杀你二人？这却是甚么缘故？"

卫焕一凛，想起昨日孟丽君嘱咐，若是问及于此，不必担心，只管据实答复。说道："我二人之所以得以不死，其中确实别有内情……"将李汝章如何得到孟丽君小像，如何因垂涎其美貌而破例饶过自己二人，又如何张贴榜文找到孟氏并封作皇后，以及孟士元如何不认孟氏、坚持清贫自守之事，都如实说了一遍。

除了平南众将及孟丽君外，余人皆是第一次听说这桩离奇异事，不由议论纷纷。太师目光注视着卫勇娥，摇了摇头，低声道："孟士元和卫焕二人原是一般遭遇。卫焕之女为救父申冤不惜女扮男装，全忠全孝；而这孟士元之女，却因贪图荣华富贵而卖身变节。唉，当真是判若云泥，一个天上，一个地下！"

孟丽君就站在太师身旁，这番话一字一句都听在耳中，却只是微微一笑。听杨承祀问道："本官记得，当年定下孟士元、卫焕叛国投敌罪名后，朝廷随即派出钦差抄拿孟、卫两家。不想走漏风声，孟士元之女孟丽君弃家出逃……"说到这里，轻轻扫了皇甫少华一眼，又道："……朝廷通令川滇一带各州府县，贴出图影告示，缉拿此女，然而不久川滇两省即落入叛军手中，此案便也暂时搁置。这么说来，那孟氏并未远逃，仍藏身昆明县内，就是现今李逆之妻了，是也不是？"

卫焕听得百官议论，心中已十分不安，又听杨承祀问话，赶忙答道："不，不，大人误会了。那孟氏并非孟总督的女儿，而是有人冒名顶替的。这三年来，我和孟总督朝夕相处，情同手足，他日夜思念女儿的模样，可与对待孟氏的冷淡漠然完全不同……何况他对朝廷一片赤胆忠心，他的女儿是大家千金，知书达理，又怎会不顾廉耻、变节从贼？还有……对了，孟氏的容貌与那幅孟小姐自绘影像，原只有四五分相似而已……她……那孟氏……决计不是孟总督的女儿，多半是哪家妇人自以为容貌相似，为贪图富贵而出头假冒的！"情急之下，一番话说得颠三倒四，语无伦次。孟丽君听他肯在金殿之上如此为自己开脱，也不由颇为感动。

他这么一说，案情牵扯越发复杂。杨承祀不料这看似简单明了的一桩案子，其中竟有这许多牵涉之处，微微皱眉道："孟士元不认孟氏，自可解释为羞于相认。但这容貌和画像不似么，你既说那李逆乃是贪花好色之人，画像又已在他手中，怎会看不出究竟似与不似？"卫焕斩钉截铁道："我曾见过画像，也曾见过孟氏其人，委实只有四五分相似！"

杨承祀道："既如此，那画像现在何处？"卫焕并不答话，目光却转至一旁皇甫少华身上。皇甫少华上前一步，道："画像现在南郊大营内。卫焕所言不错，那孟氏确实只得了画像上四五分容貌，必定是假冒的。"

第十八章

　　杨承祀问道："仅凭一幅画像，皇甫元帅何以竟能如此断言？"皇甫少华道："杨大人可知，那孟士元之女孟丽君小姐，不是别人，正是少华自小指腹为婚的未婚妻子……"杨承祀点点头，记得当年殿审皇甫敬为孟家通风报信一案时，确曾提过两家乃是儿女亲家。

　　皇甫少华道："……皇甫家与孟家本是通家之好，复又结秦晋之缘。我父与孟总督原是金兰兄弟，素知他为人品性，决计不会做出叛国投敌的行径。然而那时朝廷奸贼当道，蒙蔽皇上圣听，不曾细查此案便草草误判。我父恐忠良之后蒙冤受辱，是以甘冒重罪，遣人带信到昆明……"

　　杨承祀截口问道："那孟氏莫非不知皇甫家通风报信的往事？"皇甫少华面露一丝尴尬之色，道："这个……孟氏知道。"杨承祀道："她既知晓，岂不正说明她就是孟丽君？"

　　孟丽君心底摇头，她知皇甫少华先前那一席话，为的多半也是借此机会替其父皇甫敬开脱往昔罪名，但此举不免有些操之过急了些。只消孟、卫冤案一旦昭雪，替皇甫敬开脱罪名便易如反掌，又何必在这个时候多加纠缠。然而念及他父子连心，关心则乱，他此举亦非不可理解。听到孟氏竟然知晓当年往事，不觉微奇。转念又想，倘若她对往昔之事全不知情，岂非给人三言两语便问出了破绽，焉能隐瞒至今？其中定然别有隐情。

听皇甫少华赶忙说道："不，不，这孟氏决计不是孟小姐。她知晓当年往事，或许只是道听途说而来。除却画像可为物证之外，还另有一位人证，此人现也在南郊大营。他曾亲眼见过孟小姐，亦可证明孟氏为假。"杨承祀想了想，转身向皇帝躬身奏道："臣启万岁，本案若要水落石出，须传齐人证、物证并罪妇孟氏金殿对质，还请皇上允准。"皇帝颔首道："准卿所奏。"

李汝章及其妻妾家小，一早便由刑部大牢提出，以备今日金殿问罪。皇甫少华飞马驰回南郊大营，过不多时已将人证、物证带到，当下携了画像入殿复旨，人证便暂候于殿外待传。

杨承祀请旨，先传罪妇孟氏上殿。那孟氏娉娉袅袅上得殿来，走近阶前盈盈下拜，轻启檀口，莺声燕语道："罪妇云南孟丽君见驾，愿吾皇万岁万岁万万岁！"磕下头去，匍匐于地。

皇帝道："孟氏，抬起头来。"孟氏依言缓缓抬头，过了一会，又慢慢低垂下去。只见她容色美艳娇娆，明如春花，艳若桃李，而此刻玉颜含愁，柳黛微颦，更添一派楚楚动人的风韵。皇帝心道："这孟氏果然十分美貌，堪称绝色。只是……朕从未见过她，却怎么眉眼之间竟有几分眼熟？"不及细思，说道："杨卿，你这便继续审案罢。"

杨承祀躬身道："遵旨。"转向皇甫少华，说道："孟氏既已在此，就请皇甫元帅取出画像，当殿验看。"皇甫少华道："是！"双手呈上画像。杨承祀展开卷轴，只瞥了一眼，立时惊得目瞪口呆，动弹不得。

皇甫少华心知那画中人儿容光绝世，美不可言，令人乍观之下目驰神迷，惊为天人，想当初自己第一眼见时，也是这么一副失魂落魄的模样。但画中人儿终归是自己的元配妻子，若非另有深意欲借机试探，怎么会舍得将画像取出示人？待见到杨承祀瞪目结舌的模样，心底到底还是不由自主涌起一股妒意，有一瞬间竟生出悔意，几乎要错手将画像夺回。然而他终归还是抑制住心头冲动，轻咳一声，唤道："杨大人，杨大人！"

杨承祀登时惊醒，手握画轴，错愕无比的目光禁不住向对面孟丽君望去，正遇上她一双莫名其妙的眼光，一尺之外又见到太师颇觉惊异的目光。杨承祀这才记起，这里乃是金銮殿，而对面那位与画中女子极为肖似之人，正是位居二品的兵部兼吏部尚书，而自己此刻，本是在奉旨审案！心底暗道一声"惭愧"，灵台转为空明，将画像举起，向殿上百官展示。

只听得金殿上响起一片低低的惊呼之声，此起彼伏。杨承祀将手中画轴徐徐转动，除了几个年长老臣，人人都是一副目瞪口呆的模样。有的青年官员待画像转过之后，犹自伸长了脖子探头去瞧，又听"当"的一声，竟有人将手中玉笏失手跌落地下……

直到杨承祀收了画像，众人方如梦初醒。一时间，数十道目光又一次齐刷刷地汇聚在孟丽君身上，而这些目光中，夹杂着迷惑、怀疑、不解、忧虑等诸般神色，甚至还有乍见画像后遗留的惊艳之色。有人忧心忡忡，满怀关切；有人注视片刻，便摇头转开视线；有人迷惑不解，甚觉奇异；还有人眼睛一亮，若有所思……一时金殿上嘈杂起来，百官交头接耳，议论纷纷。

太师一见画像惊愕非常，悄声问孟丽君道："明堂，这是怎么一回事？"孟丽君亦是一脸震惊不信之色，茫然道："我……我也不知道啊。"太师轻嘱道："千万沉住气，莫要莽撞行事，须防其间有诈，有人借此故意生事。"孟丽君点点头，心底却是苦笑不已：自己到底还是低估了这一幅画像的"威力"。本以为四年来纵然容貌改变不多，今日的自己，神采气度绝非四年前作画时的小女孩儿可比，然而惊鸿一瞥间，又有几人尚能注意到这些？倒是皇甫少华久观画像，体察入微，对自己反不敢轻易动疑。

当下振作精神，目光环视一周。对上吴应兆、梅昭如等好友以及熊浩、卫勇娥等平南将官满怀关切的目光，皆点头微笑以报；遇到怀疑觊觎的眼光，则以清冷犀利的目光逼视回去，令那些心怀龌龊之人忙不迭回转视线，不敢与之对视。

杨承祀随后依例将物证呈奉皇帝御览。皇帝见到百官异色，已猜知画像不同寻常，展开一看，不觉呆住，心道："这画中人怎么与明堂的容貌十分相似？难怪百官惊诧。是了，那孟氏的眉眼容貌，倒依稀与明堂有着几分相似之处，难怪朕方才觉得眼熟。卫焕和皇甫卿说得不错，那孟氏果然只得了画像上四五分容貌。既说是对镜自描图影，岂有相差如此悬殊之理？这么说来，她果然是冒名顶替的了？倘若她是假冒，那真的孟丽君却在何处？莫非……"脑中冒出一个从未想过的念头，一时间，只觉心魂俱颤，一股狂喜之气充溢于周身四肢百骸间，就连身子也不禁微微颤抖起来。

金殿上杨承祀止住百官议论之声，继续审案，手指孟氏，喝道："今日本部奉旨殿审孟士元、卫焕一案。罪妇孟氏,你与那孟士元是何关系?方才那一幅女子画像,又是何物?还不如实招来!"

孟氏似是吃了一惊,过了一会,才细声答道:"回禀大人:罪妇孟丽君,云南昆明人氏,孟……孟老大人乃是罪妇的亲生父亲。方才那幅画像,本是罪妇从前在家时对镜自绘的小像。"

杨承祀冷笑一声,道:"既是你对镜自绘小像,却如何容貌只有四五分相似?"孟氏已不知回答过多少遍这个问题,早有说辞,道:"女儿家总是爱美的,笔下自然要把自己描画得更美些,大人如何不能体会这人之常情?何况这幅画像原是三四年前所绘,罪妇自离家逃亡后,生了一场重病,几乎丢了性命。自那以后,容颜清减,再不复昔日美貌。但大人若持画细看,还是能瞧得出来,罪妇的眉眼形容,与从前的画像仍是一样的。"

杨承祀心道:"若无郦君玉这容貌与画像一模一样之人,我或许便信了你这番说辞,现下自然不可轻信。"说来奇怪,未观画像之前,他满心料定孟氏便是孟士元之女,而孟士元之所以不认亲女,只为羞于相认的缘故。但见到画像之后,心底不知不觉间已然转念,说甚么也不能相信,画像上那个娇憨纯美、浑不似凡尘中人的少女,和眼前这美艳娇娆的妇人,竟会是同一个人。又忖道:"皇甫少华方才说,此女知晓当年往事,他想必已经私下盘问过多次,我这里倒不必再问这些虚费工夫了。"

他沉吟片刻,心底已有了一个主意,道:"好。既说这是你对镜自绘的小像,金殿之上亦有纸笔,你且照着从前的画像,当殿再作画一幅。是真是假,便见分晓。"孟丽君心底暗赞一个"好"字,这法子和自己的设想不谋而合,且听那冒名女子如何应答。

孟氏不慌不忙举起右手,道:"大人见谅:罪妇逃亡时不幸受伤,右手拇指经脉残废,再提不动笔,作不得画。"杨承祀举目望去,果见她右手拇指蜷起,委顿无力。他这一下便如使出了数百斤的气力,却打到空处,心头火起,暗骂道:"好一只狡猾的狐狸!我便不信今日查问不出真相!"灵机一动,向孟丽君拱手道:"郦大人精通岐黄,可否烦请大人上前查看,此妇右手是否当真受伤?"

孟丽君自然明白杨承祀此举的用意,出班来到孟氏身前。那孟氏自上得殿来,一直低眉垂首,这时方猛然瞧见孟丽君的容貌,霎时间便如见了鬼魅一般，直惊得魂不附体，身子觳觫不已，颤声道："你……你……"

孟丽君并不理会，只查看过她右手，便抽身回班，说道："孟氏右手拇指果然曾受过严重割伤，经脉尽废。"心底不觉一声叹息："她拇指割伤严重，其余四指却完好无损，瞧伤处情形，倒像是蓄意而为的模样，这一份心思委实缜密狠毒。然而如此费尽心机，甚至不惜残害躯体，亦不过只得以享受数年的荣华富贵，也不知值是不值？"

杨承祀见孟氏一脸惧色，身子簌簌发抖，再不复先前沉稳冷静，十分满意。于是请旨，再传人证上殿，皇帝准奏。一时人证上得殿来，跪下磕头道："学生云南举子林修贤见驾，皇上万岁万岁万万岁！"

孟丽君乍见故人，不觉一惊，面上神色不变。她这三年来无时无刻不在思念爹爹，期盼他身体康泰，安然无恙，其间也有数次，惦记林修贤一家仍在昆明，也不知祸福如何。这时见他平安，身量比之三年前还高了些儿，心中倒有几分欢喜。寻思道："是了，林世兄从前在京里见过皇甫伯父，得知其子出任平南大元帅，大军收复昆明后，他岂有不登门拜访之理？言谈之中多半会提及当年捎带碧玉如意一事，自然而然也就说到他曾见过我一面了。"

杨承祀正色道："林修贤，你为本案人证，据说曾亲眼见过那孟士元之女孟丽君？"林修贤道："是。"杨承祀又道："你可曾见过那幅画像？"林修贤道："学生曾于皇甫元帅手中，拜阅过孟小姐画像。"

杨承祀问道："依你所见，那孟丽君与这画像中人，容貌是否十分相似？"林修贤答道："回大人，容貌确然一般无二。"想起往事，不觉心底轻叹。杨承祀点点头，指了孟氏，道："你且去认一认，金殿上跪的这一妇人，可就是那孟丽君？"

林修贤应道："是。"过去细看了看，摇头道："这妇人决计不是孟小姐。"他这几年一直都在昆明，自然听说了李汝章寻得孟氏并纳为皇后一事，却绝不相信那会是真正的孟小姐。他与皇甫少华见面后相谈甚欢，得知其亦怀疑孟氏为假，便欣然答允随他一道入京作证，同时也好在京中准备明年恩科会试。

杨承祀道："孟氏，你还有何辩解？"孟氏自见了孟丽君后，已是神魂不定，口齿亦不若先前伶俐，只勉强答道："罪妇……并不认得此人……他的话只是一面之词，不足为凭。"

杨承祀举目示意林修贤与其对质。林修贤冷笑道："你不是真正的孟小姐，自然不认得我。我且来问你，孟总督书房墙上挂的那幅书法，写的是岳飞的一阕《小重山》，你可知是何人所赠？当日我受人之托，登门送与孟总督一只锦囊，那锦囊之中所藏何物，你可知道？后来我得蒙孟小姐赐下一纸医治头疼的药方，你又可知道，那药方上所写药材是哪几样？药量各有多少？"三个问题一个接一个质问出来，将孟氏问得哑口无言，不能应答，心底叫苦不迭。

杨承祀当即一声大喝："大胆妇人，金殿之上胆敢谎言欺君！你到底姓甚名谁，还不如实招来！"孟氏全身一震，终于崩溃，瘫软于地，泪流满面，道："罪妇……罪妇……本姓项……闺名……南……南金……云南昆明县……人氏……"

皇甫少华不觉松了一口气，忍不住又向孟丽君望去。只盼从她脸上见到哪怕一丝一毫的喜气，以证实自己心中猜测，然而他终归还是失望了。孟丽君长身玉立，凝神倾听殿上审案，脸色却未见丝毫变化。

项南金回思这几年往事，越发泪如雨下。原来当年孟丽君逃难前遣散家中下人仆妇，其中有一侯氏，辗转逃到昆明县，投奔其兄侯五。那侯五本在昆明县项宅作账房，便帮衬着侯氏寻了个做粗活儿的差使。一日侯氏偶然遇见项府小姐项南金，见其容貌与从前的孟小姐颇有几分相似之处，一不留神间说漏了嘴。那项氏父女竟也不怪罪于她，不但不拿其送官，反答允替她遮掩。侯氏见老爷小姐对自己推心置腹，畏罪感恩之下，自是有一说一，有二说二，将所知有关孟府的一切，都一股脑儿说了出来。

那项氏祖上原也是官宦人家，到了项南金父亲项隆一辈，家道渐衰，外面却还要维持体面架子，难免入不敷出，战事一起，便更加捉襟见肘。项隆正愁眉不展间，忽然见外间寻访孟丽君的榜文，记起侯氏所言，自家女儿与其容貌相似，遂起了冒名顶替的念头。他也曾听说，孟府千金琴棋书画样样精通，还有一幅亲笔所绘小像，正在李氏手中。李汝章心狠手辣，杀人不眨眼，为了不露出破绽，反招来杀身之祸，他竟狠下心肠，将女儿右手拇指经脉挑断。

项南金见父亲如此待己，伤痛欲绝之余，便在心底暗暗立誓，从此父女亲情一笔勾销，恩断义绝。她自被李汝章立为皇后，万千恩宠集于一身，不但显赫无比，富贵无伦，李汝章更对她言听计从。项隆献上女儿原是为图赏赐，却被她几次三番蓄意扰乱，未得丝毫进项。项隆大怒之下，便以揭穿真相作为要挟。然而项南金既不当他为父，下手毫不容情，竟然设计将他害死，对外只称暴病而卒。

项南金断断续续地供认了冒名顶替一事的前后缘委，金殿上百官听得分明，想起先前未明真相，不分青红皂白便认定孟小姐屈身侍贼，孟总督教女无方，不觉惭愧。又想起孟总督力抗强敌，不幸被俘，不但遭奸人陷害，诬以叛国投敌的罪名，以致家破人散、骨肉分离，复又为人假其独生爱女之名冒名顶替。若非今日金殿审案，终使真相大白，他必将背负不忠不节的骂名，遗臭万年，如此境况际遇，实在可叹可怜。而他背负不白奇冤，面对唾手可得的滔天富贵，却丝毫不为所动，这般铮铮风骨，更令人可钦可敬。

杨承祀上前一步，朗声道："臣刑部尚书杨承祀回奏万岁：微臣奉旨，当殿审断孟士元、卫焕一案，真相现已水落石出。当年孟、卫二人奉旨出征，以一支孤军坚守孤城，力抗十倍强敌，直至兵马殆尽、城破被俘。这一项'苟且贪生、叛国投敌'的罪名，查证非实，确系冤枉，理应昭告天下，予以平反昭雪，并复其品秩。孟、卫两府家眷系潜逃冤狱，种种罪名一笔勾销，所抄家产尽数放还。此外，孟士元身陷敌营，富贵权势唾手可得，却丝毫不为所动，对朝廷依旧丹心一片。这等忠臣义士，微臣以为，皇上当颁下圣旨，大力褒奖，以为天下楷模。"

皇帝想到自己当年荒废朝政、偏听偏信，以致误信谗言，使忠臣蒙冤、义士受辱，绝非有道明君之所为，不觉十分汗颜。他知这一切虽然并非出于自己本意，然而说到底还是自己不辨忠奸的错处。错了便是错了，推诿责任于事无补，应该坦承错误，再行设法补救才是。于是颔首道："杨卿金殿审案，果然公正严明。既然真相大白，冤案理应昭雪。卿之所奏，朕当一一允准……"

卫氏父女及熊浩等人对视一眼，尽皆大喜。杨承祀正要躬身谢恩，皇帝举手示意自己话未说完，继续说道："……近来朕时常回思，自朕亲政以来十一年，荒废朝政，宠信奸佞，偏听偏信，昏聩无能……凡此种种，皆是朕的过错，每一思之，只觉冷汗涔涔。今日殿审孟、卫冤案，予以昭雪平反，然而朕昔日所酿冤案，想来亦不止此一桩。京城刘氏谋反，皆因朕错信奸佞，以致误国殃民。而李逆叛乱前后三载，如今虽已平定，但数十万将士战死疆场，天下苍生已遭涂炭，百姓饱受战乱之苦，此皆朕之过也！"

他说到这里，言辞恳切，悔意盈然，眼光在殿上一扫，又道："因此，朕拟立一道"罪己诏",将朕往昔所犯过失传示天下。所谓昨日种种譬如昨日死,今日种种譬如今日生。朕当竭力弥补从前过失,昔日所酿冤案,必当一一平复。朕若再有过失之处,众卿只管面谏,朕当从善如流。从今而后,朕要勤政爱民,体察民意,做一个上不负社稷、下不负万民的称职皇帝。"

百官听到皇帝这一番掷地有声的话语,不觉耸然动容。寿王爷和太师二人目光相交,皆是心怀大慰,当下领着百官一齐跪倒,贺道:"皇上有此志向,实乃社稷之福,万民之福!"孟丽君心底亦暗暗点头,她亲眼见到皇帝近年来的诸般变化,今日他能亲口说出这番话语,实非一日之功。

皇帝道:"老丞相、太师请起,众卿平身。"想起平南众将只封赏了皇甫少华一人,遂颁下圣旨,封左先锋熊浩为一等镇国将军,加封一等子爵;右先锋卫勇娥系孝女男装改扮,敕封奇英县主,赐黄金百两,锦缎百匹,将其为父申冤、全忠全孝的事迹,昭示天下,以彰芳名。晏临战、刘羿、何兴三人,功勋出众,加封奉恩将军,入兵部习学。其余平南诸将,以及此时尚未返京的呼延赞、武元亭等,依其功劳大小,各有封赏。

又依杨承祀所奏,颁下诏书,平雪了孟、卫冤案,并予以大力褒奖。孟士元恢复总督品秩,加封辅国将军,令太医院御医亲去昆明,为其治病。卫焕恢复总兵品秩,加封奉国将军。两家所抄家产尽数放还,家眷尽赦无罪。平南众将及卫焕等复又跪下谢恩。

皇帝待平南众将起身退过一旁,抬起头来,冷冷地道:"传贼首李汝章进殿。"一时殿前武士将李汝章押入。孟丽君想到此人父子,便是挑起战乱、害得自己一家骨肉离散、爹爹重病卧床的罪魁祸首,忍不住目光中微带恨意,朝他看去。只见那李汝章年纪约莫三十岁上下,身材极为高大魁梧,一双眼光闪耀如电,顾盼间一股冷酷暴戾之气一闪而过。

李汝章踏入殿来,一眼便瞧见项南金瘫软于地,大步过去,将她身子扶正坐起。双膝一曲,在她身旁跪下,抬起头来,面向皇帝,坦然道:"我便是李汝章。皇上要说甚么,我都已知道了。叛乱之罪,十恶不赦,愿受千刀万剐之刑。李氏一族,尽在狱中,未有一人逃脱,斩草须除根,自也无话可说。只求皇上看在献城请降的份上,饶过我妻孟氏不死。她并无身孕,无须担心留下他日后患。"项南金身子一震,抱住李汝章胳膊,失声痛哭道:"不……不……"

皇帝及百官听了李汝章这番话语,不由一愕。听他话中之意,早知自身及亲族决计难逃一死,当日献城请降,不做困兽之斗,为的原来竟是要饶过其妻一条性命。其人虽残暴冷酷,对其妻倒是情深义重,苦心一片。

李汝章目光直视皇帝,道:"求皇上成全!"皇帝看了他一会,紧握的手指倏然松开,道:"好!朕就成全你临死前这一番心意,饶她不死。"李汝章磕下头去,道:"李汝章叩谢皇恩。"直起身子,转向项南金,脸上露出一丝微笑,低声道:"别哭了。我答允了你的事,没有一件做不到的。"

项南金又是感激又是惭愧,正要说话,一个声音插口道:"项氏,皇上法外开恩,饶你不死,还不赶紧谢恩!"却是皇甫少华。李汝章蓦地转过头去,双眼圆睁,怒声喝道:"甚么项氏?跟你说过多少遍,她是我李汝章的妻子孟丽君!"

皇甫少华道:"圣上驾前,岂容你这逆贼大呼小喝?孟丽君是我皇甫少华的未婚妻子,怎是这等水性杨花、不知忠孝廉耻的无耻妇人可比?方才皇上传旨,刑部尚书杨大人金殿审案,项氏已当堂供认冒名顶替一事。可笑你以假为真,死到临头仍蒙在鼓里,竟然还为这贱妇求情!"

李汝章四下一看,见左右都微微点头,似是在说皇甫少华所言不虚。他仍不肯相信,转向项南金,柔声道:"丽君,你不用怕他。皇上金口玉言,已答允饶你不死,他不敢再杀你的。你来明明白白告诉他:你是我李汝章的妻子孟丽君。别哭,别哭……你说话啊。"

项南金泪眼蒙眬,想起这数年来,他这样一个杀人如麻之人,对自己就连重话也从未说过一句,宠爱怜惜,几乎算得上言听计从。眼见昆明即将城破,玉石俱焚,自己惊惧无比,不能入睡,那一夜里抱着他,只喃喃说了一句:"我……我可还不想死啊……"他便主动献城请降、束手就擒,以此为代价,低头求得自己不死。如今眼看他已是必死无疑,自己又怎能忍心至死还欺瞒于他?何况此情此景,便再想欺瞒也是瞒不住的。低声泣道:"妾身……妾身……确实……不……不是……孟……丽君……"

李汝章一呆,道:"你……你说甚么?你再说一遍!"项南金不敢看他脸色,低头道:"妾身……本是项隆之女……项南金……只因容貌与……与……画像略有几分相似……"

李汝章脸色大变,面露狰狞之色,右手一动,已扼住项南金脖颈,怒意勃发,厉声道:"枉我如此待你,你竟胆敢骗我!"话语中满是愤恨不甘之意,眼中光芒暴涨,便如一头绝望的野兽。

这一下变化突然,百官措手不及。只听一个清朗的声音喝道:"平南众将,护卫皇上及百官。殿前武士,还不快快拿住李汝章,救下项氏!"两名武士当即抽出长剑,架在李汝章颈上,平南众将不得携带武器上殿,于是四下散开,隔在李汝章及百官之间。

李汝章自幼习武,臂力勇健过人,莫说一个娇滴滴的弱女子,便是他手下那些身经百战的骁勇将士,一扼之下也能于顷刻间夺去其性命。他心如铁石,命丧其手之人多如牛毛,对胆敢蓄意欺骗于他之人,更是罪加一等,绝不轻饶。然而此刻右手微微颤抖,竟是无论如何下不去杀手。他凝望着项南金,对颈间两柄长剑视若无睹,脸色变来变去,手下时紧时松。过了一会,终于长叹一声,松开右手。

项南金死里逃生,全身簌簌发抖,手抚脖颈,咳嗽不止。李汝章喟然道:"罢了,罢了!你是也罢,不是也罢,于我已无分别……我死以后,你寻个老实良善之人嫁了,安安分分地度过下半辈子罢。莫要贪图荣华富贵,再生事端。"说完这话,毅然转过头去,再不看她一眼。

皇帝见了殿上这一幕,心下微叹,不觉生出几分同情之心,暗道此人虽残忍好杀,却还不失为性情中人,先前也是为此,才破例饶过项氏。然而叛乱重罪,罪大恶极,绝无可恕,当下沉声道:"将李汝章还押刑部大牢,明日午时三刻,凌迟处死。李氏一族,斩首示众,刑部杨卿监斩。项氏遣回原籍,任其婚嫁。"杨承祀道:"遵旨。"

殿前武士长剑还鞘,将李汝章押下。李汝章耳听判词,宛若毫不在意,纵声长笑。临去时目光朝方才出声指挥之人的方向扫去,只一眼,脚步登时一滞,笑声顿敛,身躯大震。武士在他身后一推,李汝章踉跄几步,喃喃道:"天意如此,天意如此!"喉中复又爆发出一阵狂笑之声,状若疯癫,步履蹒跚,出殿去了。

孟丽君见他临去时这一眼,包含震惊、不信、无奈等种种神情,与从前刘奎璧第一眼见到自己时的神情,倒有八分相似,只少了几分喜色,多了几分无奈之色。心底亦在细细寻思,委实想不起除却这一幅画像之外,自己和他还有甚么瓜葛,便也不以为意。忽觉一阵异样,似有另一道目光凝视在自己身上,回头一看，正对上林修贤惊喜交加的目光，心头一警，只作不识，转开头去。

林修贤一介举子，何曾经历过金銮殿这等森严阵仗。自上得殿来，除了依言同项南金对质，不敢多说一个字，正襟侍立，眼观鼻、鼻观心，更不敢抬头乱看，是以一直不曾注意到孟丽君。直到李汝章大闹金殿，孟丽君出声指挥，时隔数年，他终于又听到那萦绕心头、无时或忘的天籁之声，抬眼望去，复又见到那美若天人、魂牵梦萦的清丽容颜，只觉一股喜气从天而降，几乎错以为身在梦中。然而待他揉眼细看，却瞧见那人身着紫袍，腰系金带，乃是一身二品朝廷大员的装束，且于金銮殿上指挥若定，气度雍颐，与当年所见的闺阁小姐自不可同日而语。

这三年来，他举家陷身昆明，经历了许多坎坷磨难，较之三年之前，性情已大为成熟稳重。此时此地再见到孟丽君，惊喜交加之余，心念急转，已隐隐猜到个中缘由，又见她见了自己装作不识，越发有数。他对孟丽君敬重无比，既已猜知其间利害关系，自然明白不可露出端倪，泄露她身份真相，于是面上显出一副由惊喜转为愕然，未几又转为犹疑之色，摇了摇头，移开目光。

皇甫少华及朝中几个与孟丽君政见不和、巴不得她是女扮男装的官员，都在暗中留意林修贤神情变化，见他如此，虽然有些失望，将疑心稍稍放松，却还不肯就此死心。

眼见天色不早，皇帝退朝，临下殿前朝孟丽君若有所思地望了一眼，又向权昌使个眼色。权昌会意，不动声色地将御案上那幅画轴拢在袖中。

退朝后百官仍未散去，便有性情爽直之人开口向孟丽君直言追问，是否认得那画像上的孟小姐。孟丽君自然矢口否认，忽见皇甫少华尚未离开，灵机一动，唤他过来，索性以毒攻毒道："皇甫元帅，人人都说，孟小姐的容貌与下官颇有几分相似之处，元帅以为如何？"

皇甫少华不料她竟当众如此询问，一时只觉手足无措，不知该当如何作答。他心底早对孟丽君有所怀疑，却不愿亲冒戏弄大臣、侮慢师长的罪名，只想假借他人之手加以试探。这时被孟丽君点名发问，不敢不答，只得硬着头皮说道："这个……容貌虽然相似，但……孟小姐乃是闺阁弱质女流，恩师……恩师却是堂堂七尺男儿、朝廷重臣……岂可相提并论？"话一说完，直恨不得自己打自己一个耳光。

孟丽君对他这番话语十分满意，清冷的目光扫视一周，目光所到之处无人敢接，冷笑两声，道："郦君玉少年得志，位居高官，在朝中难免遭人妒恨。我自知男生女相，容易落人口舌，昔有刘奎璧误认之祸，今有孟丽君画像风波。然而郦君玉所作所为，俯仰无愧，便有奸恶小人妄图借此生事，我也丝毫不惧，只是奉劝一声：刘奎璧的下场，便是前车之鉴。"说罢拂袖而去。

她这一番话不卑不亢，软硬兼施，令那些动念起疑之人，回想起孟丽君昔日手段作为，不觉暗生冷汗。皇甫少华亦是第一次见到孟丽君发威薄怒时的模样，一颗心七上八下，不知该当如何决断。梅昭如正扶着寿王爷出殿，恰好瞧见这一幕，寿王爷心底暗暗点头，若有所思。

回到太师府，孟丽君和太师议论起今日这一场轩然大波，太师亦猜想有人或会借机生事，嘱咐她留神提防，孟丽君唯唯称是。太师又赞叹造化神奇，委实令人难以想象，两个无亲无故之人竟能如此相似，虽则古时孔圣人与阳货同貌，可见形貌相似之人自古有之，然而本朝本代竟能亲眼见到，说来仍不失一桩奇事云云。

孟丽君回转弄箫庭，打发开丫鬟仆妇，将今日之事一五一十告诉苏映雪。苏映雪听说老爷沉冤得雪，小姐抗旨逃亡的罪名已赦，欢喜无比，双手合十，连道："阿弥陀佛，菩萨保佑！"又听得画像之事引人动疑，担心道："这可怎么好？"

孟丽君握住她手，微笑道："此事虽险，我自信终能过此一关。义父、义母得知朝廷平定叛乱，因云贵一带珠宝、药材生意须得重新开通，已于前几日离开京城，回转咸宁。如此倒消去了我最大的一处忧虑，无须担心此事传入义父耳中，引动他疑心，前后再一对照，我的身份便昭然若揭了。"

见苏映雪仍然面带忧色，想了想，又道："说来上天也在帮咱们呢，否则再无这般侥幸之事。我历年所绘自画像，皆是自题名款，唯有这一幅工笔小像，当年我花了一个下午才绘好，自觉惟妙惟肖，大为得意之下，便拿去奉与爹爹观赏，他亦果觉不错，欣然提笔为我题款。否则容貌相似也就罢了，若见那画上笔迹也与我字迹相同，再无不穿帮露馅之理。"苏映雪一听，也道侥幸，对那"上天相助"的说法居之不疑，反而稍稍安心。

这日午后，太师府中访客络绎不绝。先是吴应兆、朱绍麟、柳复、范宁等人联袂来访，吴应兆还携来一人，却是林修贤。原来他二人本是旧识，今日金殿重逢，吴应兆知林修贤在京中已无亲眷，便邀他搬来自己府上暂住，林修贤也就欣然从命。吴应兆又听说他来京城预备参加明春恩科会试，寻思天下文章之盛，无出郦君玉之右者，于是力邀他同来太师府贺喜，以便就近聆听教诲。林修贤巴不得再见到孟丽君，自是一口应允。

坐下说不过两句话，平南众将又一齐前来拜会恩师，只缺了皇甫少华、古云亮、刘羿及何兴等人。这几人家眷都在京中，金殿陛见后就辞别众将，各自回家去了。原来皇甫少华治军严谨，大军回朝后屯于南郊大营，众将皆不得擅自离营，便是皇甫少华自己，此前也还不曾回过家。再过数日，其余众将也当陆续返乡，与各自家人亲眷团聚。

孟丽君替众人一一引见，互道幸会久仰之辞。众人齐声庆贺孟丽君爵封贤宁侯，一班门生高弟皆受皇封；又一齐祝贺卫焕昭雪沉冤，赞叹卫勇娥巾帼奇女、忠孝双全。

宾客分散说话，待见到林修贤，难免有些金殿上曾为孟丽君画像震惊之人，开口询问孟小姐之事，并细细追问他是如何见到那孟小姐的。又都摇头叹息：这样一个绝代佳人，却不知现今身在何方？

林修贤原已从吴应兆口中得知，这数年来"郦君玉"在朝中立下了种种丰功伟绩。这时又亲眼瞧见，她周旋于众人之间，谈笑风生，挥洒自如，无论身影走到何处，都是众目焦点所在，那一份超然出众的气度风范，旁人真是望尘莫及。倾慕敬爱之心愈盛，越发打定主意，决计不可泄露其身份真相。

见人追问，少不得虚虚实实应付一番，末了故意说道："孟小姐是神仙一流的人物，令人一见之下终生不忘。那冒名顶替的项氏，我只消一眼便瞧出是假。若是真的孟小姐，我绝无认不出之理。"孟丽君此时正走过来同吴应兆说话，恰好听见这最后几句话，自然明白他这是有意替自己遮掩，心头一暖。

吴应兆拉过林修贤，向孟丽君介绍道："明堂，你从前不是曾提起过，十分仰慕林瑞海林学士的人品才学么？这位林修贤林贤弟，今日金殿上见过的，表字重德，便是林学士的嫡亲侄儿。"孟丽君想到那位和自己谈天说地、没大没小，结为忘年之交的"大胡子伯伯"，不觉十分伤感，轻叹一声，道："林学士的才名，我是一向久仰的。只可惜英年早逝，委实令人扼腕叹息。"

提起叔父，林修贤心底一阵酸楚，忍不住说道："叔父贬谪伊犁，于赴任途中不幸病故……他一向待我视同己出，我却不得替他老人家披麻送终，实是不孝之极……"又道："当年我离京不过短短数月，叔父便犯了案子，被贬出京。现下想来，只怕他对此早有预感，不愿我受到牵连，是以才匆匆送我返乡。"说到这里，语音哽咽，眼中已是泪光莹莹。

吴应兆"啊"的一声，恍然道："那年林贤弟来辞我，说要返乡读书，预备春闱会试，我便有些疑惑：读书备考岂不留在京中更好？原来竟是为此。林贤弟，令叔一向对你期许甚高，你更要努力用功，争取明年春闱高中，如此方不负令叔这一番良苦用心。"林修贤点头称是。

孟丽君道："改日我们诗文聚会，吉善兄不妨邀了重德同来。大家一道吟诗品文，于文章的进益，只怕比枯坐苦读要强得多。"吴应兆大喜，见林修贤懵然不明，忙替他道谢。待孟丽君走开，方解释道："林贤弟你还不知，明堂两年前起意办的这个诗会，如今在京里名气极大。每回诗稿文稿一出，京城纸贵，万人争抄传诵，就连皇上有时也会问起。只是他不喜杂人相扰，轻易不允人入会，此番多半是看在令叔的面子上，才会如此破例。"

孟丽君随即来到卫焕父女及熊浩身旁，见卫勇娥已改复女妆，头上只略挽了个髻儿，鬓间未簪半件钗环饰物，唇颊亦无丝毫脂粉之香，却自有一派天然得体、疏朗大方的气度，心底暗赞一声。

卫焕见她过来，携了女儿的手，再三拜谢她今日金殿鼎力相助之恩。孟丽君心念一动，笑吟吟地道："若要谢我，那也好办。"拉过熊浩，说道："令爱千金原是女中奇英、巾帼英豪。我这里有一位得意门生弟子，今年二十又三，位居一等镇国将军并一等子爵，至今尚未婚配。我观他二人倒是一对天造地设的璧人儿，因此冒昧开口，还望卫总兵看我薄面上，玉成了这一桩天赐良缘！"

她话未说完，熊浩已是手足无措，卫勇娥粉面微红。二人都是又惊又喜，实不承望恩师竟能主动开口，为自己二人说媒。卫焕早看出女儿心意，何况对熊浩的人品心性、武艺家世，皆十分中意，心中已将他看作东床佳婿的不二人选。这时郦尚书再亲开尊口，当众保媒，给足了脸面风光，岂有不一口应允之理？轻捋长须，笑道："大人美意，敢不遵命！"

孟丽君大喜，轻推熊浩一把。熊浩恍然大悟，赶紧跪下道："多谢岳父大人！"卫焕双手扶他起来，道："贤婿免礼。"又道："勇娥，浩儿，还不快快拜谢大媒。"熊浩和卫勇娥双双拜倒，齐声道："多谢恩师！"孟丽君笑道："快快请起，不必多礼。来日大喜之时，少不得还要叨扰一杯谢媒酒。"卫焕喜道："小女婚事，若得郦尚书大驾光临，寒舍蓬荜生辉。这杯谢媒酒是一定不敢少的。"

众人听得郦尚书为媒，替平南左、右先锋成就一段美满姻缘，都来上前道贺。卫焕喜得合不拢嘴，一一回礼。孟丽君瞥了卫勇娥一眼，见她与熊浩四目相对，会心一笑，喜悦之情溢于言表，心中也不觉替她欢喜。走了开去，四下应酬。宾主谈笑甚欢，尽兴半日，众人方告辞散去。

一时也有几个仕途上不甚得意的官吏，特地备下重礼，递上拜帖，登门拜谒。孟丽君与这几人平素并无往来，将他们请进正厅，礼物不入太师府，原封退回，说了几句话，心下了然。原来他们都是决计不信郦尚书会是女子，打量着这是个拉近关系、结下交情的绝好机会，自以为若能当面表态，博得郦尚书好感，于他们日后仕途前程必然大有好处。孟丽君只是嘴角含笑，不置可否，闲话数语，将这些人都打发了。

眼见天色已晚，料想不会再有人来了。回到弄箫庭换过衣衫，抱了归郎和苏映雪闲话，一面推算荣清行程，眼下该到何处了。忽见梁成气喘吁吁急步进来，满头大汗道："姑爷……快……快！老丞相寿王爷来访，轿子已停在大门外……老爷正在换衣衫，要姑爷也赶紧换了衣衫，快去大门口迎接！"

孟丽君一惊，道："这么晚了，寿王来访？"连忙换过衣衫，匆匆出来。到听槐轩外，正见太师也是急匆匆地赶出来。翁婿二人对视一眼，脚步不停。太师一面走，一面说道："寿王拜相三十余载，年高体迈，早已不理朝事。近十年来，除了前番刘捷叛乱，他与老夫深夜进宫、面圣探驾之外，还从未听说他夜间出过府，登门探访过朝中哪位官员。今夜前来，非比寻常，必是有紧要之事。"孟丽君点头不语。

翁婿二人出至大门口，正见梅昭如打起轿帘，扶了寿王爷出轿。寒暄数语，将寿王爷迎入听槐轩中。他腿脚已然不甚便利，梅昭如在旁小心搀扶，经过孟丽君时，有意无意看她一眼，嘴角露出一丝意味深长的笑容。

宾主坐定，太师吩咐奉茶。寿王爷摆手道："如镜，不必这些客套礼数了。你知老夫脾性，无事不登三宝殿。今夜冒昧登门，原是为了令婿明堂而来。"孟丽君不觉又是一惊，起身揖了一礼，道："王爷有话吩咐晚生，只需遣人通传一声，何敢劳动王爷大驾？"

寿王爷笑道："遣人通传，未免有失恭谨。老夫亲自前来，方显郑重。"随即道："明堂，老夫与你借一处僻静所在说话。"孟丽君望了太师一眼，说道："晚生书房一向僻静。王爷请！"

寿王爷从椅中站起，梅昭如急忙伸手相扶。寿王爷松开他手，道："如儿你留在此处陪太师说话，有劳明堂扶老夫过去。"孟丽君依言上前，扶住寿王爷，引他朝自己书房走去。

太师起身相送，望着二人背影，不觉狐疑，不知寿王爷究竟是为何事而来，若说与今日金殿之事有关，却也不致如此郑重其事。目光转至梅昭如，正要开口询问，梅昭如已悠然笑道："太师别问我，我可什么都不知道。"

直过一个时辰后，孟丽君才扶着寿王爷出了书房，回到听槐轩。寿王爷虽已满面疲态，神色间却掩不住一丝欢喜欣慰之色，不多说话，扶了梅昭如告辞而去。

翁婿二人亲送至府门口，待轿子去得远了方才回转。太师忙问孟丽君，寿王今夜究竟所为何来，方才又都说了些甚么。孟丽君眸中蓦地闪过一抹奇绚异彩，过了片刻，方道："寿王爷一直在问我治国平天下之策，我则逐一对答。"太师大奇，失声道："他专程来访，就是要问这个？治国平天下，乃是丞相之职分，他问你这个做甚么？"孟丽君负手而立，道："寿王爷不曾说，小婿便也未曾追问。"

太师心头一动，依稀猜到甚么，眼睛一亮，喜道："莫非……"随即醒悟，住口不语。翁婿二人皆是一般心思：寿王爷乃是百官之首的大丞相，一举一动皆有深意。今日他深夜造访，与孟丽君密室详谈治国平天下之策，其中用意，殊为可揣。然而他此刻既未明言，自然还是莫加口舌妄议的好。何况此事想来数日之内便见分晓，倒也不必急于此一时。

却说皇帝这日下朝之后，回转乾清宫御书房，在御案前坐下，命所有宫娥内侍都退至外殿伺候，只留下权昌一人贴身服侍。

皇帝看了权昌一眼，权昌会意，从袖中取出画轴。皇帝接过，如奇珍异宝般小心翼翼地展将开来。望着画上那素未谋面，却偏又熟悉无比的绝色丽人，只觉心潮起伏，神思晃动。这两年来，与郦君玉相处的点点滴滴，都一一涌上心头。

会试时他笔下犀利，文采斐然，颇有"语不惊人死不休"之势，三篇文章针砭时弊，篇篇都是上好的佳作，自己当即朱笔一圈，将其钦点为会元。殿试时第一眼见面，那一瞬间的惊艳，至今记忆犹新。其时心中唯有一个念头："世上竟有如此粉妆玉琢的男人么？"若非早知他是太师新招的女婿，只怕第一眼便要怀疑他是女子。

他琴棋书画无一不精，高中状元后，自己爱其才华，喜其容貌，闲来无事便时常召他入宫来吟诗作赋，下棋赏画，君臣甚是相得，却从来不谈国事。现下想来，他这自然是韬光养晦的举动，求的是不鸣则已、一鸣惊人之奇效。

后来母后病重，群医束手，是他妙手回春，救了母后性命，又和自己一道，衣不解带，朝夕侍奉。宁寿宫内他低眉抚琴，十只手指便如白玉雕成一般，玉容敛顿，宝相庄严，当真美到极处不可言。一曲《长河吟》铿锵有力，音随意转，挥洒自如，自己第一次得知，他除了文采和医术之外，生平第一自负，竟是兵法。

刘捷叛乱，他殚精竭虑，尽力应对，以致劳累过度，口吐鲜血。自己听说时，心疼得无以复加，直恨不能以身相代，生平第一次对他沉下脸来，命他立时服药休养。

叛乱平定后，自己与他兄弟相称，促膝长谈，一席话说得畅快淋漓。许多从来不曾说出口的话语，在他面前，竟能毫无顾忌，一一坦言吐露。这份知己君臣之情，委实难能可贵……

想到"知己君臣"四个字，不觉一声苦笑，向画像处望了一眼，心道："从前这'知己君臣'四个字，自然不假。如今有了这幅画像横亘其间，我还能一心一意，只和他做一对知己君臣么？我心中未必不会另生奢念……"

出了一会子神，忽然想起一事：刘捷叛乱最后一夜，皎皎月光之下，自己与他并肩立于城楼上，他的一张玉庞欺霜赛雪，一日两夜下来，竟连半点胡楂的痕迹也看不到。自己那时心中便微存疑虑，只是不曾多想。现下回思起来，莫非郦君玉果然是个女子？一想到此处，心底一阵战栗，又是欢喜，又是惶恐，一时只觉难以置信，一时又唯恐自己多心。

目光无意间移到画像题款处，上面写的是"孟士元为爱女丽君亲题。元贞十五年腊月十八日"两行楷书小字，寻思："……明堂究竟是男是女，我决计不可仅凭一幅画像，便在心中胡乱猜疑，总要有真凭实据才好……可惜这幅画像上的字迹并非孟丽君亲笔，否则只需比对字迹，真相便可大白。"

想到这里，忽然眼睛一亮，心底大叫一声："有了！"急急唤道："权昌！"权昌随侍左右，躬身应道："万岁爷。"

皇帝的声音又低又促，话语中却满是激动兴奋之意，道："去年郦君玉刚中状元的那会子，朕时常宣他进宫来赏画作画。他也曾绘过两幅工笔人物图，一幅是临摹周昉的《簪花仕女图》，另一幅绘的是《缇萦救父图》，朕还记得就收在文华殿里。你悄悄地去取了来，别惊动一个人。"权昌应声去了。

皇帝起身踱了几步，双手连搓，只觉心痒难耐，直恨不得立时将那两幅画找了来，好与眼前画像参照比对。自觉这个主意可谓绝妙，心中也不禁颇为得意：字迹相同可为佐证，偏偏画像上并无本人亲笔；而同为工笔人物图，倘若当真是出同一人手笔，其画风笔法定有相似之处。自己亦精于绘画，细细探察之下，必能找出其间蛛丝马迹。郦君玉与孟丽君到底是不是同一人，郦君玉究竟是男是女，真相少顷便能水落石出了。

一时权昌将画取来，皇帝连忙接过展开。将三幅图画并排放在御书案上，打叠起十二分精神，细细比对。他越看心中越是欢喜，只觉殿内寂静异常，就连自己的呼吸声也清晰可闻，一颗心怦怦乱跳，周身热血如沸……

过了良久，终于将那两幅画重新卷起，就收在自己寝宫内。回头复又凝望着这一幅小像，心下已是确然无疑。只觉神魂俱颤，往昔梦寐之间尚不敢奢求之事，今日竟成现实，上天待自己，可谓不薄矣。

蓦地心头一紧，脸色大变。先前心心念念，只是要辨明郦君玉到底是男是女，尚不及多想其余。这时方才想到，郦君玉既是女子，必然就是画像的主人孟丽君，如此说来，她便是皇甫少华指腹为婚的未婚妻子了。自己对她这番心意，终是镜花水月，一场虚空。思及于此，登时心如刀绞，难受至极。

随即想道："自我十一岁上在心底暗暗立誓时起，到如今已有十八年。这十八年来，我日思夜想，苦苦期盼，直到今日才终于盼到伊人芳踪乍现。无论如何，绝无轻易放弃之理，纵是千难万难，也不可就此气馁。"一旦断定郦君玉本是女子，自己心目中那个"可心合意、超凡脱俗的奇女子"，便再不作第二人设想。

又想："今日皇甫少华在金殿上口口声声，宣称孟丽君是他未婚妻子，满朝文武俱听在耳内，却何以不见明堂有丝毫反应？皇甫少华心中多半也已起疑，却不敢贸然行事，打的自然是借画像加以试探的盘算。怎奈明堂冰雪聪慧，并不落他圈套。这样看来，明堂即便就是孟丽君，只怕她一片芳心，并未落在皇甫少华身上。何况明堂与我，都是一般蔑视礼法、特立独行之人。她素来行事皆有主张，未必十分赞成这桩指腹为婚的亲事，更不一定会遵从父母之命，嫁与皇甫少华。"想到这里，稍稍放心。

从御书案前起身，踱至沉香榻旁。不觉忆起那日，就在这乾清宫内，沉香榻上，自己与她兄弟相称，促膝长谈的情景。自己满腔愤懑，说道："只因人人都说，帝王无真爱，是以我身为皇帝，不论再如何付出一片真心，到头来，这世上仍无一人肯信我！"她脱口而出一句："我信的。"自己欢喜之下紧紧握住她手，她竟然面红过耳，慌忙抽出手来。

回想起当日这一幕，心头有如雷轰电掣一般。她简简单单一句"我信的"三个字，分明已情不自禁流露出心底深意，难怪话一说完，便现出一副小儿女情态，可笑自己竟浑然不觉，直至今日方才明白。心中一阵狂喜，几乎要滴下泪来。跌坐沉香榻上，只觉全身轻飘飘，一丝儿气力也没有，如入云端，如陷梦境。然而纵在梦中，却也从未如此刻这般欢喜愉悦。

过了好一阵子，方慢慢平复心绪，凝神细思，暗想："明堂系孟丽君女扮男装，她起初自然也是和卫勇娥一般，为的是救父申冤。如今她爹爹孟士元已然救出，冤屈也已昭雪，她却仍然刻意隐瞒身份，不肯还复女儿之身，这却是为何？"

一时心中已有答案，忖道："倘若郦君玉自揭身份，承认女儿身，少不得要改复女妆，乖乖嫁入皇甫家，从此洗手做羹汤，将满腹才学抱负束之闺阁，这岂是她心之所愿？何况明堂惊世奇才，原是社稷国家栋梁之材。如今朝中老丞相一向不理国事，太师年老，力不从心，朝政大小事务，皆由明堂一力裁处。她既不愿恢复女儿身，不论于公于私，我都该助她一臂之力才是。"

心底暗暗盘算："当初召明堂进宫，三个月里一共绘了十几幅画，其中唯有两幅工笔人物图。工笔画最是耗时费力，当初这两幅图，各自费了三日工夫，想来除了皇帝敕令，以她状元之尊，当不致再为他人动笔。后来升了兵部尚书，她朝事繁忙，我便也不曾再为此相召。如今这两幅画卷都收在我寝宫里，旁人自然无从得见，倒也不必担心由此泄密。"脑中思来虑去，只想着如何才能替她消除众人疑心，保守身份之密。

京城东郊皇甫府内，花厅上已摆下了一桌丰盛的晚宴，一家四口、祖孙三代围桌而坐。

老夫人姜氏满面慈容地望着孙儿少华，说道："这一去就是一年多，军营里哪有甚么可口饭食？瞧把孩子瘦的。今儿可要好好补一补。"不住朝他碗里夹菜。皇甫敬笑道："母亲疼爱孙儿，只当他还是小孩子。他如今可是堂堂兵部侍郎，皇上钦封的忠勇伯，再不是不懂事的孩童了。"话语中满是自豪欣慰之意。

姜氏横他一眼，嗔道："他便是封侯拜相，在祖母眼里却也还是个孩子。"随即望向皇甫少华，眉开眼笑道："话说回来，少华今年才一十八岁，就官拜侍郎，位封伯爵，这样年少有为之人，古往今来也没有几个。我皇甫家有子若此，实是祖宗庇佑，光耀门楣。"

皇甫少华却是满腹心事，食不甘味，又不便驳了祖母心意，只得一味唯唯诺诺地应承着。好容易等到一顿饭罢了，丫鬟上来收拾杯筷。尹良贞拣出两样未曾多动的精致素菜，吩咐道："将这两样给金雀楼燕玉小姐送去。她守孝吃斋，不便到前面来，一会我打发少华去看她。"向少华道："此番你能平安回来，燕玉功不可没。我瞧这孩子人品模样都极好，对你又是死心塌地一片深情，虽说是奸臣之女，却能出淤泥而不染，越发令人敬重。你可要好好待她才是。"

皇甫少华这时已听说了刘燕玉为救自己偷溜出府，向郦尚书跪地苦求的前后经过，想到当初若非蜡丸报信及时，郝英南行刺多半事成，自己此刻未必能活在人世，亦觉十分动容，应道："是。"

姜氏却皱眉道："燕玉虽好，只是执意坚持要守三年孝，不肯就此完婚，太过固执了些。早先少华在外未回，如此原无不可，也算全了她的孝心。而今少华大胜回朝，却还要再拖三二年……我皇甫家只有少华这么一棵独苗，本来早两年就说要办喜事，我也好早日抱上重孙，偏生让一场大祸给耽误了。如今又是这样……唉！"

提起两年前要办的喜事，越发勾动皇甫少华一腔心事，只强忍不提。闲话一阵后，将祖母送回房去，又同母亲一道来到后院金雀楼看望了刘燕玉。见她容貌气色较之当年定亲之时越发娇艳，也算是一等一的大美人儿，自己有妾若此，不知要羡煞多少人。可是内心深处，不知怎地，竟无一丝欢喜之气。一见到刘燕玉的如花娇颜，便忍不住联想到画中人儿的绝世玉容；一听到刘燕玉的温言软语，便情不自禁回忆起郦尚书那清朗平和的语音……身子虽还在金雀楼中，一颗心、一缕魂早不知已飞到何处。

皇甫少华定了定神，只推说身子疲倦，回到自己房中，打发了丫鬟去请父亲过来说话。一时皇甫敬过来，皇甫少华将丫鬟下人都打发出去，掩了门窗，这才回身道："爹爹，孩儿心中有一处疑虑，既不敢想，却又不敢不想。一直不能说与旁人知晓，言行间更不敢造次。如鲠在喉，寝食难安，还求爹爹开解。"将如何得知李逆所立皇后也叫孟丽君，而孟士元却不认其为女；如何得获画像，发觉画中人的眉目容貌竟与恩师郦尚书十分相似；今日金殿上林修贤如何指认，真相如何水落石出，冤案又是如何平复等事，都一五一十说了一遍。中间自然免不了提到卫勇娥女扮男装之事，也都如实说了。

这件事情牵扯甚多，个中关系纷杂繁复，皇甫少华直说了小半个时辰，才将前后因由交代清楚。皇甫敬得知孟士元尚在人世，冤案已然昭雪，不由大喜，听到卫勇娥女扮男装，救父申冤之事，也是连连称奇。

皇甫少华最后说道："孩儿自然知道，世上容貌相似之人虽然罕见，却也未必没有。然而那幅画像上孟丽君小姐姿容之美，当真盖世无双，这样的绝世容貌，世上再有一模一样的第二人，还是个男子，委实令人难以置信，此其一。郦尚书医术之精天下闻名，那林修贤曾提起孟小姐精通医术，爹爹也曾说过，孟夫人家有祖传医术，十分神妙，那么孟小姐通晓医术，自然是家学渊源了。两人皆擅长岐黄，此其二。第三，孩儿总觉得，郦尚书对于孟、卫两家这桩冤案，表现得不免过于热心了些，若是其间并无丝毫瓜葛，他原该不会这般热心才是。还有，听说孟夫人娘家姓郦，郦尚书正好也是姓郦，这个姓原非大姓，怎会如此凑巧？莫非当年孟小姐离家出逃，竟是女扮男装、改名换姓，她……她便是如今的郦君玉？"说到这里，语音已是微微颤抖。

皇甫敬听儿子先前反复强调，郦尚书的容貌与画中人一般无二，已隐隐猜知他疑虑所在，但笑不语。听他把话说完，方道："退一万步说，假若郦君玉当真就是孟小姐，如今父亲已救、冤案已平，你也已大胜归来。明摆着卫氏女扮男装并未获罪，反得朝廷旌奖，她却为何还不顺势改装，也好同你早日夫妻团聚？"

皇甫少华喃喃道："是啊，她为何还不顺势改装？"忽然身子一震，脱口道:"哎呀!她已然知道刘燕玉许我为妾之事,莫非……莫非竟是在为此事嗔怒?这可怎么好!"想到自己未曾娶妻,便私纳妾侍,虽说当时情非得已,到底并非甚么光彩之事。若是因此导致姻缘受阻,岂非因小失大?

皇甫敬见他一副又惊又急的模样,不觉好笑,说道:"郦尚书岂会为了这等小事轻易嗔怒?当日我请他替你二人主婚,你道他怎么说?他说:'若当真要请我来主持这桩婚事么,我倒要替刘小姐争个三书六礼的正室之位方可。'你听听,这样的话,孟小姐如何会说得出来?"皇甫少华一惊,满腔热血都冷了下来,隔了半晌,才道:"爹爹,郦尚书当真是这样说的?"

皇甫敬道:"爹爹骗你作甚?我知你想法,你见那卫氏女扮男装,只盼着郦君玉也是个女扮男装的才好。少华,你也不想想,那卫氏论韬略未必及得上你,论武艺未必是熊浩的敌手,她是个女子,虽也算一桩天下奇事,却还说得过去。而郦君玉不论兵法、文章,还是医术,哪一样不是惊世无双?小小年纪,便三元及第,官拜两部尚书,爵封咸宁侯,又是晋王太傅。你此番平南,没有他一只锦囊,还不知要拖到哪一日方能大捷。两个月前京中刘捷叛乱,若非他力挽狂澜,只怕这天下已然易主……这种种大能耐大作为,岂是区区一介女子做得到的?天地间物分阴阳,人分男女。自古以来,男尊女卑便是世间定则,可见但凡女子,必有不如男子之处。倘若郦君玉当真是个女子,纵有一万个男子也及她不上,则世间大可不必男尊女卑矣。"

皇甫少华听了,只觉道理虽顺,终究不能全消心头疑虑。皇甫敬也知他心底还是存疑,又道:"你方才所疑心的那几点,都甚有道理,可惜只知其一,不知其二。"遂将郦君玉原是其义父康信仁的私生子,而康信仁本名郦明玥,乃是孟夫人郦明珠的兄长这一说法,细细说与皇甫少华听。

皇甫少华闻言大惊,忙问这话从何处听来。皇甫敬道:"这原是燕玉偷听刘捷父子议论所知。那刘奎璧也曾错将郦君玉认作女子,自讨了一场老大的没趣。刘捷早就派人去查过郦君玉身世,谁知竟查到此事。"

皇甫少华联系孟丽君所说"昔有刘奎璧误认之祸,今有孟丽君画像风波"一语,心知不虚。这样说来,郦君玉和孟丽君便是姑舅兄妹,容貌相似殊属正常,两人又都是家传医术,精通岐黄不足为奇。脸上登时流露出一片失望落寞之色。

皇甫敬拍拍他肩头,安慰道:"依眼下情形看来,真丽君至少并未落在李逆手中，那项氏又供认确是冒名顶替，这两件事都算是不幸之中的大幸。丽君只要尚在人世，你和她便终有团圆的一日。你也累了，早些歇息了吧。"皇甫少华默然点头，起身送父亲出去，回来又翻来覆去想了好一阵子，方才上床睡了。

次日早朝，百官见驾。

三叩九拜之后，一向不问朝事的寿王爷，忽然破例从椅中站起，自袖口取出一份表章，沉声道："老臣有本，启奏万岁。"

除了太师、孟丽君及梅昭如三人外，百官皆是一惊。皇帝也不觉一惊，问道："老丞相何事要奏？"权昌取过奏章，转呈皇帝。皇帝打开一瞥，竟是一纸致仕辞呈，越发惊诧不已。

寿王爷奏道："老臣今年八十有五，年迈体弱，不能理事，恳请致仕还家，颐养天年，望万岁恩准。"又道："兵部兼吏部尚书郦君玉郦大人，有经天纬地之才，治国安邦之能。老臣斗胆，举荐其接替丞相之位，伏请皇上圣裁。"

文武百官闻言，皆是议论纷纷。昨日朝堂上一场画像风波，闹得沸沸扬扬，百官心底起疑之人，不在少数。那些与郦君玉素来政见不合之人，巴不得借此机会翻身，正待蠢蠢欲动。不想寿王爷今日上表致仕，临去时竟然举荐郦君玉接任相位，明摆是当众表明支持郦君玉之意，不由大急。他们心知肚明，寿王爷是三朝元老，位居相位数十载，资历之深，朝中无人能及。他交游甚广，素来不偏不倚，虽然不掌实权，却一向得人敬重。他从不轻易发表政见，然而一旦表态，拥护者之众，着实不容小觑。何况他又是皇帝叔公，便是太后也要礼让三分，但凡奏请之事，还从未驳回过。

皇帝昨日本已决定，要设法相助郦君玉一臂之力，正想着使个甚么法子，消去百官疑心才好。忽听得寿王爷竟然当殿举荐郦君玉接替相位，一惊之后转为欢喜，心道："以明堂之才，正该拜相，方能大展抱负，燮理阴阳，治国平天下。如此一来，正好消去天下人疑心。"又想："古往今来，女子为相，世所罕有。朕明知她是女子，却偏偏要拜她为相，这样的皇帝，也是从来没有的。此所谓相得益彰也。"

想到这里，不觉微微一笑，说道："老丞相历事三朝，劳苦功高，以耄耋之年,仍在为国效力,实乃百官楷模。今日上书致仕,朕体恤辛劳,断无不准之理。老丞相走马荐贤,郦君玉才堪拜相,深合朕意,自当准奏。"寿王爷躬身道:"老臣谢恩。"

皇帝随即道:"郦卿何在?"孟丽君出班道:"臣郦君玉在。"皇帝深深望了她一眼,道:"郦君玉有大功于国,怀经天纬地之才,足堪拜相。然兹事体大,不可草率行事,明日朕当令翰林院草诏,传告天下,以拜贤卿为相。"

孟丽君跪倒谢恩,百官一齐高呼万岁。皇甫少华官拜兵部侍郎,今日第一次上朝,这时随着众人一齐跪倒。恍惚间只觉金殿正中那道倩影,已然离自己越来越远……

第十九章

十月秋高气爽,早晚秋意甚浓,午后阳光却十分耀眼暖和,正是民间俗称"小阳春"天气。荆州城内早梅初绽,点点嫩红,摇曳于微微秋风之中,煞是动人。

城北一家"醉仙筑"酒楼,晌午光景食客正多。一个灰袍汉子缓步踱入,才进门便听有人高声唤道:"钱三爷,您老可算来了!怎么小殷相公竟不肯赏光么?"说话之人一身白衣素服,二三十岁年纪,一面说,一面抢步出来迎接。一桌子余下三四人都忙不迭起身,将灰袍大汉迎入首席。灰袍大汉推让几句,便也顺势坐了首席,一面招呼余人落座,一面说道:"小殷相公今日有紧要事情,寸步不能离开章华寺。实在抽不出空儿,要我代他道声抱歉,并向你郑老弟贺喜了。"

素衣人连连拱手,道:"小殷相公如此客气,可折杀郑昌了。他既有要事在身,怎好为我这区区小事耽误了工夫?"随即招呼道:"小二,上菜!"紧挨着钱三爷坐下,道:"三爷,本以为您老这趟买卖,少说也得再过十来天工夫才赶得回,没想到昨儿晚上就听人说见着您了。这不,今儿一大早我就上府上去请,偏巧您老又出去了……"

钱三爷喝一口茶,道:"可不是么?要不是小殷相公急着赶回来,一路催促,可不还得十来天的工夫。"随即笑道:"我昨儿一回来,就听人说那杀千刀的孙才父子两个,已让钦差大人判了斩立决,人头落地。就连包庇他二人的陈知府,也已依法服罪。郑老弟,你的大仇总算报了,恭喜,恭喜!"

那素衣人郑昌不觉落下泪来,哽咽道:"杀父之仇,夺妻之恨,不共戴天。钦差大人秉公执法,主持公道,便如郑昌再生父母……当初若非小殷相公和钱三爷相救,诸位高邻提携,只怕郑昌也活不到申冤报仇之日了……"眼见桌上酒菜摆上,于是提起酒壶,替众人一一满上,说道:"……是以今日略备薄酒,以表心意。来,来,请!"举起酒杯。众人也都举了杯,一齐祝贺他得报大仇,将杯中酒水干了。

钱三爷喝了两杯酒,略动了几口菜,便停下问道:"那孙家究竟是怎么一回事?我依稀听说他们从前办下的案子发了,揭出老底来,又说甚么水贼强盗的,到底是怎么个说法?"

席中一人名唤包全,外号"包打听",最是喜事,兼又口齿伶俐,抢着答道:"三爷您有所不知:原来这孙才、孙万年父子两个,从前就是在这江上做那没本钱买卖的,听说招供出来,手里昧着十几条人命呢。他那万贯家财,竟都是从这上面来的。"

钱三爷"哦"的一声,叹道:"难怪他们害得人家破人亡、妻离子散,便连眼皮子也不眨一下,原来从前竟是水盗!我还记得两年前梁老太师奉旨南巡时,沿江一带都曾贴出榜文缉拿水贼,着实也拿住了不少贼寇,自那以后江上便消停多了,没想到竟然还有漏网之鱼。"包全"嘿嘿"一笑,道:"三爷说得是。这不但是条漏网之鱼,而且正是那条不曾逮到的大鱼呢。"

钱三爷忙问:"此话怎讲?"郑昌插口道:"三爷一定也还记得,两年前梁老太师南巡时,就在这前面江陵渡口,自江中救下了一位民女,还将其收作义女的事情吧?"钱三爷道:"这样的奇事,我怎么会忘?听说这个烈性女子,正是为从水贼手里保全贞洁,才拼死跳船投江的……"说到这里,"啊"的一声,失声道:"莫非……莫非……"

包全笑道:"正是。那孙家父子,正是办下这件大案的水贼。"钱三爷叹了口气,道:"这可当真意想不到。"喝了一杯酒,又道:"说来这事也已过去两年多了。孙才父子这一年来横行无忌、气焰嚣张,多半也是以为此案已成悬案,再无顾忌。殊不知天网恢恢,疏而不漏,终究还是逃不过的。"

包全拍手道："可不正是这话！"正待细说，忽然眼睛一转，神神秘秘地问道："只怕三爷您还不知道，这一回奉旨南巡的钦差，是如今朝中的哪一位大人吧？"

钱三爷还未开口，旁边一人已笑着接口道："包大哥可忘了罢，三爷原是同小殷相公一道出门的。"包全用力一拍脑门，醒悟道："是了！三爷纵然不理会，小殷相公岂有不知的道理？倒是我糊涂了。"众人见他如此，不觉都笑出声来。钱三爷也笑了笑，说道："这位郦相爷年少有为，名满天下，乃是我朝三十年来出的第二位大丞相。我这几年来虽然不喜同官府中人打交道，却也不致孤陋寡闻到如此地步。"

包全脸上一红，急急说道："还有一件事情，只怕三爷和这里诸位，却都未必知道：原来这位郦相爷，便是那梁老太师的女婿。他的夫人，正是那位当年太师从江里救下的女子……"说到这里，环顾一周，只见众人都面露惊色，显然不知此事，顿觉十分得意，续道："……那位女子的母亲，算来就是郦相爷的岳母了，当年也一同被害投江。梁老太师曾张榜十数日在江中打捞，却是生死不明。那孙才父子胆大包天，犯下了这样的案子，得罪了这样了不起的人物，便是躲到天涯海角，终也难逃一死。"

众人感叹一阵，钱三爷道："郦相爷借南巡之机，不但为自己的夫人和岳母报了仇，更替这一方的百姓除去一害，当真大快人心。难怪自上月郦相爷奉旨南巡的风声传来，远的不说，便我此去云南，来回一路，所听所闻皆是此事。普天下的百姓，原也都在巴望着能借此良机申冤鸣屈、惩恶扬善。郑老弟，你说是也不是？"郑昌连连点头。

钱三爷又道："话虽如此，若依我素日脾性，本来还是不愿赶回来凑这份热闹的。只是你们也都知道，小殷相公曾多次提起，他生平最为敬佩之人，便是这位状元公出身的郦相爷。正是听说他奉旨南巡，途经荆州，我们这才一路日夜兼程地赶了回来，可总算是及时赶到了。"

包全道："原来如此。只是三爷船行里所办货物，却怎生处理了？这一笔损失，数目必不少。"钱三爷摇头道："钱财乃身外之物。自数年前承蒙小殷相公点化指引，钱某得脱大难，从此便不再将这阿堵物看得如何贵重了。何况此番出门，原是小殷相公一片悲天悯人的心肠，体恤云南大乱方平，米粮货物必然价贵紧缺。朝廷虽有赈银赈粮，奈何远水难解近渴。是以早就吩咐下来，收购两湖一带富余米粮，只待叛乱一平，立时沿江运往云南，平价出售，以免奸商为求暴利，一味哄抬米价，致使难民雪上加霜。"

郑昌合十念佛道："阿弥陀佛，这可当真是一件功德无量的大善事。为此义举，郑昌再敬三爷一杯。"将酒水斟满，举杯相敬，二人酒杯一碰，一齐干了。包全却转过脸去，撇了撇嘴角，十分不以为然，心底暗道一声"可惜"。

郑昌放下酒杯，问道："只是叛乱方定，这一路上恐怕未必太平罢？小殷相公虽是一片菩萨心肠，到底是个外乡人，又是第一次去云南。这般往返数百里大量运卖米粮，官府难道竟也不加丝毫盘问刁难么？"

钱三爷笑道："郑老弟，小殷相公是何等样的人物，大伙儿还不知道么？你方才说的这些，事前他自然都已细细考虑过了。说句老实话，这虽是一件积阴德的大善事，我本来却也不怎么情愿去的，毕竟兵荒马乱，性命要紧。可是小殷相公却发下话来，说是要亲自前去。如此一来，我这一条性命又算得甚么？自然要鞍前马后以效微薄之力了。也不单我一个，南街王大胆、柳眉桥铁头陀、江陵渡聂一篙，我们几个平日里谁也不服谁，却都曾受过小殷相公大恩。得知此事，大伙儿不约而同，说甚么也要跟着去。小殷相公只是淡淡一笑，吩咐我们结伴同行。"

钱三爷喝了一口酒，续道："这一路过去，自从入了云南地界，我便心下惴惴不安，生怕出事，不想一连三天，都是风平浪静。到了第四日，终于碰上了一股流寇，约莫有四五十人，瞧装束打扮，倒像是溃散的小股叛军。我们正要操家伙抵挡，小殷相公却是不慌不忙走出舱来，甩出手中一只哨笛。随着尖锐的哨声，岸边密林里竟是旗帜飞扬，冲出来一支二百人的小队，三下两下便将这伙流寇尽数生擒了……"

听他这么一说，席间众人都是大惊，忙问详情。钱三爷又喝了一杯酒，方才说道："我素来不喜同官府中人打交道，直到这时才知道，朝廷新拜任的云南巡抚袁大人以及总督荣将军，因缘巧合，竟然在赴任途中，曾与小殷相公结识。他们三人定下计策，便是要借此番运粮，一来平抑米价，二则肃清长江沿岸散兵流寇。原来早在我们进入云南的第一日，这一队精兵勇士，便已守在暗处护卫船队了，是以一路皆是有惊无险。"众人闻言咂舌不已。

钱三爷说完这一番话，脸上不觉露出一丝懊恼之色，叹了口气，说道："我们几个的本意，原是要替小殷相公出一把力，以报大恩。不想不但未成一事,反而沾了小殷相公的光,积下这一桩大功德,实在惭愧得很……"郑昌劝道:"三爷何必如此在意。小殷相公常说:救人于难,非图回报,只望这所救之人,能推己及人,救助天下当救之人。正如小殷相公曾指点三爷脱离大难,三爷又义救郑昌于困顿之际,日后郑昌也自当竭尽所能救人于难,这便是对小殷相公和三爷恩情的最好回报了。"

钱三爷呆坐片刻,忽然一拍大腿,笑道:"郑老弟不愧是读书人,说话在理。小殷相公这话我自然也听过,心底却总还是拧不过这个理儿。你这么一举例子,我倒是一下子明白过来了。来来,我敬你一杯。"郑昌忙举杯道:"不敢,我敬三爷。"二人一齐干了。

包全想起一事,问道:"不是说小殷相公最是敬佩郦相爷么?你们一路急赶回来,为的不也是这位钦差大人么?可明日一早郦相爷就要离开荆州城了,怎么小殷相公竟还不赶紧前去拜会?这会子章华寺里又能有甚么急事,要劳驾小殷相公寸步不离?"

钱三爷皱眉道:"怎么没去拜会?昨日傍晚停船靠岸,小殷相公不顾一路风尘,立时便赶去了驿馆,递上名帖,求见郦相爷。不想那驿吏只说钦差大人已然歇息,不肯通传,言下之意自是要讹上几两银子。我们都看不过,又想忍一时气送他几两银子也就是了。小殷相公却是'哈哈'一声长笑,转身就走,口里依稀说了一句:'果然如此,白来这一遭了。'连夜便将铺盖挪到章华寺里,说是今日一整天都不能离开。究竟为的甚么,我可着实不知。"众人都觉奇怪,转念一想,小殷相公的想法,自己这等俗人如何能解,总之必有深意就是了,何必妄加揣测。

一时众人都举起杯来,大家同饮了一盏。还未放下酒盅,却见小二走过来,送上一壶酒,赔笑道:"隔壁雅座客官吩咐小的,给您这桌送来一壶本店二十年陈酿'白云边'。几位客官请慢用。"

郑昌奇道:"隔壁雅座?"眼光顺着小二手指望去,方才了然。原来这"醉仙筑"酒楼在四角处,以屏风隔出几张桌子,视线阻隔,声音却是畅通无碍,这就是小二口中的"雅座"了。自己等人的这张桌子正在一座屏风之旁,而屏风内一直不曾听得有话语声传出,自己等人只当其中无人,说话便也毫无顾忌,倒颇有些失礼了。何况听小二说,这壶酒竟是这"醉仙筑"酒楼远近闻名的招牌名酒,二十年陈酿"白云边"。这"白云边"三字,原出自诗仙李白佳句"且就洞庭赊月色，将船买酒白云边"，名号十分风雅，作价可也着实不菲。桌上整席酒菜便加在一处，也值不过这一壶酒钱，自己囊中羞涩，可是万万点不起这等美酒的。

钱三爷自也知道这一壶二十年陈酿"白云边"的市价，"哈哈"一笑，起身道："难得遇见这样豪爽的酒客，钱某倒有心结交一番。郑老弟，今天是你的东道，咱们哥儿俩便借花献佛，以此美酒，过去回谢邻座客人，如何？"郑昌也站起身来，说道："三爷所言极是。原是我等多有失礼，雅客不但不以为忤，反以美酒相赠，我等自当回敬才是。"

他话音方落，便听得一个清朗的声音接口道："不必了……"只见一个白衫书生自屏风后转出，含笑道："……在下已经结过账，这便要走了。"两名随从亦步亦趋紧跟在他身后，左右不离，竟是一对孪生兄弟，腰间各挂一柄长剑。

钱三爷原是个练家子，一见这两名随从，不觉大吃一惊，心道："瞧这两人举止架势，宛如渊渟岳峙，端的显出高手风范，功夫必定不俗，怎么竟会甘心作了这少年书生的仆佣厮养？何况这书生虽然眉清目秀，却是满脸焦黄，一副病恹恹的模样。"一个念头尚未转完，却见那白衫书生已走到桌前，面带微笑，说道："方才听了几位议论，这位钱兄远道运粮前往云南，既解朝廷之困，复救难民于水火之中。如此侠义之举，令人好生佩服……"说到这里，眼光朝自己直视过来。

钱三爷也算得上走南闯北、见多识广之人，只两句话工夫，已察觉这白衫书生举手投足皆有一股隽朗灵秀的翩翩风度，谈笑间更流露出一股难以言表的雍颐华贵之气，令人不敢逼视，便知他绝非常人。这时与他目光一接，心头蓦地一阵剧颤，只觉一股震慑心魂的压力扑面袭来，一时口舌凝滞，张口结舌，竟连话也说不出来。

白衫书生凝视他片刻，随即若无其事地转开目光，向桌上众人道了声："告辞了。"小二迎上前去相送，满面堆笑道："客官慢走，下次再来。"白衫书生一面出门，一面随口问道："小二，这里去章华寺，该怎么走？"

钱三爷望着三人远去的背影，心头如释重负，自己也说不清楚，方才对视这一瞬间，为何竟会如此张皇失措。转过头来，却见郑昌眉头皱起，一副冥思苦想的模样，当下唤了声："郑老弟！"郑昌一惊，回过神来，摇了摇头，低声道:"方才那人和他两名仆从,我总觉得眼熟,似在哪里见过一般,却怎么也想不起来。"

桌上包全早已接过那一壶陈酿"白云边",替众人一一满上,欢声道:"这样的美酒,老包生平只喝过一回。今天运气好极,竟能再喝上一回。钱三爷,郑公子,咱们喝酒啊。"一杯美酒下肚,话匣子重又打开,滔滔不绝道:"听说啊,钦差大人刚到咱们荆州府时,陈知府打听得这位郦相爷好酒量,还特地送上了两坛子六十年的陈酿'白云边',指望着靠这个讨好郦相爷呢,谁知竟被原封不动地退了回来。咱们这位钦差郦相爷啊,可当真是位两袖清风的好官……"

郑昌突然"啊"的一声大叫,跳起身来,衣袖将桌上酒杯带翻,酒水淋漓,沾湿衣襟,他竟也丝毫不觉,满脸震惊之色,手指着方才白衫书生离去的方向,颤声道:"我……我想起来了……方才那人……那人……那人……"大惊之下,手指不住颤抖。

钱三爷也在揣测这白衫书生的身份,闻言精神一震,道:"郑老弟你别着急,慢慢说,慢慢说。"郑昌重又落座,喘一口气,道:"那人的眉眼形容,和钦差大人一模一样!"众人以为他要说甚么,谁知竟是这一句,不由都笑了。包全道:"我们虽然没见过郦相爷,但人人皆知,郦相爷乃是公认的'天下第一美男子',怎么会是那副模样?"

钱三爷却是心头一动,正色道:"郑老弟,听说审案时你是见过钦差大人的。方才那人,当真是郦相爷么?"郑昌迟疑道:"眉眼身材都像,只是面色不对。郦相爷肤色极白,容貌极美,这'天下第一美男子'的名号,绝无半句虚言。审案之时,却是面色清冷,威仪天纵,喜怒不形于色……还有,那两个仆从里的一个,我在大堂上也是见过的……"

钱三爷心念转动,暗忖:"莫非那人当真是郦相爷,微服到得私访,否则在这荆州城内,除了小殷相公,更有何人能有一眼便将人逼退的锋芒?"又想:"他临走前曾向小二打听章华寺,难道竟是要去章华寺么?这样说来,小殷相公连夜将铺盖挪到寺里,今日又说要寸步不离,莫非早就知道郦相爷要去章华寺?"他虽对小殷相公敬佩无比,却也决计不敢相信他竟有未卜先知的能力,是以这个荒诞的念头只在心底转了一转,随即抛下。

却说那白衫书生及其两位随从，正是便服易容的钦差孟丽君和段明、段亮兄弟。原来八月间皇帝颁旨，命翰林院宣麻，诏告天下，以拜两部尚书郦君玉为相，并赐下丞相府邸。九月中旬，孟丽君便以丞相之尊，手握尚方宝剑，代天巡狩，奉旨督察云贵，安抚难民，并沿途考核地方吏治，审理民间冤案。

她早在出京之前，便已打定主意，要借此番南巡，找到当年加害窦蓉娘母女的两个水寇，将其绳之以法。于是自从来到两湖一带后，依照记忆绘出从前丢失的珠宝首饰图样，命人前去各地当铺、珠宝行里暗中打探，顺藤摸瓜，终于追查到荆州城内孙才父子。而孙氏父子横行不法，在荆州城内已是恶名昭彰，却屡受陈知府庇护，致使百姓有冤难申。一听得钦差大人奉旨南巡，早有十数张状纸递上，郑昌一案便是其中之一。孟丽君为民除害，并替窦蓉娘母女报得大仇，更将那贪贿枉法的陈知府拿下定罪，只觉心神俱畅。而从前失落的那些珠宝首饰，也已寻回大半，只是那柄碧玉如意，却仍不见影踪。孟丽君若强要发动各地官府细细寻觅，想要找回当非难事，但一来此举甚是劳民伤财，二则在她心底深处，却也并不如何想要寻回如意，是以此事就此作罢。

这日她政事已结，只待随行官员了结杂事，次日便可登船西行，左右无事，索性易了容，带了段氏兄弟出来，微服探访地方民生，顺便览阅荆州古城人文风物。午间在"醉仙筑"酒楼，听得外面桌上众人议论，皆对这位"小殷相公"推崇备至，更听说他曾与袁容和荣清结交，并甘冒奇险亲自运粮前去云南，又有驿吏索贿、寸步不离章华寺一节，不觉引动孟丽君好奇之心，生出一探究竟之意。

主仆三人依照小二所指，一路来到章华寺。远远地还未入寺门，便听得一阵悠扬的钟声，微风拂面，传来一股清洌芳香，沁人心脾，正是早梅芬芳之气。孟丽君不觉心头一动，记起这章华寺，便是修建在春秋时楚灵王所筑离宫古章华台上，寺内沉香古井，并当年楚灵王时所种楚梅，皆是荆州城内大大有名的景观，今日正好一并游览一番。

甫入寺门，一眼望去，未见多少香客，却见正殿之内竟聚有十数名儒生，团团围住一名知客僧人，似在热切询问些甚么。走近两步，只见那知客僧满头大汗，双手合十，不住念佛道："阿弥陀佛，小僧实是不知。烦劳各位施主再行稍待片刻……"抬头忽见内殿走出两名小僮，如得了救星一般，松一口气，道："好了，好了。总算是有消息了。"

那些书生见了出来的两名小僮，早抛下知客僧不顾，忙不迭迎上前去，七嘴八舌问道："我们从早上一直等到这会子，连午饭都没顾得上用呢。小殷相公到底几时才有空闲？再过几个月就是恩科会试了，小殷相公这一去就是两个月工夫，大伙儿如何不心急如焚……"

那两名小僮一男一女，皆是十一二岁，一身青衣，头梳双髻。左面男僮儿眉清目秀，机灵可爱，右边女僮儿却是容貌奇丑，右腿微跛。那男僮儿见众人围将上来，作出一副老成模样，皱眉道："早都说了，先生今日不得闲儿，没空会客，你们非要守在这儿等，怪谁来着！再说，先生出去那么久，昨天才刚回来，你们也总该让先生缓口气儿吧，竟然一路跟到寺里来了。"

众儒生还待开口求恳，右边女僮儿已微笑道："奈何，别再胡闹了。他们也是为求学而来，你还是快把先生吩咐说了吧。"那男僮儿奈何这才收了不耐烦之色，正色道："先生念你们求学心诚，虽然今日不便相见，却破例许你们进入'静心楼'里，翻看他的藏书笔记。"此言一出，众书生齐道："当真？"人人皆是喜出望外，欢愉之色溢于言表，簇拥了两个僮儿向内殿而去。

孟丽君听了这番话语，复又提及"小殷相公"其人，这十数位儒生似是备考举子，竟都特地赶来求教，越发可见其人不凡之处。微微一笑，举步跟在那十数名书生之后，也向内殿行去，段氏兄弟紧随其后。

过了韦驮殿，梅花清香愈发馥郁，转过拐角，只觉眼前豁然开朗，一片嫩红轻白，花光灼灼，老树虬枝，如伞如盖，果然盛名不虚，美不胜收。

前面一众儒生均是本地人氏，这般美景见得多了，全然不以为意，匆匆穿行而过。孟丽君停住脚步，在花树之下站定，轻抬蛾首，双眸微闭，长吸一口气，冷香盈鼻，禅音绕耳，只觉灵台一片空明，心畅神舒，凡尘琐事，尽数忘却。

过了良久，等孟丽君回过神来，前面一众儒生的身影早已不见。主仆三人从梅蕊芳华间信步穿过，见前面只有一位老僧弯腰扫地，孟丽君正待开口询问，却见那跛腿女僮已回转了来，于是迎上前去，笑道："姑娘来得正巧，我正要去那'静心楼'，可否烦劳引路？"

那女僮方才在大殿里并未留意孟丽君，这时看她一眼，又看了看段氏兄弟，说道："这位公子也是要去'静心楼'，翻阅我家先生藏书笔记么？请随我来。婢子名唤小梅，请公子直呼名字就是。这位公子想来也是读书人，只怕不是荆州本地人罢？"一面说，一面在前面引路。

孟丽君道："不错。我们主仆三人路经荆州，原是来此游览赏梅，听说了小殷相公大名，既然无缘得见，能看看藏书，也是好的。小梅姑娘，你家先生的藏书楼，怎么竟会在这章华寺里？"见小梅右腿微跛，便有意放慢脚步，不想她走起路来一瘸一拐，脚程竟与常人无二，紧赶了两步方才跟上。

小梅答道："公子有所不知，这章华寺东南一角，原本都是我家先生的祖产，五年前捐给寺里，只余下一座藏书楼……此事说来，和婢子也不无关系呢。"孟丽君见她小小年纪，容貌异于常人，又身有残疾，谈吐举止却颇为风雅，神采气度更是不俗，生出几分怜惜之心，柔声问道："小梅姑娘，这究竟是怎么一回事？"

小梅听得她满含关切的话语，不觉回过头来，稚气犹存的小脸上露出一丝凄苦之色，低声说道："小梅原是南村农户之女，生下来母亲就难产死了，又因相貌过于丑陋，村里人都说是妖孽附身，要将我溺死。爹爹坚决不肯，这才留下一条性命，与爹爹相依为命……六岁那年，村里几个大孩子失手将我推下山坡，摔折了右腿，幸得先生路过，将我救起，又为我请医救治。那时先生正要将这一片祖产尽数捐予章华寺，听说了我父女的遭遇，无法见容于村民。先生慈悲为怀，便与住持大师商量，作主留下了这一座藏书楼，让我们搬来这里替他整理书楼。但小梅又怎会不知，爹爹和我都不识字，哪里真能做得些甚么？这自然是先生一番好意，为我父女安排一处容身之所……三年前，爹爹不幸病故，寺里再不方便收留我一个孤女，先生于是又收我为僮，让我随侍左右，聆听教诲。他每次来这章华寺，总会带我同来，小梅也就能在爹爹墓前，多陪伴一会儿……"

小梅忆起往事，语音带了几分哽咽。说完这番话，回过神来，举手飞快拭了一下眼角，抬起头来向孟丽君展颜一笑，已然恢复了先前的开朗明快，说道："小梅多嘴了。说起这些陈年旧事，倒让公子见笑了。"

孟丽君道："姑娘身世果然堪怜。昔日孟圣人有一段话，送与姑娘共勉：天将降大任于斯人也，必先苦其心志，劳其筋骨……"小梅接着道："……饿其体肤，空乏其身，行拂乱其所为，所以动心忍性，曾益其所不能……"一大一小两个人不觉同时一笑。

小梅转过身来，正色朝孟丽君行了一礼，道："多谢公子指教。我家先生也是这般教导小梅。"孟丽君点点头，心道："这孩子如此遭遇，却无丝毫自怨自艾、怨天尤人之态，是个可造之才。孟夫子这一番话，向被读书人奉为至理名言。我本就是个恣意妄为之人，这'小殷相公'不拘常礼，竟也肯用它来劝勉一个小小的女僮儿，果然也是我辈中人。"越发动了要见见此人之心。听小梅每一提起"先生"，话语中便充满了崇敬仰慕之情，随口问道："小梅姑娘一口一个'先生'，想来你家先生，必是你最为敬慕之人了？"

小梅笑道："当今世上，小梅最为敬慕之人共有三个，第一个自然是我家先生了。另一个便是那才学盖世、威名赫赫的郦相爷，他是我家先生最为仰慕的人物，名满天下。公子是读书人，一定听说过的。"孟丽君一笑，问道："余下一人又是何人？"

小梅目光向远处望去，小脸上流露出一副心向神往之态，慨然道："便是那位女扮男装、全忠全孝的女中豪杰奇英县主了。她以女儿之身，竟能大败天下英雄，夺得武会元之位，更有出征平南、千里救父、金殿申冤……这些桩桩件件，便是须眉男儿也未必做得到。就连我家先生，对这位奇英县主也是十分敬重的。小梅这一辈子，见郦相爷是不必奢望了，若能有幸得见奇英县主一面，也算不枉了。"

孟丽君听到小梅说自己这第三个敬慕之人竟是卫勇娥，不由既感惊诧又觉欢喜，心道："朝廷将勇娥事迹昭告天下，旌奖芳名，算来至今不过两个多月，想不到在民间竟已有了如此声名。"听小梅说"见郦相爷不必奢望"云云，不由莞尔。

说话间已来到静心楼前，孟丽君命段氏兄弟在楼前守候，自己随小梅上了楼。小梅指着四壁一架架摆满了书卷纸页的书架橱柜，悄声解释道："这座'静心楼'里，收藏了我家先生祖传数代近三万卷藏书，书内还附有先生读书时的详尽笔记。从左至右，分门别类，依次是四书五经、诸子百家、历史典籍、诗词文赋以及其余杂项。公子请随意翻看，小梅告退了。"

孟丽君道："姑娘请便。"四下踱了几步，见先前那一众儒生，大都聚集在四书五经类书橱下，每人手里至少握了一册书卷，人人面露兴奋之色。有人嘴唇急动，似在低声诵念；有人三五成群，窃窃私语，议论纷纷……而在诸子百家、历史典籍和诗词文赋类书橱下，也各有人在翻阅藏书。唯有杂项一橱，并无旁人。

于是孟丽君信步过去，打量起架上藏书。只见这一排书橱里，第一层架上摆有《墨经》《周髀算经》《九章算术》《算经十书》等术算类书册，第二层架上是《水经注》《山海经》等地理类书籍，第三层则有《黄帝内经》《神农百草经》等医书。弯腰下去看第四层时，却堆放着一卷卷写满了弯弯曲曲、认不得字的羊皮纸卷，心下一怔，暗道："听说寰宇之内，除我泱泱华夏外，尚有许多别的国家，莫非这些羊皮卷上竟是异域文字么？是了，这一本是回文《古兰经》，我从前见过的。"

眼光不经意间扫过一物，蓦地全身大震，手足僵直。只见那一卷卷羊皮纸间，摆放着一本与众不同的书册，封面之上赫然九个大字，写的竟是《再生缘之孟丽君传奇》，下面另有一行弯弯曲曲的小字，却是不识。

一时孟丽君脑中惊疑交加，闪过无数疑念：此处怎么会有这样一本奇书，书名里竟然包含有自己的本名？难道这是精心设计、引自己入彀的一个圈套么？又莫非一切只是巧合，原是同名同姓的另一个人？然而心底深处，不知如何，已有几分笃定，此事绝非巧合，与自己必有密切干系。

孟丽君定一定神，伸手将那书册取出，手指已不禁微微颤抖。细看书页，只觉这本书纸质奇佳，竟是闻所未闻，而那封面上九个大字并一行小字，也并非用笔写就，一撇一捺，宛若印成，却又清晰非常，较之书局所印，何止精细百倍。

孟丽君屏住呼吸，缓缓伸指过去，就在手指触及书页、将翻未翻的一瞬间，心头遽然涌起一股怪异无比的感觉，一时只觉周身笼罩于一道温润柔和的光芒之中，又仿佛沐浴在一池温润柔和的湖水里，眼前仿佛见到甚么匪夷所思的情景，耳际又似听到一些不可捉摸的话语声……

便在这须臾之间，她身子轻轻一震，登时万念皆消，百音俱失，已然回过神来。原来依旧身处于层层书橱之间，手上握着一本不知甚么材质的书卷，手指伸出，正要翻开查看。孟丽君轻轻打开书页，其间竟是一片空白，并无一字，回头去看那封面，先前现出的字迹果也消失不见。

她心下似已早知如此，是以并不感觉诧异。方才那转瞬之间的所见所闻，真如一场梦境，而梦醒之后，竟是全数忘却了。心念一动间，似有所感，转过身子，却见书橱对面不知何时已然悄无声息地打开了一道门，一个少年书生面带微笑，正在门内朝着自己拱手为礼，又做了一个"有请"的手势。

孟丽君自然猜到，那人便是这"静心楼"的主人、众人口中推崇备至的"小殷相公"了。当下拱手回了一礼，欣然举步，随他过去，手里仍紧紧握住那本空白一片的"无字天书"。楼内一众书生皆醉心于翻阅楼中藏书笔记，并无一人留意到此处动静。

那书生引着孟丽君穿过厢房，上了楼梯，来到二楼居所，随手将门反掩了，转过身子，拜倒在地，说道："学生殷溪霆，表字子威，叩见郦丞相。学生久仰相爷大名，今日得见，实是不胜之喜！"孟丽君上前一步，扶他起身，说道："今日原是便服出访，不必行如此大礼。'小殷相公'之名，在这荆州城内，可当真如雷贯耳，无人不知。"殷溪霆道："些许微名，何足挂齿，原是众位父老乡亲抬爱。"随即道："相爷请坐。"亲手奉上茶来。

孟丽君在椅上坐了，举目凝视殷溪霆片刻。见他约莫十七八岁，身量甚高，肤色黝黑，虽身着一袭儒衫，却并无一般读书人禀赋文弱之态，观其神采气度，倒更似游侠豪客一流的人物。开口直问道："子威今日候在这章华寺内，莫非早知本相要来此处？"锋锐的目光逼视过去。她今日前来章华寺，完全是临时起意，事先便连自己也无从料知。可是瞧这殷溪霆的举止行为，倒似早知自己今日会来这"静心楼"，更会伸手去拿那本奇怪无比的"天书"一般。何况触及"天书"时的那种说不清、道不明的奇异感触，更让孟丽君对书的主人生出既惊且奇，又不由暗自提防的心思。

殷溪霆面对她锋锐如同刀割一般的目光，竟是坦然不惧，从容答道："正是。"孟丽君虽猜知如此，听他这般回答，心头仍是一惊，说道："哦？便连我自己，今日之前也不曾想过会来这章华寺里。但不知子威从何而知？"

殷溪霆微微一笑，不答反问道："相爷可信鬼神之说？"孟丽君一怔，道："本相不信。"殷溪霆起身踱了两步，道："子不语怪力乱神，鬼神之说终是渺茫。然而学生却相信，这冥冥之中自有天意。天意既定，天命既归，则非人力所能圜转，便是再匪夷所思、无法置信之事，也终能成为现实。"见孟丽君若有所思，停了片刻，方道："学生并无未卜先知的能耐。今日相爷来此，学生得与相爷在此地相会，全是由此刻相爷手中所握书卷之中得知。"

孟丽君又是一惊，握书的手指紧了一紧，随即翻开书页，依旧并无一字，奇道："你竟能看到书中文字么？"殷溪霆苦笑道："学生如何能有这等本事？这卷奇书，从前至后，全是一片空白……"孟丽君追问道："封面呢？"

殷溪霆面露诧异之色，道："封面？两面都没有字迹，分不清哪一面才是封面。"

孟丽君心念急转，自己刚拿到书卷时，分明见到有一面上写着《再生缘之孟丽君传奇》九个大字，下面还有一排弯弯曲曲认不得的小字，一转眼间便消失不见了。此事之奇，非常理可度之，然而可以肯定，这绝非自己眼花看错。这么说来，殷溪霆便连这几个大字也不曾见到。

殷溪霆续道："……学生试过水浸、火烤等诸多办法，依旧不见任何字迹。这书页又极薄，显然不可能有夹页。"孟丽君想了想，道："且容我试试这个法子。"从怀中玉匣里取出两个瓷瓶，各滴了一滴液体在桌上一只空茶杯中，摇了摇混合均匀后，小心滴在书卷一页的正中。只见液滴慢慢晕开，过了一会，书页仍是一片空白，并无变化，孟丽君摇头道："还是不成。"殷溪霆也微叹了一口气。

孟丽君抬起头来，问道："你既然看不到书中文字，却怎说从此书中得知？还有，不知此书是从何处得来？"殷溪霆又是一声苦笑，道："学生若说不知此书从何而来，相爷肯信么？"孟丽君斩钉截铁道："我信。"

殷溪霆听她答得极快，反倒吃了一惊，转眼对上她的目光，两人眼光又一齐移至案上奇书。殷溪霆伸手取过书卷，手指轻轻抚摸书脊，回忆道："学生记得清楚，那是三年前八月十三日夜里……学生那时就在这'静心楼'中通宵读书，一时有了些许倦意，便伏在案上小憩片刻……谁知一睁眼时，就瞧见案头赫然摆放着这卷奇书了……"

孟丽君见到那奇书封面上出现自己的本名，便猜想此书当与自己密切相关，这时一面听殷溪霆说话，一面在心底飞速回想："三年前八月十三日，那一日我在做甚么？三年前八月十三日……是了，那一日我和兰儿易容改装出府游玩，听人说起青龙镇里闹瘟疫，便打定主意要去救人，留下一封书信，当天夜里就偷偷溜出府去了……"

听殷溪霆说道："……学生一惊之下起身查看，只见门窗皆闭，四下无人。相爷不知，学生自幼喜好读书，但凡见过的书卷，纵然是西域番邦文字，便是认不得，也必要一睹为快。虽觉此书来得蹊跷，却也并不如何放在心上。谁知伸手拿来正要打开一瞧时……"说到这里，略微犹豫片刻，才道："……竟是不知如何，心头忽然涌出一股奇怪之极的感觉，就好似……就好似看见了甚么、听到了甚么……可究竟看见甚么、听到甚么，却又全然记不起来……"

孟丽君一惊，急问道："可还觉得似有一道温润柔和的光芒笼罩周身？只一回神间便万念皆消？"殷溪霆又惊又喜，道："莫非相爷方才也有这般感受？学生曾找来许多人试过触摸此书，皆无异样。便是学生自己，以后再触摸此书，也无丝毫异感。"

两人目光又一齐转至书上，半响无语。过了一会，殷溪霆说道："后来时间一长，学生便也将此事慢慢淡忘了……"语音一变，颇有些激动之意，道："……直到三日之前，学生从云南一路匆匆赶回，夜间宿在船上，不知为何，竟做了一个梦……说是梦，其实又不像是梦……倒更像是……像是尘封的一段记忆忽然苏醒一般，正是当日翻开这卷奇书的情形……学生记起，那时有一个女子声音说道，郦丞相将于今日莅临这'静心楼'翻阅此书，并嘱咐学生将此书转赠予相爷……"说着将手中书卷双手奉上。

孟丽君接过书卷，忍不住又一次翻开查看，仍然空白无字。殷溪霆又道："学生亦知此事委实荒诞，本待不予理会。不想接连三晚，竟是夜夜如此，记忆一次比一次清晰，那女子的话语便直如印入脑海一般，容不得学生不信。是以昨日船一靠岸，学生便急急赶到驿馆，一来久闻相爷盛名，急欲拜会，二则也是为试探此事真假，却不想……"

孟丽君莞尔一笑，接口道："……却不想碰上驿吏索贿，你立时猜知本相昨日不在驿馆，那人所言不虚，你果然白走一遭，是么？"殷溪霆也笑道："原来相爷竟也听说此事了。不错，那驿馆年久失修，四面透风，声音传得极远，那驿吏便有天大胆子，又岂敢在郦相爷眼皮底下公然索贿？自是相爷不在，他方有恃无恐。"

孟丽君缓缓说道："陈知府贪赃枉法、颟顸无能，治下驿馆破败、驿吏贪婪，荆州百姓想已久受其害。本相业已上奏朝廷，不日将有新任知府到任，地方吏治必能整肃一新。本相虽为钦差，却是不便过于干预地方政务。"殷溪霆颔首道："学生明白这个道理。相爷乃我朝中流砥柱，辅佐圣主，决断朝政，此乃丞相之职。事必躬亲，却大可不必，如此反乱了朝廷上下各司职分。"

孟丽君不觉暗暗点头，心道此人见识不凡，胜过朝中某些官员。世人皆赞蜀汉丞相诸葛亮事必躬亲，鞠躬尽瘁、死而后已，乃是历朝历代丞相典范，孟丽君对此却颇不以为然。治理天下何等纷繁杂复，若凡事都亲自过问，亲自操持，便是不眠不休也不能够。何况如此一来，不但扰乱了有司正常秩序，更妨碍了各级部属官员各施其能。身为百官之首的大丞相，其主要职责有二：其一是考察民情民生，以辅佐君王制定治国良策；其二是举贤荐能，督察百官各行其责，并居中斡旋调解。孟丽君此番南巡，虽也受理了不少民间冤案，罢免处置了若干贪官污吏，却不过是顺便而为，并非南巡主要目的。然而寻常百姓不明此理，难免对此夸大其词。

孟丽君再看了手中奇书一眼，知道个中隐秘，非一时半刻能解。既然那位奇人要殷溪霆将此书转赠自己，而书的封面上又曾现出"孟丽君"几个字，此事当与自己关系密切。方才殷溪霆也说，他这段记忆是在三日之前突然复苏过来，莫非将来的某一日，自己也会蓦然记起今日翻看这卷奇书的情形么？想到这里，不觉颇为期待。将奇书郑而重之地收入怀中，目光朝殷溪霆望去，正与他眼光相对，两人一视之下已有默契：此事之奇，非亲身经历之人不能体会，自是法不传六耳，不会泄露给旁人知晓了。

孟丽君忆起今日来此的初衷，端起案上茶杯，道："子威，听说你此番率领船队，不远千里运粮前往云南，救助无数难民于水火之中。如此义举，令人好生钦敬。本相这里以茶代酒，敬你一盏，请！"说罢向殷溪霆举手示意，自己先一饮而尽。

殷溪霆微微一笑，道："不敢。"也举起茶杯饮了，方道："学生此番所运米粮，于云南难民而言，不过是杯水车薪。好在回转途中，陆续见到另外数支船队，船上米粮，算来当能解云贵两省燃眉之急。听荣将军言道，再有半月朝廷赈粮便能抵达云贵，百姓安然过冬乃是当前首要大事。待到来年开春，学生还要再入云南，运上一批谷种，以备春耕……"

孟丽君不觉奇道："来年开春？难道子威竟不打算前往京城，赴考恩科会试么？"这"静心楼"内藏书之多，便在京城也不多见，殷溪霆方才亦说"自幼喜好读书"。三年一度的春闱会试，在天下读书人心目中乃是头等要事。来年因赶上太后五十寿诞，又有皇帝三十岁万寿节，早颁下特旨开设恩科，有些读书人便是身染重病，爬也要爬去京城的，不想殷溪霆对此竟似浑不在意，不由令孟丽君颇感意外。

殷溪霆坦然道："不错。五年前因先父执意相逼，学生无奈之下参加乡试中了举人。后来先父不幸病故，此后两科春闱，学生便都不曾赴考，今后也不打算赴考。"孟丽君一惊，道："五年前？那时你才十……"

殷溪霆道："十二岁。"起身踱了几步，转过身子，眼中浮现出一抹傲色，说道："非是学生狂妄自夸，学生若肯去赴那春闱会试，只要主考公允清正，取个三榜之内的功名，便如探囊取物一般。"话语中满是自信之色。

孟丽君不置可否，只问道："既如此，子威却为何不去赴考？"殷溪霆眼光转向窗外，过了好一会，方道："便是中了状元又如何？学生的想法离经叛道，终归无法施行。倒不如隐于地方，做些力所能及的事情为好。"说到最后一句话时，仿佛喃喃自语，面上闪过一丝黯然之色。

孟丽君听到"离经叛道"四个字，心下一动，瞧他神情，不似以退为进的手段，含笑道："子威不妨说来本相听听。"

殷溪霆缓缓转过脸来，对上孟丽君的目光，略微停滞片刻，忽然舒眉一笑，道："好！"长吸一口气，蓦然间便似变了一个人：周身流露出一股雍颐高华的气度，双眸中泛出夺人心魄的光彩。若说他先前一直执谦恭礼让的弟子之礼，此刻虽然只是随随便便地负手一站，却已隐隐具备与孟丽君分庭抗礼之势。

孟丽君正襟危坐，凝神听殷溪霆开口说道："多谢郦丞相允学生一诉胸中构想。只是学生说话之前，却先要斗胆在相爷座前替一个人报声不平：此人功劳极大，才能出众，朝廷合该重用，却不曾得到其应有封赏，至今无权无职，纵然想要报国却也无门。"

孟丽君一怔，近来朝廷官员升迁任命，皆由自己一手主持，有功必赏，有罪定罚，赏罚分明，并无情弊，岂会有人未曾得到应有封赏、报国无门？忙问道："哦？却是何人？"殷溪霆微微一笑，一字一句道："便是那平南右先锋韦、勇、达！"

这一句话便如一块巨石，在孟丽君心海之中惊起千层巨浪。她身子一震，一向泰然自若的面容也不禁颇为动容，已隐隐猜知他所指为何，一颗心不由怦怦直跳。

殷溪霆面上露出一丝讥诮之色，嘲声道："是啊，朝廷也并非没有封赏，自然要表示一下，将卫小姐敕封为奇英县主，以封住天下悠悠众口。然而平南一众将官之中，右先锋韦勇达的功劳，仅次于皇甫元帅，足可与左先锋熊将军并列。皇甫元帅爵封忠勇伯，熊先锋为一等镇国将军，加封一等子爵，如此说来，卫小姐受封奇英县主，倒也说得过去。可皇甫元帅如今已是朝廷的从二品兵部侍郎，熊先锋也入了京师提督营，皆算得上得偿所学，当能一展抱负、为国效力。可是，韦勇达呢？嘿嘿，奇英县主，奇英县主！莫说是县主，便是郡主、公主又如何？爵位再高，终归无权无职，她便有心为国效力，却也还是报国无门！所有这一切，难道就只因为她是个女子么？"

说到这里，目光向孟丽君望去，话锋一转，忽然问道："当年武试纳贤，郦丞相正是圣上钦点的主考官。学生便请相爷秉公直言：当年倘若未生变故，韦勇达得以参与最后教军场比武，但不知这武状元之位，究竟会花落谁家？"

孟丽君沉吟片刻，道："平心而论，韦勇达武艺不在皇甫少华、熊浩之下。熊浩天赋异禀、神力惊人，皇甫少华武艺精湛、骑术娴熟，而韦勇达的枪法，则称得上天下无双。就算三人不分胜负，以韦勇达策论科头名兼武会元的身份，武状元一位，应是韦勇达。"

殷溪霆眼中闪过一丝讶色，他虽然期待孟丽君秉公直言，却也不曾料想她竟会如此坦言不讳。点了点头，道："相爷清正公允，天下皆闻，果然盛名不虚。如此说来，相爷自也承认，女子的才干能力，未必便及不上男子了？"

孟丽君心底一笑，暗道女子所作所为，自然可以不逊于男子，自己便是最好的例子。表面上却踌躇了好一会，方道："本相愿意相信，倘若世间女子，自小都能得到和男子一般待遇，她们的能力才干，当能不弱于男子。然而现今之世，却并非如此。"

殷溪霆双掌一合，眼中泛出喜不自禁的光芒，赞道："相爷所言极是！学生的想法，正与相爷不谋而合……"他双手连搓，激动不已。往日与众人高谈议论，人人对他的才学文章皆是赞叹不已，可一说起这些主张，便如洪水猛兽般避之不及，又或者做出一副嗤之以鼻的不屑模样。久而久之，他也就只得将这些"离经叛道"的想法深藏于心。从前他钦敬佩服郦丞相，半是因其盖世文采，半是因其年少功高，从替卫勇娥免罪请功一事看来，隐隐也觉他与自己或是一流人物。今日当面听了孟丽君这几句话，只觉久久未觅的知音正在眼前，偏生还是位高权重的当朝丞相，自己种种"离经叛道"的想法主张，说不定真有实现的一日。

当下殷溪霆口若悬河道："……昔日太宗皇帝言道：'天下英雄，尽在吾彀中矣！'历朝历代，朝廷莫不愿天下之才尽为我所用。若是有一个法子，能令天下英才得以倍增，岂非于国于民、于朝廷于社稷，皆为大善也？相爷方才也说，倘若世间女子自小得与男子同等待遇，其能力才干自也相当，学生深以为然。学生的主张，一句话说来，那便是：开办女子私塾，让天下女子也能如男子般学文识字，朝廷加开女科取士，男女平等，唯才是用，莫说是女知县、女知府、女翰林、女将军，便是女丞相，甚至女皇帝，也无不可！"

孟丽君听他这一番话说将出来，先时还面带微笑，越听脸色越发凝重，听到最后一句话，已是目瞪口呆、震撼不已。殷溪霆自称想法"离经叛道"，这四个字果然恰如其分、一点不差。便是自己这女扮男装的女丞相，心中所想尚不如他彻底果决。单是这"男女平等，唯才是用"八个字所勾勒出的情景，便让孟丽君心驰神往、热血如沸。

殷溪霆略喘了口气，望了孟丽君一眼，缓缓说道："学生自然明白，这话说来简单，做起来可委实不易。真要实现'男女平等、唯才是用'这八个字，便是有百八十年的工夫，也未必能够。然而学生坚信，数百年，甚至上千年之后，终究会有那么一日！学生此生，倘能兼济天下，便当竭力促成朝廷开设女科取士；若是只能独善其身，则当兴办几所女子私塾。如此尽一己之力，全胸中理想，无憾矣。"说到这里，长吁一口气，坐回椅中，慢慢闭上眼睛。过了一会，又缓缓睁开，眼光已趋平和，凝望着孟丽君，示意自己话已说完。

孟丽君这时已将方才片刻间所迸发出的千丝万缕想法理出头绪，眼前一片豁然开朗，嘴角边复又露出微微的笑容，起身说道："时候不早了，本相也该告辞了。"殷溪霆一怔，脸上不觉流露出一丝失望之色，随即又复坦然，笑道："学生恭送相爷。"起身拉开反掩的房门。孟丽君的声音在他身后淡淡响起："子威明科春闱若能金榜题名，本相允你一域之地，尽施所想。"殷溪霆身子一僵，半晌回过头来，揖了一礼，道："多谢相爷！"孟丽君深深望他一眼，施然而去。

钦差船队从荆州一路西行，这一日经过重庆城，因并无紧要公事，并不拟作停留。重庆百姓闻听当年的"郦神医"如今官拜大丞相，奉圣旨南巡，皆扶老携幼，自发聚于水道两岸，绵延十数里。从前受过她救治之人，更设下香案，遥遥对船顶礼膜拜。孟丽君踱出舱外，对着人群挥手示意，回思往事，不觉感慨。

再行十数日，终于抵达云南境内。孟丽君按捺住急切的思父之心，缓下船行，沿途视察巡考。见各地散兵流寇基本整肃一清，不少荒废的田地已重新开垦，种上了冬麦，战乱之后疮痍满目的大地开始呈现出一片复苏的景象，有了百废俱兴的苗头。朝廷第一批赈粮已经运到并开始发放，难民们在各州府县重新设立的衙门口，排队领取赈粮，虽然衣衫褴褛、人数众多，倒也还算井然有序，并无惊惶骚乱之举。新近返乡的难民们，同时还可领取一些简易农具，以便开垦荒地、重整家园。孟丽君瞧在眼里，不觉微微点头，袁容和荣清到任不过两月工夫，便能有如此政绩，实属难得。

这日来到汤郎镇，镇上的里正迎上前来，诚惶诚恐地拜见过钦差相爷。孟丽君见镇上诸般举措皆处置得当，温言嘉奖了数语。说罢公事，想起当年之事，问那里正道："你这镇上可有一名秀才，名唤潘秀成？"

里正一愕，不知相爷如何会知晓那"潘秀才"之名，恭恭敬敬地答道："回相爷话，本镇确有一个潘秀才，只是去年冬天不幸惨死在叛贼手里。"孟丽君一惊，道："怎么一回事？"里正愤声道："那些天杀的叛贼，抢了人钱财不够，将家伙什儿劈了当柴烧不算，还要烧书……潘秀才先前一直忍着，看他们还要抢书来烧，这才急了，发了疯一般地冲上去……却给那杀千刀的狗贼一刀……一刀……"实在说不下去，举起衣袖抹了抹眼泪。

孟丽君也颇觉凄然，半晌问道："他家中还有何人？"里正摇头道："都死了，全都死了！他的老娘、媳妇、十一岁的儿子，全都被杀了……"孟丽君默然不语，叛军残忍暴戾，死在他们手下的良善百姓，又何止潘秀成一家。

里正像是忽然想起甚么，精神一振，说道："好教相爷得知，那个杀了潘秀才一家的狗贼，本来带了十几个贼兵，逃进西边山里做了强盗，时不时地还来我们镇上洗掠一番。前阵子荣总督率军清剿山贼，已将这一伙千刀万剐的强盗尽数拿下，就在武定城里当众正法了。我们镇上还有好些人特地赶去法场观看，大伙儿都拍手称快呢！潘秀才的仇，也算得报了。"孟丽君点点头。

钦差一行从汤郎镇弃船登岸，里正送至镇子南端路口。孟丽君望着路口凉亭前的石碑，忍不住伸手过去抚了抚那冰冷的碑面，想起两年前的春日，便是在这里，第一次见到缉拿自己的榜文告示。如今两年过去，爹爹冤屈昭雪，自己"钦犯"的罪名也已销了，现下站在这里的，乃是手握生杀大权、军政要事一言而决的当朝大丞相。世事变幻之奇，实难意料。然而再过数年之后，自己又会如何呢？即便这世间当真有天意、鬼神、因果轮回之说，自己原不必理会，更也无须理会。天下事俱在人为，只消自己尽到心力，事情究竟成与不成，皆是俯仰无愧于心了。想到这里，孟丽君展颜一笑，紧了紧身上披风，欠身入轿。

钦差车轿经过武定，两日后抵达昆明。自出京以来，孟丽君早已一路明发公文，严禁各处地方官员擅离职守，行奢华铺张迎接之举。故以荣兰之亲，亦不敢亲迎至云南边界，只领了一队亲兵护卫，出昆明城外十里相迎。

二人数月未见，彼此甚是挂念。孟丽君见荣兰一身银袍银甲，态度沉稳，行事干练，举手投足间英气勃发，号令传下，无不遵从，端的出独当一面的大将风度。先前在自己身旁时一直不能消除的稚嫩之气，已全然不见。而一路行来的所见所闻，尽皆表明眼前这位新任"云南总督"恪尽职守、政绩甚佳。看来当日太师所言"须得放飞高远、独历磨炼，方能大放异彩"一言，果然不虚。

一时间得了机会，孟丽君悄悄问荣兰道："老……老大人……现在何处？"荣兰心领神会，低声回道："就在总督府。公子放心，老大人早已病愈，身子康健。我欲遣人知会袁表允一声，就说丞相一路督察巡视，鞍马劳顿，今日暂且歇息一日，明日再理公事。不知公子意下如何？"

孟丽君见荣兰说这话时，面上微微流露出一抹忐忑不安之色，想是颇有些担心自己责备，不由莞尔一笑道："说不得本相今日倒要做一回因私忘公之事了。"想到少时便可与爹爹相会，心情一阵激动澎湃，直恨不得快马加鞭立时赶到。

钦差车轿不肆声张地进了昆明城，停落在西北总督府外。孟丽君欠身出轿，身着一袭绣蟒紫袍，头带金翅乌帽，腰悬玉带，脚踏朝靴，长身玉立于大开的红漆大门之前。金色的夕阳映照在匾额上，"总督府"三个镏金大字光彩流转。孟丽君凝望着这幅匾额，心底默默念道："今日我孟丽君终于光明正大地回到了这里！"

荣兰抢上前一步，伸手邀道："丞相请！"孟丽君沉声道："好！"荣兰在前引路，孟丽君随后跟入。眼望着周围熟悉亲切的亭台楼阁、布置陈设，甚至连呼吸间亦是从前熟稔于心的气息，孟丽君不觉生出一丝恍然如梦之感。

原来当日孟丽君等离家出逃后，孟府的家产物件本已查抄一空。然而未过多时,昆明城即为叛军所破,李汝章当即下令,将孟府所抄之物尽数放还,并尽量复其旧貌,设为一处行宫。后来项南金冒名顶替,被立为皇后,但她既是假冒,自也不愿多来此处,免露破绽,是以偌大一座府邸,两年来几为空置。而荣兰接替云南总督一职后,自是名正言顺地住进了这座总督府。为了方便就近照顾,她将孟士元接来同住,又为了缓解他思女成疾之症,依照从前记忆,将府内布置陈设一一复原。是以孟丽君乍一进府,便倍觉亲切熟悉,竟有一种依稀回到从前的感觉。

荣兰挥手屏退亲卫仆从,悄悄地道:"老大人饮食起居,都在从前供奉夫人画像的后堂内。公子可要先歇息片刻,静一静心神,再……"孟丽君身子微微一震,抬起头来,哑声道:"不,我现在就要去!"荣兰心下颇为担忧,只得应道:"是!"

孟丽君随着荣兰经过前厅,绕过长廊,再穿过后花园,一路上不见半个闲杂人等,想是荣兰早有吩咐不令靠近。脚下这条从小到大不知走过多少遍,就算闭上眼睛也能找到的路,今日竟显得分外漫长遥远。眼见后堂的轮廓终于出现在前方,越来越大,越来越近……孟丽君只觉手心滑腻腻的,已捏出了汗,一颗心怦怦乱跳,似要从嗓子眼里跳出一般。正要推开院门,忽然生出一股近乡情怯之心,一时反有些不敢伸手。

荣兰上前一步,挡在孟丽君身前,眼中满是忧色,毅然阻道:"公子,你眼下这个样子,实在不宜和老大人相见。若是……若是一不小心又呕出血来,那可如何是好?"话语虽轻,口气却极为坚定、不容圜转。

孟丽君片刻间已抑住情怯之心,想到爹爹就在数步之外,心情重又热切起来,不想却为荣兰所阻,不由轻"哼"一声,锋锐的眼光逼视过去。若是从前,荣兰自不敢违拗她心意,这时却昂首回视,竟丝毫不为所动,脚下更是寸步不让。

两双目光瞪视一会,孟丽君先行转开视线,苦笑道:"清之,我知道了。"从袖中取出瓷瓶,倒出一粒鲜红的丸药服下,闭目片刻,再睁眼时激动的情绪已大为缓和。见荣兰仍是一副将信将疑的神态,只得解释道:"这是我新近研制出的'碧血丸',虽还不能根治呕血之症,却能稳摄心神、安宁情绪。清之,你让我进去,我保证一定不会呕血。"荣兰素知公子医术之能,听了这话,方移步退开,守在院外等候。

孟丽君推开院门，匆匆穿过庭院进到后堂内。一眼望去，便瞧见一道魂牵梦萦、熟悉已极的身影面墙而立。她如同木雕泥塑一般呆了，喉中像是有甚么东西塞住，几乎发不出声来，隔了半晌，方哽咽着嗓子，低低唤了声："爹爹！"那道身影正痴痴地凝望着墙上画像，闻声一颤，过了好一会，才缓缓转过身来，口中喃喃道："君儿！君儿！"

孟丽君眼泪涌入眼眶，望出去一片模糊，努力睁大了眼睛，却仍瞧不清爹爹的模样。父女二人两双泪眼凝望片刻，孟丽君再也忍耐不住，冲上前去，扑入爹爹怀中，眼泪夺眶而出。孟士元伸开双臂，紧紧抱住女儿的身子，泪水也滚滚而下，道："君儿！好孩子！"

孟丽君痛痛快快地流了一阵子眼泪，三年来牵肠挂肚的思念和担忧，尽为这一刻父女相见时的喜悦泪水冲走。她慢慢抬起头来，眼光从爹爹半灰半白的头发上，慢慢移至那眉峰间如同刀刻一般深深的皱纹，再到他消瘦的脸颊、凸起的颧骨……心头一阵大痛：这三年来，爹爹历经无数坎坷磨难，为了自己这不肖女儿，更是勾起心病，容颜已然迥异往昔。

孟士元见女儿渐渐止住眼泪，便举起衣袖，将她面上的泪水小心揩去，正要和从前女儿小时候扑入自己怀中哭泣撒娇时一样，再替她将两鬓凌乱的秀发拢理好，眼光落处，见到的却是一顶金翅耀眼、光彩生辉的乌纱帽，手下不觉一滞。又见方才一阵尽情哭泣，她帽檐微斜，露出了半边青丝，于是顺手替她将乌帽扶正了。

孟丽君微笑着拉了爹爹的手，转了个圈子，道："爹爹，你看女儿穿了这身官服，可还好看么？"向着从小便对自己宠溺万分的爹爹说话，语气中自然而然地流露出了一丝骄矜自得之色，便如小时候每回做了件极为得意之事，总要拉了爹爹来看，以博他一声称许赞叹。

孟士元这才上上下下，重又将女儿细细打量了一番。他虽然早听荣兰述说过女儿如何女扮男装、高中状元，荣任两部尚书之事，两个月前更见到朝廷昭告天下的榜文，女儿竟已官拜大丞相，这时亲眼见到女儿一身蟒袍玉带的丞相服饰，仍然有些不敢相信自己的眼睛，一时不觉看得呆了。

孟丽君娇嗔道："爹爹！"孟士元登时醒转，笑赞道："我的君儿穿甚么都好看。穿上男装，倒比女装更显精神。话说回来，这身相服穿在你身上，可当真要羞煞天下男子，令世间须眉浊物为之汗颜。便是爹爹我，也又是惭愧，又是骄傲呢。生了这样一个好女儿，你娘亲在九泉之下，也当含笑了。"说到最后一句话时，喜悦的眼光中掺杂了一丝怅然之色，向一旁墙上飘去。

孟丽君顺着他的目光望去，见从前墙上摆放三人画像之处，已挂上了一幅新的画像，将爹爹、娘亲和自己都画了进去。从前的画像，自己已在离家前焚毁干净，这幅画像应是爹爹新近所绘。画像中自己偎依在娘亲怀中，娘亲轻抚自己的头发，似在述说甚么，爹爹则端坐一旁，手握书卷，含笑凝望着母女二人。画中的自己，不过七八岁，鬓发垂髫，面容稚幼；娘亲温婉端丽，清雅如仙，慈爱的目光便是隔了画像也能清晰感触。

孟丽君恭恭敬敬地走到画像前，自香案上取了三根香点燃，跪下祝祷道："娘亲，您自小教女儿学文识字，花费了无穷心血精力，又特意不令女儿受"女四书"之流荒唐胡言的荼毒，方能有女儿之今日。现今女儿官拜大丞相，辅佐圣主，治理天下，于公当令天下百姓安居乐业，于私则要尽展胸中才学抱负，方能对得住娘亲当年一番悉心教导。愿娘亲在天英灵，庇佑女儿成就亘古未有的伟业。"说罢磕头下去，拜了几拜，起身将香插入炉中。

孟士元听了这一番话，面色转为凝重，待女儿祝祷完毕，连忙问道："君儿，听你话中之意，怎么倒像是要将这丞相之位，长长久久地做下去一般？"

孟丽君坦然道："爹爹，女儿正有此意。"

孟士元急道："你女扮男装，难道竟指望能隐瞒一辈子么？欺君罔上、扰乱阴阳，那可是杀头的大罪。你莫以为皇上赦免了卫家小姐的罪名，便也会轻易饶过于你。你女扮男装，位极人臣，远非卫家小姐可比。一旦身份败露，皇上定然龙颜震怒，后果不堪设想……"

孟丽君微微一笑，道："爹爹，你还不知道呢，皇上早在拜我为相之前，便已知道我是女儿身了。"

孟士元一呆，随即睁大双眼，现出一副无法置信的神情，又惊又骇道："甚么！皇上已经知道……知道你是女子了？你是说……皇上明知你是女子，却还拜你为相……这……这……这……"一连说了三个"这"，脸上满是震惊之色，一时竟说不出话来。过了半晌，才连声追问道："这究竟是怎么一回事？皇上怎么竟会知道你是女儿身？可还有旁人知晓么？"

第廿章

孟丽君道:"爹爹,你别心急,且听女儿从头慢慢说来。"拉了孟士元坐下,将当日金殿审案、皇甫少华出示画像、项南金招供冒名顶替、冤案大白天下一节,都细细说了一遍。殿审之时荣兰业已离京,后来虽有平冤旌奖的圣旨,并见到皇帝传示天下的罪己诏,其中细节到底语焉不详。孟士元直到此时,方才得知冤案昭雪一事的前后曲折经过。

随即孟丽君又叙说了寿王夜访,次日上表致仕并当殿举荐自己继任大丞相之位,皇帝当即一口准奏之事。说罢这一节,神思恍惚,已飞到当日翰林院草诏拜相,自己接旨后依例进宫谢恩时的情形:

那日自己第一次穿上这身金翅纱貂的蟒服相袍,手执象牙玉笏,正是意气风发、踌躇满志之时。谁知进宫陛见君王,偌大一个乾清宫内空空荡荡,不见半个内侍宫女,竟只有君臣二人。自己谢恩之后一抬首间,蓦然惊见当初中状元时进宫绘制的两幅工笔人物图,赫然正悬挂于皇帝御案之后的屏风上。那一刻心中之惊骇犹疑,实非言语可表,一瞬间背心已沁出涔涔冷汗。自己百密一疏,竟然忘却了宫中还存有如此明显的"证物"。

然而皇上言行举止,并无半分异样,一番嘉奖劝勉下来,依旧温言笑语如常。只是末了当着自己的面,将屏风上两幅画轴珍重收起,那一句淡淡的,却又饱含深意的话语，至今犹在耳畔回响，令人铭感于心、终生难忘："明堂，你只管放心大胆行事，有朕一日，自会替你担待一日。"

皇上分明早已从画像的画风笔法上瞧出端倪，知道自己是女儿身，就是那自画小像中的孟丽君，却依旧准了寿王所奏，拜自己为相，并将这两幅泄露天机的工笔人物图小心藏好。这一番用心良苦的维护之意，自己如何不知？皇上对自己的信任，并未因女扮男装、蓄意欺瞒而稍有减少。自己昭雪父冤后却不愿改回女装的一片苦心，他不但能理解体会，更已用实际行动表明了坚定不移的支持。

这几个月来，有数次夜深人静、午夜梦回之时，不知如何，孟丽君总是情不自禁地回想到那一日的情景，以及那一刻自己的感受。只觉有一种说不清、道不明，难以描述的感觉梗在心间，酸酸的，甜甜的，有时化为一股暖流温润四肢百骸，有时又转作一丝莫名其妙的悸动……这种奇妙的感觉是她从来不曾经历过的，新奇之余，不免又有一丝忐忑不宁。

按捺住心头悸动，孟丽君寥寥数语将这一段也向爹爹说明。孟士元听罢沉吟片刻，望着女儿较之三年前出落得越发明艳清丽的绝美容颜，不由皱眉道："君儿，莫非皇上对你……"话到嘴边，到底将"别有所图"四个字又强忍了回去。他听女儿一席话中，虽未有一句直言夸赞之辞，却分明流露出对皇帝知遇之恩、信任之明的无比感激。一面听时，一面已在心下忖道："君儿如此才情容貌，天下间的年轻男子，又有谁能不为之怦然心动？便是那九五至尊的天子，也保不定不会心生绮念。是了，那日金殿审案，皇上已然知晓了君儿与少华指腹为婚的亲事，莫非皇上打的主意，是要借相位稳住君儿，推缓亲事以便就中取事？"一直以来他都认定，当今皇帝不过是个偏听偏信、糊涂无能的平庸帝王。虽然从女儿叙说之事看来，皇上似已改过前非，到底无法扭转在他心目中长久以来的形象，是以不得不以最坏的心思来揣测皇帝的用意。

孟丽君问道："爹爹，你方才说甚么？"孟士元摇头道："没甚么。"转过话题，说道："既然皇上已经知道你是女儿身，这丞相之位只怕也坐不长久。欺君重罪，到底不可不虑。君儿，你可曾想过，如今你出巡在外，远离京中耳目眼线，何不趁此良机脱身远遁？爹爹在云南经营了大半辈子，眼下又有兰儿替你遮掩，要找出一条掩人耳目的脱身妙计，原也并非难事。"他自从听说女儿女扮男装在朝中为官，便日思夜想该如何替她免除这欺君重罪，后来得知女儿拜相南巡的消息，立刻意识到这是绝好的脱身良机，业已想好了数条妙计，只待与女儿商议。就算拼却性命，也不可让爱女有半点差池。

孟丽君闻言一惊，随即恢复如常，握着孟士元的手，恳言道："爹爹，如今朝中的格局，已与从前大不相同。寿王告老致仕，太师年高体迈，女儿继任相位，正是大显身手之际，怎能轻易言退？"知道爹爹对皇上从前听信逸言、致使忠良蒙冤之事仍有怨怼之意，又道："爹爹，我便实话跟你说了罢，此番南巡虽然紧要，却还没到朝廷必以丞相之尊、亲临巡视的地步。皇上大可指派某个尚书、侍郎，赐下尚方宝剑，查视巡游一番即可。爹爹，你道皇上为何特地颁下圣旨命我前来？"

见孟士元默不作声，接下去说道："我猜想原因有二：其一，皇上知道我就是孟丽君，自然明白女儿思念父亲，恨不能胁身双翼，飞到昆明的急切之心。以女儿为钦差，正可谓公私兼顾、两全其美。"

孟士元不由点点头，听女儿这么一说，皇上倒也算是个有心人，若非真正设身处地替自己父女考虑之人，断然思不及此。先时孟丽君叙说皇帝的种种作为，他皆抱有先入为主的念头，认定皇帝多半是垂涎女儿美色别有所图。这时心下自也明白，倘若皇帝当真只是垂涎美色，绝无可能如此轻易便放她离京，更不用说是特意颁下圣旨命她出巡了。当下道："不错。那其二呢？"

孟丽君垂下眼帘，过得一会方重又抬头，话语中多了一分颤音，说道："皇上虽不曾明言，我心底却已明白，皇上的用意还有另外一层……正是爹爹你方才所说。"孟士元一怔，错愕道："我方才所说？我方才……我方才……说的甚么？"不解其意。孟丽君一字一字道："脱身良机。"

孟士元顿时呆住，过得半晌才缓过神来，蓦地一拍大腿，立起身子，激动道："君儿……皇上他真……真……真有此意？"惊喜之下连话语都说不清了。

孟丽君伸手拉他坐下，连声道："爹爹，爹爹！你且莫要高兴得太早了！皇上的意思我心知肚明，乃是让我自己由心选择去留。他先挂出画像，令我明白他已知晓我的身份，我若打算离开朝堂，眼下确是再好不过的脱身良机。可是……可是……"转头向爹爹望去，眼光中充满了坚定不移的执着："……我自己心中早已下定决心——皇上多半也明白我的心意，不过是让我再一次考虑清楚罢了——那便是：哪怕还有一线机会，我也决计不愿离开朝堂，将一番心血、满腔抱负尽皆抛弃。就算将来有朝一日当真为这个掉了脑袋，我也是不惧不悔，含笑赴死……"说到这里，又连忙补充道："……这不过是最坏的地步。爹爹，相信女儿，事情未必会糟到这般田地。"

孟士元一眨不眨地凝望着女儿，在女儿眼中看到的是坚定、冷静、自信的光芒，以及为了理想百折不挠的勇气和斗志。这一瞬间，他才真正意识到，眼前之人不单单是自己爱若性命的掌上明珠，更是一个成熟优秀的政治家，是泱泱大元不可或缺的灵魂人物。女儿宁死也不愿离开朝堂，回想当年，自己不也是宁可战死沙场、马革裹尸，也不愿赋闲家中、英雄无用武之地吗？终于长叹一口气，说道："有道是：求仁得仁又何怨？君儿，既然你已思量清楚，执意如此，爹爹也就不再劝你。"

孟士元想起一事，皱眉道："那你和少华的婚事怎么办？亭山兄和少华只怕还不知你的真实身份。君儿，你来看看这个。"起身从书架上取出一封信，递给女儿。孟丽君听到"婚事"二字，心头"咯噔"一下。接过书信一看，原来是皇甫敬的来信。匆匆浏览一遍，不觉"咦"的一声，诧道："原来皇甫伯父竟已打探到碧玉如意的下落？他邀你前去京城，爹爹，你去是不去？"

孟士元道："既然君儿你决意要留在朝堂，爹爹自然也要随你前去京城。何况原本我病愈之后，也该入京复旨，陛见谢恩的。"说到"陛见谢恩"四个字，生平第一回由心底深处涌出对皇帝的感恩之情，不是为自己，而是为了宝贝女儿。

孟士元随即正色说道："我和亭山兄乃是金兰兄弟、生死之交。当年他留京城，我回云南，正好两家夫人都有了身孕，离别之时一时兴起，便央了兆雪兄作伐，以碧玉如意和凌霜短剑为凭，定下了两家指腹为婚的亲事。"加重语气，沉声道："君儿，你想想，若非当年少华甘冒奇险遣人通风报信，又焉能有你之今日？正是为此事牵连，亭山兄才给革去了兵部侍郎的官位；爹爹我身陷敌营三载，最后也是蒙少华领兵救出；此番我们孟家冤案得以昭雪，最大的功臣自然是君儿你，可少华到底也奔前忙后，出了不少心力。皇甫家对我们孟家确有大恩，我们孟家又岂是忘恩背信、贪图富贵荣华的小人？"语气放缓，又道："我看少华那孩子极好，允文允武，乃是人中龙凤，将来前程未可限量，待你又是一片痴情，令人感动。皇甫家三代只有他一棵独苗，至今仍未娶亲，便是一直在苦苦等你。"

孟丽君不觉笑道："'前程未可限量'？他便再如何前程不可限量，能比得上女儿这百官之首的大丞相么？爹爹，皇甫少华确实不曾娶妻，可是……呵呵……皇甫伯父信里不曾提到，少华大约也没有告诉你：早在两年前，他便已定下了一房妾室，你道是谁？竟是从前国丈刘捷的二小姐，闺名唤作刘燕玉。当然，定亲之时他倒并不知道刘氏的身份。"

孟士元变色道："甚么？少华竟然早已娶妾，还是那奸贼刘捷之女？君儿，真有此事么？"孟丽君当下将皇甫少华如何救出刘燕玉，并定下亲事，以及刘燕玉为救夫郎如何乔装出府、跪地苦求等事，既不加丝毫夸大，也不作半句评断，只原原本本地叙说了一遍。

孟士元听罢脸色阴晴不定。他与爱妻伉俪情深，自夫人亡故后便从来不曾动过续弦再娶的念头。当初他与皇甫敬义结金兰，进而定下了两家指腹为婚的儿女亲事，固然是因为二人在沙场上共历生死的袍泽之情，而那时皇甫敬与夫人尹良贞一夫一妻、和美恩爱，孟士元也有因此将他引为知己的缘故。不想皇甫敬留京不久，便收了房中一个丫鬟为妾，数年后那人病故，又另纳了两房妾室。孟氏夫妇后来得知此事，郦明珠便有些怅然不乐，孟士元还宽慰道："以咱们君儿的才情容貌，何愁不得夫婿倾心爱恋？能娶君儿为妻，少华哪还会将这世间的第二个女子放在眼里？自然不会再纳妾室。"虽如此说，到底还是依了爱妻的意思，并未将指腹为婚一事告知女儿。

在孟士元心目中，女儿同爱妻一般，皆是举世无双的奇珍异宝，东床佳婿自也当如自己这般，一心一意、永无离贰才是。从前他也曾想过，除非婚后十年内，女儿仍无所出，皇甫家为子嗣故，严命少华纳妾留后，那时自己虽仍不情愿，倒也尚可勉强接受。可是女儿尚未成婚，皇甫少华便已纳有妾室，竟还是与自己仇深似海的宿敌刘捷之女。想到女儿将来嫁入皇甫门，势必要与刘氏女共侍一夫，这岂非大大地委屈了宝贝女儿？何况如此一来，自己也免不了要同刘捷攀扯出一层莫名其妙的"姻亲"关系，却让自己如何能够心甘情愿？想到这里，既感愤懑，又觉不甘，眉头紧锁，脸色变来变去。

孟丽君自然明白爹爹在想些甚么，说道："女儿有几句肺腑之言，要说与爹爹听。女儿心中早有计较，皇甫少华便不娶那刘燕玉，女儿也决计不会嫁他。非是女儿忘恩背信、贪图富贵荣华，爹爹，女儿对少华实无半点情愫，他便是千好万好，女儿不喜欢，也是强求不得的。"

孟士元本来对皇甫家纳妾一事颇为不满,这时听了女儿这几句话,心下反有些许不悦起来,沉下脸训道:"君儿,你这些话,也是女儿家该说的?自古以来,婚姻皆是'父母之命、媒妁之言',岂有女孩儿插口置喙的?爹爹难道会害你不成?有道是:姻缘天定,哪里还轮得到你来说喜欢不喜欢?"

孟丽君睁大眼睛望着爹爹,忽然"噗哧"一笑,撒娇道:"好啦,爹爹!你板起脸儿来的这副模样,可当真难看得很呢。"孟士元望着爱女,无可奈何地摇了摇头,再也拉不下脸,绷紧的面容缓和开来。

孟丽君随即收敛了笑靥,道:"爹爹,你方才既说'姻缘天定',却可曾想过,倘若冥冥之中真有天意,那么我女扮男装、封侯拜相,便都是天意注定了,而我开设武科、点中少华为武状元,更是天意如此。上天既安排我做了皇甫少华的恩师,这世上又岂有老师嫁与门生的道理?这便是天意并不欲我嫁与少华了。"

孟士元不觉啼笑皆非,女儿可不正是皇甫少华名正言顺的"恩师"么?如此妻反为师夫作生,倒也算得上天下奇闻。见女儿的口锋辩词越发凌厉,这一手"以子之矛、攻子之盾"的招数,如今已演练得炉火纯青。自己从前就曾领教过这一招的厉害,那时便已不是对手,眼下自是更不用说了。

孟丽君察言观色,见爹爹意有所动,忙趁热打铁道:"我瞧皇甫伯父的意思,倒像是早就认定我死于战乱、不在人世了,咱们何不索性顺水推舟,只当我死了便完了。爹爹,你若执意要女儿嫁与少华,只怕一生一世,女儿都不会幸福,这世间又要多出一对怨偶了。再说,你当真忍心让女儿与仇敌之女共侍一夫么?"

孟士元听到"一生一世都不会幸福"一句,不觉苫然动容,几乎脱口便要答允下来,又强行忍住,沉吟良久,最后说道:"为父不能只听你一面之词,待我去京城见了亭山兄,到时再作决断。"

孟丽君原也并不指望能一举令爹爹答允取消亲事,听他口气已然有所松动,就算达到了目的,说道:"如此也好。只是见到皇甫伯父,爹爹可千万留意,莫要泄露了女儿的身份。"孟士元点头道:"这个自然。"

父女二人的话题转到分别这几年来的经历上。孟士元细细问过窦蓉娘与苏映雪的遭遇,唏嘘慨叹了一阵。又问起她与康信仁恩结父子的经过,以及如何得知他便是改名换姓的娘舅之事,其间免不了提到代代遗传、传女不传子的呕血之症。孟丽君察言观色,爹爹倒似并不知晓自己这呕血症已然发作过两次,自也不欲他担心,只说没有。孟士元只当此症论理要到三十岁上方才发作,便也不虞有他,只叮嘱女儿要好生保养身子。

二人说了好一阵子话,孟丽君抬头看看窗外,眼见天色已暗了下来,像是要起风了。算算时辰也该离开总督府前去驿馆了,心中虽仍依依不舍,到底站起身来,说道:"爹爹,女儿身负钦命重责,不便逗留此间,这便要走了。"孟士元自然舍不得女儿,但想想她眼下身份,也知不便留她,道:"也好。今日我们父女相见,也算了却了为父这几年的心愿。君儿,爹爹不盼你能承欢膝下,只盼你平平安安、一生无忧。官场无常,爹爹帮不了你,你自己可要多加小心。"孟丽君点点头,道:"爹爹放心。"又道:"爹爹且在这总督府里安心静养,女儿会常来看你。"

孟丽君从后堂出来,带上院门。荣兰仍守在院外,见她出来忙迎了过来,上上下下细细打量了一番,悄声问道:"公子,你可没再呕血吧?"孟丽君摇摇头,望着荣兰,低声道:"清之,谢谢你!"荣兰连连摆手道:"公子何必同我客气,这原是我分内之事。"

二人顺着原路回去,待离开后堂远了,孟丽君方道:"我呕血的事,老……老大人好像并不知情?"荣兰道:"老大人的身子还须静养,我不敢贸然告诉他。不过……公子,此事原也瞒不长久,何况当年老夫人……过世时,公子到底年纪还小,老大人或许知道一些公子不记得之事,说不定能对公子根治这呕血之症有所裨益。"孟丽君"嗯"了一声,并不说话。

自钦差南巡以来,一路之上皆是宿于驿馆、不扰地方,到了昆明,更当如此。荣兰依旧领了一队亲兵,亲自将钦差大轿送入驿馆。

次日一早,以袁容和荣清为首的文武官员,将钦差相爷从驿馆迎入昆明府衙。孟丽君展开圣旨宣读,免了云南所属各州府县一年的钱粮,抚恤孤寡老幼,鼓励休养生息。众官员高呼万岁,叩谢皇恩。

孟丽君随即在袁容和荣清的陪同之下,巡查了昆明城内外各处。当日叛军原是献城请降,昆明城未经战事,还算保留完整,再经袁、荣二人的一番大力整治,已然恢复了几分从前太平时的光景。

经过北门时,忽见路旁立有一冢,冢前设有石碑香案,竟有不少百姓过去焚香祭拜。孟丽君不觉有些好奇,随口问道:"不知这是何人之冢?"袁容看了看，解释道："这是一座衣冠冢，其中并无尸骨，乃是为我朝一位义士所立。此人姓傅名归人，原是皇甫亭山老将军府中的一名家将……"将傅归人千里报信、遭人格杀之事说了一遍。

孟丽君听到"傅归人"三个字，不觉一惊，目光朝荣兰望去，见荣兰微微点头，轻轻"哦"了一声，道："原来是一位义士之冢。"袁容望着冢前络绎不绝前来上香的百姓，叹了口气，说道："大人有所不知，百姓们来此祭拜，倒并不只是为了这位傅义士，更是为了前任总督孟士元大人的千金孟丽君小姐。"

孟丽君又是一惊，沉声道："此话怎讲？"袁容道："当日殿审真假孟丽君一案时，相爷正在京里，其中内情，想必比我等知之更详。话说这消息传到昆明，全城百姓皆为之轰动。原来孟总督之女孟丽君小姐美貌多才、知书达理的芳名，在昆明城中可谓无人不知。当年李逆立那假丽君为后，昆明城中便多有风言，都说那人断非是真正的丽君小姐。如今金殿审案、真相大白，朝廷昭雪了孟总督的冤案，更还了孟小姐一个清白名声，全城百姓皆盛赞朝廷英明。只是……"

说到这里，袁容又叹了口气，方续道："……可惜了这样一位聪慧过人的才女，如今却不知流落何方、是生是死。孟总督冤案既雪，傅义士当初通敌报信的罪名自然也就一笔勾销了。孟总督感念傅义士义举，便在此处立下了这义士之冢。不想消息传开后，倒有不少百姓自发前来上香，他们在祭拜傅义士之时，也在一并纪念孟丽君小姐这位才名远播、秀外慧中的奇女子。"

孟丽君听罢袁容所说，心头涌起一股暖流，沉吟片刻，道："既如此，咱们也过去上一炷香罢。"走到墓前燃起一炷香，在心底祝祷道："百姓厚爱，丽君愧不敢受。自当竭尽所能，为天下苍生谋求福祉。"又默祷道："傅将军报信之恩，丽君铭感不忘。唯愿英灵不朽，护佑尊夫人静虚师太平安。归郎虽非你亲子，有朝一日，我当令他改为傅姓，延续将军一脉。"将香插入香炉中。

钦差相爷南巡之事，昆明城内早有风闻。这时百姓们见到钦差旗牌仪仗，又见巡抚、总督两位大老爷，陪同着一位相貌俊雅出尘、美若谪仙一般的少年过来上香，自然猜得到那人便是年方十八便已登台拜相、人称"天下第一美男子"的郦相爷了，待钦差车轿去得远了，仍在不住议论。此后义士冢前香火越发鼎盛，自不用提。

从义士家出来，荣兰引着孟丽君，前去视察了新近设立的、容养婴儿孩童的收容所。这些孩童们，大的才八九岁，小的尚在襁褓之中，大多父母双亡、无家可归，也有被父母亲人狠心抛弃了的，大约是生活委实艰难、无力养活的缘故，十个孩子里倒有八个是女孩，不少还身有残疾。

孟丽君望着这些孩子们稚嫩无助的面容，心底一阵抽痛。战乱之中无数百姓颠沛流离、家破人亡，有多少孩童失去了他们的父母亲人，又有多少人为了生存，不得不忍痛抛弃自己的亲生骨肉……若是无处收容，这些孩子中，有多少将会凄惨死去，又有多少将沦为乞丐，在饥寒交迫中苦苦挣扎……

想到这里，孟丽君颇为动容，当下细细询问了收容所的详细情形。这个收容所本是荣兰一力创办，为此倾注了不少心血精力，这时站出来一一作答。孟丽君一面点头聆听，一面提出了不少建议，又问起收容所各项开销从何支出。荣兰道："原是民间一位名唤殷溪霆的儒商所出。这位'小殷相公'义薄云天，令人好生敬重……"

孟丽君一怔，道："殷溪霆？可是那荆州举子殷子威？"荣兰笑道："原来相爷也识得殷子威。不错，正是此人。下官和袁大人在赴任途中路经荆州，因缘巧合结识了殷子威。此人在荆鄂一带名头极大，深得百姓拥戴。他辗转千里、平价运粮，不仅化解了云贵两省的燃眉之急，更救助了无数难民百姓。他又将这一行的所有收益，尽数投入了这个收容所里。"

袁容颔首赞道："这个殷子威不但有一副悲天悯人的菩萨心肠，还是个大大的才子。明堂，老夫读过他的文章，是二十年来除你之外生平仅见，当真才气纵横、心气开阔！若说言辞锋利、针砭时弊，他不及你，但论通达刚明、浑然天成，却犹有过之。如此奇才……唉……偏生全无入仕之心，不能为朝廷所用，着实可惜了。"一面说，一面连声叹气，一副惋惜不已的模样。

孟丽君知袁容乃十数年翰林出身，文字功夫甚是了得，点过数任学政，当年自己乡试夺魁时，他便是湖广主考，与自己有半师之谊。这识文辨才的本领，自是不用说的。但他说殷溪霆"全无入仕之心"，实是未解其中真正缘由。那日在章华寺里，孟丽君尚不及与殷溪霆谈及诗词文章，这时听袁容如此盛赞，不觉对来年春闱里殷溪霆的文章，生出几许期待之意。

公事罢了，回转总督府。荣兰陪着孟丽君到后堂给孟士元请过安，说起今日见闻，以及自入云南以来所见种种疮痍满目的凄惨光景，自然又提到这数年来孟士元深陷敌营的苦痛煎熬，三人不免将那集国仇家恨于一身的罪魁祸首李氏父子痛骂了一通。孟丽君忽然想起一事：那日金殿审案李汝章临去时的一眼，以及那一阵状若疯癫的狂笑，连同他先前对"孟丽君"之名异乎寻常的固执，都让孟丽君隐隐感觉其中颇有蹊跷，却委实想不起自己与他到底有甚瓜葛。这件事一直横亘在她心间，难以畅怀，这时便顺势提了出来，向爹爹询问。

孟士元闻言一呆，随即强笑道："哪有此事？是你多心了。"孟丽君不觉大奇，看来其中果有隐情，爹爹是知晓的，却不知为何不肯告诉自己。本来还欲旁敲侧击探问口风，忽见荣兰在一旁悄悄递了个眼色，看来知晓其中缘由，一会问她便是。爹爹不肯告诉自己，想来必有他的顾虑，但此事既与自己有关，还是心中有数为好。

一时话题转到婴孩收容所之事，孟士元父女皆对荣兰这一举措颇多褒赞。荣兰满怀感慨，低声说道："幼时我原是同祖母一路逃难来到昆明，那时只有两三岁大，旁的事情都记不得了，只还记得那个风雪之夜，祖母将我紧紧搂在怀中，自己却冻死在路旁……看到收容所里的这些孩子们，我便如看到了从前的自己一般。想当初，要不是老爷夫人好心收留，我早已不在人世了。这些年来，若非小姐一直将我当作亲生姐妹一般悉心教导、鼓励指引，我亦不过是一个平凡普通的小丫鬟，这辈子连做梦都不敢想象，自己竟能成为手握一省兵权、叱咤风云的总督将军。"

荣兰眼角不觉有些湿润了，抬起头来凝望着孟丽君，恳切地道："小姐，我已经仔细思量过了。现今我在收容所里收养了这些孩子，就不仅要让他们吃饱穿暖、衣食无虞，更要竭尽所能地教导指引他们，使之不论男孩女孩，将来都能成为国家社稷顶天立地的栋梁之材。"说到这里，俏丽的脸庞上闪耀着几分欢喜的光芒。

孟丽君缓缓点头，说道："兰儿你有如此志向，我甚感欣慰。只是此事任重道远，当徐徐图之，以你一人之力，切不可操之过急。"荣兰微笑道："俗话说：心急吃不了热豆腐，这个道理我明白的。小姐，我曾和那殷子威详谈过此事，他千金一诺，愿助我一臂之力。袁夫子不知此人志向，说他'全无入仕之心'，却是忒也小瞧他了。此人委实天下奇才，他曾和我私下说过，此生若在乡野，则当兴办几所女子私塾；倘能立身朝堂，便要力促朝廷开设女科取士……小姐，你说咱们若能以女儿之身，堂堂正正地立于朝堂，不必再遮遮掩掩地隐瞒身份，那该有多好啊！"说到最后一句话时，点漆般的眼眸中满是衷心向往之色。

孟丽君心中也有同感，喃喃道："是啊，那样该有多好！"随即伸手过去，握住荣兰的手，含笑说道："兰儿，你我如今的所作所为，不正是为了这个么？天下事尽在人为，你我姐妹携手、其利断金。眼下虽不可能，将来却未必没有能以堂堂正正的女儿之身立于朝堂的那一日！"荣兰闻言连连颔首，握住小姐的手紧了一紧。

孟士元听着二人这一番谈话，不由目瞪口呆、瞠目结舌，半响说不出话来，这时方插口道："女科取士？还以女儿身公然立于朝堂？此事未免……这个……忒也荒唐儿戏了罢？自古以来，便是男主外、女主内。似你们二人这样女扮男装、入朝为官的奇女子，古往今来也没有几个。若是真的开了女科，让世间女子都能与男子平起平坐，这……这……这可要天下大乱啊！"

孟丽君转过头去望着爹爹，微微一笑，驳道："爹爹，你说自古以来便是男主外、女主内，这话可不一定对呢！咱们云南苗疆便有多处寨落由女子执掌，在我大元疆域之外，尚有西凉女国等女王执政的国家。即便是我泱泱华夏，在女娲娘娘造人的亘古之际，也未必便有男外女内之分。你说世间女子，为何就不能与男子平起平坐呢？虽然男子天生体力强于女子，然而女子的耐力和坚忍，也非男子可比，算得上各有所长。若说聪明才智、雄心抱负，便以女儿为例，也未必及不上男子……"

孟士元打断她话，道："君儿你自小聪慧过人，是天下女子中的翘楚。然而天下女子，岂能个个如你？"荣兰接过话头，笑道："老爷，小姐惊才绝艳，自非常人可比。荣兰我却不过是万千众生中的一个资质寻常的普通女子，得蒙小姐指引教诲，耳濡目染之下，方有今日际遇。可见即便是天姿平平的寻常女子，经历过一定的努力和磨炼之后，只需得遇适当的机会，同样能够成就一番轰轰烈烈的大业绩。小姐，你说是么？"

孟丽君点头赞许道："兰儿说得不错。爹爹，这世间男尊女卑已久，你可知有多少人为此饱受压抑折磨？你看兰儿自赴任以来，恪尽职守、兢兢业业，如今云南境内治安整肃一新，散兵流寇皆已荡清，这都是她的功劳。这世上如兰儿一般的女子还有千千万万，说到底，她们并非没有能力才干，只是苦于得不到施展能力和才干的机会而已。她们之中就算只有十之一二能为朝廷所用，也是于国于民的一桩大善事。何况天下并非只有仕途一条，三百六十行，皆有可为之处。殷子威所说'男女平等、唯才是用'，要的正是这八个字。"

孟士元沉思不语。他对妻子忠贞挚爱，对女儿呵护备至，从来不曾因为没有子嗣而稍减半点爱妻怜女之心，便是待家中的丫鬟仆妇，也一向和颜悦色。自己女儿女扮男装，做下了一番令须眉男儿为之汗颜的大功业，他心中既觉欢喜，又是骄傲。然而在他心底深处，却是从未动过置疑世间男尊女卑这一法则的念头。这时听了孟丽君和荣兰之言，一颗心杂乱如麻，忽上忽下，一时只觉荒唐透顶，一时又觉颇有道理。

孟丽君见了爹爹这副模样，知他须静下心来细细思索，于是和荣兰一道起身告辞出来。二人到了后花园，荣兰停住脚步，悄声道："公子，可要去幽芳阁里瞧一瞧？"这幽芳阁乃是孟丽君从前在家时的闺房，当下点头道："好。"

荣兰并无家眷，总督府内使唤的下人仆妇不多。来到幽芳阁外，只有一个看房的中年妇人住在此处，见了自家老爷，赶忙迎上前来。荣兰命她远远地退开去，不经传唤不必进来。

推门进去，孟丽君望着眼前既熟悉又陌生的几案牙床、妆台铜镜，不觉生出几分恍然如梦之感。随手打开橱柜，见里面有一只竹编小盒，取出一看，只见盒子的四壁竹片上雕刻了花草山石，手工精致，上边还有个小小的盖儿，竟是从前和荣兰一起偷溜出府时，在集市上买的装蛐蛐儿的小竹盒。忆起往事，二人不觉相视一笑。

孟丽君将竹盒放回原处，问荣兰道："那李汝章之事，究竟是怎么一回事？"荣兰道："此事原是坊间传言，真假难辨。但与公子先前所叙相互照应，倒像是真有其事。公子先请坐下，且听我细细说来。"孟丽君依言落座，见桌椅陈设上并无灰尘，显是有人常来打扫。

荣兰在下首坐定，说道："公子，当初你教我兵法，便曾以李氏造反作乱为例，说那李延亭自两广起兵，为何不北取江浙等富庶之地，反由贵州而入云南，这未免于兵法上颇为不通。何况李延亭系两广提督出身，两广乃其根本所在。当日他身中流矢、伤重不治，无奈之下在昆明登基，临死前欲过一把'皇帝瘾'，那也就罢了，却如何会弃其根本所在而定都昆明，委实令人费解。"

孟丽君忆起前情，道："不错。"荣兰笑道："其中缘由，说来倒也有些好笑。原来那李氏父子三人，皆是十分迷信鬼神卜卦之人。旗下有一道人，名号神武真人，一向深居简出、不见外人，甚是神秘诡异。据称其人精通周易六十四卦，能断生死兴衰，被李氏父子引为心腹，言听计从。每逢决断大事，必要卜卦问明吉凶。当日便是因为这神武真人登坛卜卦，得了上上大吉的卦相，李延亭方才决意起兵造反的。"

孟丽君一怔，心道谋反篡逆如此大事，竟有人当真付之于鬼神之说。却听荣兰续道："神武真人卜卦之事，知者甚众，确有其事。然而坊间传闻，说那神武真人还曾言道，他夜观天象，发觉西南一片紫气弥漫，初时只当是紫微星所指的帝王之气，细细观来，竟然并非出自紫微星，而是来自天府星。这天府星乃母仪天下的皇后星曜，不知为何，竟然盖过满天星斗、明亮异常。天府星既指西南，便意味着天命所归的国母皇后当出自西南。而天府星异常光明，则是表明天下兴衰成败，应与这位皇后娘娘密切相关。"

孟丽君先是一惊，接着忍不住笑出声来，道："……你是说……嘻嘻，这可当真可笑得很……那李汝章认定了我就是……就是那天命所归的国母皇后？难怪他在金殿上乍一见了我，还连声叹气道'天意如此'呢。"立时明白了爹爹为何不愿将此事告诉自己。荣兰也笑道："这些都是坊间传言罢了。李氏父子三人皆死，献城请降之前，神武真人便已出逃。我曾颁令全省搜捕，却不见影踪。其间内情到底如何，已是不得而知。"

荣兰和孟丽君又说笑议论了一阵此事。荣兰忽然红了脸，偷眼觑了孟丽君一眼，吞吞吐吐道："小姐……我和你说一件事，你可不许取笑我。"孟丽君大奇，道："甚么事？"荣兰脸上显出一阵忸怩之色，随即像下定决心一样，收敛了羞容，大大方方地道："我……我喜欢上了一个人，就是那荆州殷子威。"

孟丽君一震，听荣兰几分甜蜜、几分骄傲地说道："他是人中英豪，种种想法行事皆与我不谋而合。当日荆州初见时，我们便惺惺相惜，只觉相逢恨晚。他那些'离经叛道'的主张，常人自然难以理解，我听了却是一点一滴、直入心坎。九月间他运粮远来，我们一路联手，将强寇匪贼一网打尽。那时我刚办下这个孩童收容所，正为开销之事犯愁，他二话不说，将银票搁下，还一口许诺说必会鼎力相助……"

孟丽君插口问道："他……知道你身份么？"荣兰脸色略有些黯淡，摇了摇头，随即打起精神，展颜一笑，道："我已经想过了，只用明白自己喜欢他，心中有那么一个人挂念着，也就足够了。别说他还不知我的真实身份，就算他已然知晓，并且同样喜欢我，我还是不会为了儿女私情，放弃肩上责任和心中理想——这同样也是他的理想和期望啊。"略停片刻，又补充道："除非真的到了能以女儿之身立于朝堂的那一日。"

孟丽君望着荣兰飞扬洒脱的笑容，在心底暗暗决定："倘若那殷溪霆不喜欢兰儿，也就罢了。要是他二人两情相悦，我定要想办法撮合他们的姻缘，自然不会让兰儿为此放弃她的责任和理想。"轻轻握着荣兰的手，不觉有些好奇，笑问道："兰儿，你说你喜欢殷子威，喜欢一个人，究竟是一种甚么样的感觉？"

荣兰想了想，微笑道："喜欢一个人么，那是一种……一种很奇妙的感觉。我会时常不由自主地回忆和他在一起的情景，有时觉得心里酸酸的，好似有甚么物事堵在心间；有时又觉甜甜的，有一种说不出的欢喜和甜蜜；有时仿佛全身酥酥麻麻的，便如有一根羽毛在轻轻搔挠着；有时呢，又会从心底生出一丝莫名的悸动……"

孟丽君听了这一番话，脑中如响了一记焦雷般蓦然怔住，全身一僵，和荣兰相握的手不觉攥紧。荣兰有所感觉，抬头望了过来，这时孟丽君脸色已然恢复如常，并无异样。荣兰于是接着道："……说来说去，其实也说不清、道不明。总之就是一种只可意会不可言传的感觉啦。小姐，甚么时候等你有了喜欢的人，你就知道了。"

孟丽君默然不语，此后荣兰再说了些甚么，她心不在焉，也并未听进去。荣兰见她话少，只当是今日巡查了一日，倦得很了，不敢多说，将她送回驿馆。

是夜，孟丽君和衣躺在驿馆床上，辗转反侧，不得成眠。那种熟悉的、酸酸甜甜的奇妙感觉重又涌上心头，这一次她心底雪亮："原来这就是喜欢一个人的感觉……原来……原来在我心中，也已有了喜欢的人……"一个熟悉的身影跃入脑海，心口如被哽住，呼吸不畅，无数往事一幕幕浮现在脑海中。

钦差车驾在昆明城停留了五日，随即启程一路东行前往贵阳。孟士元收拾好随身行李物件，带了几个家人，坐上三辆轻便马车，远远地跟在钦差车驾之后。

贵州一省近年来饱经战乱，几度沦为鏖战沙场，百姓死伤无数，元气大伤。虽然收复较之云南为早，然而孟丽君一路行来，见贵州地界的治安反不如云南为好，流寇山贼劫掠百姓之事仍未杜绝。朝廷的赈银赈粮只在少数几处府县发放，多数难民须得辗转颠簸数十里地，再排上大半日长队，方能领到少量米粮，等到回转各家，已是数日之后了。因此不少难民索性拖家带口，滞留在赈粮发放的所在，不肯回家。如此一来，家园重建之事自然耽搁下来。

钦差一行抵达贵阳，孟丽君宣读过圣旨，同样免了贵州所属各州府县一年的钱粮。又将那巡抚田弼和总督郑大宽单独唤入，疾言厉色地申饬了一番，严令下去，限期一月之内，务须肃清流寇、疏散难民，使其安然过冬，不致耽误了来年春耕农时。届时若还做不到，必要参奏一本，定他二人个颟顸无能之罪。

田、郑二人听了相爷这番责饬，皆面带愧色，唯唯诺诺地退了下去。贵州一省自二人以下的大小官员，人人再不敢稍有懈怠，俱使将出十二分的精神，夜以继日、风风火火地行动开来。如此一来，自非先前拖沓马虎的情形可比，短短数日间，各地气象已为之一变。

这日已是仲冬二十四日，孟丽君命两名随行官员暂留贵州，代行监察之职。钦差车驾便于这一日启程，回京陛见复旨。众人离京三月，归心似箭，其时又近年关，自然是一路兼程，终于赶在腊月二十七日回到京城。

这时宫中已封过印玺，皇帝无须料理朝事，独自一人坐在乾清宫内，手中不住摩挲着一方碧玉小印，面色几分欢喜几分焦急。一时权昌进来，脸带微笑，躬身禀道："给万岁爷道喜！郦丞相回京复旨，现在殿外陛见候宣。"

皇帝遽然站起，眼中射出喜悦的目光，连声道："快！快宣！"见权昌转身要去，忙又唤住，道："且慢！"这片刻间他心底已转过七八个念头："她……她此刻就进宫复旨，算来该是才刚下轿，还不曾回过府里。这一路鞍马劳顿，只怕倦得很了。照说宫内已封过宝印，本来这复旨亦不过是依例走个形式。若是旁人，朕必然体恤辛劳，断不会此时召见。可是……"回想起这三个月来"一日不见、如隔三秋"的相思滋味，现如今那心心念念的梦中伊人就在殿外，这满腹相思之情如何还能遏抑得住？将手上小印放入荷包中，贴身收好，道："待朕亲自出殿，迎接丽……郦爱卿。"

孟丽君见权昌进殿通禀，便垂手立于殿外等候。不知如何，一颗心又酥又麻，竟突然怦怦狂跳不已，欲待强行镇摄心神，从来万试万灵的法儿却不管用了，寒冬腊月的天气，反越来越觉脸热耳烫起来。蓦然间只见眼前鲜艳的明黄色一闪，一个熟悉之极的身影映入眼帘，登时便如一阵清凉的风吹过心湖，周身燥热全消，嘴角边已不由自主地露出了一丝微笑，拜倒行礼道："臣郦君玉奉旨督察云贵，现今回京复旨，参见吾皇万岁！"

皇帝怔怔地望着孟丽君，三个月来在梦中频频出现的绝美玉容，这一刻当真现身眼前，倒令他几乎疑是做梦。抢上前两步，伸手将孟丽君扶起，直到握住她柔腻温滑的手，一颗悬起多日的心才终于放下。三个月的焦心忧虑一扫而空，尽数化作如心花怒放般的欢喜，沉声道："丞相一路辛苦了。"左手举袖示意，右手却仍握住她的手不肯放开，君臣二人并肩携手，步入殿内。权昌微微一笑，候在殿外，并不进去服侍。

孟丽君等了一会，仍不见皇帝放开自己的手，忍不住出声提醒道："皇上！"抬头望去，迎上皇帝的目光，正一眨不眨地凝望着自己，听他压低了嗓音，缓缓说道："这次你既然回来，我……我这一生一世便再也不会放手了！"语音极低，然而话语中的坚定执着之意，却是半点不容圜转。孟丽君一怔，随即嫣然一笑，也低声回道："我知道的。"

皇帝说出这一句话，实是难以自禁的真情流露，原也不曾指望得她回应，这时猛然间听到这四个字，当真出乎意料，心神为之一震。随即缓过神来，只觉一颗心欢喜得如要裂开了，一生之中的愉悦欢畅再无过此刻，胸怀舒坦之极，直恨不能放声长啸，又恨不得手舞足蹈才好。过了好一会，方渐渐平静下来，终于松开手，君臣二人在沉香榻中坐下。

孟丽君呈上奏折，还未开言，皇帝已接了过来，摆手道："爱卿的奏折留下，朕一会细看。你一路鞍马劳顿，今日且不谈国事。朕虽不舍，却也只留你片刻，还是早些回府歇息去罢。"孟丽君知他一片好意，体恤自己辛劳，便也不再坚持，只随口说了几句路上景致。

皇帝笑道："朕富有四海，却不及爱卿自在。读万卷书、行万里路，可让朕羡慕得很呢。"转过话题，道："朕听说那孟士元重病痊愈，前两日也到了京城，就住在皇甫府上。待年后开了印，朕便要召见于他，好生嘉奖补偿一番才是。"孟丽君道："臣子为国尽忠，原是分内之事。孟总督一腔热血报效朝廷，只盼学有所用、英雄得以用武之地。皇上若能成全他这番心意，倒胜似旁的嘉奖补偿。"

皇帝轻叹一口气，道："朕明白了。"起身从案上取过一卷画轴，递给孟丽君，微笑道："打开瞧瞧罢。这原是朕想在腊月十八那日送给你的，不想你到底回得迟了，这份礼物便也送得迟了。先说一句，这可不是朕亲手绘的。"

孟丽君心头一惊，随即涌起一股暖流。今年腊月十八日乃是自己十八岁的生日，这一路兼程赶路，哪里还顾得上这个？那日也不过是悄悄地将爹爹接来，父女二人小聚了一番而已。自女扮男装以来，自己的履历上所填生日，皆是三月初三日，正是改装出逃，化名为郦君玉之日。这几年来府中公开庆贺的，也一直都是这日。而每到腊月十八，唯有雪妹和兰儿相陪，姐妹三人围着暖炉，笑谈嬉闹一番罢了。如今皇帝既然知晓了自己的真实身份，自然打听得自己的真实生日，都过去好些日子了，难为他还记挂在心上。

孟丽君接过画轴，展开一看，不由眼前一亮，笑吟吟地道："微臣猜到了，这必是兵部晏临战所绘。好个晏师韩，算来入兵部习学亦不过短短四个月工夫，便已绘制出这样一幅疆域图。微臣曾见过兵部收藏的前人所绘疆域图，不但错处甚多，更远不及此图详尽。这该是他以原图为本，参考了历年来兵部所藏各地方图志，综合绘成的……"细看云南一省，参考的正是爹爹当年所绘的云南地图。

皇帝走到她身旁，倾过身子，手指圈点着地图上的几处，说道："晏临战呈上这幅疆域图时奏道，说这里、这里和这几段，在参考的各类地理图册中分歧甚大、无法确认；还有这几处，兵部并无地图可查。他已奏上本章，愿亲自前去实地游历考察，说是要在有生之年内，为朝廷绘制出一份完整的疆域图。"孟丽君点头赞许道："这是师韩平生所愿，于朝廷也是一桩极好之事。皇上可是准奏了？"

皇帝笑道："朕自然准奏，还预备给他一道旨意，许他便宜行事。只待年后，他就要动身了。"目光转过，望着图卷上的万里锦绣江山，又看看身侧神采飞扬的股肱重臣兼知心爱人，心头升起一股豪迈之气，慨然道："明堂，还记得刘捷叛乱时你在宫里对朕说的话么？你说，'微臣愿鞠躬尽瘁，辅佐我主江山万年永固，社稷黎民喜乐安康。'爱卿，朕知道你有济世治国的宏才大略,却不愿你一力承担这副千钧重担,更不要你为了这个而鞠躬尽瘁。朕……朕愿与你并肩携手、齐心协力,一同令这万里江山内的千千万万黎民百姓安居乐业,开创一个前所未有的太平盛世!"

皇帝一口气说完这番话语,只觉长久以来悬在胸口上的一块大石头终于落定,心中一片安宁平和。以他的脾性,其实并不喜欢、更不稀罕这九五至尊的帝王宝座,可惜先帝就只有他一个皇子,又是嫡出,自出世以来便注定要继承大统。倘若先帝还有别的皇子,他一定更乐意做一位逍遥王爷,不涉朝廷政务,成日只在王府里和两三知己吟诗听曲、饮酒赏画,乐得个潇洒自在。因此登基之后,他也曾有过荒废朝政、宠信奸佞的荒唐之时。而近年来,尤其自平定刘捷叛乱之后,他痛改前非,勤政爱民,可是这些改变,说到底不过是因为,他终于意识到了身为帝王所不容推卸的责任和义务,却并非是出自内心深处的由衷喜爱。然而自眼前这一刻起,他料理烦琐冗杂的朝政公务,便再也不仅仅是出于那沉重无比的帝王责任,更是为了实现身旁伊人一向的心愿。从此纵然有千辛万苦,他也心甘情愿、甘之如饴。

孟丽君含笑凝望着皇帝,她早在第一眼见到这份"生日礼物"时,便已明白了他的心意。这时君臣二人并肩立于图前,两道目光交织融合在一起,彼此心意相通,再也无须赘言。过了片刻,两人的目光又一齐转向画卷,钟灵神秀的万里山河尽入眼帘……

就在这时,殿外忽然传来一阵嘈杂声,打破了殿内宁静和谐的氛围。皇帝眉头一皱,正要开口发问,一个瘦小的身影忽然闯进殿来,口中一迭声唤道:"太傅!太傅!"却是晋王世乾。他一见到孟丽君,立时扑了过去,扯住她衣角,忍耐多时的泪珠夺眶而出,已是"哇"的一声大哭起来。

孟丽君大惊,忙蹲下身子扶住世乾。权昌急匆匆跟进殿来,见了这般情景,忙刹住脚步,垂手道:"老奴该死。晋王殿下听说郦丞相回京,非要即刻见到太傅,老奴阻拦不住……"皇帝挥手道:"罢了。你下去罢。"权昌退下。

皇帝见世乾小脸通红,哭得极为伤心。这孩子向来乖巧伶俐,自懂事以来,还从未见他如此大哭过。又见孟丽君正轻拍他后背,一面替他揩拭眼泪,一面温言细语地小声抚慰,先前的些许不快早已抛开,也蹲下身子,柔声问道:"乾儿,你这是怎么了?"

世乾听到父皇声音，小小的身子一震，抬起泪眼，这才瞧见父皇也在殿内，"扑通"一声跪倒在地，抱住皇帝的腿，哭道："儿臣……求……求父皇答允……让……太傅去给母妃……治……治病……"皇帝皱眉道："温妃病了么？自然会有人去传太医进宫把脉诊治，哪里用得着劳动你太傅？"

自孟丽君拜相后，皇帝便另点了吴应兆、孔伦等四人，教授晋王日常功课，亦加了太傅之衔。孟丽君太傅之位不变，却不再行日常教导之责，只是每日和世乾见上一面，考察督导他功课。世乾称吴应兆、孔伦等人为"吴太傅""孔太傅"，若是不加姓氏，直称"太傅"，指的则必是孟丽君。

世乾含泪道："不是兴庆宫母妃……是……是……冷宫里……的母妃！"皇帝闻言登时脸色一沉，站直身子，斥责道："乾儿，朕几时许你去冷宫的？这些个大胆的奴才，竟然……"

世乾抬起小脸，昂着头回道："不关奴才们的事，是儿臣自己偷偷跑去冷宫的。我都已经去过好几次了，父皇若要责罚，儿臣甘愿领受。可是……母妃……"紧绷的小脸立时垮了下来，又流下眼泪，抽抽噎噎地道："……母妃病得厉害……我方才去冷宫看她，她……她……闭着眼睛……怎么唤也不答应……小田子说……哦，不是……是我……是我自己瞧她只剩下一口气了，就赶忙跑出来找人……"看了看皇帝，又看了看太傅，哭着求恳道："……儿臣听说太傅的医术，比太医院的院正还要高明得多，一定能救活母妃……求父皇和太傅答允，让太傅这就去给母妃治病……"说罢重重地磕下头去。

皇帝眉头紧锁，思忖片刻，道："乾儿，你先起来。"世乾不敢违拗，答应一声，老老实实地站起来，眼巴巴地望着太傅，一双小手兀自紧扯住她的衣角不肯松开。孟丽君看他这副模样，心头一酸，抬眼向皇帝望去，正值皇帝的目光也望了过来，心中似有决断，问道："明堂，你意下如何？"

孟丽君奏道："晋王殿下事母至孝，令人感动，虽系未得旨意、擅入冷宫，还请皇上念其孝心一片，不予责罚。微臣尝为医者，素知人命无贵贱穷达之分，皆重于泰山。微臣请旨，愿往冷宫，为李氏治病。"

皇帝颔首道："既如此，便有劳爱卿了。"高声唤道："权昌！"权昌进来，道："老奴在。"皇帝道："传朕旨意：后宫中人一律回避。你这就引郦丞相和晋王前去冷宫。李氏若还有救，命太医院不遗余力，奉上最好的药材。"

权昌听得殿内动静,已然猜知缘由,躬身道:"老奴领旨。"他在宫内四十多年,自皇帝出世起便一直贴身服侍,又做了二十余年的大内总管,引路这等寻常小事,早已不必他亲自出面,自有下面的小太监去做。然而此番却是引当朝丞相,去替贬入冷宫的妃嫔治病,这等奇事历朝历代皆是闻所未闻。皇帝的心思究竟如何,权昌甚为明了,自然知道轻重缓急。匆匆传下圣旨,又严令小太监不得走漏风声,带着两个心腹,拣一条幽僻小路,亲自引了孟丽君和晋王世乾来到冷宫。

李妃贬为庶人后,幽禁于东北角景祺阁北殿。圣旨颁下,雷厉风行,一行人匆匆赶到景祺阁。权昌早命小太监童能先行赶去,将闲杂宫人尽数驱散,孟丽君一行穿过南殿,直入北殿。一路上远远望去,各宫皆张灯结彩、锦幔绣帷,到处都是一派迎贺新年的浓浓喜气,唯有这景祺阁内,残冷破败,了无生机。

世乾心中焦急,一进北殿,便挣开内侍怀抱,跳下地来,一径跑到李氏炕前,连声唤道:"母妃!母妃!"不闻应声,回过头来急切地仰望着太傅。

孟丽君一见炕上李氏的形貌,心头已是一沉,抢上前两步,先伸手探了探她鼻息,果然气息微弱之极,又翻开她眼皮,瞧了瞧瞳仁,不觉暗暗摇头。命童能过来扶高李氏头部,从袖中取出银针,屏住呼吸,运力于指,施出"银针渡穴"之法,缓缓刺入她人中、内关两穴,停了好一会,又在眉冲、神门等穴位处施下数针。再等了约莫一盏茶工夫,伸手除去各处银针,复探李氏鼻息,已然粗重许多。当下举掌在她头顶百会穴上轻轻一击,只听得"啊"的一声,从李氏樱口中传出一声细细的呻吟,身子也略动了一动。

世乾先前一直不敢哭出声来,生怕惊扰了太傅施针,这时喜极而泣,唤道:"母妃!你醒了么?乾儿来看你了!"李氏睫毛一阵颤抖,慢慢睁开双眼,待瞧清世乾站在面前时,一双黯淡无光的眸子蓦地亮了起来,抬起枯瘦得犹如皮包骨一般的手臂,替世乾揩去眼泪,自己的泪水却流了下来,喃喃道:"乾儿……我的乾儿……"

权昌附过身去,悄声问孟丽君道:"相爷,可要传令太医院备药?"孟丽君微微摇头,低声道:"不必了。"望着炕前真情流露的母子二人,心中一阵恻然。她观李氏面色灰败,形容枯槁,一头秀发竟已脱落小半,露出了稀稀疏疏的前额。心知她患病已久,一直未得医治,兼之饮食不调、心气郁结,如今已是病入膏肓，现出精气涣散之象。似这等油尽灯枯之绝症，便是大罗金仙也救不活转，就算倾尽太医院各类珍稀药材，也是无济于事。自己方才施出"银针渡穴"的针法，亦不过是将她残余的精力激发聚集起来，勉力以延数刻之命而已。

世乾哪里知晓母亲命在顷刻，还在叽里呱啦地叙说今日之事。李氏的眼光慢慢转到孟丽君身上，忽然一阵挣扎，竟要起身。孟丽君忙虚按一下，说道："夫人有话请说，不必起身。"李氏身子一软，已是力不从心，不敢再动，目光望向权昌，却不说话。孟丽君会意，转向权昌道："权公公，可否行个方便？"权昌躬身道："相爷不必同老奴这般客气。"挥了挥手，童能等两个小太监随他一起退下，殿内就只留下孟丽君等三人。

李氏轻轻地道："相爷？妾身早知太傅乃人中龙凤，原来竟已拜相。太傅以丞相之尊，竟肯纡尊降贵前来冷宫，替妾身治病，此恩此德，妾身今世无以为报，来世必当结草衔环相报。妾身自知命不久矣，本也不敢有所奢望，不想天可怜见，到底让妾身在死前得见太傅一面，纵死也瞑目了。"略顿了顿，长吸一口气，开口直言问道："太傅，你瞧世乾这孩子怎样？妾身是说……他可是问鼎大位之材？"自知将死，出言便也无所顾忌。

孟丽君早在来前便已想到，倘若李氏病重不治，多半会有托孤之举，对她这番说辞问话倒也并不意外。她心中既有防备，自是对答如流地接口道："夫人应知，此事非为人臣者应答之语。"见李氏张口还欲说话，又抢先说道："夫人与其询问下官，倒不如先问问晋王殿下，他可有问鼎大位之心？"

李氏一怔，孟丽君不愿直接作答，原早在她意料之中，可末了的一句话，却是她从来不曾想过的。这些年来，她日思夜盼，都是如何将世乾扶上太子之位，将来有朝一日能君临天下，她便母以子贵，终有出头之日。后来被贬入冷宫，又疴疾缠身，一颗争强好胜之心终于灰飞烟灭。如今心知大限已到，然而此事关系孩儿将来生死荣辱，到底还是放心不下。她思量谋划此事已有数载，却从来也不曾动过念头，要问一问世乾自己的意思，只当他还是个小娃娃，如何能懂这等大计。这时听孟丽君一说，心头一动，只觉甚有道理。转过脸去，凝望着世乾，脸上露出慈爱的微笑，柔声问道："乾儿，你先好好地想一想，再和娘亲说，你自己平日里都喜欢做些甚么？你将来想不想和父皇一样，做一个英明神武的好皇帝？"

世乾虽然才五岁，十分聪慧机灵，自小在宫里长大，颇有些少年老成之态。听了母妃的话，歪着头想了一会，一双大眼睛眨了眨，却不开口。李氏安慰道："乾儿，这里只有太傅和娘亲，都是你最亲近的人。你心底怎么想，便怎么说，别害怕，娘亲不会怪你的。好孩子，你说罢。"

世乾回过头来望了太傅一眼，这才大着胆子，老老实实地回答道："乾儿喜欢画画，喜欢听太傅弹琴，喜欢玩儿，也喜欢读书，可……可就是不喜欢听那些啰啰唆唆、治国平天下的大道理……但是乾儿听太傅说过，当皇帝是一定要好好学习这些大道理的，不然就不是一个合格称职的好皇帝。乾儿……乾儿……其实不想当皇帝……"

李氏闻言，神情登时一黯，原本就苍白惨淡的脸色更是如同死灰一般，闭上双眼，喃喃道："原来如此，原来如此！"半晌无语，眼角慢慢沁出一颗泪珠。世乾大急，拉着李妃的手，连声道："母妃，乾儿错了，乾儿错了。只要母妃喜欢，乾儿愿意做皇帝的。那些个大道理，虽然乾儿自己不喜欢，也一定会好好用心去学……母妃！娘亲！"

李氏睁开眼，见世乾的小脸蛋涨得通红，先时好容易止住的泪水，又在眼眶里打转，心头又痛又惜，伸臂抱住世乾，说道："好孩子，都是娘亲不好。你不喜欢学那些功课，娘亲以后再也不逼你学了……你知道么，原来你父皇小时候，也是不喜欢学这些的。你的性子，和你父皇最是相似不过……这样也好，为娘便不用担心了。"

眼光转到孟丽君脸上，嘴角露出一丝淡然无谓的笑容，缓缓说道："太傅，虽说皇上如今只有乾儿一个皇子，但他春秋正盛，将来纳了新的皇后妃子，终归会有别的皇子公主。乾儿一个无母的孩子，又胸无大志，自然不是问鼎皇位的材料。相爷是乾儿的太傅，素日里待他极好，我都一一看在眼里，知道相爷是真心实意疼爱乾儿……"转头吩咐世乾道："乾儿，给太傅跪下。"世乾依言跪倒。李氏续道："……今日我命不长久，便将乾儿托付给太傅。不求他日君临天下，但求一生平安喜乐！"

孟丽君微一侧身，避开世乾大礼。她听到世乾"不想当皇帝"的这番话语，心头也是微微一惊。她出任太傅至今半载有余，和世乾朝夕相处，早看出这孩子心地善良、聪明伶俐，于琴棋书画诗文各道，皆颇感兴趣，就是不爱看长篇累牍的经史类书，喜欢简断明快之风，讨厌烦琐冗杂之事。现摆着皇帝这么一位"前车之鉴",孟丽君对此倒也不感意外,因此总将经史书中的内容编作简明易懂的小故事,一一说给他听,并不强行布置功课。然而即便如此,世乾对这类小故事的兴趣,依然有限得很。孟丽君心底也曾隐隐意识到,皇帝迟迟不立太子,却对世乾疼爱有加,倒未必是嫌弃晋王生母身份低微,而多半是已然察觉到,这个孩子的性情脾性着实肖似自己,立为储君不论于国家社稷,还是于世乾本人,都未必是福气。

李氏强提精神,眼光急切地注视着孟丽君,见她沉吟不语,一颗心七上八下、忐忑不安,生怕她不肯答允。过了一会,却见她上前两步,对着自己躬身行了一礼,肃然道:"夫人放心。郦君玉必当竭尽全力。"

李氏得她千金一诺,心神立时大定,长吁了一口气。紧绷的心弦一旦松弛下来,只觉神倦气乏,周身疲累到了极处,直恨不能就此昏睡过去。心知命在顷刻,用力一咬舌尖,趁着剧痛心神为之一振之际,赶忙叮嘱世乾道:"乾儿……从今往后,除你父皇外,太傅便是最亲近疼爱你的人……这一生一世,你都要谨遵太傅教诲,不可稍有违拗……娘亲的话,你可都记住了……"

世乾这时也依稀明白,娘亲只怕是要离自己而去了,含着眼泪答应道:"是,乾儿都记住了。"李氏微笑道:"好孩子!乾儿,你过来……让娘亲再好好看看你……"世乾膝行两步,跪在床前。李氏已然无力抬手,眼光在世乾脸上来回转动,神志渐渐模糊,口中喃喃道:"这孩子,模样儿生得可真像他父亲……"话语中竟流露出几分骄矜得意之色。

孟丽君心头一动,忍不住开口问道:"夫人,皇上如此待你,你心中可有怨怼?"李氏眼中神光黯淡,犹如梦呓一般,轻轻地道:"不……我从来……从来也不曾怨过他……"

孟丽君轻叹一声,正要退开两步,让他母子二人静静地共享这最后的时光。就在这时,忽见李氏眸中陡然间绽放出一片喜悦无限的光芒,仿佛见到了甚么难以置信的奇迹一般,紧紧地凝望着自己身后。孟丽君回头一看,殿前一道身影渐行渐近,赫然正是皇帝。

皇帝走到李氏炕前,在炕沿坐下,将世乾从地上拉起,抱在怀中,又伸手过去,握住了李氏干瘦如柴的手。李氏神情一片安泰平和,慢慢闭上双眼,唇边露出了一丝微微满足的笑容……

孟丽君从宫中出来，乘轿回到坐落于城西的新赐大丞相府邸。她既已登台拜相，成为百官之首的当朝大丞相，于情于理都不便再居于太师府中。皇帝早已于八月间颁赐下丞相府邸，孟丽君南巡之前，便已乔迁新居。太师虽不舍得这一对佳儿佳婿，也知无法挽留，好在两府相隔不远，仍可时常往来。只将归郎留在府中常伴膝前，又拨出了十数名得力精干的家人仆妇，连同总管康全，一并迁入相府，协助女儿料理日常家事。

这日早有家人先行回府报信，苏映雪欢欢喜喜地将孟丽君迎入厅堂，亲手服侍着换过家常装服，又叮嘱下人仆妇收拾打点好相爷一路上的衣物行囊。厨房里早得吩咐，已预备下了孟丽君素日最爱的几品菜肴，一时摆上酒馔，夫妻对坐。苏映雪嘘寒问暖，殷勤问候过一路风尘辛劳，又将这数月来京中各类消息趣闻，一一说与她听。

直至晚间，夫妻二人宽衣躺下，苏映雪方问起强忍了半日未问之事。得知老爷身子康健，和小姐父女相认，且已来到京中，自是大为欢喜；又听说荣兰一切安好，总督的官儿做得有声有色，不由替她高兴；待听孟丽君说到，已然将当初逼得娘亲和自己投江自尽的两个恶贼强寇绳之以法，禁不住伏在孟丽君肩头抽噎起来。

孟丽君轻轻抚摸她的秀发，柔声劝慰。一时见她已渐渐平复心绪，替她揩去眼角喜泪，忽然想起一事，在她耳边悄悄问道："寿王府就在我们相府临街，我出巡这几个月里，若显他可曾登门？"苏映雪听到"若显"两个字，登时粉面生晕，横她一眼，娇嗔道："官人！"孟丽君正色道："雪妹，这可是正经事儿，不是在打趣你呢。"

苏映雪听她口气郑重，果不似平日玩笑揶揄之态，于是敛了羞容，答道："前后来过四回。有两次是替寿王爷送来一些相府必备的陈设用器，另一回则送来了近几次诗会的文章佳作，说是等你回来过目，再有一次是……他又送了两品极品菊花。"孟丽君问道："送花那次，他可说了甚么不曾？"苏映雪道："你不在府中，我自然不便和他相见。他要下人转告说：'这两品花木都是上回那位国手巧匠精心培植而成，只是今年花期已过，须待来年再赏。明堂也是爱花惜花之人，当不致太过心急才是。'又亲自看着花匠将花木植好，方才离去。"

孟丽君沉吟道："雪妹，当初定下这偷梁换柱之计，为让若显允诺保密，我曾胡诌说要打发人回你原籍探望，回来再定下婚事。论理说，他早该私下向我追问此事才对，可算到如今已然半年有余，他却仿佛没事儿人一般，再也不提此事，倒让我心底有些惴惴……"又盘算一会，方道："……我想，若显是个再聪明不过之人，经历了朝堂审案、画像风波一事，再结合前情、两相对照，只怕……只怕他多半已猜出了我的真实身份……"

苏映雪"啊"的一声，惊道："真有此事？"孟丽君缓缓点头道："方才听你这么一说，甚么'明堂也是爱花惜花之人，当不致太过心急才是。'他话中有话，分明是要告诉咱们，此事不宜操之过急。"

苏映雪急道："这么说来，又多一人知晓了你的真实身份……这……这可如何是好？"孟丽君微微一笑，道："这可是若显啊。他待你一往情深，又是个不理朝事的主儿，得知我是女儿身，只怕欢喜都来不及呢。再说，他若不肯替我保守身份隐秘，我如今还能安然居于这丞相大位么？这一点我倒是不担心的。"苏映雪想了想，道："这倒也是。"

孟丽君又道："其实若显知道了我们的身份，事情反而好办了。雪妹，你的终身大事，我一直记挂心头。若无先前画像一事，我原本预备明春就给你们办了喜事的。只是如今我虽已拜相，朝中怀疑我身份的，依旧颇有人在。想来若显也是知道我的难处，因此特意传话过来，说不必操之过急。雪妹，说不得只好再委屈你一段时日了。"

苏映雪嗔道："小姐，你怎么又说这些见外话！我还盼着能多陪你一段时日呢。"孟丽君伸手刮了刮她脸颊，笑道："你说这话，小心可有人要喝飞醋了。"苏映雪脸上一红，忸怩道："你方才不是说不打趣我么！"孟丽君哈哈大笑，道："如今正事说罢，自然可以调侃了。"

二人又说了一会子话，孟丽君将荣兰如何钟情于荆州举子殷溪霆，又将殷溪霆其人的种种不凡之处，都说与苏映雪听了。苏映雪听罢，既替荣兰欢喜，复觉这段姻缘只怕好事多磨，双掌合十，在心底暗暗替二人祝福。

第廿一章

转眼到了除夕之日，孟丽君小两口搬出太师府时，曾与太师约法三章，逢年过节必要搬回府中承欢膝下、略尽孝道，是以这日一早便坐了车轿回到太师府。

小夫妻向太师恭恭敬敬地行过家礼。太师坐在椅中拈须微笑，待礼毕了，亲手上前扶起这一对佳儿佳婿，心下极是得意。一时乳娘萧氏抱了归郎上来，给"爹爹娘亲"请安。孟丽君见他小嘴里已长出了四颗乳牙，一副虎头虎脑的模样儿甚是可爱，伸手将他抱在膝前，又从萧氏手中接过一面拨浪鼓，"咚咚咚"地拨弄着。归郎听得鼓声，一双小手儿上下摆动，"咯咯咯"地笑个不停。丫鬟仆妇们望着"父子"两个其乐融融的景象，都不觉抿嘴微笑。

孟丽君心底却是一阵怔忡，禁不住想到了爹爹。除夕佳节本就是万家团圆之时，可叹自己和爹爹虽同处京城，却依旧不能团聚、共享天伦之乐，也不知他在皇甫府里一切可好？心头不禁一酸，举起手中拨浪鼓摇了两下，暗忖："爹爹尚在人世，便是今年第一桩不胜之喜。我岂不知，天下事焉能件件十全十美、尽如心意？我既已选择男装为相，于孝道上说不得只好有所亏欠了。何况我早就和爹爹商量好了，他明日便会登门，我又何必急于这一刻？"如此一想，心绪渐渐平复下来。

到了晚间，府内各处香烛高悬，灯火通明，外间爆竹烟火之声，更是络绎不绝、彻夜未歇。翁婿二人遥望着无数烟火花炮呼啸而上、冲天绽放，灿若五色流星，将夜空映照得犹如白昼一般。太师喟然道："这般热闹的除夕，可有数年未见了。"前几年天下战乱未息，朝廷疲于应付、国库空虚，百姓惶惶不宁、人心浮动，新年庆贺亦不过胡乱应个景儿，哪有如今万民欢腾、兴高采烈的气象？孟丽君自入京以来，这还是第一遭见到如此绚烂耀眼的壮美奇观，不觉看得入迷。

太师却在一旁缓缓说道："自十一月来，朝鲜、波斯、吐蕃等各国皆陆续遣派使节，携了贡品，重新入京。明日朝贺之时，皇上便会在金銮殿内接见各国朝使。明堂，三年前南疆叛乱一起，这些昔日的臣属之国便立时停了贡物，虎视眈眈地逡巡着我朝边界，如今眼见事无可为，方重又摆出一副恭敬之色。有道是：弱国无外交。要想四夷敬服、万邦来贺，诸般手段谋略皆落下乘，不足为倚，唯有国力强盛、民心凝聚才是堂堂正道。今后倘能年年除夕皆似今日，你这丞相之责方算尽到。"孟丽君闻言一凛，站起身子，对着太师躬身一揖，肃然道："小婿受教了。"

在千家万户震耳欲聋的爆竹声中，元贞二十年的元旦之日终于到来……

元旦之日朝贺乃是一年一度的国家大典，诸般礼仪繁复隆重。皇帝一早便要换上全副穿戴的朝服衮冕，亲率文武百官，入太庙主持祭天拜祖大典，再回到太和殿接受群臣朝拜，接见各国来使，并赐下筵席，宴赏群臣。去岁朝廷外平李逆，内除刘捷，如今四海升平，万国来朝，因此今年这朝贺之仪，较之往年愈见庄严肃穆，尽显大国风范。

皇帝原是最厌烦这些繁文缛礼的，往年元旦，等祭天朝拜大典完毕，待到国宴之时，皇帝早已甚为不耐烦，只依礼敬过一巡酒，便要指一两位大臣代驾敬饮，自己离殿回宫。今日国宴，他却是一反常态，频频举杯，与群臣抒怀畅饮。

皇帝酒量极宏，如今亲自举杯一一相敬，谢过百官为国辛劳。群臣之中，大多从未受过这等荣宠，尽皆喜动颜色、如沐春风。人人只道皇帝今日兴致极好，必是因朝廷否极泰来、百事顺畅的缘故。哪知他于钟鼓礼乐、美酒珍馐之间，一副心神片刻也不曾离开过那道位于群臣之首的身影，面上却是半点不露端倪，眼光也四下转视如常，并不紧紧追随那道身影。

孟丽君如何不明了皇帝的心意？她举止神情亦是一片平和如常，只偶尔间两人的目光不期而遇之时，彼此眼神中浮现出一抹会心的笑意。

从宫中领宴出来，孟丽君与同僚互道过新春贺喜之语，便起轿回到了相府。苏映雪受封一品诰命夫人，这日一早也自按品大妆，乘轿入宫去拜见过太后，领了午宴方回。

二人皆换过一身家常裘服，携手在夕晴阁里小坐。说起今日宫中筵席，苏映雪抿嘴笑道："老爷，你可不知道，今日安平公主见了我，别提有多亲热了。旁的王公贵妇她一个也不理睬，只拉着我的手，话说个不停。她还同太后说，要和我结为金兰姐妹呢。"说着一双美目笑意盈眸，斜睨着孟丽君。自从夫妻俩搬出太师府、迁入相府后，在人前苏映雪便开始改口称孟丽君作"老爷"了。

提起安平公主，孟丽君不禁几分头大，忙问道："那你是怎么回话的？"苏映雪道："我自然不敢应承了，想了个法子搪塞过去。公主还待不依不饶，太后千岁却开口发话了。她说：'结为金兰姐妹，自然是极好的。今年恩科主考，哀家瞧皇上的意思，多半是要点中你这位金兰姐妹的好夫婿、我们的状元公大丞相了。说不得便只好烦劳丞相慧眼识英才，替哀家好好地瞧一瞧，务必要从这一科的进士中，挑选出一个才貌双全的驸马来。只要人品好、才情高，不曾娶过亲，相貌又和公主般配，是不是状元榜眼倒也无所谓。'"

孟丽君听说皇上有意点自己为恩科主考，这原是意料中事，不足为奇。待听到太后竟要自己替公主挑选驸马时，只觉啼笑皆非。她从前就曾盘算过，过完年公主便有十八岁了，太后就算再宠爱女儿，到这时也该起意要替她挑选驸马了。只需挨过这一段尴尬时日，自己就可以长松一口气，因此也并未如何将此事放在心上。谁知到头来，这份烫手的差事终归还是着落在自己手中。轻叹一声，问道："后来呢？"

苏映雪敛了笑容，也叹道："太后的话还没说完呢，公主脸上登时就变了颜色，只顿足说了声：'我才不嫁呢！'转身便自顾自地回宫去了。留下满殿宾客面面相觑，太后脸上也过不去，亏得几位太郡夫人搭讪逗趣儿，方才遮掩过去。因此今日午宴，自太后以下，人人皆没了心思，早早地就都散了。老爷，这件事儿你可要小心留神，提防出甚么变故才好。"孟丽君点点头，道："夫人提醒得是，我记住了。"

说话间已有数张拜帖请柬先后递了进来，孟丽君随手看过，或推或允，一一分派下去，命管家梁成出去回话。一时门房来报：忠勇伯皇甫少华并其父皇甫敬，以及原云南总督孟士元求见。孟丽君精神一振，吩咐道："请入书房奉茶，就说本相一会就来。"与苏映雪对视一眼，悄声道："一会该怎么说，你可别忘了。"苏映雪眸中射出欢喜的光芒，微笑道："老爷放心。"

孟丽君又坐了片刻，方起身整了整衣冠，来到书房前。命段氏兄弟守在门外，余人一概退出，这才举步迈入。见她进来，书房内三人都放下手中茶盏，站起身来，皇甫少华更是执礼甚恭，低眉垂手而立。孟丽君在主位上随意落座，抬手说道："今日新春佳节，普天同庆。三位不必拘礼，请坐！"三人依言告坐。

寒暄数语后，皇甫敬指着孟士元，笑道："明堂，这位就是沉冤昭雪的孟总督，他说和你在昆明曾有过一面之缘。此番登门，一来自然是给明堂拜年，恭贺新禧；二来呢，这位孟总督想要见一见尊夫人，叙叙昔日旧情……"

孟丽君听到这里，脸色已微微一沉，目光望向孟士元，忽然轻轻一笑，说道："孟总督，本相在昆明时便已和你把话挑明：昔日拙荆母女在你府上，得你照顾看拂，确实受过不少恩惠。然我金殿审案时助你洗刷冤屈、官复原职，并还你女儿一个清白名声，也算抵得过了，从此已是两不相欠。本相说过的这些话，难道你竟如此健忘不成？"

孟士元这一路上远远跟随钦差车驾，只最后数日方昼夜兼程赶路，终于抢在钦差返京的前两日抵达京城，免得招来无谓的猜疑。在皇甫府里住下后，这几日他自然也引见结识了京中不少达官显贵，众人的话题，俱是在议论郦丞相南巡返京之事。提起这位春风得意、位高权重的少年丞相，人人皆是一副又是敬畏又是叹服的神情，都道天降英才、我朝中兴有望。他将这些言语听在耳中，虽知女儿能耐甚大，到底不曾亲眼见识，仍不免心有几分将信将疑之意。

这日依计来到相府，见皇甫父子一入书房便屏气凝神、不敢高声喧哗，而女儿乍一现身，举手投足间自有一股颐指气使、震慑人心的风度。他坐在下首位中，见到女儿这副板起面孔、官威凛凛的模样，听了她这番似笑非笑的话语，又迎面对着一双含怒未发的眼光，虽然明知这只是作戏，心底仍不住微觉惊颤。

当下站起身子，拱了拱手，不卑不亢地回道："卑职不敢忘却，原也从未指望过高攀相爷。只是尊夫人曾与小女情同姐妹,卑职小女至今音信全无、生死未卜,心中难免焦急万分,只想请尊夫人出来,问一问当日情形罢了。再者,听亭山兄说,相爷手中有一柄凌霜短剑,这原是我孟家旧物,于我们两家干系重大。倘是旁的物事,只要相爷喜欢,我等自当割爱,只是此物却万万不可,还请相爷见谅。"

他这一番话说得直白爽快,并无半点拐弯抹角,皇甫父子却听得几分心惊胆战,皇甫少华不住暗使眼色,孟士元却只作不知。皇甫父子不觉暗生悔意,心道不该怂恿他去向丞相讨要凌霜短剑,更不该如此莽撞地将他带来相府,只怕他这几句话语,已然冲撞得罪了相爷。

孟丽君闻言沉吟片刻,脸色不怒反霁,起身踱了两步,转向孟士元,说道:"孟总督说话直爽,本相倒有几分喜欢。这样罢,咱们敞开天窗说亮话,本相便与孟总督作一个约定,如何?"孟士元不置可否,道:"相爷请讲。"

孟丽君脸上露出一丝笑容,说道:"拙荆秀外慧中、温婉贤良,我对她爱之敬之、惜之怜之。说句老实话,她往昔是什么身份,我自然知道,却是一概不放在心上的。于我而言,她便是我丞相府邸独一无二的女主人,是朝廷钦封的一品诰命夫人,也是我郦君玉相伴一生的爱妻!"

说到这里,话锋一转,又道:"只是话说回来,我自己虽不在意这个,却见不得旁人为此轻慢无礼于她,听不得某些人背地里乱嚼舌根,坏我相府清誉,更容不得爱妻因此而受到丝毫羞辱伤害。所以呢,我的约定便是……"拉长了语调,说道:"……孟总督方才说的问讯和凌霜短剑两样,本相且都允了。我们和皇甫府,依然算是远亲,得了闲时仍可时常走动。只是拙荆昔日的身份,你们须得允诺保密,倘有丝毫泄露,莫怪本相翻脸无情,到时只和你们两家算账!"说到这里,袍袖一拂,背过身去。

皇甫一家原是最注重门第面子的,当初得知了苏映雪的身世,不以为荣、反引为耻,自是羞于在人前提及的。父子二人对视一眼,举目望向孟士元,均微微点头。皇甫少华不知为何,心头又是一沉,见郦丞相对孟士元竟然丝毫不留情面,心底最后一线希望也已然落空,只觉空空荡荡、茫然一片。

孟士元低头思量了一会,方点头道:"如此甚好,就依相爷。"孟丽君转过身来,道:"好!君子一言,快马一鞭。待我与孟总督击掌为誓。"两人轻击三掌。孟丽君又转向皇甫敬,说道:"非是我信不过表舅,只是此事关系拙荆名声，非同小可，还请表舅也与我击掌为誓。"

皇甫敬苦笑一声，道："明堂这一声'表舅'，老夫已经许久不曾听到了。"隐隐感觉自拜相以来，郦丞相官威日重，待自己父子已颇有些疏离之态，自也猜得到她多半是因画像一事而心生芥蒂。两人也轻轻击了三掌。

孟丽君这才换过一副面孔，重新坐回位中，微微笑道："烦劳三位稍等片刻。"高声唤道："段亮。"段亮进来，躬身为礼。孟丽君吩咐道："去请夫人取了凌霜短剑来书房。"段亮依言去了。

过不多时，苏映雪手捧短剑来到书房，先对着孟丽君点头唤了声："老爷。"目光四下一扫，便停在孟士元身上，一张芙蓉粉面上流露出又是欢喜又是伤感的神情，脚下已情不自禁地走上前两步，随即止住，回眸向孟丽君望去，似有些犹豫不决的模样，不知应否上前相认。

孟丽君站起身来，从她手中接过凌霜短剑，随手放在几案上，又轻轻握住她的手，来到孟士元身前，说道："夫人，你与孟总督到底是旧识。这样罢，你便行上一礼，也不为过，就算昔日情分从此一笔勾销。"又对着孟士元说道："孟总督，你只管受了此礼，今日之后，我夫人便与你再无瓜葛。"

苏映雪见到孟士元风霜满面、迥异往昔的容颜，脸颊上不觉已垂下两行珠泪，哽咽道："是。"当下敛衽为礼，拜了下去。孟士元伸手虚扶，见苏映雪的容貌出落得越发妩媚明艳，举止端持大方，气度平和安详，从前眉目间宛如小家碧玉般的一点青涩之气全然褪去，俨然已是一位豪门世家青春贵妇的模样，心中一阵感慨，面上神色不变。

行过礼后，孟丽君携了苏映雪的手，二人在正中主位上坐下，余人方依次落座。孟士元便开口问起逃难之日以及后来走散时的情形，苏映雪依着孟丽君先前嘱咐，虚虚实实地叙说了一番，大体上皆是实情，自然略过不提易容改装一节，而问及碧玉如意时，也只推说小姐带在了身边。皇甫父子凝神细听半响，才知她与孟小姐刚出府门便已离散，所知委实有限，不觉甚为失望。

苏映雪叙罢往事，神情稍显倦态。孟丽君体恤爱妻，命人送她回房，自己伸手从案上取过凌霜短剑，"锵"的一声拔出剑锋，左手两根手指贴着冰冷晶莹的剑身轻轻一拭，貌似不经意状，随口问道："我听说这柄凌霜短剑，原是你们两家当初定亲的信物，不知可有此事？"

皇甫敬看了一眼孟士元，叹道："不错。当年我与孟贤弟央了林瑞海林翰林为媒，便是以此剑和那柄碧玉如意为信物，定下了两家指腹为婚的儿女亲事……转眼算到如今已是一十九载，世事难料，好事多磨，只盼这桩亲事终能和谐圆满……"

孟丽君截住他话语，道："原来如此。此剑既于你们两家有偌大干系，自当物归原主……"说着还剑入鞘，顺手一抛，交入皇甫少华手中。皇甫少华望着手中短剑，心头不觉一阵怔忡。孟丽君话语不停，续道："……这么说来，两件信物已得其一，但不知另一件可有下落？想来这柄碧玉如意该在孟小姐手中，倘能寻得此物，或许便能找到其人，也未可知。"

皇甫少华将短剑递与父亲，叹了口气，摇头说道："恩师不知，早在八月间平南班师时，我便已在留意此事，后来更遣了家人、央了旧友四处寻访。到底皇天不负有心人，竟凑巧在江南袁州府的一处珠宝古玩铺子里，发现了一柄与当年信物极为相似的如意。爹爹特意兼程赶去，辨明果是此物，便出了高价买下，原也是有按图索骥、凭物寻人之意。谁知时过境迁，又是战乱甫平之际，消息委实艰难。爹爹辗转周折、查探了数十日，也不过只查到确是从一名外乡女子手中购得，然而细问形貌，却并非是我那丽君芳卿……"

说到这里，抬头向孟丽君望去，见到与画中人儿酷似的绝丽容颜，不觉又是一阵目驰神摇，略顿了顿，开口说道："恩师，想我那丽君芳卿命运多舛，三年来流落天涯，不知身在何方。如今既已得了碧玉如意的下落，寻得伊人便终归多了几分指望……学生……学生心中有一个计较……"迟疑片刻，牙关一咬，说道："……少华情愿弃官辞朝，从此海角天涯寻觅芳卿。倘若天可怜见，终得夫妻团聚、姻缘美满，我便……"

只听"啪"的一声脆响，却是皇甫敬听得他最后一句话，大惊之下，失手跌落了手中茶盏。他顾不得是否失礼，急忙打断话头，连声道："少华，少华！你的这个孩子气的傻念头，怎么到如今还不消停？竟拿到郦丞相面前当真起来！爹爹平日里是怎么教导你的？好男儿当建功立业、报效国家，岂可为了儿女私情而置功名抱负于不顾？"转头向孟丽君赔笑道："明堂莫要信他胡言乱语，此话做不得数……"

皇甫少华恼道："爹爹！我这话可不是胡言乱语！我有这个想法已不止一日两日了，其中利害得失，自也周全考虑过了，怎么就做不得数？这个功名，是我自己战场上真刀实枪、流血拼死挣出来的，我岂不知得来不易？可是……"右手轻抚胸口，怅然道："……于我而言，甚么功名抱负、权势富贵，到底都及不上丽君芳卿重要……"

皇甫敬劝道："你的心意，爹爹明白。我和你母亲的意思，不是同你说过么？要寻访丽君下落，与其穷你一人之力，倒不如上一道表章，恳求万岁天恩作主，明发一道上谕，便以画像为凭，张榜天下各州府县探察寻访，这岂不周全？"

皇甫少华看了一眼孟士元，迟疑道："爹爹，莫说朝廷上谕求之不易，就算万岁天恩浩荡，当真允了，可是闹出这般动静，孟叔父并不赞成，孩儿也觉十分不妥。丽君芳卿又不是钦命要犯，当初画图缉拿，闹得天下沸沸扬扬，已然令她蒙羞受辱，那时还可说是事出无奈。如今再要画图张榜，岂不是旧事重提，必将使她多遭一番羞辱？这于我们皇甫家的脸面，也无半点好处。再说……爹爹，倘若我亲去寻访过一番，纵然终无音信，到底也就心安了。若非如此，只怕我这一生一世都将心悬此事、寝食难安！"说罢又是一声长叹。

皇甫敬沉默片刻，随即问道："那你待寻访多久？"皇甫少华茫然道："我……我也不知道……三年五载？或是十年二十年？总归要到我心安的那一日……"皇甫敬不觉怒道："倘是一年半载，或许还可商量。十年二十年？你祖母那里，如何说得过去？"皇甫少华执意道："爹爹放心，祖母那里，孩儿自会解释。"皇甫敬见此处并非说话的地方，只怒目瞪了他一眼，便不再开口。

孟丽君听了皇甫少华这一席话，心头也有片刻感动，暗道："不论芝田此话是出自真心，还是有意试探，于他而言，也算难得了。只是我心意已定，绝无更改：我对芝田实无半点情愫，莫说还有一个刘燕玉在，就算没有这位刘二小姐，要我改回女装、成婚嫁他，那也是万万不能够的。"

心念转动，想到此刻情势，登时一凛，瞥眼向孟士元望去，只见他闻言颇为动容，口舌微张，似要说话。生怕他一时为皇甫少华言语所动，说出甚么不当之语，忙抢先开口说道："芝田若挂冠辞朝，天涯海角去寻访孟小姐，但不知那刘燕玉刘二小姐，芝田又待如何处置？"果见孟士元立时神情一滞，闭上双唇，眼光望向皇甫少华，凝神细听他如何作答。

皇甫少华坦然道："恩师何出此言？丽君芳卿是学生之妻，刘燕玉是学生之妾。妾不与妻相争，这是自古大礼。再者，倘若我决意辞官寻访爱妻，又岂有容妾室置喙之理？"

孟丽君不觉失笑，问道："倘若你十年二十年不归，莫非要燕玉小姐独守空闺、虚度青春，等你十年二十年不成？还是说，你本就有意，欲携了燕玉小姐一道前去寻访？"皇甫少华一阵结舌，讷讷道："学生……这个……"不知该如何应答。孟丽君一点即止，并不过分逼迫于他，只微笑道："看来芝田你尚未完全想好。既如此，挂冠辞朝之语，自是言之过早。"

皇甫少华见到她明丽无比的脸庞上露出一丝微微的笑容，心头不由一颤，一时又觉那笑容中颇有几分值得揣摩的深意，细细玩味之下，竟似夹杂着一丝若有若无的讥诮嘲讽之意，仿佛完全不信自己做得到一般。心念一阵起伏，随即强行按压下去，不令动摇已然决定的主意。

孟丽君眼角余光中，只见孟士元眉头微微一蹙，似有几分失望之色，即知皇甫少华的言语并未合他心意。心头稍宽之余，念及皇甫少华到底是一员不可多得的将帅之才，不由多了几分怜才惜才之意。目光朝他望去，脸色一肃，提点道："只是……作为朝廷丞相以及你的老师，我倒要提醒芝田一句：你如今深受皇恩，十八岁年纪便受封伯爵、升任一部侍郎，正是大展才学抱负、报效社稷黎民之际，可莫要为儿女私情所困，消磨了凌云壮志才好。"

皇甫少华脸上一红，不敢直视她的目光，起身揖了一礼，毕恭毕敬地答道："恩师指教固然极是……只是人各有志，强求不得……大丈夫言必信、行必果，一言既出，岂有悔改之理？恩师与师母伉俪情深，天下知名，令人好生羡慕。学生这一片虔诚爱妻之心，只盼恩师原宥体谅。"

孟丽君轻叹一口气，低声道："也罢！芝田你既执意如此，我便也不再相劝……果然是人各有志，强求不得……"皇甫少华听她这么说，心头一阵惆怅，自也是十分心痛惋惜，却到底松了口气，坐回位中。皇甫敬看看这个，又看看那个，巴不得郦丞相能说动孩儿打消弃官的念头，这时见其事将成定局，不由大为焦急，连连叹息跺脚，偏又无可奈何。

一时众人皆缄口不语，书房中一片安静。段亮进来，收拾了地下皇甫敬失手摔坏的茶盏，又替他换上一碗新茶。

过了片刻，孟丽君轻咳一声，转过话题，向孟士元说道："朝廷八月间颁下圣旨，昭雪了孟总督的沉冤，并许你恢复品秩。前几日本相南巡回朝面圣时，皇上还问起孟总督来，说是待年后开了印，便要召你陛见。"孟士元站起身子，对道："卑职重病初愈，入京复旨。得蒙圣上召见，感激天恩，必当尽心竭力，报效朝廷。"

孟丽君想到自己至亲父女，不但当面不能相认，还要如此打起官腔说话，不觉又是好笑又是伤感，越发坚定了心头决定，神色自是丝毫不变，说道："孟总督精忠报国，纵然蒙受不白之冤，依旧赤胆忠心不改，乃是一条铁骨铮铮的好汉子，本相向来是极为敬重的。往日之事，朝廷于你确有不公之处，皇上数月前已下过一道"罪己诏"，此番金殿陛见，定还会对你有所嘉奖补偿。"

孟士元自然明白，女儿这是有意透露内幕消息，询问自己意向。略想了想，说道："沉冤既雪，小女的罪名也已澄清，卑职心中便再无挂碍。旁的嘉奖补偿，倒也不必了，卑职生平所愿，唯保家卫国，得一用武之地而已。"

孟丽君点点头，爹爹的这几句话，倒与自己那日在皇帝面前的说辞如出一辙。看来爹爹的英雄豪气，并未因这几年所经历的苦痛磨难而有所消沉，那自是再好不过了。看了一眼他身旁的皇甫敬，不由将这一对金兰兄弟暗相比较。

原来自金殿审案，孟、卫两家昭雪冤屈后，皇甫敬从前"泄露机密、私纵要犯"的罪名也就一笔勾销了，自然官复原品，本来亦可留在朝中任职。只是如今朝中一干武将多为平南将领，皆是后起之秀、青年小辈，他年纪既长、身份又尊，不愿与后生小辈同朝共事，何况儿子已升任侍郎高位，家中恢复了先前鼎盛景况，而以他从二品之位，纵然致仕亦可领受半俸，便上了一道辞呈表章，乐得在家中安享清福。也正是为此缘故，听说儿子欲辞官不做，他便不由大惊失色。

又说了几句话，皇甫父子皆有些心神不宁，过不多时，便起身告辞，孟士元也不得不随之告辞而去。临别时父女对视一眼，孟士元微微颔首，孟丽君心中一宽，明白爹爹是在告诉自己放心，他决计不会泄露自己身份机密。

总管梁成眼见客人离开，又送来厚厚的一叠拜帖请柬。孟丽君随意翻看，无非是朝中一些往来应酬之事，也有吴应兆、梅昭如、朱绍麟等至交好友的邀约之柬。忽然见到夹在其间的一张拜帖，不觉眼前一亮，忙取在手中，问梁成道："送来这张帖子的是个甚么人？可走了没有？"

梁成看了一眼那张拜帖，想了想回道："是个高个儿的少年书生，十七八岁，皮肤甚黑……他来了有一小会了，眼下正在前厅奉茶。"孟丽君喜道：

"当真是他！快快有请！将他请到书房来。"说着站起身子，周身打量了一番，又伸手理了理头上的冠带，方重新坐下。

梁成见相爷如此郑重其事，倒似若非为身份所拘，便要亲自前去迎接的模样，自然不敢怠慢，连忙去了。心底不觉好生疑惑，不知那少年书生究竟是何等样人物，竟能令相爷如此重视。

一时恭恭敬敬地引了那书生进来。那人走进书房，一眼见到孟丽君，眼光在她脸上停留片刻，微微一笑，长揖一礼，道："学生殷溪霆拜见郦丞相。荆州一别，相爷一切安好？"

孟丽君见他进来，即从座中站起，双手虚扶，含笑道："子威不必多礼。能于此时在京城见到子威，本相心中甚为欢喜。来，请坐，奉茶。"殷溪霆告谢落座，道："前番与相爷一席谈话，令学生平息已久的仕途之心重又燃起，是以前来京城，赴考恩科会试。"

孟丽君道："本相此去云南，那云南巡抚袁容袁大人曾在本相座前力夸子威之才，并连声叹道：'如此奇才，偏生全无入仕之心，不能为朝廷所用，着实可惜'。如今子威肯来赴考，袁大人知道了，必也十分欢喜。"

殷溪霆笑道："袁巡抚与荣总督二人，与学生一见如故，已是莫逆之交。荣总督在昆明设立的婴孩收容所，不知相爷是否见过？学生从前的打算，便是要在那里兴办第一所女子私塾。这个提议，荣总督倒是极为赞成的。"

听殷溪霆提到荣兰，孟丽君心头一动，说道："那个婴孩收容所，本相是去过的。你们的计划，清之也曾同我说起。只是你如今既然前来京城赴考，但不知云南那边，可有甚么安排？"

殷溪霆道："学生的生平志向，荣总督最为清楚。除相爷外，他是第一个理解学生种种离经叛道主张的知己。那日学生得蒙相爷千金一诺，便已定下主意入京赴考，随即写了一封长信托人捎与荣总督，解释个中缘由。至于运送春耕谷种之事，以及收容所今年的开销，皆已安排妥当，无须挂虑……今科会试，学生如能中个二甲三甲的名次，便当自请外放云南，以助荣总督一臂之力……"

孟丽君微微颔首，殷溪霆行事周全细致，果然令人放心。本朝风气向来重内轻外，新科进士皆以授任京职为荣，大多不愿外放，他竟肯自请出外，可见于云南之事，确然十分上心。听他说"中个二甲三甲的名次"，当下笑问道：

"倘若高中三鼎甲，子威又待如何？"

殷溪霆成竹在胸，坦言道："我朝自开国以来，历次科考从无三鼎甲外放离京的先例。学生倘能侥幸列位三鼎甲之内，倒也不必刻意破此旧例。何况三鼎甲地位尊崇，天下知名，留在京中以求简在帝心，于学生实现政见主张，自也多了不少便利之处。"

孟丽君只听这寥寥数语，便知他于进退取舍之机把握极准，心下一阵喜悦：此人行事目标明确，计划周密，兼之心智坚毅，端的是成就大事之奇才也。当日在章华寺内与他一席交谈，"男女平等、唯才是用"这八个字便已深深烙刻在孟丽君心头，二人的政见主张，自是再契合不过。

孟丽君看了殷溪霆一眼，见他举止从容大方，气度不卑不亢，除了刚进门时眼光曾在自己脸上停留片刻外，言谈间神情目光均无半点异样之处，心下对他愈发多了几分赞许和欣赏，想到荣兰对他早已芳心暗许，不觉暗赞兰儿果然眼光极佳。

她与殷溪霆前番在章华寺相见时，原是微服出行，事先用"易姿丹"更易过容貌，而此番见面则是本来面目。世上之人第一次见她容貌时，莫不流露出惊异赞叹之色，而惊赞之余，有人倾心仰慕，有人自惭形秽，也难免有人会生出觊觎妒忌之心……种种目光不一而足，她见得多了。此番却是第一次在青年男子眼中，见到如殷溪霆这般明净坦荡、浑然不以美丑为念的目光。心中甚是明白他的想法，正与自己向来观点一致：并非没有辨别美丑的能力，而是由衷认为容貌如何并无分别。

孟丽君沉吟片刻，说道："再过两日我府里正好有个诗会，子威若是愿意，不妨过来坐坐，大家以诗入会、以文会友，我也好替你引见几位京中名士。"说话间语气自然放缓，不再以"本相"自称，已将殷溪霆当作至交好友一般看待。

殷溪霆思虑缜密，立时觉察。郦丞相本就是他最为敬重之人，能得她如此看重，心中自是极为欢喜，说道："多谢相爷美意，学生敢不从命。"略一停顿，又开口道："学生尚有一个不情之请，还望相爷成全。"孟丽君不觉生出几分好奇，不知他此时竟会说出甚么"不情之请"来，道："子威请讲。"

殷溪霆道："学生想与奇英县主见上一面，还求相爷代为周全。"孟丽君先是一惊，随即便觉此话从殷溪霆口中说出，实是再正常不过，不觉微微一笑，道："原来是如此一个'不情之请'。好，我心中有数，自会替你安排。"

这时卫勇娥与熊浩成婚已有四个月，还是孟丽君南巡之前亲自替他二人主持的婚仪。论理说要求一个已婚妇人与素昧平生的陌生男子见面，原是大大地有悖理法道德之事，然而这两人一个问得毫无愧疚，另一个更是答得十分爽快，俱是一副理直气壮的模样。二人你看看我，我看看你，不由一齐大笑出声。

却说早在孟士元一行抵达京城之前，孟丽君便已遣了段明先行回京，暗中安排布置，探听皇甫府中各色消息。这日皇甫父子和孟士元回府后，孟丽君便知皇甫府内必有动静，吩咐段明前去探察。次日段明进来回禀道："今日一早，皇甫府中传出消息，老夫人已择准了正月十八的黄道吉日，要替皇甫侍郎与刘二小姐完婚。皇甫夫人领了丫鬟仆妇，亲自到京中几处珠宝铺、银楼、绸缎庄里相看，管家吕忠及一干下人，正四下置买新房所用床帐、被褥、喜烛等各式器物。"

孟丽君闻言微微一惊，吩咐段明再探。心底盘算道："看来昨日回府后，芝田定是将挂冠辞朝的话语，向他祖母明说了，大概皇甫老夫人也没能动摇芝田的决心……要他同燕玉小姐择日成亲么，这应该是皇甫老夫人提出的要求，多半是看芝田心意甚决，欲借此以施缓兵之计，自是盼他成婚之后，能为刘氏一片柔情所动，幡然醒悟……只是这样一来，燕玉小姐为父守孝三年的心愿，怕是不能实现了。"

又想："此事于我而言，自是大大的好事，非但不会介意，反倒宁愿扶正了刘燕玉的名分，以慰她对芝田的一片痴心爱恋……唉，只是爹爹现就住在皇甫府内，身份委实尴尬，此情此景对他来说，心中恐怕不会好受呢……不过如今华燕亲事既已定下，爹爹的决断必也下了，从今往后，他该再不会逼我嫁与芝田了罢？倘能趁此良机，索性将这桩指腹为婚的荒唐亲事一笔勾销，那便再好不过了……"

想到取消亲事，心头登时一动，寻思道："要爹爹主动提出解除亲事，那是指望不上的。皇甫父子对这门亲事上心得很，多半也不肯主动取消……不过，皇甫府里的真正决断之人，却是皇甫老夫人。这位老夫人那么，应是有法可施的……"思量了一会，心中已隐隐有了主意。

次日便是初三，孟丽君早与一众诗友定下邀约，这日下午在相府内举办今年开春第一场诗会。前一日夜里下了一宿大雪，如搓棉扯絮一般纷纷扬扬，直到天明时分，方才收住。地下早已积了一尺多厚的雪，放眼望去一片银白，便如粉妆玉砌。

丞相府与寿王府仅有一街之隔，梅昭如第一个踏雪前来赴约，孟丽君夫妇出了梅雪厅相迎。梅昭如见孟丽君一袭白裘，于雪色映衬之下，显得分外精神，面上的肌肤，竟比地下的冰雪还要洁白明净，心底暗暗喝了一声彩。目光却不由向一旁望去，只见苏映雪一身红衣，妆容精致，正俏生生地立在一旁，当真明媚娇艳、动人心魄，冬日里裘服臃肿宽大，却掩不住她婀娜娉婷的身姿。梅昭如一见之下，登时窒住，只觉呼吸不畅，勉强移开目光，与孟丽君并肩进去，苏映雪跟随在后。

孟丽君只作不知，随口与他寒暄数语，便起身笑道："有劳夫人相陪苦显说会子话，待我去外面迎客。"苏映雪含笑答应，粉面上升起两朵微微的红晕，愈增丽色，梅昭如不由看得痴了。

孟丽君有意给二人多留些独处的时光，当下出至前院。一时吴应兆、柳复和林修贤联袂而来，见她竟在此亲迎，不觉惶恐。孟丽君笑道："今日诗会雅事，你我众人皆是诗友，大家且都爽快些，莫要为俗世身份所拘才好。"又道："我新近结识了一位少年才子，今日便邀了他同来赴会。此人的文章，深得袁表允盛赞，说他'通达刚明、浑然天成'，想来诗文也必是极好的。"

众人素知袁容识文辨才之明，更知孟丽君眼光极高，向不轻易允人入会，不觉对此人心生好奇，正要细问时，忽见柳复伸手指道："明堂说的少年才子，莫非是他？"众人顺着他手指望去，果见相府总管梁成引了一个身量颀长的陌生少年，正朝这里走来。

孟丽君颔首道："不错，正是此人。"等殷溪霆过来，替他引见了吴应兆等三人。说话工夫，朱绍麟、范宁等余下几人也已到了，又替殷溪霆一一引见。众人见孟丽君如此郑重其事，知她对这位少年书生极为看重，自然不敢小觑，与他相互见礼。

殷溪霆早知这里众人俱是当代名士，文采风流，自不用说，除林修贤外，人人皆是震动京师的朝廷要员，他们肯和自己一介举子折节相交，自是看在相爷的金面上。然而他生性豁达洒脱，于富贵权势全然不以为意，与众人虽是初次见面，却无半点惴惴之色，言谈举止自然随意，神采气度不卑不亢。众人与他略一交谈，便觉其人果然不凡，确实有一派大方得体的天然风范。

说了一会子话，朱绍麟向府外张望道："未时已过，怎么若显却还没到？别是忘了今日之会罢？"孟丽君不觉失笑道："哎呀！是我疏忽了，若显早到了。咱们也别只顾在这儿说话了，请随我来！"当先一步，领着众人穿过前院，来到梅雪厅。一面走，一面说道："今日诗会，我想了个新鲜招儿，倒要与从前的法子不同，方才有趣……"

苏映雪听得说话声，起身迎了出来。众人之中除了殷溪霆和林修贤，都是见过丞相夫人的，相互见过礼并道过贺春之语。林修贤一见到苏映雪的形貌，脸色登时一变，连忙低下头去，免得面上的惊诧之色令人起疑，心道："原来如此。"他听人说郦丞相早已娶妻生子，心底还颇有些疑惑，此刻见到苏映雪，自是恍然大悟。孟丽君又替梅、殷二人相互引见了一番。

一时待众人坐定，苏映雪含笑告退道："且请各位在此宽坐片刻，待妾身先去暖冬楼，瞧瞧下人是否预备妥当。"孟丽君欠身道："有劳夫人了。"苏映雪嫣然一笑，道："老爷不必客气。"说着披上羽缎斗篷，扶了丫鬟出去。

朱绍麟用手肘捅了捅身旁的梅昭如，笑着揶揄道："你瞧他们这对夫妻，天天这么着，也不知累是不累？"梅昭如收回追随伊人背影的目光，若无其事地笑回道："子非鱼，安知鱼之乐？依我看她们非但不累，反而甘之如饴呢。"朱绍麟本是一句随口玩笑话，不料他竟会如此作答，倒有些怔住，只好住口不语。

孟丽君笑向众人说道："咱们一会便去暖冬楼，我先和大伙儿说说今日诗会的题目和规矩。今儿天公作美，降下瑞雪，咱们这诗文的题目，不用说自然是咏雪了……"她话音未落，吴应兆已连连摇头道："今儿早上一起来，瞧见院子外的雪，我就在想：今日诗会可千万别是咏雪。这咏雪的诗词，世上少说也有千儿八百篇了，左右都是些陈词滥调，有甚么好写的？明堂方才不是说想了个新鲜招儿么，怎么到头来竟还是咏雪？"说着脸上现出几分失望之色。

孟丽君微微一笑，解释道："吉善兄少安毋躁。世上咏雪的诗词纵有千儿八百篇，以在座诸位之才，未必不能推陈出新、成就佳作。何况今日既然已有这天然而成的绝妙雪景，正是大好诗题，若非要弃此不就而另觅他题，依小弟看来，倒有些矫揉造作、刻意穿凿之嫌，却与诗文之道不合。"

吴应兆忙举手作投降状，笑道："我才只说两句，你便给我扣上个'矫揉造作、刻意穿凿'的大帽子。罢了，罢了！今日既是明堂的东道，一切只听你安排就是。我且先在心底憋下这口气，待会儿一心一意只管作诗，今日定要夺了这诗魁之位才肯罢休。"

众人原是嬉笑胡闹惯了的，闻言登时一片哗然。柳复一面笑，一面朝孟丽君挤眼作色道："明堂离京三月，吉善在诗会里便屡屡称魁，你们听听他的口气，是何等的狂妄自大。今日明堂可要大展神威，拿下这魁首之位，也好替我等出一出胸中这口恶气！"

众人笑闹了一阵，方才罢了。孟丽君一直含笑不语，这时开口说道："我先前说的新鲜招儿么，就是要变一变从前的规矩。咱们今日推举出的诗魁，可不止一位，而是有两个。"众人又是诧异，又觉新奇，忙催她细说。

孟丽君笑道："往日咱们都是各人作各人的文章，每每出来一篇诗文，只需瞧上数语，比对文风，立时便知是谁的稿子，品评之时心中难免已存有先入为主之见。今日依我的主意，咱们诗会里本有九人，加上殷子威一共十个，正好两人一组，抓阄为凭。两个人同心协力，共成一稿，诗词文赋体裁不限。不知大伙儿意下如何？"

众人议论一番，都觉十分有趣。孟丽君又道："如此一来，文风不再固定，品评名次便更为公允。再者，抓阄之时，各人并不知将会如何分组，待品出名次后，咱们还可互猜彼此诗作，瞧瞧谁猜得既多且准，这又是其中一乐。"

范宁笑道："恩师的这个主意，倒是新奇有趣得很……"孟丽君笑着打断他话语，嗔道："子静，这里众人皆是诗友，不论俗世身份如何，今日一概只以平辈论交。这称呼上若再出错，可是要受罚的。"

一语未了，只听院中一个清朗的声音接口道："好一个'不论俗世身份如何，今日一概只以平辈论交'！不才弟兄二人欣闻诗会雅事，冒昧登门，还望明堂及诸位大才子宽恕则个。"

孟丽君一听这声音，心头登时一震。吴应兆和梅昭如二人同时从椅中遽然跳起，颤声道："这是……这是……"只片刻间，两道锦衣华服的身影已出现在梅雪厅内。为首之人气度雍颐,剑眉星目,丰神俊朗,旁边之人眉清目秀,身形纤细。梁成垂手尾随在二人身后,一副屏息凝神、大气也不敢出的模样。

朱绍麟、柳复等人先前虽未能闻声识人,到这时如何不认得为首之人的形貌?大骇失色之下,早已从座中立起,身子一动,便要跪倒下拜。孟丽君见到这人,震惊之余,心底却不由自主涌起一股淡淡的喜气。她抢先一步,迎上前去,右手背在身后,向众人轻轻摆手,示意不必行跪拜大礼,随即从容朝那人揖了一礼,道:"贵客光临,未曾远迎,多有失礼。"

那人竟也依样还了一礼,含笑道:"不速之客,贸然打搅,主人莫怪。"接着向众人拱了拱手,一本正经地说道:"且容我们弟兄做个自我介绍:不才姓安名穆,表字玄肃。这是舍弟安平,表字……这个……表字幼衡。还请诸位大才子多多指教。"

自此人进入梅雪厅来,厅内众人的目光便一直凝在他身上,这时方醒悟他身旁还有一人,目光转去,登时又是一呆。这人见众人转头看来,便也学样拱手为礼,道:"小可安平,见过众位大才子……嘻嘻……"一句话还没说完,已忍不住伸手掩口而笑。

孟丽君一见这人,立时十分头疼,心道:"皇上微服出宫,怎么却将安平公主也带了来?"见她虽一身富贵人家公子哥儿的打扮,然而面上脂粉犹存,耳上珠环未卸,语音清脆娇嫩,举止间小儿女情态分明,心下不由好笑,暗道:"若是这般女扮男装,岂有不让人一眼看破之理?"

这两人自然就是微服出宫的皇帝和安平公主兄妹二人了。皇帝早知今日相府诗会之事,原就筹划着要微服前来赴会,不想换装出宫时恰好被安平公主撞见,得知如此好玩之事,无论如何也要跟来。皇帝素来宠爱这个嫡亲御妹,极少驳回她的请求,又想太后业已起意要替她择选一个才貌双全的驸马,而相府诗会中必多青年才俊,借此机会若真能有个安平自己亲眼看了中意的人物,那自是最好不过。心中既存此念,拗不过她再三央求,便命她换上男装,应允了带她同来。

孟丽君知道皇帝于诗词文章之道也颇为擅长,从前便曾多次问起诗会之事,也曾戏言说几时得了空闲,必要亲自前来赴会,作上几篇诗文,好与众人一较短长。她本就是恣意大胆、不为规矩所拘之人,当下举手延客,笑道:"原来是玄肃兄,便请上坐。"

皇帝今日微服出宫，前来赴会，不但化名改姓更虚拟了表字，自是不愿为帝王之尊的身份所拘，听她一声"玄肃兄"的称呼，不觉大喜，道："明堂请！诸位也请！"自己挨着厅中主位坐下，安平便在他右首落座。

孟丽君趁此机会，悄声问梁成道："都有谁跟了来？"梁成朝院中一努嘴，小声回道："萧统领和权公公在外面。"孟丽君微一点头，道："传令下去，阖府戒备。"梁成领命而去。

孟丽君回过身来，微笑着在主位上坐下。安穆四下一顾，见余人依旧站着，大多仍是一副拘谨迟疑之态，索性把话挑开说道："昔日诗仙李太白豪情盖世，曾令太真研墨、力士脱靴，传为千古佳话，那是何等的飞扬洒脱。怎么到了我朝，才子们竟失却了先贤风范么？方才明堂也说，今日一概只以平辈论交，此话深合我意。大伙儿且都随意些才好，不必如此拘束，否则这搅扰诗会盛事的罪名，我可承受不起。"

听他这么一说，众人不由面面相觑。梅昭如轻笑一声，道："既如此，便恭敬不如从命了。"当先坐下。殷溪霆虽未曾目睹过皇帝天颜，到此刻岂有仍猜不出眼前"贵客"身份之理？然而他天性豁达，素来不以尊卑贵贱为念，兼之并未在朝中任职，便也坦然坐下。余人你看看我，我看看你，方才一一坐了。

孟丽君重又替众人引见了一番。安穆望着林修贤和殷溪霆二人，心底不由暗自盘算比较，虽未知二人才学抱负如何，想来既能入相府诗会之列，必非等闲之辈。依他看来，林修贤相貌温文俊雅，较之其貌不扬的殷溪霆，自然高出一筹，何况经由从前画像风波一事，他心中早对林修贤颇存好感，自然对他更为中意。

盘算了一会，随即哑然失笑，暗道："我觉得好又如何，总要平儿自己看中才成。再者，也得先去查查这二人可有家室。"凝神细察安平举动，却发觉她的一双妙目，十有八九之时倒都是笑吟吟地凝望在孟丽君身上，心底蓦然间冒出一个匪夷所思的念头："莫非……平儿喜欢之人……竟是……竟是明堂？"又是惊骇，又是好笑，心中越发留意。

一时丫鬟进来传话道："夫人说，暖冬楼里业已预备妥当，有请老爷及众位宾客。"孟丽君笑着起身道："可算是妥了！咱们这便移步，正正经经作诗去。"当下引着众人出了梅雪厅，来到后花园。

园中早有下人仆妇依了吩咐,扫出一条约莫两尺宽的小径,堪堪只容一人经过。除此之外,四下积雪皆丝毫未动,遍地洁白晶莹,有如银装素裹。众人穿过颐春苑和凉夏阁,绕过爽秋斋,北角暖冬楼已入眼帘。远远望去,便见楼前一抹绚丽亮红,于冰天雪地中分外耀眼动人,正是苏映雪的丽影。

她这时自然也知宾客中多了两位不愿声张的"贵客",上前敛衽为礼。安穆尚未说话,安平已快步上前,亲亲热热地扶起苏映雪,又拉了她手,笑嘻嘻地道:"映雪姐姐,你的这身衣裳,可真好看得很呢!"苏映雪这时才瞧清安平的一身行头,不禁"噗哧"一声,笑了出来。安平脸上一红,讪然道:"都怨皇……我哥哥,人家也是今儿一早才知道诗会的事,都没工夫细挑衣裳……"一面说,一面飞快朝孟丽君瞥了一眼。

孟丽君只作不知,招呼众人上楼。暖冬楼下早已笼好炭盆,楼上却是一片清爽,并无半点烟火之气,居中设了一面红漆花鼓,四壁窗牖处皆以锦缎隔开视线。众人皆心痒难搔,目光一齐向孟丽君望去。孟丽君笑道:"拙荆不善诗文,正好充当今日诗会的令官,咱们且来听她细说。"

苏映雪含笑向众人解释道:"从此门出去,外间设有礼、乐、射、御、书、数六间静室。一会抓阄之后,众位便请依次出去,进入阄上相应之所,两人一组,同成一稿。以鼓声为号,三鼓之后,便是停笔之时。不得高声喧哗,不得窥探他人,三鼓未响之前更不得擅出,否则一律以落败论处。三鼓后自会有人引路出来,并将诗稿取去誊写,以备品评。"

说罢环视众人一眼,见并无异议,于是从几案上捧过一只象牙雕的阄筒,步履轻盈,当先来到安穆身前。安穆看了众人一眼,心知自己若不先抽,旁人到底不敢僭越,随手拈出一只阄儿,哈哈一笑,出门而去。

苏映雪稍待片刻,又走到安平面前,笑道:"安公子请!"安平先在心底默默祝祷片刻,方伸手抽了,走出门外,打开一看,乃是一个"乐"字,当下沿着长廊找到"乐"字所对静室,推门进去,门外丫鬟将房门掩上。

安平转过身子,不禁四下打量,只见这处隔间虽然不大,诸般陈设一应俱全,甚是精巧雅致。窗屉支开,正对着院中一株傲雪寒梅,阵阵冷香扑面而来。书案上文房四宝皆已备妥,旁边一张小几上,更设有茶水及各色精致点心。

安平在案前坐下,心头几分紧张,几分期盼。也不知过了多久,忽听得身后传来"吱呀——"一声响动，她一颗心怦怦直跳，连忙回头望去，匆忙间仍不忘在嘴角边凝出一抹灿烂的笑容。只一眼，笑容立时僵住，芳心跌入谷底：门口之人并非那个可恼可恨，却又令自己念念不忘的郦君玉，而是陪坐末座的那个云南举子林修贤。心中仍抱有最后一线希望，开口道："喂！你是不是走错地方了？"

林修贤脸上露出一丝苦笑，自也巴不得自己走错了地方，举起手中的阄儿，上面赫然也是一个"乐"字。安平心下又是气恼，又是失望，懒得理会他，抓起案上一支毛笔，赌气将笔上狼毫一丛丛扯出，扔在地下。

林修贤在京中住过数年，又曾在金殿上见过皇帝，如何猜不出眼前这位扮作男装女子的身份？安平公主刁钻任性、古灵精怪的脾性，在京中原是出了名儿的，不少王公大臣都给她戏耍捉弄得哭笑不得，据说就连寿王爷千岁，也曾被她拔过颔下的白须。是以林修贤见她一句话后，便露出一副不愿搭理自己的模样，心底倒是长松了一口气。

他走到窗前，赏了一会子窗外雪景红梅，文思渐渐上涌。耳听得一鼓响起，遂踱至案前，正要坐下，便听安平的声音冷冷地道："不许坐！"一怔之下，只得站定，将案上宣纸略移了移，伸手去探笔筒时，登时呆住：原来笔筒中只剩下光秃秃的数支笔杆，竟无一支可用之笔。低头望去，但见遍地狼藉，一阵风来，一丛丛狼毫随风翻飞。

安平向来喜欢捉弄旁人，为的正是要看到对方脸上那一瞬间既恼怒又无奈的表情。此刻见到林修贤一怔一呆、怒气上涌却又自按捺的模样，只觉十分有趣。尤其此举乃自己无心所为，并非有意捉弄，因此更为得意，不由"咯咯"笑出声来，心头的烦恼郁闷之气也消散了几分。

林修贤眼光在室内转来转去，却再也找不出一杆毛笔，三鼓未响之前偏又不得擅出，心中十分焦急。听得公主笑声，不由转过身来，说道："公主，没有笔可怎么写诗？你难道情愿交白卷么？"安平一脸满不在乎之色，道："白卷就白卷，那有甚么？"林修贤看她一眼，摇头道："我可不想交白卷……我一定要作出一首好诗。"说着目光转去，继续四下搜寻。

安平小嘴一撇，鄙夷道："就凭你？莫非你发春秋大梦，竟还痴心妄想要夺今日诗魁之位么？"林修贤叹一口气，道："这点子自知之明，我还是有的，不敢胡乱痴想奢望。"安平奇道："那你……"

林修贤实在忍耐不住，脱口而出道："敢问公主，你心中可也有十分在意之人么？倘若那人惊才绝艳，你可愿意自己庸碌无能，令她看轻于你么？"话一出口，立生悔意，心道："我又何必同她说起这些？若是公主因此起疑，那可就糟了。"忙向安平望去，却见她闻言娇躯一震，脸上满不在乎的神情一分分褪去，若有所思，过了半晌，方道："你说的倒也不错。好，我便不再为难于你，你好好作你的诗去罢。"

林修贤当即揖了一礼，道："多谢公主！"安平道："你也别总是公主、公主的，今日诗会本不拘俗世身份，你直接唤我表字便是。一会出去要还这样，当心受罚。"眼睛一转，笑吟吟地道："这样罢，我便给你找出一支笔来。一会我正好有话要问你，你可要据实回答，如何？"

话音刚落，只听外间二鼓声响，林修贤不及细思，忙道："好。笔在哪里？"安平听他应允，蹲下身去，从几案之后拾起一支狼毫，原是方才赌气发泄时从笔筒里跌落的，因此未受"荼毒"，递了过去。林修贤大喜，接过笔来，不敢怠慢，重整文思，奋笔疾书起来。

安平斜倚窗前，凝望着俏立枝头、如胭脂般红艳艳的一簇红梅，满腔心思千回百转：也不知此刻那人身在哪间静室之中，又是与何人同在一处？自己今日千方百计、胡搅蛮缠，硬要跟着皇兄前来相府，无非是想见他一面。自己虽贵为公主，这一片痴心到头来究竟如何收场，却是连自己也不知道的……然而无论如何，至少总要令他明白自己这一片心意才是……

一时林修贤诗文作罢，捧了过来给安平看。安平只瞥了一眼，便放在一旁，开口道："我来问你：那幅孟丽君的画像，当真与郦丞相十分肖似么？"

林修贤闻言一凛，万万想不到公主要问的竟是这个。好在他于如何应对此话已然颇有经验，退后一步，从容答道："是。"安平"哼"了一声，又道："那个皇甫少华家住哪里，你可知道？"

林修贤大奇，不知公主这话是甚么意思，不免迟疑。安平瞪他一眼，道："快说！你到底知不知道？"林修贤只得答道："知道。"安平点点头，道："我听人说，皇甫少华定于正月十八日娶妾。你且听我说……"在林修贤耳边轻轻数语。

林修贤大骇失色，连声道："公主，这可使不得！万万不可！"安平怒道："我主意已定，你道凭你这小小举子，也有置喙的份儿么？"

林修贤还待再劝，三鼓之声遽然响起。一个青衣丫鬟推门进来，笑道："时辰到，请贵客停笔。"走到案前，将诗稿取在手中。过了一会，只听鼓声"咚"的一声，走廊上随即响起一阵细微的脚步声。过得片刻，又听"咚咚"两声，那青衣丫鬟笑道："两位请随我来。"当先引路而出。

安平低声叮嘱道："记住了，十八日辰时，神武门外。"说罢随着那丫鬟去了。林修贤呆立片刻，满脸苦色，无可奈何，也只得跟了出来。

这日夜里。相府内室锦香阁内。

烛光摇曳之下，孟丽君斜身倚坐沉香榻上，手持一卷书册，低声轻吟。苏映雪正对镜自卸钗环，听她读罢一段，忍不住回过身来，问道："这诗当真如此好么？也值得你又吟又叹了好几遍。"孟丽君目不离卷，微笑道："自然是绝妙好诗了，要不然怎么会一致推为今日诗作之冠？"

苏映雪回想日间之事，不觉笑道："说来可也有趣得很呢，大伙儿围坐看诗，看一首，赞一首，待看到这首时，反倒只余下叹息之声。我听返之愁眉苦脸地说道：'怎么竟将他二人给抽在了一处？今日这诗魁之位自是不用说了。'原来他们都以为你和吉善一组，这诗便是你二人所作。待到后来答案揭晓时，除却你们四个当事之人自然早已心知，旁人皆是大大地吃了一惊呢。返之那副震惊讶异的神情，我到此刻都还记得清楚。"

孟丽君目光这才从诗卷中抬起，叹道："别说返之，便是我也十分惊异。那殷子威真是天纵奇才，果然当得起'通达刚明、浑然天成'这八字考评，也不枉我今日特意以雪为题的一番心思。"

苏映雪奇道："原来你以雪为题，竟是有意要让殷子威在众人面前一展长才了？只是你却如何知道他必擅长于此？"孟丽君微微一笑，道："殷子威曾说，他近年来云游四海，寄情于山水美景之间，较之我等尘世俗人，自是更为亲近天地自然。从来上乘佳作，非有感而发不能为之。以自然景观为题，于他想必适合……不过话说回来，便连我也不曾料到，殷子威文采之盛竟一至于此。通篇读来，吉善的文句笔墨尽数为他所压，宾主之势泾渭分明，然而起承转合之处，偏又天衣无缝、浑然一体。如此佳作，怎不令人衷心叹服？"

苏映雪起身走到孟丽君身后，雪白的手指伸了过去，轻轻替她按摩双肩，口中打趣道："如此说来，你今日屈居第二，不曾夺得诗魁之位，竟是心服口服，半点也不恼了？"孟丽君眼光转回诗卷，说道："你瞧连皇上居于次位，都不曾显出半分恼色，我又有甚么可恼的？诗文优劣，自有公论，倘若这般好诗却不能夺魁，我才当真要恼了。"

又慢声轻吟了一会，这才翻过两页，看起另一首诗来，一面说道："今日让我吃惊之人还不止一个呢。林重德与安平公主分作一组，他二人的诗文竟能列位第三。公主于此诗一问三不知，看来必是重德一人所作。我读他前几次诗会的文章，虽然端持凝重，中规中矩，却还算不得一流好文。此番作品便如奇峰突起，远胜往昔，倒令我对他刮目相看了。"

苏映雪抿嘴笑道："他和公主一道，怕是吃了不少苦头呢。散会之后我领人进去收拾，那间静室里一地狼藉，到处都是撕扯下来的狼毫，也亏了重德，到底还是在三鼓之内将诗给作完了。"孟丽君不觉轻轻"哼"了一声，说道："也不知皇上将公主带来添乱，究竟安的甚么心思？"

苏映雪听她提到皇帝，口气中殊无臣子所应有的敬畏之意，心头登时一动，想起今日疑惑了半日之事，伸手自她手中取过诗卷，随手放在几案上，娇躯顺势坐下，正色道："我问你一件事，你可要如实招来！"孟丽君听她语气十分严肃，不由坐直身子，右手拉了她左手，问道："甚么事？"

苏映雪吞吞吐吐地问道："今日你和皇上一组作诗，我瞧你们……你们……"她脸皮甚薄，只说了这么几个字，脸上已是绯红一片。孟丽君先是一惊，随即镇定下来。自己和皇帝两情相悦，神情举止间多少有些异于常态之处，要想瞒过旁人虽不难，却是瞒不过和自己虚凤假凰扮了两年假夫妻的雪妹。她如今既然问起，倒也不必隐瞒，索性点头道："我知你要问甚么。不错，你猜的正是。"

苏映雪一声惊呼，结舌道："皇上和你……你们当真……当真……"孟丽君坦然承认道："不错，我和玄肃两心相许，彼此已然定下鸳盟。"

苏映雪以手掩口，方强行忍住喉中尖声，过得好半晌，震惊之色才慢慢抑住，宛如自言自语地说道："你去年拜相时便同我说过，皇上已然知晓你的身世。他明知你是女儿身，依然愿意拜你为相，这份知遇之恩、信任之明，你当鞠躬尽瘁方以为报……那时听你话中之意，与皇上仿佛并无……并无情愫……怎么南巡回来才只几日，便……便已然鸳盟暗定了？"

孟丽君叹一口气，光洁如玉的脸颊上慢慢晕起两朵淡淡的红霞，说道：

"我那时……自己也不明白自己的心意呵。此番南巡，听了兰儿一语点透，我这才恍然大悟，原来……原来我心中早已喜欢他……他待我的情意，自然更不用说……"将自己这数月来心头的悸动，荣兰的话语，并皇帝甘忍相思之苦放自己远离选择，回来后有"一生一世再不放手"之语，都如实说了一遍。

苏映雪听了大为感动，禁不住落下泪来。小姐日理万机之余，仍念念不忘替自己了却终身大事，自己自也盼她能早日觅得一位如意郎君，心中却仍不免担忧，犹疑道："皇上坐拥天下，富有四海，后宫佳丽众多，待人岂能一心一意？任凭他贵为天子，倘若不能一心一意相待小姐，这可如何是好？"

孟丽君轻轻抚摸苏映雪的手背，缓缓说道："这个我自然考虑过的。其实细细想来，我第一次对他动心，便是在刘后自缢后我去乾清宫劝解之时。那时他就说，他从小曾在心底立誓，不要三宫六院众多佳丽，只要一个可心合意的心上人。他还满怀激愤地说道：'只因人人都说，帝王无真爱，是以我身为皇帝，不论再如何付出一片真心，到头来，这世上仍无一人肯信我！'我听了他这话，不知如何，脱口而出便是一句'我信的'。雪妹，以我对他的了解，我信他必会一心一意待我。"

苏映雪泪中含笑，点头道："小姐既这么说，我便放心了。皇上他有如此真心，实是难能可贵。"

孟丽君又叹了口气，话锋一转，说道："其实我却在想，一心一意相待一个人，难道竟是甚么天大的难事不成？依我看来，这本就应是最为理所应当、自然而然之事才对。由此而上，两个人相互欣赏、相互爱慕，志向相投、兴趣相合，彼此信任、彼此尊重，这些才是最为重要的。我与玄肃同朝两年，知心知意，我们有过城楼观战、死生与共的经历，也曾不拘身份、促膝长谈过，彼此又于诗文书画之道十分契合，更有共同的治国安邦之志……倘若换了另一个人，就算对我再如何情深意切、海枯石烂、非卿不娶，我也只会在心底暗暗感激，而断不会生出托付情意的念头。"

苏映雪听了她这番话，心中若有所悟，想了想，又道："只是还有一事可虑：孟家与皇甫家指腹为婚之约，如今已是朝野皆知。我自然知道你为何不愿嫁给皇甫少华，可旁人并不知情。到时只怕天下悠悠众口，不但会误会小姐有攀龙附凤之心，更恐于你名节有损。便是皇上，也会背负君夺臣妻的骂名，这却不可不虑。"

孟丽君哂然道："天下人爱怎么说，本就由不得我。我只求依心而行、俯仰无愧罢了。若说我有攀龙附凤之心，殊不知我心中从来不以富贵权势为念，我喜欢了甚么人便是甚么人，哪管他身份如何？倘若我因为他是帝王而故意规避，那反而才是着了富贵权势的相。再说……接下来我要行之事，在某些狭隘古板、墨守陈规之人看来，乃是要更改祖宗法度的大逆不道之罪。与这个罪名相较而言，甚么攀龙附凤、甚么君夺臣妻，皆是不值一提的小事。"
　　苏映雪于政事半点不懂，听她这么说，不知该如何接话，默然不语。孟丽君舒了舒身子，笑道："好了，咱们都倦了一日，时辰也不早了，这便睡罢。"苏映雪连忙答应了，服侍她宽衣歇下，吹熄灯烛。过不多时，孟丽君便已睡着，苏映雪却是翻来覆去不能成眠，一时欢喜小姐终于有了两情相悦的意中之人，一时又担忧这段姻缘阻力重重、难以美满，心下又叹又赞，直至四更天，方才沉沉睡去。

第廿二章

正月十八这日,城东皇甫府内一片欢腾喜庆之景。老夫人吩咐下来,诸事皆不必拘简,一切比照迎娶元配之礼。因此府内张灯结彩,装点得花团锦簇,吉时一到,只听锣鼓喧天,花炮之声震耳欲聋,一整条街上都听得清清楚楚,当真好不热闹。

安平公主一身书生装扮,秀发束起,以头巾包住,与林修贤并肩坐在筵席末座,一个青衣僮儿侍立在她身后,却是贴身宫女素素改扮。公主有了前次改装的经验,此番更做足了功课,钗环尽除,脂粉未施,只需不高声说话,让人听出女子口音,乍一望去,倒也似模似样,轻易瞧不出破绽。

安平左顾右盼,眼见一对身着大红喜服的新人,在炮鼓、丝竹之声中牵了红绸出来,仍不见那人的身影,心中纳罕,忍不住低声问道:"郦丞相是皇甫少华的恩师,怎么今日竟不过府来喝喜酒?"林修贤少不得说与她听,道:"郦丞相向不喜人娶妾纳小,早就撂下话来,说除非给新妇一个三书六礼的正室之位,否则他是不会莅临观礼的。"

安平脸色微微一黯,随即反而松了一口气,心道:"他……他不在倒好了。反正我今日要行之事,早晚也能辗转传入他耳中。倘若他在这里,万一站将出来拦阻,我便不知该如何是好了。"定了定神,朝一对新人望去,不觉嬉笑出声道:"这个就是新郎官儿么?怎么洞房花烛的大喜之日,他竟是一副愁眉苦脸的模样?"转头看了林修贤一眼,又加了一句,道:"……就和你此刻脸上的神情像极了。"

林修贤苦笑一声,并不说话,心下暗道:"皇甫侍郎手中既有丽君小姐真容画像,这刘二小姐纵然是艳冠京城的绝色美人,又岂能比得上画中佳人?他心中不情不愿、颇为不甘,自是可想而知。至于我么……唉!"不觉一声轻叹。他这些日子过得提心吊胆,不知公主要微服出宫前去皇甫府,究竟打的甚么主意。她是高高在上、金枝玉叶的皇家公主,自己不过一介小小举子,岂能违抗得了公主千岁的旨意?这一场祸事突如其来,当真令人意想不到,自己便想躲开也是躲不过的,只好走一步看一步了。

他也曾想过要将此事告知郦丞相,好讨得个主意,自己也就安心了。但转念一想,公主私自出宫,这件事本就是天大的罪名,自己已然身陷其中,难以逃避,又何苦将郦丞相也牵扯进来?就算她真有法子阻止公主出宫,以公主刁钻执拗的性情而言,难免不会因此怀恨在心,以致生出甚么旁的事端,徒给郦丞相增添无数麻烦。

林修贤思虑多时,终于横下心来,并未将此事告知旁人,只一个人如期赴约。公主主仆二人已然候在神武门外,命他领路前去皇甫府,并设法混入婚宴之中。林修贤与皇甫少华本有交情,早就收到了婚事的请柬,而他并无功名在身,更非甚么身份显赫的人物,便也无人刻意过来应酬,因此三人竟顺顺当当、毫不起疑地混入了宾客筵席之中。

安平见一对新人并肩在厅前站定,两个丫鬟从内室中扶出一位遍身罗缎、手拄龙头拐杖的七旬老妇,在正中高位上坐了,想来便是那皇甫老夫人了。先前于内外各处应酬宾客的皇甫敬、尹良贞夫妇,这时也挨着那老妇坐下。另有一个丫鬟手捧一卷画轴,小心翼翼地展将开来,悬挂于东面椅背之上。

安平登时心头大震,暗道:"是了。这必定就是那幅孟丽君的自绘小像了。"目不转睛地凝望着画像,然而到底间隔太远,看不真切,只能约莫瞧见画上果然是一个女子的身影。画像既已现身,她主意早定,回头向素素使了个眼色,当即起身离席。

林修贤时时留意公主一举一动,惊道:"你……你要去做甚么?"安平唇边露出一丝微笑,弯腰在他耳畔低语警告道:"你今日领路之功,本宫自会记得。现下没你事儿了,乖乖地坐在这里别动。倘若坏我大事,哼哼……"

林修贤只觉一股温湿的热气吹在自己耳畔,麻痒酥软,竟是说不出的舒服,鼻中更是香风阵阵,忍不住心中一漾。随即打了个激灵,立时醒转,抬头望去,只见公主主仆正慢慢朝前厅靠去。厅堂之中人来客往,也有不少宾客从席中起身,走到前厅观礼,因此无人留意她二人举动。

林修贤到这时自然看得出,公主此行目的正是前厅里悬挂的那幅画像。蓦地回想起她曾问过"孟丽君画像是否与郦丞相肖似"之语,可见醉翁之意不在酒,公主的用意并不在画像,而在于郦丞相。他登时惊出一身冷汗:"莫非公主到底还是对郦丞相的身份起了疑心,是以甘冒奇险,要亲取画像一观?"

眼见公主的身影接近前厅,已然混入观礼人众之中,他不由心急如焚。权衡片刻,再顾不得公主警示之语,悄然起身,也朝前厅疾步而去。正是因为他心知肚明郦丞相的真实身份,并一心一意要替她保守隐秘,才会想当然地将公主的所作所为,误认作是要揭开此事,从而不利于郦丞相。却丝毫也不曾起疑过,原来公主的一片芳心,竟会错寄于同是女儿身的郦丞相身上。

其时前厅正是成礼之时,宾客满堂,香案前燃起龙凤花烛,地下铺了大红毡毯。皇甫少华一脸郁郁寡欢之色,和刘燕玉在司礼赞导声中交拜过天地,复又跪倒叩拜过祖母高堂。

司礼随即高声赞道:"新妇拜见元配!"丫鬟扶了头盖红绸巾的刘燕玉,转向东面画像的方向,刘燕玉双膝微屈,正待敛衽下拜。皇甫少华也侧目朝那画中人儿望去,木然的神情中夹杂着一抹痛苦之色。

正在此刻,忽听一个清脆的声音高声喝道:"且慢!"不知甚么时候,一个少年书生竟现身于画像之侧,一个青衣僮儿挡在她身前,双臂张开,作保护状。那高声喝止之声,正是出于这少年书生之口,只见她一伸手间,便从椅背上取下画像。

先前众人的眼光,都集中在行礼的新人身上,这一下变生不测,恁谁也意料不到,便也不曾提防,竟让那少年书生一举得逞,将画像取在手里。

皇甫少华于这场婚事本就不情不愿,却又违拗不过祖母的心愿,一整套烦琐的礼数下来,早已憋了一肚子火气,只是不好发作。这时见有人不但擅闯婚仪,更将自己奉若珍宝的画像取了下来,哪里还能按捺得住?双手握拳,口中喝道:"甚么人?快快放下画像!"

那少年书生自然便是安平公主，她岂会将这话放在心上，略略笑道："我偏偏不放，你待怎样？"皇甫少华怒气上涌，不及多想，立时上前一步，右手一挥一抓。他武艺何等精湛，含怒而发，一挥之间，已将面前的青衣僮儿推倒开去，重重摔在地下。然而触手之处一片温软，似是女子身躯，倒令他不觉一怔，略略停顿片刻，这第二抓之势，劲道便收敛了不少，却仍非等闲。

安平自幼娇生惯养在深宫之中，便是太后和皇帝也极少呵斥于她，几曾见过这等拳掌相向的景象？眼见一只大手朝自己脖颈处抓来，劲风扑面，只怕一抓之下，连颈骨也会扭断，不觉花容失色，待要高声叫喊，也已不及，右手兀自紧紧抓住那幅画像不放……

就在这时，一道身影从人群中疾冲出来，猛然扑入二人之间，他的身形高出安平半个头，这一抓之势便落在他胸口上，只觉胸前一痛，衣襟已给皇甫少华揪起，正是林修贤。原来他见势不妙，深恐公主被皇甫少华所伤，急忙冲将出来拦阻，眼见终于将这一抓之势挡下，公主并未受伤，这才松了口气，顾不得胸口疼痛，连忙劝解道："皇甫侍郎，切莫动手，有话好商量……"

安平望着林修贤高大宽阔的背影，惊魂略定，心道若非此人不听警告，赶来救助，如今那只手掌抓住的，可就是自己的脖颈了。想到这里，心头一阵厌恶，冷哼一声，打断林修贤话语，森然道："皇甫少华，你好大的胆子！竟敢冒犯本宫，还要不要你阖家满门的性命了？"

她这一自称"本宫"，皇甫少华心头一惊，若非皇室中的后妃公主，这一称呼岂能擅用？不由松开了揪住林修贤衣襟的手，退后两步，朝她望去。细看之下，这少年书生双眉弯弯，肌肤甚白，竟当真是女子装扮成的。皇甫少华不觉更是吃惊，怎么也料想不到，自己娶妾之礼上，竟会有女子改装闯入，还以自己阖家满门的性命要挟。目光朝林修贤望去，皱眉道："林兄，这是怎么一回事？这位是……"

听到那取走画像的少年书生自称"本宫"，厅堂中人，自皇甫老夫人姜氏以下，无不耸然变色。宾客中虽有不少在朝为官之人，大多品秩皆不及皇甫少华，自然不识得后宫妃嫔公主。众人议论纷纷，目光一齐望向林修贤。林修贤看了公主一眼，见她点头，方苦笑道："这位便是当今皇上的嫡亲御妹，安平长公主千岁。"

他此言一出，众人心头皆是一震。皇甫敬与皇甫少华父子对视了一眼，心底均是咯噔一下,暗道:"这可糟了!"眼前女子虽作书生装扮,气度高华雍颐,通身自有一股颐指气使之势,年纪约莫十七八岁,正与传闻中的安平长公主一致。

皇甫父子久居京城,自然听说过这位长公主的大名,知她乃是太后的遗腹之女,自小便深得太后和皇帝的万千宠爱,可谓要风得风、要雨得雨。这位公主殿下是"京城四姝"之首,容貌美艳无双,性情却是刁钻任性之极。回想起听过有关这位公主千岁的种种奇闻逸事,无不令人哭笑不得、无可奈何。这改装出宫,闯入大臣婚仪,并加以戏耍捉弄之举,听来倒与这位公主殿下的一贯口碑相合。

众人正犹疑间,那居中高坐的皇甫老夫人姜氏,忽然一拄拐杖,从座中站起,颤巍巍地伏身下拜,口中说道:"老妇人皇甫门姜氏,参见公主千岁!"姜氏这么一跪,皇甫父子和尹良贞便也跟着跪倒。出了这等大事,刘燕玉早已悄悄揭开头上所盖大红绸巾,这时也一并跪下。满堂宾客以及皇甫府的下人仆妇,登时黑压压地跪倒一片。

安平嘴角一撇,道:"罢了。都起来罢。"众人这才起身。姜氏的贴身丫鬟春儿过去,将素素从地下扶起。她右面半边身子着地处一片僵麻,半晌挣扎不能起身。姜氏问明伤情,命尹良贞取来府中最好的伤药,亲自带了素素下去敷药。又将公主延至自己先前所坐主位,一举一动,皆是恭谨之极。

安平在正中高位上坐了,脸色这才稍稍转霁。忆起今日正事,她自取到画像在手,诸般事宜便纷至沓来,到此刻还未曾细看画像,这时终于得了机会,将这一幅丹青妙笔在眼前展平。只一眼,立时呆住,心道:"世上竟然真有这般容光绝世的丽人!不错,这女子的容貌果然与郦丞相十分肖似,倒像是一对孪生兄妹呢……偏生他又曾亲口说过,并无兄弟姐妹……"

安平心念流转之时,姜氏又命皇甫少华过来,给公主磕头赔罪。皇甫少华自知冒犯公主,其罪不轻,也颇为懊悔适才之举太过莽撞,依言跪倒,说道:"微臣不知公主千岁凤驾莅临,礼数不周、多有得罪,还望公主宽恕。"

安平听他只轻飘飘的一句"礼数不周、多有得罪",便想轻易带过方才之事,不觉心下暗怒,随即强自遏抑,缓缓说道:"皇甫侍郎,今日本宫微服出巡,你不知者不为罪,就算冒犯得罪了本宫,本宫宽宏大量,也就不与你计较了……"听了这话,皇甫满门俱是一喜。

谁知安平接着又是一声冷哼，面如寒霜，柳眉倒竖，厉声道："……若你只单单得罪了本宫一人，倒也不算甚么。可是你们冒犯了另外一人，本宫却是决计不容，定要治你们阖府满门的重罪！本宫手上画像，便是证据！"说着将画像一展，使画中丽人面向皇甫一家。

满堂宾客闻言皆是一惊，一时厅中鸦雀无声。

皇甫敬心头一警，暗道："只怕公主今日来意不善，绝非仅为戏耍捉弄我等。"上前一步，躬身道："敢问公主，不知我皇甫一门，究竟犯下了何等重罪，要烦劳公主凤驾亲临，前来问罪？"安平的目光从皇甫少华身上移至皇甫敬。皇甫敬不敢与她对视，低下头去。安平一字一字地说道："诽谤诋毁当朝大丞相之罪！"

皇甫少华跪在地上，当即抗声道："郦丞相乃是微臣的恩师，微臣敬之如父如兄。若有人胆敢中伤恩师，微臣拼却性命不要，也必不容之。岂有我皇甫一门反来诽谤诋毁郦丞相之理？公主切莫轻信坊间谣言，致使忠良蒙冤。"

安平抬起头来，似笑非笑道："哦，皇甫侍郎是在暗指本宫轻信谣言，诬陷忠良么？"皇甫少华俯身道："微臣不敢。"安平立时接口道："谅你也不敢！好，既如此，待本宫来问你：郦丞相昔日曾亲口说过一句话，他说'我自知男生女相，容易落人口舌，昔有刘奎璧误认之祸，今有孟丽君画像风波。'他说这话时，皇甫侍郎你就在一旁，你且来说说看，可有此事？这总算不得坊间谣言罢？"

皇甫少华心下叫苦，隐约猜到公主的说辞，想不到她竟有如此辩才，只得答道："确有这话。"公主微微一笑，凛然道："这就是了。刘奎璧误认之事暂且不提，甚么是'孟丽君画像风波'？说的便是本宫手上，这一幅所谓你的元配孟丽君的画像了。天底下只要有眼睛的人，便能瞧出这画中女子的容貌，确与郦丞相十分肖似。而郦丞相少年拜相，最易遭人诟病、落人口舌的，也正是这一副天生的有如谪仙一般的相貌……"

安平停顿片刻，这才说道："……皇甫侍郎，你身为郦丞相得意门生，得他一力举荐擢拔，不但不知感恩图报，反不知从哪里弄出来这么一幅画像，口口声声只说是你的元配，也不知究系何人可为媒证？更有何人能证明，这画中女子便是孟丽君？哼哼，也不知你成日里对着这幅画像朝思暮想，心底想的究竟是你那素未谋面的元配呢，还是另有甚么肮脏龌龊的糊涂心思？！"

皇甫少华双膝跪地，听了这几句话心头一阵剧颤，一时脸色寒如死灰，哆嗦着嘴唇，说不出话来。

安平不过随口一说，倒也未曾留意皇甫少华的神情举动，举起手中画像又看了看，心下叹道："如此一幅丹青妙笔，倒也可惜了。"口中说道："总而言之，既有'画像风波'一事，你便当醒悟，就算还不肯将画像毁去，至少也不该再如今日这般，公然摆将出来招摇于众！要知郦丞相之事，便是本宫之事。他宅心仁厚，不愿与你们计较，本宫却决计容不得这等行径……"

说到这里，只听"呲"的一声，众目睽睽之下，安平竟旁若无人地将画像撕作两半。接着"呲呲"又是几声，安平双手一甩，零碎纸片便如成群五色蝴蝶，在大厅里上下翻飞，嬉戏追逐……

皇甫少华跪在地上，眼睁睁地瞧着公主一双纤纤素手，一下一下地将自己爱如性命的画像撕得粉碎，心底却满是惊骇之意，不停地在问自己："难道公主当真知道了？不……不可能……决计不会的……我掩饰得极好，没有人知道……"听公主只是一语带过，并未多说，可见确是顺口胡言之语，并非当真洞悉了自己的隐秘，这才惊魂略定。

他惧意一消，痛惜悲愤之情大增，却又偏偏无可奈何。自他攻占昆明得到这幅画像之后，便将之奉若珍宝，不肯轻易取出示人。这小半年来，只除了金殿审案时不得已而用作物证，后返还，曾暂离数日外，一直都密藏于书房中，不肯须臾稍离。今日为行纳妾之礼，方郑重请出画像，谁知竟会凭空冒出个公主来，一举将画像撕毁。

其实公主这一大篇说辞貌似理直气壮、振振有词，实则强词夺理的成分居多，除却正中皇甫少华心病的一句，旁的尽是些莫须有的罪名。倘是旁人以此相责，皇甫少华自可从容辩驳，轻易便能驳倒对方，而以他的身手武艺，更有何人能够当面毁去画像？然而眼前兴师问罪之人，却是素以刁蛮无理闻名、身份地位偏又显贵无比的安平公主，她岂会听人细说道理？何况这一通歪理之中，偏有一句歪打正着，直中皇甫少华一块郁结已久、不敢触碰的心病。实是辩又辩不得、碰又不能碰，只好哑巴吃黄连，有苦肚里咽。他心中便纵有千般惋惜、万分遗憾，也只得眼睁睁地瞧着一幅盖世无双的美人图卷，化作了无数细碎纸片，纷纷扬扬，散落得满地都是，一颗心也随之裂成了千万碎片……

满堂宾客见公主原来是为了郦丞相的清誉，这才大闹皇甫府婚宴，并亲手撕毁画像，又听公主连"郦丞相之事便是本宫之事"这般言语，都毫不顾忌地说了出口，登时一片哗然。众人交口接耳，窃窃私语，却怔谁也不敢站出来公然质疑。

林修贤到这时方才恍然大悟，他万万意料不到，原来公主的诸般作为，并非是要不利于郦丞相，恰恰相反，却是一厢情愿、自以为是地爱上了同为女儿身的郦丞相。虽也有些替郦丞相担忧，但想她智计殊绝，料来定有法子化解此事，倒也不必过于忧虑。而公主千金之躯，为了心上之人，非但不惜以身涉险，更敢于将这一份感情，坦然昭示于天下人面前。这等勇气胆识，当真可敬可叹！自己身为男子，反愧不能如她这般落落大方……又想如此说来，她与自己爱上的便是同一个人。自己的满腹相思，早已在无望之中尽数化作了一片尊崇仰慕之情，公主这一腔痴念，到头来自然更是注定无果的……这么一想，心中登时对公主生出了几分同病相怜的亲切之感。

安平坐在正中高位上，丝毫不理会厅中众人的窃窃私语，若无其事地拍了拍手，又将身上飘落的几片碎纸屑拂去，这才好整以暇地说道："好了，如今本宫替你们将那幅罪证画像销毁了，如此便也赦免了你们阖府满门的一桩重罪。这一份大礼，就算是本宫今日前来喝喜酒的贺礼了。皇甫侍郎，你平身罢。"

皇甫敬夫妇对视一眼，只觉哭笑不得：公主如此大闹婚宴，当众毁去画像，使皇甫氏颜面扫地，竟还振振有词地说是送上了一份大贺礼，这般胡搅蛮缠，实在荒唐之极，令人啼笑皆非。

安平接着从座中起身，在皇甫满门警觉提防的目光中，自顾自地走到刘燕玉身前，拉了她的手，上上下下打量了一周，笑吟吟地夸赞道："好一个楚楚动人的美貌新娘子！当真我见犹怜。"

刘燕玉身着大红喜服，环佩齐整，妆容精致，掩映出一副如花似玉的娇美容颜，闻言脸上一红，愈增柔媚之态，细声细语道："奴家蒲柳之姿，公主千岁取笑了。"

安平朝刘燕玉眨了眨眼，笑道："今日来得匆忙，不曾备有甚么拿得出手的见面礼。这样罢，本宫也送你一份大礼……"刘燕玉心头一惊，不知公主又起了甚么古灵精怪的念头。疑虑之余，却也隐隐生出几分欢喜期盼之意：公主当众撕毁画像，已然替自己出了一口忍耐多时的心底怨气，这会子既说是"一份大礼",更不知又会生出甚么事端?

公主回过身来,面朝皇甫一家,说道:"这新娘子好歹也是与本宫齐名的人物,你们就这么将她娶作二房妾侍,却让本宫的面子往哪里搁去?依本宫看来,新妇如此花容月貌,正堪匹配皇甫侍郎。那幅元配画像么,恰好给本宫撕了。再说今日婚宴,又是一切比照迎娶元配之礼……诸般凑巧,本宫索性替你们作主了:今日便给新娘子扶正了三书六礼的正室之位!"

此言一出,皇甫父子齐道:"万万不可!"皇甫少华又急又怒,愤声道:"娶妻纳妾乃微臣家务事,公主纵然身份尊贵,终不能强人所难,干涉臣之私事!"皇甫敬连忙扯了他一下,微微摇头,示意不可无礼,接着向公主拱手道:"我皇甫家纳妾之事,原是不得已之举,绝非有意要博公主颜面。公主容禀:我皇甫家和孟家指腹为婚的亲事,如今已是天下皆知。孟小姐下落不明、生死未卜,我皇甫家此时若是毁婚,岂不成了背信弃义、落井下石的小人了?必将招致天下人耻笑唾骂。"

安平要扶正刘燕玉正室之位,本也是临时起意,为的自是林修贤先前一句,"郦丞相说,除非给新妇一个三书六礼的正室之位,否则他是不会莅临观礼的"。可见那人的意思,也是要将新妇立为正室的。他欲行而不能行之事,自己却不动声色地替他办妥了,定能博他青眼相看。

这时听罢皇甫少华之语,俏脸登时一寒,再听了皇甫敬的话,不觉哂然,道:"如此说来,倘若这门亲事不是天下皆知,又或者此事不会招致天下人耻笑唾骂,难道你们皇甫家便情愿毁婚了不成?"

皇甫敬急道:"我不是这个意思……公主……"安平却不容他多言,粉面一沉,叱道:"本宫管你是甚么意思!也懒得理会你们的甚么'家务事'!哼哼,有道是:普天之下,莫非王土,率土之滨,莫非王臣。本宫的旨意便摆在这里,今日定要给新娘子扶正了这正室之位。你们是遵旨还是抗旨,自个儿瞧着办罢!"说着退后一步,坐回位中,下颔微微抬起,眼光斜睨,便连正眼也不瞧皇甫满门一眼,显出一副颐指气使、不容辩驳之势。

公主如此光明正大地摆出一副以势压人、半点儿不讲道理的模样,皇甫敬顿觉左右为难,不知如何是好了。皇甫少华双拳紧握,眼中如要喷出火来,倘若眼前之人不是位身份尊贵,连碰下一根头发丝儿都恐招来大祸的公主千岁,他早就拔出剑来,将对方斩成十七八段,以泄心头之恨了,如今也只得勉力忍耐。

就在这时，只听"笃笃"两声，皇甫老夫人姜氏忽然挺了挺手中拐杖，开口吩咐道："吕忠，去后院灵凤轩将孟总督请出来。"

皇甫少华闻言大惊失色，上前一步，颤声道："祖母……这……这却是为何？"孟士元自入京来，便暂栖于皇甫府后院灵凤轩内。今日皇甫府以迎娶元配之礼纳妾，而所纳之人偏又是其宿仇刘捷之女刘燕玉，他心中自然不喜，早已明言懒待出来应酬宾客。祖母此刻命管家强去请他出来，又偏以"孟总督"这等疏远身份相称，而非往日常称的"孟亲家"，皇甫少华登时大觉不妙，心弦颤抖不已。

姜氏脸色一沉，龙头拐杖蓦地指向皇甫少华，竟劈头盖脸地朝他重重砸将下来。皇甫少华不觉大骇，又不敢躲闪，只得侧转半边身子，避开头脸要害，硬生生地吃了这一拐杖，顺势跪了下去，哀声道："祖母若要教训孙儿，便只管教训，切莫气坏了身子。"

姜氏这一动怒，皇甫敬夫妇吓得胆战心惊，立时抢步上前，一左一右扶住母亲，软语劝解。二人都知母亲素日里最为疼爱孙儿，从小到大，莫说戒尺家法，便连重话也极少说上一句，眼下竟然亲自举杖相责，可见必是动了真怒。

姜氏怒容满面，举起拐杖还待责打，已让尹良贞拼死命拽住，只得气喘吁吁地喝骂道："……我今日便打死你这个只顾美色、不忠不孝、不知轻重的小冤家！自从得了这一幅画像，你成日里便像丢了魂儿似的，如今便连公主千岁的旨意也胆敢违抗起来……我从前那个懂事孝顺、心气凌云的孙儿，却到哪里去了！还说甚么要挂冠辞朝、天涯寻访！呸！我皇甫门素以忠孝传家，断没有你这样为了区区一介女子，便上不顾替君王分忧、下不能恤父母辛劳的忤逆子孙！"

姜氏重重喘息半响，回头忽见吕忠还站在原处，当即厉声喝道："怎么还不快去！老太婆的话敢是没人听了么？"吕忠身子一抖，连忙答应道："是，是。"疾步奔出。

姜氏这么疾言厉色地一通发作，登时将满堂宾客看得呆了，便连安平见了这老妇举杖教训孙儿时的气势，也不禁微微咋舌。听她言下之意，倒像是要遵从自己旨意的模样，不觉芳心暗喜，神色却丝毫不变。

姜氏缓缓转过身来，脸上已换过一副面孔，朝公主微一躬身，说道："老妇姜氏领公主谕旨。这便去请孟氏之父孟总督出来,商议两家退婚事宜,烦劳公主稍待片刻。"

安平这才面容转霁,点头道:"到底还是老夫人明白事理,如此甚好。"又朝刘燕玉眨了眨眼,笑道:"本宫这一份见面礼如何?新娘子可还满意罢?"刘燕玉听得老夫人姜氏发话,心头大定,又惊又喜,盈盈下拜道:"多谢公主千岁玉成!"瞥了一眼身侧的良人,想到自己从今而后便是他名正言顺的妻子,又是欢喜,又是娇羞,转开眼光,俏脸上绽开如花笑靥。

皇甫少华心下却是叫苦不迭,然而事已至此,实是无可奈何。祖母近来身子越发不好了,若强要抗争,只怕当真气坏了她,自己更落下个不孝的罪名。皇甫少华遂站起身子,木然立于一旁。

过不多时,孟士元便即出来。他已从吕忠口中略知端倪,参见过公主后站定一旁,目光朝皇甫父子望去,并不说话。皇甫父子心中有愧,不敢与他目光相接。姜氏开口直言道:"孟总督,公主千岁颁下谕旨,要你我两家退婚,立今日新妇为正室。我皇甫家自然担待不起抗旨不遵的名头,但不知孟总督意下如何?"

孟士元冷笑一声,道:"老夫人此言,孟某倒不解其意了。你皇甫家担待不起抗旨的名头,难道孟某便吃了熊心豹子胆,竟胆敢公然违抗谕旨么?"姜氏面上露出一丝不易觉察的微笑,颔首道:"既是两家俱无异议,今日当着公主千岁和众位宾客的面,这桩亲事便就此一笔勾销。春儿,取碧玉如意来。两家当面退还信物,解除婚约,从今往后,男婚女嫁各不相干。"春儿答应一声,当即捧出一只玉匣,打开取出碧玉如意,双手奉与姜氏。

孟士元一阵仰头长笑,笑声蓦地止住,双眼一翻,一双目光如闪电般射向姜氏,森然道:"孟某所料果然不差,老夫人当真早有所备,便连这柄碧玉如意都已预先备好了。"饶是姜氏老脸,闻言也不禁微微泛红,别开目光,心下暗骂春儿这小蹄子性急坏事。

孟士元随即又是两声冷笑,道:"哼哼,老夫人打着翻脸退婚的盘算,原也不止一日两日了,几次三番在人后指桑骂槐,你道孟某蒙在鼓里、一无所觉么?今日婚宴,我料定老夫人便是凭空也必要捏出事端来,逼得两家不得不退婚,免得为了我孟家一个生死未卜的女孩儿,断送了贵府公子不可限量的锦绣前程,这话是也不是?如今天遂人愿,公主千岁适逢其会,有了这一项'抗旨不遵'的大罪名作为借口，老夫人师出有名，自是正中下怀了。嘿嘿，既如此，好！"

他从袖中取出凌霜短剑，大步上前，交换过姜氏手中的碧玉如意，决然道："今日我孟家便与皇甫家当众解除婚约！从今而后，男婚女嫁再无瓜葛！"说罢一拂袍袖，从满堂宾客中穿行而过，头也不回地离府而去。

皇甫少华望着孟士元的背影，一声"孟叔父"已到唇边，挽留的话语却凝咽在喉，无论如何吐不出来。他听了孟士元这一席话语，心头蓦地恍然大悟：怪道今日婚宴上祖母的一腔怒火来得极为蹊跷，遵从公主无理取闹的旨意也未免过于爽快，原来如此！原来如此！记得自己先前和她商议挂冠辞朝之事时，祖母的神色虽寒如冰霜，却也并未多言，只要求自己必以元配之礼迎娶刘燕玉，自己不曾多想便胡乱答允了。如今想来，只怕祖母那时便已有了翻脸退婚，扶正刘燕玉的盘算。偏巧今日又碰上个任性胡闹的公主千岁，祖母自是将计就计，打着遵从公主谕旨的幌子，逼得两家不得不退婚。

祖母这一招，用的自然是釜底抽薪之计：自己挂冠辞朝的借口，原是说要天涯海角寻访元配。一旦两家退了婚，孟丽君与自己便再无瓜葛，于情于理自己都无须弃官离家，如此方遂了祖母的心意。然而她哪里知道，自己心中实是另有说不出口的隐衷。若非为了皇甫家的清名令誉，为了将来不致铸成难以弥补的大错，自己又如何割舍得下这一份得来不易的功名前程和荣华富贵？自己虽已贵为一部侍郎，在祖母眼里，却还只是个不通世情、不识大体的小孩子。两家退婚如此大事，她心中一旦打定了主意，便将所有人尽数瞒过，一意孤行，不容置疑。自己为了顾全这个家，内心深处忍受了多少痛苦煎熬，度过了多少个不眠长夜，却是无人知晓！

想到这里，皇甫少华再也抑制不住，痛苦、愤懑、气恼、委屈，诸般神气盈塞胸口，喘也喘不过气来。他"啊"的一声仰天大叫，状若癫狂，双手掩面，疾冲而出。

尹良贞连声唤道："少华，少华！"看了婆母一眼，又看了丈夫一眼，到底还是放心不下儿子，疾步跟了出去。

这一场婚宴闹到如此地步，皇甫敬心中又气又怒，既羞且愧，虽也担心孩儿，终归不能放下满堂宾客不管不顾。只好打叠起精神，出至厅堂，又是鞠躬又是作揖，连连赔罪，好说歹说，终于将前来观礼的宾客尽数送走。

众宾客目睹了这一场难得一见的大热闹，皇甫家与孟家指腹为婚的亲事，早已天下皆知，如今说一声退婚便当真退婚了，委实令人意想不到。而其间之事，更涉及金枝玉叶的皇家公主和权倾当朝的郦大丞相之间的暧昧关系，越发引人遐思无限。众人口中啧啧称奇，一路出去，便一路口沫横飞地议论不止，诸般揣测，不一而足。

到了皇甫府大门口，这时天色将暗，已是掌灯时分。却见不远处半条街上灯火通明，一乘金顶绣凤鸾辇缓缓行来，数十名宫女、内监手持宫灯，簇拥在銮舆四周，数百御林军士前后开道护驾。宾客中心思灵敏之人，立时猜到这必是宫中得了消息，前来迎接安平公主回宫的鸾辇，立时住口不语，恭恭敬敬垂手侍立在道旁。

一时舆驾到了近前，皇甫敬领家人大开正门，出来迎接。銮舆抬入大门，过了一会便重又抬出，西行而去，终于渐行渐远。

皇甫敬恭送公主凤驾回宫，心底总算略松了一口气，长叹一声，只觉身心俱是说不出的倦乏。孟士元拂袖而去、头也不回的背影，沉甸甸地硌在他心底，几乎连气也喘不过来。回到厅内，这时新妇刘燕玉已自回房歇息，偌大一个厅堂，只有母亲姜氏和贴身丫鬟春儿二人。姜氏凝望着案上烛火，正自出神，春儿侍立她身后。

皇甫敬赔笑道："天色不早了，母亲今日辛苦了一日，早些歇息罢。"姜氏不语。皇甫敬等了一会，又道："母亲见谅，儿子放心不下少华，这便要去瞧瞧他。"转身欲行，却听姜氏低低的声音唤了声："……敬儿！"

皇甫敬心底一颤，自从十二年前自己官拜兵部侍郎之后，母亲便再也不曾这样唤过自己的小名了。定一定神，回过身来，道："母亲还有甚么吩咐？"

姜氏幽幽道："敬儿，今日之事……你怨为娘的么？"皇甫敬连忙道："儿子不敢。"姜氏转过目光，望着皇甫敬，道："这么多年，委屈你了。"皇甫敬听了这一句贴心暖话，不知如何，眼泪几要流出，强自忍耐，不敢张口。

姜氏叹道："敬儿，为娘已是年近七十的人了，近来身子一日不如一日。我早已打定主意，只待此事一了，家中之事为娘便再也不过问了。"皇甫敬含泪道："母亲身子康健，何必说这些丧气话？孩儿……孩儿从来并无怨言，只想……只想问上一句：孟贤弟临走前说的那些……那些话……"

姜氏缓缓说道:"事到如今,为娘也就不瞒你了。那孟士元说得不错,今日婚宴,纵无公主捣乱出面,为娘也早有了翻脸退婚的打算。"皇甫敬叹道:"母亲这却是为何?如此一来,我皇甫家背信弃义的名声,便是跳到黄河里也洗刷不清了。"

姜氏叹了口气,说道:"我知你是个重情重义的好孩子,和孟家退婚之事,便是杀了你也做不出的,所以为娘才瞒了你,自个儿出来做恶人了。若说背信弃义,那便是我老太婆一人背信弃义,于你、于少华都不相干。唉!少华这孩子,原本不是个死心眼之人,这一回却是鬼使神差,打定了主意,八匹马也拉不回来。这门子亲事,本来我是不反对的,孟家的孩子模样儿极好,听说还是个才女,要真能找得回来,只要贞节无损,倒也做得我的孙媳妇……"

停顿片刻,续道:"……然而如今少华却要为了她弃官不做,放着父母高堂不加奉养,却是一心一意闹着要外出寻访,天下间岂有这样的道理?我倒不是贪恋少华侍郎的官位和如今的荣华富贵,前两年你丢了官、家道中落时,你可听为娘埋怨过一声么?只是这一回,少华做得委实没有道理,为了儿女私情而不顾忠孝大节,将祖宗家训全然忘却了。"

皇甫敬不觉点头道:"母亲说得是,这确是少华的不是。"姜氏又叹道:"道理虽如此,少华听不进去又有何用?他如今翅膀硬了,莫说父母双亲,便连我这祖母,也早已不放在眼里。手脚生在他身上,他定要上表请辞、出京寻访,我们又能如何拦阻?难不成一哭二闹三上吊么?这些个伎俩,老太婆倒也不屑去用。所以思来想去,唯有这釜底抽薪的一招了。自古以来,婚姻都是父母之命、媒妁之言,订婚退婚,都断没有他小孩儿置喙之理。只要两家退婚的消息传扬开去,少华便再也不能上请辞表章了——纵然他糊涂透顶,定要呈上本章,皇上也决计不会允准。只是如此一来,只怕少华该恨死我这老太婆了。"

皇甫敬越听越觉母亲的主意高明,少华上表请辞之事,全家人都一致反对,无奈他铁定了心思,非要如此不可。自己心中着急,却也无可奈何。如今两家退婚已成定局,自己已然大大对不住孟贤弟,只盼少华能就此回心转意才好。想了想,说道:"母亲放心,少华断不是全然不懂事理的孩子。他就算眼下一时想不开,我们在旁慢慢劝解,时日长了,终会有想通的一日。"

姜氏颔首道:"正是这话。老太婆本就没几日活头了,所作所为,只要不碍忠孝大义，一心一意终归是为了儿子、孙儿好，倒也不怕给人误会。"说罢挥了挥手，道："好了，我这里没有旁的事情了，你这便去瞧瞧少华罢。春儿，扶我回房去。"

皇甫敬躬身答应，目送母亲离开。听了母亲这一番解释，他心底略微畅快了些，倒不似先前一般堵得心慌难受了。呆立片刻，转身出来，来到儿子皇甫少华的卧房。

还未进门，便听得儿子的声音恼怒道："母亲别再劝了！孩儿心意已决，这一封挂冠离朝的请辞表，孩儿是一定要呈上去的。"不觉眉头紧皱，掀开暖帘进去，半含怒气道："少华！你这说的是甚么话？如今亲事已退，孟丽君便不再是你的元配了，你若还上表请辞，岂不是白白惹人笑话一场？再者皇上爱惜人才，也断然不会允准你的辞呈。"

皇甫少华心烦意乱，他又何尝不明白这个道理，见爹爹也是这般责备自己，心底越发委屈，赌气说道："这岂不正是祖母的如意盘算？爹爹，孩儿实话说了罢，若是非要我待在京城，我只怕……只怕哪一日便要惹下滔天祸患，令全家陷入万劫不复的境地！"声音微微颤抖，心绪十分激动。

皇甫敬听他话语说到如此地步，不觉一呆，道："少华，你这话怎么说？"皇甫少华闭上双眼，躺倒在床上，口内喃喃道："孩儿心中自有苦衷，却是说不出口。"他这句话说得细若蚊鸣，原是愤懑委屈到了极处的自说自话，并不承望爹爹母亲听见。谁知皇甫敬这时正好俯下身来，坐在床沿，他是武将出身，耳力极佳，听得真切，忙细问道："孩儿你有甚么苦衷，只管说与爹爹母亲听就是。"

皇甫少华一惊，睁开双眼，正对上爹爹关切询问的目光，心头涌起一股暖意，思量片刻，牙关一咬，暗道一声："也罢！"终于决定将自己的心结隐衷和盘托出。起身掀起暖帘，吩咐门外丫鬟小厮道："都远远地躲开去！若是有人胆敢偷听一个字，少爷便戳聋了他的耳朵、割下他的舌头！"丫鬟小厮们连忙退去，少爷近来脾性越发古怪暴躁，生怕一不小心触怒了他的霉头。

皇甫少华仍不放心，四处逡巡了一阵，方才回身进来，小心将房门闩上。皇甫敬夫妇心生狐疑，不知他究竟要说出何等隐秘，在自己家中亦须这般小心谨慎。皇甫少华面色凝重，叮嘱道："爹爹母亲，孩儿说的话可万万不能传入祖母耳中。她老人家对我期许极高，要是知道了……一顿拐杖打死我事小，只怕要活活气……唉！只怕于她老人家身子有损……"

皇甫敬看了尹良贞一眼，道："好，你说。"皇甫少华重重地坐下，脸上流露出既一副尴尬又鄙夷、委实难以张口的神气，过了一会，方重又横下一颗心，木然开口道："……在爹爹母亲眼中，今日公主撕毁的画像，那画中之人究系何人？"

皇甫敬夫妇对视一眼，想不到等了这半日，他竟会问出这么一句话。尹良贞柔声道："那画像中的美人，自然就是你孟叔父的独生女儿孟丽君了。"

皇甫少华摇头道："不……在孩儿眼里，她不是孟丽君。她……他……他是郦丞相！"皇甫敬不觉着恼道："少华，爹爹都说了多少遍了，你怎么还执迷不悟。郦丞相是个奇伟男儿，绝不可能会是孟丽君！"

皇甫少华静静地道："我知道郦丞相是男子，我也知道他不是孟丽君。"皇甫敬疑惑道："这就是了，那你如何……"陡然间全身一震，明白了儿子话中之意，脸上现出一副难以置信的神情，只觉舌根发麻，苦然道："你是说……是说……"

尹良贞却还不曾明白过来，连声追问道："怎么回事？少华你究竟甚么意思？"皇甫少华低下头来，不敢直视爹爹震惊无比的目光，缓缓说道："孩儿心中相思刻骨、魂牵梦萦之人，不是女儿身的孟丽君……而是同为男子的……郦丞相……"

尹良贞张大了口，却连"啊"的一声都发不出来，转头朝丈夫望去，神色一片茫然，似是要他证实，自己的耳朵莫非出了毛病？

皇甫少华话已说出，便再也收不住口，只觉数月来压抑于心的一块巨石略有松动，心底郁结稍稍平复，低头自顾自地说道："去年平南初得画像之时，第一眼我便惊呆了，画中丽人怎么会像极了恩师大人？每回展开画卷，我心中都有一个念头一闪而过：恩师若真是孟丽君女扮男装，那该有多好？那时倒还未生绮念。

"等到平南班师，和爹爹一席话后，我心中已然明白，郦丞相是个堂堂男儿，绝无可能会是孟丽君改扮。也不记得究竟是哪一日了，我回到卧房，忍不住又一次展开画像。那画中人儿在动，在说，在笑，喜则令人如饮醇酒、如沐春光，威则让人胆战心惊、不寒而栗。无论是眼角眉梢的一颦一笑，还是言行举止的风采气度，尽皆美到极处……我正看得心神荡漾、意乱情迷之时，忽然脑中一阵清醒：她……他不是孟丽君……他是……他是恩师郦丞相！

"我一想到这个，心中欲念立时冰消雪融，只觉滔天骇浪扑面而来。不单是由于亵渎冒犯了待我恩重如山的郦丞相，更是因为我那时已然明明白白地知晓，恩相乃是男儿之身！我又惊又惧，又是鄙夷自己，只羞愧得无地自容，立时卷上画轴，牢牢地锁了起来，不敢再看第二眼。

"那时我甫升兵部侍郎，朝事上与恩相多有接触。我心底便郑重警告自己：当日的影像不过是我鬼使神差的幻觉。不，其实根本就没有甚么幻觉，我看见的原本就是画像上我的未婚妻孟丽君……我竭尽全力，作出一副若无其事的模样。所有人都瞒过了，便连我自己，也几乎要相信从来不曾生出过这样荒唐糊涂的绮念。

"一个月后，恩相奉旨出京，南巡督察云贵。他走之后，我整日浑浑噩噩，如同行尸走肉，夜不能寝、食不知味。那时我还一厢情愿地宽慰自己道：郦丞相离京，上至九五至尊的圣明天子、下至不入品级的寻常小吏，文武百官里，有哪个不时常念叨他的？弟子思念恩师，原是人之常情。

"直到有一日，我再也忍耐不住了，发狂一般地开锁取出画像，希冀从肖似的容貌中，再次见到恩相的音容笑貌。可是这一次，却无论如何也看不到了……画中的丽人依旧国色无双，我却浑然失却了从前观画时的兴致雅趣。我想，哪怕真的将孟丽君寻了回来，她号称云南才女，自是琴棋书画样样精通。然而就算容貌一般无二，她能比得上恩相的博学广识么？能有恩相一般的雍容气度、盖世风采么？她能如恩相一般活色生香么？"

皇甫少华略略停顿片刻，叹了口气。皇甫敬夫妇在震惊中尚未来得及反应，便已听儿子一口气说到了这里，心头如打翻了五味瓶，不知是何等滋味。皇甫敬张了张口，说不出话来。尹良贞却道："世间物分阴阳、人分男女，本来就是不同的。少华，你怎能指望一介闺阁弱女，去和世间人杰郦丞相比肩并论？傻孩子，若孟丽君真有郦丞相这般的才能，只怕你反倒不喜欢。"

皇甫少华默然良久，方道："母亲到底知我。倘若孟丽君真如郦丞相，这样怪物一般的女子，纵有无双美貌，我也消受不起，至多是迷恋一时罢了。正是因为恩相是个男子，他的风采气度令我倾倒，他的才学抱负非我所能企及，我才会由敬而爱、因仰生慕罢？"

又道："这些日子我思来想去，只怨上天待我委实不公。倘若孟丽君的容貌与恩相并不肖似，或是我与孟丽君并未自小指腹为婚，又或是我手中从来不曾有过这么一幅画像。这三点只消任去其一，我心中的荒唐绮念便断不会出现。造化无情，天意弄人，实是无可奈何！"皇甫敬听了这话，不觉一声长叹，对儿子倒也多了几分理解之心。

皇甫少华回转话题，续道："当日我在画像上看不到恩相身影，心中的痛苦难以言表。直到那时，我才真正意识到了自己的心结：原来我竟然已在不知不觉中，爱上了同是男儿身的郦丞相！爹爹母亲，你们可知，在那一刻，我……我……连寻死之心都有了。"解开衣衫，露出胸口肌肤，只见心口处赫然一枚蚕豆大小的嫩红伤疤，显是新创，愈合未久。

尹良贞"啊"的一声，手指轻抚疤痕，惊道："这……这是几时的事？我们怎会不知？"皇甫敬道："你十一月里生了一场大病，就是为此？"声音满是苦涩。

皇甫少华面无表情，说道："那日我拔出剑来，抵着自己心口，想着一剑下去，从此便无牵无挂、一了百了。剑尖刺破肌肤，我脑中一阵迷糊，忍不住又朝画像望去。万万想不到，就在这时，竟然复又见到了恩相的身影。他的目光清冷如常，注视着我，似带一丝讥嘲之色。我既已见到恩相的身影，一时便舍不得去死，手一抖，再也握不住长剑……胸口流了点血，倒不如何痛，伤口也不深，包扎起来几日便好了大半。

"从此我再看画像，恩相的身影时时出现，我沉迷其间，难以自拔，一时羞愧，一时恐惧……从小祖母和爹爹便教导我，要成就功名，光耀我皇甫家的门楣，须志存高远、灭除杂欲，我一向行事亦是如此。然而这一次，竟是无论如何也不能够了。我竭尽全力遏抑自己的欲望，但却越来越害怕、越来越绝望，因为愈是强行压抑，心底的欲望便愈发强烈……这份欲望便如一点火星，将我内心累积多年的层层桎梏引燃起来，烧作了一团熊熊烈火，再也无法扑灭……"

皇甫少华说到这里，终于鼓足勇气，抬起头来，看了爹爹母亲一眼。只见爹爹震惊失望的目光中，夹杂了一丝明了理解之意，而母亲的眼光虽仍错愕不解，却满是怜惜关切之色，心底又是一暖。转过头去，继续说道："那时我心中便已有了挂冠辞朝的念头。所谓天涯海角寻觅元配，本就只是一个借口，为的自是远离京城、远离恩相。以免有朝一日隐瞒不住，事情败露，不仅我皇甫少华一人身败名裂，更令整个皇甫家脸面无光，成为世人竞相奚落的笑柄。"

　　皇甫敬夫妇对视一眼，心底俱道："原来如此。"原来儿子执意上表请辞，并非当真忘却祖宗家训、不顾忠孝大节，更非不识大体、一意孤行。他这一份苦心孤诣的良苦用心，若非今日被逼到绝处，不得不坦言道出，又有何人能知？想到儿子这数月来的痛苦煎熬，以及苦苦支撑却不为所解、反为所冤的委屈，夫妇二人不觉既痛且惜，心如刀绞。

　　皇甫少华又道："非但如此，我心底惧怕之事更有甚者。今年元旦之日登门拜访相府之时，我终于又见到了恩相。数月不见，他的讥笑嘲讽、薄嗔浅怒，竟令我……情难自持……虽然我掩饰得极好，爹爹未曾瞧出，恩相也不曾起疑，我却被自己吓出了一身冷汗，再也不敢迟疑，无论如何也要尽早递上辞呈表，离开京城。我……我……只怕自己再和恩相相处下去，不知哪一日冲动难控，会当真铸成……铸成禽兽不如、万劫不复的大错事……那我便万死不足赎其罪愆了……"语音微微颤抖，说到"禽兽不如、万劫不复"这八个字时，额上青筋暴起，心底惧意流露分明。

　　皇甫敬夫妇闻言皆是全身一震，一时卧房中一片寂静，只听得皇甫少华粗重的喘息之声。皇甫敬张开口，正要说话，忽然门外传来"呛啷"一声响动，心中登觉不妙，大喝道："甚么人？"随即便听"扑"的一声闷响，似是身体倒地之声。

　　皇甫父子起身抢步开了门闩，双双扑出门外，只见姜氏倒在地上，双目紧闭，嘴角、胸口一滩血迹，龙头拐杖跌落身前。皇甫父子皆是面如死灰，二人方才心情激动异常，竟都未曾发觉有人在门外偷听。尹良贞跟了出来，见到这副景象，"啊"的一声惊呼出声，当即连声唤道："来人啊！快来人啊！"

　　皇甫敬哆嗦着伸出手去，探向姜氏的鼻息，只觉气息犹存，方略松了一口气，赶忙将母亲身子托起，扶入皇甫少华卧房床上。一面急急命人去请大夫，一面怒声责骂下人，为何会让老夫人一人进来，急怒攻心，眼中如要冒出火来。

　　春儿跪在地下，呜咽道："……老夫人不放心少爷，定要过来瞧瞧……听说老爷、夫人和少爷都在房内说话，不让下人靠近，便……便不要奴婢伺候，谁知……谁知……"哭得涕泪横流。

　　一时孙大夫到了，急急赶到床前，只看了一眼，脸色已变，把脉片刻，出来摇头道:"老夫人受惊过重,吐血甚多,灵窍已闭。如今老朽也只能略尽人事了。"开了一服方子,又吩咐尽早预备下参汤。

皇甫敬夫妇先前还抱有一丝希望,这会子听了大夫的话,知已无望,心头一凉。母亲身子本就不好,今日折腾了一日,再蓦地听到少华这一番胡话,自是要气得吐血了。两人又悲又痛,却又不得不强忍悲痛,一一打点布置下去。

忙乱了好一会,皇甫敬方想起怎么不见少华,不觉又是一惊,忙问道:"少爷呢?"丫鬟回道:"少爷在卧房里陪着老夫人。"皇甫敬轻吁一口气,来到卧房,却见皇甫少华直挺挺地跪在床前,一动不动……

到了半夜,姜氏终于幽幽醒转,尹良贞连忙进上参汤。姜氏眼光涣散无神,从皇甫敬身上转到尹良贞,再转到春儿,又四下看了一周,一字一字道:"我死以后……皇甫一家回转原籍,再也……再也不入京城……"说罢溘然而逝。皇甫少华虽然跪在她床前,她眼里便只如没这个人一般。

皇甫府中一场喜事变作丧事的惨剧,连带各色消息流言,一日之内传遍了整个京城,成为大街小巷人们茶余饭后议论的新鲜谈资。

孟丽君虽不曾亲临皇甫府喜筵,此事到底于她干系重大,早就遣了段明在暗处打探消息。而林修贤知道事情闹大,郦丞相无论如何也难以置身事外,因此当晚一出皇甫府便急急赶到丞相府邸,将所知一切原原本本地说了一遍。孟丽君听罢心中不觉既惊且喜,复有几分担忧。喜的自然是不必自己再施计谋,这门子讨厌的亲事便已消于无形,省却了一番手脚周折,从此自己便是名正言顺的自由之身,再也不必为这桩婚约烦恼了;惊的是公主待自己之情,竟然到了如此地步,当真令人意想不到;担忧的则是此事既已闹得众人皆知,太后面前少不得要有一个交代,而爹爹含怒而去,他的身子不比往昔,也不知经不经受得住这般刺激?

次日一早听到皇甫老夫人的死亡消息,以及坊间所传老夫人乃是气得吐血而亡的流言,孟丽君又是一惊,心底倒颇有几分纳罕:若说皇甫老夫人乃是为公主所逼而气得吐血身亡,那是说不过去的。昨日婚宴上,爹爹便已明白指出,老夫人早有翻脸退婚的盘算,公主的所作所为,恰好给了她一个顺水推舟的借口,因此才会利落爽快地接下公主旨意。这般行止才合乎这位老夫人的一贯脾性,怎么一夜之间竟会吐血亡故了?难道其中另有甚么隐情不成?孟丽君百思不得其解，便也不去多想。虽然一向颇为反感皇甫老夫人的诸般作为，念及与皇甫少华到底师生一场，以及两府的"表亲"关系，遂命了总管梁成，亲携上等祭礼前去皇甫府代祭。

又唤来段明，命他暗中打听孟士元的消息，却不可泄露了行迹。得知爹爹离开皇甫府后暂歇于东平门外迎福客栈，如今正打算在城西某处买下一座小院，作为栖身之所，稍稍放下心来，看来爹爹身子并无妨碍。自然明白他将住处选在城西，乃是因为靠近自己相府的缘故。

等了一日，不闻宫内宣召。苏映雪不免有些提心吊胆、战战兢兢，几番提醒孟丽君进宫查探动静。孟丽君却如没事人一般泰然处之，她心知公主胆敢如此不管不顾地在人前胡闹，必是已下定了破釜沉舟的决心。此事自然会惹得太后震怒，而皇帝熟知内幕，必会从旁替自己求情……然而结果究竟如何，却是难以预料了。只是此事从头至尾，自己实无错处，宫中既无旨意宣召，自是一动不如一静，静观其变的好。

当日夜里，夫妇二人才刚躺下，便听阁外传来急促的脚步声，管家梁成的声音问外间丫鬟道："老爷歇下了么？"孟丽君翻身坐起，隔窗沉声道："甚么事？"梁成忙回禀道："老爷，权公公来传太后口谕，现在敏事堂立等老爷呢！"

孟丽君不觉微微一惊，道："好。知道了。"苏映雪也已起身，一面自己披上暖袄，一面唤丫鬟进来点上蜡烛，担忧道："莫非还是为了公主之事？"孟丽君穿上紫袍，系上玉带，套上朝靴，脑中已转过七八个念头：权昌是大内总管太监，又是皇帝的心腹之人，这个时辰他亲自前来，却是通传太后口谕，看来宫里应是出了大事，也不知究竟是否为了公主之事？若是真为此事，只怕其中又生变数。心底颇有一种不祥的预感。

匆匆赶到敏事堂。权昌南面而立，见她进来，眼光中闪过一丝焦虑关切之色，口内道："传太后娘娘口谕：着郦君玉即刻进宫陛见。"孟丽君跪下道："臣郦君玉领旨。"起身问道："权公公，这是怎么一回……"

不待权昌开口，旁边一人接口道："郦丞相不必多问，太后吩咐不让咱家多话。这便请罢！"孟丽君目光转去，认得那人是宁寿宫的大太监施正林，乃是大内的副总管太监，心底登时一跳，暗道："难道当真出了甚么大事不成？"权、施二人皆是宫中要人，两人联袂前来宣旨，又不令自己得知详情，显非吉兆。

一行人快马加鞭赶往宫中。一个小太监骑术略逊，拉后了几步，权昌回头道："大伙儿都快些儿，太后娘娘和万岁爷在潇霞宫里立等相爷回话呢。"孟丽君心中一暖，知是权昌甘冒抗旨的风险，有意说与自己听的。潇霞宫乃是安平公主的寝宫，如此说来果真还是为了公主之事。孟丽君倒略略松了一口气，太后千岁是明理之人，纵然责怪下来，自己仍有辩驳的余地。

到了潇霞宫，权、施二人进殿复旨通报。孟丽君从马上下来，正了正衣冠，举步入内。只见太后坐在暖榻上，正自垂泪，皇帝在一旁柔声劝慰，见她进来，微微点头示意。

孟丽君上前大礼参拜道："臣郦君玉见过太后、皇上。"太后抬起头，拭去面上泪痕，也不宣她平身，开口便道："郦卿，你和平儿究竟是怎地一回事？你是已娶妻生子的人了，难道还有甚么非分之想不成？"语气甚是严厉，责备之意显而易见。只因面前之人是孟丽君，她才口气稍缓，若换作另外一个人，她早已大声斥责了。

孟丽君不明就里，见太后震怒，此时自不便多作辩解，只道："微臣不敢。"还是皇帝替她解围道："母后，儿臣早说了，这不关郦卿家的事，都是平儿自己一厢情愿罢了。这也怨咱们宠坏了她，她恃宠而骄，才闹到今天这步田地。"说着轻叹一声，转向孟丽君道："郦卿，你平身吧。"

孟丽君不卑不亢地回道："是。"站起身子，这才问道："微臣鲁钝，但不知公主千岁……到底是怎么了？"太后叹了口气，只觉心烦意乱，挥手道："皇儿，你来说罢。"

皇帝看了孟丽君一眼，目光中闪现一抹啼笑皆非之意，道："昨日平儿为了你，微服出宫，搅扰皇甫卿婚宴之事，这会子想必郦卿已经知道了罢？太后和朕自然严词教训了她一通，她却不管不顾，一门心思只是嚷着要见你。从昨晚到今夜，一日一夜，竟是粒米未进，甚么都不肯吃。太后和朕也只得硬下心肠，不去理会她……不想今日傍晚，她竟然……划腕自尽……幸得及时发觉，救了回来……"

孟丽君听到"划腕自尽"四个字，只觉脑中"嗡"的一声，再也想不到，公主竟会为了自己做出这等傻事，心中犹如一团乱麻，勉强定了定神，一时竟无话可辩。

太后见了孟丽君的神情脸色，面容稍霁，接口道："……如今平儿她药也不喝、饭也不吃，见了人就闭眼睛，和她说话只当没听见一般，一心一意只要见你……唉！一个金枝玉叶的皇家公主，平素心比天高，什么人都不放在眼里，现下竟成了这般模样，让人看了好生心疼。你……你究竟有何能耐，让平儿对你如此死心塌地？"

孟丽君无言以对，只得道："公主还小，不过一时糊涂，也是有的。过些时日，慢慢劝解开了，也就好了。"太后凝视孟丽君一会，缓缓说道："我自己十月怀胎生下的女儿，我知道她的脾性。她既是看中了你，只怕绝难更改。"顿了一顿，说道："郦卿，如果哀家愿意把平儿许给你，让她和映雪不分大小，都做你妻子……"

太后话未说完，孟丽君尚未开口，皇帝便已高声反对道："不成！"略略放缓了语气，又道："母后，这怎么成呢！平儿怎能受这样的委屈？朕绝不同意！"

太后叹道："这也是不得已的法子，咱们难道眼睁睁地看着平儿绝食而死不成？只要她自己不觉得委屈，那……那便也没什么。皇儿，我就实话对你说了罢：今日傍晚我来潇霞宫，这原是平儿自己的主意。我不应允，回头她便割脉自尽、以死相胁……如今她绝食不进，话也不肯说一句，若不答允此事，只怕她还要寻死。咱们防得了一时，终究防不得一世。我……我便只有这一个女儿，可怜她连你父皇一面也没见过！你父皇临终前还念念不忘这一脉遗腹骨肉，嘱咐我好好照料她。倘若她真有个三长两短，让我怎生向你父皇的亡灵交代？"说着早已泪流满面。皇帝忙握住她手，软语安慰，目光朝孟丽君望去，且看她如何应对，自己好再从旁相助。

孟丽君忙道："请太后、皇上给微臣一个机会，让微臣单独见公主一面。或许还有法子打消公主的念头，让她改变心意。"

太后止住泪水，将信将疑道："倘能这样，自然最好。但平儿性子倔得很，只怕……"皇帝接口道："就让郦卿试试罢，平儿眼下也只听得进他一个人的话。"太后点头道："好罢。郦卿，平儿在内殿歇息，你这就去罢……先说几句好话，哄她把药喝了，再劝她吃些东西。"孟丽君应道："是。"

太后又道："都是我宠坏了她，才造就她这骄纵刁蛮的脾性。郦卿，如今她身子虚弱，再受不得打击，你就看在我的面子上，对她说几句好话，多顺着些她的心意,让她心里好受些。"孟丽君又答应着,听到太后殷殷叮嘱的话语,登时想到早已故世的母亲,眼角不觉几分湿润。

宫女楚楚将孟丽君引入内殿,素素迎上前来,欢声道:"谢天谢地,相爷可算来了!您劝劝公主罢。"说着手一摆,所有宫女鱼贯而出,偌大一个寝宫内只留下孟丽君和静躺在榻上的安平公主。

只见公主身上盖着锦被,左手平放榻上,手腕处包着厚厚的棉花,脸上毫无血色,白得犹如透明一般,双目紧闭,眼角尤有泪痕。孟丽君一向见了公主便颇觉头大,这时也不禁生出几分怜惜感动之情,心想公主虽然刁蛮骄纵,待自己委实一片深情,自己因身份尴尬,从前对她多有避忌,不想反令她越发情根深种,今日无论如何须做一个彻底了断才是。

安平慢慢睁开眼睛,缓缓说道:"他们终于肯让你来见我啦!"说着两行清泪沿着眼角滚落枕上,话语中却充满喜悦之情。孟丽君叹一口气,在榻前一只绣墩上坐下,道:"公主,你何苦如此!"公主一双眼睛凝望着她,一字一字道:"我就是要这样!我要你知道我待你的一片心意!"

孟丽君全身一震,随即又复若无其事,微微一笑,伸出手去,轻轻握住她未受伤的右手,柔声道:"傻丫头,你待我好,我又不是木头人,怎会不知?只是你这般行事,倒令我不喜了。"公主眼中射出惊喜无比的光芒,反握住她的手,半晌才道:"你待我一直便是一副唯恐躲避不及的模样,从没柔声和气地说过一句让我欢喜的话语。如今这句话就算你在哄我,我听着也开心得很。"接着又小心翼翼地问道:"我……我哪般行事,反令你不喜了?"

孟丽君道:"这话咱们待会再说罢。公主……"安平插口道:"这里就只有咱们两个人,你便和母后、皇帝哥哥一般,唤我的小名平儿,好么?"孟丽君微一犹豫,道:"……平儿,你先把药喝了,好不好?"安平甚是欢喜,点头应允道:"好!"

孟丽君高声唤来素素,命她端上药来。素素早在孟丽君进殿时,便已吩咐宫女重新煎药备饭,这时听得召唤,忙端上一碗新煎好的浓浓的汤药。孟丽君扶安平坐起,将玉枕倚靠在她背后。安平得她悉心照料,心中比蜜还甜,右手接过药碗,一饮而尽,喝完之后皱眉连道:"好苦,好苦!"

素素知公主从小不爱喝药,每回总推来推去地不肯喝,似这般一气喝完,那是从来没有的事。服侍公主漱过口,又收拾过药碗,低声道:"公主,奴婢已备好饭食,让相爷陪公主用一点儿,可好?"安平朝孟丽君望去,问道:"你说好不好?"

孟丽君见她顺从地喝完汤药,已松了一口气,又听她说要进饭食,更加放心,道:"自然好啊。"当下素素领小宫女摆上饭来。因公主一日不曾饮食,不敢乍进干食,只摆上两碗粳米粥,四碟清淡小菜。

安平见意中人陪自己用饭,心中欢喜,加上一日不曾饮食,腹中饥饿,吃得甚是香甜,将一碗粥尽数喝完。孟丽君只陪着她略进了少许。食毕,素素领小宫女们撤下残羹,又退了出去。

第廿三章

一时殿中寂静无声,孟丽君轻咳一声,凝望着安平,正色道:"平儿,我有几句肺腑之言,还从未与旁人说过,今日愿说与你听。"安平又惊又喜,忙坐直身子,凝神细听。

孟丽君站起身来,踱了两步,道:"你可知我郦君玉生平最为欣赏的,是甚么样的女子么?"安平摇摇头,心底一阵忐忑。

孟丽君负手而立,目光悠然,缓缓说道:"我郦君玉最为欣赏的,便是不依附于他人、独立自强的女子。这般之人,决不会以女儿之身为卑为耻,而会因身为女子而骄而荣;她自尊、自信、自立、自爱并博爱世间万物众生;她拥有坚定不移的志向和抱负,并穷毕生之力不懈努力;她平等看待天下苍生,不以富贵权势取人,更不以富贵权势欺人……"

安平越听越怔,等她说完,犹疑道:"世上……世上竟会……会有这样的女子么?"孟丽君道:"世上之人形形色色、千千万万,或许真有这般女子,也未可知……"说到这里,唇边露出一丝微微的笑容,又道:"……倘若我是女子,也必要尽力做个这般之人。"

安平不禁又羞又愧,比照她的话语,回想自己素日行径,不折不扣正合了"以富贵权势欺人"这一条,登觉十分汗颜,而其余种种,不但自己的所作所为与之相去甚远，更是连想也不曾想过，垂头丧气道："我……我……我只怕是做不成的……"

孟丽君莞尔道："傻丫头，世上之人，各有各的好处，你自然也有你为她人所不及的独特之处。我这么说，并非是强要你变作那般之人，所谓'强扭的瓜儿不甜'，我又如何能勉强你改变与生俱来的脾性呢？只不过无关性情、不难做到的几处，你倘能有所改善，那又何乐而不为呢？就算下回在你大发公主脾气之前，能想起我这番话来，有所收敛，那也不错啊。"

安平赧道："好嘛，人家知道了。"看了孟丽君一眼，道："那你方才所说'令你不喜'的话，指的可是我昨日到皇甫府中……胡闹之事？"孟丽君颔首道："这只是其一。昨日之事你委实胡闹，太后皇上想已训诫过了，我便不多说了，你今后万万不可再如此胡为。"安平自知理亏，唯唯称是。

孟丽君又道："第二件便是'划腕自尽'之事，且不提'身体发肤，受之父母，不敢毁伤'的古训，只我适才所说'自爱'一句：一个人倘若连自身也不知珍爱，又如何能珍爱他人，或是令他人珍爱呢？"安平顺着孟丽君的眼光望向自己手腕，登时一暖，心下暗服。

孟丽君察言观色，知话已生效，这番言语点到即可，不必多说。当下转过话头，道："平儿，我的肺腑之言才只说了一半，余下的你还愿听么？"安平连连点头，道："要听，要听。你快些说罢。"

孟丽君目光之中闪现出飞扬的神采，朗声说道："平儿，我此生最大的志向，便是要革除这世间男尊女卑的种种不公之处，令世间的万千女子，得到与男子一般平等公正的地位，让普天之下的有才之士，不拘于性别身份，皆得以施展其才学抱负……"说罢回过身子，凝望着安平，话语之中满是诚挚之意，道："……平儿，我自知此事行来委实不易，你……你可愿相助我一臂之力？"

安平闻言全身一震，随即毫不犹豫地说道："这既是你毕生之志，我自然要助你的。你是个男儿，尚且能这般替天下女子着想，我身为女子，从前反全无此念，已是惭疚于心，今日听了你这一番言语，倘还不能竭力相助，岂不愧对自己的女儿之身？"

孟丽君一阵欢喜欣慰，暗道自己果然没有看错人。公主的心性和皇帝极为相似，也是一般蔑视礼法、恣意大胆的真性情。自己这一席话，倘若说与皇甫老夫人之流去听，恐怕才只吐得几个字，便早已被严词怒斥为大逆不道的荒唐谬论；若说与刘燕玉听，她必会睁大一双眼睛、惶恐无比地呆望着自己；而苏映雪则会一笑了之，并不放在心上；至于卫勇娥么，想起那日自己安排了她与殷溪霆单独会面，后来她虽未多言，眼神中的悠然神往、跃跃欲试之态，却已流露分明。公主肯痛痛快快地答允此事，其中固然有几分是出于她待自己的一片深情，然而即便她对自己并无情愫，以她天家贵女的身份和争强好胜的脾性而言，一旦有人加以提点，她多半也会对革除男尊女卑这一陋习大加赞同。

孟丽君坐回绣墩上，又伸手过去，握住安平的右手，道："多谢你了。平儿，如今你总该明白，为甚么我明知你待我好，却是无论如何也不能娶你了罢？"安平面带微笑的脸色登时僵住，喃喃道："甚么？"

孟丽君柔声道："我知这话你不一定爱听，但请你一定要听我说。不论男女，若是一心一意相待一个人，自也希望得到对方一心一意的回报。所谓男女平等，倘若男子能三妻四妾、左拥右抱，女子却须忠贞不贰、从一而终，那算甚么男女平等？这既是我郦君玉毕生之志，自也当从我郦君玉做起，否则何以服天下人……"

安平听到这里，忽然低下头伏在锦被上，失声痛哭起来。孟丽君一面右手轻轻抚摸安平头发，一面温言说道："……平儿，你是个敢爱敢恨真性情的女子，郦君玉却是使君有妇、心无别恋，万万无法回报你的一腔爱恋……然而世间男女，除却夫妻之情外，还有朋友之义、知己之谊。倘若你能换以知己之情待我，郦君玉必以知己之情倾力回报，这样岂不两全？"

安平只是哭泣，并不说话。孟丽君知她这场痛哭，乃是在发泄心中情感，如此大哭出声，倒远胜郁结于胸、不得宣泄。记得这些年来，自己唯一一次痛痛快快地流泪，还是在三年前得知爹爹兵败被俘后逃难出城，暂歇于昆明郊外农家的那夜。也正是那个夜晚，自己在痛哭一场之后，心中便已拿定了男装入仕、亲自为爹爹昭雪冤屈的主意。公主素以古灵精怪、刁钻任性闻名，从来只听说她笑嘻嘻地捉弄旁人，谁也不曾见她哭过。然而越是这样平素极少流泪之人，一旦痛哭一场之后，心中所想所念便多半会生出变化。于是不再言语，只静静坐着，不时伸手轻拍她后背。

过了好一会，只见安平终于抽抽噎噎地止住了哭泣，慢慢抬起头来，拭去面上泪痕，心中似有所决。只听她一字一字道："你说得对，我明白了。

我是堂堂正正的女儿之身，一心一意喜欢的，也必要是一个一心一意喜欢我的人。"

孟丽君大喜，道："平儿，你可算是想通了。"安平却倾过身子，斜倚在孟丽君肩头，闭上双眼，喃喃道："道理虽然通了，可是……眼下我却做不到啊……我不管！我便再刁蛮任性一回好了……从明儿起，我听你话，和你做知己朋友。这会子么……且让我再这么待一会儿，好不好？"

孟丽君听她说得可怜，心头一软，伸手揽住她身子，道："你爱这么待一会儿，我便陪你说说话、解闷儿就是。"将自己此番南巡路上所见所闻的奇谈异事、风土人情，拣了几桩奇巧有趣的，一一说与她听。安平直听得津津有味，不住发问。

孟丽君又说起荣兰创立的那个婴孩收容所之事，安平听到孩子们流落街头、无家可归的惨事，又听说其中十有八九都是女孩儿，有的还身患残疾，眼圈儿登时红了，当即取出自己的珠宝首饰来，说要赏赐给这些孩子们。孟丽君婉言劝阻了，说道日后倘有需要之处，必会请她慷慨解囊。

又说了一会子话，孟丽君忽道："平儿……倘若有朝一日，你得知我有一个大秘密，却是由于种种不得已的苦衷，而隐瞒了你，你会不会生气？"安平不加思索地道："不会啊。你是甚么样的人，我最清楚不过了。你既然都说了，有不得已的苦衷，那必是确实不能说的秘密了，我又怎会生气？"孟丽君心底一阵宽慰，望向安平的目光越发柔和了。

替安平盖上锦被，孟丽君凝视了一会她在梦中嘴角边犹含的一丝笑靥，转过身子，轻步出了内殿，向素素低声道："公主睡下了。"素素拍拍心口，做了个"总算放心了"的手势。

小太监顾言迎上前来，悄声道："万岁爷还在外殿呢。万岁爷说，倘若相爷倦了，便要奴婢恭送相爷回府；相爷要是精神还好，便请过去说会子话儿。"孟丽君道："正巧我也有话要禀奏皇上，这便去罢。"随着顾言来到前殿。

这时已是四更将尽，太后业已起驾回转宁寿宫，皇帝正以手支额假寐，听到脚步声响，骤然惊起，待见到孟丽君立在身前，眼中惺忪的睡意立时全消。见她面上微露疲色，登时心疼不已，说道："都是朕的不是，也没料想竟会捱到这个时辰。爱卿……你还是早些回府歇着罢！"

孟丽君微微一笑，道："微臣还不累。公主进过饭食，现已歇下，当无大碍了。微臣也正好有话，要禀奏皇上。"皇帝听她如此说，心知必有要事，四下一顾，道："既如此，此处并非说话之地，爱卿且随朕去乾清宫，可好？"孟丽君点点头。

皇帝起驾回到乾清宫，屏退了一众太监宫女，立时拉了孟丽君的手踱至暖榻前，道："此刻没有外人，你快坐下歇歇。有甚么紧要话儿，慢慢再说。"又取来案前一盏新沏热茶，递到她手上，道："先喝盏热茶暖一暖。这几日虽是冬日里少有的暖和天气，这五更天可还是寒浸浸的。"

孟丽君接过茶盏，见是皇帝平日自用的一只琉璃玉斗，也不以为意，呷了一口茶，抬头道："我记得你素日常饮的都是庐山云雾茶，几时换作君山银针了？"皇帝挨着她坐下，但笑不语。孟丽君一转眼便已明白其意，笑道："你便是爱屋及乌，却也不必如此。"

皇帝笑道："最初自是爱屋及乌，如今喝的多了，倒当真体会出这茶的好处了。此茶香气高爽、汤味甘醇，那是不必说了，最妙的便是久置而其味不变，弥久愈香，确是茶中至品。"

孟丽君又饮了一口热茶，身上暖了几分，放下玉斗，将方才和安平的一席谈话简要叙说了一遍，又道："玄肃，我已细细想过，我的身世真相，咱们还是如实告知平儿的好。今日我的一番话语，已令她明白了其中道理，也答允我不再纠缠。然而'情'之一字，不是说放下便能立时放下的，唯有将真相坦诚相告，她才能真正斩断心底情丝……论理今日我本就该说，只是潇霞宫里人多口杂，纵是我与她独处之时，仍有不少内侍宫女远远地窥探动静，确非放心说话之所。我想，等她身子好些了，你挑个合适的时机，再将此事悄悄地说与她听，你看可好？"

皇帝沉吟道："平儿是我的嫡亲妹子，我瞧着她从小长大，知她虽然脾性古灵精怪，却非守不住隐秘之人……只是，此事委实干系重大，多一人知晓，咱们便到底须多担待一分泄密的风险……"

孟丽君见他的顾虑，与那日雪妹听说梅昭如或许已知自己真实身份时一般无二，心头又是一暖，知道他二人都是一心一意在替自己考虑，说道："我的身世真相，终有一日必要光明正大地让全天下人知道！只是在那一日到来之前，须得借助这身男装去做的事还有太多太多。玄肃，平儿已然允诺要助我一臂之力，我也不想再欺瞒于她，令她蒙在鼓里了。"

皇帝道："好罢。你既已拿定主意，那便这么办就是。"看了孟丽君一眼，脸上忽然现出一丝忸怩之色，讷讷道："皇甫家……和孟家退婚之事……你定然知道了……你……你是怎么想的？"孟丽君心底也是一阵剧跳，勉强稳住心神，迎着皇帝的目光望回去，微笑道："你倒先说说看，你是甚么想法？"

皇帝挠了挠头，赧道："我如实说了，你可别笑话。前日夜里平儿回宫，我便听说了这个消息，欢喜得差一点当众手舞足蹈起来……我自然知道，平儿以公主身份，前去大闹臣子婚宴、威逼两家退婚，这原是极为不该之事，可心底却忍不住替她拍手叫好！那皇甫少华算个甚么东西，也不知他几世修来的福分，既有幸和你定下指腹为婚的亲事，那便该一心一意地相待于你才是，谁知他早在两年前，便已私定下刘家之女为妾侍，如今竟还大张旗鼓地操办婚宴！平儿误打误撞地这么一闹，倒替我出了胸中的一口恶气！如今两家退婚已成定局……"说到这里，伸手握住孟丽君的手，心中爱到极处，柔声道："……倒是正合我心中所愿。"

孟丽君莞尔一笑，随即叹道："说来芝田也是个可怜人，家中之事他全然做不得主。他要挂冠辞朝，老夫人便釜底抽薪，索性退了两家的亲事，说到底，还是盼他能舍弃儿女私情、光宗耀祖。只是如今老夫人突然吐血亡故——这其中定有蹊跷，我却百思不得其解——只怕芝田会以'丁内艰'为名上表请辞。若真是这样，你准是不准？"

皇帝想了想，道："从公而言，皇甫少华的确是一个不可多得的将帅之才，且有大功于国，他年纪轻轻便要请辞，我自然要挽留的。只是若他去志甚坚、执意如此，那我也不会勉强于他。"

孟丽君转过头，深邃的目光穿过重重屋瓴，望向远处天际间一丝微微的亮白，喟然道："从前我总以为，只有女子才是男尊女卑的受害者，自皇甫一事之后，我便在想，其实有不少男子同样也是受害者。正是由于男女地位的不平等，男孩儿从出生以来，便寄托了全家人，乃至全族人的所有希望。而希望过度聚集之处，便是无穷无尽的压力之所在。在他们的心中，只怕也有说不出的苦处……"

皇帝沉声道："小时候，我便曾羡慕过两个庶出的妹妹宁乐公主和宁馨公主。在我极不情愿却又不得不跟着太傅念那些啰哩啰唆的功课时，她们可以在御花园里嬉戏玩耍。当父皇板下脸训斥我没半点储君模样，将来如何独断乾纲时，我甚至曾在心底埋怨过为甚么我生来不是个女孩儿……"

孟丽君听到这里，不觉"噗哧"一声笑了出来。皇帝正色道："咱们今后若有了孩子，不论是男孩还是女孩，咱们都要一视同仁、平等看待。"孟丽君转过眼光，两人的目光交织在一起，孟丽君点头道："好。"

元贞二十年正月二十一日，宫内行过宝印开封仪式。二十二日辰时，皇帝升殿早朝。

皇甫少华衣白服素，满目戚色，当殿呈上表章，言悲辞切，以祖母新丧"丁内艰"为由，乞请守制离朝、扶柩回转原籍。皇帝挽留再三，皇甫少华以头抢地固辞，意甚坚决，皇帝于是准奏。

皇甫少华随即举荐原云南总督孟士元，接替兵部侍郎之职。皇帝闻言未置可否，当即宣召孟士元入殿陛见，并亲从九龙御座之上起身、降阶相扶。随后颁下圣旨，拜孟士元为兵部尚书，加封"威烈大将军"。孟士元领旨谢恩，文武百官竞相上前贺喜。

原来孟丽君自以两部尚书登台拜相后，便即卸去吏部尚书之职。然而兵部一干新入官员多为平南将领，皆是初入朝堂、血气方刚的青年武将，又有平南大功在身，面对兵部那班战时一味后缩、战后耀武扬威的宿旧耆老们，自是不肯做小伏低的，更谈不上如何敬重遵服了。而朝中那些宿旧耆老们自恃根深蒂固，大多也瞧不起这些新近入朝的后生小辈。因此在新旧两股势力之间，难免出现各式摩擦冲撞。孟丽君只得以丞相之尊，暂摄兵部尚书之位，凭借自己在朝中和军中无可比拟的绝大影响力，居中斡旋化解这新旧两股势力之间的矛盾，如今已然颇见成效。孟丽君本对皇甫少华期许甚高，原指望一年半载待矛盾缓和之后，他便能接任兵部尚书一职，从此自己再无须费心操持兵部琐事，便可彻底腾出手来实施心中抱负，如今自是非得换人不可了。

而在此时此刻，孟士元便成了一个绝佳的人选。他在敌营中坚贞不屈、丝毫不为富贵权势所动的铮铮风骨，早为平南众将奉为楷模，人人皆是由衷敬服；而他十多年担任云南总督的资历，以及忠良蒙冤致使家破人散、骨肉分离的悲惨遭遇，也令朝中的一众宿旧耆老再无二话可说。

这日早朝之后，皇帝回转乾清宫，过不多时，便又降下口谕，宣召孟士元入宫，御书房觐见。孟士元于是换上二品官服，随着前来宣旨的小太监顾言来到乾清宫外。还未通报进去，权昌便已由殿内迎了出来，微笑着举手相让道："老奴权昌，久仰孟尚书大名。万岁爷命老奴在此恭候大驾。孟尚书请！"

孟士元早在二十年前先帝驾崩、入京奔丧时，便曾听闻过大内总管太监权昌的名声，知道他是一位清廉端方、刚正不阿的内侍，虽然深得先帝器重，却一向洁身自好，从不滥用权柄、以权谋私，便是梁太师，对这位权公公也是颇为敬重的。这时听他自报名讳，又亲自出来相迎，不觉微感忐忑，抱拳道："有劳权公公大驾，下官可不敢当。"

权昌又是微微一笑，说道："孟尚书不必客气。金殿审案时老奴也在场，孟尚书乃是铁骨铮铮的大丈夫、大豪杰，老奴佩服得很！万岁爷就在内殿，孟尚书请！"说罢当先行去。

孟士元心中已有盘算，略定一定神，举步随着权昌来到内殿，大礼参拜道："微臣兵部尚书孟士元奉诏觐见。"皇帝正在案前批阅奏折，闻言抬起头来，放下手中折子，含笑道："孟爱卿快快平身，请坐。"

孟士元起身告坐，宫娥奉上茶盏。皇帝寒暄道："孟爱卿是昆明人，此番该是第一次在京里过冬罢？今年虽是暖冬，北方的气候到底比不得春城，不知爱卿可还习惯？"孟士元躬身对道："微臣乃是武将，便在冰天雪地里也要照习武操练，些许寒气何足挂齿。"言谈举止恭谨守礼，口气却是十分生硬冷淡。

皇帝不以为忤，依旧含笑道："如此朕就放心了。郦丞相是国之栋梁，暂代兵部尚书一职也是权宜之计，如今有了孟爱卿这等忠臣良将替朕分忧，执掌兵部，实乃朕躬之福。这兵部交接之事，便有劳孟爱卿与郦丞相商议协办了。"

孟士元听到"郦丞相"三字，不觉抬头朝皇帝望去，正与他视线相交。两人眼中俱浮现出一丝柔情，旋即彼此又都觉察到对方的心意。孟士元轻咳一声，垂下目光，说道："微臣蒙皇上委以重托，自当协助郦丞相料理好兵部事宜，竭尽所能、恪尽职守，以报效朝廷社稷和百姓万民。"语气已略为和缓。

皇帝点点头，随即叹了口气，面露忏悔之色，说道："孟爱卿，从前的事情……都是朕的过错。朕少年荒唐、错信奸佞,以致忠良蒙冤、误国误民……桩桩件件,朕实是难辞其咎。朕先前虽已下过"罪己诏",却仍不足以表明朕心中的悔意。今日,朕便要当面向孟爱卿赔礼道歉……"说到这里,从龙椅中站起身子,似要朝孟士元作揖下去。

孟士元大惊,想不到皇帝竟能做到如此地步,从椅中滑下,跪倒在地,连声道:"微臣不敢。"皇帝一脸诚恳之色,肃然道:"孟尚书快快请起。请务必受了朕这一礼,也好了却朕挂怀良久的这桩心事——卫焕卫卿家那里,朕已然当面赔礼道歉过了。"

孟士元再三推脱,无奈皇帝十分坚持,只得侧转半边身子,勉强受了皇帝一揖之礼。君臣二人重又落座,皇帝了却心底挂怀之事,心情大好。孟士元得皇帝如此相待,惶恐之余,自也心生感激,话语便不似先前那般疏冷生硬了。

君臣闲话数语,皇帝说道:"朕听人说,孟尚书有个外号唤作'儒衣神将',不但用兵如神,更兼精通诗词文章,尤擅妙笔丹青,堪称一绝。朕于绘画之道,一向也是颇为喜爱的,还要请孟爱卿指点一二。"

孟士元记起女儿曾经说过,皇帝正是从她那幅自绘小像的丹青笔法中看出端倪,方才确知她真实身份的。要知绘画笔法不同于书法笔迹,若非真正内行之人,是绝难由画风之中查究出蛛丝马迹的,可见皇帝于丹青之道,必也有过人的造诣。当下欠身回道:"皇上言重了。微臣以为,绘画一道,与诗词文章一般,讲求的皆是'心之所系、情之所托'八个字,也唯有如此,方能绘出真正的神来之作。"说到这里,不由一声长叹,道:"微臣此生的巅峰之作,便是爱妻亡故之后,为她亲手绘制的那幅画像……"

皇帝心头一凛,他依稀知道孟士元的妻子,也就是那伊人的母亲,早在十多年前便已亡故了。从前还不知晓她身份的时候,每当自己与母后在一处,显出一派母慈子孝、其乐融融的情景之时,她的眼中便隐约会有泪光闪动,只一转瞬却又不见。皇帝每一想到此事,只觉满心都是怜惜和心疼:任她如今是怎样刚强坚忍,在十多年前,都只不过是个稚龄孩童,那般沉重的丧母之痛,也不知她是如何经受住的。只可惜自己那时没能陪伴在她身旁,不能替她排解心中痛楚……

一时皇帝回过神来,歉然道:"孟爱卿,尊夫人……"孟士元也是一阵酸楚,心底暗道:"明珠啊明珠,为了君儿,我也只好借用你的名义了。你明白我心意，定然不会怪我。"喟然道："拙荆郦氏，早在十一年前便已呕血亡故了……她……她这呕血之症，原是代代遗传、传女不传子，三十岁前必要发作的……"

皇帝闻言全身一震，仿佛有些不敢相信自己的耳朵，又似不能理解他话中之意，茫然道："你……你说甚么？"孟士元凄然道："微臣的亡妻去世之时，才不过二十九岁……微臣的岳母，也是在三十岁上故去的……这呕血之症原是代代遗传的不治……不治……之……症……一旦发作……呕出血来……便是无药……可……医……"

只听"啪"的一声脆响，却是皇帝从龙椅之上一跃而起，手忙脚乱之下衣袖将案上茶盏拂落地下，一盏热茶大半倾洒在御案之上，也有小半溅在他襟前、手上。殿上宫娥直惊得一阵哆嗦，慌忙上前伺候收拾。皇帝手上被热茶烫伤却恍若不觉，颤抖着嘴唇，厉声道："全都退出殿去！"

权昌侍奉在旁，听了孟士元的话语，也是脸色大变。他乃是熟知内情之人，如何不晓得此事干系重大？当下将手一挥，所有内侍宫女鱼贯而出。

皇帝三步并作两步，抢到孟士元身旁，紧紧握住他手臂，声音已然因焦急而变得嘶哑，道："你……你这话可是当真？"孟士元垂首道："微臣不敢欺君，句句实情。"

皇帝"啊"的一声，面色在片刻之间变得有如死灰一般，松开孟士元手臂，一时只觉天旋地转，双腿发软，再也站不稳身子，踉跄两步便要摔倒。孟士元赶忙扶住，搀他坐下，却见皇帝慢慢抬起头来，眼中泪光莹莹，一字一字道："你……你还不知道罢？丽……她……她在去年六月……就已经吐过血了……"话语中已是哭腔。

孟士元一怔，喃喃道："甚么？！"只觉手足冰冷，身子一晃，自己也站不住了，缓缓坐倒在皇帝身旁。原来他今日觐见之前心下便早有盘算，适才主动提及亡妻祖传的呕血之症，本就是有意为之。他从前对皇帝殊无好感，自从在昆明和女儿一席谈话之后，得知皇帝一心一意为女儿考虑的良苦用心，虽已十分感恩动容，然而在心底深处却总还是认定，皇帝对女儿必是另有所图，或许行的就是"欲擒故纵"之计，因此仍然满怀提防之意。今日觐见，他的原意本是要借亡妻祖传的呕血之症来试探皇帝，瞧一瞧他的反应究竟如何，要是能让他因此而对女儿生出厌恶之意，就此死心放手，那便再好不过了。可是皇帝一语石破天惊，却将孟士元骇得几乎魂飞魄散。他怎么也料想不到，女儿今年才一十九岁，这无药可医的吐血之症竟已早早地犯了，自己却还一无所知！

二人并肩而坐，这时俱已再顾不得甚么礼法规矩了，你看看我、我看看你。皇帝的眼中，看到的是一个由于爱女不治之症发作而忧心如焚、悲痛万分的父亲；而在孟士元的眼里，见到的则是一个因为即将痛失所爱而惊惧绝望的男子，那种悲伤恐惧，只觉此生再也了无生趣的神情，便与十一年前的自己如出一辙。就在这一刻，往昔两人之间的种种芥蒂隔阂、怀疑提防，便也尽皆消散。

皇帝呆坐片刻，忽然神光一闪，霍然起身，收了满目戚色，毅然道："此事我总要先听听她怎么说……她的医术盖世无双，或许早就有了对策也未可知。"又看了一眼孟士元，见他依旧一副神不守舍的模样，口中喃喃念道："明珠，明珠！我该怎么办？这……这可如何是好？"原来孟士元早年亲历了爱妻自初次发病呕出血块，到三个月后一口一口吐血不止，再到五个月之后油尽灯枯、香消玉殒的惨事，自然对此症的霸道无情再清楚不过。以昔日爱妻的医术，甚至岳父人称"医仙"的妙手回春之术，皆对此症束手无策。女儿虽也精于岐黄，到底年纪尚小，又如何能够自救？是以他一听说女儿已然呕血，只觉全身一片冰凉，一股悲哀无措、愤懑绝望之情充溢心头。

皇帝强振精神，一迭声地唤道："权昌！权昌！"权昌一直守候在殿外，闻声急步进来。皇帝急急吩咐道："你亲自去一趟丞相府，速去速回！朕要立时见到郦丞相！"权昌躬身领旨，匆匆出殿而去。

皇帝回到孟士元身旁，沉声道："……去年六月，刘捷贼子突然起兵叛乱，几乎便要攻陷皇宫。是她两日一夜不眠不休，殚精竭虑，方才死死守住……她却累得吐了血……那时她说，不过是一时血不归经，并无大碍，休息一阵子便好了……我虽心疼得直恨不能以身相代，但见后来果真一切无恙，便也信以为真，并未往心里去……"

孟士元狠狠地瞪了皇帝一眼，怒道："你知道甚么！这呕血之症最有两忌：一忌骤惊骤喜、心绪急变，再忌疲累倦乏、劳心过度……两日一夜不眠不休？原来……原来她好好的身子，便是让你们给生生累出病来的……"话一出口，便立生悔意：自己这话十分无礼、毫不留情，对方到底乃是帝王身份，自己身为臣子，只这么几句话，便已是人头落地的大不敬之罪了。

皇帝却丝毫没将孟士元的无礼抢白放在心上，只是本来一副懊恼不已的模样，听了这一番指责的言语，心底越发难受，脸色愈加黯淡，垂头丧气地道："……我……我……要是早知道，无论如何也不会让她劳累吐血的……"孟士元"哼"了一声，转开头去，不再说话。他虽然万分气恼痛惜，道理上终归还是明白的，皇帝对女儿病症毫不知情，这原也怪他不得。

皇帝郁郁地坐回御案之前，以手支额，胸中满腹心事，脸上神色也是变来变去，一时愁云满面，一时悔恨交加，时而眉头紧锁，时而又是咬牙切齿……忽然一阵寒风吹入殿来，皇帝打了个大大的寒噤，这才发觉正月时节，自己的背心竟已渗出了一层冷汗，冷风一吹，身子簌簌发抖。此刻他自然没有心思更换衣袍，于是站起身来踱了几步，听得自己"笃笃"的脚步声在静寂的殿堂里响起，心底不觉越发焦急烦躁。明知权昌去了并未多久，郦丞相也不会这么快便能赶到，却忍不住频频转头，朝殿门口翘首张望。

不知过了多久，殿外总算传来了熟悉的脚步声。权昌的声音道："相爷快请进殿，只怕万岁爷等得心焦。老奴便不进去了。"那个心心念念的身影终于出现在殿门口。

皇帝和孟士元都是遽然起身，孟士元上前两步，记起自己身份，便即站住。皇帝早已大步赶到孟丽君身前，双手紧紧握住她手臂，心中悲伤惶恐已极，口舌微张，情切之下一时反说不出话来。

孟丽君已从一路上权昌只言片语透露的口风中，猜知了事情的前后经由，皇帝和爹爹都得知了自己的呕血之症已然发作。一进殿来，便立时感受到殿上沉重悲滞的气氛，爹爹步履蹒跚、欲前又止，皇帝含悲忍泪、握住自己右臂的双手仍在不住颤抖……这些孟丽君都瞧在眼里，心头登时涌上一股暖流。

她微微一笑，伸出左手，在皇帝的手背上轻拍两下，一则略表安慰，二则示意他松开自己手臂。又转头朝外瞥了一眼，见殿口通风，声音易于传出，低声道："我都知道了，咱们且到里头说话。"随即高声道："微臣郦君玉奉旨觐见。"皇帝瞧见她的笑容，又见她行事仍是一副不紧不慢、泰然自若的模样，心底升起一股希望，心神稍定，松开手来。

孟丽君走过去，拉着皇帝的手，道："玄肃，你坐！"又扶住孟士元，道："爹爹，你也坐下！"二人都依言坐了。孟丽君站在两个人中间，正色说道："爹爹，玄肃，你们二人，再加上雪妹和兰儿，便是我在这世上最为亲近的四个人了。我知道你们都待我极好，皆是一心一意替我着想，当日雪妹和兰儿得知我第一次呕血之时，也是如你们此刻一般的焦急悲伤、忧心如焚。想我孟丽君这一生，有父母关爱、有好友呵护，更有两情相悦的知心爱人，上无愧社稷百姓，下不负自己的才学抱负，莫说这呕血之症未必无药可医，便是当真难逃一死，那也是不枉的了。"话语虽轻，语气甚为坚定。

孟士元心底一酸，哑声道："傻……傻孩子，说这些话做甚么！甚么'死'啊'活'的。人说'父母在、不言老'，连'老'字尚且不能说，更何况……更何况那个字。总之，爹爹再不许你提这个！唉！去年六月里便已吐了血，这么大的事，你……你怎地不早告诉爹爹？"心下自也明白，女儿必是担心自己身子承受不住这般打击，方才有意隐瞒的。又忙问道："你快说说，六月之后又吐过几次血？都是在甚么时候？到了如今这个地步，你可再不能隐瞒不说了！"

孟丽君据实答道："七月里又吐过一回，后来便再没吐过了。"皇帝和孟士元闻言皆是"啊"的一声。皇帝的惊呼中满是心疼怜惜之情：原来在那次之后她竟又吐过一次血。而孟士元的惊异声中却还夹杂着几分错愕不解，心底默默回忆计算道："……当年明珠的呕血之症，第一次发作是在元宵节前一日，第二次吐血在二月十二，间隔的确是一个月。而从那往后，发作的次数便越来越频繁，从四月起已是每日发作、吐血不止……怎么君儿吐过两次血后，却再没发作过了？"女儿这时自然不会捏造事实来欺瞒自己，当下又追问道："我听说你第一次吐血，是因为两日一夜不眠不休、疲累过度所致。那后来再次吐血，又是甚么缘故？"

孟丽君七月里第二次吐血，却是由于得知爹爹尚在人世、喜极所致。这时不愿明言，免他心中自责，微笑着岔开话题道："爹爹，是甚么缘故有甚么打紧。你倒是先算一算，从去年六月到如今，已过了几个月了？"孟士元屈指一算，狐疑道："……十一、十二、一月……七个月了，那又怎……哎呀！"忽然想到一事，立时明白了女儿话中的意思，只觉眼前一亮，欢喜不已。

皇帝却仍蒙在鼓里、不明所以，见孟士元面露喜色，连忙问道："过了七个月，却又怎地？"孟士元挠头道："我先前急糊涂了，也没想到这一层：从来这呕血之症，自发病之初算起，便没有拖过半年的……她母亲如此，外祖母如此,曾外祖母也是如此……可是,从去年六月算到眼下,已经足有七个月时间了……这么说来……这么说来……"语音已是微微颤抖。

皇帝也是大喜,接口道:"这么说来,她这病症便再也不会发作了吗?"孟士元迟疑道:"……这个倒还难说。但这么看来,君儿的病,与先人之症必有不同之处,这却是一定的。是么,君儿?"说着目光朝孟丽君望去,且看她自己怎么说。

孟丽君颔首道:"爹爹,你说的不错。女儿也觉得,算来我这呕血之症,应该还不到发病的年岁,只是一时疲累过度,或是心绪骤变所致。因此暂时说来,应该没有性命之忧……"皇帝颊然道:"只是暂时没有性命之忧么?那么日后呢?日后还会复发吗?"

孟丽君柔声道:"日后究竟如何,此刻我尚不能断言。不过,玄肃,你且来看这个……"从袖中取出一只瓷瓶,倒出一粒鲜红的丸药,放到皇帝手里。皇帝送至鼻端一闻,却有一股辛辣之气。孟丽君解释道:"这是我自己配制的丹药,名唤'碧血丸'。虽还不能根治我这呕血之症,却能暂时安定心神、平复情绪。前次在昆明与爹爹相聚之时,我唯恐心绪过激,便是依仗此物之力,方确保无虞的。"

孟士元看着皇帝手上那粒鲜红的丸药,转头又看了看女儿,微一犹豫,终于长叹一声,开口说道:"君儿,有一件事情,我从来不曾和你提过——这也是你母亲的意思——如今你这呕血之症既已早早发作,时日上暂时又还算宽裕,我……我便如实对你说了罢……好在你自小学医,自己也可拿定个主意。"

孟丽君和皇帝二人听他这话说得郑重其事,一齐转过头来。孟丽君道:"好。爹爹,你说。"

孟士元喟然道:"……当年你母亲卧病在床,已然到了弥留之际。有一日不知怎地,忽然清醒了一阵,倚坐起来和我说了好一会子话。她说,她于昏迷不醒之时,仍在苦苦思索这呕血之症的破解之法,蓦地想到一味奇药,或于医治此症颇有疗效……"

皇帝闻言十分欢喜,忙问:"是甚么药?当真有效么?"孟士元看他一眼,续道:"……我那时也是大喜,急问是甚么药,又取来纸笔,在她一句一句述说之下,将此药的形状、色泽都细细描绘下来。画好之后,又拿到病榻前给她查看。谁知……谁知她看了两眼，忽然之间脸色大变，还未说出话来，已是一阵抖肠搜肺地剧烈咳嗽，又接连呕出了好几口血……最后强忍咳嗽，吩咐我立时将纸烧了，连说'这药用不得、用不得'，就又昏厥过去……"

孟丽君心下一阵唏嘘，娘亲到了弥留之际，早已针药无效，便是再有甚么灵丹奇药，也决计救不回转她自己的性命。然而纵使昏迷之际，她仍在劳心费神苦思破解之法，为的自是将来女儿病症发作之时，或能有所疗效。这一份关怀怜爱的慈母之心，让人如何不感怀涕零？

孟士元接着说道："……那次之后，直至……过……过世，她只又清醒过一回，前后亦不过半刻钟时光。她显是已想得明白了，神情安详平和，缓缓对我说道：'我已细细想过了，那一味药材，究其药性而言，于这呕血之症或能有所裨益。然其害处之大，却也极为显著，当真入了药，只怕不但弊过于益，恐还有甚于饮鸩止渴……也罢！君儿这孩子聪慧过人，于岐黄之术又有极高的天分，日后医术胜我所学，也是迟早的事。这样罢，你且只管去将此物寻来，却别和她提我说过的话，将来待她医术大成了，就让她自己拿主意罢！'"

听到这里，孟丽君已然明白过来，道："爹爹，娘亲说的这味奇药，就是……就是……"孟士元点头道："……就是你过十五岁生日之时，我特地从贵州送来的'无忧草'。此物只生长在黔东一带崇山峻岭之巅，乃是极为罕见稀有的品种。其实……早在你娘第一回提过之后，我便已连夜遣人快马加鞭赶去寻找。那时明珠虽已是病入膏肓，我……我心底却总归还抱有万一的指望……然而后来才得知，这味'无忧草'只在隆冬腊月严寒之中开花。在花期之前，其植株根茎为浅绿色，并无药效；待花开之后方逐渐转为浅褐色，药性始显；花期前后持续三个月，此后便功效全失……那时正是六月酷暑之时，莫说这'无忧草'踪迹稀少、难以寻觅，便是侥幸找到了，你娘只怕……只怕也挨不到寒冬腊月的花期了……"说着眼中已是泪光闪现。

孟士元停顿片刻，抑制住心神，方才续道："……接下来的四五年里，我多方打听、高价寻购，终于在梵净山巅觅得一小片'无忧草'丛。那时你年纪还小，我也不敢随意采摘，免得失却了药效，总想着过几年再说……后来我奉旨平叛、屯兵贵阳，情势紧张，料想来年开春必是一场血战，能否生还实属未知，便也再顾不得这许多了，只管遣人去采摘下来，借你生日为名，尽数送回了府里。那时我仍未明言，只想着你蓉姨乃是熟知内情的，有朝一日待你医术大成了，纵使爹爹我已然身遭不测，你又一时未曾想起此物，她亦能提点于你。谁知……唉！"说着又是一声叹息。

孟丽君微微颔首，心道："难怪爹爹当年身处战场，忽然特地遣人送来一盒子草药作为贺礼。我还奇怪他不通医道，却如何会知晓如此罕见的一味药材，原来如此。娘亲既这么说，这味'无忧草'的药性，我倒要好生揣摩揣摩。"眉心微蹙，凝神细思。

皇帝和孟士元见她这般神情，知她在思索药性，皆不敢惊扰。皇帝想了想，从御案前取来笔墨，递给孟士元，手指比画几下。孟士元醒转，知他是要自己画出那味草药的形貌特征。他本是丹青圣手，于此物又极为熟稔，不过片刻之间，便即勾绘出来。皇帝看了，心下牢牢记住。

一时孟丽君抬起头来，见两人热切的目光一齐射来，当下解释道："在娘亲留下的医书之中，唯一一条以'无忧草'入药的方子，乃是调配一种消除瑕疵、美容滋养的药物。在那个方子里，'无忧草'不过是在滚烫的黄酒中略泡半刻钟即可，用量甚微……此物生长在崇山峻岭之巅，花开于隆冬严寒之时，乃是天下至阴至寒之物。不唯如此，它更有一条为寻常寒凉药物所不能及的奇特之处，便是不但不避燥热，还能与燥热之气相互吸引。盖因此物生长之所，必有地热温泉一类……"

孟士元一拍大腿，道："不错！我在梵净山巅觅得的那一片'无忧草'丛，正是长在一眼温泉之畔。"孟丽君颔首道："……故而此物少量服用，功可清热祛火、解毒凉血，确有滋润养颜的奇效。而我这呕血之症，本是因气血中多出了一股大热大燥之气所致，医治之道不外是借寒凉之物来中和这股子燥热之气。寻常药物自是无济于事的，若是旁的至阴至寒药物，却必与这股大热大燥之气水火不容、阴阳交攻，其间痛楚自不待言，稍有不慎更是性命难保。而以'无忧草'入药，便无此虑。故而娘亲所言，'无忧草'究其药性于此症有所裨益，那原是不错的。"

皇帝一面听一面点头，随即忐忑不安地问道："那害处呢？"孟丽君缓缓说道："仓促之间难以细思，不过概括而言两点害处，必也是娘亲的忧虑所在。其一，在那个方子里，'无忧草'虽是于其美容滋养疗效至关紧要的一味药材，然而世上之事总是物极必反、盛极而衰，此物却不可大量服用。一旦用量过度，阴寒之息在体内淤积，致使阴阳失衡、五行不调，却也有毁容之虞……"

皇帝闻言一惊，随即毅然道："纵然于容貌皮相有所损害，只要能根治得你这呕血之症，那自然是以性命为重。你……你就算毁去了绝色容颜、变作如东施无盐一般，我待你的心意也会不变如一。"

孟丽君心头一暖，她心知皇帝生性喜爱世间各类美好事物，虽与自己浑不以美丑为念的主张不甚相合，然而爱美之心常人皆有，何况这原是他的天性，自也不必苛求。此刻他能说出这样一番话来，可见他待自己之情，已然远远超出了皮相容色之外。孟士元也不禁暗暗点头，心下终于相信，皇帝并非只是垂涎女儿美色而别有所图。

孟丽君随即蹙眉道："这害处之二么，却也是最为紧要的一点：我这呕血之症，乃是因气血中的热燥之气难以遏抑所致，每多吐一次血，这病症便重上一分，然而只消还不到全身热血喷涌而出的地步，性命一时之间倒还无碍。而这'无忧草'以至阴至寒之药性，非但不惧燥热，还能与燥热之气相互吸引。但也正因如此，一旦以此物入药，那便是生死立判的时刻……我气血中的所有热燥之气，须臾之间便会为其尽数引出。一旦在药量分寸上稍有差池，不论阴盛于阳还是阳过于阴，多余的阴阳之息必将攻入心脉，立时便会七窍流血而亡……"

皇帝听到"七窍流血而亡"几个字，登时"啊"的一声惊呼，脸色一片苍白。孟士元却显出一副若有所思的神情。孟丽君伸手过去，与皇帝相握，继续说道："……话说回来，倘能潜心钻研，将药量分寸拿捏得分毫不差，使得阴阳之气恰到好处、水乳交融，那我这呕血之症，倒也未始没有完全根治的可能。"说到这里，面上反流露出几分欢喜之色。

孟士元肃然道："君儿，以你的医术，能有几分把握拿捏准药量分寸？"孟丽君微微摇头道："爹爹，这个眼下尚不好说。待女儿回去研读医书、细查药性，方能有所结论。不过女儿倒觉得，虽然这是一个极难把握、风险也极大的法子，然而不论如何，终归还是有了一线希望。就算最后只有三成把握，待诸事料理妥当了，女儿也是情愿一试的。"

皇帝望着孟丽君刚毅的面容，听着她坚定的话语，心头也渐渐升起一股希望。从来她的行事，皆是以最积极振奋的心态，去面对一切困境磨难，尽到力所能及的最大心力。纵使希望再如何渺茫，不到最后一刻，也绝不轻言放弃。

握住孟丽君的手紧了一紧，两人对视一眼，心中已有默契。

元贞二十年二月初六日，朝廷放出通报，今春恩科会试，皇帝钦点当朝大丞相郦君玉为正主考，礼部尚书吴应兆为副主考。盖因三月二十一日便是皇帝三十岁万寿节，故而诸事提前，头场考期遂定于二月十九日。

消息传出，天下举子莫不欢喜振奋，盛赞当今天子贤明：原来今科所点的这两位大主考，恰巧正是朝廷前两届科举万岁爷御笔钦点的状元公。二人皆是天下赫赫有名的青年才俊，其文采才华之鼎盛，依才取士之公允，自是不用说的了。那副主考吴应兆不过区区二十六岁年纪，便成为手握一部大权的正二品礼部尚书，这已是历朝历代罕有的少年英才了，也还罢了。那正主考郦君玉更是有如传奇一般的天纵奇才：十七岁上已然三元及第、大小登科，入朝短短三月工夫便官拜兵部尚书，运筹帷幄之中，外平李逆叛乱、内除刘捷奸党。年方十八即登台拜相，先收得一班武进士高弟，如今御笔钦点为恩科总裁，复纳门生，当真是春风得意、桃李满天下。如此奇才际遇，不知羡慕煞了多少天下读书之人！

外间种种传言，或羡或赞、或妒或毁，不一而足，孟丽君皆不理会。自点选之日起，苏映雪亲领丫鬟仆妇收捡好行李铺盖，嘱咐段氏兄弟随行伺候。孟丽君遂起轿入闱，一众考官如众星拱月般簇拥入贡院。

一晃到了二十六日，三场完毕，考生们各回寓所等候三日后张榜。二十九日天刚黎明，贡院之外便张出榜来，殷溪霆高中会元，林修贤亦中第二十四名。

三月初一日，乃是新贡士殿试之期。皇帝登殿临朝，宣入前三十名新科贡士，当殿甄试垂询。今科两位主考郦君玉和吴应兆皆是目光如炬、秉正无私的贤臣，二人同心同力、精挑细选之士，自然个个文采锦绣、才华出众。皇帝于是龙颜大悦，亲提朱笔，点中第一甲第一名状元殷溪霆，表字子威，年十八岁，湖广荆州府江陵县人氏，敕封状元及第、正五品供奉翰林学士；第二名榜眼秦景化，表字文许，年四十一岁，河南信阳府固始县人氏，赐进士及第、从五品翰林学士；第三名探花崔攀凤，表字友鸾，年二十八岁，江苏常州府天宁县人氏，同赐进士及第、从五品翰林学士；第二甲第一名传胪林修贤，表字重德，年二十二，云南昆明府人氏。皇帝又召见了其余二甲三甲进士，温言嘉许。接下来便是换印簪花仪式，晌午琼林赴宴，午后御马游街，自也不必细言。

这时大元朝廷开国已近百年，虽然近年来重文轻武的积习业已有所改善，对于科举考试依然极为重视，每一科的状元郎总是风光无限、一时无双。更何况现摆着前两科状元郎皆是少年显贵，短短数年间便已官居要职、手握重权的明例，由此可见当今天子极重斯文，性喜择拔少年能臣。因此朝野上下众人皆谓，今科状元郎殷溪霆，其文采之盛极受正副主考交口赞誉，殿试之时更得皇帝金口褒扬，早已简在帝心，日后青云直上、官运亨通，前途不可限量，那是一定的了。而如此一位前程似锦的殷大状元，今年年方一十八岁，却还至今尚未婚娶，岂不喜煞了京中一干有女待字闺中的豪门大户。

有好事者打听得殷溪霆父母双亡，在京中并无亲属。于是自有性急难耐者立时请了媒人前去提亲，而端持自矜者则在心底暗暗盘算：郦丞相乃是状元郎的恩师，所谓天地君亲师，倘能央得郦丞相出面提亲，不但合乎礼数，更能使自家面上增辉。于是短短半个月内，便有十数家人，前后登门丞相府，央请郦丞相出面，为自家说媒作伐，与新科状元郎联姻，其中不乏朝中权贵要人。

孟丽君得知这些人的来意，倒也早在意料之中，随口敷衍数语，不置可否，将来人都一一打发了。原来她暗中留意此事已久，两个多月来旁敲侧击，已然知晓殷溪霆不但未定婚约，也还并无意中之人，她心下不由暗替荣兰欢喜。对殷溪霆了解愈多，愈发觉得他与荣兰正是天造地设的一对佳偶。荣兰对殷溪霆早已芳心暗许，然而殷溪霆至今尚不知荣兰身份，自然不可能另作他想。如今殷溪霆已成京中不少豪门大户眼中炙手可热的"香饽饽"，来自己相府登门求亲之人业已有十余户，这些还都是那些有头有脸、自诩能请动自己出面作伐的人家，而殷溪霆寓居之所，保媒求亲之人只怕更要踏断了门槛。自己若不能快刀斩乱麻地定下他二人的亲事，只怕殷溪霆会在全然不知情的景况下，错失了与荣兰的大好姻缘，那便是终生憾事了。

然而孟丽君却也不愿在此事上过分心急，亦想借此机会，瞧一瞧殷溪霆会如何处理这形形色色的求亲之人。冷眼观察了半个月，见殷溪霆不卑不亢、毫不失礼地逐一婉拒了上门求亲的各色人等。有几家在孟丽君处未得肯定答复的人家，求婿心切之下，又烦请了其他几位朝中要员，去向殷溪霆提亲，殷溪霆却依旧不为所动。孟丽君瞧在眼里，心下暗自点头，婉拒提亲本就是一件极需技巧之事,尤其是女方向男方提亲之时,而殷溪霆行事不愠不火、恰到好处,婉拒各方联姻却并未结下怨仇、落得埋怨,可见其人处世待人端方得体。

这日午后,孟丽君便邀了殷溪霆来到相府,书房相见。丫鬟奉上香茗,随即退下,掩上房门。

孟丽君抬起头来望向殷溪霆,见他身着一身大红状元袍服,午后淡淡的阳光映照在他身上,虽然容貌寻常,却自有一股令人无法忽视的气质。那一身红艳艳、富贵华丽之极的状元袍服穿在他身上,倒似与粗布麻衣一般无二,只因一眼望去,所留意的必是其人而不是这身衣裳。

孟丽君不由微微一笑,点中这般一个如意高弟,自己身为主考,心下也是极为得意的。轻呷一口茶,开口直言道:"子威可知,前几日翰林院卓翰林、御史大夫韦大人等人,先后求见于我,昨日就连万事皆不上心的户部曲尚书,竟也亲自登门。他们所为的俱是同一件事:皆是为你而来!"

殷溪霆面上露出一抹了然之色,欠身道:"为了学生之事,惊动了恩师大驾,学生惭愧惶恐。"孟丽君伸出手指,朝他遥点了两点,笑道:"你自然心知肚明,他们这都是来求我,替你这新科状元郎保媒作伐的。我虽未应承,不过好歹过耳一遭,也说来你听听便是:卓翰林有个妹子,年方二八,据说是京城里出了名儿的才女,琴棋书画样样精通;韦大人则说,城南有个王员外,是他的至交好友,家财万贯,只有一个独生女儿,爱若掌上明珠,立誓要招一个有才有貌的乘龙快婿……"

见殷溪霆眼中射出一丝讥讽之色,续道:"……这些倒还罢了。昨日户部曲尚书亲自登门,竟也是来替他的爱女曲小姐提亲。这位曲小姐的名头,只怕你也是听说过的,乃是与安平公主、刘家二小姐以及拙荆齐名的'京城四姝'之一。这些年来前去曲府提亲之人络绎不绝,曲尚书却是一个也看不中眼,不想却独对你青眼有加……"

说到这里,略顿了顿,看了殷溪霆一眼,见他神色如常,面上未有丝毫欢喜得意之色,心下越发笃定,说道:"……我知子威乃是极有主见之人。婚姻之事,虽然向来讲求父母之命、媒妁之言,但我却以为须得男女二人性情相投、你情我愿方好。因此不敢擅自替你做主,也并未有过任何承应之语。究竟此事成与不成,全凭你一言而决,无须顾忌其余。"

殷溪霆沉吟片刻,说道:"这几日京中盛传,曲家小姐与她表哥本是一对青梅竹马、两小无猜的佳偶，只因曲尚书与妹丈两家不合，故而坚决不肯答允这桩亲事，如今叨登出来，闹得满城风雨。不知恩师可知此事？"

孟丽君颔首道："原来子威也听说了这件事。昨日我还好言相劝曲尚书，无奈他固执己见、冥顽不灵，还说甚么'纵是青梅竹马，亦不过兄妹情分。女孩儿心底倘若还别有所想，那便是有伤风化、有辱斯文'……若依我看来，这门子亲事，子威还是不结为好。"

殷溪霆点头道："恩师所言极是。其实不瞒恩师，纵无此事，学生原也无意与曲府联姻，更不会答允其他提亲之人。"孟丽君闻言精神一振，"哦"的一声，道："这却是为何？"

殷溪霆面带微笑，缓缓说道："学生的生平志向，恩师早已知晓。我既怀如此之志，于我而言，婚姻实乃人生头等大事，岂能不慎？莫说这些女子学生一个不识，所有一切皆是旁人转述，多有夸大溢美之词。就算这些媒人亲属所言句句属实，可惜却无一句中我心扉。"

孟丽君心下点头，口中却道："愿闻其详。"殷溪霆端起茶盏，呷了一口茶，方好整以暇地说道："近日来向学生提亲的人家，少说也有二三十户，他们的说辞却是大同小异，概括而言无外乎以下四点：一曰容貌，二曰家世，三曰财力，四曰性情。那些媒人们口中吹嘘得天花乱坠，满口皆是对方女孩儿的容貌是如何沉鱼落雁、闭月羞花，家世地位是如何显赫闻名，财富家底又是如何丰厚阔绰，而女孩儿本人的性情更是如何贤惠温婉，如何德、言、容、工四贤齐备，又或是如何精通琴棋书画、擅长诗词文章……"

殷溪霆停顿片刻，哂然续道："……偏偏所有这一切，却皆非我殷溪霆娶妻所重。家世地位和财力家底这两点，从来不在我考虑之列，不提也罢。恩师知道，学生一向待人只重人品学识，从不在意对方的外貌容色，不论男女，皆是如此。只因学生认为，容貌如何乃是天生，非人力所能改变。有人生来相貌丑陋，有人生就一副俊逸光鲜的外表，倘若仅以天生美丑度人，于他人而言并不公允，对自己的操守品行亦有所损伤。因此对方女孩儿不论容貌是美是丑，对我来说实无分别。至于最后一点性情……"

说到这里，殷溪霆不觉莞尔道："……琴棋书画、诗词文章的才情也就罢了，甚么德、言、容、工，甚么温婉贤惠……嘿嘿……在学生看来，这些正是束缚天下女子、令她们拘于闺中、不得展才的桎梏枷锁，正是学生一心一意、想方设法务须革除的陈腐弊端！似这般四'贤'齐备的女子……"说到"四贤"的"贤"字，更是拉长了语调，讥诮嘲讽之意分明，说道："……便是学生生平最为厌恶之人。若强要我娶这般女子为妻，与其朝夕相处一生一世，那是杀了我也不能做的！学生本非圣贤，也一点不想要做圣贤。不过是有了一些心念想法，不论这些心念想法如何惊世骇俗、匪夷所思，只要于他人正当利益无害，就必要身体力行地逐一实施罢了。学生心目中愿娶为妻子、相伴终生的女子，必要是与我志同道合、携手同心的伴侣。虽然如此佳人世上罕有、难以觅求，倘若此生无缘，学生便妻梅子鹤、一生不娶，亦无不可。"口上虽是如此说辞，心底终归一声长叹。

孟丽君听了他这一番话，却是越听越惊叹、越听越欢喜。她早知殷溪霆持男女平等之见解，对于寻常以夫为纲，只知一味唯唯诺诺、毫无己见的女子多半看不上眼，然而也不料事情竟能进展得如此顺利，待他说罢最后一句，只觉心花怒放，当即击节赞道："好一个'志同道合、携手同心的伴侣'！子威，你且请移步随我来。"

孟丽君起身拉开书房门，亲自领着殷溪霆穿过长廊，来到夕晴阁。殷溪霆见到牌匾，知是郦丞相携夫人起居的内室。他近来时常出入相府，听人说自去年八月郦丞相迁入相府以来，还从未在夕晴阁里接见过外客，纵是相府下人，不经召唤也是不得入内的，脚步微一踌躇，随即坦然跟入。

苏映雪正倚坐窗前刺绣，见孟丽君引了殷溪霆进来，心头一凛，记起她早间和自己说过的话语，立起身来，含笑打过招呼，殷溪霆也行过学生之礼。孟丽君朝苏映雪微一点头，苏映雪会意，来到外阁，将几个服侍伺候的丫鬟仆妇都远远地支使开去，自己坐在一只锦墩中，依旧有一针没一针地绣着手中香囊，一双耳朵却留意倾听阁外动静。

过了良久，忽听帘声一动，孟丽君推门出来。苏映雪忙起身迎上前去，悄声问道："如何？"孟丽君朝她展颜一笑，目光之中神采飞扬、满是期许之意。苏映雪便知事情进展甚为顺利，心下也是一阵欢喜。见孟丽君大步径直而出，阁内却是一片寂静，到底按捺不住心底好奇，便悄悄掀起帘子一角，朝内望去。

只见殷溪霆木然呆坐，便如泥塑木偶一般。乍暖还寒的季节，他头上脸上却是热汗淋漓，在一身红艳华贵的状元袍服映衬之下，更添了几分莫名的诙谐滑稽，苏映雪禁不住"噗哧"一声笑了出来。

殷溪霆听得她的笑声，方才如梦初醒一般回过神来。回想适才恩师所言，当真匪夷所思，令人万万意想不到，然而于己而言，不啻纶音佛语。只觉一股喜气从天而降，饶他素来淡定沉稳，也不禁心神摇曳、难以自持。微微平复心绪，起身冲着苏映雪长揖一礼，道："夫人功在千秋，当为后世万民景仰。"苏映雪收了唇边笑靥，正色敛衽回了一礼，道："不敢当。功过之事，我本不懂。所作所为，原只为一人。"二人目光流转，俱是了然，一齐望向阁外渐行渐远的那道身影。

第廿四章

这年三月二十一日乃是皇帝三十岁万寿节。此时朝廷内忧外患俱已消除，百废待兴、百业待举，朝堂君臣同心、百姓安居乐业，已颇有了几分四海升平的盛世气象。元旦之日朝贺之时万邦来朝，闻听皇帝三十岁万寿节将至，大多数使节均未返国，欲向天朝皇帝陛下进献生日贺礼。朝廷亦有意借此良机，彰显国力、震慑四夷，故而决定隆重操持，不但开恩科取士，更兼大赦天下、大宴宾客，诏令各州府县，皆设宴乐，举国休假三日。京中更从十数日前起，宫内殿外俱张灯结彩，笙箫鼓乐之声直入青云。

到了二十一日的正日子，太和殿内摆下圣寿宴，皇帝携皇亲国戚、三品以上朝廷要员及各国使节坐于殿上，三品以下群僚及外使随员坐于殿外两廊。筵宴伊始，乐人效百鸟齐鸣，内外一片肃然。一时凤鸾鸾翔，清鸣缭绕。皇帝举盏，谢过皇天后土、父母劬劳，满座倾杯。随即众乐齐作、歌舞不绝。酒过三巡，百官之首的郦丞相捧觞起身，作《千秋赞》一诗以为贺礼，恭祝圣上千秋万寿、永享太平，皇帝龙颜大悦。王公百官及各国臣使依次上前，朝贺献礼。

及至礼毕，已是未时将近。皇帝遂命太师梁鉴与兵部尚书孟士元代驾敬饮，诏令群臣不必拘束，又宣丞相郦君玉随侍左右，起驾回转乾清宫内。

一时君臣落座，皇帝屏退了一众太监宫女，朝孟丽君假意嗔道："想爱卿生日之时，朕送了何等样一份厚礼。今日我三十岁生日，你就只送了那么一首小诗，好个吝啬小气的大丞相！爱卿今日若不补朕一份大礼，朕可决计不依！"孟丽君见他这副公然索要礼物的意懒模样，不禁莞尔，知他今日兴致极好，便也凑趣道："既如此，你要甚么礼物，只管说来我听听。"

皇帝不料她竟出此言，不由喜道："此话当真？"孟丽君颔首笑道："本相说话，没有九鼎也有七八鼎重，自然当真！"皇帝眼睛一亮，他熟知孟丽君心性，自也不会提出甚么非分之想，一思量间便有了主意，笑道："有丞相这句话，朕便放心了。朕也不要别的，只要爱卿今日好好地陪朕一整日。不到宫门落钥，朕不放爱卿回府！"孟丽君欣然应允，道："好！"

皇帝喜动颜色，当即高声唤来太监宫女，吩咐立时备下两匹御马，要与郦丞相走马同游上林。一时御马牵到乾清宫正殿阶前，一匹遍体黑毛，四蹄雪白，名唤"乌云盖雪"，另一匹四蹄墨黑，通体却是雪白，名唤"墨蹄玉兔"，乃是元旦之日朝贺时大宛国新进的贡物，一牡一牝，端的是神骏非常。

皇帝取过马鞭，分袍按辔、飞身上了黑马，身手十分矫健。孟丽君见了也不禁心底暗叫了一声好，随后执鞭踏镫上了白马。皇帝笑吟吟地举手相邀道："丞相请！"孟丽君也举手回礼道："皇上请！"二人便提辔纵马，穿过御道，绕过宫桓，一径来到上林御苑。权昌领了一众太监宫女，执黄罗彩扇，一路迤逦伴驾，却并不紧紧相随。

今日是皇帝万寿节的正日子，除了御前伴驾之人，合宫上下人等皆有差事，是以御苑之内一片清幽，罕见人迹。此时正值烟花三月，上林春色正浓，万紫千红、繁花似锦。皇帝与孟丽君二人策马行来，只见一路绿荫如盖、亭阁绕廊，烟柳环幽、花团锦簇。孟丽君一向政务繁忙，除却偶一为之的诗会，平日里少有闲情雅致赏玩风物，此刻置身如画美景之中，得以暂抛凡尘琐事，更觉赏心悦目、心旷神怡。皇帝却是惯赏上林春景的，今日醉翁之意原不在美景，一门心思都在佳人身上。一阵清风徐来，皇帝只觉幽香扑鼻，也不知是苑中花香，还是身畔玉人的体香？但见百花低头草含笑，回首处一朵倾城紫薇花正对着自己这紫微郎君。此情此景，皇帝已然心神俱醉。

双骑一路行来，到了玉带桥畔。那玉带桥颇为窄小，不容双骑并行。孟丽君于是一勒丝缰，待皇帝先行，自己随后跟上。玉带桥畔种有数十株垂柳，春色之中已绽出鹅黄新枝，原是上林的一处著名景观，称作"玉带春柳"。皇帝当先跃马过桥,不料手中马鞭竟拂在了柳枝上,那枝头的露水便如雨一般洒将下来,溅了二人一头一脸。

皇帝赶忙勒转马头,顾不得自己脸上露水,忙向孟丽君望去,口中问道:"爱卿你无妨罢?"一望之下便即呆住,半晌回不过神来。只见孟丽君白玉一般的脸庞上镶着几颗晶莹剔透的露珠,纵马之后,微斜的金翅帽檐之下露出了她的一小缕秀发,较之往日的宝相庄严更添了几分妩媚风流,实是倾国倾城的无双丽容。

孟丽君自己却浑然不觉,眼见皇帝头脸衣衫上都是露水,便将袖内自己常用的一块手帕取出来,策马过去递给皇帝道:"快擦擦脸。"皇帝这才回过神来,接过手帕,心神又是一荡。见桥上路窄,不易转马,索性自己先跳下马来,走到孟丽君马前,伸出手来笑道:"朕给爱卿当一回马夫。快下来,你的脸上也都是露水呢。"

孟丽君方才醒转,扶了皇帝的手跳下马,正要以袖拭面,皇帝握着帕子的手已经拂了过来,目光中满是挚诚,宛如望向一块爱若性命的稀世奇珍。孟丽君在他这般目光注视之下,脸庞又与他的手指肌肤相触,饶她再如何镇定大方,也不禁面颊上飞起了两朵红晕,更添丽色。

皇帝此刻心无旁骛,却是不觉,替孟丽君擦拭去脸上露水后,手上微微一滞,却不敢再往她身上揩拭。好在丞相袍服甚为宽厚,溅上的露水又不多,倒也无妨,又顺手将她鬓边露出的秀发绾入帽内。回头望去,见此时方有一二宫女绕过玉带桥前的假山,方才之事自然无人瞧见,心中一宽,退后两步,自己胡乱擦了擦脸,转过身去避开宫人目光,将手帕郑重收在怀里。

孟丽君这时也已平复了心绪,笑问皇帝道:"皇上可还要走马游园?"皇帝摇头笑道:"给这露水一浇,朕已没了策马的兴致。前面恰好就是泛月秋塘,咱们便从这里弃马登舟好了。朕要与爱卿同赏湖光山色,再手谈几局,可好?"

那"泛月秋塘"也是上林一景,画舫原是素日常备的。说话间便已准备妥当,皇帝只点了七八个心腹之人随船伺候,命余人先去前面天香馆里候驾。当下与孟丽君登了舟,君臣二人负手立于船头,但见绿水含光、青山丛影,一层层林花烂漫,一处处绿柳披岸,满眼望处皆是无尽春色。湖中阵阵凉风吹过,孟丽君只觉心气舒爽,豁然开朗。

赏了一会子湖景，皇帝吩咐备下棋局，要与孟丽君对弈。此时已是日影西斜，画舫上两面雕窗大开，君臣二人便在舟中敲棋手谈。从前孟丽君刚中状元之时，二人在吟诗赏画之余，也时常对弈，棋力倒是不相伯仲，输赢常在五五之间。后来孟丽君节节高升，朝事繁忙，已然久未弈棋。此刻重温当年对弈的时光，君臣二人相视一笑。

三局完毕，皇帝一胜二负，却是输了。他不但不以为忤，反而颇为得意，笑道："今日对弈，朕方信了一事。"孟丽君不解。皇帝笑道："咱们从前对弈输赢相仿，朕只当你棋力胜我十倍。今日方知爱卿的棋力，果然与朕只在伯仲之间。"孟丽君一怔，随即回过神来，不觉莞尔道："微臣下棋，输也罢，赢也罢，从来倾尽全力。"向来君臣对弈，为臣者皆是战战兢兢、如履薄冰。不敢常赢，唯恐触逆了龙鳞；亦不敢总输，担心皇帝怀疑敷衍搪塞。倘若输赢相近，不是棋力确实相当，便需为臣者高明十倍，方能相让于不着痕迹间。如今二人心意相通，已无君臣之分，对弈自然无须相让。皇帝虽是一胜二负，却不过略输数子，故而自矜棋力与孟丽君不相伯仲。

皇帝一推棋盘站起身来，抬头见窗外暮色朦胧，舟中已然点上了蜡烛，问道："甚么时辰了？"权昌躬身道："回万岁爷，约莫酉时二刻了。"皇帝回头望向孟丽君，笑道："爱卿是我朝诗文的翘楚，昔日那诗仙李太白曾云：'古人秉烛夜游，良有以也。'今夜朕便要与爱卿秉烛夜游天香馆，同赏国色牡丹。"吩咐泊舟备马，移驾天香馆牡丹园。

那天香馆牡丹园在京城之中极负盛名，上至王公大臣、下至市井小民，皆知其名。原来本朝开国太祖的皇后娘娘最爱牡丹，当年与尚未发迹的太祖皇帝便是在牡丹花前订立鸳盟，从此太祖皇帝得皇后母族鼎力相助，终于登上至尊宝座。太祖开国后便敕令在上林苑修建天香馆牡丹园，独赐予皇后一人，后宫其余妃嫔，不论再如何受宠，亦不得入内。如今经过开国数代近百年的经营，天香馆内已种有数万盆牡丹，但凡世间所有珍稀品种，此间应有尽有，人间富贵繁华已至极处。

一行人来到天香馆外，已是明月东升。那天香馆的守馆老太监名唤辛勉，早候得旨意，急步上前迎驾，奏禀道："万岁爷，天香馆今岁牡丹大开，盛于往年。奴婢已在殿内备下了一席酒宴，请万岁爷和郦相爷移步赏花。"一行人于是进到天香馆内。

才至正殿阶前，未见其花，已是一片清香扑鼻，沁人心脾。孟丽君赞道："如此奇香，真无愧这'天香'之名。"皇帝笑道："所谓'国色天香'者，即便未见其面、闻其声、聆听其教诲，纵使远远相隔，亦能有奇香传来，令人赞叹倾倒。非如此，不足谓'国色天香'也。"说罢，冲着孟丽君连连眨眼。

辛勉侍立在旁，察言观色，如何不明白皇帝这话乃是在拍郦丞相的"马屁"？他是宫中久经的老人，虽未曾在御前伺候过，自也早听说郦丞相是当今天子驾前的第一位红人儿，便也凑趣说道："万岁爷所言极是。今日圣寿宴上，奴婢奉命领了两个小太监，抬了几盆牡丹花去摆在太和殿外。那时正值郦相爷起身赋诗，奴婢便听那殿外坐着的外使随员里响起了一片惊呼赞叹之声。这些个蛮夷之人，若非凑巧赶上万寿节，平日里自然没福气见识我大元第一美男子的风采气度。奴婢以为，这便是方才万岁爷所说'为奇香倾倒'一句的现成例证罢。"他口齿伶俐，几句赞语说得不着痕迹。

皇帝如今听到夸赞孟丽君的话语，倒比颂圣之辞更加顺耳舒坦，看了辛勉一眼，说道："你这话说得倒也有趣儿。好罢，前头领路，这便引我们赏牡丹去。"辛勉听到皇帝脱口而出的"我们"二字，心头一凛，躬身道："遵旨。"抢步踏上台阶，引着皇帝一行人绕过殿前屏风，来到正殿上的牡丹花丛中。他是天香馆守馆太监，于花木之道已浸淫了数十年，各种牡丹佳品，诸如姚黄、魏紫、月宫花、雪夫人、粉奴香、醉颜红、蓬莱相公、百药仙人等，他俱如数家珍，娓娓道来，众人听了都不住点头。

那天香馆正殿极为广袤，繁艳芬馥的牡丹连成一片，孟丽君便犹如置身花海一般，但见红香绿玉、银红墨紫，诸色辉映，令人目不暇接，心道这牡丹果然不愧"花中之王"的称号。皇帝却是赏一阵子牡丹，回首望一会儿心上丽人，暗忖："牡丹虽称国色，哪里比得上丽君的容颜？然而丽君容颜再美，与其盖世风采才华相较，却又不值称道了。如此绝代佳人，朕有幸能与她心心相印，实是上天垂怜！"

赏过正殿牡丹，辛勉引皇帝和孟丽君来到大殿正中所备宴席处。居中是皇帝的御座，东首紧挨着设下了郦丞相的陪座，两处都铺设整齐，点缀得十分淡雅别致。殿内烛火通明，映照着满殿的牡丹花耀然生辉。

皇帝入席举盏，笑望着孟丽君说道："记得二十四五年前，朕不过垂髫小儿，父皇便曾在这天香馆内夜宴过老丞相寿王爷。他们君臣相得，三十年来未生嫌隙，传为一时佳话。如今朕是少年天子，郦爱卿是少年丞相。朕愿与爱卿做一对有始有终的知己君臣，不猜忌、无嫌隙，传于后人，亦可流芳百世！唯愿花好月明，永如今夕！"

辛勉闻言登时大惊失色，一颗心怦怦乱跳，皇帝这话说得极重，显非寻常之语。然而他偷眼朝皇帝望去，却见皇帝笑容满面；又向权昌瞧去，只见权昌面不改色，仿佛这等言辞再也寻常不过。他忍不住又向郦丞相觑去，见郦丞相亦是镇定如常，并无寻常臣子惶恐涕零之态，只是举盏起身，向着皇帝微一揖礼，说道："圣上知遇之恩，微臣当报以天下太平、百姓安居乐业。愿花好月明，永如今夕！"君臣二人相视一笑，遂一饮而尽。辛勉左顾右盼，但见左右之人俱安之若素，一颗心便也慢慢平静下来，心底对皇帝如此推崇的郦丞相，早已恭敬到了极处。

三盏之后，权昌使了个眼色，左右之人及辛勉会意，都悄然退出殿外。权昌待众人退下后，也远远地退至殿前屏风处静静守候。

皇帝放下手中酒盏，但见摇曳的烛光将殿内各色牡丹花映照得分外娇艳，身畔佳人绝美的面庞酒后微微泛起红晕，愈增丽色。世间良辰美景，再也无逾此刻，只觉心满意足，忍不住喟然轻叹。孟丽君伸手过去握住他的手掌，关切地问道："玄肃，你怎么叹气了？"此刻四周空旷静寂，耳目之内再无旁人，便已改了称呼。

皇帝握着孟丽君温软滑腻的手，心中对她爱到极处，一时情难自禁，将她的手送到唇边，在手背上轻轻一吻。孟丽君一惊，用力将手抽回。皇帝与她虽早已两情相悦，却一向发乎情、止于礼，除了偶尔握一握手，从无逾礼行为。此刻只觉手背给一个温润柔软的物事拂过，饶她再如何镇定自持，毕竟是个情窦初开的姑娘家，心下不禁一阵慌乱。

皇帝一吻之后便已心生悔意，待见她抽回手，更觉不妙，连忙道歉道："明堂，你别见怪，我……我……我不是故意的！我方才在想，如此良辰美景能与你一同度过，此生已别无他求……一时情动，才会……才会……你别生气，我……我下次再也不敢了……"情急之下说得语无伦次。

孟丽君片刻之间已然静下心来，见皇帝连声道歉，急得额上冒出汗水，心中反有些过意不去。将手复又放回他手掌中，柔声道："你别急，我没生气见怪。你我两心相许，今后的日子还长着呢，下次……也不用不敢。"皇帝大喜，将她的手紧紧握在掌心中，却再也不敢造次放到唇边亲吻了。

皇帝回思孟丽君方才所言"今后的日子还长着"一句，如听佛语纶音一般，忍不住追问道："明堂，我知你素来最有主意。从前我说过'有朕一日，定会替你担待一日'，这话我一直牢记心底。只是这将来之事，你究竟拿的甚么主意，也要说给我知晓才是。"孟丽君看他一眼，点头道："我也是直到近日间方才拿定主意，你便不问，我也是要说的。不过玄肃，我且先来问你，你于此可有甚么想法？"

皇帝挠头道："我自然一切依你。你若想继续当丞相，我便将这满朝政事皆交托于你；你如肯入后宫，皇后之位早已虚位以待。就算你要浪迹天涯，我也情愿抛下这皇位随你同去——只是我知你必不会如此。于我而言，甚么都比不过每日里见到你的笑容，能与你日日携手相伴。"

孟丽君闻言心头大震，几乎要落下泪来，她虽知皇帝待自己用情极深，却也不料竟已到如此地步，哽咽道："玄肃，玄肃！你为甚么待我这样好！"皇帝宠溺地望着她，微笑道："我待你好，那不是理所应当的么？我不对你好，却要对谁好去？除你之外，这世间可再没有第二个人值得我如此相待。"

孟丽君抬起头来，向他展颜一笑，道："谢谢你，玄肃！你待我好，我自然也要加倍地待你好才是。这将来之事么，我已有打算，这其中少不得要提到一个人。"当下将与殷溪霆如何在荆州城中结识、章华寺中一席谈话如何给自己指明了一条'男女平等、唯才是用'的崭新道路，令自己犹如醍醐灌顶般明确了毕生志向之事，都娓娓道来。就连那本荒诞匪夷的无字天书，以及封面上一闪即消的《再生缘之孟丽君传奇》几个大字，她也都毫不隐瞒、原原本本地叙说了一遍。无字天书一事，便连至亲之人如孟士元、苏映雪和荣兰她也不曾告诉，这时却自然而然地说了出来。

她的口齿何等便给，无字天书之事直听得皇帝连声称奇，要她改日带进宫来，好让自己也见识见识。待听到殷溪霆"离经叛道"的种种想法和举措时，皇帝却不禁微微皱眉，神情怔忪、若有所思。孟丽君自也觉察，面上神色如常，口中亦不停顿，心下却颇为纳闷：以她对皇帝的了解，他虽不若殷溪霆一般思想激进主动，但对于"男女平等"之说，以其特立独行的心性以及对自己爱屋及乌的心意，当不致反感排斥才是，不知却为何竟会显出一副心神不宁之态？

一时孟丽君叙说完毕,笑推皇帝道:"玄肃,你怎么看?"皇帝方如梦初醒,觑了孟丽君一眼,随即调转眼光,不答她问话,反幽幽地说道:"这殷溪霆年纪轻轻,竟能有如此见识,难怪能得明堂你青眼相看。年初诗会时我便纳罕,那林修贤毕竟是你旧识,还曾在金殿之上替你遮掩身份,也就罢了,却怎会无端多出另一个人来?恩科春闱他独占鳌头,成了你的得意门生。这半个月来你们师生朝夕相处,政见又是这般契合,自然再也投缘不过了。"

孟丽君眨了眨眼睛,望着皇帝半晌不语,忽然"扑哧"一声笑了出来,说道:"玄肃,你……你……你这是在喝殷子威的飞醋么?"

皇帝这才回过味来,以他少年帝王的身份,从前向来情场得意,几曾尝过拈酸吃醋的滋味?是以自己反倒后知后觉。这时略一回思,方才那一席话说得果然幽怨无比,语气之中更是酸意冲天,不是吃醋却又是甚么?登时羞红了面皮。

孟丽君笑着揶揄道:"从前我有正经婚约在身,却也不见你吃芝田的醋。如今怎地无缘无故竟喝起殷子威的飞醋来?"皇帝只略红了红脸,随即坦然,说道:"在你心中,皇甫少华与殷溪霆孰轻孰重,我岂会不知?"他熟知孟丽君心性,从前她与皇甫少华虽然指腹为婚,但少华其人半点不合她心意,自然无须忧虑。方才乍一听到殷溪霆提出的"平权"主张,便知必然正中她心坎,只恨不是自己率先提出的。仅此一条,殷溪霆在她心中已然与众不同,更何况其人文采惊人,日后在朝中定是她的得力臂助。两人政见主张一致,朝夕相处之下,焉知不会生出端倪?皇帝因此心头警钟大作,患得患失、诚惶诚恐之下,这才醋意大发。

孟丽君敛了笑容,正色道:"玄肃,殷子威在我心中确实与众不同,但你在我的心中,更是独一无二。我们早已两心相许、心意相通,你一心一意待我,我自然也回报以一心一意。'不猜忌、无嫌隙',这不是方才咱们约定好的么?再者……你还不知道呢……"将荣兰如何钟情于殷溪霆,自己如何暗中观察,又是如何出言试探,替二人作伐之事,都说与皇帝听了。

皇帝听罢问道:"你是说那殷子威已然知晓清之是女儿身了?那……你呢?"孟丽君微微点头,道:"我已对他和盘托出实情。"皇帝犹疑道:"他既已知你真实身份,你……你信他对你全然……不动心么?"

孟丽君嗔道:"玄肃!殷子威磊落坦荡、心中浑无美丑之念。他初见我本来面目时，便无常人的迷恋之态。更何况他与清之结识在先，彼此已是知己莫逆，得知清之是女儿身，他惊喜赞叹不已，当即应允了亲事。"

皇帝闻言心花怒放，一拍大腿道："好个殷子威，朕也可以当他是知己莫逆了！等到他与清之成亲之时，朕必要亲做主婚人，圣旨赐婚，给他们操办上一场隆重盛大的婚礼！"如此一来，这个莫须有的"情敌"顷刻间便消于无形，让皇帝如何不满心欢喜？

孟丽君见他如孩童般喜形于色，不觉莞尔，说道："殷子威得知你明知我是女儿身，却依然肯拜我为相时，也对玄肃你推崇备至呢！方才所说这'将来之事'，我与殷子威已有盘算，这中间少不得要仰仗你的助力。兹事体大，需谋定而后动，莽撞冒进不得。长远规划便如弈棋，咱们自是要一步一步布置妥当了。不过这第一步棋么，今年之内倒有两件大事，咱们可顺势而为。"

皇帝听到"将来之事"，精神一振，问道："哪两件大事？需要我如何相助？"孟丽君说道："第一件大事，依我和殷子威的推断，近日春耕农时，黔南、黔西一带将有骚乱，届时便可趁机革免了贵州总督郑大宽之职。皇上再颁下圣旨，命镇国大将军熊浩外放贵州总督……"

皇帝不明所以，问道："外放熊浩任贵州总督自然可以，不过这于你们的长远规划有何干系？你和殷子威又怎知贵州近日会生骚乱？"孟丽君微笑道："熊友鹤夫妻恩爱，他若外放，必会携夫人奇英县主卫勇娥一道上任。"皇帝"哦"的一声，登时会意过来。

孟丽君解释道："文通这县主的爵位，在京中不过一个摆设而已，我便有心给她谋个职位，也必然阻力重重，且易打草惊蛇，招来不必要的麻烦。到了地方上，天高皇帝远，则大有可为之处。友鹤虽天生神力、勇武惊人，论及兵法谋略却不及文通多矣。此番外放，文通必能一展长才，协助友鹤建功立业。到那时皇上再论功行赏，旁人便也无话可说了。再者，卫勇娥女扮男装、全忠全孝的故事，如今在市井坊间已成传奇，流传极广，深得民心认可。等到她再建奇功，咱们便可顺水推舟地着意宣传一番，将文通的故事与前朝花木兰并列。这类传奇故事原是民间最爱，这颗'女子未必不如男'的种子，便算是在民间生根发芽了。"

孟丽君随即又道："至于我和殷子威如何推知贵州近日将生骚乱么，其实原也简单。殷子威去年前往云贵两省运送米粮，当时一路所见，云南地界流寇游匪势力颇大，但借运粮之机已基本整肃一清，治安恢复。而贵州境内多为小股山贼散兵，不敢劫持大宗粮队，平日里却时常劫掠百姓。那郑大宽虽为官清正，只可惜并无刚明决断的治乱之能。何况贵州一省积弊已久，早在李逆叛乱之前，那位人送外号'常败将军'的彭如泽就曾做过两任贵州总督。此人不但凶残暴戾，更兼狡诈贪婪，贵州百姓被他盘剥已久，早恨之入骨、怨声载道。黔西、黔南一带原是布依族、侗族和苗族世代居住之地，民风素来彪悍，战乱前在彭如泽的严酷苛政之下，种种矛盾已然激化，却为战乱所掩，并未爆发。如今冬日里有朝廷赈粮接济着，尚能相安无事。等到冬去春来，山贼散兵必然蠢蠢欲动，与悍民两相冲撞之下，必生骚乱。"

皇帝皱眉道："你们既已料知骚乱，难道就不能设法避免么？"孟丽君叹了口气，道："世上之事岂能尽如人意！去年我奉旨南巡之时，便发觉贵州地界的治安反不如云南为好，也曾因此对那郑大宽严词申饬。然而祸事未起之时，总不能仅凭臆测之事便轻易定人罪名。何况丞相职责在于举贤荐能、督查百官，却非亲力亲为、事必躬亲。骚乱之事皇上倒也不必忧虑，我业已传书清之，令她全力戒备，一旦变故发生，便可随时率军入黔平乱。"

皇帝颔首道："明堂你是不世出的兵法奇才，这运筹帷幄之事，是我多虑了。这第一件事情果然巧妙，算得上顺势而为，当不致惹人生疑。那么第二件事情又是甚么？"

孟丽君微笑着说道："四个字：太后寿诞。"皇帝一怔，随即醒悟道："你是说借母后五十寿诞之机……"孟丽君点头道："不错。我朝向以仁孝治天下，皇上事母至孝，天下皆知。太后娘娘乃女中巾帼，若以太后五十寿诞为名，施恩垂怜于天下老弱妇人，朝廷出资在各州府县兴办敬老扶弱之所，使年老而无子可依的妇人皆有所养，这岂非一大善事？此事由皇上亲自提出颁行，旁人只当出自一片孝心，乃是顺理成章之事，断无反对之理。"

皇帝击节赞道："此计甚妙！一则可为母后积德祈福；二则可使天下老弱妇人受益；三则亦有利于朝廷的'仁政'声名。"孟丽君却道："这些好处自然不错，但还不是最主要的。民间重男轻女，多是因'养儿防老'的观念作祟。无子可依的妇人晚景凄惨，那便是旁人的前车之鉴。倘若这些人皆由朝廷供养，得以安度晚年，则'养儿防老'的观念不攻自破，重男轻女的现象自也可从源头上稍加遏抑。"皇帝恍然道："原来如此。"

孟丽君又道："目前朝廷财力有限，暂时可从七十岁以上的妇人开始供养。待日后国库充盈了，则可逐步降至六十岁。玄肃，今年之内拟行的这两件大事，皆非一朝一夕之功，是以必须率先施行。短期内虽未必见效，好在并不招人生疑。咱们持之以恒坚持下去，三五年后当有小成，便可为将来的大事奠定根基了。"

皇帝叹道："三五年后方有小成么？此事可委实不易得很呢！"孟丽君哂然道："我辈所为，乃是要更改祖宗法度的大事，岂会容易？这第一步棋的两件事，重在顺势而为，还算简单易行，接下来的事情恐怕阻力就大得多了。我方才提过，清之在昆明城创立了一个婴孩收容所，收养的战乱孤儿大都是女孩儿，清之立誓要竭尽所能教导她们。咱们的第二步棋，就是数年后将此事在各州府县逐步推而广之。待清之教导的第一批女孩儿长大了，便可用她们为骨干，在云南省内逐步兴建女子私塾、书院，各地再慢慢跟进。总之，清之在外充当先锋，咱们在京内统筹谋划，作为她的坚实后盾，替她挡却明枪暗箭。如此一内一外、一明一暗、一静一动、一攻一守，再辅以文通互为犄角、守望相助，则大事有望！"

皇帝眼见孟丽君言谈之间眉飞色舞，他见多了一般女子弱柳扶风、腼腆娇柔的模样，心底最爱的便是她这一副神采飞扬的气度，当下也不禁豪气大发，道："好！这是你毕生志向，我自然要和你一道的。咱们还有许多人相助，大事一定能成！"

孟丽君笑道："是啊，眼下已有不少人支持咱们，子威、清之、文通自不消说了，还有平儿、若显、重德、友鹤皆可依仗，此外寿王爷、太师，还有我爹爹，都是可以争取的力量。这几年间，咱们再好好物色同道中人，发展壮大实力。每多争取一份助力，咱们的胜算便多了一分。"

皇帝握着孟丽君的手，柔声道："你方才说的那些都是朝廷大事。你……你自己呢？"孟丽君将另一只手也覆在他手掌上，迎着他的目光坚定地回望过去，说道："三五年后，等朝中支持咱们的人占到半数，民意也小有根基之时，作为第三步棋，我有意主动自揭身份，将身世真相公诸天下。你说好么？"

皇帝眼前一亮，立时明白了她的用意，大喜道："好得很呢！勇娥的故事固然精彩，也算是我朝的小传奇了。等你的故事出来，待到真相大白于天下的那一日，那才真正是前无古人的大传奇呢！如此倒正应了那本天书的封面。"

孟丽君闻言心头一动，似是忆起甚么，一转念间却又消散无影，便也不去理会，微笑道："倘若咱们的谋划真能实现，成为传奇的可远不止哪一两个人，咱们的整个朝代，都会成为光耀后世的千古传奇呢！"两人目光交织，千言万语尽在不言中。

大德三年秋，午后，栖凤宫内。

一个华服小女孩儿收紧了手中的最后一针，从几案上抬起头来，向坐在一旁读书的锦衣少年招手笑道："归郎哥哥，我做完了！你快来瞧！你说雪姨会喜欢这份礼物么？"那小女孩儿才六七岁，肤色极白，生得眉目如画、玉雪可爱。

那锦衣少年约莫十三四岁，肤色微黑，相貌寻常，眉眼之间却是英气勃发。闻言放下手中书册，起身来到小女孩儿身前，拿起她才刚完工的一柄绣花团扇，举到眼前细细赏玩。但见扇面上绣着一只展翅高飞的苍鹰，绣工虽显稚嫩，一双锋锐的鹰眼却绣得颇为生动，不由赞道："裳儿，你的第一幅绣作便这样好！这只苍鹰，本也画得十分遒劲有力。我娘亲收到这份礼物，定然喜欢得不得了！过几日等你得闲了，也绣一幅送我，好么？"

那小女孩裳儿想也不想便道："我还要先绣了送给父皇、母后和世乾哥哥，等绣完那三个，我再绣一个送你。"归郎听她将自己排在父母和兄长之后的第四位，心中十分欢喜，面上却竭力不露喜色，应道："好，一言为定！"

裳儿取来锦盒，将绣扇收好，看了一眼几案上的书册，问道："归郎哥哥，母后布置的兵法功课，你都做完了吗？"归郎伴她从小长大，熟知她心性，笑道："怎么？你又想出去玩儿了？"裳儿圆溜溜的大眼睛瞪他一眼，嗔道："才不是去玩儿呢！人家这会子哪有空儿？你到底做完功课没有？我要去灵素圃，给兰姨准备的礼物，还差最后一步呢！"

归郎走过去将案上的书册一合，道："圣后陛下布置的功课，我早就做完了。要不是等你啊，我可早出去练剑了。"裳儿拍手笑道："灵素圃里空地多得是，你陪我一道去，正好在那儿练剑。"归郎拿起放在几案另一侧的宝剑，随手系在腰间，笑道："听你的，这就走罢！"

裳儿高声唤道："来人！"随侍的太监宫女走进殿来。裳儿吩咐道："我和归郎哥哥要去灵素圃。"那为首的太监躬身道："是，公主殿下。"随即高声道："于飞公主千岁摆驾灵素圃。"

公主的舆驾来到坐落于上林苑天香馆之畔的灵素圃，归郎策马紧跟在舆驾之旁。落轿后，随侍众人都停在外殿。这灵素圃乃是八年前圣皇与圣后大婚不久之后所兴建的一处小院落。宫中人人皆知，圣后陛下乃岐黄国手，在灵素圃内院的药圃里亲手栽种了不少珍稀药材，寻常人等非召不得进入内殿。于飞公主是两位陛下的独生爱女，从一年前便开始跟随圣后学习岐黄，乃是灵素圃里的常客。

灵素圃内仅设有四名宫女，均是精通药理之人。执事宫女白杞迎上前来，见过礼后便笑道："公主，那株紫瑛已然成熟。"又道："晋王殿下也在内殿。"裳儿喜道："可算是熟了！再晚几日就来不及啦！世乾哥哥也在么？对啦，他的'白美人'前日受伤了，是让你帮着换药罢？归郎哥哥，你随我一道进来。"说着携了归郎的手进到内殿。

只见一个年约十七八岁的俊逸少年正坐在榻中，见她二人进来，笑吟吟地站起身来。他怀中抱着一只波斯猫，左手仍不住在猫儿背上抚摸安慰。那波斯猫犹如一团雪球般通体雪白，并无一根杂毛，一双绿眼珠便如两颗深邃剔透的祖母绿宝石，右爪上却包着一块布条，显是爪子受伤了。

裳儿上前福了一礼道："世乾哥哥好！"归郎下拜道："见过晋王殿下。"世乾笑着回礼道："裳儿妹妹好！归郎快起来，不必多礼！"又道："前日若不是裳儿妹妹，我都不知道'白美人'的爪子上竟扎了根刺儿。她这两日想是痛得厉害，可乖得多啦。"

裳儿过去摸了摸"白美人"，连道："好乖，好乖！"又揭开猫爪上的布条瞧了一眼，安慰道："再过两日便好利索了。"随即说道："世乾哥哥，我的草药成熟了，我得先瞧瞧去。归郎哥哥，院子里的空地大得很，你自个儿找地方练剑罢！"说着"蹬蹬蹬"地出了内殿，径直来到院落正中绿竹搭成的药圃里。

灵素圃院内的药圃占地甚广，设计得十分巧妙，各式植株错落有致。南向阳光充足，栽种着各式各色的阳生药草。北面围出一口泉眼，竹叶绕顶，在潮湿背阴处培育了许多喜阴植株。当中的阴阳分界线上，却留出了一大片空地，只毗邻栽种着两排药草，两两相对。阳面的一排通体赤红，阴面的一排根茎呈浅绿色。阴面植株上都设有遮光板，使得阳光不能直射其上。空地正中摆放着一只小巧轻便的敞篷推车，车上一只葫芦形大缸，缸中也毗邻种有一红一绿两株药草，较之地面上的植株更为壮硕。一名宫女正对着阳光缓缓移动推车，使得车上的绿色植株始终不见阳光，而红色植株一直沐浴在阳光之下。

裳儿熟门熟路，穿过南面的阳生药草，绕过那推车宫女，径直来到泉眼之畔。那名宫女只抬头瞧了她一眼，便又垂首推车，并不过来见礼搭话。裳儿常来灵素圃，知那宫女是个聋哑之人，对此早已见怪不怪。她在泉眼之畔找到一株紫色植株，上面结满了紫黑色果子，将鼻尖凑过去闻了闻气味，又从怀里取出一枚金针，小心扎出些许汁液，轻轻涂抹在自己的手背上，当即喜笑颜开道："果真熟透了！"轻轻摘下三颗紫黑色果子，用手帕小心包裹好放入怀中，这才原路折返出了药圃。

只见归郎正在院中空旷处舞剑，日光之下长剑耀眼生辉，世乾抱着'白美人'坐在一旁瞧着。裳儿便也不去打扰他们，径直回到内殿。取出怀中手帕，将那三颗果子倒入玛瑙研钵中细细捣碎，再用纱布小心滤去了残渣，仅留下汁液。打开自己的小药匣，取出一只瓷瓶，拔开瓶塞，那瓶中已调配好大半瓶澄清透明的药水。将滤出的汁液缓缓加入药水中，眼见那澄清的药水逐渐转为淡紫色，隐约散发出一股淡而凉的清香，便知已大功告成，心中十分欢喜。又取出一只羊脂玉瓶，将调配好的淡紫色药水慢慢倾入玉瓶中。

裳儿盖好瓶塞，正待去取锦盒来盛放，忽听院内传来一声巨响，夹杂着宫女们的惊呼声。裳儿乍惊之下小手一抖，那羊脂玉瓶便跌落地下，发出"啪——"的一声脆响。她慌忙弯腰伸手去捡，但见那玉瓶已然断成两段，瓶中药水流了一地，却哪里捡得及？再看先前盛药的瓷瓶，早已倾倒得干干净净、一滴不剩。

为了这份礼物，裳儿从三个月前就开始悉心准备，凡事皆亲力亲为，不假他人之手。为等这关键一味药草紫瑛的成熟，更是翘首期盼良久。三个月的心血于顷刻之间化为乌有，她又是焦急又是委屈，眼圈儿登时红了，泪水在眼眶里转来转去，仰起头努力不令流下。

过了好一会，她的心绪方渐渐平复，知道事已至此，焦急亦是无益。记起先前巨响，只怕外间出了甚么大事，忙快步出殿查看。才出内殿，便瞧见院中那绿竹搭成的药圃竟然坍塌了一角，白杞及另两名宫女正自手忙脚乱地收拾残局、抢救药草。"白美人"受了惊吓,蜷成一团缩在世乾脚下。世乾起身伫立,双手连搓,神情一片焦急。而他身旁那名"罪魁祸首",早已惊得面色苍白、目瞪口呆。

裳儿大声问道:"这是怎么一回事儿?"语气中自有一股颐指气使的气度,众人闻言都回过头来。归郎讷讷地说不出话,世乾赶忙解释道:"归郎方才练完了一套剑法,我顺口问他可会使枪,他便用长剑来演示枪法。不知怎地,那剑……那剑竟一下子脱手飞了过去……"说着指了指药圃的一角。

裳儿情知归郎闯下大祸,那药圃里都是母后亲手栽种的珍稀药材,素来宝贝得很。自己带他进来,只怕也难脱责罚。见他二人都是一副不知该当如何是好的模样,外殿众人虽听得响动,却非召不得入内,白杞等宫女气力有限,虽然竭尽全力,到底力有不逮。当下作主吩咐道:"世乾哥哥,请你到外殿召十个人进来帮忙。归郎哥哥,你的力气最大,快来搬开那些坍塌的绿竹。你,负责扶起压倒的药草,你,快把这些没受损的药草移植到那边去。白杞,这些活不了的药草,你尽快把还可用的部分采摘下来。"

她一迭声分派下去,众人便如得了主心骨,立时依照吩咐各行其是。裳儿自己取过一柄长柄药剪,一株一株药草看过去,不时剪去一段压折的断枝。过了一会,世乾召进来十名身壮太监,裳儿又重新分派了活计,众人均依令而行。裳儿环顾一周,见药圃中的珍稀药材虽有损伤,但完全无法抢救的仅有数株,且皆非孤本,心中大定。抬头向圃中空地望去,这边如此动静,那推车宫女竟是充耳不闻,只顾着照料车上大缸中的两株药草。裳儿转过身,向世乾和归郎招手道:"这会子咱们帮不上甚么忙了,进去说话罢。"

归郎捡回长剑,世乾弯腰抱起"白美人",三人进到内殿。裳儿方细问道:"归郎哥哥,你习武多年,怎么好端端的,长剑竟会脱手飞出?"归郎这时已惊魂略定,回想方才的情形,缓缓说道:"我六岁习武,八岁开始练剑,但直到一年多前,师傅才开始传授我枪法。"世乾插口道:"我曾听母后说起,你师傅的枪法天下无双。有道是:枪乃百兵之王,想必极难练好的。"

归郎点头道:"师傅传了我一套枪法,其中的最后一招'回马枪',师傅说威力巨大,却非言语所能教授,须得自行顿悟。我这一年来勤加练习,却无论如何总也练不好。方才晋王殿下问我枪法,我以剑为枪信手使来,一时之间似有所悟,迷迷糊糊不知怎地竟然当真使出了这一招。可惜练得还不到家,这一招也确实威力巨大，我……我掌控不住，长剑才飞脱了手，谁知……谁知竟闯了大祸！"裳儿点点头，知晓了其中缘由。

归郎记起此来目的，问道："裳儿，你的药呢？可配好没有？"裳儿眼圈一红，指着地下那滩药渍，泫然道："洒了，一滴都不剩。"归郎大惊，追问道："怎么会洒了？"随即醒悟过来，举手在头上用力一拍，自责道："都怨我！定是方才我的长剑砸塌药圃，动静太大，惊吓着你了。哎呀！这可如何是好？你花费了这许多心血精力，却是功亏一篑……我……我……唉！都是我不好！"连声叹气。裳儿忙安慰道："归郎哥哥，事已至此，你快别自责了！帮我一起想个法子罢。"

世乾听了半响，不明所以，问道："你们说的是甚么药洒了？又是甚么功亏一篑？"裳儿解释道："母后说兰姨的眼睛前几年受伤了，她悉心推敲，拟定了一个药方，兰姨用后似有好转，但需长期敷用。再过三日便是兰姨的婚礼了，我准备依照母后的药方，自己调配一瓶药水送给她作为礼物。本来今日便可配好，可惜……"归郎懊恼道："裳儿为了调配这瓶药水，三个月来不知耗费了多少心力。现下可怎么办？晋王殿下，你也来帮我们想想法子罢！"

世乾明白了个中缘由，也知晓了其中难处：重新调配药水自是来不及了，而转送其他礼物，一则不若敷眼药水合用；二则更体现不出裳儿耗费三个月工夫亲手调配的一番心意。三人商量了一阵子，然而仓促之间实无良策。正在这时，只听殿外高声传呼："圣皇陛下到！圣后陛下到！"三人心中一凛，一齐迎接出来。

灵素圃内一声巨响，外殿众人俱已听到。等世乾出来召唤十名太监，众人方知药圃竟然坍塌了一角。如此大事岂敢隐瞒？早有人飞速报至圣皇、圣后驾前。其时两位陛下正在乾清宫内召见大臣，得知于飞公主和晋王皆在灵素圃内，当即联袂前来。

三人向两位陛下见过礼。归郎眼尖，见两位陛下身后还有数人，忙推裳儿。裳儿一见之下大喜，迎过去叫道："雪姨！兰姨！你们可都到了！裳儿好想你们啊！"归郎也走过去，唤了声："母亲！兰姨！"又对着另一人施礼，恭恭敬敬地道："师傅！"

荣兰和苏映雪一人拉了裳儿一只手。苏映雪微笑道："好孩子！你比去年见时，可又长高了不少呢。"荣兰眼睛不便，将裳儿拉到近前仔细打量，也含笑道："好几年不见了，真难为你一眼便认出了我。"裳儿笑嘻嘻地道："母后寝宫的书房里有你们的画像，我瞧得多了，自然认得！不过画像上兰姨一身戎装，可神气得很呢！你的这身衣衫虽然也好看，只可惜不够威风。"

众人听了一阵大笑。圣皇回过头来笑道："傻孩子，你的兰姨就要当新娘子了！总不能穿着盔甲、威风凛凛地入洞房罢？"众人又是一阵大笑。荣兰只脸上微微一红，却并不忸怩，抬头向身旁一人望去，正好迎上他的目光，虽然眼睛有疾，看得并不十分清楚，心中仍然一甜。

众人进到内殿，两位陛下落座，世乾和裳儿在左首坐了。群臣方才正式见礼，参见过晋王殿下和于飞公主，随即在右首落座。共有六人，分别是梅昭如苏映雪夫妇、熊浩卫勇娥夫妇、以及即将完婚的殷溪霆和荣兰。

苏映雪见归郎已长得和自己一般高，拉住他的手，让他坐在自己身旁，早已滴下泪来，夫妇二人与归郎低声叙过别情。原来梅昭如早已辞官，每年里与苏映雪只在京中住上半年，另寻一处风景宜人之所小住半年。太师在五年前业已仙逝，临终遗命愿与景夫人合葬在景夫人的故乡杭州。他二人此番便是回到杭州西子湖畔小住，为太师和夫人扫墓。闻听殷溪霆和荣兰即将完婚，这才匆匆赶回，正巧在京城南郊遇上荣兰的车队，便一道回京陛见。甫一入宫，还说不到两句话，灵素圃里便传来急报，众人于是随两位陛下一同赶过来。

这边卫勇娥已先开口笑道："圣后陛下旨意，令我们夫妇主持操办殷丞相与荣总督的婚事，圣皇陛下更要亲任主婚人，这可是自从八年前两位陛下大婚以来的第一件大喜事呢。眼看距离婚期只剩下最后三天了，我们的新郎官儿早已望眼欲穿，可咱们的新娘子却是姗姗来迟。这婚礼上是不是该当罚酒三杯啊？"

荣兰笑着起身，向圣皇、圣后躬身道："微臣出任云南总督一十三年，如今奉旨返京陛见，交接事宜千头万绪，到底回得迟了，还请两位陛下见谅。"圣后微微一笑，抬手道："荣爱卿，朕与圣皇早有意召你回京，让你和殷丞相这一对有情人早日完婚。怎奈你心系国事，却执意不肯。爱卿在云南这一十三年，劳苦功高，奠定了我们所行大事的根基，朕与圣皇以及座中众位卿家俱铭记在心。快请坐！你只需在婚期之前及时赶到，便不妨事。婚礼上你只出个人，其他事情自然有我们大家替你操持。"荣兰谢过归座。

卫勇娥正色道："圣后陛下这一句'劳苦功高'，荣总督当之无愧！遥想当年我们夫妇外放贵州之前，圣后陛下和殷丞相曾深夜驾临，详谈国事，那时所畅想的将来之事，到如今竟已逐一成真！从元贞二十三年云南率先开办女子私塾、二十五年办女子书院，到三年前改元大德、二圣临朝共治，再到去岁朝廷终于首开女科取士……这桩桩件件都是震铄古今的大事！两位陛下和殷丞相十多年来运筹帷幄，固然居功至伟，所有的根基却都在云南，离不开荣总督的苦心经营！我们夫妇不过外放贵州一任，荣总督却是一去一十三载，着实令人由衷钦佩！"说着对着荣兰深深揖了一礼。

荣兰忙起身相扶，打趣儿笑道："卫姐姐是去年女科取士的主考官，更是如今朝廷的兵部侍郎，正是小将的顶头上司，小将岂敢领受上官之礼！"众人一阵大笑。

圣后的目光随即转向裳儿等三人，问道："裳儿、乾儿，还有归郎，你们三个在灵素圃里究竟做甚么？朕听人报说药圃竟坍塌了一角，这是怎么一回事儿？你们三个可受伤了？"众人目光向三人望了过来。

三人一齐起身，世乾年纪居长，遂将事情经过原原本本叙述了一遍。荣兰听说裳儿耗费三个月心血，给自己亲手配制了一剂敷眼药水，却不慎洒落，不由"啊"的一声以手掩口，心下大为感动。卫勇娥乃是归郎的师傅，听到归郎以剑为枪，竟领悟了自己的绝招"回马枪"，与熊浩对视一眼，均暗暗点头。

圣后听世乾叙说完毕，又分别问了裳儿和归郎几句，已然知晓了事情的前后缘委。又召来白杞，问清药圃的损失。白杞一一禀明，又道："幸好于飞公主在此，领着大伙儿齐力抢救，这才救活了不少药草，否则只怕损失更大。"

圣后看了世乾和裳儿一眼，心头一动，沉下脸来，说道："若非是她，灵素圃又岂会遭此一劫？今日之事，你们三人可都知道了自己的错处？朕一向赏罚分明，自然有错必罚。"三人皆知圣后素来公正平和，然而一旦动怒，却是非同小可，此番竟引动圣后震怒，三人俱低下头来。

圣后又道："这样罢，朕便给你们一个将功折过的机会：你们且一个一个来说，自己和其他人的错处都在哪里？依你之见，又该当如何责罚？归郎，你先说。"

归郎一怔，随即双膝跪倒，恳切地说道："圣后陛下，归郎以为此事全是我的错处。晋王殿下和于飞公主与今日之事全不相干，自然无须责罚。是我撺掇于飞公主将我带入灵素圃，是我不听劝阻，执意要在院中练剑，也是我长剑脱手，砸塌了药圃……归郎错上加错，理当数罪并罚，甘愿领受十记鞭刑。"

听到"鞭刑"二字，苏映雪面露不忍，正待开口求情，梅昭如轻轻拉了拉她的衣袖，面带微笑示意，苏映雪这才醒悟。裳儿早已连声惊呼道："不成，不成！那可不成！"

圣后不理会她，眼光转向世乾。世乾躬身奏对道："回禀母后，裳儿妹妹私带归郎进入内殿，归郎长剑砸塌药圃，她二人自然都有错处，然而以儿臣的责任最大。原是儿臣先问起枪法，归郎才会以剑为枪，以致此劫，此其一。三人之中儿臣的年纪居长，却未能看护好裳儿妹妹和归郎，此其二。请母后念归郎乃无心之失、裳儿妹妹抢救药草有功，免去她二人的罪责，只惩处儿臣一人。儿臣情愿禁足灵素圃一月，看护受损药草，并潜心思过。"

圣后的目光随即转向裳儿。裳儿不慌不忙，见众人的目光都集中在自己身上，方才上前一步，大声说道："回父皇、母后，孩儿斗胆，以为今日之事不该责罚我等三人。"圣后"哦"地一声，面色沉静如水，问道："却是为何？"

裳儿环顾一周，说道："孩儿已经检查过，方才白杞也已禀明，完全救不活的药草仅有数株，且皆非孤本，因此归郎哥哥虽然失手砸了药圃，然而损失不大，至多孩儿费上几日的气力，替母后将这些药草再种上几株，用不着责罚归郎哥哥。三个月前孩儿决意送兰姨敷眼药水作为新婚贺礼时，便已禀奏过，母后曾答允让归郎哥哥从旁相助，故而孩儿也不算私带归郎哥哥进入灵素圃，自也无须受罚。我二人既然都不必责罚，当然更无惩处世乾哥哥的道理了。"她语音清脆，声音虽然一片稚气，道理却说得十分清楚明白。

圣后缓缓点头，说道："好，你们三人既都说完，朕心中已有主意，明日再来依错论罚，眼下你们且各自回宫反省。"三人面面相觑，不知圣后葫芦里卖的甚么药。各自行了一礼，世乾弯腰抱起"白美人"，便待退出殿去。圣后看了一眼荣兰，又道："裳儿，你去母后寝宫，母后许你翻看母后的药囊。"裳儿大喜道："当真？多谢母后！"三人退出。

圣后与圣皇对视一眼，二人皆心中有数。众人俱是人中俊杰，早知圣后乃是借此事考较晋王和于飞公主，心底各有评价。圣后问道："殷丞相，你看如何？"殷溪霆微笑道："一如无心出岫之闲云，一似初试羽翼之雏鹰。"圣皇莞尔道："殷丞相比喻贴切。"当下便撇开此事不提。

白杞一直随侍殿中，这时上前躬身奏道："禀圣皇、圣后，今日正值旬日。圣后陛下既已在此，何不就此移驾圃中？"众人不解其意。圣后面上微露笑容，向众人说道："众位卿家，容朕先卖个关子。诸位且请移步，这便随朕和圣皇一道去圃中瞧瞧罢！"当先起身。两位陛下联袂在前，众人紧随其后。

来到院中药圃，圣后随手指点，向众人介绍了圃内生长的几味罕见药草。不多时，一行人已来到圃中空地上，立时瞧见了那一红一绿的两排药草，以及当中的推车和葫芦大缸。众人见此情状，不觉颇为纳罕。那推车宫女见到两位陛下驾临，也不过屈身福了一礼。

荣兰亦通药理，上前两步，待看清楚后不由惊呼道："这……这些……绿色的药草莫不是……无忧草？"听到"无忧草"三个字，众人皆是一惊。圣后陛下的呕血之症需借无忧草医治，众人早已知情。苏映雪忙抢步过去查看，也又惊又喜道："不错！这正是无忧草！太好了！圣后陛下竟已栽培出这许多的无忧草！"

白杞从推车上取来一斗清水，双手端至圣后身前。圣后从怀中取出金针，扎破了自己左手食指，挤出鲜血，滴了三滴在水中。白杞捧着那斗滴了鲜血的清水，小心翼翼地浇灌在葫芦缸中赤红色植株的一侧。众人见此情景，不禁又是惊诧，又是骇异。

圣后一面伸手让随侍宫女处理手指伤口，一面微笑着解释道："这两排药草中，根茎浅绿的确是无忧草。圣皇当年悬赏天下寻求此物，一年之内，便在好几处都发现了。然而此物向来生长在崇山峻岭之巅的地热温泉之畔，原是天下至阴至寒之物，且喜与燥热之气相互吸引。一旦离开那地热温泉之所，便难以存活，更无法移植。朕思之再三，终于想出了这个法子：在那山巅上新生的无忧草之畔，毗邻种下这大热大燥的赤炼草，此两物相生相克、互倚互助，无忧草便可渐渐减少对那温泉的仰赖。如此每年春季移植一次，逐渐远离温泉，五年之后此物即可移植在宫中。只是无忧草不耐阳光直射，而赤炼草却生性喜光。山巅之上阳光不足，赤炼草的药性未免欠缺，连带着移植的无忧草也药性不足。朕将这两排药草栽种在药圃的阴阳分界线上，又在无忧草上设此遮光板以遮蔽阳光，如此再精心遴选了三年，方得了眼前这二十对健壮的药草。"

众人这才明白其中种种巧思，不由连声赞叹。荣兰笑叹道："这推车随着阳光移动，自然也是为此了，微臣领会得。只是圣后陛下以血水浇灌这株赤炼草,不知却是何意?"圣后道:"半年前,朕从二十对药草中挑选出最为强壮的两株,移植在这口葫芦缸中。每隔旬日,朕便以自身血水浇灌其中的赤炼草,使其浸淫于朕气血的燥热之气中。这株无忧草与之相互吸引,便也渐渐熟悉了这股子燥热之气。如此一来,入药治病的把握又添了一成。"环视一周,走过去与圣皇十指相扣,嫣然一笑,说道:"朕与圣皇陛下已有约定,待今冬这株无忧草开花之后,朕便决意于此事上作一了断!"

除圣皇之外,余人都是第一次听闻此事,尽皆大惊。苏映雪惊道:"圣后陛下为何忽生此意?你的呕血之症难道复发了么?"圣后叹道:"自朕第一次呕血,至今已有一十三年,这一十三年的寿命已是上苍恩赐。朕能成就如今天下的格局,也算知足了。朕这呕血之症,好时半年发作一次,不好时三两月便发作一次,今年以来越发频繁了。朕心里有数,若再不了断,只怕至多能熬上三五年光阴了。且越是往后,朕的气力便越发不支,倒不如趁着如今精神还好,作全力一搏,置之死地而后生!"

众人听她言语之中意已决,便一齐躬身祝祷道:"圣后陛下福寿绵长,定能一举拔除沉疴、否极泰来!"圣皇颔首道:"多谢诸卿吉言!朕每日里也是如此焚香祈祷。"圣后微笑不语。

殷溪霆上前一步,奏道:"微臣忝为丞相,职责所在,有一事上奏:如今国本未立,两位陛下宜早作决断。"众人闻言皆一凛。圣皇与圣后对视一眼,一齐点头。圣皇缓缓说道:"殷丞相所言极是,朕与圣后不日便会颁下旨意。"众人忆起早先圃内之事,一时心中各有所思。

荣兰和梅昭如、苏映雪夫妇刚抵京城,便匆匆入宫陛见。两位陛下念一路鞍马劳顿,命殷溪霆送其回府歇息。又叮嘱了操办婚事的熊浩、卫勇娥几句,随即起驾回到寝宫。

两位陛下换过常服,先在殿前太后的灵位前上了一炷香。五年前太师仙逝的消息传入宫来,太后伤痛之下心悸的宿疾陡然复发,一时救治不及,竟也随之薨逝了。

圣后不见裳儿出来,问道:"公主呢?"随侍宫女笑道:"于飞公主说陛下许她翻看药囊,她得借此机会好好翻看个够。不许奴婢们伺候,一个人在殿外凉亭呢!"圣皇笑道:"这孩子,跟她娘一样古灵精怪!"圣后道:"玄肃,我瞧瞧裳儿去。"圣皇看了窗外一眼,道:"外头起风了,披件衣衫再去。"从宫女手中接过披风，亲手给她披上。

圣后出得殿来，远远地见裳儿一个人坐在凉亭上，身旁放着自己的药囊，手里拿着一本书册，正读得聚精会神。悄悄地走过去，问道："可找到了甚么法子么？"

裳儿抬起头来，见是娘亲，放下手中书册，兴高采烈地迎上前去，说道："娘亲，我方才读了一本可有趣的书呢！我在书里找到了一副根治眼病的好方子，已经抄写下来了。方子上都是素日常用的草药，明日便可配好！更有趣的是，你猜怎么着？这书中女子的名字，和你竟是一模一样！这本书里……书里……咦……怎么回事儿？"嘴角一撇，眉头微蹙，哭丧着小脸道："这书上的故事，我……我方才明明还记得一清二楚。怎么一眨眼工夫，竟自忘得干干净净了？娘亲，裳儿……裳儿是不是变笨啦？"说着回头向那书册望去。

孟丽君心头一震，这才瞧见裳儿方才翻看的书册，赫然竟是那本取自章华寺里的"无字天书"。这件要紧物事，一向收藏在她的药囊里，秘不示人，不想竟被裳儿找到。她正待过去查看，忽然一阵风起，书页哗哗作响，只听"刺啦——"一声，封面散落在地，书页被风尽数卷在空中，慢慢化为齑粉，消失无痕……

——全书完